中世仏教文学の思想

沼波政保 著

法藏館

中世仏教文学の思想　目次

第四章　覚一本『平家物語』の研究……251

附篇　中世仏教文学の周縁

凡例

一、本文の引用は、使用したテキストの表記に従った。特に漢字の表記については、正字体・新字体・異体字・略体字の扱いはテキストによってまちまちであり、したがって本書中の本文の引用においても統一がとれていないが、そのままとした。

二、敬称については、註においてはすべて略した。

三、西暦・和暦については、本文中では併記したが、註においては西暦のみを記した。

中世仏教文学の思想

序章

第一節　中世文学を底流するもの

一

我々が文学を研究する時、ただその字面を追えば事足りるというものでないことは、いうまでもない。文学は人間の精神的営為の表出であり、そこに表わされた人間の生き様を見、感動の所以を探ることに、文学研究の一応の目的を持つからである。

さて、文学研究のそうした目的を達成する方法として、種々のことが考えられるが、その一つとして、作品の成立した時代的、社会的、思想的背景を知るということも不可欠なことである。この問題は、一作品に限定されることなく、その時代全体の作品に共通してみられることも、当然のことながら、よくあることである。そして、その、時代的、社会的、思想的背景を基盤として醸し出されるものも、やはり、その時代全般の作品に共通してみられるものである。たとえば、上古の文学における「ますらをぶり」、中古の「たをやめぶり」などは、濃淡の差こそあれ、それぞれの時代の作品の大体に共通してみられるものである。

もちろん、それぞれの作品の個性ともいうべき特色は当然存在するのであり、その時代の作品すべてが同じ顔を持つものではないが、たとえば人間がそれぞれ個性を持っていながらも、人間らしい感情とか、男性らしさとか、若者としての考え方とかいったものは、それぞれの範疇に属する人間に共通してみられるように、文学作品それぞれの個性を認めながらも、また反面、その時代の作品に共通するものを見出しうることも事実である。国文学史上において、上代文学とか中古文学といったように、時代の文学としてとらえうるのも、単に歴史上の時代区分によるだけではなく、その時代の作品に、その時代を特徴づける共通のものが流れているからである。

そのように考える時、中世文学の底に共通して流れているものは何であるかという問題も、当然語られなければならないはずである。そこで、中世文学に流れている、言い換えるならば、中世文学の特色といいうるものは何か、それの一端を述べてみたいと思うのである。

二

中世という時代は動乱に始まるといってよかろう。平安時代末期からのいろいろな内乱、保元・平治の乱、そして源平の争乱へと、平安末期から中世への流れは戦乱に明け暮れたといってよい。加えて、『方丈記』に記されているような天変地異や人災により、世の中は騒然としていた。そして政治の舞台では、それまで絶対的安定の座にあった貴族階級に替わって、貴族階級の飼い犬的存在であった武士階級が表に現われてきた。荘園制も崩壊へと向かい、これらすべてが混然として進行し、まさに世の中は揺れ動いていた。それは、当然のことながら、人々の間に価値観の転換をもたらしたが、我々が経験した同様の事態、たとえば明治維新や第二次大戦の敗北などに比しても、空前絶後の大変動であったといえよう。

この結果、人々の間には、無常観や末世観がはびこり、浄土教信仰が浸透していった。無常観とか末世観・浄土教信仰は、ともに仏教が始まって以来あるものであり、ことさら中世に新しく説かれたものではない。もちろん平安時代においても説かれたのであるが、しかし、それは、臨終を迎えた時には必死に仏にすがろうとしたものの、平生の生活上では観念の上での受容でしかなかった。

平安時代においても浄土教は存在した。しかし、頼通によって建立された宇治平等院鳳凰堂や、道長が造立した法成寺をみても、ともに、浄土を現世に具現しようとしたものであり、極めて趣味的である。法成寺について『栄華物語』に描写されているのをみると、巻十七「おむがく」では、境内の壮大なまでの美しさの描写に続いて、

この御堂を御覽ずれば、七寶所成の宮殿なり。寶樓の眞珠の瓦青く葺き、瑠璃の壁白く塗り、瓦光りて空の影見え、大象のつめいし、紫金銀の棟、金色の扉、水精の基、種々の雜寶をもて莊嚴し嚴飾せり。色〳〵交り耀けり。扉押し開きたるを御覽ずれば、八相成道をかゝせたまへり。釋迦佛摩耶の右脇から生れさせ給て、難陀、跋難陀、二つの龍の空にて湯あむしたてまつりたるよりはじめて、悉達太子と申して、淨飯王宮にかしづかれ給ひしに、御出家の本意深くおはしますを、父の王これをいといみじき事におぼして、隣の國〳〵の王の女を、五百人添へ奉り給へれど、些それに御心もとゞまらねば、「四方の園・林を見せ奉らん」とおぼして、百官ひきて出し奉らせ給に、淨居天變じて、生老病死を現じて見え奉り、年十（二脱カ）壬申ノ歳、二月八日夜中に出で給ひて、出家せさせ給て、御厩の馬を徒に車匿が牽て歸り參りたれば、王・夫人、そこらの釆女、宮の內ゆすりて泣き、また降魔、成道、轉法輪、忉利天に昇り給て、摩耶を孝じ奉り給ふ、娑羅雙樹の涅槃の夕までのかたを書き現させ給へり。柱には菩薩の願成就のかたを書き、上を見れば、諸天雲に乗りて遊戯し、下を見れば、紺瑠璃を

地に敷けり。(1)

と記され、つづいて、本尊大日如来や弥勒・文殊両菩薩・梵天・帝釈・四天王の極楽世界そのままの様子、さらには金堂の飾りの光り輝くばかりの様子が描写されている。また同じく巻十八「たまのうてな」では、

御堂あまたにならせ給まゝに、浄土はかくこそはと見えたり。……（中略）……御堂に參りて見奉れば、西によりて北南ざまに東向に十餘間の瓦葺の御堂あり。榱の端〴〵は黄金の色なり。よろづの金物皆かねなり。御前の方の犬防は皆金の漆のやうに塗りて、違目ごとに、螺鈿の花の形を据へて、色〳〵の玉を入れて、上には村濃の組して、網を結ばせ給へり。北南のそばの方、東の端〴〵の扉毎に、繪をかゝせ給へり。上に色紙形をして、詞をかゝせ給へり。遙に仰がれて見え難し。九品蓮臺の有様なり。……（中略）……佛を見奉れば、丈六の彌陀如來、光明最勝にして第一無比なり。うすつの御頭絲の色深く、眉間の白毫は右に廻りて、宛轉せること五の須彌の如し。……（中略）……左右には觀音・勢至、同じく金色にして、玉の瓔珞を垂れたり。各寶蓮花を捧げてたゝせ給へり。四天王立ち給へり。一佛の御裝かくの如し。況んや九體ならばせ給へる程、心に思ひ、口に述ぶべきにあらず。……（中略）……九體はこれ九品往生にあてゝ造らせ給へるなるべし。(2)

と、まさに極楽浄土を現成したものである。

また清少納言は『枕草子』において、

説経の講師は顔よき。講師の顔をつとまもらへたるこそ、その説くことのたふとさもおぼゆれ。(3)

と述べており、信仰心は極めて薄いものであったことをうかがい知る。

それが、やがて末法の世突入の永承七(4)（一〇五二）年が近づくにつれ、貴族の間に少なからず動揺を与えた。しかし、いざその年を迎えてみても、世の中はさほど変わらず、したがって末世観もそれほど切迫したものではなく、

浄土教信仰も切実なものとはなりえなかった。

しかし、平安末期にいたって、前述したように戦乱・天災などが打ち続き、政治・経済・社会が大混乱に陥ると、人々は末法の世を現前に見る思いに駆られ、そこに無常観が切実なものとして迫ってきたのである。そして、その騒然とした世の中にあって、何物も常ではないことを切実に受け止めた人々は、常なるものを願い、常なるものにすがろうと願った。ここに、西方浄土への往生を説く浄土教への信仰が、前の時代とはちがって、切実なるものをもって盛行したのである。中世に入っての浄土教の盛行は、決して源信僧都の『往生要集』によるだけのものではない。

このように、仏教は、貴族階級の人々にとって切迫した教えとなり、たとえば、文学を代表する和歌の世界にあって、歌人たちは狂言綺語たる和歌と妄語戒との矛盾に苦悩したのである。そして彼らは、苦悩の結果、和歌を詠む根拠を、『白氏文集』の一文、

　願以今生世俗文字之業狂言綺語之誤
　翻爲當來世々讃佛乘之因轉法輪之縁(5)

に求め、和歌を心を澄ますものであるととらえ、さとりへの方便であると考えることによって、この苦悩を乗り越えようとしたのである。このことは、

・中にも数寄といふは、人の交はりを好まず、身の沈めるをも愁へず、花の咲き散るをあはれみ、月の出で入りを思ふに付けて、常に心を澄まして、世の濁りに染まぬをこととすれば、自ら生滅のことわりも顕れ、名利の余執尽きぬべし。これ、出離解脱の門出に侍るべし。(6)　（『発心集』）

・離別哀傷ノ思切ナルニツキテ、心ノ中ノ思ヲ、アリノマヽニ云ノベテ、萬縁ヲワスレテ、此事ニ心スミ、思シ

ヅカナレバ、道ニ入ル方便ナルベシ[7]。（『沙石集』）

などをみれば、おのずと理解されよう。

このように、一大動乱期を経て人々は大きな動揺を来した。ここでいう人々とは主に貴族階級に代表される文学の主体的担い手を指すのであるが、人々は王朝時代においては、自分たちの存在は確固たるものであり、それが崩壊するとは考えだにしなかった。自分たちの存在を疑いだにしなかったのである。ところが、そうした貴族階級が没落の途を辿り、政治・経済の実権を武士階級に奪われてゆくと、貴族たちは、自分たちは一体いかなる存在であったのか、とか、さらに進んで、自分とはいかなる存在であるのか、と考えざるをえなくなり、わが身をみつめざるをえなくなってきたのである。

わが存在を考え、わが身をみつめた結果、多くの隠者を生み、『方丈記』とか『徒然草』といった草庵文学が著された。また、和歌の世界にあっては、文学の世界へ逃げ込むしかなかった人々が、かつての華やかな王朝の美しさを頭の中で構築する、観念的な美を求めた結果、『新古今集』が生まれ、定家は晩年にいたるに従い、有心美を希求した。この「有心」、すなわち「心あり」という用語にしても、上代・中古に比して中世的色彩を濃くしてくるのである。説話文学の世界では、特に仏教説話に顕著にあらわれ、前の時代における、功徳・霊験・善根・往生といったテーマから、発心・出家とか、心をいかに澄ますかといったテーマへとかわってきている[8]。つまり、仏・菩薩の験力とか極楽往生ということよりも、いかに発心し、いかに心を澄ましたかということが重要になってきているのである。この理由については、末世には奇瑞はもはやないといった末世観から来た考え方や、中古天台以来、思想の中核となった『摩訶止観』の影響も考えられるが、同時に、述べてきたような背景のもとに、自己をみつめ、心を凝視する傾向の強まった結果であることも見逃せない。さらに、『平家物語』は、平家一門に代表される滅びゆく者を描き、無常の波に流されてゆくしかない人間への限りないいとおしみを漂わせ、滅びゆく人間への鎮魂歌という一面を強く持っている。死にもがくことへの慰撫は、いうまでもなく死を冷徹にみつめることであり、それはとりもなおさず、わが身をも含めた人間存在への凝視であり、生の認識である。

三

このように、平安末期から中世へ下るに従い、政治・経済も含めた社会全体の一大変革期を経験した結果、人々の間には自己への問いかけが必然的になされ、自己凝視とかわが心をみつめるといった傾向が強くなってきたのである。そこで、仏教説話について、こういった視点から、今少し考えてみたい。

平安時代にあっては、仏教界は貴族たちをスポンサーとして、堂塔伽藍を維持してきたが、既述のように貴族階級が没落した結果、今までのような経済的基盤を失い、荘園制の崩壊も相俟って、そのツケを民衆からの一紙半銭といった零細な寄進に頼らざるをえなくなった。ここに勧進活動が活発化し、勧進聖たちが全国に活躍するようになったのである。

つまり、民衆への仏教界からの働きかけは、こうしたもっぱら旧仏教側の勧進聖たちによってなされるにいたったのである。そして、そうした聖たちによって説かれるのは、ほとんどが浄土信仰であり、念仏であった。

法然・親鸞に代表されるいわゆる新仏教の浄土教も念仏を説くのであるが、しかし、そこにおのずから相異がある。すなわち、旧仏教は中古天台にもとづくものであり、なかんずく『摩訶止観』に依拠するものである。この『摩訶止観』は三学のうちの「定」の方法を説いたものである。すなわち、「戒」を守り心身を清く保つことによって「定」を得、「定」を得る、つまり心を澄ますことによって「慧」、つまり真実を見抜く智慧を得るのである。すなわち、「定」を得る方法を説く『摩訶止観』は、心を澄ますべきことを説いているのである。

また、『摩訶止観』の巻二の上には、四種三昧を説いているが、この中の常行三昧から天台浄土教がおこったことは、すでに諸先学によって明らかである。

『発心集』や『閑居友』・『撰集抄』等にみられる念仏は、それが心を澄ますことを強調していることからもわかるように、大部分は観念の念仏であり、多くは、いわゆる鎌倉新仏教としての口称の念仏ではないのであり、それは天台浄土教の立場のものである。しかも、その天台浄土教は、止観的立場からの発展である。

すなわち、旧仏教側に立つ勧進聖たちが民衆に説いた念仏は、常行三昧の方法としての念仏、つまり行としての念仏であり、法然・親鸞の信としての念仏、救われない凡夫を救う弥陀への感謝の表現としての念仏とは、おのずと異なるのである。つまり、ともに行為としては念仏であるが、その内容・目的が異なるのである。このように、新仏教は信の世界であったが、旧仏教は行の世界であり、しかも旧仏教側は、前述のようにマーケットの開拓の必要から、唱導を民衆へなすこととなったのである。

さて、このようにして、民衆は仏教にふれることができるようになった。それまで、民衆は自分たちの存在とか生に何ら疑問を持たず、当然のこととして受けとっていたが、仏教にふれることにより、自分の生を認識し、それを動乱の世、無常の世であるゆえととらえるようになった。そして、救われるのは浄土であることを知り、彼らは夢を与えられたにも等しかった。しかし、浄土を願うということは、この世を厭うことであり、この世を厭うにいたったのは、自分自身をみつめた結果であり、わが生をみつめた結果にほかならない。つまり、中世にいたって、民衆はようやく、自分自身、自分の存在そのもの、生きることそのものをみつめるにいたったのである。もちろん、そうした意識はまだ微々たるものであった。しかし、わずかながらでもわが生をみつめるにいたったことは、それまで文学の世界に無縁であった民衆が、「文学」という意識はなくとも、ともかくも文学の世界の圏内に加えられていったこととともに、注目されてよかろう。

四

次に、同様の視点から、隠者たちについて考えてみたい(9)。

この時代の頃の出家者には、大寺に入り仏教を修学して学問僧となったり、僧綱の昇階をめざす、いわゆる普通の僧たちに対して、大寺から離れた立場に身をおいた僧たちも多かった。

この、大寺から離れた立場に身をおいた僧たちには、三通りが考えられる。一には、もはや俗世と同様に濁り堕落した大寺は修行の場たりえないと考え、一人山中奥深く入って仏道修行に専念する隠遁者である。この僧たちには、最初は大寺に入るが、そこが修行の場たりえないことに絶望して出奔する、いわゆる再出家の僧と、最初から山中に入って修行する僧とがあるが、彼らは、誰にも邪魔されることなく修行するために、跡をかくし、山中の奥深い所で一人静かに暮らすのであり、『摩訶止観』に説くところの隠徳の教え(10)に従うところ大である。二には、貴族社会にあって、ある程度の知識人としての生活を送り、何がしかの理由で俗世を厭って出家し、山中に庵を結んで閑居の生活を送る僧たちである。この人たちは、仏道修行が唯一の目的ではなく、むしろ、わが身を束縛する俗世の様々なきずなを離れて、精神的自由を求めて草庵生活を送るのであり、したがって、知識人の立場を捨ててひたすら仏道修行者たらんとする意識は希薄で、第一の僧たちのように誰も来ないような山中奥深い所に住むことはせず、人里近い所に庵を結んでいる場合が多い。三には、かつて『日本霊異記』に多く登場した私度僧の多くのように、生活苦など様々な世俗的理由によって出家し、別所といわれるような所に集団的に居住する人々である。この人々の多くは知識もなく、ひたすら仏道修行してさとりを得ようという意志もなく、時には勧進聖として諸国を歩いたりする僧たちである。この第三の僧は、たとえば勧進活動をする場合には、聖たちの棟梁のような僧に大寺から依頼がなされて、輩下の聖たちを使ってなされたようであるし、また、聖たちが多く住んだ別所といわれる場所は、高野山の天野の別所のように、多くは大寺の近辺にあったらしく、大寺と関わりが深かったように考えられ、事実そのようであったが、しかし、大寺へ入ったわけではないことも確かである。

さて、この三種のうちの第二の僧たちが隠者といわれる人々である。隠者はすでに中国にもあり、竹林の七賢人などがその代表的なものといえようが、中国の隠者と比較してわが国の隠者の異なる点は、わが国の隠者がすべて出家して僧形となることと、中国の隠者が、いわゆる在野の人として体制に批判的な眼を持っていたのに対して、わが国の隠者は、むしろ俗世を離れて悠々自適の生活を送り、体制を批判するような態度がほとんどみられないことである。

第一の、山中奥深い所に住んで仏道修行に専念する隠遁者の多くは、ひたすら信仰に生きたため、何も残さず、人知れず山中に朽ち果てていった人がほとんどであり、今日に何がしかの作品を残したのは第二の隠者と呼ばれる人たちである。

隠者たちは、前述したように、知識人としての立場を捨て去ることができず、しかしまた一方では、仏道修行者としての面を併せ持っているわけで、この、知識人としての立場と仏道修行者としての立場をどのように成り立たせるかが、彼らにとって大問題だったのである。

そこで、中世の隠者として代表的な西行・長明・兼好について考えてみることにする。

西行は動乱の世、すなわち無常に出会い、その中にある自分自身をみつめ、わが心をみつめて出家した。西行の出家の理由がわからないことこそ、彼がわが身、わが心をみつめたことにほかならない。失恋原因説などとるにたらないもので、無常の世にあって自己凝視を通して徐々に高まりつつあった出家への思いを出家へとふみきらせたきっかけと考えることはできても、そのようなことが出家の理由とはならないのである。さて、わが身、わが心をみつめた西行には和歌があった。彼における和歌は趣味に終わることなく、和歌によって自己をみつめ、わが心をみつめ、苦悩した。彼にとって、和歌とはわが心を映し出す鏡であった。あるいはわが心を詠むことによって、わが心をふりかえり、あるいは自然という美を詠むことによって、それに比してあまりに醜いわが心を痛感した。

・さらにだにうかれて物を思ふ身の心をさそふ秋の夜の月　（『山家集』[11]・四〇四）

・捨てていにし憂世に月のすまであれなさらば心のとまらざらまし　（同・四〇五）

・ながむればいなや心の苦しきにいたくなすみそ秋の夜の月　（同・三六七）

そうして、苦悩し、苦悩した結果、庵に居ても精神的に落ち着くことができず、旅へと駆り立てられたのである。

・柴かこふいほりのうちは旅だちてすとほる風もとまらざりけり　（同・九六五）

つまり、西行にとって、和歌を詠むという知識人としての立場は、すなわちわが心をみつめることにほかならず、このわが心をみつめるということは、とりもなおさず彼における仏道修行であったのである。西行における知識人としての立場はすなわち仏道修行者としての立場でもあったのである。

長明は『方丈記』を著したが、そこでいうところに従って考えるに、彼は天変地異に出会い、無常の世たる世俗を逃れ、精神的自由を求めて出家した。そして、その精神的自由は閑居にあることをさとり、閑居の生活に安住した。それはまさに、「住まずして誰かさとらむ[12]」と高らかに言い放つほどの、すばらしいものであった。しかし、やがて彼は、仏道修行者であるはずの自分が、草庵に安住し、文をものし、和歌を詠み、琴を奏でていることの矛

盾に気づき、

若貧賤の報のみづからなやますか、はたまた、妄心のいたりて狂せるか。そのとき、心更に答ふる事なし。只、かたはらに舌根をやとひて、不請の阿弥陀佛、両三遍申してやみぬ。(13)

と、どうにもならなくなって黙るしかなくなってしまうのである。つまり、長明は、知識人としての立場と仏道修行者としての立場との狭間に立って、どうしようもなくなり、苦悩するしかなかったのである。事実、長明の出家は、川合社の禰宜になれなかったことからの一時の感情からなされたことであり、歌人としての自分を捨て去って仏道一筋に生きようなどといった考えは到底なかったようである。そうした彼が、知識人としての立場と仏道修行者としての立場との狭間で苦悩したことは当然といえば当然だが、仏を請ういとまもなく念仏を唱えるしかないほどに追い込まれたその苦悩は、彼がわが心をみつめた結果がもたらしたものであること、いうまでもない。なお、長明はその後『発心集』を著しているが、『発心集』を『方丈記』末尾からの発展ととらえることはやはり無理であり、長明の苦悩は解決されずに終わったといわざるをえない。

西行・長明は、平安末期から中世初頭にかけての動乱を体験し、世の中の大きな変動を体験した。したがってその無常観には切迫したものがあった。しかし、兼好は彼らより百年以上も後の時代に生きた。したがって、兼好にとっては生まれた時からすでに動乱の世であり、無常の世であった。ゆえに彼は、動乱を、この世に当然あるものとしてみつめることができ、生れた時から当然この世は無常であると受け止めることができた。その冷静にみつめることができたがゆえに、彼の無常観には、西行・長明ほど切迫したものがなく、また冷静に無常の世をみつめることができたことが、

兵の軍に出づるは、死に近きことを知りて、家をも忘れ、身をも忘る。世を背ける草の庵には、閑に水石をも

てあそびて、これを餘所に聞くと思へるは、いとはかなし。しづかなる山の奥、無常のかたき競ひ來らざらんや。その死にのぞめる事、軍の陳《マヽ》に進めるに同じ。（『徒然草』(14)第百三十七段）

と、無常はどこへもやって来ることを彼に認識させた。さらに、無常から逃れることは不可能であるから、

人、死を憎まば、生を愛すべし。存命の喜び、日々に樂しまざらんや。（同・第九十三段）

と、生ある間を精一杯生きされと彼は主張する。また、人間性を肯定し、ものごとに執着することなく精神的自由を持って生ある間を生ききるべきであるのに、なぜ人はそのように生きないのかを考え、

人皆生を樂しまざるは、死を恐れざる故なり。死を恐れざるにはあらず、死の近き事を忘るゝなり。（同・第九十三段）

と、死の迫っていることを認識することによって生が凝視されるのだと主張する。つまり、兼好は、知識人としての立場で、そのまま仏道修行者たりえたのである。また、人間性を肯定し、ひたぶるになって余裕を失うことなく、精神的自由を持って生ききれと主張するところに、人間というものを深くみつめる兼好を知るのである。

五

平安末期から中世初頭にかけての一大変革期は、文学の主体的担い手であった貴族階級の人々の心に大きな動揺を与え、彼らは必然的に、人間とはいかなる存在であるのか、自分とはいかなる存在であるのか、と考え、わが身とわが心をみつめざるをえなくなったのである。この人間への凝視、自己への凝視、わが心への凝視こそが、中世文学の底を流れるものであると考えるのである。

もちろん、人間や自己やわが心への凝視が前の時代の文学に見られないというのではない。平安時代を例にとっ

ても、たとえば女流日記文学のそれぞれの作品の中にも、自己の内への視線は見出しうる。ただ中世の文学作品においては、その傾向が、前代にもまして、顕著になり、より深まっているといえるのである。否、むしろ、中世文学は、人間存在や自己の内への問いかけの上に成り立っているといってよいほどである。

しかし、たとえば、中世女流日記文学の中には、『建礼門院右京大夫集』や『とはずがたり』のように、中世文学としての性格を濃く持っている作品に対して、『建寿御前日記』や『弁内侍日記』のように、王朝女流日記文学の流れの上にあるような作品も存在するのであり、一つの作品も漏らさず、中世文学のすべてに、人間への凝視、自己への凝視、わが心への凝視が底流しているというのでもない。例外は何事にもある。

また、冒頭にもふれたように、作品にはその個性というべき特色がそれぞれにある。このことを承知した上で、中世文学の大体において、その底に、人間への凝視、自己への凝視、わが心への凝視といったものが流れており、同じ土地の上に様々な花が咲くように、底流するそれらの上に、様々な個性を持った作品が成立しているのであるということである。逆にいえば、様々な作品が成立している中世文学の底に、共通したものが流れており、それが中世文学という範疇の一面を作っているのであり、その範疇の一面というべきものが、人間への凝視、自己への凝視、わが心への凝視であると考えるのである。

中世文学を中世文学たらしめているものは、他にも考えられよう。たとえば無常観などもその一例ともいえようが、無常観は中世文学の底を流れる人間への凝視、自己への凝視、わが心への凝視といったものの、さらに底を流れるもの、換言すれば、無常観は中世文学の基盤ともいいうるものである。人間や自己やわが心への凝視というものは、無常観が根底となっているのである。

註

(1) 日本古典文学大系『栄華物語　下』（岩波書店）六八～六九頁。
(2) 註(1)に同じ。八三～八七頁。
(3) 新日本古典文学大系『枕草子』（岩波書店）三九頁。
(4) 諸説あるが、今は『末法灯明記』による。
(5) 日本古典文学大系『和漢朗詠集・梁塵秘抄』（岩波書店）による。
(6) 巻第六「宝日上人和歌を詠じて、行と為る事ならびに蓮如、讃州崇徳院の御所に参る事」（角川文庫本・一八六頁）。
(7) 巻第五末「哀傷歌ノ事」（日本古典文学大系本・二四八頁・岩波書店）。
(8) 第一章第一節参照。
(9) 詳しくは第五章で論じている。
(10) 『摩訶止観』巻第七下（岩波文庫本・下・一四九頁）。
(11) 『山家集』は日本古典文学大系本（岩波書店）による。
(12) 日本古典文学大系本・四三頁。
(13) 日本古典文学大系本・四四頁。
(14) 『徒然草』は日本古典文学大系本（岩波書店）による。

第二節　仏教文学の定義をめぐって

一

仏教文学は、他のジャンルに比しては遅れたものの、日本文学の中に認知されて久しい。しかし、その定義をめぐってはいまだ明確になっておらず、研究者それぞれの認識によっているのが現状である。しかも、仏教用語が用いられていることをその範疇とする非常に広いとらえ方から、経典およびそれに類するものしか認めない非常に狭いとらえ方まで、その認識の幅は広い。そこで、以下、先学の定義にふれつつ、仏教文学についての卑見を述べることとする（以下、特に断らない限りは、日本の仏教文学について論じていることとする）。

仏教文学については、早く仏教学者においてとりあげられ、小野玄妙氏『佛教文學概論』や山邊習學氏『佛教文學』等があるが、仏教に関する一切の文献、資料を対象としており、いかにも漫然としている。その中で深浦正文氏は『佛教文學物語』で、仏教文学は仏教としての宗教的価値とともに、文学としての芸術的価値をも持っていなくてはならないとし、文学としての評価も必要であることに言及されたことは、注目すべきである。

阪口玄章氏は、国文学研究者として仏教文学について早くに考察された中の一人といってよかろう。氏は、昭和十（一九三五）年八月、啓文社より『日本佛教文學序説』（今は昭和四十七〈一九七二〉年四月に国書刊行会より再刊されたものによる）を出版された。しかし、「佛教文學研究への序論として、一般國文學と佛教との交渉を考察したに止まる。」（はしがき）と述べているように、仏教文学についての定義づけはなされていない。わずかに「宗教文學

と宗教との関係」について簡単な分類をしており、それによると、

一、狭義の宗教文學――宗教に參與する文學。

二、宗教文學とは云ひ得ないまでも、宗教的思想や人生観を著しく反映してゐる文學。

の二つに分類し、前者には、祝詞・願文・表白・和讃等の「神佛を祭り、神佛を祈る儀式に用ゐられるもの」、唱導・宗教説話等の「宗教弘通の爲め用ゐられるもの」、法語類の「一宗派の教義信仰をとくもの」の三種を示し、後者には『平家物語』・『方丈記』等の「作品に特定の地味を與へるもの」と『源氏物語』の宿世・軍記物語の主従の因縁等の「時代的階級的雰圍氣の中に特殊の地味を出せるもの」の二種を示している（一八二頁）。これをみると、氏はかなり狭い意味で仏教文学をとらえられていたようであるが、前述のように仏教文学を定義づけようとの意図はなく、したがって極めて概括的なものとなっている。しかし、氏は、

文學にあつては宿世観なり因縁観なりといふものをいかに感慨深からしむべく取り入れられてゐるかゞ問題なのである。従つて文學的價値よりすれば、理知的解説的乃至統一ある組織的な佛教観の存在いかんが決して價値を左右するものではない。（同頁）

と、文学的面を重視しておられる。

永井義憲氏『日本佛教文學』（塙書房・昭和三十八〈一九六三〉年十月）は、仏教文学とは何かについて、先学の高説を整理し、またその研究の方向について多くの示唆に富む、時を超えて有意義な書であるが、その中で、

一般文芸に現われたる仏教思想の反映および影響など、または作品に現われたる仏教語の解釈、作品の構想とそれに及ぼした経典の影響、文学理念の根底にある仏教思想などは、広義の仏教文学研究の対象として採り上ぐべきではなかろうか。（三二一頁）

と述べた上で、

私の意図するところの日本仏教文学研究とは、むしろこの広般な日本文学史全般と影響交渉し合っている広義の仏教文学であり
（三三頁）

と述べているが、氏は日本仏教文学研究の対象として述べているのであり、仏教文学とは何かについて直接言及しておられるのではない。むしろ氏は、

日本文学史の研究を理解前進させる為にはこの面での考究こそ重要必須であり、また広く国文学界からもその開拓が要望されつつある分野ではなかろうかと思う。
（同頁）

と、仏教文学研究の必要性を説いておられるのである。

二

昭和三十七（一九六二）年に発足した仏教文学研究会（現、仏教文學會）は、その学会誌『仏教文学研究（十二）』（法藏館・昭和四十八〈一九七三〉年七月）において「仏教文学とは何か」と題して特集を組んだ。その中で述べられている先学の定義の一、二をみてみよう。

多屋頼俊先生は、

日本文学の中に、神道文学とか、基督教文学とか呼ばれるものがあるが、それらに対して仏教文学わ存在する。したがって、日本の仏教文学とわ、まず日本の文学であって、その文学が、仏教の思想・信仰お基盤にしているもの、と考えている。
（七～八頁）

と述べられている。

久松潜一氏は、仏教文学とはどういう範囲の文学をさすのであろうかと考える場合に起こってくる種々の疑問について述べている。まず、

日本文学の中に仏教思想は深く滲透して居り、そこから仏教文学という言葉も用いられているが、厳密に言って仏教文学はどういう場合をさすかということは必ずしも確定していないようである。仏教文学を文学の一のジャンルであるとする場合には、仏教思想や仏教信仰が作品に現れているというのみではなく、仏教思想が作品の主題となっているか、中心の内容となっていて而も文学作品となり得ている場合をさすのであろう。（二四～二五頁）

と述べ、また、

仏教文学を文学の一のジャンルとして規定する時、それは形態的よりは内容的な性質からのジャンルとなる。……（中略）……神祇文学や仏教文学の場合でも神祇や仏教を扱ったものがすべて文学ではあり得ない、その中の文学性を存するものが神祇文学であり、仏教文学となり得る。（二五～二六頁）

と述べ、

このように見て来ると、仏教文学に於ける要素として、或は仏教文学が成り立ち得る条件として、文学であるということが第一の条件であり、更に仏教という内容に於いても仏教思想や仏教の信仰などを含んでいることとともに、仏教の儀式などに用いられていることが条件となっていることになる。ただこの二の条件をともに有していなければ仏教文学と言えないかどうかになると、必ずしもそうでないと言いたい。両方がともなっている場合が多いとは思われるけれども、両方がともなわない場合もあり得る。（二六～二七頁）

と一応の定義を述べている。しかしまた、

つぎに問題になるのは、仏教文学の内容が仏教思想や仏教信仰を含んでいる場合に、どの程度に、またどのような立場で仏教思想や仏教信仰を含んでいるかという点である。（二七頁）

と問題点を提起し、つまり氏は、仏教文学を定義する上での種々の問題を提示しておられるのである。

その他、諸氏が意見を述べておられるが、完全に一致した意見はない。たとえば「仏教文学」という名称における「仏教」と「文学」の関係性についても、

「仏教文学」という語構造から考えてみると、この熟語においては、「文学」という概念が基本になり、「仏教」という概念がそれを限定するものになるのが常識である。従って、「仏教文学」はまず何よりも先に文学でなければならない、文学としての尺度からみて優劣を論じうるものであるべきだ、ということが前提になる。（阿部秋生氏・七四頁）

と述べられているのに対して、

仏教文学というものの本来の意義は、仏教である文学ということになるのではあるまいか。……（中略）……仏教である文学とは、実は本質的には作るものと作られるものとの関わりあい、すなわち創作活動そのものに意義があるのであって……（中略）……これは一義的に創作論なのである。（藤田清氏・八九頁）

と述べられているのである。

このように、仏教文学の定義をめぐっては各人各様である。

三

さて、佛敎文學會は、創立五十周年を迎えるにあたって、平成二十三（二〇一一）年五月開催の大会において、

「佛教文学会五十年のあれこれ」をテーマに佛教文学会五十周年記念鼎談が、「仏教文学研究の可能性」をテーマに五十周年記念シンポジウムが、それぞれ行なわれた。そして『佛教文學』第三十六・三十七合併号（平成二十四〈二〇一〇〉年四月）には、鼎談およびシンポジウムをもとにした各氏の論考が寄せられている。そこで、これらの論考から、仏教文学についての諸氏の考えをみてみよう。

まず、今成元昭氏は、

応身仏（釈迦牟尼を指す。筆者注）の「巧に諸法を説き、言辞柔輭にして、衆の心を悦可せしむ」（『法華経』方便品）る作品こそ、まず仏教文学の原点に置かれるべきものといわなければならない。

と述べ、「仏典の中には極めて難解な哲理の書もあるが、それらしも文学といえるであろうか」という疑いに対しては、「たしかに情にうったえないものは文学ではないのであるが」とした上で、

情に関わらないところには宗教も存在しないということを忘れてはならない。宗教の究極は信仰にある。そして信仰の地盤は〈知〉ではなくて〈情〉なのである。宗教哲学を如何に深く追求したところで、それが智解の段階に止まる限り信仰とは無縁であり、宗教となるものでないことはいうまでもない。したがって、いやしくも宗教の言辞であるからには、それが如何に理論的なものであろうとも、説理の果てに信仰の火をともすもの、いいかえれば哲理の深さが感動を呼び、「心を悦可せし」めて人間変革を誘うものでなければならず、文学に背反することは許されないのである。

と言われる。さらに、

生身の人間釈迦牟尼が応身仏であったということは、とりもなおさず、人間誰もが釈迦牟尼の跡を追って応身仏になりうることにほかならない。そして事実、応身仏としての作用を果たした人びとは古来多く居り、それ

らの人びとが書き残したところの、仏教文学の名に値する作品も決して少なくない。
（三〜四頁）

と述べている。つまり、釈迦牟尼だけに止まらず「応身仏としての作用を果たした人びと」が書き残したものが「衆の心を悦可せしむ」るとき、それが仏教文学なのであると定義するのである。

藤巻和宏氏は、まず、五十周年記念シンポジウムのテーマである「仏教文学研究の可能性」について、

「研究の可能性」を問題とする前に、その大前提であるところの「仏教文学」という概念それ自体を問い直す必要がある。研究者として当然とでもいうべき基本的な手続きであるが、これについて、果たしてどれほどの研究者が自覚的でいるのだろうか。少なからぬ研究者が、「仏教文学」という概念を所与のものとして認識し、それを疑うことすらしていないように私には見える。やや懐疑的なスタンスを採るとしても、「仏教の影響下にある文学」という前提に立った上で、その範囲をどこまでとするか等を問題とするにとどまり、「仏教」それ自体、あるいは「文学」それ自体については、議論の余地のない自明の存在と見ているのではないだろうか。
（九七頁）

と問い掛け、

しかし、「仏教」にしろ「文学」にしろ、近代学問という側面から見れば、それらを自明視することがいかに危険かつ無責任な態度であるかということは論を俟たない。
（同上）

と述べる。

氏はさらに、仏教文学研究会が発足した当初から「「仏教文学」という語＝概念それ自体」（九八頁）が問題とされなかったことを指摘された上で、「「仏教」＋「文学」という日本語の語構成は、前者が後者を限定するというものであ」（同上）り、それに立った理解として、

今日におけるもっとも素朴な「仏教文学」観は、「仏教」も「文学」も、いずれも確固たる実体として古代以来連綿と存続しており、前者が後者に影響を及ぼすことにより成立した「仏教の影響を受けた文学」というものであろうか。
（同上）

と述べて、「しかし、これでは何も言っていないに等しい。」（同上）と、「仏教文学」の規定になっていないことを指摘する。

氏の論は、さらに文学とは何かということにまで及び、「ともあれ、日本人の「文学」認識は、かくも大きな歪みを内包しているのである。」（一〇〇頁）と指摘する。そして、

近代において、西洋の「literature（あるいはそれに相当する語）」という概念を受容し、その訳語として「文学」を選択したことにより、それまで存在しなかった「literature＝文学」を新たに定義するということがなされたわけだが、その営為は、つまり、近代的な視点から前近代を再認識し、新たに分類しなおすということである。
（一〇一頁）

と述べ、日本古典文学を代表すると考えられている『万葉集』、『源氏物語』、『平家物語』等の有名作品は「最初から「文学」であったのではな」（同上）く、

それ自体のもつ絶対的な価値によって有名作品＝「古典」たりえているのではなく、後世、様々な文脈によって価値が付与された。こうした過程を経て、初めて「古典」「文学」となりえたのである。
（同上、傍点原文ママ）

と述べる。

氏は、続いて「仏教」、「宗教」にも言及し、

> 「文学」と同様、やはり「仏教」も「宗教」も西洋の思想・文化・制度との接触によって形成された〝新しい〟概念なのであり、これをそのまま前近代に当てはめることに、いかに無理があるかということを理解すべきである。（一〇三頁）

と述べた上で、

> 少なくとも前近代を対象とする場合には、近代的な認識に基づく「仏教文学」概念は実態に即していない。「仏教」にしろ「文学」にしろ、それがあたかも古代以来継承される確固たる存在であるかのような幻想に囚われてしまうと、実態を見失ってしまう。（一〇四頁）

と述べ、

> 過去の完全なる再現が不可能である限り、枠組みを作り直したところで、捕捉しきれない部分は必ず存在する。かといって、枠組みがなければ、そもそも研究対象を認識することすらできない。必要なのは、その枠組みの向こうに厳然として存在する対象を客観視し、自由に研究を遂行するスタンスではないだろうか。（同上）

と結論づけられるのである。

この『佛教文學』第三十六・三十七合併号には、その他にも諸氏によって仏教文学とは何かについて論じられているが、共通する大体の認識は、昭和三十七年に仏教文学研究会として発足した当初において、仏教文学とは何かという定義がしっかりなされていなかったということである。これは、なされなかったというよりも、できなかったと言ったほうがよいのかもしれない。本学会の第二条（目的）には「本会は仏教的文学・芸能、および一般文学・芸能の中に現われた仏教の研究を目的とする」と規定されているが、「仏教文学」という語は用いられていない。そして、先述のように、十一年後の『仏教文学研究（十二）』でも仏教文学の定義をめぐって様々な考えが並び、本学会創立五十周年にあたって行なわれた鼎談・シンポジウムの成果を特集した『佛教文學』第三十六・三十七合併号を見ても、仏教文学の定義が得られたとはいえない状況である。

そうした中で、門屋温氏の「B文学に未来はあるか」という論は、一見ユニークな論であるように見えて、実は、この仏教文学とは何かという命題の核心に鋭く迫ったものとして、また、これからの文学研究の進み方について、傾聴するに値する論である。

氏は、『仏教文学研究（十二）』を読まれた結果、諸氏の論は「まさに混迷状態」であることから、「わかったことは、仏教文学はカオスであるということ」（八四頁）であるといわれる。氏は、『仏教文学研究（十二）』の中の小林智昭氏の論の一節、

もともと仏教文学という呼称は、一定のはっきりした概念規定を持たないままに成立し、用いられてきたものであり、視点の相違によって広狭の振幅がかなり著しく変化する、そういう可動的な、いわばどうにでもなるようなカオス（混沌）を史的な本質として具えてきたことである。……（中略）……この（＝仏教文学。筆者注）定義をめぐる半世紀にわたるカオスの状況は、そのまま現代にも尾を引いていると思われる。

（『仏教文学研究（十二）』三六頁）

を引いた上で、「要するに最初から仏教文学はカオスだと言っている。たとえば五十周年を期に原点回帰をしようとしても、原点がカオスではそもそも無理なわけです。」（八五頁）と述べる。そして『仏教文学研究（十二）』中の諸氏の論を検討した上で、

こんな学会も珍しいのではないでしょうか。「仏教文学会」でありながら、しょっちゅう「仏教文学とは何か」という議論をしている。しかし、この概念規定の曖昧さが、仏教文学研究の原動力になってきたという言い方

もできるでしょう。逆説的に言えば、仏教文学の概念規定が当初から明確なものだったら、もうとっくに仏教文学の役割は終わっていたかもしれない。（九一頁）

と述べ、

結局のところ、五十年前に仏教文学研究会を立ち上げたときと同じく、「仏教文学」の概念規定をはっきりさせないまま、侃々諤々議論を繰り返しながらいくしかないんだろうと思います。概念規定が明確でないということは、最初からそれによりかかった研究が成り立たないということでもあるわけです。だから結局は一人一人の研究者が、文学とは何か、仏教文学とは何か、ということを常に問い直しながら研究を進めていかなければならないということだと思います。（九二頁）

と、仏教文学研究の方向性を明示しておられる。

さらに氏は、「自分たちが生まれる前からあった「仏教文学」を所与のものとして受け入れてしまっているような印象があ」り、「「仏教文学」という枠組みに最初から依存して、言ってみれば「仏教文学村」の中でテキストを操作しているだけで、なんとなく自分の研究に満足してしまう」ことは、「結果として「仏教文学研究」自体をどんどん萎縮させていってしまうのではないでしょうか」（同上）と危惧し、

先学たちがやって来たように、「仏教文学」という概念自体を、常に揺さぶり続けるような研究をこそ志向すべきではないのか、そう思います。（同上）

といわれ、

四十年前にも問題にされていたように、文学的であるかどうか、文芸として優れているか、は研究にとって本質的な問題ではない。「人に読まれることを想定してかかれたものは、すべて文学なのだ」という態度こそが、

科学的研究と呼ぶに値するものであると私は確信しています。（九四頁）

と述べて、「そう考えると、仏教文学研究に未開拓の分野はまだ残されている気がします。」（同上）と結ばれている。

四

以上見てきたように、仏教文学の定義については、研究者それぞれの認識によっているのであり、その状態は現在でも基本的に変わりはないのである。仏教文学とは何かということについてはいまだ明確になっていない。

そのような状況の中で卑見を述べることが可能か、疑問は消えないが、ただ一つ、諸先学のお考えに接する時、仏教的側面についての言及はその濃度を中心に詳細にわたるが、文学的側面についてはあまり詳しく論じていない感がする。これは、文学研究者の立場からすれば、文学的側面は当然の前提として論じるまでもないことであるからであろう。

しかし、私は文学として仏教文学を考えるからには、文学的側面からの言及も、仏教的側面からの言及以上にしておく必要があると考える。論じるまでもない前提であっても、今一度述べておく必要があると考えるのである。

文学の定義もまた難しいのであるが、文学の必要条件ならば、いくつかを挙げることができる。今それを列記してみると、

一、文字で書かれていること。

二、人間の精神的営為の表出したもの。

三、時、場所を超えて変わることのない普遍性を持っていること。

四、享受者に感動を与えるものであること。

の四点になろうか。一々についての説明は省略するが、この中で特に重要なのは二と四である。つまり、文学は、人間の精神的営為が表出したものであり、それが享受者に何がしかの感動を与えるものである。仏教文学といえども、文学である以上、この点を欠くことは許されない。よって私は、仏教文学を次のように定義したい。すなわち、仏教思想を根底に持った人間の精神的営為が表われており、その仏教思想を根底に持った精神的営為が享受者に感動を与えるもの、それが仏教文学である。つまり作品中にみられる人間の精神的営為が仏教思想の上に立ったものであり、それが享受者に感動を与えた時、その作品を仏教文学であるといいうるのである。

『平家物語』は、無常観という仏教思想によって人間をとらえ、その人間観によって、「死」に懸命に抗いながらも滅んでいった人間への暖かい同情・共感の念を語り、それが我々享受者に感動を与えるのであり、『徒然草』は、無常観の上に立って人間性が肯定され、精神的自由が求められたのであり、その兼好の精神的営為に我々は共感をおぼえるのである。

このような私の考えは、先に引用したように、藤巻和宏氏にいわせれば、「仏教の影響を受けた文学」と同じようなもの言いであり、「これでは何も言っていないに等しい」と一蹴されるのかもしれないが、私としては、単に「仏教の影響を受けた」ものではなく、作品中に見られる精神的営為の根底に仏教思想があるのであり、仏教思想の上に立った精神的営為の表出をいうのであって、そこにはおのずから違いがあるつもりである。

もちろん、この私なりの定義が万全なものであるとは思っていないし、これでよしとする思いではないことはもちろんである。先に引用した門屋温氏のいわれる「戒め」を服膺して、「仏教文学村」に閉じこもることなく、絶えず、文学とは何か、仏教文学とは何かを問い返しながら、研究を進めていきたいと思うものである。

第一章　『撰集抄』の研究

第一節　中世仏教説話の特異性——『撰集抄』を中心に——

一

『今昔物語集』巻十二第三十三話「多武ノ峰ノ増賀聖人語」は、要約すると、次のような内容である。

1　幼時、父母と坂東へ赴く時、馬より落ちたが、仏の加護に依って疵を負わなかった。
2　四歳の時、比叡山に登って法華経を学びたいと言い、父母を驚かす。
3　遂に十歳の時、比叡山に登り、慈恵大僧正の弟子となり、出家して、仏道を修学する。
4　立派な学生となったが、道心がますます起こり、名利を避けるために多武峰に籠居しようと考えるようになる。
5　僧供を下僧に受けさせせずにみずから受けるなど、狂人の振る舞いをし、遂に多武峰に籠居した。
6　夢で、南岳・天台両大師にほめられる。

7　冷泉院が護持僧にしようとされたが、狂人の如くに振る舞って、逃げ帰って来た。
8　八十余歳になり、死期を知り、辞世に「みづはさす云々」の歌を詠む。
9　臨終に、囲碁をし、泥障を被って胡蝶舞のまねをした。
10　人を皆去らせ、威儀を正して入滅した。
11　龍門上人の夢に現われ、上品上生に生まれたことを告げた。

右のように『今昔物語集』では、増賀の幼時から往生までの一代の行業を述べた話になっていることは、一目瞭然である。

ところが『発心集』(巻一)の記述では、一代記的ではあるが、賛辞には、世を厭い物狂いのまねまでして境界を離れんとしたこと、つまり再発心を讃嘆しており、『今昔物語集』とちがって、「再発心」・「遁世」に重点がおかれている。

さらに『撰集抄』(巻一第一話)では、幼時より道心深く、根本中堂に千夜こもって道心のつくことを祈ったが、いまだまことの心はつかなかった、と略述した後、本筋へ入る。ある時、伊勢神宮へ詣でて道心のつくことを祈ったところ、夢に「道心おこさむとおもはば、此身を身とな思ひそ」という示現を蒙り、小袖衣をみな乞食に与えて裸で帰ってしまった。師の慈恵大師から、名利を捨てるにしてもそれほどまでしなくてもよかろうと諌められたが、走り出で、多武峰に籠居したという筋立てになっている。つまり、伊勢神宮で示現を蒙り、再発心する一段のみで構成されており、批評部分でも、

げにもうたてしきは名利の二なり。まさしく貪瞋癡の三毒よりおこりて、身をまことある物とおもひて、是をたすけんため、そこばくの僞をかまふるにや。……(中略)……墨染のたもとに身をやつし、念珠を手にめぐ

らするも、詮はたゞ、人に帰依せられて世をすぎむとのはかりごと、あるひは、極位極官をきはめて公家の梵筵につらなり、三千の禪徒にいつかれんと思へるも、名利の二をはなれず。此理をしらざる類は申におよばず、唯識止観に眼をさらし、法文の至理をわきまへ侍るほどの人たちの、知りながらすて侍らで、生死の海にたゞよひ給ふぞかし。……（中略）……しかるに、此增賀上人の、名利の思ひをやがてふりすて給ひけん、ありがたきには侍らずや。(1)

と、大寺における僧を痛烈に批判し、名利を捨てて再発心したことを讃美している。

このように、「発心」とか「出家」が、『今昔物語集』では伝記的記述の中の一節であるのに対して、次第に説話の中の重要な位置を占めるようになり、『撰集抄』では「発心」・「出家」そのものがテーマとなっている。これは、説話集の性格や編纂目的の違いにもよろうが、それを考えた上でも、「発心」・「出家」の説話中における位置が変わってきていることは、注目される。「発心」・「出家」へと説話の中心が変化してきたということは、「心」をより重視する傾向が強くなってきたということである。

増賀の話に象徴的にあらわれている点、つまり、「心」をより重視する傾向が強くなってきたことに、中世仏教説話、なかでも平安末期から鎌倉期にかけて成立した仏教説話の特異性をみるのである。(2) もちろん、そのほかにも中世仏教説話を特徴づける点は多くあるが、特にこの点が、中世仏教説話の特異性の大きな一つといえるであろうと考えるのである。以下、この点について『撰集抄』を中心に考察する。(3)（以下、**別表1**参照）

二

『今昔物語集』（本朝仏法部）には「発心」の用例は一二五例みられる。「発心」の用例は、意味内容から「恭

別表１

説話集 （テキスト）	日本霊異記 （大系本）	法華験記 （続群書類従）	今昔・本朝仏法部 （大系本）	発心集 （鴨長明全集）	閑居友 （古典文庫）	撰集抄 （岩波文庫）
総話数	116話	129話	401話	106話	32話	121話
1.「発心」 恭敬 発願 出家 再発心	5例 60.0% 0 40.0% 0	43例 65.1% 20.9% 14.0% 0	125例 48.8% 12.8% 25.6% 12.8%	35例 17.2% 20.0% 51.4% 11.4%	9例 11.1% 11.1% 66.7% 11.1%	33例 9.1% 3.0% 66.7% 21.2%
2.「……を発す」 「発願」 「発心」	27例 92.6% 3.7%	22例 77.3% 9.1%	35例 62.8% 31.4%	17例 52.9% 29.4%	2例 0 0	6例 16.7% 0
3. 出家後の生活 大寺に入る 高僧に師事 隠栖 遊行	10例 50.0% （私度50.0%） 	25例 64.0% 28.0% 8.0%	72例 55.6% 9.7% 25.0% 9.7%	36例 16.7% 11.15 33.3% 38.9%	12例 0 0 75.0% 25.0%	51例 13.7% 5.9% 51.0% 29.4%
4. 発心譚	1話 0.9%	2話 1.6%	23話 5.6%	19話 17.9%	11話 34.4%	25話 20.7%
（遁世・隠徳譚）				11話 10.4%	5話 15.6%	21話 17.4%
（行業・霊験・応報・奇異譚）				44話 41.5%	8話 25.0%	27話 22.3%
5. 往生譚	1話 0.9%	16話 12.4%	59話 14.7%	14話 13.2%	8話 25.0%	6話 5.0%
6. 往生の証明 証明ある往生の数／往生の総数	2／2 100%	73／86 84.9%	79／109 72.4%	24／46 52.2%	4／10 40.0%	8／23 34.8%

敬」・「発願」・「出家」・「再発心」の四つに分類できるが、『今昔物語集』では「恭敬」の心を発す意の用例が最も多くて五割近くを占め、「発願」の意の用例を合わせると六割を超す。ちなみに「……を発す」の用例をみると、三五例のうち「発願」の用例が六割強を占めており、このことからも、『今昔物語集』の「発心」の用例が「出家」よりも「恭敬」の心を発すとか「発願」の意に多く用いられていることが理解される。『今昔物語集』の信仰態度について、すでに片寄正義氏が『今昔物語集論』（藝林舎・昭和四十九〈一九七四〉年二月）において「至心」という言葉でとらえておられるが、「発心」の用例からみても、それが首肯されるのである。

ところが『発心集』になると、「発心」の用例三五例のうち五割強が「出家」につながる用例である。そして『撰集抄』では、「発心」の用例三三のうちの七割近くが「出家」につながる意味であり、「再発心」が二割みられる。「恭敬」や「発願」の意の用例もみられるが、それらの大部分は出家者においてのことであり、『今昔物語集』との違いがはっきりしている。さらに、「出家」へと進む「発心」の用例をよくみると、「発心」を記す後に剃髪とか僧形になったとか「出家して」などといった表現はほとんどみられず、すぐにその行ないを記しており、「発心」の「出家」との結びつきは強い。

次に発心して出家した後の生活様式についてみると、『今昔物語集』で出家直後の行動を記すものは七二例ある。そのうち延暦寺・興福寺・薬師寺・元興寺・三井寺等の大寺へ入ったものが全体の半数以上を占め、出家後に入った所は記さないが高僧に師事したものを含むと六割以上となる。このほかにも、名前は出さないが「□ト云フ人ヲ師トシテ」出家したという表現も非常に多く、『今昔物語集』における出家は大寺が中心であったといえよう。出家するからには大寺へ入り高僧を師として修学するのが一般的なコースであったようである。

もちろん官寺仏教の性質上、『日本霊異記』における私度僧をはじめ、外的条件によって官僧として大寺へ入ることのできなかった者もあるが、それは内部的自発によって隠栖や遊行へ進んだのではない。よって今は発心を問題とするのであるから、それらは対象としない。

『発心集』では三六例のうち隠栖と遊行が七割強となり、『閑居友』は、用例数は少ないが、すべて隠栖・遊行である。『撰集抄』においては、五一例の出家の記述のうち隠栖籠居したり抖擻修行に出たりするものが実に八割を占める。その反面、大寺へ入ったり高僧に師事するものは極めて少ない。『撰集抄』の中にも「詮はまことの道心侍らば、修門は何にて侍りなん」（巻一第五話）と述べており、修行よりも心が大切であるという考えが、そこに強くはたらいているのである。

この『撰集抄』の、出家後の生活様式の大部分である隠栖や遊行の、四分の一は再発心である。再発心とは寺に在る僧が何かの機縁で再び道心を発して寺を出奔し跡をかくして隠栖や遊行の身となることであるが、これは良忍・法然・親鸞等に代表される平安末から中世にかけての新しい仏教者たちの姿であった。彼らは、出家して直ちに隠栖・遊行へと進んだ者たちも含めて、聖・聖人・上人と呼ばれたのである。

この再発心は『今昔物語集』では発心や出家のうちの一割ほどしかみられない。その再発心の理由も、『今昔物語集』では静所でさらに修行するためとか大寺の堕落への批判もみられるが、多くは道心が発ってのものである。しかし、この理由は、理由でありながら何かはっきりしないものであり、僧の寺からの出奔という事実を後から理由づけしたといえなくもない。つまり再発心がそれほど重視されていたのではなく、往生のための一行業として扱われているのである。しかし『撰集抄』では、再発心のうちの約半数が理由を記さない。これは寺に在る者がやがて再発心するのは当然のなりゆきであるという考えが強いことを物語る。さらに再発心を讃美する叙述をみると『摩訶止観』の隠徳の影響がはっきりしている。この隠徳の考えの影響で、発心・出家後の生活様式も隠栖や遊行へ進むものが多いのである。

三

それでは、そのような発心・出家は、それぞれの話の中で、どのような位置が与えられているのであろうか。『日本霊異記』や『今昔物語集』では、発心・出家は、話中の主人公を紹介する伝記的記述の一部として述べられているものが多い。たとえば、

今ハ昔、本朝、天智天皇ノ御代ニ道照和尚ト云フ聖人在マシケリ、俗姓ハ丹氏、河内國ノ人也。幼ニシテ出家シテ元興寺ノ僧ト成レリ、智リ廣ク心直シ。(4)

という具合である。また、話の筋の一段としてとか、往生(5)するために積む善根の一つとして述べられているものも多い。ところが『発心集』では、発心・出家が往生のための一善根という位置を与えられているものもみられるが、また、発心・出家を話の主題とするものも多くみられる。そして『撰集抄』になると、どのように発心し、出家したかに重点が置かれ、発心・出家して往生へいたるという展開の話は、極めて少なくなっている。その代表的な一例を、冒頭に挙げた増賀の話にみることができる。すなわち、『今昔物語集』（巻第十二第三十三話）では、幼時から往生までの十一段から成っており、一代の行業を述べた話になっていることは一目瞭然である。これは多くの話が種々の善根を積み善根や霊験によって往生の素懐を遂げるという構成になっており、発心・出家に重点をおいた話ではないことによる。もちろん発心譚とみられるものにおいては発心に重点がおかれるのは当然であるが、それは説話集全体からみるとわずかである。ところが『撰集抄』（巻一第一話）では、伊勢神宮で示現を蒙り再発心する一段のみで構成されており、批評部分でも、大寺における僧を痛烈に批判し、名利を捨てて再発心したことを讃美

している。どのように発心し出家したかに重点がおかれ、発心・出家してやがて往生を遂げるといった展開の話は極めて少ないのである。

これは、説話集の性格・編纂目的が強く関わっていることは当然であるが、それを考えた上でも、発心・出家の話中における位置が変わってきていることは事実である。この点をさらにみてみるために、その発心・出家が話の主題になっている話、つまり発心譚の、説話集全体に占める割合をみてみよう。

『日本霊異記』は因果応報を説くのが目的であるから、発心譚が少ないのも当然であるが、全巻一一六話中、二三話が発心譚といえるものは、中巻第二話の一話しかみられない。『今昔物語集』では、本朝仏法部四〇一話中、二三話が発心譚といえようが、本朝仏法部全体の一割にも満たない。これらの中にも、「行業」の色濃い話や、「往生」とどちらに重点があるか断じえないものや、霊験や積善に重点があるとも考えることのできるもの、また、話の前半と後半で重点が異なるものなどがみられ、純粋な発心譚は十数話となる。国東文麿氏によれば、本朝仏法部も仏教伝来・寺院縁起・起塔縁起・法会縁起・仏像感応譚・諸経霊験譚・往生譚・観音霊験譚・地蔵霊験譚・菩薩霊験譚・諸天霊験譚等が語られているのであり(6)、仏・菩薩や諸経の霊験・功徳を説くところに重点がおかれていることが理解されるが、また、『今昔物語集』は天竺・震旦・本朝における仏教の歴史書的な性格もあり、発心に重点をおいた発心譚が極めて少ないのは、そのためといえるかもしれない。

『発心集』では、発心譚は全体一〇六話のうち一九話あるが、やはり、往生や行業にも同等の重点がおかれていると思われる話もある。しかし、遁世譚（遁世の様子を語る話）も加えると三割弱と増えている。その反面、『日本霊異記』や『今昔物語集』などの大部分を占めていた行業・善報悪報・霊験・奇異・呪力などを中心とする話は、全体の四割もみられ、『日本霊異記』や『今昔物語集』的な古い面も残っている。これは、編者鴨長明自身の性格や境遇にもよるのであろう。

さて、『撰集抄』は、編者とおぼしき主人公が発心した人たちに会って、その発心の様子を聞くという形式ではあるが、それによって、主人公を通して発心を語るという意図であるから、発心譚として扱ってよいと思う。その『撰集抄』では発心譚は二割ほどあるが、遁世生活や隠徳の話を含めると四割弱となる。これに対して、行業・霊験・奇瑞等の話は二割ほどみられる。

さらに、往生譚の割合をみても、『今昔物語集』では一割五分みられるのに、『撰集抄』では全体一二一話中わずかに六話、五分しかみられない。これからも『撰集抄』が発心に重点をおいていることが理解される。

このように、行業や霊験から発心・出家へと、話の重点が次第に移ってきているのである。発心・出家が往生のための一善根であるという視点から、発心そのものが貴いという観点へ変化してきたことを知りうるのである。

四

発心が信仰の出発点ならば、信仰の一応の到達点ともいうべき往生は、どのように扱われているのであろうか。『日本霊異記』は、編纂目的から当然なことながら、霊験・行業の話が中心である。その中において往生は、もちろん善因の結果としての位置が与えられているのであるから、亡くなった人がどこに生まれたかということが重要になっている。西方浄土とか、往生とは違うけれども兜率天の内院とか外院などと、その場所を示すものが多い。『今昔物語集』も、やはり、往生は善根を積んだ結果もしくは仏・菩薩の霊験によることを強調する。また、善報として扱われている往生も、善報であるということに話の重点がおかれている。だから巻十三第八話のように、善根を積んで、その結果、往生する夢をみながら、実際の往生は記さない話もみられる。つまり善根に重点をおくのであるから、往生することが約束されたことを記せば、それでもう実際の往生を記す必要はないのである。巻十四第十話では、壬生良門が罪業深くして三宝を知らないことを憐れんで空照聖人が訪ねてくるが、聖人が良門に説く中に「速ニ財ヲ投テ功徳ヲ營メ」(7)とみえる。これは、多くの善根を積んで往生することに重きがおかれていた、当時の信仰態度を物語るものである。

『発心集』にも、往生は功徳によるという考え方が残っており、

往生は無智なるにもよらず。山林に跡をくらうするにもあらず。たゞいふかひなく功積めるものかくの如し。(8)

と述べてもいるが、功徳を積む結果として往生するという考え方は薄くなってきており、往生は「心」によるものであるという考え方が強くなってきている。(9)

このような点は、『撰集抄』になるとさらにはっきりしてくる。『撰集抄』巻五第十一話は、作者が友人の聖と共に江口にさしかかった時に、遊女の中にも往生を遂げた者が多いことを思い、遊女のような者がどうして往生できるのだろうかと考え、

こは、さればいかなる事ぞや。前世の戒行によるべくは、なにとて今生のかゝるうたてき振舞をすべきや。又此世のつとめによるべくは、あにかれら往生を遂げんや。これをもつて靜かに思ふに、たゞ心にうべきにや。……(中略)……つねに後世の事を思けん人は、口にあしき言葉をはき、手にわろきふるまひ侍るとも、心うるはしく侍らんには、さうなりけるにや侍らん。

と述べている。

このように、往生は「心」によるものであるという考え方が強くなってくるのであるが、これは、末世観が切実なものとなってくるにつれ、以前のような仏・菩薩の霊験はありうるはずがないという考えが出てきたことにもよ

るのであろう。

また、往生を、功徳を積んだ結果もしくは善報としてとらえる場合、往生は確かであったという証明が当然必要になってくる。この往生の証明には、夢に仏・菩薩から必ず往生することを告げられる場合、死ぬ直前に奇瑞があったことを往生人自身が語る場合、往生時に紫雲がたなびいたり妙なる音楽が聞こえたり馥香が匂ったりする場合、死後に知人の夢に現われて往生した旨を告げる場合など、いろいろあるが、かねて死期を知っていた場合も証明といえるであろう。

『今昔物語集』では、往生について証明のある場合は実に七割を超える。すなわち、いかに多くの善根を積むかという点に信仰態度の重点があったことから、当然その効験を記す必要があったのであり、その信仰の対象である仏・菩薩などにいかに功徳があるかを記さねばならなかった結果である。しかし『発心集』では、往生の証明の有無は大体半々となり、『撰集抄』では、『今昔物語集』とは逆に、証明のない往生が六割半となっている。「発心」や「出家」を重視する説話となると、もはや往生の証明は必要なく、ただただ発心を讃美するばかりになるのである。

五

以上、中世仏教説話の特徴について、『撰集抄』を中心に考察してきた。すなわち、発心・出家の説話中における位置、発心譚の増加、往生の説話中における扱われ方、往生の証明の減少といった点で、行業や積善・霊験・奇瑞等を述べる先の時代の説話と異なり、中世仏教説話、なかんずく平安末期から中世初頭にかけての仏教説話は、「心」を重視する傾向が強くなっていることを知るのである。しかも、これは決して一、二の仏教説話集においてのみではなく、全般的にいいうることであることは、**別表1**をみれば理解されるのであり、よって『撰集抄』の、求道心をより重視した信仰も、その変化の中で形成されてきたものであることが理解されるのである。もちろん、信仰は心を離れて成立するものでないことは当然であるし、『今昔物語集』の信仰について片寄正義氏が「至心」ととらえておられる（『今昔物語集論』）ように、先の時代の仏教説話にもこの点を見出すことはできるが、そういったことをわきまえた上で、次第にその濃さを増してきているということを見出しうるのである。

それでは、なぜ、中世仏教説話が、「心」を重視する方向へと変化してきたのであろうか。それには、説話集の性格や編纂目的の違いによることを、まず考えねばならない。と同時に、如上述べ来たったような点は、逆に、編纂目的の違いを探る一つの手がかりともなろう。しかし、「心」を重視する傾向は、中世仏教説話において一般的に強いといいうるのであり、それには、編纂目的の違いによることも承知した上で、さらに種々の理由が考えられるのである。

まず第一に、時代的背景である。平安末期から中世にかけて、世はまさに戦乱にあけくれ、それはそれまでの価値観を根底から揺さぶるほどのものであった。この動乱によって生じた危機感が、人々をして自己存在を認識させたのである。すなわち、浄土教思想や無常観・末法観といった思想は平安朝にも受容されていたが、それは、宇治平等院や法成寺、さらには、『枕草子』や『源氏物語』等をみてもわかるように、極めて趣味的なものであった。

やがて永承七年（一〇五二年、ただし、末法初年については諸説ある）には現実に末法の世に突入し、それは少なからず人々に動揺を与えた。けれどもまだまだ切迫したものではなかった。それが切実に身に迫るものとして受けとられたのは、動乱を経験してからであった。つまり、動乱を目の当たりにした人々は、現実に末法の世を見、現実にこの世が常ならざるものであることを知った。何事も常ではない現実に立たされ、人々は常なるものを願い、ただただすがりつきたい一念で浄土往生を願ったのである。もちろん、このように身に切迫したものとして受けとることができたのは、ある程度の知識のある人々ではあったであろう。しかし、動乱を目前に見たことによって危機感を生じ、それまで自己の存在を疑いだにしなかった貴族たち知識人層は、自分たちの土台が揺れるのを感じて、おそらく初めてといってよいであろうが、自己の存在をみつめざるをえなくなったのである。それはすなわち、自己の心との対話であったのである。

二には、『摩訶止観』の影響が考えられる。中世仏教説話が『摩訶止観』との関係を離れては語れないことは、第二章第一節および第二節で論じているので、詳述はそちらに譲るが、中世仏教説話は、『摩訶止観』の影響が大きいのであり、かの玄賓が、『日本後期』や『日本三代実録』にみられる実像と異なって、中世仏教説話では、隠徳の清僧の理想像として描かれるのは、その代表的事例といえよう。ともかくも、この『摩訶止観』の影響から、中世仏教説話において、「心」ということが重視されるにいたったのである。

ところが、この『摩訶止観』は中古天台の教理的な拠り所であったのであり、その影響が平安末期から中世初頭に顕著にあらわれたこととは、時代的にずれがある。これには、やはり、先述した、動乱からくる危機感というものが大きく影響している。危機感・切迫感というものがあったればこそ、『摩訶止観』の受容も、切実なものとしてなされたのである。

三には、末法観が挙げられよう。『撰集抄』巻三第七話は雲居寺の瞻西聖人が化人によってその慈悲心を試される話であるが、その後に、

かやうの事などは、世あがりては書き置くあと多く見え侍れども、末の世にては例すくなかるべし。

と述べている。『発心集』巻八「ある武士の母、子を怨み頓死の事」の後半（標題は「末代と雖も卑下すべからぬ

事」）に、今も昔も仏の救いの変わらないことを述べ、その違いがあるのは人の側の信によるものであるといっている。しかし、逆説的に考えれば、このようなことをあえていわねばならないところに、かえって今と昔との違いのあることの意識をうかがうことができるのである。

この末法観は、第一の理由のところで述べたように、動乱によって現実性を持ち、無常観等を身に迫ったものとして認識させる役割の一面にもなっていたが、それと同時に、切実な末法観によって、末の世にはもはや霊験・奇瑞はありえないと考え、したがってそのようなことを望んでもかなえられないのであり、ただひたすら信じ、すがるしかないと考えるに及ぶ。そこから、心を清澄に保ち、心のありようによって救われようと考えるのにいたるのである。

しかし、末法観は、仏教が始まって以来あるものであり、現実に末法の世に突入したのは永承七年のことであった。それが、平安末期から中世初頭にかけて強く意識せざるをえなかったのは、やはり動乱を経験したところによる危機感があったからである。

以上の仏教思想が受容されたのには、まだ様々な理由があろうが、それが切実に身に迫るものとして受容されるのに果たした動乱の役割は大きいといわざるをえない。

四には、説話の対象が、貴族から民衆へと変化したことが挙げられる。平安末期からの武士の擡頭により、政治の実権は貴族から武士へと次第に移ってゆき、貴族の没落は秋の落日を見る如くであった。よって、それまで貴族の財力に頼って法権力を誇ってきた大寺もまた、貴族の没落とともに、荘園制の崩壊も相俟って、財政的な窮地に陥らざるをえなかった。そこで大寺は、その堂塔伽藍を維持するために、民衆にそのツケをまわさざるをえなくなり、一紙半銭の喜捨を求めて、勧進聖の活躍ということが生じてくるのである。

中世仏教説話に登場する僧の多くは、聖といわれる人々の範疇に入る人たちであり、また**別表1**をみてもわかるように、聖としての生活へ進む僧が多く描かれていることなどをはじめ、様々な理由から、中世仏教説話の成立にあたって何らかの形で聖が関わっていたらしい(10)。しかし、彼らは、聖という、大寺における、仏道を修学し僧綱の昇階を望む僧たちとは異なった立場にあり、したがって彼らが、教理的・学問的面に対して否定的、もしくは弱い立場にあったのは当然のことであり、その結果、心の純粋さを強調する方向へかたよるのも、また首肯されることである。

さらにまた、彼ら聖は世俗に極めて近い立場にあったことはすでにいわれていることであるが、その世俗性の反省から、身は俗におきながらも、澄んだ道心を希求したのである(11)。

この、貴族から民衆へと対象が変化したことは、これによって、それまで、ともすれば仏教の恩恵の外におかれていた民衆が、ようやくその恩恵の枠内に加わることができたともいえよう。しかも、彼らが受容する仏教が、先に挙げた理由等々によって「心」を重視する傾向を持っていたことから、彼らにも自我の芽生えが、わずかながらも兆してきたといえよう。

以上のような点が相俟って、中世仏教説話、なかでも特に平安末期から中世初期にかけての仏教説話において、「心」がより重視されるにいたったのである。

六

しかし、以上の点（特に仏教思想）が、直接的に作品（特に仏教説話）に影響したのではない。

たとえば、中世仏教説話に登場するすべての隠遁者が、『摩訶止観』の教理を承知した上で心を澄ましたのではない。すべての隠遁者が、三学でいうところの「慧」の前段階である「定」を得るために、その行として心を澄ましているわけではない。むしろ、中世仏教説話にみる隠遁の多くは、隠遁そのものが目的化してしまっている。また、本来は観法の一つであるところの無常観も、小林智昭氏が、

　日本文学を埋める無常感は……（中略）……一つのれっきとした世界観というには余りに情緒的であり、詠嘆的な傾向が強い(12)。

といい、氏が「無常観」ではなく「無常感」といわれるように、極めて情緒的にとらえられている。

それらは、思想というよりも情緒というべきものである。このような傾向は、中世仏教説話の中でも、特に『撰集抄』に顕著にみることができる。

つまり、先述の諸点は、あくまでも当時の思想（いい過ぎならば、時代の風潮といってもよかろうが）を形成していったのであり、そのような広義での時代的背景の中で、中世仏教説話は「心」をより重視する方向へと進んでいったのである。そのような中で、作者の個性等が加わって、作品は成立していったのである。

一つの思想が個人に影響を与えたといっても、その思想がストレートに作品に反映されるのではない。それは、個人に受容され、その人の、生い立ち・生活環境、その他もろもろのものによって形成された、性格や考え方によって消化吸収され、そして作品にあらわれてくるのである。

したがって、何度も断っているように、説話集の性格や編纂目的、作者個々の思想ということも、個々の作品を細かくみてゆく場合には、当然考えていかねばならないことである。このような認識上に立って、個々の作品を比較検討してゆくことが必要であろう。

ともかくも、如上述べ来ったように、前の時代の、功徳・善根を積み、霊験や奇瑞を願い、往生を望む話と異なり、この「心」を重視するという点こそ、中世仏教説話、なかんずく平安末期から中世初頭にかけての仏教説話の、一つの大きな特異性であると考えるのである。『撰集抄』に、

詮はまことの道心侍らば、修門は、何にて侍りなん。……（中略）……よく〳〵心をとめて、坐禅し給はば、是ぞ三業の中の意業の行に侍れば、百千無量の佛塔をつくらんにはすぐれやし侍らん。いかなる善も只心によるべきとぞ覺え侍るめり。（巻一第五話）

といい切っていることこそ、中世仏教説話の特異性を端的にあらわしている言葉として、また、真の信仰への芽生えとして、深く心に迫るものがあろう。

如上、考察し来った中世仏教説話の特異性、すなわち、心を重視する傾向は、何も仏教説話のみに限ったことではなく、濃淡の差こそあれ、中世の文学全般にもいえることであることは、序章でふれたところであるが、そのように、中世文学は、全般的に、「心」を重視する傾向がみられるのである。そのような時代的傾向の中にあって、中世仏教説話は特に顕著である。それは、一面では、仏教説話という、仏教と密接な関わりを持っていたからであり、一面では、説話という、一般性を持ったものであったからであろう。

註

（1）本章における『撰集抄』の引用および巻数話数は、特に断らないかぎり、すべて近衛家陽明文庫旧蔵本を底本とする岩波文庫本による。

（2）『撰集抄』の作者の宗教については、すでに石田瑞麿が「心の重視」ということにふれている（「遁世者の理想―『撰集抄』の世界―」〈『中世文学と仏教の交渉』春秋社・一九七五年三月・所収〉）。
（3）それぞれのテキストは次の通りである。『日本霊異記』・『今昔物語集』は日本古典文学大系本、『法華験記』は続群書類従所収、『発心集』は鴨長明全集所収、『閑居友』は古典文庫本、『撰集抄』は岩波文庫本。
編纂の目的や時代背景によって説話集の性格も異なり、一概に比較できるものではないし、数字が万能でないことも承知しているが、『撰集抄』の他と異なる性格の一面をうかがうことはできよう。また、これらの項目は極めて主観の入りやすい点から、その数字も大体の傾向を知る目安にとどめるべきであろう。
（4）『今昔物語集』巻十一第四話（日本古典文学大系本・三・六三頁・岩波書店）。
（5）本来、「往生」は弥陀の浄土に生まれることをいうのであって、そのほかの所へ生まれる場合（たとえば兜率天の内院や外院など）は「往生」とはいわない。しかし、本書では、繁雑になるのを避けるため、死後に他所へ生まれる場合も含めて、すべて、「往生」という言葉を使用した。
（6）国東文麿「今昔物語構想論」（『国文学研究』第二七号〈一九五二年十月〉・所収）
（7）日本古典文学大系本（岩波書店）・三・二九四頁。
（8）角川文庫本・八三頁。
（9）入部正純「『発心集』についての一考察―その信仰態度をめぐって―」（『文藝論叢』第三号・一九七四年九月・所収）参照。
（10）本章第二節および第二章第一節参照。
（11）本章第二節参照。
（12）小林智昭『無常感の文学』（弘文堂・一九七一年六月）五〜六頁。

第二節　『撰集抄』における清僧意識

一

『撰集抄』は周知の如く鎌倉初期に成立した仏教説話集であるが、その主張するものは遁世の姿であることが、すでに田村圓澄氏や伊藤博之氏ら先学の方たちによって明らかにされている。(1) すなわち『撰集抄』には、

・止観の文とかよ、「實をかくし、狂をあらはせ」と侍るとは、これならむと覺えて侍り。（巻二第四話）

とか、

・「雖観事理皆不離識、然此内識有境有心。起必詫内境生故」……（中略）……此文の詮は「たゞ心をも心とてなとめそ」といへる趣きとやらん。唯識至極の觀とてぞうけ給はる。（巻六第六話）

などとあるように、『摩訶止観』や唯識論の文が散見はするけれども、『撰集抄』の宗教的基調をなすものは、浄土念仏の思想である。たとえば、

・浄土にあらずば、心にかなふ所侍らじ。（巻二第一話）

・たゞわく方なく明暮念佛し侍りけるが、つひに本意のごとく往生しき。（巻三第三話）

・西にむかつてなむ手を合せていまそかりけるが、げにそのまゝにて、やがて息たえてけり。（巻三第八話）

・阿彌陀佛、すがたを凡夫に化同ましまして、我等ごときのさう〳〵の機のために緣をむすびて安養界へみちびき給ふこと……（中略）……歎憂のある時も、此御名をとなへ、身の寒く、かてのとぼしきにも、かこつかた

と御名を申す結縁いよ〳〵ふかくぞおぼえ侍り。（巻七第八話）

・阿彌陀佛の御誓は、さらに偏頗は侍らず。たゞ我をたのまむ人をすくはん、と誓ひたまへり。……（中略）……生死をおそれて、涙をながし、彌陀を信じて、寶號怠り侍らざりけん事、げに〳〵ゆかしき心とぞ覚え侍りし。……（中略）……一返の念佛をも後世のためと思ひむけ侍らば、などてか阿彌陀佛みすごさせおはしますべき。（巻七第十五話）

などの如くである。しかし、『撰集抄』は、浄土念仏・阿弥陀仏信仰が基盤となっていることは明らかであるが、その反面、前述の如く『摩訶止観』や唯識をはじめ、観音・地蔵・不動らへの信仰、さらに神祇信仰をも含んでいるのも、また事実である。

これは、当時の仏教信仰の重点が、来世のために現世においていかに多くの善根を積むかという点にあり、したがって、信仰の対象が一定していなくても何ら矛盾は感じないのである。さらに、浄土教が勃興した平安初期から中世後期にかけては、全く混沌とした時であった。その時代にあった『撰集抄』の浄土教思想が、いわゆる「観勝称劣」の見地に固執した浄土教であって、法然以後の中世浄土教にみられる専修念仏・専称念仏の実践を重んずる浄土教とは異なるものであったことは、当然理解されうるのである。

二

そのような本書が強調しようとしているのは、教理的に唯一の思想ではなく、遁世の姿である。その遁世について、教理的面によって説明するものは少なく、大部分は遁世する清僧をただただ讃美するのみである。(2) たとえば、

・此事、げに思ひ出すに、涙のいたく落ちまさりて、書きのべん筆のたてども見えわかずにこそ。（巻三第一話）

・此人の、思ひとりてさまをかへ、すみなれし里をはなれて流浪し給ひけん、貴さやるかたなく侍り。（巻四第一話）

といった調子で、厳しい自己否定の上に立つ隠栖籠居の僧や抖擻修行の僧を、隠徳の清僧として涙を流さんばかりに讃め称えている。隠徳のためには、狂人を装い、乞食の如く粗末な身なりをして流浪するのである。たとえば、こともあろうに色事によって本寺を追放されたと人々を偽り諸国流浪して暮らした花林院永玄僧正（巻二第四話）、乞食を装ってその身分をかくした静円供奉（巻三第二話）、南都を出奔し人目をしのんではるばる北陸を漂泊した得業慶縁（巻四第六話）、人目を避けてあちこちに居を変え知人にはしゃべれなく装った真範僧都（巻五第九話）、高位にありながら好んで流浪し陸奥国でひそかに生涯を閉じた覚英僧都（巻九第二話）など、高僧がその地位を捨てて出奔し、隠徳のために姿をかくしたことが多くみられる。

そしてそれは、両氏も述べておられるように、先の時代に隠徳のために放浪しつつ仏道修行し、『撰集抄』当時の人々の間にもすでに清僧として知れわたっていた玄賓への敬慕となるのである。

玄賓僧都についての説話は諸書にみえ、律師や僧都に任ぜられるとこれを辞退し、歌を詠んで姿をくらましたり、そのほか、渡守をしたり伊賀の郡司に仕えて馬の世話をしたりして、生涯、流浪生活を送ったことがみられる。この玄賓について『撰集抄』には、

・きよきながれにすゝぎてし衣の色を又はけがさじの、玄賓のむかしの跡ゆかしく、（巻一第八話）

・世をうしと思ひ、又はけがさじなどいふ衣の色は、むかしの奈良の京の御とき、わづかに傳へきく玄賓のむかしの跡にこそ、（巻二第四話）

・われらも多、百千劫の間、とりけだ物と生れて、秋の田驚かすなる山田もる玄賓僧都のひたの聲に驚くむら雀

にてもや侍りけん。（巻二第八話）

・玄賓のむかしの跡に露もかはる事侍らず。山田を守らるゝわざはいかゞ侍りけん。（巻五第一話）

・玄賓僧都にやいまぞかるらんと、むかしのあと、ゆかしくぞ侍る。（巻七第九話）

・高僧どものむかしのあとを聞く中にも、又はけがさじの玄賓僧都のいにしへは、聞くも心のすむぞかしな。（巻九第十二話）

と六箇所にみられる。しかし、玄賓僧都が主人公たる話は一話もなく、すべて諸国遍歴の僧を讃美する作者の言葉の中に昔の清僧として登場するのであり、このことは、とりもなおさず、作者が遁世者の理想像として絶えず玄賓僧都を意識していたことにほかならない。

しかし、本書は、そのような清僧を讃美しながら、反面、俗的一面がみられるのも、また事実である。ところが、この世俗的な面と清僧を讃美する面とは、互いに矛盾するものであるといわざるをえない。もちろん、法然・親鸞らの立場からいえば、この両者は矛盾するものではないが、法然・親鸞以前の仏教界では相容れないものと考えられていたことは明らかである。はたして、この両面はどのような関わりを持っているのであろうか。

以下、『撰集抄』の俗的側面を明らかにしつつ、それが本書の清僧意識とどのような関わりを持つのか、また、その関わりは何を意味するのかを論じてみたい。

三

まず、本書の世俗的な面について、三点からみてみたい。

第一点は、本書に描かれている僧はひじりであるという点である。

本書に描かれている僧は、

・着物は菰わらをもいとはず身にまとひて（巻五第五話）

・今は諸國流浪の乞食として（巻九第十一話）

などと、乞食の如き姿をしていると記されているが、その中にも具体的な姿がうかがわれる。すなわち、「袖もなき帷」（巻三第九話）や「麻の衣」（巻四第一話）を着、「ひがさ」（巻三第八話）をかぶり、「本尊持経ばかり」を納めた「笈」（巻二第一話）を背負い、「鈴といふ物」（巻三第二話）をふり、「さゝら」（巻五第十三話）をすって、「歌」（同）を口ずさんだり、念仏を唱えて、廻国の旅をし、隠栖している。そのような姿には「形の如く」（巻五第十三話）とあるように、ある程度共通する姿があったようである。そして彼らは、井戸を掘ったり（巻七第五話）、船頭となったり（巻五第一話）、また造寺（巻七第八話）といった社会的・仏教的作善をしており、なかにはそのための勧進を記す箇所（巻五第五話・巻七第八話）もみられる。そのような勧進も、ただ漠然と乞うていたわけではない。勧進を得るために、彼らは民衆を教化し念仏を勧めた（巻二第二話・巻七第三話）。その念仏は、鎮魂と滅罪のものであった。死者には在世中の罪をなくし死後の苦を救うためであり、民衆には現世の罪の悪果を知らしめ、その罪を消すために念仏を勧めたのである。勧進とか民衆教化には、当然、唱導ということを考えねばならないが、本書にはその唱導のにおいもうかがわれる(3)。さらに、死骸に出会えば供養し、時にはその遺骨を高野へ運んでいる（巻六第五話・同第八話）。以上のような、僧の服装・持ち物・行動の例は、本書中の他所にも多くみられる。

このような僧は、本書でも「聖」・「聖人」・「上人」と呼ばれているように、ひじりと呼ばれた人々である。このことは、本書にみられる地名をみても、高野山やその別所をはじめ、興福寺・長谷寺・東山・西山・大原・小倉山のふもと・雲林院・雲居寺・葛城山のふもと・熊野・箕尾・書写山等々、ひじりの多く住んだ別所や往来のあった寺社などが多いことからも裏づけられる。また、説話の場所がほとんど全国にわたっていることも、話の蒐集段階に勧進聖が関わっていたことを推測させる。

また、結縁引接の思想がうかがわれるのも注目される。たとえば、

しかれば、おなじ夢の中のあそびにも、新舊のかしこきあとを撰びもとめける言の葉を書きあつめ、『撰集抄』と名づけて、座の右に置いて、一筋に知識にたのまむとなり。（序）

と最初に述べ、最後では、

遠くつたへ聞き、ちかく耳にふれしむかしの賢きあとを、まのあたり見侍りし中に、いみじき人々を書き載せて、且はかの人々のごとくならんと欣求し、且はこれ閑居の友にせんとて、九の巻にしるし載せ侍り。（跋）

と、さらに結縁の志を色濃く述べている。これは、序や跋のみならず諸所にみられ、往生人（巻一第二話・巻六第八話）やその絵像（巻三第八話・巻七第七話）、さらには貴僧が詠んだ和歌（巻八第三十二話）や文章（巻二第二話）等々、あらゆるものに結縁し、みずからも引接されることを願っている。この結縁思想は先の時代の往生伝にもみられることではあるが、五来重氏によると、この結縁思想に関して、平安末期から鎌倉期にかけての勧進聖は良忍以来の融通念仏であったらしい(5)とのことであり、本書の時代と併せ考えるに、その意味するところは明らかであろう。

さらに、大寺にあって僧綱の高位にあることを批判・否定している。

・墨染のたもとに身をやつし、念珠を手にめぐらするも、詮はたゞ、人に歸依せられて世をすぎむとのはかりごと、あるひは、極位極官をきはめて公家の梵筵につらなり、三千の禪徒にいつかれんと思へるも、名利の二をはなれず。此理をしらざる類は申におよばず、唯識止観に眼をさらし、法文の至理をわきまへ侍るほどの人た

ちの、知りながらすて侍らで、生死の海にたゞよひ給ふぞかし。（巻一第一話）

・一寺の貫主として、三千の禪徒にいつかれ給ふべき人の、名利の思をふりすて、人にはくづの松原と呼ばる、名を心にしめて、最期の時刻までおぼえ給ひけん、かたじけなきにはあらずや。（巻九第十一話）

同様の批判は巻一第八話や巻三第五話をはじめ諸所にみられる。この高僧としての地位を断ち切っている点は、教団内部の腐敗堕落も一因であろうが、それよりも、大寺から離れて野に在る僧をめざしており、本書に描かれている僧が、大寺からの出奔、すなわち再出家した僧も含めて、ひじりと呼ばれる人々であったことから考えれば、それは僧綱の面に無縁であったひじりの立場として当然のことであろう。

勧進聖として有名で『今昔物語集』までの説話集や往生伝のほとんどに顔をみせる行基が、本書には主人公としてどころかその名すら出てこないことは、『発心集』や『閑居友』にもみられないことから、『撰集抄』当時すでに高僧として受けとられていたためとも考えられるが、それにもまして、本書の作者には、行基が民衆の中にあって活躍しながら、やがて菩薩という官寺仏教の最高位の僧となったことへの批判的な眼があったのであろう[6]。ともかくも、この高位高僧を批判することは、隠徳僧や無名のひじりが主人公となっている話が多いことにも合致し、それはすなわち、全国をわたり歩き名も残さず路傍に死んでいった勧進聖・念仏聖の最も主張したい点の一つであったであろう。勧進聖でもあった明遍の言葉にも、

出家遁世の本意は、道のほとり野邊の間にて死せんことを期したりしぞかし。（『一言芳談』）

とある如くに彼らは考えて、全国を廻り歩いたのである。

以上、『撰集抄』の叙述の吟味によって、本書に描かれている僧はひじりと呼ばれる人々であり、なかでも勧進聖の色彩の濃いことを知りうる。作者が全国諸所を歩き出会った僧の清僧ぶりを描くという本書の形式も、この点

を裏づけるものを有していようし、本書が仮託したとされる西行が勧進に携わった人物であることも興味を引く。しかも、

・以往、ある聖ともなひ侍りて、越路の方へ越え侍りき。（巻三第一話）

・治承二年長月の比、ある聖とともなひて西の國へおもむきしに、……（中略）……ある聖とうち語りて、（巻五第十一話）

などとみえるところから、作者の周辺にもひじりといわれた人々がいたことも明らかであり、本書の成立に彼らが強く関わっていたことを物語っていよう。

しかし、ひじりは一面ではどうしても世俗との関わりを断つことが困難であったことは、すでに諸氏の論によって明らかであり、なかでも念仏聖・勧進聖は一般に俗ひじりであった。彼らの糧米一つをとってみても、

・とき〴〵里に出て、たもとをひろげて物を乞うては、山中に入り〳〵ぞし給へりける。（巻五第九話）

・里に出て物をこひて命をつぎ、人につかへて身をたすくるはかりごとをなんしつゝ、世をわたり侍りけるとかや。（巻七第三話）

などとみられるように、民衆との接触によらねばならなかったのであり、ひじりという立場はどうしても世俗的な面と重なる部分を持たざるをえなかったのである。

第二に発心出家の動機をみてみると、妻・愛人（巻一第五話・巻四第四話）や母（巻四第一話・巻四第二話）・子（巻五第十話）との死別をはじめ、妻のヒステリー（巻五第二話）や借金で首がまわらなくなって（巻三第九話）、さらに、男に捨てられて（巻三第三話）・他人に土地を取られて（巻一第二話）・犬が飯の取り合いをするのを見て（巻五第三話）など、様々な理由によって発心し出家している。もちろん、なかには日ごろから道心深くして出家した

話もあるが、そのような出家は『今昔物語集』等に比して極めて少なく、しかもそれは、たとえば死別による発心出家でも、悲しみに出会ったことを機縁として無常をさとっての出家ではなく、多くは衝動的である。

そのように一時的な感情で出家へと突っ走ってしまっては、道心のさめる時もやがて来るであろうし、また仏道修行がきちんと行なわれたとは考えられない。事実、本書にもそのような叙述がみられる。

・われらがなまじひに家を出でて、衣はそめぬれど、はかぐ〵しき信心をもおこさず、み山に思ひすます事もなくて、年のいたづらにたけぬる。そゞろに悲しく侍り。（巻二第六話）

・（女院に死別し出家したが）なにのつとめをすべしとも思ひさだめ侍らで、たどりありき侍りしほどに、（巻六第十一話）

前者は作者の反省述懐の文であり、多少の謙遜もあろうが、ひじりという点から考えれば、このようなことも当然ありうるわけである。後者は、一時の悲しみにかられて出家したものの、どうしてよいかわからず、まさに右往左往の体である。

このように、衝動的に出家しても到底道心を堅固に保てるはずもなかったのであり、そのような発心者はおのずと俗事俗縁と関わりを持つのである。

第三に、本書には僧が世俗と関わる話がみられる。よい例が、西行が妻と再会する話（巻九第十話）である。長谷寺で、今は尼となっている妻に会うのだが、妻が今は「高野のおく天野の別所にすみ侍る也」と言うのに対して、西行は初めて聞いたような口ぶりである。また、巻六第三話では西行とおぼしき主人公が「契りを結びし女は飾りおろして、かやうの高野別所とかやに住み侍り」と、とぼけている。この別所も天野と推定されるが、天野は高野山との往来も激しく、妻を天野におくひじりの多かったことは、『発心集』第一「高野の辺の上人偽つて妻女を儲くる事」や『盛衰記』の滝口入道と横笛の話[7]によってもわかるのであり、西行が妻を天野に置いていたことの真偽はともかくとして、高野聖との関わりもあった西行が、天野がいかなる場所であったかを知らなかったはずはなかろう。

　そのほか、本書には、後に立派な往生人となった顕基が出家後までも息子のことを気にかける話（巻四第五話）、江口柱本で遊女であった尼と連歌し「さも戀しき江口の尼哉」と言ったひじり（巻五第十一話）、作者が江口で遊女であった尼に宿をかりる話（巻九第八話）、魚鳥をも食う僧（巻五第五話）等々、僧の世俗的な面を語る話は多い。

　このような話は、たとえば性空上人が遊女に生身の普賢菩薩をみる話（巻六第十話）のように、道心をさらに固める契機となるような話もみえるが、先にふれた顕基の話において、

（大原に閑居する顕基に結縁を求めて訪れた宇治の大殿に対して）「子息にて侍る俊實は、不覺の物にてなん侍り。」とばかり（顕基は）申されけり。世を捨て給へど、恩愛の道のあはれさは、俊實卿を見捨て給ふなと申されけるにこそ。（巻四第五話）

と述べるように、僧の世俗との関わりを述べる話の多くは、人情とか情愛といったことを述べるものであり、否定もしなければ肯定もせず淡々とふれており、世俗と関わるようなことに対して罪悪感はない。

　さらに瞻西上人や浄蔵など、他書に世俗的一面のみえる僧たちも主人公として描かれている。瞻西については『今物語』に、

京極太政大臣と聞えける人、いまだ位淺かりける程に、雲居寺の程を通られけるに、

ひじりのやをばめかくしにふけ

といはせて、車を早くやらせけるに、雑色の走り返るうしろに、小法師を走らせて、

　　あめの下にもりてきこゆることもあり
　といはせたりける。其程の早さ、けしからざりけり。

とあるように、彼が妻帯していたことは天下周知のことであったらしい。浄蔵については、『大和物語』や『今昔物語集』巻三十第三話に、「のうさんの君」と恋をしたり、近江守中興が帝に奉ろうと育てた娘に験者として通ううちに恋し、わがものとしてしまう話がみられるが、浄蔵ほどの人物ならばこのような話も流布していたであろう。そのような僧が本書においては、主人公の清僧として登場しているのである。

すなわち、本書に登場する僧には、無名の僧も含めて、世俗との関わりを持った僧が多いのである。

以上三点から『撰集抄』の世俗的一面をみてきたわけであるが、このように、本書は俗事俗縁を断ちひたすら求道にいそしむ清僧の遁世を主張しながら、一面では極めて世俗的な面がうかがわれるのである。

四

如上の『撰集抄』の俗的側面の考察によって、本書にみられる僧がひじりと呼ばれた人々であることが明らかになったと思うが、ひじりはその性格上、世俗との関わりを避けて通ることは不可能に近かったのであり、したがって、本書の叙述を吟味することによって世俗的な面を見出しうるのも、また当然のことであろう。しかし、そのような俗的側面がみられる本書が、一方では厳しいまでの清僧を求めていることは、矛盾することであるといわざるをえない。はたして、清僧意識と俗的側面の、二律背反ともいうべき両面は、どのような関わりを持ち、何を意味するのであろうか。

この、いわゆる二律背反的な両者を内包している『撰集抄』は、はたして何を願い求めたのであろうか。ここで考えねばならないのは、作者は世俗的な面について述べながらも、主張しているのはあくまでも清僧的な面であることである。ある人物について、話を進めるにあたって世俗的な面を叙述に利用しながらも、その骨子はその人物の清僧的な面なのである。

たとえば廻国の旅について、作者は隠徳のための流浪であるととらえる。みずからの徳を隠し他人に煩わされることなしに修行できる身となるためのものであると主張する。しかし、文章は、先にみた如く、その端々から勧進の旅の色彩の濃いものとなっていることを知りうる。すなわち、見聞した話を作者の理想とする清僧の行為、つまり隠徳のためのものであると主張しながらも、自分の周囲もしくは自分自身が置かれているひじりの姿をもって描いたのである。ひじりの姿をもって描いたことは、それ以外に方法がなかったのか、それとも積極的にひじりの姿を通して描いたのか速断はできないが、遁世する僧もひじりと呼ばれた人々であり、彼らよりも世俗に近い立場にはいたがやはりひじりと呼ばれる立場の側に作者がいたこともあって、偽悪の行為にひじりの現実の姿を重ね合わせて清僧を主張するのである。それは自己弁護的にもみえるが、それよりもやはり自らの理想とする僧の姿を述べたのであろう。

すなわち、『撰集抄』の作者は、詩文や和歌を引用し地の文にまでも採り入れていることなどから、かなり教養のある人物であったろうとは思われるが、しかしまた、ひじりという立場にいたことは如上の考察で明らかであり、ひじり、それも俗ひじりもしくはそれに近い立場に身を置きながらも、清僧としての遁世聖を願い求めていたのである。したがって、

百千萬の佛を供養し奉りてもよしなし。心一澄まずば、いたづらにや施さん。たゞ夢をさます心のみこそ、ま

ことの菩提ならめ。佛をつくり堂をたてんよりも、心を法界にすまさんこそ、げにあらまほしくも侍れ。

（巻五第九話）

と、造仏や造寺造塔（それは、当然、経済的勧進が必要である）よりも心を清澄に保つことの重要さを説くのである。

このように考えてくると、清僧を求める結果、経済的勧進をしていない玄賓がその最高規範となったことは、当然の帰結であろう。

すなわち、私は、本書の二律背反的な清俗両面を、世俗的な面との関わりを断ちきれないひじりとしての宿命を背負った現実にあって、理想として清僧を求めた結果によるものであると考えるのである。本書が清僧をただただ讃美するのは、決して自身がそうであるのではなく、それは受容者の立場を物語るものである。

しかも、世俗的な面に対しても、その口ぶりに否定的な態度がうかがわれないのは、前にも少しふれた通りである。決して世俗性を否定しさる意図はない。すなわち、俗事は俗事として淡々と述べ、否定とも肯定とも、力んでいおうとはしていない。それよりも、その中で心を清澄なものとして保とうと考えているのである。

もちろん、道心なくしての信仰は成立しえないわけであるが、発心譚の増加・往生譚の減少・往生の証明の減少[8]といった点で、多くの善根を積み霊験・奇瑞を望み往生を願う先の時代の信仰と異なり、道心重視へと変化していることを如実に物語っている。作者も、

詮はまことの道心侍らば、修門は何にて侍りなん。……（中略）……いかなる善も、只心によるべきとぞ覚え侍るめり。

（巻一第五話）

と道心の重要なことを述べている。

もちろん、心を重視するといっても、法然・親鸞のような徹底したものはみられない。しかし、当時の宗教界を

考えあわせるに、その中にあって信仰心を重視しようとする萌芽がみられることは、注目に値しよう。

この道心を重視するということは、作者自身がひじりという大寺におけるエリートコースとは異なった立場にあり、教理的・学問的面に対して否定的もしくは弱い立場にあったために、どうしても心に重点が置かれがちであることや、聖道門の中における浄土教から浄土門として聖道門に対置する浄土教への流れ、さらに、それら新仏教に対する天台の自己改造（つまり、消極的には自らを浄土教化し、積極的には四重興廃の教判を強調する）(9)や、真言の、民衆的念仏を民衆に滲透させるなどの旧仏教の動きの中にあってその影響を受けたこと、さらに末世意識(10)も手伝っていることも否めない。しかし、それよりも、その世俗性への反省から、

げにも心のすみゐなん後には、なにすぢの人に交はるとても、何か露ばかりのけがれる心侍らん。

（巻五第一話）

とみられる如く、身は俗に置きながらも、澄んだ道心の結果としての遁世の清僧を求める方向に踏み出そうとしている、この(11)『撰集抄』の清僧意識は、その思考方法がひじりという立場を通してのものであるという、法然・親鸞とは異なる点に注目すべきものがある。

五

すなわち、『撰集抄』にみられる清僧意識の表裏をなす清俗両面は、その成立に関わっていたひじりの、ひじりとしての俗的な立場にありながら、清的な面、つまり清澄な道心による遁世の清僧を願い求めた結果によるものである。したがって、二律背反的にみえるその両面は、決して矛盾するものではない。それは、まことに微々たるものので不徹底の感を免れえないが、この俗の身にあって清澄な信仰心をめざす萌芽は、やがて起こってくる在家仏教

への一つの契機をなすものといえよう。

この聖と俗との関わりに関して、世間・出世間について述べると、出世間とは、世俗の執着を断ち切ってさとりきるために出家することであり、世俗を頼りにならぬものと考える。しかしまた、出世間のさとりきった人は、世俗とは何の関わりも持たないかというと、そうではない。一たびさとりきると、また、そこから世俗の方へ帰って来なくてはならない。世俗のことに執着しないけれども、世俗のことはまたそれで認めていかなくてはならない。それが真の姿であろう。出世間の世界にあって世間へ帰ってくる。これこそ、本当のさとりといえるのではなかろうか。『撰集抄』中にみられるひじりたちがすべてこのようであったとはいえないが、たとえば奇行の多かった増賀もまた、このような人であったであろうと想われる。『撰集抄』にも、

> げにも心のすみゐなん後には、なにすぢの人に交はるとても、何か露ばかりのけがれる心侍らん。貧しきを見てはなげき、富めるを見てはよろこぶ。憂喜の思ひだにも心にわすれぬるうへは、その外の事、あに顧みるべきや。（巻五第一話）

と述べている。そしてまた、この、俗にあって喜怒哀楽と共に生きるという考え方は、先に述べたように、やがて次の時期に在家仏教が起こってくる一つの契機となるのである。

『撰集抄』と同時代の仏教説話集がすべて同様であるとは考えないが、平安末期から鎌倉期にかけて『発心集』や『閑居友』など多くの仏教説話集が続出した背景の一面に、ひじりといわれる人々が関わっていたこともおそらく事実であろうと思うのである。

附

如上考察し来ったように、『撰集抄』の基調をなすものは清僧意識にあるわけだが、この清僧讃美の面を諸先学は遁世思想ととらえておられる。確かに、この清僧意識は遁世を志すものであり、したがって本書は遁世の清僧を讃美しているのであるが、それは極めて情緒的な叙述になっており、思想というには程遠いものである。それは遁世思想というよりも遁世の情緒というべきものであると考える。

本書には、伊藤氏も述べられているように(12)、遁世を教理的に説明するものは全くないといってよいほどである。たとえば、遁世僧やその偽悪の行為について、なぜ遁世するのか、なぜ偽悪の行為に走らねばならないかということは述べられておらず、ただ讃美し希求しているだけである。また、俗にあって清僧を願い求めるにしても、俗に身をおくことを積極的に主張するのではなく、ひじりというすでに俗の中にある立場から清僧を求めているにすぎない。

あえて思想的なものを挙げれば、心を澄ますべきであると主張していることであろうが、心を澄ますための方法として遁世や偽悪の行為をとらえているのではない。そのような行為を目近に見聞して、そのような方法があるのだと知るのみである。しかし、遁世や偽悪の行為についても、教理的面からとらえうるはずである。本書はこの面からの説明が欠けており、ただ感情的に讃美し願い求めているばかりである。したがって、本書の清僧意識は、思想というよりも情緒というべきであると考えるのである。

註

（1）田村圓澄「遁世者考」（『日本仏教思想史研究　浄土教篇』平楽寺書店・一九五九年十一月・所収）・伊藤博之「撰集抄における遁世思想」（『仏教文学研究』第五集・一九六七年五月・所収）。

（2）「清僧」という言葉を使用したことについて若干ふれておきたい。一般的には「聖僧」というべきであろうが、「清僧」は、主に生活面において清く世俗と関わらず、仏道修行のみに心をかけている僧で、これに対して「聖僧」はそれのみでなく、徳もあり学識もある、いわゆる学徳兼備の、あらゆる面において完全無欠の僧と考える。したがって「聖僧」は「清僧」的面も包含していることになる。本書の場合、極めて情緒的な面で僧を讃美しており、しかもその讃美の対象も学徳の面ではない。よって「聖僧」というよりも「清僧」といったほうがふさわしいと考えるわけである。

（3）たとえば巻六第二話では、後冷泉院崩御・同日女院が亡くなる・同日後三条院即位・六年後、後三条院崩御・まもなく宇治の大相国頼通も死没、といったことを矢継ぎ早に挙げ、その間に世の無常の感慨を述べ、最後に弥陀の慈悲を説き称名すべきことを説く。しかも、単なる感想というよりも、享受者の感情に訴える色彩が濃い。すなわち、この諸例の人物を知る人に対しては十分に唱導の役目を果たしうる文章であるが、さらに、先の諸例の人物をその場に応じて入れ替えれば、その働きは自在である。そのほか、唱導のにおいは雲林院の説法（巻二第五話）をはじめ巻一第六話・巻六第十一話などにもうかがえる。

（4）『梁塵秘抄』にも「聖の住所はどこ〳〵ぞ、箕面よ勝尾よ、播磨なる書寫の山、出雲の鰐淵や日の御碕、南は熊野の那智とかや。」とみえる。

（5）五来重『高野聖』（角川書店・一九六五年五月）に詳しい。

（6）本書第二章第四節参照。

（7）『盛衰記』巻四十「又異説には、横笛は、法輪より歸りて、髪をおろし、雙林寺に有りけるに、……（中略）……其後横笛尼天野に行きて、入道が袈裟衣をすゝぐ共いへり。異説まち〳〵なり。」（『源平盛衰記』〈藝林舍・一九七五年十二月〉一七三～一七四頁）。

（8）本章第一節の**別表1**参照。
（9）四重興廃の教判とは、「仏一代の教法に四重（昔・迹・本・観）の勝劣興廃をたて、迹門が興れば爾前（法華経説時以前の諸経）の方便教がすたれ、本門が興れば迹門はすたれ、止観（観）が興れば以上の教が廃ると説く。教（昔・迹・本）よりも観を、理論よりも実践を、学解よりも信仰を強調しようとするものである。」（山口益・横超慧日・安藤俊雄・舟橋一哉『仏教学序説』〈平楽寺書店・一九六一年五月〉三九九頁）。
（10）本章第一節参照。
（11）ひじりという、すでに世俗の中にある立場から道心の清澄さを求めるのに対して、法然・親鸞の、真実の信仰を求めようとして世俗の中へ積極的に身を置いたのとは、身は俗に在って澄んだ道心を求めるという同様のことでありながら、そこに大きな相異を見ることができる。
（12）註（1）の伊藤論文参照。

第三節　「配所の月」をめぐって――『撰集抄』巻四第五話を中心に――

一

顕基中納言が「罪なくして配所の月を見ばや」と常に言っていたという説話については、『徒然草』第五段を中心にすでに多くの先学の方たちによって考察されているが、それらの中で特に詳しく考察されているのは、戸谷三都江氏「顕基の説話と『徒然草』（一）」[1]である。戸谷氏は御論において、『徒然草』第五段および『発心集』を中心に、先学の諸説をふまえて詳細に検討しておられ、まことに教示されるところの多い御論である。

そこでここでは、この戸谷氏の論に導かれつつ、特に『撰集抄』巻四第五話「中納言顯基發心事」を中心に考察を進め、『撰集抄』において「罪なくして、配所の月を見ばや」がどのように受容されているかを考え、『撰集抄』の性格の一端を探ってみたいと思う。

二

『撰集抄』巻四第五話「中納言顯基發心事」の内容は、大体次の如くである。

昔、中納言顕基という人がおられた。後冷泉院に仕えて、院の寵愛深く、高位に昇られたが、常に遁世の志が強かった。しかし機縁熟さず、いまだ出家を遂げることができなかったが、院が崩御されるや叡山に登って出家し、大原にて行ない澄ましておられた。宮仕えの頃から常に「あはれ罪なくして、配所の月を見ばや」と言って涙を流し、「古塚を、いづれの世の人ぞや、姓と名とを知らず、年々春の草のみしげれり」と言って涙を流しておられたということだ。

修行の功が積もって評判になったので、宇治の大殿が結縁のために大原へ行かれ、庵で一晩を明かされた時、暁がたになって帰ろうとされると、顕基中納言は「子息にて侍る俊実は、不覚の物にてなん侍り」とだけ言われた。俗世を捨てなさったけれども、恩愛の道は捨てがたく、俊実卿を見捨ててくださるなということを言われたのであった。だから、俊実卿は宇治殿の後見によって出世された。

以上が話のあらすじであり、このあとに作者の感想が続いている。

この『撰集抄』の話における、顕基中納言が常に言っていた「あはれ罪なくして、配所の月を見ばや」について、戸谷氏の論では、『徒然草』と『発心集』に論点が置かれているのであまりふれられていないが、「遁世への思慕をあらわす言葉とするもの」つまり「配所の月を見る境涯を、隠遁の境涯に通うものとして、遁世への求心をあらわした一種の表現とみなされる」(四八頁)ととらえている。また、

「配所の月」を仏道と結んで述べているのは、他にも……(中略)……『宝物集』『撰集抄』『十訓抄』などがあり、これらが、遁世への希求心や、出家への善知識として「配所の月」の説話を取り扱っていることも、すでに述べたところである。しかし注意すべきは、離脱利欲の機縁、厭離穢土の善知識としているのは、「流罪」であり、「配所」であって、「月」はほとんど無視されていることである。「月を見ばや」という風雅の精神は見すてられているのである。従ってそこには、美や数奇の心は介在しない。　(五二頁)

と述べられている。

『撰集抄』の叙述をみてみると、

朝に仕へしそのかみより、たゞ明暮は「あはれ罪なくして、配所の月を見ばや」とて涙を流し、「古塚を、いづれの世の人ぞや、姓と名とを知らず、年々春の草のみしげれり」とながめても、けしからす涙を落し給へりとかや。

とあり、「配所の月」は、『白氏文集』巻二続古詩十首の第二の詩(「古塚を」の詩)による文と並べられている。『撰集抄』において、「あはれ罪なくして、配所の月を見ばや」がいかなる意味合いで述べられているのか今一つはっきりしないが、「古塚を」云々の文が無常観を述べていることは明らかであり、これと並べられているところから推察すれば、戸谷氏のいわれるように「隠遁の境涯に通うものとして、遁世への求心をあらわし」ているといえよう。顕基の説話に続いて述べられている『撰集抄』作者の感想部分においても、

發心のはじめ、ことにすみて覺え侍る。……（中略）……罪なくして、配所の月を見ばやと願ひ給ひけん、げに〳〵あはれに侍り。

と述べられている。まさしく、無常観の上に立って「遁世への求心」をあらわした表現といえよう。

ところが『撰集抄』では、続けて、

元和十五年のむかし、思ひ出されて、心の中そゞろに澄みても侍るかな。

と述べられている。「罪なくして、配所の月を見ばや」が、白居易が讒訴によって左遷された翌年、すなわち元和十一年秋に成立した『琵琶行』を念頭にしてのものであることは、戸谷氏をはじめ多くの先学が指摘されるところである。したがって、『撰集抄』に「元和十五年のむかし」とあるのは、やはり『撰集抄』作者の脳裏に、白居易の江州司馬における不遇の生活とともに『琵琶行』があったといえよう。

しかし、ここで一つ考えねばならない点がある。それは「元和十五年」という年である。白居易は、元和十（八一五）年江州司馬に左遷され、元和十三（八一八）年忠州刺史となり、翌年三月着任。元和十五（八二〇）年夏には罪を赦されて都へ戻り、尚書司門員外郎となり、同年十二月主客司郎中・知制誥となっている。[2] とすると、元和十五年には、白居易は罪を赦されて都へ戻っているのである。確かに「罪なくして、配所の月を見ばや」には白居易の『琵琶行』が深く影を落としているが、「元和十五年」に着目する時、『撰集抄』はそれを、尋陽の江における白居易の心境そのものとは受けとっていないといわざるをえない。

『撰集抄』の「元和十五年」という記述が誤りであるかもしれない。いまだ『撰集抄』の諸本の校合をしていないが、しかし、龍門文庫本のみが「元和十年」となっているほかは、諸本に異同はない。[3] また、「元和十五年」という記述は、白居易の江州司馬における失意の時を漠然と指しているのかもしれない。事実、白居易が罪を赦されたのは元和十五年夏のことであり、時間的には「元和十五年」が彼の不遇時代を指していても矛盾はない。しかし、それは時間的にいえることであって不自然の感を免れない。しかも、左遷された元和十年、もしくは『琵琶行』の成った元和十一年ならばともかく、「元和十五年」と明記しているのであるから、やはりそこには、「元和十五年」という年を意識していると考えるほうが自然であろう。

このように「元和十五年」という年が『撰集抄』作者に意識されていたとすると、『撰集抄』では、白居易の『琵琶行』を念頭に置きながらも、罪を赦されて都へ戻った時点での白居易の心境に「罪なくして、配所の月を見ばや」をとらえていることになる。つまり、『撰集抄』では、「罪なくして、配所の月を見ばや」を、無実の罪で都落ちした白居易の心境そのものをふまえての句とはとらえず、その江州司馬での失意の生活を経て都へ戻った時点での白居易の心境をふまえたものであると受けとっているのである。（もちろんこの場合、顕基自身がどのように受けとめこの句を常に口にしたのかということは問題ではないことはいうまでもない）。

では、江州司馬での失意の生活を経、やがて赦されて都へ戻った時点での白居易の心境をふまえてとらえられた「あはれ罪なくして、配所の月を見ばや」とは、いかなる心境をいうのであろうか。「罪なくして、配所の月を見」ることを白居易にあてはめるならば、「罪なくして」は、無実ではあったがともかく罪を赦されて都へ戻った時であり、「配所」とは左遷されて数年を過ごした江州司馬である。つまり、江州司馬という「配所」において月を眺めるという経験を経た後に、赦されて都へ戻り、「罪なくして」同じ月を眺めるということである。もちろん、これは白居易にあてはめたことであって、そのような時間的経過を伴う意味で顕基中納言が常に口にしていたのではなかろうし、そのような時間的経過の上でいうことでないことは当然であろう。つまり、「罪なくして、配所の月を見ばや」ということ自体が、現実にはありえないことである。しかし、顕基中納言が絶えず口にし、そう願っていたということの理解には、『撰集抄』作者の心の奥底にこの白居易の境遇があったのである。
配所ではなく、普通の境遇にあって月を眺めた場合、そこにはさほどの感慨もない。また、確かに「配所」という場は一種の緊張感を伴うものであろう。しかし、罪があって流された場合はもちろん、それが無実の罪であっても、そこには無罪でありながら流されたことに対する悔み、悲しみ、憤りといったものがあるはずである。まさに「罪なくして」と「配所」とが両立しなくてはならないのである。その境涯において月を眺める時、漠然と見ていた時とは異なって、一種の緊張感を伴いつつ、しかも心には何の曇りもなく、したがって「もののあはれ」を感ずることができるのである。これは何度もいうように現実にはありえないことであるが、これこそが真に月（＝美）に対峙する時といえよう。『撰集抄』作者は、「配所」を経験して都に戻って月を眺める白居易に、この現実にありえない境涯に、より近いものをみたのである。それが「元和十五年」という記述なのである。

三

『撰集抄』では「罪なくして、配所の月を見ばや」と顕基中納言が願ったことから、江州司馬における白居易および『琵琶行』とともに、「元和十五年のむかし」が思い出されて、「心の中そゞろに澄」むといい、また、顕基中納言の「発心のはじめ」は「ことにすみて覚え侍る」といっている。つまり、「罪なくして、配所の月を見ばや」は、心が澄むということにつながっている。もちろん、『撰集抄』作者は、強く意識して「罪なくして、配所の月を見ばや」を出したのではなく、「古塚を」云々とともに顕基にまつわる二句として承知していたから出したにすぎないかもしれない。この二句について感想を述べているのも、あえて述べねばならないという強い意志の上で述べているわけでもなかろう。ついでにいえば、白居易も強く意識されていたのではないかもしれない。しかし、ともかくも「元和十五年」と記し、「罪なくして、配所の月を見ばや」を心が澄むととらえているのは、この句に出会った作者が、おのずと白居易を連想し、おのずとそれが心が澄むということにつながっていったからであろう。

この「心が澄む」ととらえるのは、やはり『撰集抄』作者に数奇即仏道の考え方があったからと思われる。『撰集抄』にも、

ある時、あひ知れる友だちの僧きたりて、「いかに此歌は、學問のさまたげには侍らずや」と（永縁僧正に）問ひ奉り侍ければ、「なじかはしかあらん。いよ〳〵心こそ澄み侍らめ。戀慕哀傷の風情をもながめては、みな我心に歸すれば唯識の悟ことにひらけぬ。……（中略）……」といはれて、なみだを落してのきにけりとなん。法文の道にとりいらぬ心すら、和歌の道にたづさはるともがらは、心の優にて、歎きも恨みも、ともにわするゝに、まことの法に思入てながめられけん、ことにうらやましくぞ覺ゆる。（巻五第四話）

と述べられているのをはじめ、「狂言綺語のたはぶれ、讃佛乘の因」（巻九第八話）など、数奇即仏道の考えに立つ文が散見される。

この数奇即仏道観は、『発心集』の、

中にも数奇といふは、人の交はりを好まず、身の沈めるをも愁へず、花の咲き散るをあはれみ、月の出で入りを思ふに付けて、常に心を澄まして、世の濁りに染まぬをこととすれば、自ら生滅のことわりも顕れ、名利の余執尽きぬべし。これ、出離解脱の門出に侍るべし。(4)

や、そのほか多くの話を挙げるまでもなく、平安後期から鎌倉期にかけて、それぞれに濃淡の違いこそあれ、一般的なものであった。無住も、和歌について、

離別哀傷の思切ナルニツケテ、心ノ中ノ思ヲ、アリノマ、ニ云ノベテ、萬縁ヲワスレテ、此事ニ心スミ、思シ

ヅカナレバ道ニ入ル方便ナルベシ。[5]

（『沙石集』）

と、和歌を心の澄むものとしてとらえ、「道ニ入ル方便」としている。そのほか西行や俊成、定家、さらに明恵上人なども、数奇（和歌）即仏道論を述べている。

仏教では妄語や綺語を戒めるが、一方では、人間には表現への意欲があり、この二律背反的な両者をどう考えるかが、特に歌人たちにとって大きな問題であった。[6] しかし、この問題が深刻に考えられるようになったのは、永承七（一〇五二）年末法の世に突入してからであった。つまりこの問題は、歌を詠むことと不妄語戒との矛盾に対する悩みから出ているが、末法の世という認識から仏教（の罪）というものがより深刻に受け止められるようになって起こった問題である。この問題に突き当たった人たちは、深刻に悩み、何とかして和歌を詠むことを正当づけようとした。つまり、特に和歌を中心とする数奇即仏道論はこうした時代を背景に起こった、当時に一般的なものであった。

『撰集抄』における「罪なくして、配所の月を見ばや」の受容は、「心が澄む」という点でとらえられており、戸谷氏のいわれるように「遁世への求心をあらわした一種の表現」（四八頁）であることは確かである。しかし同時に、この句から白居易を連想した結果が「元和十五年」という記述であり、白居易を連想した上で「心が澄む」ものとして受けとる以上、そこには数奇即仏道の考えが存在しているといわざるをえない。それを「遁世への求心」と比較する時、後者に大きく比重のかかっていることは明らかであるが、かといって、数奇という一面からもこの句をとらえていることを否定することはできないと思うのである。

四

『発心集』第五（五五）「中納言顕基出家籠居の事」は、話のあらすじは『撰集抄』と大差がない。しかし、「罪なくして」云々の句は、

（顕基は）いといみじき数寄人にて、朝夕琵琶を弾きつゝ、「罪なくして罪を蒙りて、配所の月を見ばや」となん願はれける。(7)

と記述されている。この『発心集』の「配所の月」について、戸谷氏は詳細に検討されている。今、戸谷氏の論を引用しながら、その要旨をまとめることとする。

戸谷氏は、この『発心集』説話で注目されるのは、「『いといみじきすき人』の顕基である」（四八頁）とし、「この『発心集』の文を一読して、すぐに脳裏に浮かぶのは、白楽天の『琵琶行』である」（四九頁）と述べて詳細な検討をした上で、次に『発心集』の「配所の月」の項が、その顕基説話の中に置かれている位置に注目し、

発菩提心や無常観と、出家との中間に位置するのが、「配所の月」の項である。『発心集』では「いといみじきすき人」の説話が、発菩提心や、無常観や、出家と並置されても、違和感を感じさせないものであったということである。（五〇頁）

と述べ、長明における「数奇」について『無名抄』や『発心集』の多くの例証を挙げて、その結果、長明は「『発心集』にいたって、数奇即仏道という確信」（五一頁）を得、「『狂言綺語の戯れも、讃仏乗の縁』という、その真意を、自らの心に覚得した」（同上）と述べ、『発心集』の「顕基説話」における「配所の月」の位置は、

少しも唐突ではなく、また異質でもなく、むしろ、数奇即仏道という心境に立ちいたる長明の境地からすれば、

> 「いといみじきすき人」なればこそ顕基は出離解脱の道に入ったのであって、そうとすれば、まことに自然な位置に、この説話はすえられていたのである。（五二頁）

と述べる。さらに、

> このように、『発心集』では、「いとといみじきすき人」である顕基が、単に風雅風騒の人ではなく、しかもまた「配所の月」が、「真如の月」ではなくて「情ある月」であった。そこに『発心集』における「配所の月」の特色が認められる。（五二頁）

と結論づけておられる。

まことに氏のいわれる通りであり、私も同様に考えるのであるが、その上で私が今検討したいのは、この『発心集』における「配所の月」が『撰集抄』における「配所の月」と同様であるかどうかということである。

そこでもう一度『発心集』における「配所の月」をみてみると、「罪なくして罪を蒙りて、配所の月を見ばや」とあり、『撰集抄』における「配所の月」と異なるのは、『撰集抄』における「罪なくして」が『発心集』では「罪なくして罪を蒙りて」と具体化していることである。これは、『江談抄』に、

> 入道中納言顯基。常被談云。無咎天被流罪。配所ニ天。月ヲ見ハヤ云々。[8]

とあるのと同様に、その「配所」は無実の罪によって流された配所である。この点から、『発心集』における「配所の月」は、戸谷氏もいわれるように、江州司馬に左遷された白居易、さらにいえば、『琵琶行』の心境を想っての言葉であることは明らかである。

しかし、『撰集抄』は、前述したように、江州司馬に左遷された身の白居易『琵琶行』をイメージとして持ちながらも、「元和十五年」という記述からうかがえることは、罪を赦されて都へ戻ってからの白居易の心境に焦点が

与えられていることである。ここに『発心集』における「配所の月」の受容とは異なる点があるといえよう。しかし、無実の罪で流された場合、自分自身を責めるものは何もないだろうが、無実ゆえの悲しみ、悔み、さらには憤りを抱くのも当然である。そのような心境にあって月を眺める時、はたして平然と眺めうるであろうか。私は、やはり、『撰集抄』における「配所の月」の受容のほうが、心に何のわだかまりもなく、しかも一種の緊張感をもって月を眺める時、「もののあはれ」を知ることができるのであろうと思う。もちろん、そのような「配所の月」は現実には存在しないものであるが、反面、これこそが真に美をみつめることができる心境であろうと思う。このように考える時、私には、「罪なくして、罪を蒙りて」と記す『発心集』における「配所の月」は、はたして顕基の真意であったであろうかとも思われるのである。

それはともかくとして、『発心集』における「配所の月」は、『撰集抄』におけるそれと比する時、白居易および彼の『琵琶行』がイメージとしてともにあるものの、そこに違いが存すると考えるのである。

五

さて、『徒然草』第五段は、次の如く短い文章である。

不幸に愁に沈める人の、頭おろしなどふつゝかに思ひとりたるにはあらで、あるかなきかに門さしこめて、待つこともなく明し暮したる、さるかたにあらまほし。

顕基中納言のいひけん、配所の月、罪なくて見ん事、さも覚えぬべし。(9)

この段の解釈について、戸谷氏は諸説を整理しているが、論によれば、前段の「頭おろしなどふつゝかに思ひとりたるにはあらで」の部分について、非出家者とみる説と出家者とする説とがある。前者は、「頭おろす」ことを

「ふつゝかに思ひとりたる」ことと理解してこれを否定する立場であり、後者は、「ふつゝかに思ひとりたる頭おろし」ではなく、「ひたふるの頭おろし」であるとする立場である。両説のどちらがよいかは、戸谷氏もいわれるようにどちらも首肯できるといえようが、私は次のように理解する。

この段は第一段および第四段との関連において理解しなくてはならない。まず第一段において「ひたふるの世すて人は、なか〲あらまほしきかたもありなん」と兼好は述べている。これは、「いきほひまうに、のゝしりたるにつけて、いみじとは見えず」に対しての文である。つまり、勢力もあり名声も高い僧は立派だとは思わないのであり、むしろ一途な遁世者のほうが、かえって望ましい点もあるであろうというのである。決して「ひたふるの世すて人」が「あらまほしきかたもありなん」ではない。「あらまほしきかたもありなん」なのである。

そのように理解して第四段を読むと、極めて自然に理解できる。第四段はいうまでもなく第一段のこの部分から発想されている。もちろん、第三段の色恋についてのことと逆の問題を一転して出してくるという展開の妙もみられるが、第二段、第三段はそれぞれ第一段からの発想といえるのであり、第四段の内容もやはり第一段との関連においてみるべきである。この段では「心に忘れず」「うとからぬ」という否定形の表現に着目し、そこに消極的なニュアンスをみるのである。つまり、兼好は、極端なことに人間性の欠けがちなひたぶるさをみるのであり、ここは積極的な表現ではなく、じっくりと落ち着いた、常に持続するものを底に持つ、余裕のある態度を示しているのである。

『徒然草』の中において兼好は、一方では一途な求道を願っている（第三十八段・第五十八段・第五十九段・第七十四段・第百十二段・第百五十五段ほか）とともに、一方では、この第四段や第三十九段などのようにひたぶるを嫌っている。この両者は矛盾というよりも、兼好の余裕からくるものと思われるが、ともかくも第一段の「ひたふるの世すて人は、なか〳〵あらまほしきかたもありなん」というのは、一途な遁世者を全面的に願っているのではなく、「いきほひまうに、の、しりたるにつけて」に対して述べられており、「ひたふるの世すて人」にも望ましい点もあるであろうといっているのであり、第四段でも、一途に思いつめているのではない仏道修行を「こゝろにくし」というのである。

さて、第五段は、このように述べる第一段および第四段との関連においてみなければならないのであり、特に第四段とは密接につながっているとみなければならない。そうした観点から第五段をみると、まず前段は、「不幸に愁に沈める人の、頭おろしなどふつゝかに思ひと」ったのではなくて、「あるかなきかに門さしこめて、待つこともなく明し暮したる」、そういう生き方でありたい、と解釈すべきである。つまり、「不幸に愁に沈める人の」は「頭おろしなど、ふつゝかに思ひとりたる」と同格とみるべきであると思う。「不幸に愁に沈める人」が一時の興奮などで騒々しく決心して出家するというのは、ありうべきことであり、逆に、「不幸に愁に沈める人」が、（騒々しく出家などはせず）「あるかなきかに門さしこめて、待つこともなく明し暮」すという解釈は、肉親との死別やその他種々の事情で「不幸に愁に沈」んでいる人には恨みや悲しみがあるだけに、困難であるとみるほうが自然であろう(10)。

「あるかなきかに門さしこめて」と「待つこともなく明し暮したる」とは、前者が客観的状況であり、後者は主観的状況であって、共にものごとに煩わされない精神的な自由をいうのである。特に後者の「待つ」ということの意味するものは、人生は「待つ」ことの連続ともいえるように、出世とか隠遁の名利とか極楽往生とかを待つのであり、そこには満たされない状況で満たそうという心がはたらいている。それは絶えず落ち着かない余裕のない精神的緊張を伴う。そういった「待つ」ということもなく「明し暮」すということこそ、何物にも束縛されない精神的に自由な境地であろう。それは、一途なものとは違って、余裕のある、ひたぶるでない状態であり、第四段と相通ずるものである。

こういった前段をふまえて、後段における「配所の月、罪なくて見ん」をみる時、それは、前段の「あるかなきかに門さしこめて、待つこともなく明し暮したる」を強く打ち出したものとみるべきであろう。すなわち、罪あって配所の月を見る場合、月は美しくもなく、臍をかむ思いであろうし、罪なくして配所でもない場合、つまり平生普通の状態で月を見る場合、大した感慨もない。どちらにしても「もののあはれ」を感ずることはできない。両極端を嫌う、ひたぶるでない中間的立場でこそ、「もののあはれ」を感ずることができるのである。第四段や、それにつながる第五段の前段をふまえた時、「配所の月」はこのように見るべきであろう。ただし、この場合、「罪なくて」が無実の罪を含むのかという問題が残るが、私は、先に『撰集抄』について述べた所でもふれたように、無実で流された場合、やはりそこに悲しみや悔み、憤りというものが残り、余裕をもった心で月を見ることは不可能であろうと思う。かの菅原道真が大宰府の地で、

去年今夜侍清涼
秋思詩篇獨斷腸
恩賜御衣今在此
捧持毎日拜餘香(11)

と詠んだ詩にも、無実の罪で流された悲哀といったものが感ぜられるのである。

もちろん、『徒然草』における「配所の月」に、江州司馬に在った白居易や『琵琶行』がふまえられていることは明らかであり、また戸谷氏がいわれるように「あくまでも情趣の世界のものであ」（五五頁）るといえよう。し

かしまた、第四段とのつながりから考えれば、そこには、ひたぶるではない仏道の願わしさという面も内在されているのではなかろうか。

六

如上、顕基中納言が常に口にしていた「罪なくして、配所の月を見ばや」の受容を、『撰集抄』を中心に、『発心集』・『徒然草』にもふれつつみてきた。顕基中納言自身がそこにどのような心境を願っていたかはともかくとして、この言葉の底に、江州司馬に左遷された白居易、特に元和十一年に成った『琵琶行』が連想されていることは、いずれも同様である。と同時に、三書にそれぞれの受容の違いがあることも事実である。

すなわち、『撰集抄』では、「元和十五年」という年に注目する時、「罪なくして、配所の月を見ばや」は、無実の罪で都落ちした白居易の心境そのものをふまえての句とはとらえず、その江州司馬での失意の生活を経て都へ戻った時点での白居易の心境をふまえたものであると受けとっているのである。それは「配所」という場からくる一種の緊張感を伴いつつ、しかも「罪なくして」という何事にもとらわれない自由な心境において、月を眺めることであり、これは現実にはありえないことであるが、真の意味で美を感ずることのできるものであるといえよう。もちろん、「罪なくして」は無実の罪をも含まない。しかもそれを『撰集抄』作者が、心が澄むととらえているのは、「遁世への求心」が強い中にも、そこに数奇即仏道観があったこともうかがえるのである。

『発心集』においては、戸谷氏が、長明は数奇即仏道という心境において「配所の月」をとらえ、「いといみじきすき人」である顕基が、単に風雅風騒の人ではなく、しかもまた「配所の月」が、「真如の月」ではなく「情ある月」であった。そこに『発心集』における「配所の月」の特色が認められる。（五二頁）

と述べられている通りであると思う。反面、『発心集』においては「罪なくして罪を蒙りて」とあり、無実の罪によって流された配所を想定している。ここに『撰集抄』における「配所の月」の受容と異なる点があるといえよう。『徒然草』第五段は、第四段と密接な関連にあり、ひいては第一段とも関わっているのであるが、それらとの関連においてみる時、第四段は、ひたぶるではなくじっくりと落ち着いた余裕のある態度における仏道を示しているのであり、それに続く第五段は、「不幸に愁に沈める人の……（中略）……ふつ、かに思ひとりたる」のではなくて「あるかなきかに門さしこめて、待つこともなく明し暮したる」そういう生き方でありたい、ととらえられる。つまり、ひたぶるでないものを指向しており、何事にも煩わされない自由な精神状態をいうのである。この後に続く「配所の月、罪なくて見ん」は、罪あっての配所とか平生普通の状態といった極端な状態ではなく、中間的立場に立った自由な精神において月と対峙したいというのである。

このように「配所の月」の受容をみる時、『徒然草』の直接の出典を断ずるには、今少し検討の余地があるのではないかと思われる。

以上、戸谷氏の論に導かれ、教えられつつ、氏が論旨の関係からあまりふれておられない『撰集抄』における「配所の月」をみてきたのであるが、『撰集抄』が「心」を重視し、「心を澄まし」た「清僧」を庶幾していることは、すでに考察したところである。(12) これは当時の仏教説話集に共通する点でもあるが、『撰集抄』は特にその傾向が強い。それとともに、当時一般的であった数奇即仏道の考え方もはたらいて、この両点から『撰集抄』は「配所の月」をみたのである。もちろん、それは、「清僧」を庶幾した『撰集抄』の性格から、仏道へ大きく傾いたものであることは当然であろう。しかし、仏道への指向の中にも、「配所の月」を如上述べ来ったようにとらえた『撰集抄』に、それが持つ数奇（特に和歌を中心とする）的側面の一端をうかがうのである。

註

（1） 戸谷三都江「顕基の説話と『徒然草（一）』」（『学苑』昭和女子大学・一九七三年一月号・所収）。以下、戸谷の論の引用はこれに同じ。
（2） 小川環樹編『唐代の詩人―その伝記―』（大修館書店・一九七五年）による。
（3） 野崎典子氏のご教示による。安田孝子・梅野きみ子・野崎典子・河野啓子・森瀬代士枝共著『撰集抄・校本篇』（笠間書院・一九七九年十二月）参照。これを龍門文庫本の誤脱と考えるべきかどうかは、まだ断じられない。
（4） 角川文庫本・一八六頁。
（5） 日本古典文学大系本（岩波書店）・二四八頁。
（6） 狂言綺語観については、附篇第三章参照。
（7） 角川文庫本・一四七頁。
（8） 『古本系江談抄注解』（江談抄研究会編・武蔵野書院・一九七八年）二一二頁。
（9） 以下、『徒然草』は日本古典文学大系本（岩波書店）による。
（10） 『徒然草文段抄』以来、第四段と第五段は分けられているが、私は、むしろ一章と考えて、「不幸に愁に沈める人の……思ひとりたるにはあらで」を挿入句と考え、「後の世の事……こゝろにくし」が「あるかなきか……」へ続くとみたほうがよいと思う。
（11） 『菅家後集』（日本古典文学大系本〈岩波書店〉・四八四頁）。
（12） 本章第二節参照。

第四節　西行像試論――『撰集抄』と『西行物語』における異質性――

一

王朝末期が生んだ天才歌人西行は、没後はもちろん、今日においても、漂泊の歌人、自然詩人として、人々の脳裏を離れない。西行について、彼の半生を占める高野山時代を考えずに、また、実は自然美に執着する己の心を詠んでいることを考えずして、そのようなレッテルを貼ることはいかがなものかと思うが、ともかくも旅の中で自然愛の詠作を続けた歌人としてのイメージは、今日なお根強いものがある。

歴史的人物としての西行の実像は、窪田章一郎氏『西行の研究』（東京堂出版・昭和三十六〈一九六一〉年一月）をはじめ、多くの先学によって考察されているが、人々の心中にある西行は、実像のみでなく、むしろ多分に虚像の付加したものである。

そのような西行像を定着せしめたことには、『山家集』や『新古今集』も関与していたに違いないが、それよりも『西行物語』や『撰集抄』にあずかる面が大きい。事実、今日、人々の間にある西行像の形成には、この両書がともに関わっていたとされる。

しかし、『西行物語』と『撰集抄』の両書に描かれている西行像が、全く同じであるとはいえない。つまり、そこに微妙な違いがみられるのである。そこで、この両書における西行像を明らかにして、その違いをみてみたい。

二

『西行物語』はその冒頭をみてみると、

鳥羽院の御時、ほくめんに、めしつかはれし人侍りき。左兵衛のせう、藤原憲清、出家の後は西行法師といふ。かの先祖は、あまつこやねのみこと、十六代のこういん、ちんしゆふの将軍、ひでさとに、九代のはつそん、ゑもんの大夫ひてきよには孫、康清には一男なり。(1)

とあり、伝記といわれるものとしての型式の書き出しである。これからしてもわかるように、『西行物語』は西行の伝記である。伝記は日本文学における一つのパターンであり、『竹取物語』や『源氏物語』も主人公の一生の物語としての性格を持っている。『西行物語』もまた、こういった日本文学の歴史を有する物語文学の一つといえよう。

したがって、『西行物語』の作者には西行の伝記たらんとする意図がうかがえる。冒頭の出自・院の御所での忠勤・奥州平泉での秀衡との会見をはじめ、西国への旅も、実伝における年時と一致している。さらに、月・花をめでる歌を多く採り入れているが、所収歌のほとんどは西行の実詠である。このように、『西行物語』は西行の実伝と合致しているが、そうかといって、天龍の渡しにおける事件のような伝説的部分も少なくなく、やはりそこに、作者の西行像形成の意図ははたらいていたと考えねばならないだろう。

それに対して『撰集抄』は、西行仮托の書であり、西行がみずから語る形式になっている。したがって、直接的には西行像はみられないわけであるが、述懐的部分や、描かれている遁世僧が、いわゆる「西行好み」(2)の人間であることなどから、西行仮托を意図した作者の西行像は、十分にうかがいうる。もちろん、

・さても、仙洞忠勲のそのかみは、ひとへに六義の風情をもてあそびて、（巻五第十話）

・仙洞忠勲のむかしは、人によろづすぐれて、露ばかりも思ひ貶されじと侍りしかば九夏三伏のあつきにも汗をのごいて、ひめむすに庭中にかしこまるを事とし、玄冬素雪の寒きにも、嵐をともとしていさごにふしても、龍顔の御いきざしをまもりて、いさゝかもそむきたてまつらじとふるまひ侍りき。（巻六第三話）

などをはじめ、部分的に実伝的な叙述もあり、それによって西行自筆が考えられもするが、今は西行自筆云々のことはひとまずおいて、『撰集抄』の中にみられる西行像をみていくこととする。

以上のような点に留意しながら、両書の西行像を比較していくこととする。

すでにふれたが、『西行物語』は西行の伝記を書こうという意図がうかがえる。その内容が出自から死までを語っていることからも、このことはうなずける。これに対して『撰集抄』は、みずからの理想とする遁世者を描こうとしているのであって、西行一代の行業を書こうという意図はみられない。このような意図の違いからいえば、当然かもしれないが、『西行物語』にみられる歌がほとんどすべて西行の自作であるのに対して、『撰集抄』は、他人の歌を西行作とするなど、杜撰である。しかも、両書の和歌は四首しか一致しない。それをみてみることにしよう。

北山のおくに、かたのごとくなる柴の庵をむすひて、をこなひ、侍りけるに、おなし心なる、友なかりければ、心すこく覺て

山さとにうき世いとはん人もかなくやしくすきしむかしかたらん（『西行物語』下）

かくて、俊恵の住み給ふ東大寺のふもとに尋ねまかりて、なにとなく歌物語し侍りしかば、「いかなる歌かよみたる」と問ひ給ひしかば、「讃岐の國多度の郡に、かたのごとくの庵をむすびて侍りしに、かく、

山里にうき世いとはむ友もがなくやしく過し昔かたらん」

（『撰集抄』巻五第十四話）

これは『新古今集』（巻十七・恋歌中・一六五七、詞書はない）に収められている歌をふまえてのものであるが、場所に北山と讃岐という違いはあるものの、設定された状況はほぼ同様であるといえよう。

さらに、江口における遊女との贈答、

・世の中をいとふまてこそかたからめかりのやとりををしむ君かな

（『西行物語』下・『撰集抄』巻九第八話）

・世をいとふ人としきけはかりの宿にこゝろとむなとおもふはかりそ

（『西行物語』下・『撰集抄』巻九第八話、ただし『撰集抄』は初句「家をいづる」）

は、『新古今集』（巻十・羇旅歌・九七八・九七九）および『山家集』（中雑・七五二・七五三、ただし、後の歌は初句「いへを出づる」）をふまえている。初句の異同から、『西行物語』は『新古今集』から、『撰集抄』は『山家集』からの所引かとも考えられるが、詠まれた状況はすべて同様である。

よしや君むかしの玉の床とてもかゝらん後はなにゝかはせん

（『西行物語』下・『撰集抄』巻一第八話）

は『山家集』（下雑・一三五五）をふまえるが、ともに讃州の白峰陵へ参拝した折の詠歌である。

すなわち、『西行物語』と『撰集抄』の両者に共通する四首は、詠まれた状況も同様であるが、これは『山家集』や『新古今集』の和歌をふまえてのものと考えられるのであり、両書の全体の意図するところが同様であったわけでは決してない。しかも、一致する歌が四首とは、極めて少ない。その上、状況は同じながら、その文章は一致していない。

また、『西行物語』は西行の出家以前のこと、つまり、その出自からいかに発心を遂げるにいたったかについて、その心理をも含めて詳しく述べられている。確かに、出家以前と出家以後の記事の分量の比はおよそ一対三になってはいるが、出家以後の内容が、西行の心理にまでは及んでいないのに対して、出家以前の記事は西行自身の心の動きをよく描写している。しかし『撰集抄』では、断片的に出家前のことにふれるのみで、出家生活の詳しさの比ではない。西行が出会った遁世者を語るという形式であるから、当然のことともいえるが、それにしても述懐風に詳しく書かれてもよいはずである。

発心・出家のいきさつをみても、『西行物語』ではその決断が際立っているのに対して、『撰集抄』では、ただ無常をおもう心によってというのみである。『西行物語』は、縁から娘を蹴落とすことによって世俗の執着を断ち切るという、極めて劇的な内容であり、しかもその描写は読む人をして袖をしぼらせるほどに、西行の心理を見事に描写している。ところが『撰集抄』では、

ある時は月にうそぶき、ある時は花になれて、月日いたづらに明し暮るるをも知らずして罷り過ぎしに、おもはざるに、長承の末の年より無常心にしみて、君の忠勤よしなくて、妻子をふり捨てて出侍りしかば、

（巻六第三話）

と述べており、そこに出家への決断という劇的な面はない。『西行物語』が西行の伝記という性格を持ちながらも、特にその出家譚が大きな盛り上がりをみせているのに対して、『撰集抄』はその形式も手伝って出家のみを特別視する意図はない。

また、『西行物語』では天龍の渡しでの事件を記すように、その西行は力強い人物としての面も持っている。この点は、『台記』[3]に「以重代勇士仕法皇」とあり、また『井蛙抄』[4]にみられる「遁世の身とならば、一すぢに佛道修行外不レ可ニ他事一。数寄をたてゝ、こゝかしこにうそぶきありく條、にくき法師也。いづくにても見あひたらば、かしらをも打わるべきよし、つねのあらましにて」あった文覚上人が、弟子たちの心配の中で西行に対面したが、

一夜何事もなく終わったのを不審に思って尋ねた弟子たちに対して、「あれは文學《マヽ》にうたれんずる物のつらやうか、文學《マヽ》をこそうたんずる者なれ」と言ったというエピソード、さらに、後徳大寺の大臣の寝殿に「鳶ゐさせじとて縄をはられた」のを見た西行が、「鳶のゐたらんは、何かは苦しかるべき。この殿の御心、さばかりにこそ、とて」その後は行かなくなったという『徒然草』[5]第十段の話（同様の話は『古今著聞集』巻第十五にもある）、大峰入りの難行苦行に涙を流したが、行宗に諭されて見事にやり遂げ、「大峰二度の行者」となった（『古今著聞集』[6]巻第二）とか、実家の北の方の利にとらわれた行動を嫌って訪れなかった（同巻第五）などとみられる西行とも合致するのであるが、『撰集抄』では、遁世者に出会うとすぐに涙したり、多くみられるいわゆる「説話評論」の部分にもうかがえるように、力強さは感じられず、かえって弱々しくみえるほどである[7]。

　さらにいえば、『西行物語』は仏教的面について経論等を多く引用し、理論的に述べようとしている。それは、悪くいえば、理屈っぽいともいえるが、経典の引用も生のままで引用されている。それに対して『撰集抄』は遁世者への讃美一辺倒である。それはまさに隠遁思想というよりも情緒というべきほどのものである[8]。

三

　以上のような違いから、両者の西行像を考えてみると、まず、『西行物語』における西行像は次の如きものである。すなわち、出家前は忠勤に励み院の寵愛も深かったが、道心の逸りはいかんとも抑えがたく、遂に娘を縁から蹴落とすことによって俗世への執着を断ち切り、出家を遂げた。その後は仏道修行に励みながらも詠作を続け、遂に春、その生涯を閉じた。しかし、ここに描かれるものは、西行の発心を中心のテーマにしつつも、その仏道修行の面の厳しさは、それほど表面に出ていない。むしろ、歌物語的性格を有していることからもうなずけるように、歌人としての面が鮮明になってきている。

それに対して『撰集抄』における西行は、歌人としてよりも熱心な仏道修行者の西行である。いわゆる「説話評論」といわれる、説話に付随する作者の述懐部分をみても、その印象は強い。

さて、このように考えてくると、今日いわゆる普通一般にいわれる西行像、すなわち、漂泊の自然歌人としての西行像に近いのは『西行物語』における西行である。もちろん、一般的イメージとしての西行像には、『山家集』や『新古今集』をはじめとする実伝の面がはたらいていることも当然であるが、これを定着せしめたのが『西行物語』であるといえるのではあるまいか。それに対して『撰集抄』の西行像は、漂泊の歌人としてのイメージを有する西行と大きく異なる。それは仏道修行者の姿である。つまり、『撰集抄』では、漂泊の歌人としての西行のイメージを持つ人々にとっては、それが西行であるという前提なしには、西行とは気づかないのである。もちろん、西尾光一氏が「西行的人間と西行好みの人間(9)」において、『撰集抄』の西行仮託成立について詳しく論じておられるし、西行仮託によって西行自著と信じられた『撰集抄』が後の文学に大きな影響を与えたのも事実である。しかし、そのような仮託性がみられるからこそ、『撰集抄』における主人公を西行と受けとれるのであって、本書中にあらわれた主人公を即座に西行と判断するには、西尾氏の指摘される西行仮託の部分がなくては、到底不可能である。

なかには、

いはむや、妻子をふり捨てて、おもしろき所をも拝み、山々、寺々をも修行し侍るは、なか〳〵にたのもしくぞ侍る。（巻六第五話）

のように、西行らしくみえる箇所もあるが、反面、西尾氏もふれておられる巻三第一話のように、

「我をば西行となん申に侍り」とおそれ〳〵申侍りしかば、「さる人ありと聞く」とのたまはせ侍りき。

とあるのは、歌人西行を意識してのさかしらとさえ思われる。西行がみずから名乗ったり自慢気に語るところに不自然さがみられるわけであるが、西行仮托を意図するあまりの勇み足といえよう。

また、

松にかゝれば末紫の藤の花、かけ樋の水のたえ〴〵になり行底に影みえで、（巻一第八話）

などと多くの箇所に和歌的文章がみられるのも、本書を西行作であると思えば西行らしくみえるのであって、その箇所を読んですぐ西行を想起することはできない。

すなわち、『西行物語』の西行像が漂泊の歌人としてのイメージと合致する面が大きいのに対して、『撰集抄』の場合には、それが西行であるという前提なしには西行の行動と考えることはできない。

そのような『撰集抄』が西行のものとして、また、その中の主人公が西行として受けとられてきた背後には、種々の理由が考えられよう。しかしそれが、西行が『撰集抄』に描くような熱心な仏道修行者であったと一般に受けとられていたからというのはあたらない。確かに、実像としての西行の人生に、仏道一途の修行者としての面があったことを否定する気は毛頭ないが、そういった面よりも歌人としての西行としての面のほうがより強く意識されていたはずである。それが、『撰集抄』における仏道一途な修行者たる主人公をみて即座に西行であると認識するには、やはり無理がある。

考えるに、『撰集抄』作者が西行仮托を意図したこと、これによってすでに古くから『撰集抄』が西行の手になるものと信じられてきたことによると思われる。『一遍上人語録』に、

むかし、空也上人へ、ある人、念佛はいかゞ申べきやと問ければ、「捨てゝこそ」とばかりにて、なにとも仰

られずと、西行法師の撰集抄に載られたり。是誠に金言なり。[10]
という『撰集抄』が、実際に西行作のいわゆる『撰集抄』が存在したことを示すのか、それとも今日伝わる『撰集抄』を指すのかは定かではないが、どちらにしても『撰集抄』作者西行ということは、かなり古くから信じ込まれてきたことは明らかである。[11]そのように信じられてきたことは、作者の西行仮託の意図が見事に実ったわけであるが、その仮托は、漂泊の歌人西行というイメージの西行像の上に成り立っているのである。西行が旅から旅への生活を送ったというイメージを持っているからこそ、諸国を廻って多くの遁世者に出会うという『撰集抄』の西行が、すんなりと人々に受け入れられたのであろう。そしてさらに、旅から旅への人生を送った西行というイメージが、『西行物語』とともに、西行仮托の成功した『撰集抄』によって、定着していったのであろう。実際の西行は出家生活の半分近くの年数を高野で過ごしており、旅といっても奥州、四国、伊勢ぐらいしか行っていない。

四

『西行物語』では伊勢での記事に非常に多くを割いている。伊勢に限らず、神明と発心者の関係は、『撰集抄』冒頭における増賀の伊勢神宮での発心をはじめ、中世の仏教説話集には多くみられる。これは、神祇信仰をもその精神的要素の重要な一つとして持っていた聖との関係によるものとも考えられるのであり、この点からも、中世の仏教説話集の成立に聖との関わりといった一面も考えなければならないわけであるが、しかし、『西行物語』の伊勢の記事は異常に詳しい。ところが、仏教説話集における神明の記述は伊勢神宮に限らず多くの神社が登場し、『撰集抄』も例外ではない。それに対して、伊勢での事のみを詳しく記す『西行物語』は、そのような聖の性格ということで片づけるには不自然である。

つまり、『西行物語』の伊勢での記述の異常に詳しいことには、単に聖の神祇信仰のなせるわざではなく、やはり、伊勢の文化圏との交わりを考えるべきであろう。西行自身が伊勢の神官を中心とする文化人たちとの交流があったのか、それとも『西行物語』の作者が交渉を持っていたのかについては、今は詳しく考察していないが、ともかくも、神祇信仰を持っていた聖との関係によるだけではないことは明らかである[12]。

五来重氏の『高野聖』（角川書店・昭和四十九〈一九六五〉年五月）以来、西行の聖としての一面がクローズアップされつつあるが、それは歴史的事実の方面からいわれることであって、一般の西行像にはその面はない。私が『撰集抄』の成立の背景に聖が何らかの形で関わっていたと考えるの[13]は、西行が勧進聖であったとは断言できないながらも、勧進に携わっていたという歴史的事実としての一面をふまえて、西行仮託を志した結果として『撰集抄』にみられるほとんどの遁世僧に、主人公たる西行も含めて、聖として描かれていることとの符合によるのであって、決して西行のいわゆる一般的イメージを否定するものではないのである。

五

すなわち、『西行物語』では、漂泊の歌人としての西行像がより明確にうかがえるのに対して、『撰集抄』では、主人公が西行であるという認識なくしては、それが西行であるとは気づかないのである。『撰集抄』作者の西行仮託による「西行の手になる撰集抄」という意識によって、仏道修行一筋の西行像が形成され、受け継がれてきたのである。

両書ともに作者は不明であるが、このように考えてくると、西行を歌人という面でより強く受けとった『西行物語』と、これに対して、西行を歌人というよりは一途な仏道修行者と受けとった『撰集抄』とは、その成立の基盤におのずから微妙な違いがあったであろうと想像するに難くない。つまり、『西行物語』は歌人西行を知りながら、聖としての西行を知らなかったか、もしくは聖という面をさほど強く意識しなかった範囲で、『撰集抄』は聖としての西行の周辺で、それぞれ成立したと考えられるのではないだろうか。

そうはいっても、前者でも出家者西行は当然承知していたのであり、後者でも歌人西行は心得ていたのであることはもちろんである。ただ、前者は、出家者西行を承知していたといっても、聖としての西行についてはそれほどの認識はなかったのであろうし、後者は、歌人西行を承知していても、歌人西行の身近にいたのではないということである。すなわち、『西行物語』は歌人としての面に傾きつつ、西行の生涯に共感して綴るのであり、それに対して『撰集抄』は、聖としての西行をよく知っている上で、そういった西行への仮托を意図して、多くの遁世者を登場させたのであると考えられよう。

それはともかくとして、この二つの西行像、すなわち、歌人西行のイメージを中心とした西行像はもちろんのこと、一途な仏道修行者としての西行像も、後世の人々に多大な影響を与えたのである。芭蕉も、

五百年昔、西行の撰集抄に多クの乞食をあげられ候。愚眼故能人見付ざる悲しさに二たび西上人をおもひかへしたる迄ニ御坐候。　（元禄三年四月十日附、此筋・千川宛書簡）[14]

と、『撰集抄』には多くの乞食がみられると述べていることからもわかるように、芭蕉は、多くの箇所でふれている歌人西行と共に、乞食と呼んでいいほどの諸国流浪の抖擻の修行者としての西行像をも受け入れていることが知られるのである。

六

さて、歌人としての面をより強く持つ『西行物語』と、一途な仏道修行者としての面をより強く持つ『撰集抄』との二つの西行像には、同質性を認めた上で、そこに微妙な違いが存するのであるが、『撰集抄』が西行仮托を意図したところには、漂泊の自然歌人西行というイメージの前提があったと考えられ、そうすると、短絡的に考えると、『西行物語』が『撰集抄』に先行したことになるが、はたしてそうであろうか。

ここで『西行物語』と『沙石集』との関係が問題になってくる。畏友永井一彰氏の指摘によれば、『沙石集』貞享三年刊本と『西行物語』正保三年版本との間に同文の箇所がある（『沙石集』の方でいえば、巻一上ノ一「大神宮御事」・巻三上ノ一「癲狂人ノ利口ノ事」・巻三下ノ七「孔子之物語事」・巻三下ノ八「梅尾上人物語事」に『西行物語』と同文の箇所がある）。もし『沙石集』が『西行物語』に引用されたとすると、『西行物語』は『沙石集』成立の一二八三年以後の成立となり、『撰集抄』成立（大体一二四〇〜六〇年頃）後ということになる。とすると、『撰集抄』が『西行物語』に先行することになる。

しかし、『西行物語』と『沙石集』との同文の箇所は永井一彰氏が指摘された箇所のみであり、また、続群書類従本『西行物語』（文明十二年刊本）には、この同文の箇所の部分は全く異なった文章になっており、後の増補とも考えられ、これだけで両者の年序を断定することはできない。さらに、もし両書の原形本にこの同文箇所が共にあったとしても、『西行物語』と『沙石集』の前後関係について、『沙石集』の方が『西行物語』を採り入れたとも考えられるし、事実、『沙石集』にみられる西行発心の際の事件、つまり娘を縁から蹴落とした事について、その記述は簡略であり、同様の発心譚を持つ唯一の書『西行物語』から採り入れたことを想像させる。出家の際に詠んだ歌も異なっている。

以上のようなことから『西行物語』と『沙石集』の前後関係は、今の段階では速断できない。『西行物語』の成立は、版本文庫の解説によると、西行没後まもなくの頃の成立と推定されながらも、諸説あることを述べられている。それによると、下限は『撰集抄』成立と同じ頃となり、したがって『西行物語』と『撰集抄』との前後関係も現段階では判断できない。

ただ、『西行物語』には、『宝物集』や『発心集』から明らかに採ったと思われる箇所がみられるのに、『撰集抄』から採ったと考えられる箇所は見当たらないし、『撰集抄』にも『西行物語』から採ったと考えられる箇所はない。重なっている四首は『山家集』や『新古今集』からの所引と考えられたことは、前述の通りである。これは、成立の場の違うことの傍証にもなろうが、ともかく、両書に交渉はないのである。

七

西行の実伝の研究および西行の和歌の研究といった面からは従来相手にされなかった『撰集抄』や『西行物語』に人々の間に受けとられた西行像を見出した論としては、何といっても西尾光一氏の論「西行的人間と西行好みの人間―『撰集抄』の仮托性―」(15)を挙げることに異論はなかろう。西尾氏は、論において、

純粋な意味での和歌史研究の面からの歌人西行の研究が、わたくしなどが平生いだいている「中世文学史における独特な文学的人間像西行の問題」ともいうべき疑問に答えてくれていないことは、どうしようもない。

（六五～六六頁）

として、続けて、

「漂泊の歌僧西行」の文学イメージは、鎌倉期以降近代にいたるまで、ひろく国民に親愛伝承されつづけてきており、西行の和歌を読み味わう場合にも、わたくしたちの心情的基盤の中にいつしか入りこんでいるばかりか、ながく文学形成の発想源のようなものをなしつづけてきており、中世的文学のあり方としての問題性をふくんでいることをどうとらえたらよいのであろうか。（六六頁）

と述べ、

わたくしたちは、「そのようにあった西行」と「そのようにあったと思いこまれている西行」とを、文学史の問題として、それぞれに追求する必要があると思うのである。（同）

と、『撰集抄』において、史実との関係から無視するのではなく、人々の間に受けとられてきた西行像を考えてみる必要があることを強調している。

御論では、さらに『撰集抄』における西行仮托を詳細に考証した上で、

『撰集抄』は、『西行物語』や『西行物語絵詞』の類とは異なり、直接的な形での西行伝ではないが、それらの虚実とりまぜた伝記類とともに、西行的人間像のイメージをふくらませ、さらに、西行関係の謡曲やお伽草子の西行ものへ発展してゆき、後代文学におけるひろく根深い西行への敬愛と多種多様なその伝承へとつながる。（七一頁）

と述べ、「西行的人間」像が形成されたのにあずかった『撰集抄』を評価している。

西尾氏はまた、『撰集抄』が「西行的人間」を描くとともに、「西行好みともいうべき人間」を多く登場させていることにも言及している。この「西行好みの人間」とは、氏の言を借りれば、

その大多数は遁世者なのであるが、その共通的特徴もしくは基本的性格は、徳をかくし、そのためには気狂や

不具者のまねをし、放逸無慙をよそおい、諸国を流浪し、また山奥の草庵に閑居して、清貧修道の生涯をおくるところにある。（七三頁）

のであり、「それらの遁世者たちは、西行好みの人間として、読者に深い印象を与えると同時に、伝承的な西行像に逆に射影して、多彩な西行的人間像を形成して」（七二頁）おり、この「西行好みの人間」は「実在の西行ではなく、仮托された西行との関係において成立している人間像であり、西行的人間によって共感された」（七二頁）人々であると述べている。

多くの引用をしたが、西尾氏のこの論は、それまでとかく無視されてきた『撰集抄』に「西行的人間」と「西行好みの人間」という視点を与え、人々に親しまれてきた西行像の形成にあずかったという評価を与えられた点においても、まさしく高く評価されているわけであるし、また、私もこの論に導かれることが少なくなく、異論をさしはさむ気は毛頭ない。

ただ、隠徳の清僧たる「西行好みの人間」が「西行的人間によって共感された」人々であり、同時に「伝承的な西行像に逆に射影して、多彩な人間像を形成し」たといわれることは、「西行的人間」と「西行好みの人間」とは同質の人間像であるわけである。つまり、「西行好みの人間」が隠徳の清僧であると同時に、「西行的人間」もやはり隠徳の清僧である。そして、このようにして形成された結果、「漂泊の歌僧西行」というイメージが人々の間に受け入れられてきたということであるが、『撰集抄』と『西行物語』の両書における西行像の微妙な違いにはふれておられない。これは、もちろん論の趣旨との関わりからそこまで言及されなかったのであるが、前述の如く、『撰集抄』の場合、隠徳の清僧という西行のイメージは、「漂泊の歌僧」ということではやや弱い感を抱くのであり、一途な仏道修行者といった面をより強く印象づけられるのである。

また、伊藤博之氏の「西行歌の享受者達[16]」もまた、多くの教えを蒙る論である。この論の中で、伊藤氏は、『撰集抄』の説話が単に伝承説話とはいえないような作品であり、『閑居友』の濃い影響の下で成立したという点から、その作者は「貴族階級周辺の没落者で別所聖の仲間に生きる支えを見出した知識人」ではなく、「承久の変を契機とした貴族階級の再編過程のなかで、その地位をうしない失意の境涯をすごすことを余儀なくされた貴族階級の一人である」（七七頁）とし、

西行に仮托して『撰集抄』を著わした作者や『西行物語』を仕立てあげた作者は、結果的には落伍者であったかもしれないが、貴族社会の腐敗にどうにも我慢のならなかった階級孤立者と見るべきであろう。（七八頁）

と述べている。

また、西行が善知識として積極的に遁世をすすめたことにふれて、『西行物語』について、

そうした聖西行の側面が、強調されるところに〝西行伝承〟形成の因がみられ、それが『西行物語』にまで結実し、さらに多くの西行憧憬者を生むに至ったと思われる。（八二頁）

といわれ、「「臨終正念往生」を願う念仏聖」（八三頁）としての西行観が「めでたき往生者西行を強調する〝西行物語〟をつくり出させた」（八四頁）と述べている。さらに、

死を見つめつつ、「命を限りに国々を修行し」続け、いたる所で歌をよむことで「さすがに生ける命の」〝あはれ〟をかみしめつつ、罪障の懺悔と往生の願いに生きる西行像を描き出すところに『西行物語』の主題が見られるのである。（八五頁）

と『西行物語』の主題をとらえている。

このように述べられる伊藤氏の論にも教示される面が多く、また、氏のいわれる通りであると思うが、いわれる

ような点を十分認識した上で、『撰集抄』と『西行物語』に微妙な違いがあることは、先述した如くである。その微妙な違いなどから、『撰集抄』成立の背景に聖といわれた人たちが何らかの関わりを持っていたであろうと考えている。(17)

つまり、西尾光一氏および伊藤博之氏の論で論じられていることについて、私は全く異論はなく、お二人の説の通りだと思う。つまり、『撰集抄』と『西行物語』にみられる西行像は多くの重なり合う面を持っている。『とはずがたり』の作者、後深草院二条が、「西行が修行の記」とみたように、『西行物語』も仏道修行者たる西行を描いている。その点を十分承知した上で両書をみると、その西行像に微妙な違いを感ずるのである。もしや、私のいわんとする両書における西行像の違いは、両者それぞれの全体からみれば、取るに足らない些細なことかもしれない。しかし、そうかといって、無視し去ることができない点がそこには存していると思う。たしかに、漂泊の歌人であり、また、一途な仏道修行者である両面を、両書は持っている。しかし、それならば、両書における西行像が全く同一のものであるかといえば、やはり微妙に違うといわざるをえない。この、『撰集抄』と『西行物語』の両書に微妙な違いがあるという点において、西行像形成といった面に検討を加えてみる必要がありはしないだろうか。

註

(1) 以下、『西行物語』は正保三年版本を底本とする版本文庫による。
(2) 西尾光一「西行的人間と西行好みの人間―『撰集抄』の仮托性―」(『文学』一九六九年四月号・所収)。
(3) 『西行全集』所収による。
(4) 『日本歌学大系』第五巻による。

（5）岩波日本古典文学大系本による。
（6）岩波日本古典文学大系本による。
（7）本章第二節参照。
（8）註（7）に同じ。
（9）註（2）に同じ。
（10）日本古典文学大系『仮名法語集』（岩波書店）による。
（11）ただし、この『一遍上人語録』の「西行の撰集抄」が「西行の書いた撰集抄」をはたして意味するのかどうかという点について、青木晃より疑問が出されている（「西行物語の基本構想―『撰集抄』から『西行物語』へ―」〈『国文学』第五十四号・一九七七年九月・所収〉）。
（12）もっとも、この伊勢の条の一部分は、後の増補とも考えられる。
（13）本章第二節参照。
（14）『校本芭蕉全集』第八巻、書翰篇による。
（15）註（2）に同じ。
（16）伊藤博之「西行歌の享受者達」（『成城国文学論集』第十号・一九七八年二月・所収）。
（17）本章第二節参照。

第五節　『撰集抄』の説話配列――巻一を中心に――

一

説話集の編集態度には、だいたいにおいて類聚形態と雑纂形態とがあるが、説話集といえども、そこには編者の意図が多かれ少なかれはたらいているはずである。したがって、説話配列においても編者の意図は当然はたらいており、実際にいくつかの作品について先学たちによって明らかにされている。

たとえば、『今昔物語集』については国東文麿氏によって二話一類様式が論じられており、(1)『三国伝記』については、安藤直太郎氏が「梵・漢・和の順で繰り返すという新構想」「循環式の新構想」(2)をとっているとしている。また、『閑居友』については、小林保治氏によって「連歌の展開法にも似た鎖型の接続法」(3)ととらえられており、これに対して藤本徳明氏は「若干異なった角度から考察」している。(4)

今、考察の対象とする『撰集抄』は、一見すると雑纂形態にて、説話配列に何らの意図もうかがえないようであるが、これに対して小島孝之氏は、

口承説話の介在を全面的に否定するつもりなどは、まったくないのであるが、『撰集抄』作者は、身辺に相当量の書物を置いて、随時、それらを参照しながら、『撰集抄』を編んでいったのに違いはあるまい。そして、現在の説話配列は、創作するに従ってとか、説話が手許に集まるに従って編んで行ったものではないらしい。

次には、当然『撰集抄』の説話配列の意味が検討されなければならなくなる。(5)

と述べ、『撰集抄』の説話配列に何らかの意図が考えられることを指摘している。

そこで、『撰集抄』の説話配列について、巻一を中心に考察を加えてみたいと思う。

なお、説話配列を考える以上、『撰集抄』諸本を対校しなくてはならないのであるが、幸いにして、相山女学園大学の説話研究会の方々の十余年にわたる労作『撰集抄・校本篇』(6)がある。そこで、その学恩に浴して稿を進めることとする。

『撰集抄・校本篇』の「撰集抄総目録」は現在見うる諸本についての全貌をとらえてある。今後これ以外の系統の伝本が出現しない限り、現存伝本のすべてを補っているといってよかろう。その「撰集抄総目録」によると、巻八を除いて、五系統に分けられた諸本の間に説話配列の順序の違いはない。もちろん、西尾光一氏が岩波文庫本『撰集抄』の「解説」においてふれているように、二つの話を一話にまとめたり、逆に一話を二話に分けたりした説話区分の仕方による差異はあるが、巻八以外、説話配列の順序そのものには違いはない（もちろん、略本系統においては広本系統にある話がない場合が多いこと、いうまでもない）。

巻八を除いては、諸本間に説話の配列順序に違いはないのであるが、書陵部本では巻六の第八話「禅僧往生事」と第九話「恵菀事」とが、目録における配列順序で逆になっている(7)。書陵部本では、この他に巻八においても、目録における説話の配列順序と実際の配列順序とが異なっている。これをどう考えるかについてはわからないが、今は、一応、実際の配列順序に従うこととする。したがって、巻六の二話についても、これを目録の方の誤りと断ずることは早計にしても、実際の配列順序は他の諸本と異なっていないので、今は問題にしない。

考察を進めるにあたっては、今日最も善本であるとされる松平文庫本を底本とし説話区分については岩波文庫本に合致させてある、古典文庫本によることとする(8)。先にもふれたように、二つの話を一つにまとめたり、逆に一話を二話に分けたりした説話区分の違いにより、話の総数に諸本間で違いがあるが、配列の順序そのものには巻八を除いて差異はないのであるから、最も細かく区分する鈴鹿本系統のうちの近衛本を底本とする岩波文庫本の区分に従いながら、適宜、他の伝本の区分の仕方を参照しつつ稿を進めることにして問題はないと思う。

次に説話題目についてであるが、伝本によって説話題目に違いがあったり、説話題目がなかったりするが、説話題目は西尾光一氏が、

このような差異があることは、説話題が本来原形本にあったものではなく、それぞれの系統の本文において、ある段階で、見出し検索などの便宜のため、適宜に付加改変されたものであるからであろう。(9)

と述べているように考えうるので、問題にしない。

二

巻一の説話配列を考えるにあたって、それぞれの話を概観しておく。

第一話は増賀上人の再発心についての話である。増賀上人が根本中堂に千夜こもって祈念したけれどもまことの道心がつかなかった。ある時伊勢神宮に詣でて祈ったところ、「道心を發さんと思はゝ、此身を身とな思そ」という示現を蒙り、裸になって戻り、師の慈恵大師の諫めも聞かず、大和多武峰にこもったという話である。これに対して作者は、

けにもうたてしき物は名利の二也。正く貪瞋癡の三毒より事起て、此身を實ある物と思て、是を助けん爲に、そこはくのいつはりを構るにや。……（中略）……又墨染の袂に身をやつし、念珠を手にくるも、詮は唯、人に歸依せられて世を過んとのはかりこと、或は、極位極官をきはめて公家の梵筵に列、三千の禪徒にいつかれ

んと思へり。名利の二を不離。此理を不知類は不及申、唯識止観に眼をさらし、法文の至理を辯侍る程の人達の、しりなから捨侍らて、生死の海にたゝよひ給ふそかし。誰々も、是をもて離れんとし侍れと、世々を経て思なれにしことの改かたさに侍り。しかあるに、此増賀上人の、名利の思を頓而ふり捨て給けん、有かたきには侍らすや。　（一五～一六頁）

と、言葉を尽くして名利を捨てたことを讃美し、叡山からの脱出、すなわち再発心を讃美している。

ところで、根本中堂に千夜こもっても道心がつかなかったが、伊勢神宮に詣でて祈請し、示現を蒙ったという経緯は、この増賀上人の再発心を神祇信仰・神国思想と結びつけている。作者も、

是又、伊勢太神宮の御助にあらすは、いかにしてか此心も付侍るへき也。貪癡の村雲引おほい、名利のとこやみなる身の、いすゝ川の波にすゝかれて、天照太神の御光に消ぬるにこそ、返々忝く貴く侍り。　（一六頁）

と述べている。

第二話は、親の処分を押し取られた男が祇園神社にこもったところ、大明神の託宣を受けて出家し、押領した男も出家して、同声に念仏して往生を遂げたという話である。話のテーマは発心出家であるが、作者の述懐部分には、

和光利物の御めくみ、返々もかたしけなく侍り。本躰盧舎那、久遠成正覺、爲度衆生故、示理（マヽ）大明神、是也。久遠正覺の如來、雑類同塵し給らん、殊にかたしけなく侍りけり。　（二一頁）

と述べられており、神仏習合的ではあるが、反面、発心出家と神祇信仰を結びつけているともいえよう。説話題目も、松平文庫本に「祇薗示現」とあるのをはじめ、静嘉堂本、嵯峨本にも祇園神社での託宣を標題としており、後人には、この発心出家が祇園神社の託宣によってなしえたと受けとられていたことを物語っている。第一話と同様な考え方があるといってよかろう。

第三話は、あさがおの歌を詠む聖人の話である。都の内を放浪する乞食僧がいたが、ある人が家に呼び入れて、かたびらを与えたところ丁重に断り、再度与えようとしたが受けとらなかった。ある時、印西という聖の所へ来た時、印西が法文を望んだところ、傍の垣根に咲いていたあさがおに寄せてこの世の無常を詠って、いずこともなく姿をくらましたという。これに対して作者は、述懐部分において、隠徳の行為を讃えながらも、多くを費やして語っているのは無常観である。しかもそれは十二因縁にふれるなど、かなり教理的である。

第四話は、七条の皇后が亡くなったあとの宮の内の寂しさを語り、その御所に仕えていた伊勢は、皇后死去の後の宮の内の荒れた様子によせて無常観を述べる長歌を詠んだ。しかしそれでも出家する人は少なかったが、「指て、日比心を發給へる人とも見えたまはさりける」（二八頁）国行の三位が、妻子を振り捨てて出家したという話である。これについて作者は、

實に、妻子珍寶及王位、臨命終時不隨身とて、三途のちまた中有の旅には、妻子珍寶身にそはさるのみならす、歸て悪趣にたゝよふ物也。されは、此まほろの（し脱カ）、しはしのほとの愛着、なかく菩提の戸さしたらん、心憂に非すや。……（中略）……しかし、早恩愛をふりすて、戒施の功德をたくはへんと思侍れと、年をへて思なれにし（事）の、難忍て、まことすくすに侍り。然るに、此三位の俄に發心して勤給けん、浦山しきには非すや。（二九頁）

と述べ、恩愛の情を捨てて出家するべきであることを、国行の三位への讃美とともに語っている。

第五話は、宇津の山奥に庵を結んで座禅している僧に出会う話である。僧に出会って発心の縁をたずねると、僧は次のように語った。すなわち、出家する前は武士であって、当時から生死無常を感じてはいたが、出家するまでにはいたらなかった。ところが長年親しんだ女が死んだので、みずからもとどりを切ってこの山にこもっているの

である。はじめは松嶋という寺にいたが、知人が来てわずらわしいので、この二年はここに住んでいるのである、と語ったという話である。女の死によって無常を強く感じての出家である。この話に対して作者は、「發心の有様、殊にすみてそ侍る。」（三二頁）と述べている。「殊にすみてそ侍る」とあるから、「発心の有様」とは発心出家したあとの生活をいうのである。それは、その僧に対して、

あまりに貴く浦山しく覺え侍りしかば、我ももろ共にすまむへきよし聞え侍りしかは（三一頁）

と述べており、また、その生活について、

谷深かくれて、峰の松風に雲消て、すめる月を見給けん、殊に浦山しくそ侍る。（三二頁）

と述べていることからもいえよう。

そして、その発心出家した後の生活について、

詮は實の道心侍らは、修門は何にても侍りなん。……（中略）……よく〳〵心をとめて、坐禪し給は〻、是そ三業の中の意業行に侍れば、百千無量の佛塔を造らんにもまさりやし侍らん。何なる善も、た〻心によるへきそとそ覺え侍る。（三三頁）

と述べている。すなわち、発心出家した後の生活においては心のありようが大切であり、澄んだ道心を保つことが重要であることを説いているのである。

第六話は、市で老人までが商いをしているのを見て涙を流す話と、空也上人が市中に住んだことの話であるが、この二つの話には直接的な関連はない。それよりも、これらの話をきっかけとして、話の三分の二以上を費やして、この世の無常なることを力説しており、しかも極めて教理的な口調である。

第七話は讃州白峰の崇徳上皇の墓所への参詣の話である。その墓の荒れ様と上皇のかつての栄華とを比べ、この

世の無常なることをいう。さらに、

されは、思をとむましきは此世也。一天の君、萬乘のあるしも、しかのことく苦みを離ましく〳〵侍らねは、せつりしゆたかはらす。宮もわら屋もはてしなき物なれは、高位もねかはしきにあらす。我等もいくたひか、彼國王とも成けんなれとも、隔生卽忘して、都おほえ侍らす。唯行てとまりはつへき佛果圓滿の位のみそゆかしく侍る。（三九〜四〇頁）

と述べ、また、

盛衰もなく、無常も離侍らん世なりとも、佛のくらゐ目出しと聞奉らは、なとかねかはさるへき。（四二頁）

と、無常の世を厭って仏道に赴くべきであることを説いている。

第八話は、山階寺の行賀僧都が賤しい法師に乞われるままに、自分の耳を切って与え、後、僧都の夢に十一面観音が現われ、耳を返したという話である。これは、夢に現われた観音が僧都に対して「實に慈悲は深くをはしけり」（四五頁）と語っているように、慈悲心の貴さについて述べた話であるといえよう。この話に付け加えて、玄奘三蔵が渡天の途次、臭く汚らしい病人を、「慈悲を以て」（四五頁）頭から足の先まで舐った時、病人が観音となって玄奘に『心経』を授けた話が語られているし、

・われら迄、慈悲の心を付けたまはせよかしと覺て侍り。（四七頁）
・さても、行賀僧都の慈悲堅固にして、耳を切給し功（徳脱カ）（四九頁）
・ちかふらくは、身はたとひ那落の底にしつむとも、此僧都の慈悲をは忘奉らし。三世の佛達、我二なき心をかかみ給て、聊の慈悲の心をもおこす身となさせ給へ。（四九頁）

といった記述からも、それは十分にうかがえる。

しかしまた、見方をかえれば、この話は布施の功徳を説くともいえよう。どこに、どのような仏・菩薩が、どのような姿に変えているかもわからない、その人たちに親切にすることによって、後によいことがある、といったように。巻三第七話の瞻西上人の話や、『閑居友』上巻「真如親王、天竺にわたり給ふ事」などは、その失敗譚であるといえよう。(10)

三

さて、以上のように巻一の八話をとらえた上で、その説話配列について考えてみよう。

第一話および第二話はともに発心出家についての話であるが、それは神祇信仰と発心とを結びつけて語られており、神の助けによって発心出家へと進む話である。これは、単に神仏習合思想が表われているにすぎないのであって、当時としては一般的なことであったとも考えられるが、しかし、これが、巻一、いや『撰集抄』の冒頭に置かれていることは、序文に、

されは偏に冥助をあをき奉らんか爲に、巻毎に神明の御事を注載奉るに侍り。（一二頁）

とあるのに一致していることなどを考えあわせると、やはりそれなりの意味を持っていると考えるべきであろう。さらに私は、『撰集抄』の作者はともかくとしても、その成立の背後には聖集団が存在していたと考えているが、念仏聖・勧進聖などと呼ばれる彼らは融通念仏思想を持っていた(11)と同時に、神祇信仰・神国思想を持っていたらしい。そうすると、冒頭にこういった話が置かれていることは、ますます意味を持ってくると思われる。

第三話は無常観を語る話であるが、それは教理的な口調において説かれている。続く第四話は無常をさとったら恩愛の情を捨てて出家すべきだと説く。これは無常をさとったらどうすべきかということについて語っているとい

えよう。次の第五話は、発心出家した後の生活について、心を重視し、澄んだ道心を保つことが大切であると語る。これは発心出家したならばどのようにすべきかを説いているといえよう。第六話では、具体的な話を単なるきっかけとして、この世の無常を再度力説しており、やはり教理的色彩が濃い。第七話では、讃州白峰の崇徳上皇の御陵への参詣を縁として、無常の世を厭って仏道に赴くべきだと説く。

そして最後の第八話では、高徳の僧にみられる慈悲心（の功徳）を語る。高徳の僧はすなわち仏道を一応成就した人といえるのであり、第七話までに述べてきた仏道修行の一応の帰結ともいえるだろう。しかしまた、この第八話は、布施の功徳を語ると考えることも可能である。

以上、巻一の八話をわかりやすく記すと次のようになる。

一・二　発心を神祇信仰と結びつけて語る。

×三　無常観を説く。（教理的）

←

×四　無常を悟ったらどうすべきか。↓恩愛の情を捨てて出家せよ。

←

×五　発心出家したらどうすべきか。↓澄んだ道心を保て。

×六　再度、無常観を力説。（教理的）

×七　無常の世を厭って仏道に赴け。←

八　高徳僧（仏道を成就した人）にみる慈悲心（の功徳）。もしくは、布施の功徳。←

（×印は略本にない話を示す。以下、同じ）

このように八話をとらえうる時、それはあたかも説法を聴くような形式として整っている。最初に総結のような話を語り、次に無常観を述べ、無常をさとったら出家せよ、出家したら澄んだ道心を保て、と述べてゆき、再び無常観を説いて速やかに無常なるこの世を厭って仏道へ赴くべきことを説き、最後に、仏道修行をなした結果に得られる慈悲心について述べる。まさに説法の形として整えられているといえるのではなかろうか。このように考えると、最後の話が、一面から見ると布施の功徳を説くとも考えうる話であることも、うなずけるのである。

四

次に巻二について考えてみることにする。巻二第一話は一和僧都の話であるが、熱田神宮における神の託宣が中心となっている。これについて、作者は、

三會の暁もはるかなる暗中に生をうけて、たゝ、明暮は夢にのみはかかされて、おなし瀬に立木の泡の流れ消る心地して侍我等を哀と見そなはして、尺迦大師のなき跡の衆生をすくひ給はんとて、神と現給て、いまも彼一和を利し給にこそ。（五六頁）

と、本地垂迹思想に立って述べているが、やはり、巻一と同様、冒頭に神祇を持ってきている。

第二話は青蓮院法眼真誉の話である。乞食同然の生活と同時に、真誉が出奔したことが語られているが、重点はいうまでもなく出奔、すなわち再発心にある。第三話は、播磨国の平野という竹の山のふもとに住んで明け暮れ念仏を唱えていた法師に、ある人が発心の縁を尋ねたところ、妻の死によって出家したことを語ったという話である。

第四話は、花林院の永玄僧正の再発心を語るが、その再発心後は、その花林院を出るにいたった理由を、女性関係によるものだと偽り、隠徳の生活の中で心を澄ましたという話である。この話について作者は、かの玄賓を引き合いに出し、

凡、多世をのかるゝ人の中に、山田守僧都のいにしへは、聞も殊に心のすみて貴く侍りしか。今の僧正の有様、いてこしかた思ひやる、すゐにも難有そ侍る。凡人の習、世を背までも、骨をはうつむとも名をは埋ましと思ふめるに、（よし）なき色にふけりて寺を離るゝよしのいつはりをのへられけん心中、思ひやられて、わくかたなく哀に侍る……（中略）……けに人にはつたなき物と思ひ下されて、心ひとつにおもひすまして侍らんは、いみしくすみ渡りてそ侍へき。（六八～六九頁）

と、永玄僧正と玄賓を同様に、『摩訶止観』に説く隠徳の生活を送った人ととらえている。

第五話は、雲林院の説法を聴聞した下賤の男が出家し、昼間は里へ出ず夜に里をめぐって高声に念仏した生活を送って、遂に往生したという話である。昼間は里に出ず夜に里をめぐるということの理由を尋ねられて、その男が答えるには、昼間は女性や子供に出会うと妻子を思い出すので里に出ないのであり、夜はそういったこともないし、また、生死無常を思われて眠れないから里へ出るのであるという。ここに語られているのは、発心した後、懸命に修行し、心を澄まそうと努めている生活である。

第六話は奥州平泉の郡に住んでいた女性は法花経を読みたがっていたが、教える人がいないので歎いていたところ、慈恵大師のされこうべによって習い終えたという話である。この話を聞いた作者は、

かゝるためし、けに有かたく侍るへき。先御經ならふ人もなき邊土の境に生れぬる女の身に、けに明暮經のよみ奉らまほしく覺て、ねても覺ても、此事をのみ歎をれりけん、心の中の貴さは、つたなき筆には難盡侍り。然はこそ、慈恵大師の白骨を顯て、授給ひけめと、忝侍。……（中略）……我らかなましいに家を出て、衣は染ぬれと、はか〳〵しき信心をも發さす、深山に思ひすます事なくて、年のいたづらにたけぬる、そゝろに悲しく侍る。（七七〜七八頁）

と述べている。つまり、心をいたせば末世といっても通ずるものである、だから心を澄まし、まことの信心を持つべきであると説くのである。

第七話は播磨国の山中で、隠栖した僧の死骸に出会う話である。この僧は、大きな木に、

死生共に死生にあらす。無來無去にして本來寂靜なり（八〇頁）

と書き付けていたが、この一文や、また、述懐部分においても述べられているように、心を澄ませば死生を超越し、寂静を得るということを説いている。

第八話は、侍従大納言成通が東山に住んでいた頃、一人の法師が来て使用人として働きたいというので使っていたが、その法師に成通が着物を与えるとすぐに失くしてしまう。それがたびたびに及んだので、人に探らせたところ、法師は着物を乞食に与えていたのであった。そこで成通をはじめ、人々が重くもてなしたが、突然姿をくらましてしまった。その後、成通が歌詠みに選ばれて、歌を案じわずらっていたところ、この法師が来て歌を教えてくれた。去ろうとするのを引き止めて名を尋ねたところ、泊瀬山の迎西と名乗って逃げ去ったという話である。この

話は、まず迎西の隠徳であり、また成通、および迎西の慈悲心である。この慈悲の行為はまた、布施とも考えうるし、成通が迎西に着物を与えたおかげで歌を教わったという点に、慈悲（もしくは布施）の功徳があらわれている。

このように巻二の八話をとらえると、次のようになる。

×一　神　託
二　再発心
×三　出　家
（二・三）発心出家 →
四　隠　徳
五　懸命な修行
（四・五）発心出家後の生活
×六　心を澄ますべきである。
×七　心を澄ませば死生を超越し、寂静を得る。
八　慈悲心（もしくは布施）

このように並べてみると、やはりその展開は筋を追ってなされており、巻一と同様、説法の形をとっているといえよう。また、巻一と同様、第一話に神祇の話を持ってきて、形を整えている。

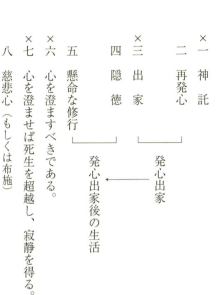

五

以上、巻一および巻二の説話の配列は、冒頭に神祇の話を出し、発心出家→出家後の生活→出家や心を澄ますことを勧める→仏道修行の結果得られる慈悲心、という展開に、大体において整えられており、それはあたかも一座の説法を聴く如くである。このような配列がなされていることは、当然、そこに作者の意図がはたらいていたのであり、決して偶然にこうした配列になったということではあるまい。

しからば、『撰集抄』はそれぞれの巻がこうした形に整えられているかというと、そうでもない。たとえば巻四について簡単にみてみよう。

第一話は、平三郎真近という武士が母の死によって出家し、母の後世を弔うための供養をした後失踪する話である。第二話は、富家の大殿に育てられた志賀の中将頼実が、実の父から実母の死を知らされ、母の後世を弔うために出家した話である。第三話は、釣られた亀の涙を見て発心出家した釣人（西道）の話であり、第四話は、吉田の中納言経光が正妻の死によって出家し、範円上人となったという話である。第五話は後冷泉院の死によって出家した顕基の話、第六話は幼くして出家した得業慶縁が東南院を出奔、すなわち再発心した話であり、第七話は明雲僧正の再発心の話である。最後の第八話は、三井寺の慶祚大阿闍梨が天竺へ行こうとし、宇佐八幡宮で託宣を受けて思いとどまる話である。

作者の述懐部分において各話それぞれの主題について讃美されているが、第四話から第七話まではそれぞれの話にことよせて、この世の無常なることを併せ説いている。第八話では後半話は逸れて、仏法の衰えを嘆いている。この第八話は、宇佐八幡宮で託宣を授かる点、神祇にも関わる話ともいえようし、慶祚阿闍梨が天竺へ行こうとすることは、大阿闍梨の身を捨てて行くのであり、しかも生きて帰れる保証はどこにもないのである。つまり、天竺へ渡ろうとすることは、一大決心が必要であり、これも、ある意味では発心といえるのではないか。以上の巻四の八話をまとめて並べてみると、次のようになる。

一　母の死により出家。後世を弔って失踪。〔孝養〕
二　実父から実母の死を知らされ、母の後世を弔うために出家。〔孝養〕
三　釣られた亀の涙を見て出家。〔殺生の戒め〕
×四　正妻の死により出家。〔恩愛の情〕〔この世の無常〕
×五　後冷泉院の死により出家。〔この世の無常〕
六　幼くして出家。〔この世は仮のもの〕
　　再発心　〔我身を惜しむな〕
七　再発心　〔この世の無常〕
八　渡天を志すも、宇佐八幡宮の託宣にてとりやめる。（広義の再発心。神祇）〔仏法の衰え〕

恩愛の情
再発心
この世の無常

〔　〕で示したのは述懐部分において、上に記した主題に対する讃美のほかに述べられていることである。さて、

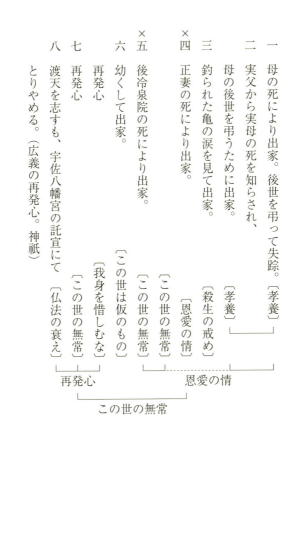

最初の二話は孝養という点でつながっており、また、第一・二・四・五話は、母とか主君といった人の死による出家という点に共通性がある。さらに第八話の渡天の志を広い意味で発心とみれば、この話も再発心の話としての性格も有していることになり、第六話の後半と第七・八話の三話は再発心という点でつながる。さらに、先にもふれたように、第四話から第七話では述懐部分でこの世の無常を説いている点で関連性がある。しかし、第八話に神祇に関わる話があるといっても、先にみた巻一や巻二のような体裁は、巻四には見出しがたい。第一・二話、および、第四・五話に二話一類型式があるとみられないこともないし、また、それぞれ関連性のある話が、発想という点で展開していっているとも考えうるが、むしろ、『撰集抄』の性格上、極めて当たり前のことではあるが、発心出家という同じモチーフの話が集められている。しかもそれは、人間を最も繋縛する恩愛の情からの出家の話が多いというべきではなかろうか。ともかく、巻四は、巻一・巻二のような配列の形はとっていないのである。

六

それでは次に巻九を概観してみよう。第一話は、わが国は神国であることを述べ、第二話は、大江貞基が女の死によって出家した後、母と別れて中国へ渡ろうとするのに対して、母は恩愛の情さりがたく思いながらもそれに耐えて渡行を勧める話である。第三話は安養尼が兄恵心や勝算僧正の力によって蘇生した話であり、第四話は母への孝養の心が深かったゆえに出世し、さらに春日明神のはたらきにより立派な僧となった観理大徳の話である。第五話は馬頭顕長が父の命に背くことを厭って出家し、それを聞いてすぐに駆けつけて再会した父は嘆き悲しんだという話であるが、作者はこの発心出家をほめ讃えている。第六話は、唐の道希法師が経論の翻訳のために渡天し、仕事半ばで死ぬ。六年後、弟子が天竺を訪れ、師なき後の寺が荒れ放題になっており、翻訳した漢字の経だけが残っているのを見たという話である。第七話は、高野の空観房にことよせて、行住坐臥すべて仏の行住坐臥であり、すべて仏法であると「心仏及衆生、是三無差別」を説き、さらに自他平等の慈悲心にも説き及ぶ。極めて教理的である。第八話は、江口の遊女とこの世の無常を詠む歌の贈答をし、一夜の宿を借りて語り明かす。遊女の、かりそめの憂き世からの出家の志を聞き、後日その言葉通りに出家したことを聞いて、讃美している。第九話は、三条大臣の北の方の三回忌に、その子実房が十一歳でありながら、母追悼の文をみずから作って、孝養のために出家の志を吐露したという話である。第十話は、西行が別れた妻に清水寺で再会し涙する話である。妻は、夫であった西行に対して恨みもなく知識とさえ思っていると語るが、言い訳がましく、むしろ夫婦再会における情に注目させる話である。第十一話は名利を捨てて再発心した覚英僧都の話であり、話の中心はその再発心したことにある。それをまた一覧にすると次のようになる。

×一　我が国は神国である。

×二　女の死によって出家。

←　母と別れて中国へ――親子の情、それをこらえて勧める母。

×三　安養尼が、兄恵心たちの力によって蘇生。

×四　母への孝養心深い→出世→高僧になる。

×五　父の命に背くのを厭って出家。

←讃美

肉親の情〈特に母〉

出家を嘆き悲しむ父。
×六　渡天し、経論翻訳の仕事半ばで死ぬ。
←
六年後、弟子が訪れ、師なき後翻訳半ばの経だけが残る。
七　「心仏及衆生、是三無差別」・自他平等の慈悲心
八　江口の遊女と無常の歌の贈答、一夜語り明かす。
遊女、出家の志を語る。↓後日、出家　⇐讃美
九　母の三回忌に十一歳ながら追弔の文を作り、孝養のために出家の志あるを吐露。
十　別れた妻と清水寺で再会。
十一　名利を捨てて再発心。
肉親の情

これをみるとわかるように、冒頭の第一話は巻一・巻二と同じように神祇の話であり、神国思想をはっきりと出している。第二・三・四・五話および、第九・十話は肉親の情にまつわる話である。第六話は弟子が師なきあとの荒れた寺を訪れるところに、肉親の情に近い感情が通うといえばいえようか。しかし、第七話のような極めて教理的に説く話、第八話の江口の遊女の出家の話は、前後の話とはやや性格を異にしている。最後の第十一話も巻九においてはやや異質な話であるが、『撰集抄』冒頭の増賀上人の話と照応させているとも考えうる。

やはり、巻九において説話の配列順序は冒頭の話と最後の話には配慮があるようではあるが、他はほとんど配慮されておらず、やはり肉親の情にまつわる話という、同じモチーフの話を収めているといえよう。しかもそれは、

同様に考えられる巻四に比してもわかるように、徹底されていないようである。

七

さて『撰集抄』の説話配列を検討するとき、常に難しい問題を含んでおり、また、それゆえにこそ避けて通ることのできないこととして、巻八の問題がある。この巻八については、すでに小島孝之氏が考察しておられる。[12]氏は『撰集抄』巻八の説話と『和漢朗詠集』との関係について詳細な検討し、

巻八の三五話のうちの二六話が『和漢朗詠集』と共通の詩歌をもち、さらに、詩歌説話以外の芸能談（鞠・琵琶）と神仏利生談を除くと、二六話中の二四話が共通の詩歌をもつことになる。この両書における対応の密度は、上来述べ来った個々の章段における両書の関係を裏付けるものとなろう。（一五頁）

と述べている。従来からの巻八の「芸能談」の不明な点を明解に論じた論で、その学恩は大きいものがある。氏はさらに「『和漢朗詠集』と共通の詩歌を含まぬ説話及び神仏利生談・芸能談について」（一九〜二〇頁）も考察を進められ、その上で巻八の説話配列について、西尾光一氏の分類をふまえて、次のように論じている。

しかるに、この配列順に狂いの生じる箇所は、必ずといっていいほど、『和漢朗詠集』による詩歌説話とその他の説話が接する箇所なのである。このことから推測できることは、本来、第二のグループの説話は裏書の形で増補され、それを本巻の説話順の中へ挿入しながら書写していった段階で二通りの配列順を生んだのではないかということである。（二一頁）

そこで、氏の論を参考にさせていただきつつ、稿を進めたい。

西尾光一氏は、岩波文庫本『撰集抄』において、巻八の説話の配列順から、（A）広本第二・三類と（B）広本

第一・四・五類の二系統に分けられ、（B）類のほうが、今のところ原形に近いと考えておられる。安田孝子・梅野きみ子・野崎典子・河野啓子・森瀬代士枝の諸氏も「『撰集抄』諸本考―静嘉堂本系統について―」[13]において、この西尾氏の説を受けて、

〔Ⅰ〕松平本系統・静嘉堂本系統
〔Ⅱ〕書陵部本系統
〔Ⅲ〕鈴鹿本系統

の三類に分け、西尾氏と同じく〔Ⅰ〕の系統を原初的な並び方であると考えている。

そこで検討に先立って、安田氏および四氏の分類に従って、三系統の説話の配列順を表示しておこう（略本はわずか六話しかなく、今は問題にしない）。話の番号は古典文庫本および岩波文庫本の通し番号で示し、二話を一話としてある場合にも、古典文庫本・岩波文庫本の区別に従うものとする。また、書陵部本では目録における配列順序と実際上の配列順序が異なっており、問題も含んでいると思われるが、向後の研究を俟つこととし、今は実際上の配列順序に従うこととする。なお、表示するにあたっては、『撰集抄・校本篇』の「総目録」を参照させていただいた（矢印はその番号の話が、矢印の箇所にあることを示す）。

〔Ⅱ〕（書陵部本）
〔Ⅰ〕（松平本・静嘉堂本）　76……83　84　85……94　95……97　98……104　105……108　109　110
〔Ⅲ〕（鈴鹿本）

この表によって、問題となるのは説話番号84の話と105〜108の話の位置である。

八

冒頭の二話（76・77）はひとまずおいて、〔Ⅰ〕の系統において、その話の大体の内容において並べてみると、

一、漢詩（78〜84）
二、和歌（85〜103）
三、行尊の効験（104）
四、鞠（105〜107）
五、琵琶（108）

となっており、三の行尊の効験を除くと、漢詩・和歌・鞠・琵琶の順に並んでおり、体裁は整っている（巻末の二話は後にふれる）。そこで説話番号84の話についてみてみると、この話は橘直幹が無実の罪で流されようとした時、北野天神に祈ったところ、無実を証明する道風の文を天神から授かって、逆に式部の大輔に昇進したという話である。他の能芸譚とはやや性格が異なるが、西尾光一氏が、

第二五（97）・二七話（98）の前後に連続している和歌の話の中に介在するより……（中略）……巻八第八話（83）の道真の漢詩の話の次にくるほうが、無実の罪というモチーフの連接からみても適当であろうと思う。[14]

と述べ、小島孝之氏も、

第八話の道真左遷の話にひっかけて改変したのではなかろうか。[15]

と述べているように、〔Ⅰ〕や〔Ⅱ〕の系統のように、83の次にあるほうが自然であると、私も考える。しかし、

〔Ⅲ〕の系統のように97と98の間にある場合、前話の97は、伊勢が太秦に参詣して「南無薬師あはれみ給へ」の歌を詠んだところ仏殿が動き暁の夢に貴僧が現われて示現を蒙り、その示現通り八幡宮の検校を夫に得て幸せになったという話であり、示現・託宣というモチーフでは一致しているともいえよう。私も、〔Ⅰ〕・〔Ⅱ〕系統の配列順が自然だとは考えるが、〔Ⅲ〕の系統を誤りとも断じきれない気がする。

さて、次に105〜107の鞠の話と108の琵琶の話は、〔Ⅱ〕および〔Ⅲ〕系統では94と95の間に入っている。これら四話が一つのグループにあるらしいことは、小島孝之氏が、

これら蹴鞠の三話は、成通→鳥羽院という登場人物の連続で配列を続けようとするらしく、次の第二十二話（108）が鳥羽院の琵琶の話である。(16)

と論じておられる通りであると思う。したがって三系統で移動する場合にも、四話が一緒に動いているのである。

さて、この四話の位置について、西尾光一氏は94・95の和歌の話の連続の中に介在するよりも、104と109の間に置かれている配置のほうが無難ではないかと考えておられる。(17)しかし、104は、余慶僧正が空也の曲がった骨を直したという話と、蛇のいる瓜を晴明が占い、それを行尊が祈ったところ蛇が出て来て死んだという話である。この話のあとに蹴鞠や琵琶の話が来るのは、やや不自然な感がある。やはり、104の話は109の恵心の臨終の時にその胸に青蓮華が三本咲いたという奇瑞へと続いたほうが自然な感じがする。もちろん105の話は、蹴鞠の話だといっても、鞠の精が登場する話であり、その点、104の次へ来ても不自然でないといえなくもない。しかし、〔Ⅰ〕の系統のように配列された場合、今度は逆に104の行尊の効験についての話が、103の話と行尊という登場人物で続いているとはいえ、和歌と鞠の話の間で浮き上がってしまう。やはり、105は能芸の話であり、どちらかといえば104から109への発想のほうが、より自然ではなかろうか。

ところがまた、105～108の話が94と95の話の間にあるのが自然かというと、そうともいえないのである。つまり、94の話は、花見に出かけ雨に降られた実方が詠んだ和歌について、行成が「歌は面白し。実方はをこなり」と言ったことを実方が聞いて深く恨んだという話であり、95の話は、待賢門院が亡くなった翌年、兼方が彼の御所へ参上して詠んだ歌を俊成が批判した話である。どちらも和歌というモチーフにおいて一致しているが、それだけではなく、歌の作者や歌自体が批判されているという共通の発想が見られると思う。となると、この二話を切り離すことははたしてよいのか。すなわち、94と95の間に105～108が入る〔Ⅱ〕および〔Ⅲ〕の系統の配列も、不自然さを持っているといわざるをえない。はたしていかがなのであろうか。

〔Ⅲ〕の系統に従って配列してみると次のようになる。

一、漢詩（78～83）
二、和歌（85～94）
三、鞠（105～107）
四、琵琶（108）
五、和歌（95～97）
六、漢詩（84）
七、和歌（98～103）
八、行尊の効験（104）

これをみると、やはり六の漢詩（84）に不自然な感がある。前述したように97の示現との発想のつながりと考えうるし、84が漢詩の話といえないような面もあるが、やはりおかしい。しかし、これを除くと、漢詩、和歌、芸

（鞠・琵琶）と続いて和歌で締めくくる形をとっており、一応の体裁は整う。〔Ⅱ〕の系統を示すと次のようになる。

一、漢詩（78〜84）
二、和歌（85〜94）
三、鞠（105〜107）
四、琵琶（108）
五、和歌（95〜103）
六、行尊の効験（104）

となり、〔Ⅲ〕の系統の配列に比べて、84がおさまっているだけ、より体裁が整っているといえよう。しかし、この三系統のどの配列がよりよく、原形本に近いかということは、いまだ断じきれない。以上の検討は、巻八に能芸譚が集められていることに注目して、能芸という面からみたわけであるが、能芸は前提としつつも、それぞれの内容を別の角度からとらえることによって、何か得られるのではないかとも思う。

九

さて、いまだふれていない冒頭の二話についてみてみよう。第一話（76）は小野篁が帝に召されて漢詩を詠んだことにより宰相になった話であるが、作者の述懐部分にも述べるように、能芸のすばらしさを説く話である。続く第二話（77）は都良香が竹生島へ参詣した時、上句を詠んだところ神に下句を付けられた話である。そして末尾に、

小野篁は、人王の御意を悦はしめて、相公にいたり、都良香は明神の感嘆にあつかる。能藝はけにかたしけなくそ侍る。（三一五〜三一六頁）

と、二話を受けて能芸のすばらしさを述べており、能芸譚を集める巻八の総結のような文になっている。巻一のように、冒頭に神祇の話が来るのではないが、能芸譚を集める巻八の冒頭にふさわしく、全体をまとめての話であるといえよう（ただし、諸本はすべて二話に分けている）。

巻末の二話は、他の話と相当に性格の異なる話である。これについては110の話について小島孝之氏が、

青蓮華を平等院の宝蔵に収めたという結末を、前話に一致させている。「おなじき宇治殿の御時」で始まり、終りに、「恵心の僧都の蓮華生ひたる事、希奇に侍らじ。これはたとへもなき事にあらずや」と述べているところからも、第三四話（109）に続けられたものであることが示されている。(18)

といわれる通りである。この二話は三系統いずれも巻八の巻末に位置しているが、この話がなぜ巻八に入れられたのかについては不明である。この二話について橋本本や松平文庫本では題目がないことも、何か意味があるのであろうか。

さて、以上のようにみてくると、巻八の説話配列は、総結のような話に始まり、漢詩、和歌、鞠・琵琶といった話を並べ、かなり意図的な要素が濃いと思われる。もちろん、こうしたとらえ方は極めて大雑把であり、一話一話のつながりについても考えてみなくてはならない。一例を挙げれば、先にもふれた83と84の道真左遷に関してのつながりとか、79〜81までが逆境に置かれた主人公が詩を詠むことによって逆に昇進するといったモチーフでつながっており、続く82・83はその逆境に置かれての詩作というように、発想のつながりも考えなくてはならないであろう。さらに大きな問題は、『撰集抄』全篇の中において、なぜ巻八に能芸説話を集めたかという問題である。

十

以上、『撰集抄』の説話配列について巻一を中心に、巻二・四・九および巻八について検討してきた。そこからいえることは、巻ごとに配列の基準が異なっているようであることである。というよりも、巻一・二あたりは一応の体裁をめざしているが、巻四・巻八・巻九にみられるように同じモチーフの話が集められている巻もあり、配列順序については巻四・巻九のように配慮がみられない巻もあるのである。

しかも、『今昔物語集』のように最初から全体としての編集意図があったのではなく、巻相互にはつながりはみられない。すなわち、巻一・二あたりまでは配慮して並べたのに対して、他はその配慮が薄れ、同じモチーフによって集められたのではないか。つまり、巻ごとに集められていたのではないか。それが集大成されることにより集が成立していったのではないか。もちろん、巻一・二・八・九などでは冒頭の話を整えてはいる。

また、同じモチーフで集めただけの巻ではそうでもないが、説話自体があとの述懐部分を述べるためのきっかけぐらいにしか用いられていない場合が、一応体裁を整えているとみられる巻一・二に特に多い。

さらに、今まで一切ふれなかったが、略本について言及しておくと、たとえば巻一はわずか三話しかなく、略本にない話は説話配列からいっても不可欠である。したがって、どちらが先行するかはいまだ断じえないが、略本から広本への形はないのではないか。小島孝之氏が『撰集抄』と『閑居友』の関係を論じられた論によると、『閑居友』からの引用部分は、略本にない部分や、略本にあっても一部が略本にない部分にまたがってみられる(19)。この点からも、略本が後の抄出本であることが濃厚であると思われる。

もちろん、『撰集抄』の巻すべてに言及したわけではなく、巻一を中心に述べただけであるので、何ら結論めいたこともいえないのであるが、残る問題点についてふれておく。

まず、小島孝之氏が、『撰集抄』の説話形成について、

既に用意されている或る一段の説話を前提にして、別のある一段の説話が記述された、というものがある。(20)

と述べて、「一つの説話の創作が、又新たな一つの説話を創作する契機になるという関係」(21)を論じられ、木下資一氏も「一つの説話を素材として更に新たな説話を形成する、という方法」(22)としてとらえられている点についてである。これは、全く二人の説の通りだと思うが、説話配列からいえば、二人が挙げている巻五第一話と巻九第八話の江口の遊女にまつわる話について、この同じ素材の話が、なぜ場所をかえて入れられているかという問題が出てくるのである。

次に、序文との関係である。すなわち、序に「事は八十随好に思よそへて、百の廿を残せり。」(一二～一三頁)とあり、「巻毎に神明の御事を注載奉るに侍り」(一三頁)とある点についてはいかように考えるべきであろうか。この点について小島孝之氏は、先に引用した説話配列の順序についての推論に続けて、

もし、このような成立の時点を分けて考えることができるとするならば、序文に述べる説話数八〇話と、広本系一二一話の矛盾を解く鍵になりはしないだろうか。(23)

と述べておられる。

次には、たとえば巻一の第一話と第二話の神祇の話という点のつながりや、同じく第二話と第三話がともに無常の歌が詠まれているというつながりなどにみられる二話一類的な発想と考えることのできる点である。これは、二話一類様式にこだわらず、連歌的発想のつながりという点も含めて、検討の必要があろう。

註

(1) 国東文麿『今昔物語集成立考』〈早稲田大学出版部・一九六二年五月初版〈一九七八年五月増補初版による〉〉。
(2) 安藤直太朗「説話の類聚と編者―『私聚百因縁集』と『三国伝記』―」〈『日本の説話3中世Ⅰ』〈東京美術・一九七三年十一月〉所収〉。
(3) 小林保治「閑居友序説（二）」〈『早稲田大学教育学部学術研究』第一七号所収・一九六八年十二月〉。
(4) 藤本徳明「『閑居友』の構造について」〈『中世仏教説話論』・笠間叢書77・一九七七年三月・所収〉。
(5) 小島孝之「『撰集抄』の方法覚え書」〈『実践国文学』第十二号、一九七七年十月〉一二頁。
(6) 安田孝子・梅野きみ子・野崎典子・河野啓子・森瀬代士枝共著『撰集抄・校本篇』〈笠間書院・一九七九年十二月〉。
(7) 渡辺信和氏の御教示によると、書陵部本の寛文八年本〈西尾光一氏が、岩波文庫の解説で、続類従本として出しているもの〉と、大林院蔵本〈現存諸本の中で最も古い奥書を持つ〉では、目録も実際の配列も、ともに逆になっている。
(8) 引用にあたって、明らかに誤脱と考えられるところは適宜改めた。また、『撰集抄』の引用の頁数は、古典文庫本における頁数である。
(9) 岩波文庫本『撰集抄』・「解説」・三七六頁。
(10) 第二章第一節参照。
(11) 五来重『高野聖』〈角川書店・一九六五年五月〉参照。
(12) 小島孝之「『撰集抄』形成試論（二）―巻八を中心にして―」〈『実践紀要』第二十集・一九七八年三月・所収〉。
(13) 安田孝子・梅野きみ子・野崎典子・河野啓子・森瀬代士枝「『撰集抄』諸本考―静嘉堂本系統について―」〈三谷栄一・国東文麿・久保田淳各氏編『論纂説話と説話文学』〈笠間書院・一九七九年六月〉・所収〉。
(14) 註(9)に同じ。三七四頁。
(15) 註(12)に同じ。二〇頁。

(16)　註(12)に同じ。二一一頁。
(17)　註(9)に同じ。三七四頁。
(18)　註(12)に同じ。二一二頁。
(19)　「『撰集抄』形成私論」(『国語と国文学』一九七七年五月特集号所収)五九頁。
(20)　註(5)に同じ。九頁。
(21)　註(5)に同じ。一二頁。
(22)　木下資一「『撰集抄』形成論のための一考察―説話を素材とした物語的説話―」(『国語と国文学』一九七八年十二月号所収)二一三頁。
(23)　註(12)に同じ。二一三頁。

第二章　中世仏教説話集の研究

第一節　隠遁の思想的背景——中世仏教説話集成立の一基盤——

一

永暦の末、八月の頃、「信濃國さののわたり」を通りかかったところ、草の中に細い道があった。たずね入ると、庵を結んで四、五十歳ほどの僧がいた。硯と筆だけしか持っていなかった。まことに貴げな人である。庵の内を見ると、手折って庵を作った草々に紙の札をつけ、それぞれに和歌を詠みつけてあった。ことに貴く思われて「いつからここへ来られたのですか。」と尋ねると、「この春から。」とだけ答えて、その後は何を尋ねても、一切答えは返ってこなかった。

やがて庵を出て山上の方へ行くと、六十歳ほどの僧が息絶えていた。あわててもとの僧に伝えると、この僧もやがて息絶えてしまった。そこで火葬にして、その姿をとどめた絵と歌を持って去った。

それにしても貴いことである。諸国を経廻り貴い人々を多く見たけれども、これほどの人にはいまだ会ったことがなかった。また、最期にも会い、骨を拾って高野に登り、彼の聖たちの筆の跡も求めたので、二人の力にて自分も浄土へ引接されるだろうと思われて、うれしく思う。

これは『撰集抄』巻六第八話「信濃佐野渡禪僧入滅之事」[1]である。このような遁世僧が、平安末期から鎌倉期にかけて成立した、『発心集』や『閑居友』・『撰集抄』などの仏教説話集に多く登場する。

本来、説話は、その話が奇異なことであるからこそ、語られ、収録されるのであり、めずらしい不思議な話であるからこそ目にとまるのである。どこにでも転がっているような話ならば、誰も気にとめない。しかし、上述の如き集には、それこそ限りもなく、陸続として遁世僧が登場するのである。しかも、それは、ほとんどすべて、隠徳の清僧である。

仏教説話には、そのテーマとなる要素がいろいろある。霊験・奇瑞・応報・発心・往生など、仏教説話の世界は広い。隠遁も、もちろんテーマとなりうる。中世仏教説話もその多様性を持っている。しかし、中世仏教説話に隠遁僧が多いということは、隠遁そのものがテーマになっている話が多いということではない。中世仏教説話もいろいろなテーマを持っているが、そこに主人公として登場する遁世僧が多いということである。換言すれば、主人公である遁世僧の行為をもって、いろいろなテーマが語られているということである。

必ずしも話のテーマとはならないけれども、話の主人公として遁世僧がなぜ中世仏教説話集に多く登場するのか。隠遁は、なぜ平安末期から鎌倉初頭に多くみられるのか。それには様々な理由が考えられてきた。

老荘思想の影響から隠遁を隠逸としてとらえる場合、あまりにも美的にとらえがちであるが、隠遁がそうした隠逸的面だけで成立しているのではないことは、何よりも、わが国の隠遁者の大部分が僧形であるということが物語っている。しかも、隠遁は、仏教で説かれる、戒・定・慧の三学のうちの「定」を得るための行であるのである。

すなわち仏教では、仏道修行の目的は「慧」つまりさとりを得ることであるが、そのための前段階として「定」つまり心を澄ますことの必要なことが説かれており、この、心を澄ますための行の一つとして隠遁がとらえられているのである。中世仏教説話集でも、当然のことながら、心を澄ますことを強調している。

・もとの住処のものさはがしかりしが、このほどはいみじく長閑にて、思ひしよりも心もすみまさりてなむ侍也。（『閑居友』(2)）

・長山四方に廻りて、わづかにつま木こる斧の音の山彦に響き、峯のよぶ子鳥、ひめむすに鳴きわたり、秋の草門を閉ぢて、ねやに葛のしげりて、蟲の聲、まくらの下に聞えけん、さぞ心もすみていまそかりけん。（『撰集抄』(3)）

前者は、跡をかくした空也上人に弟子が市で出会い、出奔の理由を尋ねたのに対して、空也上人が答えた言葉である。隠遁が単に山中に籠居するばかりではないことを物語ると同時に、その目的が心を澄ますことにあったことがわかる。後者は、大原の奥に隠遁した顕基の心が周囲の自然によってさらに澄んだことであろうと、作者が察する一文であるが、やはり隠遁の目的が心を澄ますことにあったことをうかがいうる。この心を澄ますということは、中世仏教説話集では非常に多く見うけられる。

このように、隠遁を「定」を得るための行ととらえるのであるからして、決して趣味や風流心だけで隠遁へ進んだのではないのである。「隠遁的文人」といわれる長明も、

中にも数寄といふは、人の交はりを好まず、身の沈めるをも愁へず、花の咲き散るをあはれみ、月の出で入りを思ふに付けて、常に心を澄まして、世の濁りに染まぬをこととすれば、自ら生滅のことわりも顕れ、名利の余執尽きぬべし。これ、出離解脱の門出に侍るべし。（『発心集』(4)）

と数寄をとらえており、風流心のなせるものとは考えていない。特に、「出離解脱の門出」ととらえているのは、まさしく、さとりへの出発点としての「定」のための行として数寄をとらえており、仏教説話集としては、よく教理的に押さえられている。

離別哀傷ノ思切ナルニツキテ、心ノ中ノ思ヲ、アリノマ、ニ云ノベテ、萬縁ヲワスレテ、此事ニ心スミ、思シヅカナレバ、道ニ入ル方便ナルベシ。（『沙石集』[5]）

と和歌をとらえる無住も、やや立場を異にはするが、やはり、和歌を心の澄むものとしてとらえ、「道ニ入ル方便」としている。

時には、隠遁そのものが目的化しているようなケースもあるが、本来、隠遁は「慧」を得るための前段階としての「定」を得る行であったのである。だからこそ、中世仏教説話集にみられる隠遁に、心を澄ますということがしばしば説かれるのである。老荘的隠逸のみで隠遁へ進んだのでは決してないのである。

また、仏教思想から隠遁をとらえる場合、「厭離穢土・欣求浄土」の浄土教思想や末世思想・無常観などがいわれる。もちろん、これらがテーマになっている話もあり、その影響を否定するつもりは毛頭ないが、これらだけならば、大寺に入って仏道修行にいそしめばよいはずである。大寺がもはや世俗と同様に濁りきっているというならば、一人山中奥深く住んで、求道に精進すればよいはずである。しかし、中世仏教説話集をみると、単に山中に籠居するという形だけでなく、様々な方法がみられる。乞食同然の姿となって諸国を経廻るのはむしろオーソドックスな方法であり、渡守や使用人になったり（『発心集』巻第一）、唖のまねをしたり（『閑居友』上巻・『撰集抄』巻三第二話・同巻五第九話）、はては、美作守顕能の家にやって来た僧の如きは、妊娠した女を連れていた（『発心集』巻第一）。このように様々な方法をとるのはなぜであろうか。

そこに、老荘思想や浄土教思想・末世思想・無常観などだけでは説明しきれない点があるのである。中世仏教説話集において非常に多くみられる隠遁、その思想的背景ははたして何か。しかもそれは、中世仏教説話集の成立とどのように関わるのであろうか。

二

先述の如く、中世仏教説話集には多くの遁世僧が登場するが、これらの遁世僧たちは集成立に深く関わっていた聖たちの理想像であった。この点については、第一章第二節において、『撰集抄』を対象に明らかにした。対象としたのは『撰集抄』であるが、そこで述べたことの最大公約数的な点については、『発心集』や『閑居友』など他の中世仏教説話集にもあてはまることである。

すなわち、『発心集』や『閑居友』など他の中世仏教説話集にあてはまる最大公約数的な諸点は、次の如きところである。

一、遁世僧を讃美している。
二、集中に描かれている僧は聖である。
三、地名は聖と関係の深い所が多く出ている。
四、結縁思想がうかがわれる。
五、いわゆる大寺における高僧を批判している。
六、編者の周辺に聖がいたらしい。

右のような点で中世仏教説話集は、濃淡の差こそあれ、共通しており、しかも、それらの点はその清僧意識を論ずる根拠となる点であり、『撰集抄』と同様な清僧意識を、やはり程度の差こそあれ、持っていたのである。

　これらの集成立に聖が深く関わっていたことは、何も事新しくいうほどのことでもなく、聖は世俗的な面を濃厚に持っていたこととともに、すでに堀一郎・井上光貞・五来重の諸氏らによって明らかにされていることである。

　すなわち、聖たちは、自身の中に遁世の清僧、具体的にいえば隠徳の清僧としての性格を有しないゆえに、隠徳僧を讃美するのである。聖としての世俗的な立場にありながら、清的な聖、つまり遁世の清僧を願い求めたのである。すなわち、隠徳の清僧に、聖たちは「かくありたい」という理想像を見出しているのである。

　しかし、こうした、聖の側からの見方とともに、それを受け入れる人々の側の見方も、そこにははたらいているはずである。全くそのままでないにしても、遁世僧を主人公とする話が唱導・勧進の場とも関わりのあることは、集成立に聖といわれた人々が深く関わっていたことをはじめ、説話を検討してみれば、おのずと明らかなことである。

　たとえば、発心出家の機縁についてみてみると、中世仏教説話には、前代のそれに多くみられた「性来道心深くして」というものはまれであり、多様化している。妻のヒステリーや犬の喧嘩など、いろいろな理由で出家している。何らかの世俗と関わる事件を機縁として出家している。それは、聖たちは民衆の中に入り一紙半銭を乞うたのだが、その際に持ち出される話として、その出家譚が「性来道心深くして」といったものでは如何ともしがたいのである。それが劇的であればあるほど、民衆には強くアピールするのである。恋しい袈裟御前を誤って殺してしまったことによって出家した文覚（『延慶本平家物語』巻五ほか）、幼い愛娘を縁から蹴落として出家した西行（『西行物語』上巻）、追いすがる娘に対して刀で髪を押し切って追い返して出家した高野の南筑紫上人（『発心集』巻第一）などは、その最たる話であろう。さぞかし民衆にアピールしたことだろう。逆にいえば、このような、民衆にアピールする話が多いということは、それらの話が唱導・勧進の場と関わりのあったことを物語るものである。

また、『閑居友』上巻冒頭の「真如親王、天竺にわたり給ふ事」は、唐に渡った親王がさらに天竺をめざして行き、虎害に遭って望み半ばにして果てる話であるが、その途中、飢人があらわれて親王の持っている大柑子を乞う。親王は三個の柑子のうちの小さめのものを与えると、飢人は「菩薩の行はさる事なし。汝心ちひさし。心ちひさき人のほどこすものをば受くべからず。(6)」と言って、かき消すように失せてしまった。親王は化人が自分の心をためしたのだとさとり後悔した、という話である。しかし、聖という立場でこれを眺める時、実はこの話は布施に関して語られているとみるべきである。すなわち、この話を語る際、どんな姿をした者であっても実は仏・菩薩の仮の姿かもしれないということとともに、布施を惜しまず、できる限りのものを喜捨すべきであるということを強調したであろうことは、想像するに難くない。

同様の話は『撰集抄』巻三第七話「瞻西聖人之事」にもみられる。すなわち、冬、女が訪れて寒いから何かくれというので、聖人は小袖を与える。ところが翌日になるとまた同様のことがあって、聖人は再び与える。三日目も同様にいうので聖人が断ると、女は怒って、「心小さい人の施しは受けない。」と言い、二枚の小袖を投げ返してかき消すように去ったという。この話も、続く批評部分でも述べているように、いかにも霊験譚の如きである。しかし、雲居寺は、謡曲『自然居士』を出すまでもなく、勧進活動の盛んな寺であったし、『後拾遺往生伝』中巻の安倍俊清伝に、

又語左右曰。我時々側聞樂音。其儀如雲居寺迎講。瞻西上人迎講儀也(7)

とみえる如く、迎講もしばしば行なわれていた。瞻西はこの雲居寺の本願であり、迎講も彼がはじめたと思われていたらしい。もちろん、迎講は結縁・勧進を伴ったものであることはいうまでもない。また彼は、『古今著聞集』

巻第五（和歌第六）「瞻西上人雲居寺を造畢の事幷びに和歌曼荼羅の事」にもみえるように、和歌を好み、しばしば雲居寺において和歌の会を催しており、しかも和歌曼荼羅を図絵している。となると単なる歌会ではなく、和歌を媒介としての結縁・勧進を目的としたものであったであろう。このような雲居寺や瞻西を念頭に置いて考える時、やはり、この話も布施に関して語られているとみるべきである。この話を語る際、いつどこで、いかなる仏・菩薩が姿を変えて我々の心をためされるかわからない、折角二度までも布施の功徳を積んだのに三度目に断ったばかりにその功徳は水泡に帰してしまった、だからこそ、いつ、いかなる時にも、布施を乞われたらたとえ一紙半銭でもよいから快く応じなければならない、といった調子で語ったことであろう。あの瞻西上人でさえ、こうした失敗をされている、まして我々はどこで同じようなことをしているかわからないではないか、といった調子でこの話を語った後に、さればこそ、一紙半銭でよいからいつでも快く喜捨し、布施の功徳を積め、と言ったであろうと考えられるのである。

これらの話を聞いた人々は、瞻西や真如親王にまつわる一種の霊験譚と聞いたであろうし、そのように聞き取って何ら差し支えない。そうした不思議な話として受けとられたほうが、喜捨を乞うことが露骨にならず、かえってよいかもしれない。しかし、説く側にははっきりと布施が念頭に置かれていたはずである。つまり、やはり、これらの説話が勧進の場とつながりを持っていたことが理解されるのである。

冒頭に引いた話では、往生した遁世僧の姿を写しとどめている。また『撰集抄』巻七第七話「下野國刀禰川無相房事」では、下野国とね川のほとりに隠栖する無相房が姿をくらましたので、里人たちは彼の像を造って庵に安置し、毎月同じ日に講を持ち、「南無無相房」と唱えたという。このように、遁世僧が往生すると人々はそこへ押しかけたり、像を造ったりした。また絵像にとどめたり、生前詠んだ和歌などを持ち帰ったりした。

これは結縁のために行なわれたことであるが、この結縁思想に関して、五来重氏によると、平安末期から鎌倉期にかけての勧進聖は良忍以来の融通念仏であったらしい[8]とのことであり、とすると、この結縁は広く衆庶を含むものである。説話が勧進と関わりのあることを知るのである。

ここで一言しておかなくてはならないことは、説話が勧進の場とつながっていたということは、説話集に収録された話がそのまま唱導・勧進の場に持ち出されたということではない。集に収められている話の骨格たる「話素」ともいうべきものが、唱導・勧進とつながっているということである。したがって、集に収められた話がタネ本として用いられもし、逆に唱導・勧進の場で語られた話を集に収められもしたであろうが、その場合、話の骨格が取捨選択されたことは当然である。集にみられる話が、一節も欠けることなく唱導・勧進の場で語られた話そのままであるということでは、もちろんないのである。

さて、唱導・勧進の場で語られる話がアピールしないのでは、所期の目的を達成することはできない。民衆にアピールするためには、民衆の側からの要求に応えるものでなくてはならない。この場合の民衆とは、貴賤上下を含んだものであることは、いうまでもないが、その民衆の要求に応えることができなければ、聖として失格であり、何よりも彼ら自身の生活が危うくなる。となれば、彼らが語った話には、聖たちの願いとともに、民衆の側からの願いも当然のこととして込められているはずである。

このように考えてくると、聖たちの「かくありたい」と願った理想像としての遁世僧は、その反面、民衆の「かくあってほしい」という願いのあらわれでもあるのである。冒頭に引いた話でも、まだ往生していない遁世僧を貴い僧だとみており、『閑居友』上巻「唖のまねしたる上人のまことの人に法文云事」でも、ものも言わないで金鼓をたたいて乞食している僧に対して、「すがた、ことざまもいみじくたうとく[9]」見ている。隠徳の清僧がその徳をあらわした後ならばともかくも、乞食同然の僧を見ただけで貴い僧であるとみている。そのように見る眼こそ、聖の「かくありたい」と願い、民衆が「かくあってほしい」と願う、両者の願いに立ったものなのである。

つまり、「かくありたい」という聖たちの願いと、「かくあってほしい」という民衆の側からの願いとが相俟って、隠徳の清僧が中世仏教説話に多く描かれているのである。説話にあらわれている隠徳の清僧は、聖たちの「かくありたい」姿であると同時に、民衆の側からの「かくあってほしい」姿なのである。この、「かくありたい」と願う姿と、「かくあってほしい」と願う姿との、両者の願いが『発心集』や『撰集抄』など中世仏教説話集の清僧意識を形成しているのである。

聖たちの実態は、説話に描かれているような清廉なものではなかった。彼らは世俗の真っ只中にいたのであり、決して隠徳の清僧ではなかった。世俗の絆にがんじがらめになっていたのであり、したがって、説話に描かれている清僧は、決して彼ら自身ではなかった。あくまでも「かくありたい」姿なのであり、「かくあってほしい」姿なのである。

三

しかし、聖たちが「かくありたい」と願い、民衆が「かくあってほしい」と願っても、それだけでは、その願いの先に隠徳の清僧が登場することの必然性は希薄である。この両者の願いだけでは、彼らの願いがともに隠徳僧に向けられる必然性は少ない。聖や民衆の願いが隠徳の清僧へとつながるには、その過程に両者を結びつける何かがなくてはならない。

それが教理である。具体的にいえば、しばしば引用される『摩訶止観』巻第七下の、もし名譽の羅羂、利養の毛縄を被って、眷屬が樹に集まり、妨纛が内に侵し、枝葉が外に盡きなば、まさに早くこれを推つべし。受くることなく著することなかれ。推つるにもし去らずして翻って黏繋せらるれば、まさに徳を縮め瑕を露わし、狂を揚げ實を隠し、密かに金唄を覆って盜をして見せしむることなかれ。もし、迹を遁すも脱れずんば、まさに一擧萬里し、絶域他方にしてあい諳練することなく、快く道を學ぶことを得ること、求那跋摩のごとくすべし。云云。もし名利の眷屬、外より來たり破らば、この三術を憶い、齒を齧っても忍耐せよ。千萬請ずといえども、確乎として抜け難かれ。讓れ、隠せ、去れ。(10)

と説く教理である。この『摩訶止観』の教理があったればこそ、彼らの願いが、隠徳の清僧へ向けられたのである。『摩訶止観』によって隠徳が説かれ、それが聖の側にも民衆の側にも受け入れられていたからこそ、両者の願いが隠徳の清僧へと統一されていったのである。

もちろん、両者における『摩訶止観』の受容が、教理の完璧な理解である必要はないし、また実際、極めて表面的、現象面的なとらえ方であっただろう。しかも、おそらくは、先に引用した部分のみの受容であっただろうと思われる。

民衆は『摩訶止観』を学んで隠徳を知ったのではない。隠徳の清僧の話を聞かされて、その貴さを感覚的に知ったのである。たとえば『閑居友』上巻「清水の橋の下の乞食の説法事」は、清水の橋の下に住む、さかまたぶりを立てて乞い歩く乞食僧が、さる大臣家における仏事に臨んで、突如高座に上り、富楼那尊者に劣らぬほどの説法をする話であるが、説法をしたことによって、この乞食僧が実は隠徳の聖だということが知れるわけである。この話は先に述べた、単に遁世僧を見て貴いと感ずる話とはやや趣きが異なり、隠徳が露見する行為の後に貴さを知るのである。このような話をしばしば聴いた民衆は、次からは同様の乞食僧を見ても、すぐに貴いお方なのだと受けとるようになるはずである（隠徳ということは二の次として）。民衆の隠徳の受容はこの程度のものであったろう。聖とて大差なかったかもしれない。これは、説話集の面からいえば、隠徳思想を明らかに受容した後の眼でとらえた話と、受容以前の、それによって隠徳を知る話とが、集には散在しているといえよう。

しかし、隠徳思想は、明らかに両者に受容されていた。だからこそ、何の変哲もない、ごくありふれた乞食僧に出会っても、それを隠徳という極めて貴い行為として見つめるのである。隠徳と何らつながらないものであっても、結果として隠徳の行為と同様な行為をしているというだけで、隠徳の実践者として解釈されるのである。

『摩訶止観』の受容を、中世仏教説話集に見出すことは極めて容易である。程度の差こそあれ、中世仏教説話集が『摩訶止観』の影響を受けていることは、先学の教示を引くまでもないことである。しかも、その受容のほとんどすべてはやはり、この隠徳の思想である。「まさに徳を縮め瑕を露わし、狂を揚げ實を隠し」とか「まさに一擧萬里し、絶域他方にして」とか「譲れ、隠せ、去れ」といった句が、まるで合言葉のようにちりばめられている。

すなわち、聖の側の「かくありたい」という願いと、民衆の側の「かくあってほしい」という願いによって成り立っている隠徳の清僧像は、『摩訶止観』に説かれる教理によって出てきたものであり、その教理があればこそ、実際には隠徳と何ら関係のない僧まで、隠徳の清僧としてまつりあげられていくのである。

つまり、隠徳の清僧を主人公とする話は、民衆の間に自然発生的に成立したものではなくして、『摩訶止観』に説く教理によって、類似した話が多く創り出されていったのである。何の変哲もない乞食僧までをも、隠徳の清僧と解釈する眼には、『摩訶止観』の教理のフィルターがかかっていたのである。カメラのレンズに黄色のフィルターをかければ、世の中のすべてが黄色くなる。それと同様に、『摩訶止観』の教理のフィルターをかけて見たゆえに、あらゆる遁世僧が隠徳の清僧とうつったのである。

ところで、先述の如く様々な方法で狂をあらわすのであるが、たとえば、妊娠した女を連れ歩いたり、女と生活を共にするなどといったことは、それがたとえ隠徳のためとはいえ、破戒にならないかという疑問が生じる。この点がどのように理解されていたかについて簡略に述べると、つまり、天台の戒には、一得永不失といわれる理戒がまずある。これは、戒を戒たらしめている極めて基本的な戒で、たとえば、本来的に衆生が持っている清らかな菩提心などがこれに相当する。したがって、これを破ることはありえない。これに対して、個々の具体的な事例としての戒である事戒は、ほとんどの戒がこれに入るわけであるが、この戒は一度破っても受けなおすことができ、自誓受、つまり自分で懺悔し、戒師なしで自分で受けなおすことができる。その懺法として、たとえば『今昔物語集』巻第十五第二十八「鎮西餌取法師往生事」にも、

而ル間、不寝ズシテ聞ケバ、丑ノ時許ニ、此法師（＝餌取法師）、起テ湯ヲ浴、別ニ置タル衣ヲ着テ、奄ヲ出テ、後ノ方ニ行ク。僧、「何事為ナラム」ト思テ、竊ニ行テ立聞バ、早ウ、奄ノ後ニ、一間ナル持佛堂造置テ、其レニ入、火ヲ打テ佛前ニ明シ、香ヲ置キ、先ヅ法花ノ懺法ヲ行ヒツ(11)。

とみられるように、法華懺法がよくみられる。したがって、戒は「定」つまり、心を澄ますための手段であるからして、同じ「定」を得る段階での破戒は、それほど深刻ではなかったわけである。しかも、この理戒と事戒については、『摩訶止観』巻四の上に説かれているのである。これも完璧な理解は当然ありえなかったであろうが、その現象面的理解はなされていたであろう。方便という考えとともに、隠徳の様々な型式を派生させた原因を、ここに見るのである。

すなわち、『摩訶止観』の教理によって、現実生活の中に、教理の実演者としての隠徳の清僧を生み出していったのであるが、このような仏教説話成立の過程は、何も隠徳に限ったことではない。たとえば、寺の所有物を盗ん

だ者がかつてあったということと、その寺に現在牛がいるという、何らつながりのない二つの事実が、教理によって結合され、寺の所有物を盗んだ者がその悪報として牛に生まれ変わり現に寺で使役されている、という話が成立するのである。つまり、現実があって教理が付随していくのではなくて、教理によって現実が創り出されていくのである。

しかし、隠遁の大部分を占める、しかも中世仏教説話集においてはそのすべてであるともいうべき隠徳の思想的根拠を『摩訶止観』に求めえたけれども、もう一つ大きな問題が残っている。それは、そのような隠徳の清僧が中世仏教説話集に集中したのはなぜか、という問題である。

考えるに、『摩訶止観』の教理によって、平安末期から鎌倉期にかけての仏教説話集に多くの隠徳の清僧の話が創り出されていった背景には、奈良仏教から平安仏教への流れが大きく作用している。平安仏教、すなわち中古天台の教理的拠り所であった『摩訶止観』の教理が、平安末期から鎌倉期にかけての仏教説話において、多くの僧を隠徳の清僧に仕上げていったのである。

このことは、たとえば玄賓についてもうかがうことができる。中世仏教説話集において聖たちの理想の最高規範の位置に置かれている玄賓は、中世仏教説話の一大スターであり、まさに隠徳の清僧として描かれている。『発心集』では冒頭に登場する。ある日忽然と姿を消し大川で渡守をしていたが、後日、かつての弟子に会うと、またいずこともなく姿をくらまし、まさに隠徳の清僧として描かれている。『閑居友』や『撰集抄』になると、まさしく遁世僧の最高規範として扱われ、隠徳の清僧の手本として、「この人も玄賓のようなのだ。」といった調子で、多く評論部分に登場し、誰でもすべて承知の人物となっている[12]。しかし、彼のこのような一面は、それ以前にはあまり強調されなかったものであり、彼の実像とも異なる面である。実像としての彼は、宮廷から施物をもらい、田を寄進されたり、税が免除されたりしており、(『日本三代実録』)、中世仏教説話にみられるような隠徳の清僧ではなかった。それではなぜ平安末期から鎌倉期にいたって、隠徳の清僧としてクローズアップされたのか。南都第一の碩徳であった彼が、中世仏教説話では隠徳の清僧という面が注目されるにいたり、聖たちの理想の最高規範とされたのは、なぜだろうか。

それは、奈良仏教における玄賓を、中古天台の全盛であった平安仏教の立場でとらえたからにほかならない。『江談抄』以外めぼしい説話集に登場しなかった玄賓が、中古末から中世初頭にいたって俄かにクローズアップされるには、そこに、奈良仏教から中古天台を中心とする平安仏教への展開、その流れによる、中古天台の思想の中心であった『摩訶止観』の影響によるものである。

玄賓をここにとりあげたのは、彼が中世仏教説話集において、まさに理想の最高峰に置かれているからであって、ほかに何の作為もない。玄賓に限らず、増賀にしても空也にしても、前代の説話集とはその扱いが変化してきており、中世仏教説話では、程度の差こそあれ、一様に隠徳の清僧として扱っている(13)。しかし、そういった著名な僧もともかく、むしろ無名の隠徳僧が多いということに注目すべきであろう。

すなわち、何の変哲もない乞食僧を隠徳の清僧と解釈するのは、『摩訶止観』の教理のフィルターを通しての、聖と民衆との両者の側の願いによるのであるが、それが平安末期から鎌倉期に顕著なのは、その背後に、奈良仏教から平安仏教への流れが大きく作用しているのである。

一つの教理が現実を創り出していく、換言すれば、現実が教理を模倣する。こうした過程を経て、仏教説話は形成されていったのである。事実だけでは仏教説話は成立しない。その事実に教理が裏打ちされることによって、教理の実現として、一つの教理によって類型的な話が多く出来上がるのも、また当然のことといえよう。

すなわち、かくあるべきであるという教理によって、多数の教理の実演者の出現という現実が創られ、それが説話として成立していくのである。仏教説話すべてが、このように創られたというのではないが、しかしまた、これが仏教説話成立の一つの、しかし有力なパターンなのである。

四

『発心集』など中世仏教説話集に、それこそ飽きもせず、隠徳の清僧を並べているのも、こういった過程を経ているからである。聖の側の「かくありたい」という願いと、民衆の側の「かくあってほしい」という願いによって、隠徳の清僧が多く登場するのであるが、その両者の願いが隠徳の清僧に合致するのは、その願いが共に『摩訶止観』の教理によって裏打ちされたものであるからであり、その願いの先に登場する隠徳の清僧は、まさに教理の実演者なのである。しかも、その隠徳の清僧が中世仏教説話に多く登場するのは、奈良仏教から平安仏教、すなわち中古天台への流れがその背後で大きくはたらいており、その流れによって、隠徳の清僧と解釈する側の眼に、『摩訶止観』のフィルターがかかっていたからにほかならないのである。

教理によって現実が創り出される、言い換えれば、現実が教理を模倣する。これが仏教説話成立の一つの有力なパターンなのであり、ここに、平安末期から鎌倉期にかけての仏教説話に多くの隠遁僧が登場した背景があるのである。

もちろん、隠徳のみが隠遁の要素ではないが、平安末期から鎌倉期にかけての隠遁の大部分が隠徳の面でとらえられ讃美されているのであり、その意味で隠徳の隠遁に占める割合は非常に大きい。もちろん、西行・長明・兼好といった「隠遁的文人」といわれる人たちも存在するわけであるが、そういった人たちの何十倍・何百倍もの無名の遁世者が中世仏教説話に登場する、否、そういう無名の遁世者を登場させる意図に、この隠遁が盛行した時代における隠遁というものを、如実に物語っているのであると考えるのである。

以上、中世仏教説話集を対象に、平安末期から鎌倉期にかけて盛行した隠遁の思想的背景を考え、中世の仏教説話集成立の一基盤といったものを併せ考えてみた。

さて、如上述べ来ったような思想的背景によって、特に平安末期から鎌倉期にかけて、隠遁が（隠徳という形をとりつつ）盛行したのであり、『発心集』・『閑居友』・『撰集抄』等をはじめとする中世仏教説話集に多くの遁世僧が登場するのであるが、だからといって、中世仏教説話集において隠遁が教理的にとらえられていたということにはならない。たしかに前述したように、心を澄ますべきであると主張してはいるものの、心を澄ますことによって「定」を得、「慧」へいたるための行とはっきりとらえているわけではない。教理的面から隠遁を説明するというよりは、むしろ、大部分は現象面的にしかとらえておらず、感情的に讃美し願い求めているばかりである。教理的には「定」を得るための一つの行としてとらえられる隠遁が、中世仏教説話集においては現象面的・感情的にしかとらえられていないという点から、第一章第一節および第二節においてもふれたことであるが、中世仏教説話集にみられる隠遁は、思想というよりは情緒というべきであると考えるのである。

もちろん、隠遁が情緒的にとらえられている理由には内外両面から種々考えられるのであり、したがってこの点によって中世仏教説話集の評価が劣ることにならないのはもちろんである。

註

（1）本章における『撰集抄』の引用および巻数話数は、特に断らないかぎり、すべて近衛家陽明文庫旧蔵本を底本とする岩波文庫本による。
(2)　上巻「空也上人、あなものさはがしやとわび給ふ事」（三弥井書店・中世の文学『閑居友』・一九七四年十二月・七六頁）。
(3)　巻四第五話「中納言顯基發心事」。
(4)　巻第六「宝日上人和歌を詠じて、行と為る事ならびに蓮如、讃州崇徳院の御所に参る事」（角川文庫本・一八六頁）。
(5)　巻第五末「哀傷歌ノ事」（日本古典文学大系本・二四八頁）。
(6)　中世の文学『閑居友』（三弥井書店）六六～六七頁。
(7)　岩波思想大系『往生伝・法華験記』六五八頁。
(8)　五来重『高野聖』（角川書店・一九六五年五月）に詳しい。
(9)　註(6)に同じ。八五頁。
(10)　岩波文庫『摩訶止観　下』一四九頁。
(11)　日本古典文学大系本『今昔物語集・三』三八四頁
(12)　第一章第二節参照。
(13)　本章第四節参照。

第二節　中世仏教説話と摩訶止観――「第一節　隠遁の思想的背景」補説――

中世仏教説話と『摩訶止観』との関係[1]を中心に、前節において述べ足らなかったところを補いつつ論じる。

一

『発心集』・『閑居友』・『撰集抄』といった平安末期から鎌倉初期にかけて成立した仏教説話集に収録されている話には、多くの隠遁僧が主人公として登場する。隠遁がテーマである話が中世仏教説話集では増えてきており、また、隠遁がテーマとならない話であっても、そこに主人公として登場する僧は、ほとんど遁世僧であり、しかもそれは、隠徳の清僧が大部分である。それこそ限りもなく遁世僧が登場する。

しかも、その隠遁には、一人静かに山中に籠居し求道に精進するという形をはじめとして、様々な行動がみられる。乞食同然の姿となって諸国を経廻るのはむしろオーソドックスな方法であり、玄賓のように渡守や使用人となったり（『発心集』巻第一）、唖のまねをしたり（『閑居友』上巻、『撰集抄』巻三第二話・同巻五第九話）、美作守顕能の邸へやってきた僧は、妊娠した女を連れていた（『発心集』巻第一）。また、清水寺の宝円上人は、清水の滝で「隠所」を洗っていた（『撰集抄』巻三第六話）。このように様々な方法をとるのであるが、その多くは狂人のような振る舞いをしている。このように、狂人の如き振る舞いをするのは、『撰集抄』巻三第二話「静圓供奉乞食之事」において、唖のまねをしていた静円供奉について、

さこそ捨て給ふ世なりとも、わづらはしく、唖のまねをさへし給ふらん事のわりなさよ。それ、徳をかくすに多くの道あり。唐の釋の恵叡の、八千里へだつる境にいたりて、あやしの姿にやつれて、羊をなん飼ひたまへり、此國眞範はつたなき類となりて、唖のまねをなんし給へり。これみな、徳をかくしかねて、とかくわづらひ給ふめり。

と説き、『発心集』巻第一「美作守顕能の家に入り来たる僧の事」では、妊娠した女を連れていた僧について、

実に道心ある人は、かく我が身の徳をかくさんと、過をあらはして、貴まれんことを恐るゝなり。(2)

と述べているように、隠徳のためである。徳をかくすために、狂をあらわすのである。

これは、すでに伊藤博之氏によって明らかにされているように、(3)『摩訶止観』巻七の下に説く教理によるものである。「まさに徳を縮め瑕を露わし、狂を揚げ實を隠し」とか、「もし、迹を遁すも脱れずんば、まさに一擧萬里し、絶域他方にして」とか、「讓れ、隠せ、去れ(4)」と説く、隠徳の教えによるものである。この教えによって、仏道修行に専念するために、みずからの徳をかくし、狂をあらわすのである。

また、中世仏教説話では、大寺からの出奔、すなわち再出家が多くみられる。再出家とは、

（覚英僧都は）一乗院の覺信大僧正の門弟にてすみ給ひけるが、御とし二十あまりのころ、夜にはかに發心して、さばかり寒き比ほひ、小袖ぬぎすて、一重なる物ばかりにて、いづちとも人に知れでまぎれ出給ひけり。

（『撰集抄』巻九第十一話「覺英僧都事」）

とみられるように、寺に在る僧が何かの機縁で再び道心を発して、寺を出奔し跡をかくして隠栖や遊行の身となることであるが、これは、良忍・法然・親鸞等に代表される平安末から中世にかけての新しい仏教者たちの姿であった。

再出家は、同じく『撰集抄』巻一第一話「增賀上人之事」に、

墨染のたもとに身をやつし、念珠を手にめぐらするも、詮はたゞ、人に歸依せられて世をすぎむとのはかりごと、あるひは、極位極官をきはめて公家の梵筵につらなり、三千の禪徒にいつかれんと思へるも、名利の二をはなれず。

とある批判からもうかがわれるように、教団内部の世俗化・腐敗堕落も大きな一因であったと思われるが、換言す

れば、この行為は、『摩訶止観』に「もし、迹を遁すも脱れずんば、まさに一擧萬里し、絶域他方にして」と説くところの「絶域他方」の実践であり、この行為がすでに隠徳なのである。すなわち、たとえば叡山を例にとると、平安中期までは叡山が「絶域他方」であったのであるが、平安末期になると、叡山そのものが俗となるのである。したがって、山を離れることが「絶域他方」となるのである。このように、大寺からの出奔も、やはり隠徳の行為なのである。

さらに、『閑居友』上巻や『撰集抄』巻一第六話にみられる空也上人の例をはじめ、中世仏教説話には僧が世俗と関わる話も多くみられるが、この世俗と関わること自体が隠徳である。僧たるもの、世俗から断絶するのが本来の姿であるが、それが世俗と関わるということは、狂をあらわしていることであり、やはり隠徳なのである。

このように、偽悪の行為をしたり、それまで在った大寺から出奔（すなわち再出家）したり、さらに世俗と関わるといった行為は、それ自体が隠徳なのであり、それは『摩訶止観』に説く教理によるものなのである。隠徳自体が「狂をあらわす」ことの実践なのであり、すなわち、『摩訶止観』の教理の実践なのである。しかも、この隠徳は、他人に対しての行為のみでなく、自分自身に対しての行為、すなわち、清い僧であるという自意識からの隠遁でもあった。

二

さて、中世仏教説話に多くみられる隠遁について、老荘思想の影響を重くみ、隠逸として美的にとらえられることがある。たしかに、老荘思想の影響によって、「隠遁し、無為自然に帰することが目的であ(5)」ったという一面もあるが、隠遁が隠逸的面だけで、つまり、趣味や風流心だけで成立しているのではないことは、何よりも、わが国の隠遁者のほとんどが僧形であるということが物語っており、隠遁は仏教で説くところの三学のうちの「定」を得るための行であるという一面を持っている。この点は前節でふれた。

そこで、三学について少しく説明を加えると、三学とは、証を得ようとする者の修学すべき戒学・定学・慧学をいうのであり、これはまた、増上戒学・増上心学・増上慧学ともいい、仏教の実践道の大綱である。このうち、「戒」とは身口意の悪を防止するもので、すなわち仏教に帰入した者の守るべき規範をいう。「定」は心を一の対象に専注して散乱しない精神作用およびその状態をいう。「慧」は禅定三昧によって静められた心でもって、真実の道理をありのままに見抜くはたらきをいう。この三学が、先にも述べたように、仏教の実践道の大綱であり、「戒」から「定」、「定」から「慧」という漸進的順序に配列されているのである。すなわち、「戒」を守り、心身を清く保つことによって「定」を得、「定」を得る、つまり心を澄ますことによって「慧」、つまり真実を見抜く智慧を得るのである。したがって、「戒」自体が「定」を完成させるための手段なのであり、「定」を完成させるためにはどんな手段であってもかまわない、つまり先述のような妊娠した女まで連れ歩く振る舞いであっても、それが「定」を完成させるためのものであるがゆえに、かまわないということになるのである。隠遁も、その意味、つまり「定」を完成させるための手段という意味からいえば、「戒」と同じであるといえよう。

このように、隠遁は心を澄ます、つまり「定」を完成させるための行でもあるのである。石田吉貞氏も「隠遁そのものが目的ではなく、それが往生とか正しい悟りとかへ到る階梯である」(6)と述べておられる。

遁世者の多く登場する中世仏教説話でも、心を澄ますことを強調していることは、前節でもふれたことであるから、ここでは一々具体例を出さないが、この心を澄ますということは、とりもなおさず、止観の立場である。「止観」とは、もろもろのおもいを止めて心を一の対象に注ぎ（止）、それによって正しい智慧をおこして対象をみる

（観）ことをいうのであり、すなわち三学のうちの「定」と「慧」をいうのである。よって、心を澄ますということは止観の立場であるのであり、『摩訶止観』の影響をあらためて知るのである。

また、仏教思想から隠遁をとらえる場合、浄土教思想や無常観・末法観などの影響がいわれる。もちろん、石田吉貞氏が「末法思想、無常思想が、隠遁に人々を追いやった(7)」といわれるように、それらの思想の影響の下に隠遁が成立していたことを否定するつもりは毛頭ないが、この点について前節では、遁世には山中に籠居するだけでなく様々な方法がみられることを挙げ、単にこれらの思想の影響というだけでは隠遁を説明しきれないのであり、そこにはやはり『摩訶止観』の影響がみられることに言及した。その論旨に何ら違いはないが、ここでは、隠遁に関して論じられる浄土教思想や無常観・末法観と止観との関係について述べてみたい。つまり、これらも、止観の思想の内部でとらえうるのである。

『発心集』や『閑居友』・『撰集抄』等にみられる念仏は、それが心を澄ますことを強調していることからもわかるように、大部分は観念の念仏であり、多くは、いわゆる鎌倉新仏教としての口称の念仏ではないのであり、それは、聖道門の浄土教、つまり天台浄土教の立場のものである。しかも、その天台浄土教は、止観的立場からの発展である。

すなわち、『摩訶止観』巻二の上には、四種三昧を説いている。四種三昧とは、三昧、つまり、精神を集中して散乱させない精神統一の状態を得るために必要な四種の行法をいうのであり、それは常坐三昧（九十日間坐ったまま心をしずめて、ただ一仏の名を称えるのを許すほか余事を行なわずに実相を観ずるもの）・常行三昧（九十日間道場内の仏像のまわりを歩きめぐって阿弥陀仏の名号を念じ称えるもの）・半行半坐三昧（方等経によるのを方等三昧、法華経によるのを法華三昧といい、前者は七日、後者は三七日を期限として仏像の周囲をめぐり歩くのを坐禅とも兼ねて修し、その間、礼仏・懺悔・誦経等を行ずる）・非行非坐三昧（以上の三種以外のすべての三昧をいい、つまり身体の行儀は行住坐臥のいずれも問わぬもの）の四である。この中の常行三昧から天台浄土教がおこったことは、すでに諸先覚によって明らかである。

先述の如く「慧」を得るのが仏道修行の目的であるが、これは仏の智慧であり、なかなか現世では得がたい。そこで、仏の世界に生まれることによって「慧」を得ようとする、その方便として浄土教が盛んになったことも影響していようし、叡山の堕落から、逆におこってきた、「最澄・源信に帰れ」という復古思想の影響もあろう（最澄・源信は浄土往生をも説いた）が、今述べたように天台浄土教は『摩訶止観』に説く四種三昧のうちの常行三昧からおこったものなのである。

『閑居友』上巻「清海上人の発心の事」にも、

むかし、奈良の京、超證寺に、清海といふ人おはしけり。……（中略）……さて、真如親王のあと、超證寺といふ所にこもりゐて、ひそかに法花の四種三昧をぞおこなひける。観念こうつもりて、香の煙の化仏のあられ給けるを、末の代の人に縁むすばせんとて、ひとつとりとゞめ給ひたりけり。三寸ばかりの仏にてぞおはしましける。すべてこの人、観念成就して、ゐ給ひたりける廻り一里を浄土になし給けるなり。……（中略）……四種三昧の中の常行三昧には、「はれたる星をみるがごとく、化仏をみたてまつる」など、「止観」には説きて侍めれば、さやうに侍けるにこそと、たうとく思ひやられ侍。(8)

と、常行三昧を行なったらしいことを語り、『摩訶止観』巻二の上にもみえる文にもとづいて述べている。

無常観について、小林智昭氏は次のように述べておられる。

この種の無常感は、発生的には仏教思想、特に浄土教的思想の影響を重くみるのが通説である。然し発生史的には必ずしもそれによらず、むしろ人間本来の性情に由来する面も認められてよさそうである。……（中略）……それは何かの思想的影響とみるまでもなく、はげしい生活の営みの中でふと胸奥をかすめる、避け難い本然的な感慨といえるであろう。(9)

無常観には、たしかに「人間本来の性情に由来する面」も当然あろうけれども、しかし、そのような無常観によって隠遁（すなわち仏道修行）へと向かわしめたのは、やはり、教理として無常観が説かれていたからである。すなわち、無常ということは、諸行無常として諸法無我・涅槃寂静とともに、仏教では三法印として古来説かれてきたことであるが、無常観は無常を観ずるのであり、観法である。ところが、止観とは、前述のように心を一の対象に注ぎ（止）、それによって正しい智慧をおこして対象をみる（観）のであり、無常観もこの観法の一つであると考えうるのである。末法観においても同様に考えうる。

このように、浄土教思想をはじめ、無常観・末法観も、止観の思想の内部でとらえうるのである。隠遁を仏教思想からとらえる場合にいつもいわれるこれらの思想も、上述のように止観の立場でとらえうるのであり、やはり、遁世者の多くみられる中世仏教説話に『摩訶止観』の影響をみるのである。

三

以上のように、『摩訶止観』が中世仏教説話に及ぼした影響は大きいのであるが、その影響が平安末期から中世初頭にかけて顕著である背景には、前節でも述べたように、奈良仏教から平安仏教への流れが大きく作用しているのである。

しかし、それでは、中古天台の教理的拠り所であった『摩訶止観』の影響が、平安期の仏教説話にはそれほど顕著にあらわれずに、なぜ平安末期から中世初頭の仏教説話に顕著であるのだろうか。これには、やはり、平安末期から中世にかけての動乱ということを考えなくてはならない。

たしかに、浄土教思想や無常観・末法観といった思想は平安期にも受容されていたのであり、永承七年（一〇五二・諸説ある）には現実に末法の世に突入したのであるが、それが、切実に身に迫るものとして受けとられたのは、動乱を経験したからであった。つまり、動乱を目の当たりに見た人々は現実に末法の世を見、現実にこの世が無常であることを認識し、その結果、常なるものを願い、ただただすがりつきたい一念で浄土往生を願ったのである。もちろん、このように身に切迫したものとして受けとることができたのは、それらの思想についてある程度の認識のあった人々であったではあろう。しかし、『摩訶止観』の影響が平安末期から中世初頭に顕著にあらわれるのは、このような危機感があったればこそである。桜井好朗氏も、

無常を悲嘆するのではなく、むしろそれをゆとりをもって味わおうとする態度は、老荘思想の導入の上に確立されているわけである。……（中略）……しかし、古代末期から中世初期にかけては、貴族たちは危機感をつのらせ、もっとせっぱつまったかたちの浄土教思想にとりつかれた隠遁をおこなうようになった。(10)

と述べておられる。

さらに、貴族階級の没落、荘園制の崩壊などから、財政的窮地に陥った大寺は、堂塔伽藍を維持し寺僧を養うために民衆にツケをまわさざるをえなくなったが、その結果として、この時期に勧進聖の活躍のピークを迎えたことも、少なからず影響していよう。

しかも、前にも述べたように、平安中期までの叡山は、仏道修行の場としての厳しさを保っており、そこにこそることがとりもなおさず『摩訶止観』に説くところの「絶域他方」であった。ところが平安末期には、叡山そのも

のが世俗と同様に濁りきってしまう。したがって今度は、山を離れることが「絶域他方」であることになった。すなわち、山門の堕落の一つの結果として、より純粋な形での『摩訶止観』の教理の実践者、つまり遁世者が数多く生まれてくるのである。

しかしまた、右のような教理とともに、前節で述べたように、聖と民衆の側からの願いがはたらいて、中世仏教説話に多くの遁世者が登場するのであるが、そのうちでも、特に、教理を説く教条主義者たちの側からの理想化ということは看過できない。『発心集』をはじめ、中世の仏教説話をみると、遁世者自身の心とは関係なく、『摩訶止観』の眼で解釈されている話が非常に多いのである。

たとえば『閑居友』上巻「あやしの男、野はらにて、かばねをみて心をおこす事」という話である。論述の都合上、長文になるけれどもその話を引用する。

中比の事にや、山城国に男ありけり。あひおもひたりける女なん侍りけん、うとうとしきさまにのみぞなりゆきける。

この女うちくどき、「かくのみなりゆけば、世中もうきたちておぼゆるに、誰も年のいたうぃふかひなくならぬ時、おのがよゝになりなんも、ひとつのなさけなるべし」といひけり。この男おどろきて、「えさらずおもふ事、むかしにつゆちりもたがはず。たゞし一の事ありて、うと〱しきやうにおぼゆる事ぞある。すぎにしころ、ものへゆくとて、野はらのありしにやすみしに、死たる人の頭の骨のありしを、つくづくとみしほどに、世中あじきなくはかなくて、誰も死なんのちはかやうに侍べきぞかし。この人も、いかなる人にか、かしづきあふがれけん。たゞいまは、いとけうとく、いぶせき髑髏にて侍めり。いまより我が妻の顔のやうをさぐりて、このさまにおなじきかとみんよとおもひて、返てさぐりあはするに、さら也、などてかはことならん。

それよりなにとなく心もそらにおぼえて、かくおぼしとがむるまでなりにけるにこそあなれ」といひけり。かくて月ごろすぎて、妻にいふやう、「出家の功徳によりて仏の国に生まれば、かならず返きて友をいざなはんとき、心ざしのほどはみえまうさんずるぞ」とて、かき消つやうにうせぬとなん。ありがたく侍ける心にこそありけれ。……（中略）……かゝるにこの男の、ふかく思いれて、わすれず侍けん事、かねては、かの天竺の比丘のごとく、昔の世に不浄観などをこらしける人の、このたびおもはぬ縁にあひて、うき世をいづる種となしけるにやともおぼゆ。……（中略）……「止観」のなかに、人の死にて身の爛るゝより、つひにその骨を拾ひて煙となすまでの事を説きて侍るは、見るめもかなしう侍ぞかし。かやうの文にもくらき男の、おのづからその心おこりけん事、なほ〳〵ありがたく侍べし。[11]

髑髏を見た男が「盛者必衰」の理を知り、やがて「出家の功徳」を知って、妻のもとを去りどこかへ行ってしまった、おそらくは発心し隠遁したのであろうが、この「山城国の男」は、「盛者必衰」と「出家の功徳」という教理の理解があったがゆえに、このような行動をとったのである。

ところが、この行動のきっかけとなった教理は、何も目新しいものでなく、仏教伝来以来いわれていることであって、たとえば、かの参河入道大江定基（寂照）が愛妻の死後そのしかばねの口からくさい香が出ることによって発心したのと同様である。つまり、この「山城国の男」は、別に『摩訶止観』の教理によって行動したのではない。しかし、『閑居友』の作者慶政は、この事件を『摩訶止観』巻七の上に説く不浄観によるものであり、[12]なかんずく『摩訶止観』巻九の上に説く不浄観の一つの九想観によるものとし、止観的な立場で解釈し、みずから感動している。特に、「かやうの文にもくらき男の、おのづからその心おこりけん事、なほ〳〵ありがたく侍べし」と述べる慶政の眼に、教理を説く側の教条主義者の立場をみるのである。

すなわち、奈良仏教から平安仏教への展開、その流れにおける中古天台の思想の中心であった『摩訶止観』の影響、時代的な危機感、しかも、その中古天台の中心地叡山の堕落といった流れと同時に、教理を説く教条主義者たちの側からの理想化によって、中世初頭の仏教説話に多くの遁世者があらわれたのである。

もちろん、教理を説く教条主義者たちの側からの理想化だけで、増賀・玄賓等著名な僧や多くの無名の僧が隠徳僧として中世仏教説話に陸続と登場するのではなく、そこには、前節でも述べたように、民衆の側からの願いもはたらいていたことはいうまでもない。何の変哲もない乞食僧を隠徳僧と解釈するのは、説く側と受容する側、つまり聖と民衆の両者の願いと同時に、両者の眼に教理のフィルターがかかっていたからである。

しかし、両者の眼に、なかんずく、民衆の眼に教理のフィルターをかけさせたものの存在を看過できない。つまり、話を持ち歩いた聖たちの過半数も含めた民衆たちの眼に、教理のフィルターをかけさせた存在があったればこそ、それ以後、人々は、ただの乞食僧をみても隠徳僧と解釈したのである。すなわち、彼らを隠徳僧に仕上げていく過程に、教理に固執した教条主義者たちの眼を、より強く感ずるのである。

四

以上、述べ来ったように、中世、特に初期の仏教説話の、そのほとんどである隠遁に『摩訶止観』の濃い影をみるのである。それは、単なる文章の引用・意訳といった程度のことではない。それは、中世仏教説話の基底ともいうべき隠遁・隠徳への影響なのであり、単なる影響というよりも、『摩訶止観』こそが中世仏教説話の思想的背景の一つの大きな支柱であるといっても過言ではないとさえ思われる。隠遁が『摩訶止観』の影響のみで成立しているのではないことはいうまでもないが、その影響の強いことをいまさらながら知らされるのである。もちろん、

『摩訶止観』が長明や慶政に影響を与えたことは、すでに諸先覚によって明らかにされているように、当然ともいえるが、『摩訶止観』の影響は、何も中世の仏教説話に限ったことではなく、中世の和歌・歌論、たとえば俊成や定家に対しても大きかったことは、永井義憲氏も指摘されるところである。[13]

さて、如上の考察は、中世仏教説話に焦点を当て、そこに『摩訶止観』の影響の強いことを述べてきたのであり、聖たちをはじめとして中世仏教説話形成に関わったであろう人々に、『摩訶止観』が教理として受け入れられていたということでは決してない。前節でも述べたように、大部分の聖たちにおいては『摩訶止観』の教理が完璧に理解されていたわけではない。まして、説話の受容者であった貴賤上下を含めての民衆においてはいうまでもないことである。

中世仏教説話にみられる隠遁は、如上のように『摩訶止観』を一つの大きな思想的背景として成立してはいるけれども、説話においてもそれが教理的にとらえられているということは必ずしもいえない。一例を無常観にみれば、小林智昭氏も「日本文学を埋める無常感は……（中略）……一つのれっきとした世界観というには余りにも情緒的であり詠嘆的な傾向が強い[14]」といわれる通りであり、『撰集抄』にも、

命終らん事、今日にもやある、明日にもやある。無常と云事は、ふかき法門にあらず。誰かこれを知らざらん。（巻六第二「後冷泉院之事」）

と述べている。決して観法の一つとしてとらえているわけではない。つまり、それは思想というよりも情緒というべきである（このような傾向は中世仏教説話集の中でも、特に『撰集抄』に著しく見ることができる）。それは、桜井好朗氏も「名利をすて閑居・隠栖することへの偏執的なまでの憧憬および実践が、彼らの宗教生活のすべてになる[15]」といわれるように、隠遁をして目的化せしめてしまうのである。

ともかくも、中世仏教説話の中、特にその影響の強い『摩訶止観』との関係について論じたつもりであるが、そ

れが、これらの説話を収録した説話集の創作意図とどう関わるかを、その視点の違いをはっきり認識しつつ考えてゆくことが、今後の課題となろう。[16]

註

（1）中世仏教説話と『摩訶止観』との関係については、すでに、伊藤博之「撰集抄における遁世思想」（『仏教文学研究』第五集〈法藏館・一九六七年五月〉所収）、稲垣泰一「撰集抄の世界」・貴志正造「ひじりと説話文学」（ともに『日本の説話』第三巻〈東京美術・一九七三年十一月〉所収）をはじめ、池田亀鑑・永井義憲・小林保治・藤本徳明の諸氏の論などでふれられている。

（2）角川文庫本・五〇頁。

（3）註（1）の伊藤論文参照。

（4）岩波文庫本・下・一四九頁。

（5）石田吉貞『改訂中世草庵の文学』（北沢図書出版・一九七〇年二月）九二頁。ただし、隠遁について仏教的面からの影響も併せ説いていることは、いうまでもない。

（6）同前。

（7）註（5）に同じ。四二頁。

（8）中世の文学『閑居友』（三弥井書店）七八〜八〇頁。

（9）小林智昭『無常感の文学』（弘文堂・一九六五年六月）六頁。なお、氏は、「無常感」とされる。

（10）桜井好朗『隠者の風貌』（塙書房・一九六七年六月）二〇四頁。

（11）註（8）に同じ。一一六〜一一九頁。

（12）『閑居友』にみられる不浄観説話に『摩訶止観』の影響があることは、小林保治「人間、この不浄なるもの―『閑居友』にみる不浄の思想―」（『日本の説話』第三巻〈東京美術・一九七三年十一月〉所収）・藤本徳明「『閑居友』不浄観説話の成立」（『中世仏教説話論』〈笠間書院・一九七七年三月〉所収）などの論に説かれている。

(13)　永井義憲『日本仏教文学研究』第二集（豊島書房・一九六七年四月）四八頁。

(14)　註(9)に同じ。五～六頁。

(15)　註(10)に同じ。五〇頁。

(16)　この点に関して、永井義憲は「伝統的な作者説を、著作が個人に属し、他からほしいままに追加なしえない近代以後の常識で、考究し否定することの危なさを、私は唱導のごとき流動性の強いものを扱っていて特に痛感する。」（『日本仏教文学研究』第二集〈豊島書房・一九六七年四月〉二八〇頁）と述べるが、小島孝之は『撰集抄』と『閑居友』との関係を詳細に論じて「『撰集抄』の作者も、あるいは、唱導に携わったことがあるかもしれない。」と述べながらも、「従来、『撰集抄』説話の創作性については十分認識されていたはずであるが、成立の背景に、とかく、聖集団の内部で口承された説話を、安易に結びつけるきらいがあったように感じられる。『撰集抄』の場合は、『発心集』や『閑居友』などと同じ次元で口承説話との関係を想定するのは危険であることを、主として『閑居友』との関係において確かめることができるのではなかろうか。」（「『撰集抄』形成私論」〈『国語と国文学』一九七七年五月号・六二頁〉）と、警告を発している。ともに、貴重なご教示を与えられていると思う。

第三節　民衆の中へ——聖たちの世界——

一

彼は国人がおそれているほどの乱暴者であった。いつも、同じような乱暴者四、五人を率きつれて、野山に、また海に暴れまわっていた。

ある日、いつものように野山に暴れまわった帰途、彼は不思議な光景を見た。堂で人々を集め、何やら説いているではないか。しかも人々は涙を流し、時々大声で何やらわめいている。「これは何だ。」彼が尋ねると講だという。好奇心にかられた彼は、人々のおそれの眼の中を、つかつかと講師に歩みよる。「お前は何を説いているのだ。俺の納得のいくように説け。さもなくば、ただではおかないぞ。」彼の勢いに講師はびくびくしながらも説いた。「西のかなたに阿弥陀仏という方がおわす。どんな悪人でも、一度でも阿弥陀仏の御名を唱えれば、えもいわれぬ世界へ救ってくださるのじゃ。」

これは驚いた。俺は乱暴者で、今まで出逢った人で誰一人としておそれしりぞかない者はなかった。皆、心で憎み、おそれおののいていた。現にこの講師もびくついている。それなのにそんな俺でも救ってやろうという方がおわすとは。彼はうれしかった。今まで誰一人として彼を好意的に迎えてくれた者はなかったのに、彼のような乱暴者でもかわらず救ってやるといわれる。よし、仏の御弟子になろう。

「どうすれば御弟子になれるのだ。」「私のように頭を丸めればよいのじゃ。」「ならばすぐに髪を剃れ。」「そんなにあわてなくとも、家へ帰って妻子に別れを告げ、万事処置してからでもよいじゃろう。」「お前は仏の御弟子になることが素晴らしいといいながら、後に頭を丸めよという。ええい、めんどうな。」彼はみずから刀で髻を切った。

衣・袈裟を着、金鼓を首にかけて、彼は西へ向かって歩きだした。「阿弥陀様よ、おおいおい。」返事をしてくださるまで行くぞ。彼は鉦を叩きながら、阿弥陀仏を呼んで、ひたすら西へ西へと進む。

やがて彼は、西海に臨む二またの木にまたがって、鉦を叩き「阿弥陀様よ、おおいおい。」と呼んでいた。彼は聞いたのである、西海のかなたから「ここに在り。」と答える太い声を。近くの寺の僧も聞いた。寺僧も感涙を流したが、それ以上に彼はうれしかった。「阿弥陀様よ、おおいおい。」「ここにおるぞう。」聞こえる、聞こえる。確かに聞こえる。うれしい、うれしい。ただただうれしい。木の上で彼は声をあげて泣いた。

七日後、彼は樹上で息絶えていた。その口からは蓮花が一枝生えていた。

これはいうまでもなく『今昔物語集』巻十九第十四話の讃岐の源太夫の話である（『宝物集』・『発心集』・『私聚百因縁集』にも同話がある）。まさに感動的な宗教性の高い一篇といえよう。

ところで、この源太夫の行為に注目しよう。大寺へ入るでもなく、鉦を叩きながら、阿弥陀仏の御名を称えて諸国を歩く。これはまさしく聖である。聖・聖人・上人と呼ばれる人なのである。源太夫もまた聖の一人であったのである。

わが国に仏教が輸入されて以来、寺院は朝廷の庇護の下に勢力を拡大していったが、特に平安期は、貴族階級や荘園の経済力によって寺院経営は成立していた。しかし、平安末期からの一大動乱によって武士が擡頭し、貴族の没落は秋の落日を見る思いであった。よって、それまで貴族の財力に頼って法権力を誇ってきた大寺もまた、荘園からの収入も思うにまかせなくなってきたことと相俟って財政的窮地に陥らざるをえなかった。そこで大寺は、堂塔伽藍を維持し寺僧を養うために、民衆にツケをまわさざるをえなくなり、ここに勧進聖の活躍のピークを迎えることになったのである。

彼らは袖もない帷子や麻の衣を着、時には髪も長くしたまま、乞食のような姿で、ひがさをかぶり、本尊持経を納めた竹の笈を背負い、鈴をふり、ささらをすって、念仏を唱えながら諸国を経廻った。そして、行く先々で社会的・仏教的作善をしつつ、死骸に会えば涙して供養し、時には遺骨を高野へ運んだ。このようにして、民衆を教化し、一紙半銭を乞うたのである。

こういう人たちが中世の仏教説話には多く登場する。特に鎌倉初期に成立したとされている『発心集』・『閑居友』・『撰集抄』といった作品には、聖と呼ばれる人たちが陸続として述べられている。しかも、それら在野の出家者たちは真摯な、求道一筋の人として描かれている。[1] 厳しい自己否定の上に立つ遁世者たちである。このような清僧たちが次から次へと登場するのであるが、しかし、その清僧を叙述する行間から、聖の実態といったものをうかがうことができる。

その、説話における清僧描写の行間からうかがわれる聖の実態を考え、説話との関わりをさぐってみたい。

二

発心・出家は、仏道を志す者にとって出発点であり、その点からいえば最も重要なことであるといえよう。その発心・出家の機縁についてみてみるに、『今昔物語集』等に比較的多かった生来道心深くしての出家は稀であり、何らかの世俗との関わりを捨てて出家している。愛する妻子との死別はもちろん、醍醐の中納言顕基にすすめられて出家した遊女（『閑居友』下巻、『撰集抄』巻三第三話）など、その例は枚挙にいとまがない。たとえば文覚は、在俗の時、人妻である袈裟御前に横恋慕するが、誤って、夫の身代わりとなった彼女の首をとったことを機縁として出家し、すぐれた呪験の聖となった[2]（『延慶本平家物語』巻五、『盛衰記』巻十九など）。さらに西行。彼は鳥羽院の下北面の武士として仕えていた頃から道心深きものがあったが、やがて一族の若い憲康が突然亡くなったことに無常を感じ、幼い愛する娘を縁から蹴落として出家したという（『西行物語』上巻）。友の死に無常を感じて出家するだけでよいはずだが、鳥羽院の寵愛をはじめとするあらゆる世俗への執着をきっぱり断つためには、娘を蹴落とすことによらねばならなかったのである。『西行物語』は、ここの西行の心境を巧みに描写している。また一説には、鳥羽院の女院に恋いこがれたが、かなわぬ恋とあきらめて出家している（『盛衰記』巻八）。また高野の南筑紫上人も、追いすがる娘に対して刀を抜き髪を押し切って追い返して出家した（『発心集』巻第一）。滝口入道は、嵯峨の往生院へ訪ねてきた横笛に決して会わなかった（『盛衰記』巻三十九）。まさに世俗の繫縛から見事に脱しきった、極めて貴い僧がみられる。

さらに、出家時のみでなく出家後も世俗と関わる話は多い。たとえば『発心集』巻第六「西行の女子出家の事」では、幼い時に別れた娘が恋しくて会いに出かけていった西行は、宮仕えさせられようとする娘の境遇を不本意に思って出家を勧め、天野の別所の母の許へ行かせている。『撰集抄』巻九第十話「西行遇妻尼事」では、今は尼となった妻と長谷寺で出会い、再会を喜んで天野の別所を訪れることを約束している。（天野は、高野山との往来も繁く妻をここにおく聖が多かった所であった）。僧尼となった縁をもって娘を出家させ、また妻もすでに尼となっているわけで、そこには利他行をみることもできうるが、出家後までも妻子への愛情の捨てがたいことを物語るものといえよう。また、『撰集抄』巻四第五話では、後には立派な往生人となった顕基も、出家後までも息子のことを気にかけている。この話は『発心集』巻第五にもみられ、やはり肉親への情の捨てがたいことをほぼ同文で評している。

もちろん、『刈萱』のように、苦しみながらもきっぱりと世俗への執着を捨てた話もあるが、きっぱりと捨てれば捨てるほど、世俗との関わりは心の奥底にうずまいていたのである。

三

すでに諸先覚の研究によって明らかなことであるが、聖は、実際に彼らの宗教的実践の一つであった勧進（彼ら自身の生活の糧を得ることも勧進の一部である）の面をとりあげてみても理解されるように、民衆との接触は不可欠のことであったのであり、世俗との関わりを断つことはできないという性格を有していた。

『沙石集』巻第四「上人ノ妻セヨト人ニ勧タル事」では、聖は妻を持つべきだと盛んに勧める聖が登場している。世俗性を多分に有していたという聖の性格から考えると、この話ほど公然とはいわないまでも、妻を持つ聖の多かったことはありえたことである。これが聖の実態であったのであり、聖は世俗と深く関わっていたのである。

『発心集』巻第一「高野の辺の上人、偽つて妻女を儲くる事」は次のような話である。

高野の辺に住む聖は行徳あり、人々の帰依も篤く弟子も多かったが、老年に及んだある日、弟子を呼んで「年をとると傍に誰もいないのも淋しく心細いので、しかるべき女を夜の話相手にしたい。ついては、そのような女を秘かに探してほしい。そうすれば僧房のことはお前にまかせる。」と言う。弟子は驚きあきれたが、ともかく女を探してきて奥に住まわせ、一切近寄らず、年月が過ぎた。六年経たある日、女が泣きながら聖の命終を伝えた。行ってみると見事な往生の姿であった。女に詳しく聞くと、数年来世間一般の男女の仲のようなことはなく、ただ浄土を願うべきだとばかり説き、共に念仏を唱える毎日だったという。

帰依する人々や弟子たちに煩わされることなく、心静かに念仏を唱え往生を期するために、偽って妻を儲けたのである。これも、みずからの徳を隠して修行に専念する偽悪の行為といえよう。実に貴い聖であるといわねばなるまい。

また『閑居友』上巻「近江の石塔の僧の世をのがるゝ事」は、近江国石塔の僧が寺での生活を離れようと思ったけれども、人々は惜しんで許さなかったので、未亡人の許へ通うという行為に及び、それによって寺から追放されることに成功し、一人静かに心を澄ましやがて往生の素懐を遂げたという話である。再出家のために、やはり偽悪の行為をなした貴い僧である。

しかし、これらの話も聖の性格から考えれば、世俗との関わりが深いという聖の性格をふまえた上に成り立っている話であるといえよう。『沙石集』のような話とは全く逆の、清い聖を描く話にもそのような題材をもって描かれている点に着目すれば、実はその底に、世俗性を有する聖の実態がうかがえるのである。これは、聖と民衆の両者の願いによって成り立っているといった一面もあるが、その点はさておき、このような世俗的な話が多く集められているというところに着目されねばならない。

四

さて、以上のような話は、それが事実であるかどうかは問題ではない。なぜこれほどに世俗に関わる話が多いのかという問題を考えてみなくてはならない。つまり、こういった人間の情をテーマとする話が多いという点に、聖の性格があるのである。聖にとって人間の情、すなわち世俗性は、その性格の一面なのである。しかも、このような話が出来上がる時には人々の関心に呼応して作られるといったことが当然のこととしてあった。聖たちは、民衆の中に入り一紙半銭の喜捨を乞うた。その際に持ち出される話として、その出家譚が生来道心深くしてといったものでは如何ともしがたい。それが劇的であればあるほど、世俗の真っ只中にいる人々にとって、まさに感動的な話となるのである（逆にいえば、民衆にアピールする世俗的な話が多いということは、これらの話が勧進の場に持ち出されていたことを物語るものである）。

しかも、聖たちは中年以後の出家である。幼くして登山するのではない。西行は二十三歳で出家し、文覚十九歳（一説に十八歳）、滝口入道十八歳、長明にいたっては五十歳の声を聞く頃であった。こういった中年すぎてからの出家は、しばしば引かれるように、御伽草子『三人法師』において「半出家」といわれている。「半出家」とは、直接的には日本古典文学大系本の頭注にあるように、「中年すぎてから出家した人」のことであるが、その言葉の裏には、よくいわれるように、学問するにも修行するにも、そして世俗との関わり方においても中途半端でしかありえないといった意味を含ませているであろうことは、容易にうかがえる。つまり、五来重氏もいわれるように(3)、中年になって出家した者はすでに学問の道へ進むことはできない。しかも、出家まで長い人生を送ってきた彼らは、世俗とのつながりも深く、世俗との絆もまた太くなってきている。そのような情をきっぱり断って出家したといっても、出家後もそうした関わりを断ったということでかえって辛い思いをすることはしばしばあったことだろう。すなわち、苦しみながらも世俗との関わりを断ちきったといっても、きっぱり断ちきれば断ちきるほど、心の奥底には世俗への思いが大きく渦巻いていたのである。世俗と切れるという点において、かえって深く世俗と関わっているといえよう。表面的には世俗の情を断った貴い出家者とみえる人たちも、実は、心の奥底では世俗と深く関わっているのである。

先に少しふれたように、勧進という面でも聖は世俗との関わりを断つことができないという性格を持っていることも当然であるが、それ以上に、世俗と深く関わった話が多いことの意味するものは、こうした話が出来上がりやすいものを聖自身持っていたからであり、反面では、世俗に在る人々の興味に応じてこうした話が作られるということを物語るものであるといいうるのである。

五

すでに本章第一節でふれたところであるが、『撰集抄』巻三第七話「瞻西聖人之事」は、雲居寺の瞻西上人が化人によって慈悲心をためされるという話である。同様の話は、『閑居友』冒頭の「真如親王、天竺にわたり給ふ事」にもみられる。これらの話を聞いた人々は、瞻西や真如親王にまつわる一種の霊験譚と聞いたであろうし、そのように聞きとって何ら差し支えない。そうした不思議な話として受けとられたほうが、喜捨を乞うことが露骨にならず、かえってよいかもしれない。しかし、説く側にははっきりと布施が念頭に置かれていたはずである。ここに、これらの話の意図するところが、聖と深い関わりのある布施にあることがわかるのである。話の表面的なものの裏にある意図に、聖の実態というものが十分にうかがえるのである。

『撰集抄』巻七第七話「下野國刀禰川無相房事」は、下野国とね川のほとりに隠栖する無相房が姿をくらましたので、里人たちは彼の像を作って庵に安置したという。また同巻七第八話「覚鑁上人事」では、覚鑁が入定したと聞くや、貴賤老若男女が伝法院に詣で、市をなすほどであったという。

このように、貴僧が往生したりすると人々はそこへ押しかけたり、像を造ったりした。絵像にとどめたり、生前詠んで書きつけた和歌などを持ち帰ったりした。このような例は多く見出すことができる。

このようなことは、一見、亡くなった人を弔い、慕うという、今日にもよくあることのようにみえるけれども、実はこれらは結縁のために行なわれたことである。無相房の話にも「縁をむす」んだと記述されているし、毎月命日に講を持ち「南無無相房」と唱えたという。つまり、往生人や有徳僧に結縁し、自らも引接されることを願うのである。

この結縁思想は『撰集抄』跋にもみられ、「いみじき人々」を書き記すことによってその人々に縁を結び、引接されて往生することを願っている。(4) 同様のことは『発心集』序や『閑居友』(5) 上巻最後にもみられる。この往生人の名を書き記すことによって結縁するということは、そこに名帳的性格を見出しうるが、これはまさに融通念仏的性格を有していることである。五来重氏によると、平安末期から鎌倉期の勧進聖はすべて融通念仏であったらしいとのことであり、(6)その意味するところは明らかであろう。

さて、この結縁思想が融通念仏と深く関わるものであるとなると、その結縁も、自身のみでなく民衆をも含んだものであるといえよう。融通念仏は、「名帳に名を記載しておけば、時間と空間をこえて、相即融通して、同時同処の集団的合唱と同じ功徳がある」(7)とする。決して自分一人が結縁によって極楽へ引接されようとするのではなく、民衆をも含むものなのである。

絵像や木像、さらに和歌を記したものなどを結縁の対象とすることは、考えてみると、なかなか興味深いことである。つまり、法会や説経の場において、絵像を安置し、また和歌の筆跡うるわしい書を掲げ、これがかの極楽往生された方のお姿である、詠まれた和歌であるといえば、その効果は絶大である。その場合、それが本物であるか否かは問題ではない。言葉巧みに説きあげ、そこで一紙半銭の喜捨を乞えば、単なる説法とは段違いの効果をあげたにちがいない。一体、民衆には小難かしい理屈はわからない。それよりも、ありがたい往生人の像や真筆（と称するもの）を目の当たりにしたほうが、ありがたさは数段まさるのである。

つまり、結縁を語る話には、そこに、そのような話を勧進に応用しようという聖たちの意図がうかがえるし、実際に応用したであろう実態を知りうるのである。

六

『閑居友』下巻「初瀬の観音に月まゐりする女の事」という長谷観音の利生譚が、『沙石集』巻第二「薬師観音利益事」では清水の観音の利生譚として述べられている。これについては、すでに説かれているように、聖の関わりが明らかに表面に出ている。つまり、長谷寺系の説経者群と清水寺系の説経者群が、それぞれ自分たちの勧進に都合がよいように変えて語っていくという観点から明らかにされているが(8)、このように、それぞれの勧進聖たちの手によって、説話は様々に変容しながら、伝播・流布され、伝承され、蒐集されていった。これは仏教説話を変容という点からとらえた見方になるわけだが、一方、やはり勧進聖たちによって伝播・流布され、伝承され、蒐集されたからには、最大公約数的な性格をそこに見出すことも可能なはずである。

つまり、変容することもさりながら、そのような変容がなされるには、その背後でそのように話を変えて伝播する人々に同じ性格があったと考えられる。勧進聖の集団というのもこれに相当するわけだが、それ以上に、自分たちに都合がよいものであれば遠慮なく採り込んでいくということ、それこそが聖の実態なのである。それが嘘であろうが、そんなことはどうでもよい。自分たちに有利で民衆にアピールさえすればよいのである。

しかし、自分たちにとって有利にするということは、単に彼らだけの独断でなされるのではない。それは民衆にアピールしなくてはならないから、民衆の側からの要求にも応えるものでなくては何にもならない。民衆が要求すればこそ、聖たちは自分たちに都合がよいように話を変えていくのである。つまり、自分たちに都合がよいように話の意図を作りあげるには、民衆の側からの強い要求も、かなりの比重を持っていたのである。

すなわち、一見、何の変哲もないような説話にも、その行間から聖の実態が滲み出ているのである。

七

中世仏教説話には隠徳の聖が多く登場するが、この隠徳思想が、しばしば引用される『摩訶止観』巻第七下に説くところに拠っていることはすでに明らかにされている。すなわち、徳を隠す行為に走ることは、あらゆる繋縛から逃れ、それに煩わされることなく仏道修行するためである。

この隠徳の方法として、跡をかくすことはもちろんだが、再出家も一面ではこの範疇に入る。また偽悪の行為も当然隠徳のためである。啞や狂人をよそおい、色事に関わったりして懸命に徳を隠す。そして結局いずこともなく姿をくらましてしまうのである。

『発心集』冒頭に登場する玄賓は、ある日忽然と姿を消し大川で渡守となっていた。後日、かつての弟子に出会うと、またいずこともなく姿をくらましてしまった。また『撰集抄』冒頭の「増賀上人之事」では、他の集の増賀説話とは異なり、上人の再出家のみについてスポットライトが当てられている。このような話は、中世仏教説話にそれこそ限りがないほどに多くみられるが、このうち再出家は、『撰集抄』巻一第一話の批評部分をはじめ諸処にみられる高僧批判とつながっている。この高僧としての地位を断ちきっている点は、教団内部の腐敗堕落も一因であろうが、それよりも、大寺から離れて野に在る僧をめざしており、それがとりもなおさず聖なのである。そして、隠徳の行為によって一人静かに修行し、心を澄ますことをめざしている。

『閑居友』上巻の如幻僧都は、学問も呪験力も共に自分よりすぐれた人がいたために、遂に出奔して高和谷に隠栖した。まさに典型的な聖である。一面、学問では身を立てられない聖の性格を物語っているし、また呪力は聖の必須条件の一つであったが、この話などのように一概にわりきれなくなってきている。

八

しかし、それでは隠徳の僧であることがどうしてわかるのか、つまり、徳を隠しているならば、どうしてその人が隠徳の僧であるとわかるのか。徳を隠しきった人ならば、誰にも知られず、一人山中で朽ち果てるはずである。

説話をみると、隠徳僧は、必ず高徳の人であるとわかるきっかけを何らかの方法で示している。たとえば先述した玄賓の場合、玄賓を知る弟子が出会ったればこそ、渡守が実は高徳の僧玄賓であることが判明したのである。弟子が出会わなかったならば誰も気がつかず、渡守のまま朽ち果てたかもしれない。

『閑居友』上巻に登場する清水の橋の下に住む乞食僧は、さる大臣家における仏事に臨んで、突如高座に上り富楼那尊者に劣らぬほどの説法をする。やがて高座を下りるとどこかへ行ってしまったという。この乞食僧にしたところで、唐突な行為に出なかったならば誰も隠徳僧とは思わず、乞食僧のままで終わっていたであろう。こうした極めて唐突とも思われる行為は、さらに「あしき事しつとやおもひ給けん」と記すこととともに、不自然の感を抱く。隠徳に徹するほどの人物なら、こんな不自然な、しかも露見してしまうような行為に出るものであろうか。隠徳僧にとって、それはまさに「あしき事」である。そこに何らかの意図がはたらいていると考えざるをえない。

そこには、聖が実は隠徳の僧たることを表わさねばならない事情、もしくは聖を隠徳の僧たらしめんとする意図のあることをうかがいうる。聖としての世俗的行為が隠徳の行為の結果であることを主張する打算が、そこにはうかがえるのである。それは、極めて俗っぽい行為がなされた場合についても同様で、その俗っぽい行為が実は隠徳のためなのだと主張する話は多くみられる。これは聖の自己弁護的でさえあるが、隠徳の行為は前述のような聖の実態とは程遠いものであった。つまり、隠徳僧は、俗にまみれた聖たちの反省から生まれた理想の姿なのである。

隠徳僧が聖たちの理想像であったことは、隠徳僧に対して涙を流さんばかりに讃美していることからもうなずける。この立場はまさに受容者の立場を物語る。自身がそうであるのではなく、隠徳僧を憧憬する立場にいるのである。人は、自分の所有しているものにはあまり感動せず、それどころか、往々にして気づかない場合が多い。逆に、自分の所有しないものには実際以上に感嘆するものである。たとえば、都会に住む者は田舎の山川の清らかさに接するにつけ、その不便さも考えずにそこに永住したいと思い、田舎に住む者は都会の便利さに眼をみはり、田舎のよさに気づかない。つまり、聖たちは自身の中に隠徳僧としての性格を有しないゆえに、隠徳僧を讃美するのである。すなわち、隠徳僧に、聖たちはかくありたいという理想像を見出しているのである。

しかし、こうした聖の側からの見方とともに、それを受けいれる人々の側の見方もそこにははたらいているはずである。つまり、聖たちのかくありたいという願いとともに、その反面に、民衆のかくあってほしいという願いもあることを看過してはいけない。乞食同然の僧を隠徳の聖とみる眼こそ、まさに民衆の側のかくあってほしいという願いに立ったものなのである。

つまり、かくありたいという聖たちの願いと、かくあってほしいという民衆の側からの願いが相俟って隠徳の聖が中世仏教説話に多く描かれているのである(9)。

また、実際、聖たちは隠徳僧のように振る舞った。そこには民衆に迎合する意図というよりも、どれが実でありどれが虚であるか、もはや聖たち自身にとってもわからないほどに、虚実の混在したものであったのである。

九

聖たちの理想の最高規範の位置に置かれている玄賓は、中世仏教説話の一大スターであり、まさに隠徳の僧として描かれている。しかし、中世仏教説話にみられるような彼の一面は、それ以前にはないものである。なぜ中世にいたって隠徳の僧としてクローズアップされたのか。そこに、聖たちのかくありたいという願いと、民衆の側のかくあってほしいという願いがはたらいていると考えるのである。

今、玄賓の伝を詳しく述べることはしないけれども、南都第一の碩徳といわれた彼は、反面、僧都に任ぜられん

とするや、

　とつ國は山水清しこと繁き君が御代にはすまぬまされり　（『江談抄』）

と詠んでおり、大僧都に補されんとするや、

　三輪川の清き流れにすすぎてし衣の袖を又はけがさじ　（『江談抄』）

と、またまた跡をくらましてしまったことも伝えられ、ここに聖たちは注目した。何と清い、名利を嫌う僧ではないか。まさに『摩訶止観』に説く隠徳僧ではないか。よって彼らのかくありたいとする隠徳の清僧の最高規範としての位置を、玄賓は与えられたのである。それは、とりもなおさず民衆の側のかくあってほしい聖像でもあったのである。

　もちろん、奈良仏教における僧たちのめざすものの一つは、呪術的な力を得ることであったが、それは聖たちの必須条件の一つでもあったのであり、ここに聖性を見出すことはできるけれども、『江談抄』以外めぼしい説話集に登場しなかった玄賓が、中世にいたって俄かにクローズアップされるには、そこに、奈良仏教から中古天台を中心とする平安仏教への展開といったこと、しかも中古天台の思想の中心となった『摩訶止観』の影響によること大である。と同時に、聖の側のかくありたいという理想と、民衆の側のかくあってほしいという願いとが相俟って、奈良仏教の碩徳玄賓を中世にいたって一躍隠徳の聖として登場させることになったのである。

　こうした民衆の側からの願いに関して、『発心集』巻第三にみえる有名な話「蓮華城入水の事」は興味深い。「人に知られたる聖」であった蓮華城は、友の卜蓮法師の引き止めるのもふりきって、念願通り桂川で入水往生を遂げた。集まった人々は貴び悲しむことこの上もなかった。ところが後日、卜蓮が物怪にとりつかれたような病になった時、蓮華城の霊が現われて言うには、「まさに入水しようとした時、急に死ぬのが惜しくなったけれども、多く

の人々の前で自分から取り止めることはできないので、あなたにもう一度引き止めてもらおうと思って目配せをしたのに、止めてもらえなかった。その最期の執心によって往生もできず、このように参ったのだ。」と言ったという。以下、勝他名聞あるいは憍慢嫉妬によって心のはやるままの行為を戒めているが、ここには入水往生という民衆にアピールする行為をめぐって、かくあってほしい民衆の側からの願いの前には、もはや引き返すことができない、つまり自分の本音に反して行動しなくてはならない聖の苦渋がみられる。聖の実態とともに、聖に対する民衆のかくあってほしいという願いの切実さがうかがえよう。

十

如上、中世仏教説話にあらわれた諸点について、そこからうかがわれる聖の性格・実態を探り、中世仏教説話集の多くが主張する隠徳の清僧像について考察してきた。それは、説話の表面にあらわれているものと聖の実態とのギャップであった。

つまり、説話にあらわれているのは、聖たちのかくありたい姿であると同時に、民衆の側からのかくあってほしい姿なのである。この、かくありたい姿とかくあってほしい姿との両者の願いが、『発心集』や『閑居友』・『撰集抄』等の清僧意識を形成しているのである。その理想像を描く行間に滲み出ているのが、本来の聖の姿なのである。

聖たちの実態は、説話に描かれているような清廉なものでは到底なかった。彼らは世俗の真っ只中にいたのであり、決して隠徳の僧ではなかった。世俗との関わりは十重二十重にとりまいていた。したがって、説話に描かれる清僧は決して彼ら自身ではない。あくまでも、かくあるべき姿なのであり、かくありたいと願う姿であり、民衆がかくあってほしいと願う姿なのである。

聖たちがかくありたいと願い求めることは至極当然であり、また比較的たやすいことである。逆に、民衆がかくあってほしいと望むことに応えるということは極めて苦しいことである。しかしそれに応えることができなければ、聖として失格であり、何よりも彼ら自身の生活が危うくなる。聖たちが隠栖し苦行して呪力を身につけようとしたことも、そのためである。民衆の願いに応えるためには、時には、嘘を実と押し通すようなこともなされたらしい。

しかし、聖たちがかくありたいと願い、民衆がかくあってほしいと願っても、それだけではその願いの先に隠徳の清僧が登場することの必然性は希薄である。聖や民衆の側からの願いが隠徳の清僧へとつながるには、その過程に両者を結びつける何かがなくてはならない。それが、本章第一節ですでにふれたように、教理であり、具体的にいえば『摩訶止観』である。すなわち、聖の側のかくありたいという願いも、民衆の側のかくあってほしいという願いも、ともに『摩訶止観』に説かれる隠徳という教理によって出てきたものであり、その教理があればこそ、実際には隠徳と何ら関係のない僧まで、隠徳の清僧としてまつりあげられていくのである。南都の碩徳玄賓が中世仏教説話では隠徳の清僧の理想像として登場するのも、隠徳の思想が聖と民衆の両者にあったからである。

すなわち、かくあるべきであるという教理によって、多数の教理の実演者の出現という現実がつくられ、それが説話として成立していくというのが仏教説話成立の一つの、しかし有力なパターンなのである。

『発心集』や『閑居友』・『撰集抄』などに、それこそ飽きもせず遁世者や隠徳の清僧を並べるのも、こういった過程を経ているからなのである。聖の側のかくありたいという願いも、民衆の側のかくあってほしいという願いも、ともに『摩訶止観』に裏打ちされたものなのであり、その願いの先に登場する隠徳の清僧は、まさに教理の実践者なのである。

さて、説話にあらわれている聖の理想像は、ともに『摩訶止観』によって裏打ちされた、聖の側のかくありたい姿と民衆の側のかくあってほしい姿の結合したものなのであるが、聖の実態から言えばそれは虚像である。しかし、その虚像こそが、実は聖たちが本来持っている性格なのであり、その意味からいえば、これもまた真実なのである。虚像があるからこそ聖なのである。この虚実は表裏一体をなすものであり、しかもそれは、どちらが表であり裏であるといいきれるものではない。まさに虚と実が混在する、そこにこそ聖の実態があるのである。すなわち換言すれば、そこにある真実は、「虚実・清俗が混在しているのが聖の実態なのである」ということだけなのである。

　だからこそ、聖の実態が俗にまみれたものであるからといって彼らを不当におとしめることは、それこそ不当であり、その描かれている聖像が民衆に迎合した虚像だからといって説話に価値を認めないことも誤りである。聖の側からと民衆の側からの、両面からの願いが相俟って形成された聖像こそが、民間布教者としての聖そのものを雄弁に物語っているというべきなのである。

　このような民間布教者たる聖たちの多くは、名も残さず路傍に散っていったけれども、反面、今日に名を残した聖もある。行基・空也や西行・長明たちはもちろん、景戒も聖であったし、法然・親鸞も、『平家物語』の滝口入道や有王たちもまた聖であったのである。

民衆を教化し仏教へ導いたのは、大寺で紫衣をまとい高僧然としていた僧たちではない。在野の、多くは名も残らない聖たちがそこにあずかったものは、はかり知れなく大きかったのである。

註

（1）第一章第二節参照。

（2）渡辺貞麿は「『平家』における文覚像とその背景—発心譚を中心として—」（『文藝論叢』〈大谷大学〉第二号〈一

九七三年三月〉所収）で詳しく論及している。
（3）五来重『高野聖』（角川書店・一九六五年五月）三〇頁。
（4）「遠くつたへ聞き、ちかく耳にふれしむかしの賢きあとを、まのあたり見侍りし中に、いみじき人々を書き載せて、且はかの人々のごとくならんと欣求し、且はこれ閑居の友にせんとて」（岩波文庫本・三〇六頁）。
（5）「はかなく見ること聞くことを注しあつめつゝ、しのびに座の右におけることあり。即ち賢きを見ては、及び難くともこひねがふ縁とし」（『発心集』・角川文庫本・二〇頁）。
（6）註（3）に同じ。四四頁・一九四頁他。
（7）註（3）に同じ。四四頁。
（8）永井義憲「勧進聖と説話集―長谷寺観音験記の成立―」（『日本仏教文学研究』第一集〈豊島書房・一九六六年十月〉所収）・渡辺貞麿「滝口入道の話―中世仏教説話の担い手―」（『仏教説話　研究と資料』〈法藏館・一九七七年四月〉所収）等。
（9）本章第一節参照。

第四節　行基と空也――中世仏教説話集の一側面――

一

行基と空也は、共に民間布教者としてわが国仏教史上にその名をとどめている。両者の民衆の中に入っての活動は、その名とともに今日でもつとに著名である。したがって、当然のことながら、多くの仏教説話集にも登場する。

しかし、両者の登場する仏教説話集をみると、そこに一つの傾向があることに気づく。すなわち、『日本霊異記』以来の平安期の仏教説話集には、行基がそれこそスターの如くに登場するのに対して、空也の影は薄い。ところが中世の仏教説話集では、行基はともかく、空也が俄然脚光を浴びてくる。特に、『発心集』・『閑居友』・『撰集抄』といった中世の仏教説話集の代表的なものといいうる説話集に、行基は全く登場しない。

今、主な説話集に登場する両者の話の項目数を、極めて単純に数え、『宝物集』より前の平安期と『宝物集』以後の中世の説話集で比較してみると、行基に関しては平安期六六パーセント・中世三四パーセントであるのに対して、空也に関しては平安期四一パーセント・中世五九パーセントと、その割合が逆転している。もとより、話の内容の精粗等を無視してのものであるから乱暴な数字ではあるが、少なくとも、行基は平安期の説話集に多く登場するのに対して、空也は中世の説話集に多く登場していることを確認することはできよう。

中世の仏教説話集では、なぜ行基は注目されず、なぜ空也が脚光を浴びるのか。この点について考察を加え、中世仏教説話集の一つの側面を明らかにしたい。

二

まず、どの説話集に行基・空也が登場するかをみたものが**表1**(1)である。その際、往生伝の類も広義には仏教説話集に含めてよいと考え、世俗説話集も仏教と関わりのあるものも少なからずあるので、行基・空也が登場するすべての説話集を対象とした。また、論の展開上の必要性から、行基・空也に加えて玄賓および増賀についても同じように検討を加えていくこととする。

表中、○印を付したのがその人物の登場する説話集である。また、「伝」とは話の内容が伝記的なもの、「霊」と

表1

説話集	成立年	行基〈六六八～七四九〉天智天皇七～天平勝宝元	空也〈九〇三～九七二〉延喜三～天禄三	玄賓〈七三四～八一八〉天平六～弘仁九	増賀〈九一七～一〇〇三〉延喜一七～長保五
日本霊異記	822以降	○伝・霊6			
三宝絵詞	984	○伝・霊5			
日本往生極楽記	984	○伝1	○伝1		
法華験記	1043	○伝1			○伝1
続本朝往生伝	1103以前				○伝(隠)1
江談抄	1107頃		〈*①〉	○隠3	〈*②〉
拾遺往生伝	1111以降まもなく		○断1		
今昔物語集	1120以降まもなく	○伝・霊4			○伝・隠3
打聞集	1134		○霊1		
三外往生記	1139頃				○断1
宝物集	1178以降	○断(伝)1	○断(霊)1		
発心集	1215頃		○隠2・断1 霊1	○隠3	○隠3
閑居友	1222		○隠2	○隠1	
撰集抄	1243～1254		○断(隠)2 断(霊)3	○断(隠)6	○隠1・断2
私聚百因縁集	1257	○伝・霊3	○隠1		○隠1・断1
沙石集	1283	○霊2			
古事談	1212～1215	○伝・霊3	○霊3	○隠3	○隠1・霊1 断1
続古事談	1219	○断(伝)1			
宇治拾遺物語	1212～1221		○霊1		○隠
十訓抄	1252	○伝2			
古今著聞集	1254	○霊1	○勧・隠3	○隠1 断(隠)1	

*①　『空也聖人誄』の名のみあり。

*②　「増賀聖恵心僧都慶前駆事」(新校群書類従本「増賀聖慈恵僧都慶賀前駆事」)の表題のみ。

は霊験・奇瑞的なもの、「隠」とは名利を厭うことによる隠遁・隠徳的なもの、「勧」とは勧進活動や勧念仏等の教化活動、「断」とはまとまった話にはなっておらず断片的に登場するものを示す。数字は、その人物が登場する話の数である。この分類は多分に恣意的になりがちであるが、今は概略的にそれぞれの傾向をつかむのが目的であるから、大勢に影響を与えるとは考えない。

さて、この表をみると、行基が登場する説話集は平安期・中世ほぼ同数で、行基は平安期・中世を通して登場している。しかし、その話の内容は伝記的なものおよび霊験・奇瑞的なものがほとんどである。そして何よりも、先に述べたように、『発心集』・『閑居友』・『撰集抄』といった中世仏教説話集の代表的なものには全く登場していない。

空也は、平安期の説話集には三書にしか姿を見せないのに対して中世の説話集には八書に登場する。しかも、行基がほとんど伝記的もしくは霊験・奇瑞的内容の話であったのに比して、空也は隠遁・隠徳的内容のものが多くなっている。さらに、空也が登場しない平安期の説話集の中でも、特に『今昔物語集』に登場しないのは、奈良朝に活躍した行基のみならず平安期のほぼ同時代に生きた増賀も『今昔物語集』は収載しているだけに、示唆的である。

また、『発心集』および『撰集抄』には断片的にも登場しているが、『撰集抄』では、

・空也上人の、山陰の寂寞のとぼそを、物さはがしと悲しみて、都の四條が辻の、さぞ物さはがしきに、是こそしづかなれとて、むしろこもにて庵ひきめぐらしておはしけん昔も、あはれに思ひいだされて、とにかくに悲しみの涙せきかねて侍りき。（巻一第六話「越後國志田之上村之事」）

・徒衆をうちすてて、山谷に隠居すと侍るも、詮は、たゞ身をしづかにして、まぎるゝ事なからんとにこそ侍らめ。かゝるも心のすみ得ぬほどの事なり。されば、空也上人も、まちの住居はこゝろすむと侍り。

と、単に断片的なものだけでなく、周知の隠遁・隠徳の聖としてふれられている。

（巻九第五話「馬頭顯長御事」）

玄賓は、平安期の説話集では、『江談抄』に登場するのみでその他の説話集には登場しない。特に『今昔物語集』に登場しないことは、空也同様、注目される。ところが中世の説話集になると、代表的な仏教説話集である『発心集』・『閑居友』・『撰集抄』を中心に多く登場し、しかもその内容は隠遁・隠徳的なものである。特に『撰集抄』にいたっては、すでに指摘されている如く、

・きよきながれにすゝぎてし衣の色を又はけがさじの、玄賓のむかしの跡ゆかしく、げにと思ひ入て、月を送り日をかさね給へり。

（巻一第八話「行賀僧都事」）

・世をうしと思ひ、又はけがさじなどいふ衣の色は、むかしの奈良の京の御とき、わづかに傳へきく玄賓のむかしの跡にこそ。およそ、世をのがるゝ人々の中に、山田もる僧都のいにしへは、聞くもことに心の澄みて貴く侍りしに、いまの僧正のありさま、いで來し方おもひやるに、末にもありがたくぞ侍るなり。

（巻二第四話「花林院永玄僧正之事」）

・われらも多、百千劫の間、とりけだ物と生れて、秋の田驚かすなる山田もる玄賓僧都のひたの聲に驚くむら雀にてもや侍りけん。

（巻二第八話「泊瀬山迎西聖人之事」）

・中にも、又はけがさじの玄賓僧都のいにしへは、聞くも心のすむぞかしな。

（巻九第十一話「覺英僧都事」）

というように、隠遁僧・隠徳僧を讃嘆する中に合言葉のように語られている。

増賀は平安期の四つの説話集、中世の五つの説話集に登場し、平安期・中世を通して登場している。この点は行基と同様であるといえようが、話の内容においてははっきりとした傾向をみせている。すなわち、平安期の説話集

においては伝記的内容の話が多いのに対して、中世の説話集ではほとんど隠遁・隠徳的内容の話になっており、顕著な違いをみせているのである。

以上、行基・空也・玄賓・増賀がどの説話集に登場し、その話の内容はいかなるものかについて検討したが、行基は平安期・中世を通して登場し、話の内容は伝記的もしくは霊験・奇瑞的なものがほとんどである。また、中世仏教説話集の代表的なものといいうる『発心集』・『閑居友』・『撰集抄』に全く姿を見せていないことは、空也・玄賓・増賀がこの三書に頻繁に登場するのに比して、注目に値する。空也は平安期の説話集にあまり登場しないのに比して、中世の説話集には多く登場し、特に『発心集』・『閑居友』・『撰集抄』では隠遁・隠徳的内容が中心である。玄賓はさらに顕著で、平安期の説話集では『江談抄』に登場するのみであるのに、中世の説話集になると、『発心集』・『閑居友』・『撰集抄』を中心に、それこそ花形のように登場する。しかも話はすべて隠遁・隠徳的内容である。増賀は行基と同じく平安期・中世を通して登場するが、平安期の説話集では伝記的内容の傾向が強いのに対して、中世の説話集ではほとんど隠遁・隠徳的内容へと、様相を一変している。さらに、空也・玄賓は、特に『撰集抄』においては、隠遁僧・隠徳僧の理想像として、周知の人物として合言葉のように語られている。

三

二での検討は、それぞれの人物の話の説話集における所在についてのものであったが、次に、それぞれの話の中をさらに詳しく記事に分け、その比較を通して検討してみよう。

表2～5の中、記事の冒頭に、「伝」を付したものは伝記的内容の記事、「霊」を付したものは霊験・奇瑞的内容の記事、「隠」を付したものは隠遁・隠徳的内容の記事、「勧」と付したものは教化・勧進的内容の記事、「断」を

表2

	行　基	志摩国風土記逸文	日本霊異記	三宝絵詞	日本往生極楽記	法華験記	今昔物語集	宝物集	私聚百因縁集	沙石集	古事談	続古事談	十訓抄	古今著聞集
伝	和泉国大鳥郡に生れる			○	○	○	○		○	△			○	
伝	行基の素性（氏・父母等）		○	△	△	△			○	○				
伝	出家して薬師寺僧となる			○	○	○	○		○					
伝	若くして瑜伽論を読む			○	△	△			○					
伝	仁慈の心深し						○							
伝	聖武天皇、行基を尊崇し給う		○	○	○	○	○		△					
伝	婆羅門僧正等に三角柏を請い受けて、吉津嶋に植え、大神宮の御園とする	○												
伝	多くの寺院を建立し、畿内に四（三）十九院を建立する			○	○	○	○		○					
伝	「法華経を我得し事は」の歌の作者ともいう			○					○					
伝	母の為、孝養報恩をして「百坂や」の歌を詠む			○				○	○					
伝	山崎橋上の法会の時、洪水にて流される										◎			
伝	神亀二年三月長谷寺観音供養の導師となる										○			
伝	智光往生後、導師として菩提を弔う								○					
伝	信厳の死を悲しんで歌を詠む		○	○										
伝	大僧正に補せられる		○	○	○	○	○		○					
伝	時の人、菩薩と呼ぶ（△　本文中で「菩薩」と呼称）		○	○	△	△	△	△		△	△		△	*△
伝	菅原寺にて「法の月」の歌を詠み往生する												○	○
伝	臨終に「かりそめの」の歌を詠む									◎	◎			○
伝	行基の入滅		○	○	○	○			◎					
霊	物に包まれて生まれる						○			◎				
霊	誕生の時胞衣に包まれていたのを、父母忌みて樹上に置く				◎	◎								
霊	物に包まれて生まれた行基を鉢に入れ、榎の叉に置くのを、乞食の沙門、経を誦む声を聞いて降ろさせる									◎				
霊	蝦を救う為、蛇の妻となろうとした鯛女、行基の勧により受戒し、かつ大蟹を放生したために救われる		◎	◎										
霊	山背国女人、蝦を救う為、蛇の妻となろうとするに、深く三宝に帰すべき事を勧める		◎											
霊	法会の席に母と来て泣き叫ぶ子を見て、母の前世に借りて返さなかった物の主が転生して復讐に来ると知り、これを淵に捨てさせる		◎				◎							
霊	法会の席に髪を猪（鹿）の油を塗っている女が来た時、その油を見顕して厭い追い出させる		◎	◎			◎							
霊	膾を食し、口より出す時、小魚と変わっていた			◎	◎	◎	◎							
霊	東大寺供養の導師として難波津に婆羅門僧正を迎え、歌の贈答をなす			◎	◎	◎	◎		◎	○	◎			

霊	五台山に文殊を拝して昇った婆羅門僧正、行基が文殊なる由を聞きて日本に渡る						◎		△					
霊	行基の前世、大鳥に住む人の娘として真福田丸出家の時、片袴を与う、その真福田丸、智光となる						◎		◎					
霊	幼き少僧の時、智光が議論をしかけ、「真福田が」の歌を詠む						◎							
霊	智光、行基を嫉妬し、閻宮にいたってその悪を悟りて蘇生、行基に詫びに赴くと、行基はすでに知っていた		◎	◎	◎	◎	◎		◎					
霊	広幡院の地を見て、三宝不動の所と貴ぶ											○		
霊	薬師、病者と化し行基の慈悲を試みる													◎
霊	仁海、文殊供養の時、行基の芹採の歌を証拠に引く								◎					
霊	行基は文殊（の化身）である		○	○	○	○	○		○	○	○			
霊	行基は化身の聖、隠身の聖である		○	○			○							
勧	少年の時、村童等より男女老少までを感化して仏法を讃嘆する				◎	◎	◎							
勧	諸国を遍歴し衆生を教化する		△	○	○	○			○					
勧	天下の人々、行基の徳に帰す								○					
勧	橋を架し道を修し、池を掘り堤を築く		○	○	○	○	○		○					○
勧	東大寺建立の頃、行基等の人々御願を助け奉る			○										
勧	勧進の上人となり東大寺を建立する									○				
勧	菅原寺にて臨終の時遺言として口禍を戒める								◎	◎			◎	
勧	行基生誕の地に講が出来、「薬師御前ニ御誕生」の和讃を作って誦す									○				
断	信厳、鳥の邪婬を見て出家し、行基に従って善法を修習す		○											

＊題目のみ

表3

空也		日本往生極楽記	拾遺往生伝	打聞集	宝物集	発心集	閑居友	撰集抄	私聚百因縁集	古事談	宇治拾遺物語	古今著聞集
伝	父母を言わず亡命して世にあり	○										
伝	皇室（コウ流）より出づと言われる	○										
伝	延喜（天皇、第五）の皇子ともいう			○				○			○	
伝	弟子ホクノ（反故）聖を　臂延べの加持の布施として余慶僧正に奉る					○					○	
伝	（来迎を受けて）往生する	○				○		○				
霊	水の流れより出づと言う（化人）						○	○				
霊	空也の一七日の焼香により、湯島の観音像、光を与える	◎										
霊	鍛冶工、空也に教えられた念仏により盗難を免れる	◎										
霊	播磨国峯合寺にて一切経を披閲の時、金人来たりて難儀を救う	○										

霊	空也に師事した大和介典職の妻、空也の往生を予知する	◎										
霊	夢の告に依り水精の軸を奈良坂に掘り出す		◎									
霊	大宮川（大垣の辺）にて法華経を誦し松尾大明神に衣を乞われる				○	◎				◎		
霊	仲算に囲碁盤を持って来させる時、念珠はその足に巻き付いて盤を持って行く							◎				
霊	師氏、空也の書状に依って地獄の悪趣を脱する									○		
霊	宇佐八幡の神、空也の前に姿を顕す							○				
隠	空也の異名、阿弥陀聖・市聖の由来	○				○						
隠	市中（四条ヶ辻）に遁世する						○	○2				
隠	市門に「ひとたびもなもあみだぶと」の歌を書く											◎
隠	千観、空也の「身を捨ててこそ」の言により遁世する					○			◎			○
隠	山中に隠遁し、「あなものさはがしや」と言う						○	○				
勧	道を平らにし、橋を架し、井戸を掘る	○				○						
勧	空也以後、念仏世に弘まる	○				○						○
勧	盗人の為に卒都婆を建てる		○				○					
勧	恵心に、西方の行者の必ず往生すべき由を喩す					◎						
勧 勧	父母を失って泣いている小児、空也の諭えを解して泣くのを止める。											◎
勧	空也の極楽歌「極楽はなほき人こそまゐるなれ」									○		
断	浄蔵、空也の大般若経供養の席にて多くの乞食比丘中より文殊の化身を見出す		△									
断	余慶僧正の霊験に依り臂の曲がっているのを延ばされる		◎			○					◎	
断	行尊、空也上人の曲がっている手を神呪にて祈り直す							○				
断	常に「空也上人南無阿弥陀仏みかは入道なむあみだ仏」と唱えし僧、往生する						○					

表 4

	玄　賓	江談抄	発心集	閑居友	撰集抄	古事談	古今著聞集
隠	律師（大僧都）を辞して「みわがはのきよきながれに」の歌を詠む	○	○	△	△3	○	
隠	（大）僧都の位を授けられ、「とつくには山水（水草）清し」の歌を詠みて辞す	○		○			◎
隠	洛陽より他国に赴くに、女人に衣を奉られた時、「三輪川の渚ぞ清き唐衣」の歌を詠む	○					
隠	桓武天皇に召し出され本意ならずも参る		◎			○	
隠	三輪寺の辺に遁世する		○			○	
隠	世をのがれ渡守として一心に仏道に励む		◎	△	△	○	
隠	道顕、玄賓に感じ湖に舟を設けて渡守たらんとする					○	
隠	続古今集の「山田もる」の歌は玄賓の歌なり		○	△	△3	○	
隠	伊賀国郡司に素性を秘して仕え、かつその所領を安堵させる		◎			○	
隠	伊賀国の郡司に仕える			△	△2		△
隠	大納言の室に思いをかけ、一時ばかり眺めて執心をはらす		◎				
隠	門をとざして善珠僧都を入れなかった			○			

表5

	増　　賀	法華験記	続本朝往生伝	今昔物語集	三外往生記	発心集	撰集抄	私聚百因縁集	古事談	宇治拾遺物語
伝	参議橘恒平の子である（増賀の素性）		○			○		○	○	
伝	（10歳の時）慈慧の弟子となる	○		○		○				
伝	止観を学ぶ	○								
伝	増賀の学殖	○		○				○		
伝	恵心、増賀に大事の法門などのことを図る							○		
伝	前代未聞の問に泣く明静と共に泣く							○		
伝	「いかにせん身をうき舟の」の歌を常に口ずさむ							○		
伝	辞世に「みづはさすやそぢあまりの」の歌を詠む	○	○	○		○		○		
伝	臨終に、講筵を修し、念仏を勤修し、番論議に議論する	○		○						
伝	臨終に甥の春久聖人と語りあう			○						
伝	入滅・往生	○	○	○				○		
霊	幼児、父母と坂東に赴く時、馬より落ち、仏の加護に依って疵をも負わなかった	◎		◎						
霊	四歳の時、叡山に上り法華経を学びたいと言い、父母を驚かす	◎		◎						
霊	夢に南岳・天台両大師に賞められる	○		○						
霊	性空（書写）、増賀に止観を書くべき紙を送る								◎	
霊	死期を10日余日前に知る	○		○						
隠	名利を厭い、隠遁の志が深かった	○	○	○		○		○		○
隠	狂気を装って多武峰に遁世する	○		◎		○	○	○		
隠	師慈慧僧正（御廟僧正）の慶賀の日、鮭の太刀を佩き犢牛に乗って供養する		◎			◎		◎		
隠	投饗を食う			◎		◎		◎	○	
隠	根本中堂に千夜詣でて道心を祈る					◎	○	◎	◎	
隠	伊勢神宮に詣でて道心を乞い、示現を受けて名利を離れる						◎			
隠	后宮の受戒のため召された時、異人の振る舞いをする		◎	◎		○		◎		◎
隠	国母の女院（藤原詮子）に請ぜられ、麁言を発して出て去る	○								
隠	冷泉帝の護持僧に請ぜられ、狂言狂事をなして出て去る	○		○						
隠	法会に請われた時、事名聞に渉るを恐れて遂げずして帰る		◎			◎				
隠	人の許に仏供養に請ぜられるも避ける							○		
隠	宗正、愛妻の死後浅ましく成り行く姿を見て発心し、増賀の許にて出家するに、春宮よりの御文を読みて泣いたので、増賀に叱咤される			◎						
隠	弟子統理が東宮と歌を贈答し、心を動かしたことを叱る					◎				
隠	門弟統理のため、その女の産を世話する					◎				
隠	寂心（保胤）、増賀に止観を受けるごとに泣き、道心の深い事を認められる					◎	△			
隠	臨終に囲碁をし泥障を被って胡蝶楽をする		◎	◎		◎		◎		
断	仁賀、増賀に師事する		○						○	
断	相助、増賀の弟子にて一心に念仏を修する				○					
断	保胤、増賀に師事する							○		
断	統理、出家して増賀の許に至る					○				

断	行長（顕長）、増賀に師事する						○			
断	鳥羽の松子が霊験を蒙った阿弥陀像は、増賀の許にある							○		

付したものは、他の人が主人公である話の中に断片的にふれられているものである。**表1**では話の中心的内容によって分類したのであるが、ここでは話を記事に腑分けし、その記事の内容で分類するので、**表1**と必ずしも一致しないのは当然である。たとえば、話としては霊験譚であっても、記事に腑分けした段階では、伝記的記事・隠遁的記事・教化的記事等もあり、霊験的記事ばかりとは限らない如くである。また◎を付したものはその話の中で中核的位置を占めている記事、△を付したものは、一行か二行ほどでふれられているだけの断片的な記事を示す。○や△の横の数字は掲載回数を示す。

まず行基について**表2**をみると、伝記的記事は、『日本霊異記』をはじめ『三宝絵詞』・『日本往生極楽記』・『法華験記』・『今昔物語集』といった平安期の主だった説話集には満遍なく語られており、一つの説話集における記事の数も六以上である。中世の説話集では伝記的記事はまばらであり、一つの説話集における記事の数は多くて四であり、平安期の説話集のほうが詳しく語っているといえよう。霊験・奇瑞的記事は、やはり平安期の説話集には多くみられるが、中世の説話集では極めて少ない。さらに隠遁・隠徳的記事はなく、教化・勧進的記事は、平安期・中世ともにみられるが、平安期と中世では記事にやや偏りがみられる。また、伝記的記事および霊験・奇瑞的記事の項目数が圧倒的に多く、行基について語られる話の内容にはっきりとした傾向があることを知る。なお、中世の説話集の中、『私聚百因縁集』は伝記・霊験奇瑞・隠遁・教化のすべてに満遍なく語って特異である。

次に空也についてみると（**表3**参照）、空也の出自がはっきりしないこともあってか、伝記的記事は少ない。霊験・奇瑞的記事も全体に少ない。空也について多くを占めているのは、隠遁・隠徳的記事および教化・勧進的記事である。しかもそれは、中世の説話集に集中している。全体的に、空也は平安期の説話集には、往生人として載せる『日本往生極楽記』を除いて、ほとんど登場しないといってよく、二で考察した点を裏づけている。

玄賓（表4参照）は、すべての記事が隠遁・隠徳的内容であり、教化・勧進的記事もみられない。しかも、前述のように平安期の説話集では『江談抄』に登場するのみであり、逆に中世の代表的な仏教説話集である『発心集』・『閑居友』・『撰集抄』に多く登場する。さらに『撰集抄』では断片的にふれられているのがほとんどであるが、単に断片的であるのではなくて、それは、先にも引用したように、隠遁・隠徳譚において、主人公の隠遁僧・隠徳僧を讃嘆する中に、すでに周知の理想の隠遁僧・隠徳僧として合言葉の如くに語られている。この点は、玄賓がその生存年代にかかわらず、平安期の説話集にはほとんど登場しないこととともに、顕著な傾向といえよう。

増賀（表5参照）は、先にみたように、平安期では、断片的な記事の『三外往生記』を除いて、『法華験記』・『続本朝往生伝』・『今昔物語集』の三書にみられるが、いずれも往生人伝の内容のため、伝記・霊験・隠遁の全体的に記事がみられる（『今昔物語集』はさらに隠徳的内容を持つ二話を収載している）。それに対して中世の説話集では、伝記的記事が『私聚百因縁集』を除いてほとんどみられず、霊験・奇瑞的記事は全くみられないといってよいほどである（ここでも『私聚百因縁集』の中世における特異性をうかがうことができる）が、かわって隠遁・隠徳的記事は圧倒的に多く、しかも話の中核をなすものが多い。さらに、平安期の『三外往生記』を除く三書では記事が伝記・霊験・隠遁の全体にわたってみられ、したがって隠遁・隠徳的記事もみられるとはいっても、その記事の項目数は中世の説話集におけるそれの比ではない。また、中世の説話集でも教化・勧進的記事はみられない。

四

以上の検討から次の如き点を知ることができる。

一、行基および増賀は平安期・中世を通して登場する。

二、しかし、行基は中世の代表的仏教説話集である『発心集』・『閑居友』・『撰集抄』には全く登場しない（他の三書は登場している）。

三、増賀の、平安期の説話集における話は伝記的テーマのものであり、中世の説話集における話は隠遁・隠徳的テーマのものであって、顕著な違いを知る。

四、空也は平安期の説話集にはほとんど登場せず、登場してもその話のテーマは伝記的もしくは霊験・奇瑞的なものである。

五、玄賓も、『江談抄』に隠遁・隠徳的内容の話がみられるのみで、平安期の説話集にはほとんど登場しない。

六、中世の説話集に登場する空也・玄賓・増賀の話は、隠遁・隠徳的内容のものが大部分である。

七、空也・玄賓は、中世の代表的仏教説話集である『発心集』・『閑居友』・『撰集抄』においては断片的にも登場するが、その内容は隠遁・隠徳的なものであり、特に『撰集抄』では周知の隠遁僧・隠徳僧として、名を出すだけで理解されるものである。

八、それぞれの話を細かく腑分けした記事においては、平安期の説話集では伝記的記事および霊験・奇瑞的記事が多く、中世の説話集では隠遁・隠徳的記事が多い。この違いは顕著なものである。このことは、平安期の説話集にはほとんど登場しない空也・玄賓についてはもちろん、平安期・中世を通して登場する増賀においてもいいうる。

右の諸点から、中世説話集、なかんずく、中世仏教説話集の特色を見出すことができる。すなわち、平安期の仏教説話集においては伝記的もしくは霊験・奇瑞的内容を語るのに重点が置かれているのに対して、中世の仏教説話集では隠遁・隠徳的内容へと変化してきているのである。

一人の往生人としてその僧の伝記を語り、またその僧の霊験的偉大さを語る平安期の仏教説話集に対して、中世の仏教説話集は、名聞利養を厭い、ひたすら隠遁・隠徳に生きる僧を讃美するのである。

中世仏教説話は平安期の仏教説話に比して「心」を重視する傾向にあることを、第一章第一節で明らかにしたが、すなわち、「発心」・「出家」の説話中における位置、発心譚の増加、「往生」の説話中における扱われ方、往生の証明の減少、出家後の生活といった点(2)から、行業や積善・霊験・奇瑞等を述べる平安期の仏教説話と異なり、中世仏教説話は「心」を重視する傾向が強くなっている。もちろん、信仰は心を離れて成立するものではないことは当然であるし、『今昔物語集』の信仰について片寄正義氏が「至心」ととらえておられる〈『今昔物語集論』・藝林舎・昭和四十九〈一九七四〉年二月〉ように、平安期の仏教説話にもこの点を見出すことはできるが、そういったことをわきまえた上で、次第にその濃さを増してきているのである。その結果、仏道修行のあり方が重視され、隠遁・隠徳的内容へと変化してきたのである。

なぜこのような変化が生じたかを簡述すれば、一つには、平安期から中世初頭にかけての一大変革期が文学の主体的担い手であった貴族を没落させ、没落した彼らは必然的にわが身とわが心をみつめざるをえなくなったことである。二つには『摩訶止観』の影響であり、三つには末法観の浸透、四つには説話の対象が貴族から民衆へと変化したことである。このことについては第一章第一節でふれた。

ともかくも、行基・空也に玄賓・増賀を加えての四人について、その登場する説話の検討を通して、霊験・奇瑞的内容に重点を置く平安期の説話集に比して、隠遁・隠徳的内容に重点を置くという、中世仏教説話集の特色について、考察し来った拙考の上にさらに一つの論拠を加えたつもりである。

五

以上の如く、中世仏教説話集の特色を考察し来ったが、最初の問題であった、説話集の流れの中における行基と空也の扱われ方の違いについて考えておかねばならない。

平安期の仏教説話集では行基がスターのように登場しているのに対して、中世の仏教説話集では空也が俄然脚光を浴びてくる。特に『発心集』・『閑居友』・『撰集抄』といった中世仏教説話集の代表的なものといいうる説話集において、空也は花形のように登場するのに、行基は全く登場しない。先に述べた如き中世仏教説話集の特色に照らし合わせる時、この違いは単なる偶然の結果であるとは考えられない。そこには何らかの意図がはたらいていると考えるのが妥当である。

ならば、なぜこのような違いが生じたのか。その最大の理由は、如上考察し来ったところの中世仏教説話集の特色である。つまり、中世仏教説話集は、霊験・奇瑞的内容よりも隠遁・隠徳的内容を重視する傾向にある。それは単に好みの問題ではなく、中世の、「心」を重視する傾向の表われであった。いかに高位の僧でありいかに験力にすぐれた僧であったかということよりも、いかに心を澄まそうとしたかということが重視されたのである。それは、大寺・官寺にあって僧綱を昇りつめるのではなく、名聞利養を捨て、あくまでも野に在って、心を澄まし仏道修行に専念する隠遁・隠徳の僧への志向である。

行基は、民衆の中に在って架橋や道路開設、さらには池・溝・樋・堀の開墾等、社会福祉事業をなした。それは民衆の圧倒的帰依を受け、朝廷から疎まれるほどであった。まさに在野の聖であり、この限りにあっては中世仏教説話集の傾向に合致するものである。しかし、やがて行基は、自分を疎んじていた朝廷に取り込まれていく。行基の民衆への浸透力を無視できなくなった朝廷（聖武天皇）は天平十七（七四五）年正月、行基をわが国初の大僧正に任じた。そして行基は没するまで東大寺の大仏造営に尽力した。つまり、野に在って活動した行基は、やがて体制の側の人になってしまったのである。このことが、中世仏教説話集の作者たちに反発を呼び、受け入れられなかったのであろう。

玄賓は律師や（大）僧都の位を辞しており、増賀も帝や后の護持僧を拒否している。その玄賓・増賀が中世仏教説話集においてもてはやされていることを考えあわせると、行基の大僧正補任の意味は、より明確に理解されるのである。

民衆の中に在って活動しながらやがて大僧正に任じられた行基。中世仏教説話集では、すでに行基は、名聞利養を厭う在野の僧ではなかったのである。彼が「菩薩」と称されたことの体制との関係ははっきりしないし、民衆の尊崇の結果であったかもしれないが、しかし中世では、これも、体制側に取り込まれた行基という思いを増幅こそすれ、在野の僧ととらえる方向にははたらかなかったのであろう。こうした行基に対して、空也はあくまでも民衆の中に在って活躍した人物だったのである。

これに対して、行基が中世仏教説話集、なかんずく、『発心集』・『閑居友』・『撰集抄』に受け入れられなかったのは、行基が体制側に取り込まれていったというような理由からではなく、中世の人々にとって平安前期が憧れの時代であり、したがって奈良朝に活躍した行基よりも、その憧れの時代に活躍した空也へと関心が注がれたからであるという考えが予想される。たしかに、『新古今集』や『徒然草』を挙げるまでもなく、没落していった貴族階級の人々にとって平安前期は憧れの時代であった。しかし、この理由から、中世仏教説話集において行基が敬遠され、空也が脚光を浴びたのであるとすると、行基とほぼ同時代に活躍した玄賓が、平安期ではほとんど注目されず、中世仏教説話集で隠遁僧・隠徳僧としてにわかに脚光を浴びているのはなぜか。矛盾を感ぜざるをえないのである。

以上、行基と空也の説話集の流れに中における扱われ方の違いを契機とし、玄賓・増賀を加えての検討を通して、中世仏教説話集の特色の考察に、さらに一つの論拠を重ねたつもりである。

註

（1）考察した説話集のテキストは次の通りである。
志摩国風土記逸文（日本古典文学大系『風土記』・岩波書店）
日本霊異記（日本古典文学全集・小学館）
三宝絵詞（山田孝雄著『三宝繪略注』・寶文館）
日本往生極楽記（日本思想大系『往生伝・法華験記』・岩波書店）
法華験記（日本思想大系『往生伝・法華験記』・岩波書店）
続本朝往生伝（日本思想大系『往生伝・法華験記』・岩波書店）
江談抄（江談抄研究会編『古本系江談抄注解』・武蔵野書院）
拾遺往生伝（日本思想大系『往生伝・法華験記』・岩波書店）
今昔物語集（日本古典文学大系・岩波書店）
打聞集（『打聞集』を読む会編『打聞集　研究と本文』・笠間書院）
三外往生記（日本思想大系『往生伝・法華験記』・岩波書店）

宝物集（大日本仏教全書）
発心集（角川文庫）
閑居友（美濃部重克校注『閑居友』・三弥井書店）
撰集抄（岩波文庫）
私聚百因縁集（大日本仏教全書）
沙石集（日本古典文学大系・岩波書店）
古事談（国史大系・吉川弘文館）
続古事談（群書類従　第拾八輯）
宇治拾遺物語（日本古典文学大系・岩波書店）
十訓抄（岩波文庫）
古今著聞集（日本古典文学大系・岩波書店）

（2）第一章第一節の「**別表1**」参照。

第三章　仏教説話の研究

第一節　仏教説話の成立

一

いわゆる浦島伝説がある。それは『浦島子伝』をはじめ、『日本書紀』・『逸文丹後国風土記』・『万葉集』・『扶桑略記』・御伽草子『浦島太郎』等にみることができるが、今、試みに『逸文丹後国風土記』(1)と御伽草子『浦島太郎』(2)を比較してみよう。

あらすじを追うことは、今はしないが、『逸文丹後国風土記』では、浦島子の釣った亀が何の理由もなく一人の女性と化す。それに対して、御伽草子では、太郎が、釣った亀の命をあわれがって海へ戻してやる。その際、太郎は「常には此恩を思ひ出すべし」と言う。以下、御伽草子では、翌日、一艘の舟に乗って海上にただよう美しい女房に連れられ龍宮城へいたり、そこで三年を経る。やがて父母のことが気にかかり、ふるさとへ戻りたいとする太郎に対して、女房は、今は何をか包みさふらふべき。自らは、この龍宮城の龜にて候が、ゑしまが磯にて御身に命を助けられ參らせて候。その御恩報じ申さんとて、かく夫婦とはなり參らして候。（三四二頁）

と打ち明けている。つまり、御伽草子では、亀の報恩譚となっている。

また、『逸文丹後国風土記』では、その女性は「天上の仙の家の人」であり、二人が共に行くところは、「蓬山」であり、二人の出会いを「人と神と偶に會へる」という。つまり、神仙譚である。しかし、御伽草子では、二人の出会いを「此世ならぬ御縁にてこそ候へ」とか、「他生の緣」と述べ、太郎が帰る際には女房は「必ず來世にては、一つの蓮の緣と生れさせおはしませ」と哀願し、「會者定離」といった言葉も使われている。最後には、

其後浦嶋太郎は、丹後國に浦嶋の明神と顯れ、衆生濟度し給へり。龜も同じ所に神とあらはれ夫婦の明神となり給ふ。ありがたかりけるためしなり。（三四五頁）

と述べられている。浦島明神の縁起を説いているのだが、「衆生濟度」とか、先にふれた仏教的表現から、それに神仏習合思想をみることができ、明らかに仏教思想に裏打ちされた報恩譚である。

そのほか、あらすじをはじめ、多くの相違があるが、今述べたいのは、『逸文丹後国風土記』では神仙譚であるのに対して、御伽草子では仏教思想による報恩譚であることである。

このように、同じ浦島伝説でありながら、一方は神仙譚となり、一方は報恩譚となっていることに注目したい。素材は同じであったはずなのに（もちろん、今みた両者には、時代的隔たりがあり、そこへいたる伝承過程にも複雑な点があるゆえに、違いもまた大きいが、基本的なところでは同様であるといえよう）、なぜ異なった話となるのであろうか。そこに作者の意図がはたらいていることをみるのである。

「牛にひかれて善光寺参り」という言葉がある。これとても、この言葉の成り立ちに同様な意図を考えることは

たやすい。本来、牛がその角に布を引っ掛け、それを追って行き着いたところが善光寺であったのを、牛がいかにも善光寺へ導く意図を持っていたように解釈する。そこに、この言葉の作者（という表現が不適当なことはともかく）に、明らかな意図があったと考えうるのである。

このように、説話の成立にあたっては、何らかの意図がはたらく場合が多いが、特に仏教説話において、その傾向が著しい。

二

説話とは、本来、民衆の側から自然発生的に生まれ、伝承されるものである。その説話が発生し、語り伝えられるのは、稀有な話であるからである。この点について長野甞一氏は、

平凡な事実、当り前の事実は、語り伝える値打ちがないものとして抹殺される。珍しい事実、奇異なる事実でなければ、それは説話化することはない。……（中略）……まさしく「奇異」「珍奇」こそは説話発生の契機であるといってよい。その事実を見聞した人々が奇異だ、不思議だと感じたればこそ、それは説話として語り継がれてゆくのである。(3)

と述べられている。いまさら、蛇足を加えるまでもなかろう。当然、「奇異」なる話、「珍奇」なる話を説話集の中に見出すことは容易である。今、『今昔物語集』の中からいくつかの話を挙げてみよう。(4)

巻二十六第二話は、ある男が東の方に下る途中、かぶらに穴をあけて性欲を満たしたが、そのかぶらを食べた娘がその男の子を産んだという有名な話である。かぶらを食べることによって妊娠するなどということは普通にはありえないことだが、それが起こったところがまさに「希有ノ事」なのである。同じく巻二十六第十五話は、佐渡か

ら金が出ることを聞いた能登国守は、その長一人を佐渡へ遣わし砂金千両を得たが、その長はどこかへ姿を消したという話である。うまく砂金を手に入れた守へのうらやましさや、ぷっつりと姿を消した長への関心とともに、そのめったにない、うまい話に興味を持って語られたことだろう。

巻二十七第五話は、冷泉院の西の対に寝る人の顔を毎晩撫でて池に消えた三尺ほどの翁は、実は水の精で、捕らえたが、たらいの水の中に消えたという話であるし、同じく巻二十七第十七話は、川原院で妻を鬼に引き入れられ吸い殺された話である。「此ル希有ノ事ナム有ル」と評するように、ありうべからざることがあったからこそ、語られたのである。

また、巻二十二第八話の後半の話のように、八十歳の夫に二十歳余りの妻という大きな年齢差の夫婦、しかもその夫が、甥の計画にはまり妻をとられてしまうという、その、もの珍しさ、おかしさから語られた話もある。夫婦の年齢差や、妻をとられるということへの「希有」な意識は、現代でいえば、さしずめ、週刊誌的な興味といえるようなものである。同様の話も多く、たとえば巻二十三第十五話の、三人の盗賊を殺害した則光は、翌朝、別の男が自分の仕業であると説明しているのを見届け、安心したという有名な話である。これなども、事件の真相を語るという、週刊誌的な好奇心を満足させるものである。

また、滑稽な話も、もちろん多くある。巻二十八第八話は、一条摂政殿の季の御読経に参上した中算が、言葉尻をとらえて嘲笑した木寺の基増を、逆に「小寺の小僧」とやりこめ、基増は永くその異名がついたことを悔やんだという話である。中算のもの言いの面白さのみでなく、それがあらかじめ仕組んだものだったことに人々は面白がったという話である。巻二十八第十一話では、人妻の許へ通っていた祇園社の別当戒秀は、突然主人が帰宅したのにあわて、唐櫃の中へかくれたが、主人の計略により、そのまま祇園社に誦経料として差し出された。僧たちが別当の許しを得てから唐櫃をあけようとして、戒秀をさがしている時、唐櫃の中から「所司開キニセヨ」と言ったという話である。これは、事を荒立てずに、戒秀に恥をかかせようとした主人に対して、「糸賢キ事也カシ」と感心してはいるけれども、むしろこの話は、「本ヨリ極タル物云ニテ有」った戒秀の言葉に興味があったことはいうまでもない。そのほか、巻二十八第十六話の裸になって賊の難から逃れた話や、巻二十八第二十四話の穀断の聖人が化けの皮をはがされる話など、前者は「更ニ人ノ可思寄キ事ニ非ズ」とその「極タル物云」に感心し、そのような滑稽な話も、平生ありふれたことではなく、珍しいからこそ語られるのである。

以上、『今昔物語集』から無造作に「奇異」なる話、「珍奇」なる話を挙げてみたが、このように、本来、説話は、稀有なるがゆえに語られ、伝承されるのである。

また、そこには、この世の営みに対する、限りない好奇心がみられるのである。『今昔物語集』巻二十九第一話は、そういった好奇心をうかがうことのできる話である。それは次のような話である。すなわち、ある時、西の市の蔵に盗人が入った。検非違使たちが包囲していた時、盗人の要請により、上の判官が蔵の内に入った。検非違使たちは「謗リ腹立合タル事」この上もなかったが、しばらく蔵の内で盗人と語り合った上の判官は、蔵から出てきて、検非違使たちに、戻るまで捕らえないように命じておいて、宮中へ参上し天皇に奏上して戻り、盗人を釈放すべき宣旨を検非違使たちに告げ、盗人は放免されたという話である。なぜ盗人が釈放されたのか、上の判官は蔵の内で盗人と何を話したのか、また、天皇にいかように奏上したのか、そのような疑問には何も答えていない。

其ノ後、上ノ判官ハ内ニ返リ參ニケリ。盗人ハ藏ヨリ出テ行ケリム《(マヽ)》方ヲ不知ズ。此レ誰人ト知ル事无シ。亦遂ニ其ノ故ヲ人不知ザリケリトナム語リ傳ヘタルトヤ。

と記すばかりである。その、詳しい事情は何もわからないというところに、「奇異」なる点を見たとも考えうるが、むしろ、その、不透明な点への人々の好奇心というものがあらわれていると考えられる。もし、事情を知りえたならば、語り手は、得々として語り、人々も興味を持って聞いたであろうし、また、それが記されもしただろう。先にふれた『今昔物語集』巻二十第十五話は、盗賊を殺害したのは自慢げに語る男ではなく実は則光であるという、事件の真相を語るところに成立しているわけであるが、それに対してこの話は、真相は何一つわからない、しかし、わからないからこそ好奇心が湧く、その好奇心を如実に語っているといえるのである。

さて、本来、説話は「奇異」「珍奇」なるがゆえに語られ、伝えられるのである。したがって、それは、民衆の姿を表わしているとは限らない。むしろ、そうではない時代や生活にあったからこそ、語り伝えられたと考えられるのである。たしかに、説話から、民衆の衣食住など民俗的な面はうかがえよう。また、当時の思想的な面なども全くうかがえないというのではない。しかし、そういうものがうかがえるところに説話の価値を見出そうとするのは、いかがなものであろうか。

説話が伝承・流布する段階において、かくありたいとか、かくあってほしくないといった民衆の願望が、空想力を刺激して、変容していくことはいうまでもない。その民衆の願望を通して民衆の姿をみることはできるが、説話の内容そのままが民衆の姿を語っているとはいえない。あくまでも、民衆の実生活とは異なった、「奇異」なる話、「珍奇」なる話であるがゆえに、説話は語られ、伝えられるのである。

三

上述のように、本来、説話は「奇異」なる話、「珍奇」なる話であるがゆえに成立する。そのような説話の本来的な姿は、特に世俗説話に多くみられるのであるが、仏教説話は、説話の原初的形態ともいうべき「奇異」「珍奇」

なるがゆえに語られたとはいいきれない面が存在する。さらにいえば、仏教説話には、必ずしも自然発生的といいきれないものがあるのである。原初的段階においては自然発生的かもしれないが、それが仏教説話となる段階において仏教者側の意図が加わってくるのである。以下、そのような観点から、いくつかの話を例示して検討してみよう。

『発心集』(5)冒頭の「玄敏僧都遁世逐電の事」は、山階寺から忽然と姿を消し大川で渡守をしていたが、後日、かつての弟子に会うと、またいずこともなく姿をくらました玄賓の話である。まさに隠徳の清僧として描かれており、『閑居友』や『撰集抄』になると、遁世僧の最高規範として扱われ、隠徳の清僧の手本として、「この人も玄賓のようなのだ」といった調子で、多くの評論部分に登場する。このような、中世仏教説話においてまさにスター的存在であった玄賓は、この『発心集』冒頭の話によって隠徳の清僧の位置を与えられたのであるが、やや視点をかえてこの話をみると、玄賓が姿を二度までもくらましたことが、隠徳のためであったという客観的証拠はどこにもない。ひょっとして、別の理由から山階寺を出奔し、弟子の眼から逃げたのかもしれない。しかし、長明は、何の躊躇もなく、隠徳のための行為ととらえているのである。

同じく『発心集』第一「高野の辺の上人、偽って妻女を儲くる事」は、高野の辺に住む聖が、隠徳のために、妻を持つことを願って、実は心静かに念仏修行し、往生したという話である。これも、みずからの徳を隠して修行に専念する偽悪の行為といえよう。実に貴い聖であるといわねばなるまい。しかし、客観的事実からみれば、この聖は、本当に一人暮らしの淋しさから妻を儲けたのかもしれない。この聖のしたことが隠徳のためだとするのに、わざわざ妻に、聖の日頃の生活を語らせたのは不自然である。もちろん、これがなくては偽悪にならないのだが、かえってそこに偽悪の行為としてとらえようという意図がうかがわれる。偽悪の行為が、すべて本当に偽悪であったという保証はない。しかし、隠徳ということの貴さを主張する立場の眼には、聖の罪なる行為も、すべて貴いことにうつるのである。

続く「美作守顕能の家に入り来たる僧の事」は、妊娠した女のためにあわれみを乞う聖の話であるが、この僧とても、その聖のあとをつけさせることによって、それが隠徳のための偽りであることを知るわけである。最後に「実に道心ある人は、かく我が身の徳をかくさんと、過をあらはして、貴まれんことを恐る、なり」と述べている。しかし、この話とても、説話として成立する以前は単に、妊娠した女を連れ歩いていた聖がいただけかもしれない。それだけでも僧にあるまじき行為であり、すでに「奇異」「珍奇」なることである。しかし、それが隠徳という性格を与えられ、成立しているのである。

『閑居友』(6)にも同様な話をみることができる。上巻「如幻僧都の発心の事」は、如幻僧都が、学問も呪験力も共に自分よりすぐれた人がいたために、遂に出奔して高和谷に隠栖し、往生を遂げた話である。まさに典型的な聖である。一面、学問では身を立てられない聖の性格を物語っているが、この話とても、隠栖したまでのことである。それを、高邁な志をもって隠栖したととらえる点に、そのようにとらえようとする意図がうかがえるのである。

同じく上巻「清水の橋の下の乞食の説法の事」は清水の橋の下に住む乞食僧がさる大臣家における仏事に臨んで、突如高座に上がり富楼那尊者に劣らぬほどの説法をする。やがて高座から下りるとどこかへ行ってしまったという。この乞食僧は、唐突な行為に出なかったならば誰も隠徳僧とは思わず、乞食僧のままで終わっていただろう。こうした極めて唐突とも思われる行為は、さらに「あしき事しつとやおもひ給ひけん」と記すこととともに、不自然の感を抱く。隠徳に徹するほどの人物なら、このような不自然な、しかも露見してしまうような行為に出るものであろうか。隠徳僧にとって、それはまさに「あしき事」である。そこに乞食僧を隠徳の僧たらしめんとする意図があることをうかがいうるのである。

また上巻「近江の石塔の僧の世をのがるる事」は、近江国石塔の僧が寺での生活を離れようと思ったけれども、人々は惜しんで許さなかったので、未亡人の許へ通うという行為に及び、それによって寺から追放されることに成功し、一人静かに心を澄ましやがて往生の素懐を遂げたという話である。再出家のために偽悪の行為をなした貴い僧である。しかし、実際に未亡人とわりなき仲になった僧がおり、それは、述べられている如く、人々から、「あやしのわざや」と言われ、絶交され、寺から追放されるにいたったことであった。それを話の成立の過程において一篇の貴い僧の話へと仕上げていったとも考えうるのである。この僧が寺を出る時に語った「年ごろありつきて、はなれまうく侍れど、いまはさらにかひなし」という言葉も、前後の脈絡から偽りを語ったように受けとれるが、案外本音であったかもしれない。寺を追放されてからはともかく、未亡人の許へ通うことについては、客観的にそれが偽りの行為であることを明らかにするものは何もない。やはり、成立の過程に、このような貴い僧に仕上げてゆく意図が、ほのみえるのである。

さらに同じく上巻「あやしの男、野はらにて、かばねをみて心をおこす事」は、髑髏を見た男が、「諸行無常」「盛者必衰」の理を知り、やがて「出家の功徳」を知って、妻の許を去りどこかへ行ってしまったという話である。おそらくは発心して隠遁したのであろうが、この男の行動のきっかけとなったのは、「諸行無常」「盛者必衰」という教理である。しかし、慶政は、この事件を『摩訶止観』によるものであり、なかんずく『摩訶止観』巻九上に説く不浄観の一つの九想観によるものとし、止観の立場で解釈し、みずから感動している。特に、「かやうの文にもくらき男の、おのづからその心におこりけん事、なほ〳〵ありがたく侍べし」と述べる慶政に、そのように解釈しようとする意図がうかがえるのである。

『撰集抄』(7)巻三第六話「清水寺寶圓上人之事」において、作者は、この上人が、清水の滝の下で、合子というものので水を受けて「隠所」を洗っていたことまでも隠徳の行為とみて讃めたたえている。しかし、清水の滝の水で「隠所」を洗うという行為は、ほとんど赤裸で犬の子を脇に抱いて乞食をしているのと同様、「わらひなぶ」られるのが当然の行為である。それが、清水寺の宝円上人というやんごとなき智者というだけで、それらを隠徳の行為ととらえるのである。そこに、隠徳の清僧ととらえようとする眼をみるのである。

また、仏教説話集ではないが、『平治物語』(8)下巻「常葉落ちらるる事」および「常葉六波羅に参る事」もまた、同様に考えることができる。義朝敗戦後、清盛に追われる身となった常盤御前の、今若、乙若、牛若の幼いわが子を連れての逃避行、さらに清盛の前へ出頭するこの話は、人々の涙をしぼらせずにはおかない哀調味豊かな話であるが、『平治物語』では「三人の子どもの命をたすけしは、清水寺の観音の御利生といふ」という一文を加えており、いかにも清水寺の観音のご利益によって命が助かったように語っている。しかし、この清水寺の観音の御利益はこの話のテーマとなっていない。どこまでも哀しい話である。子どもたちの命が助かったのは、清盛が常盤の美貌に眼がくらんだためである。清盛のこうした変心までも、観音のなせるわざとでもいうのであろうか。やはり常盤と三人の子どもたちの哀しい話に観音のご利益のありがたさを意図的に結びつけたとしかいいようがない。もちろん『平治物語』の作者が、そのような意図を持っていたというのではない。『平治物語』に収められる以前に、一つの観音の利益譚として語られていたのかもしれない。今はそれがどの段階であるかが問題ではない。注目すべきは、一つの哀しい話を観音の御利益としてとらえようという意図が明らかにうかがわれるということである。

以上、なかには、かなり無理な見方をしたことも否めない。しかし、少なくとも、これらの話は、「奇異」なるがゆえに、「珍奇」なるがゆえに成立したものではない。程度の差こそあれ、そこに、教理的に解釈しようとする意図をみることができるのである。事実だけでは仏教説話は成立しない。一つの事実があり、その事実に教理が裏打ちされることによって仏教説話は成立するのである。したがって、一つの教理によって類型的な話が多く出来上がることもまた当然のことである。『撰集抄』をはじめ、『発心集』・『閑居友』などに、それこそ飽きもせず遁世者や隠徳の清僧を並べるのも、こういった過程を経ているからである。

事実に教理が裏打ちされることによって、教理の実現としての仏教説話が成立する。これが、仏教説話成立の一つのパターンなのである。また、この仏教者側からの意図が動乱の世、末法の世、無常の世という時代において、心を重視し、自己を凝視するという傾向(9)の中で、より切実化してわが身に対してのものとなるところに、中世仏教説話集、なかでも『撰集抄』などにみられる随筆的評論部分が多くなってくることの一因があると考えるのである。

四

さて、原初的段階では「奇異」「珍奇」であったであろう話が、仏教説話として成立する段階において仏教者側の意図が加わってくる、換言すれば、仏教説話は、仏教者側の意図によって教理の裏打ちがなされるところに成立する。これが仏教説話の成立の一つのパターンであるのだが、その仏教者側の意図は、「奇異」「珍奇」なる話ゆえに興味を示す民衆側の感情とは異質なものである。本来的な説話とは異質なものが加わってくるのである。

しからば、民衆側の感情とは異質なものが民衆の間に流布するためには、何が必要であろうか。そこに、人為的な流布がなされるのである。説話を成立せしめ、流布せしめる力は、本来的な説話においては、民衆の、「奇異」なるもの、「珍奇」なるものに対する興味、関心であったが、仏教説話では、そこに人為的なものが必要となるのである。

その人為的な力とは何か。この点を明らかにするために、しばしば指摘されている二話がある[10]。すなわち、『閑居友』下巻「初瀬の観音に月まゐりする女の事」と『沙石集』巻第二「薬師観音利益事」である。両者は全く同じ筋書きの話であるのに、前者は長谷観音の利生譚として語られ、後者は清水の観音の利生譚として語られている。このことは何を意味するのであろうか。この点について、永井義憲氏は、

私はこの原因の重要な一つとして、それら説話の管理者であった勧進聖の性格をあげたいと思う。……（中略）……そこに同じ題材の霊験談を、勧進する寺社に応じて話中の固有名詞を変えて用いることも多く、それらが伝承せられて、たまたま筆録せられた時、この様な固有名詞の混淆が生じてくるのではなかろうか[11]。

と述べ、聖の性格の一端を明らかにするとともに、このような話の流布定着の段階にあずかった勧進聖を指摘している。

このようなことは、永井氏も指摘しているように、藁しべ長者の話についてもいいうる。すなわち、『今昔物語集』では長谷の観音の利益譚となっているが、同様の話は世界各地に散在し、わが国にも全国に散在している。それが『今昔物語集』にみられるような利益譚となるところに仏教的変容をみるのであるが、仏教とは無縁なかたちで語っていた民衆の間に、仏教説話をして流布定着せしめたところに、勧進聖の力にあずかることを知るのである。

永井義憲氏は「仏教説話集の編纂成立には唱導の世界を前提として考えなければ理解し難い[12]」と述べている。私も、説話の基盤において勧進とのつながりがあったと考えているが[13]、このように、仏教説話と民衆をつなぐ糸として勧進聖の活躍を知ることは、仏教説話の中にもうかがうことができる[14]。

たとえば、『閑居友』上巻冒頭の「真如親王、天竺にわたり給ふ事」は、親王が化人にためされる話であるし、

『撰集抄』巻三第七話「瞻西聖人之事」も同様の話であるが、これらの話はすでに第二章第一節で詳述したように、聖という立場でこれを眺める時、布施に関して語られているとみるべきである。これらの説話が勧進聖とつながりを持っていたことが理解されるのである。

すなわち、本来、「奇異」なるがゆえに、「珍奇」なるがゆえに語られ、伝えられた説話が、教理の裏打ちがなされることによって仏教説話として成立してゆく。これが仏教説話成立の一つのパターンであり、その民衆側の関心と異なった意味合いの話を、民衆たちの間に流布せしめる時、そこに人為的な力、すなわち勧進聖たちの活躍があったのである。

五

今まで述べてきたところの、教理が裏打ちされることによって仏教説話が成立するというパターンは、発生的には、仏教そのものが民衆の間にそれほど浸透していない時におけるものである。仏教の浸透度が比較的浅いゆえに、仏教者側から仏の教えを浸透させたいという意図のもとに成立してくるのである。

ところが、仏教がすでに浸透している時にも仏教説話は成立する。その場合には、もはや教理の裏打ちを意図的にする必要はない。教理がすでに受容されている場合には、「奇異」なる話、「珍奇」なる話であっても、それは教理に則って解釈されるのである。これは、教理の裏打ちがなされてゆくことによって、教理が受容されてゆき、そこに成り立つことであるが、これも仏教説話成立のもう一つのパターンとして挙げることができると思う。

たとえば、『閑居友』上巻「唖のまねしたる上人のまことの法文云事」では、ものも言わないで金鼓をたたいて乞食をしている僧に対して、「いかにも、げにものいはぬものとはおぼえず、ただ偽れる事とぞ見えける」と、勝手に、啞のまねをしているのだと理解し、「すがた、ことざまもいみじくたうとく」見ている。隠徳の清僧がその徳をあらわしての後ならばともかくも、乞食同然の僧を見ただけで貴い僧であるとみている。同様のことは『撰集抄』巻五第九話の真範僧正や、同じく巻三第二話の静円供奉にもみることができる。

『撰集抄』巻六第八話「信濃佐野渡禪僧入滅之事」は、作者が信濃の佐野のあたりで、庵の草々に紙の札をつけ、それぞれに和歌を詠みつけている四、五十歳ほどの僧と、さらに山上に住む六十歳ほどの僧の往生に会うという話である。この話において作者は、最初の僧に出会っただけで「貴くおぼえ」ているし、最後の評論部分では、異常なまでの讃嘆ぶりである。しかも、この二人の力によって、自分も浄土に引接されるだろうとまで言う。しかし、この二人の僧は、何ら貴い行為はしていない。ただ死んだだけである。それなのにそれをこれほどまでに讃嘆するのは、山中に隠栖している僧は貴い僧であるという認識がすでにあり、その僧が亡くなったからには浄土へ往生したはずだという理解が、すでにあるからである。

同じく『撰集抄』巻七第七話「下野國刀禰川無相房事」では、下野国とね川のほとりに隠栖する無相房が姿をくらましたので、里人たちは彼の像を造って庵に安置し、毎月同じ日に講を持ち「南無無相房」と唱えた、という話である。この話にしても、人の好い僧が庵に住んでいるというだけで、里の人々は「貴がり」「ゆかしかりし道心者」と言っている。

また、極楽往生を遂げる場面には、紫雲がたなびき、馥香が薫り、妙なる音楽が響くというのが多くみられるが、この紫雲、馥香、妙楽によって、極楽に往生したのだと人々はさとるのであり、それらが現出することによって往生したことの証明にまでなっている。しかし、これとても極楽に往生する時には、そのような奇瑞があるのだということを知っていることが前提になっているのである。もし、そういったことを知らなければ、紫雲をみたところで不思議な雲だとみるだけであろう。また、往生に関していえば、その証明の一つの方法として、没後、知人の夢に現われて往生したことを語るというパターンがある。夢というものと深層心理との関係はわからないが、そのような夢を見るということは、あの人は往生したであろうという先入観があるからであると考えられる。

このように、教理がすでに受容されている場合には、あえて意図することなく、仏教説話は成立してゆくのである。この場合、作者自身も教理の受容者であるともいえよう。

受容者に、前提が必要な例として、『西行物語』と『撰集抄』とにおける西行像を考えることができる。この点については、第一章第四節において考察したが、すなわち、『撰集抄』における西行像は、仏道一途な修行者たる西行であり、それに対して『西行物語』における西行像は、漂泊の自然歌人としての西行である。後者は、今日いわゆる普通一般のイメージに近い西行像であるが、『撰集抄』では漂泊の歌僧西行というイメージがなくしてはそれが西行であるとはわからない。一途な仏道修行者としての西行のイメージが人々の間に定着していたということではもちろんないのである。つまり、『西行物語』の西行は人々にすんなりと受け入れられるのに対して、『撰集抄』の西行は、西行が旅から旅への生活を送ったというイメージを持っていてはじめて、諸国を廻って多くの遁世者に出会うという『撰集抄』の西行が、すんなりと受け入れられるのである。すなわち、『撰集抄』に登場する主人公が西行だと受けとるには、『西行物語』で語るところの「漂泊の僧西行」のイメージが必要なのである。

以上、先にふれた、意図的な教理の裏打ちによって仏教説話が成立することに対して、その過程を経ると、教理が浸透し、もはや意図なくしても仏教説話が成立してくるのである。何の変哲もない乞食僧までをも、隠徳の清僧と解釈する。それは、すでにそういった僧を見る人々の眼に、教理というフィルターがかかっているからにほかならないのである。教理というフィルターをかけて見れば、見聞する話、すべて仏教説話となってしまうのである。

その教理のフィルターを人々にかけしめたものとして唱導という場、勧進聖という存在を指摘したが、一たび、教理のフィルターをかけられた場合には、その話を流布定着せしめる力はもはや必要ない。つまり、意図的に教理の裏打ちがなされて成立した仏教説話は、その流布定着に唱導僧、勧進聖という人たちの力を必要としたが、すでに教理が受容された後に成立した仏教説話は、自然に流布定着をみるのである。あえて、その流布定着せしめる力を考えるならば、それは、教理というフィルターをかけた人々の眼、そのものであるのである。

六

『発心集』をはじめ、『閑居友』や『撰集抄』といった、平安末期から鎌倉期に成立した仏教説話集には多くの隠徳の清僧が登場するが、それは、動乱に明け暮れた時代とか、末法の時代を迎えて無常観がより切実に受け止められたこととか、様々な背景のもとに、直接的には『摩訶止観』巻七下に説く隠徳の教えによるものである[15]。その隠徳の清僧を語る話には、二通りの様式がうかがえる。一つは、乞食同然の僧が何かのきっかけによって徳を表わすことによって隠徳僧であることが露見する話であり、一つは、全く徳を表わさず、したがって最後まで隠徳僧たる証拠を示さないが、しかし、それも隠徳僧であると受けとられている話である。この二つの様式を考えてみると、前者は後から教理の裏打ちがなされた話であるといえようし、後者は、すでにそうした行為が隠徳ゆえのものだと受け入れる土壌が出来上がっているところに成立した話であるというとらえ方ができる。もちろん、このように、鮮明に二つのパターンに色分けされているのではないし、色分けできるものでもない。しかし、中世仏教説話集に多く登場する隠徳の清僧の話も、如上述べ来った、仏教説話の成立のパターンの上に成立してきていると思うのである。

このような意図的な意味を持って説話が成立するのは、何も仏教説話に限ったことではない。和歌説話なども、和歌に視点を置いてとらえている点、仏教説話と同様に、あとから裏づけをしたともいえよう。たとえば、原初的な「奇異」なる話があって、そこへ、その話や場面に合った和歌を持ってくる場合等、かなり意図的であるといえよう。『撰集抄』中において、和歌の作者が、話中の人物と全く異なる人物である場合なども、これに相当するといえよう。しかし、反面、和歌そのものにまつわる話が、そのまま「奇異」なる話、「珍奇」なる話であるという原初的な意味において成立している場合もかなり多いのであり、教理との結びつきなしで、単に「奇異」「珍奇」であるだけでは絶対に成立しない仏教説話に比べると、和歌説話におけるそのような意図は、その成立に仏教説話ほど重要な役割を果たしているとはいえないであろう。

もちろん、このような意図的なはたらきかけは説話以外のジャンルにも当然のこととして存在する。それは直接的に作者の意図として表われてくる。しかし説話は、本来、作者の意図よりも、「奇異」「珍奇」なることへの興味、関心において成立するはずのものであり、そこにおいて語る者と聞く者との共通の場を持ちうるのであり、意図的な力の果たす役割というものは発生段階では微々たるもののはずである。そういう性格を本来的に持つ説話の中にあって、仏教説話は、意図的な一面が重要な役割を果たしているところに、私は注目したいのである。

さて、このように仏教説話が成立するには意図的な力がはたらいているのであるが、多くの場合、そこには願望が込められているのである。その願望は、作者側の「かくありたい」という願いであると同時に、教理が浸透したことを前提に成立する場合には、説話享受者側の「かくあってほしい」という願いでもあるのである。第二章第三節において、隠徳の清僧を描く中世仏教説話集について、『撰集抄』を中心に、世俗にあって清僧を希求する聖の側の願いと同時に、奇行をする僧を見るだけで隠徳の僧だとする、すでに教理を受容した側からの願いとが相俟って清僧意識を成立せしめているということを考察したが、そのような願望が意図的なはたらきとなって仏教説話は成立していったといえるのである。

七

如上、仏教説話の成立において考察し来ったが、それは、「奇異」なるがゆえに、「珍奇」なるがゆえに、語り、伝えられるという説話本来の成立とは異なり、そこには、意図的なものがはたらいているということであった。それは、原初的な話に教理が裏打ちされることによって成立するパターンと、教理がすでに受容されているところに成立するパターンとの二つの型式であった。

もちろん、すべての仏教説話をこの二つのパターンによって理解しようとするものではないし、また、明確に両パターンに区別できるものでないことはもちろんであり、これらのパターンだけで説明しうるものでもない。たとえば、仏伝や高僧伝のように、話自体がすでに説話となっているものもある。これらは、釈迦とか高僧という人物そのものがすでに興味、関心の対象であるゆえに、その人について語るという時点ですでに説話は成立するのである。また、経典そのものを解きほぐしわかりやすくしたような話もある。

しかし、仏伝や高僧伝でも、釈迦や高僧の名を聞いた時、その人物が釈迦であり、高僧であるということを知らない人に対しては無力である。つまり、つきつめていえば、それも、釈迦とか高僧をすでに知っているという受容が前提になっていて、はじめて成立しているといえよう。経典を解きほぐした話とても、それが経典であるとか伝説であるとかということを知らなくてはつまらない話に終わろうし、たとえそれが興味を持たしめる「奇異」なる話であっても、仏教者側の意図は伝わらない。仏教説話としては成立しないことになる。やはり、これらの説話にも、つきつめてゆけば、意図的なはたらきかけをみることができるのであり、二つのパターンの延長線上にとらえうるのである。

また、この仏教説話成立の二つのパターンは、その意味合いからいって、教理の裏打ちによって成立するパターンが、教理の受容を前提に成立するパターンよりも先行するわけであるが、実際は、この両パターンは複雑に入り組んでいるのである。如上の考察において、中世仏教説話集からばかりその例話を挙げたけれども、それは中世仏教説話にはその意図するところがかなり鮮明に出ており、したがって例話として挙げるのにわかりやすいからという考えによるものであって、それ以外、何の意図もない。如上、述べ来ったことは、中世に限らず前代の仏教説話についてもいいうることである。しかし、例話として挙げた、意図するところが比較的鮮明であるはずの話であっても、二つのパターンのどちらにもとりうる話もある。つまり、この二つのパターンは複雑に入り組み、単純に一つのパターンではわりきれない話も多い。その、二つの要素が複雑に入り組んでゆく過程に、集に収録されるまでの伝承過程がうかがわれるわけであるが、そういった説話も、解きほぐしてゆけば、その成立・伝承の過程にあたって、二つのパターンが作用していることを知るのである。

ここに、かの有名な『今昔物語集』巻十九第十四話の讃岐の源太夫の発心往生説話についてみてみよう。便宜上、次の六節に分けることにする。

一、源太夫という乱暴者がいた。

二、源太夫は、ある日、説法の席へ乗り込み、講師に迫った。

三、講師は源太夫を恐れながらも必死に、出家の功徳と弥陀の慈悲を説いた。

四、源太夫は即座に出家し、西へ西へと進んだ。

五、彼は西海に臨む樹上で弥陀に呼びかけ、それに対する弥陀の応答を聞いた。近くの寺僧も弥陀の応答を聞いて感涙にむせんだ。

六、七日後、樹上で息絶えた源太夫の口からは蓮華が一本生えていた。

このうち、一および二・四は、説法の席にまで乗り込むような乱暴者が、ある日突然いなくなったという、この話の原初的な部分であろう。それに注目した仏教者側の人物は、五という感動的な場面を考え、そのために三という教理的な裏打ちをし、四において彼を西へ進ませた。さらに五において近くの寺僧までも登場させて、この話の真実性を増したのであろうと考えうる。最終の六は、往生によって話を完結し、後半はより宗教的感動を高める付け足しである。

さて、このようにこの話を分析した前提として、弥陀が応答するなどということはありえないという、科学万能の現代人の眼があるわけであるが、この話が成立した当時においては、『今昔物語集』への直接の収録者も含めて、このことを信ずる人々があったのである。つまり、この話では、まず、弥陀の応答が成立した時に、教理の裏打ちの意図がはたらいており、それを信ずることのできる人々、それはとりもなおさず教理を受容していた人々であるが、そういう人々があったからこそ、この話が成立し語り伝えられたのである。先述した二つのパターンを見出すことができるのである。

この話は、構成が巧みであり、たとえば、説法の場での源太夫と講師のやりとりは臨場感に溢れ、無類の乱暴者である源太夫が即座に出家するという大転回、さらに、弥陀との応答の感動的な場面など、見事に宗教性の高い一篇となっている。しかし、『今昔物語集』収録時ではなかろうが、この話が成立してゆく過程に教理の裏打ちがなされ、その伝承過程に、教理を受容している人々に信じられて成長し、一篇の感動的な話となったといえるであろうと考えるのである。

八

説話は、本来「奇異」なるがゆえに、「珍奇」なるがゆえに語られ、伝えられるものである。したがってまた、説話は、本来、受容にあたって、その解釈を享受者に委ねるものである。享受者のその判断によって、さらに語り継がれるものもあれば、つまらぬ話としてわずかな間に姿を消すものもある。しかし、仏教説話は、一定の解釈を享受者に押し付けるものである。それは、仏教の教理を知らしめようとする意図的なはたらきがあるゆえである。

そのような仏教説話が成立するにあたって、ある事件に教理的な裏打ちがなされることによって成立するパターンと、すでに教理が受容されていることを前提に成立するパターンの二つを、考えてきたわけであるが、先にも述べたように、仏教説話すべてが単純にこの二つのパターンによって解釈できるわけではない。むしろ、この二つのパターンは、互いに相乗効果を発揮して、多くの仏教説話を成立せしめるのである。教理の裏打ちによって話が成立し、その話が浸透していった所にも話が成立し、その話の上に立ってまた、別の教理の裏打ちがなされて話が成立し、また、その話が浸透してゆくといった具合に、お互いに相乗効果を発揮してゆくのである。そのような過程を経て、両パターンの複雑に入り組んだ仏教説話が多く成立しているのである。この点について永井義憲氏は、

単に日本の伝説を採って借用したという結びつきではなく、それらを説くもの聞くものの信仰が、広範な民衆の層に古信仰と共に長年月かかって混淆して滲みこみ、さらにそれが文字にうつされ、文学に反映して浮き上がって来たもので(16)（以下略）

あると述べておられる。

単なる「奇異」「珍奇」なる話に教理の裏打ちがなされることによって仏教説話は成立し、そういった話を受容することによって教理の受容がなされ、今度は、その教理の受容を前提として仏教説話が成立する。この二つのパターンによって、数限りない教理の実演者が生み出されてゆくのである。

註

(1) 日本古典文学大系『風土記』(岩波書店)による。
(2) 日本古典文学大系『御伽草子』(岩波書店)による。
(3)「説話文学概説」(長野甞一編『説話文学辞典』〈東京堂・一九六九年三月〉一五頁)
(4)『今昔物語集』は日本古典文学大系本(岩波書店)による。以下同じ。
(5)『発心集』は、角川文庫本(簗瀬一雄訳注)による。以下同じ。
(6)『閑居友』は、美濃部重克校注『閑居友』(三弥井書店・一九七四年九月)による。以下同じ。
(7)『撰集抄』は、岩波文庫本(西尾光一校注)による。以下同じ。
(8) 日本古典文学大系『保元物語・平治物語』(岩波書店)による。
(9) 第一章第一節参照。
(10) 永井義憲「勧進聖と説話集―長谷寺観音験記の成立―」(『日本仏教文学研究　第一集』〈豊島書房・一九六六年十月改訂版〉所収)・渡辺貞麿「滝口入道の話―中世仏教説話の担い手―」(『仏教説話　研究と資料』〈法藏館・一九七七年四月〉所収)等。
(11) 前掲永井「勧進聖と説話集」(『日本仏教文学研究　第一集』二一四～二一五頁)。
(12) 註(11)に同じ。一〇七頁。
(13)(14) 第二章第一節および第三節参照。
(15) 第二章第二節参照。

(16) 註(11)に同じ。四七頁。

第二節　仏教説話における因果応報――『今昔物語集』本朝仏法部にみる――

一

仏教説話には、種々の話がある。縁起譚・霊験譚・出家譚・往生譚・因果応報譚等々、説話の世界は広い。本来、説話は奇異なるがゆえに、珍奇なるがゆえに、語られるものである。しかし、そのような世俗説話と異なり、仏教説話は何らかの教理を説こうとする意図を持つ。したがって、その説く教理の内容を吟味することによって、仏教説話をいくつかに分類することができるわけであり、従来、多くの先学たちによってなされている。

『今昔物語集』についても、多くの方たちが、その所収説話の分類をしておられるが、そのうち、国東文麿氏のそれが[1]、今日では大方の了解するところとなっていると思われる。氏は、『今昔物語集』[2]について、その説話展開の様相を二話一類様式ととらえられるとともに、その組織については『三宝感応要略録』との関連を中心に、詳細な検討を加えられている。

そこにおける分類に対しては何ら異を唱えるつもりは毛頭ないが、そのように分類される仏教説話の底にかくれている、共通のものがあるのではなかろうか。その共通なものの一つに、因果応報思想があると考え、それを確かめ、そのことがいかなる意義を持つのかについて考えてみたい。しかし、今はその対象を『今昔物語集』本朝仏法部に限って、以下論ずることにする。

二

巻十一第一話は「聖徳太子、此ノ朝ニ於イテ佛法ヲ弘メタマヘル語」である。聖徳太子の生涯を語るのであるが、冒頭に太子を紹介した後、「初メ」から始めて、太子生涯の逸話を「亦」の語を連発して語り継いでゆく。太子に関する多くの書物から採り込んだわけであるが、国東文麿氏は巻十一の第一話から第十二話までを「本朝仏教渡来展開の諸説話（聖徳太子より智証大師まで）」ととらえる。本話は、そういった位置づけの中において、わが国に仏教が伝来した時の様子の、それにあずかって功あった太子の逸話を語るのであり、そこに因果応報の相を見出すのは難しい。しかし、いくつかの太子の逸話の中には因果応報思想をみることができる。すなわち、仏教が伝えられた際の、太子・馬子と守屋たちにまつわる話である。百済からもたらされた弥勒の石像を、蘇我馬子が寺を設けこの石像を供養し、すべて馬子と太子が仏法を弘めた。ところがそのうちに国内に病気が流行り、死ぬ者が多く出た。この時、物部守屋と中臣の勝海の王が帝に奏して言う。

我國、本ヨリ神ヲノミ貴ビ崇ム。然ルニ、近來、蘇我大臣、佛法ト云物ヲ發テ行フ。是ニ依テ、國ノ内ニ病發テ、民皆可死シ。然レバ、佛法ヲ被止テノミナム、人ノ命可殘キ。

ここには、元来神を崇めるべきわが国において仏法を崇めたゆえに、国内に病いが起こり多くの死者が出たのだという、因果としてのとらえ方がみられるのである。

守屋たちの奏上によって帝が仏法を禁じられた時に、太子は、

此二ノ人、未ダ因果ヲ不悟。吉キ事政テハ福忽ニ至ル。悪事ヲ政テハ過必來ル。此二ノ人、必ズ、過ニ會ナム

トス。

と語っている。

しかし、帝は守屋をして、堂塔を破壊し、経を焼き、仏像を難波の堀へ捨て、三人の尼を追い出させしめた。その日、雲もないのに大風が吹き雨が降った。その時太子は「今過發ヌ」と語った。事実、世に「瘡ノ病」が起こった。ここにも、仏法をおろそかに扱ったがゆえに瘡病が起こったという因果としてのとらえ方がみられる。

このように、所々に因果応報思想は散見するが、本話全体を通してのそれを見ることは難しい。それは、本話が太子にまつわる逸話を採り込んで太子生涯の話になっているからであろう。もちろん、馬子や守屋たちの話だけで一つの説話となりうるのであり、それらの話の中には因果応報思想をみることができるのである。

同巻の第十三話から第三十八話までは「諸寺の縁起話」、巻十二の第一話および第二話は「起塔縁起話」と国東氏はとらえられ、後者は前者の延長上に摂しうるとするが、これらの話も、たとえば巻十一第十三話が「今ハ昔、聖武天皇、東大寺ヲ造給フ」で始まるように、なぜ建立にいたったかを語らない話が多く、因果の相を語るものは少ない。しかし、たとえば巻十一第三十話は、天智天皇の御子が狩に出かけた折、鹿を追って断崖へいたったので、弥勒の像をその場所に刻むことを条件に助命を願ったことによって笠置寺が始まった話であるが、刻像を条件に助命を願ったから、それが叶えられて助かったというところに因果思想がみられる。

しかし、なかには因果応報思想がみられる話もみられるが、多くは先にふれたように、諸寺・起塔の縁起譚は、なぜ建立されるにいたったのかということを語らないために、因果応報思想を見出すことは難しい。このことは、国東氏が「法会縁起話」ととらえる巻十二第三話から第十話についても同様である。

三

ところが、国東氏が「諸仏霊験話」としてとらえる巻十二第十一話から第二十四話になると、因果応報思想のみられる話が多くなる。第十三話は、和泉国の尽恵寺の銅の仏像が盗まれたが、盗人に解体されようとする際に仏像が叫んだがために露見したという話であるが、盗人が仏像を盗んだがために獄につながれたというところに、かすかながら因果の相をうかがうことができよう。

第十四話は、馬養と祖父麿という二人の漁師が出漁中に嵐に出会い、まさに死なんとする時に釈迦仏に祈って助かるという話であるが、この話には、二人が釈迦仏を念じたがゆえに助かったという点に因果の相をみることができる。末尾にも、

此レ偏ニ、釋迦如來ヲ念ジ奉レル廣大ノ恩徳也、亦、此ノ二ノ人、信ヲ深ク至セルガ故也。

と語り、さらに、

然レバ、人若シ急難ニ値ハム時ハ、心ヲ靜メテ念ヒヲ專ニシテ佛ヲ念ジ奉ラバ、必ズ其ノ利益ハ可有べキ也トナム語リ傳ヘタルトヤ。

と語っている。

第十五話は、貧しい女が大安寺の丈六の釈迦仏に裕福になることを願い、大修多羅供の銭四貫を賜わり、やがて裕かになったという話であるが、貧女が大安寺の釈迦仏に祈ることによって銭を賜わり裕福になるという点に因果の相をみることができる。やはり話の末尾には、

然レバ、人貧クシテ世ヲ難渡カラムニ、心ヲ至シテ佛ヲ念ジ奉ラバ、必ズ福ヲ可與給シト可信キ也トナム語リ

傳ヘタルトヤ。

と語っている。

第十六話は、帝が狩に出られた折に逃げた鹿を、百姓たちが知らずして食べ、ために捕らえられる。そこで、百姓たち男女十余人は大安寺の丈六の釈迦仏に救いを求めたところ、にわかに皇子が誕生され、これによって赦されたという話である。難に会った百姓たちが大安寺の釈迦仏に祈ったがゆえに助かったという因果の相をみることができる。やはり末尾に、

然レバ、人自然ラ王難ニ値ハム時、心ヲ至シテ佛ヲ念ジ誦經ヲ可行シトナム語リ傳ヘタルトヤ。

と語る。

このように、「諸仏霊験話」には、多くの話の中に因果応報思想をうかがいうる。そのうち、第十一話は、修行僧の広達が橋の木の痛さを訴える声を聞き、その木は仏像に造られるはずの木であったところからあらためて仏像に造ったという話であり、因果の相をうかがうことが難しい。しかし、なぜ広達が橋の木の叫びを聞くことができたのかというと、彼が「佛ニ道ヲ求テ懃ニ修行シテ年ヲ經」ていたからであることが、文脈から理解でき、ここにも因果の相がほのみえていると考える。

四

巻十二第二十五話から巻十五第五十四話までを、国東氏は大きく「諸経霊験話」ととらえ、さらに、巻十四の最終話までを法華経・諸経の霊験による「現世利益」の話として、巻十五全話を「往生話─当世利益話」として押さえ、さらに前者を経の違いによって細分類している。

巻十二第二十五話は、亡くなった母の恩に報いるために法華経を書写し供養しようとした高橋の東人という者が、講師に招いたみすぼらしい僧の夢を通して、家で飼う牛が母の転生した姿であることを知る話であるが、この話の中にも因果の相をみることができる。まず、母の恩に報いるために法会を営もうとしたことによって、母が牛に転生していたことを知ることができたという点、次に、乞食僧は般若心経陀羅尼を日頃から読んでいたので、夢で母の転生したことを知りえたという点、さらには、この母が牛に転生したのは「前世ニ此ノ男主ノ母トシテ子ノ物ヲ恣ニ盗ミ用シタリシニ」よって「其ノ債ヲ償」うためであるという点の三点に、因果の相をみることができるのである。末尾には、

此レ、誠ニ、願主ノ深キ心ヲ至シテ母ノ恩ヲ報ゼムト思フ功德ノ至レル、……（中略）……亦、乞者、年來、陀羅尼ヲ誦シテ功ヲ積メル驗也ト、見聞ク人皆、讃メ貴ビケリ。

と語る。

巻十三に入ると、大峰の持経仙（第一話）・比良山の仙人（第二話）・陽勝（第三話）等は法華経を持したがゆえに仙となったのであり、ここにも因果の相をみることができよう。

また、巻十三第四十三話は、紅梅にばかり心を染めたがために死後に蛇身を受けた娘が、父母が営んだ法華八講を聴聞したことによって往生したという話であるが、紅梅に執着したがゆえに蛇身に転生したという点、法華講を聴聞することによって往生したという点に因果の相をみることができる。

巻十四に入ると、蛇身となった無空律師を救った枇杷の大臣（第一話）、仇同士であり、蛇と鼠に転生した二人を救った信濃守（第二話）、共に蛇に転生した道成寺の僧と悪女が救われた話（第三話）、金に執着したがために蛇身に転生して、後に救われた女（第四話）等々、その救われた理由が法華経の力である話が並ぶ。これらの話は法

華経の霊験譚には違いないが、視点を変えてみれば、法華経を読誦したり書写したりすることによって転生の身から救われたととらえることができ、そこに因果の相をみることができると思われる。

　巻十四第二十六話は、丹治比の経師が法華経を書写した際、雨宿りをしに来た女と契ったがために、死を招いたというところに、因果応報の相をみることができるのである。

　巻十四第三十話は、大伴忍勝が死して後、生前に書写していた大般若経の功徳によって蘇生する話だが、これも、大般若経を書写していたことによって蘇生したのであり、因果の相をみることができる。続く第三十一話も同様である。

　このように、法華経をはじめ諸経の霊験の話のほとんどに因果の相をみることができるのである。

　国東氏が広く「諸経霊験話」としてとらえ、それを二大別されるうち、後者の「往生話—当世利益話」と類別される巻十五の全五十四話は、氏も「凡そは法華経をはじめとする諸他の経の受持（読誦・書写等）によっての往生という霊験獲得の説話[3]」であると述べておられるが、「諸他の経の受持」がなされたがゆえに往生を得るのであり、やはり、因果の相をみることができるのである。

　たとえば第一話は、元興寺の僧頼光は「諸ノ經論ヲ披キ見テ、極樂ニ生レム事ヲ願ヒ」、「此レヲ深ク思ヒシニ依テ、物云フ事无」く、「只彌陀ノ相好・淨土ノ莊嚴ヲ觀ジテ、他ノ思ヒ无クシテ靜カニ寢」て「年來、其ノ功積」もって浄土に生まれたのであり、智光も「佛ノ相好・淨土ノ莊嚴」を一生の間観じたので往生を遂げたのである。ここにも因果の相をみることができるのである。そのほか、第十話では、比叡山の僧明清は念仏三昧に日を送ったがために往生を得た。第二十話では、信濃国の如法寺の僧薬蓮は法師の姿ながら狩猟を仕事にしていたが、毎夜法華経を誦し念仏を唱えていたがゆえに極楽に往生した。第四十話は、尼僧の釈妙は戒律を持し、身を清らかにし、法華経を読誦し念仏を唱えたがゆえに極楽に往生した。第五十話では、藤原氏の女は日夜に念仏を唱えて怠らなかったがゆえに極楽に往生した。いずれにも因果の相をみるのである。

五

巻十六および巻十七について国東氏は、巻十六の全話と巻十七の第一話から第四十一話までを「諸菩薩霊験話」として、巻十七第四十二話から第五十話までを「諸天霊験話」として、それぞれをとらえておられ、さらに両者を細かく分類されている。両者は共に「霊験話」であり、「諸経霊験話」と同じく、因果応報思想を話中に見出すことは容易である。

前者の「諸菩薩霊験話」のうち、巻十六は全話が「観音霊験」である。第一話は、行善という僧が高麗国へ渡ったところ、唐に滅ぼされた時であって誰も居ず、途方にくれた行善が大きな河を渡ろうとしたが橋もなければ船もない。人が追いかけてくるような気もし、困った行善はただ観音を念じたところ、老翁が船に乗って現われ、それによって彼は渡ることができたが、陸に上がってみると老翁も船もみえなかったので、観音が助けてくれたことがわかったという話である。この話も、観音を念じたがゆえに河を渡ることができたという因果の相をみることができる。

第十話は、貧女が穂積寺の千手観音に祈請したことによって銭百貫を得、やがて裕かになったという話である。第二十話は鎮西から上京する途中、賊に出会った女が、観音を念じたことによって夫と共に助かった話であり、第三十話は、京の貧女が清水の観音に祈ることによって御帳を得、それによって幸せになる話である。第三十八話は、文忌寸が観音の悔過を行なう導師をののしったがために変死するという、前述の話とはやや趣きを異にする話であ

るが、末尾部分には、

此ヲ見聞人、「打ツ事无シト云ヘドモ、悪心ヲ發シテ、濫ニ法師ヲ罵リ、令恥タル故ニ、現報ヲ得ル也」と云テ、憎ミ謗ル事无限シ。……（中略）……亦、此レ、観音ノ悔過ヲ行フヲ來テ聞ク人ヲ妨ル過也トナム語リ傳ヘタルトヤ。

とあり、因果の相をはっきりとみることができる。

巻十七のほぼ三分の一を占める「地蔵霊験」についても因果の相をみることができる。たとえば第一話は、生身の地蔵に会うことを願って地蔵菩薩にねんごろに仕えた僧が願いを叶える話であるが、末尾に、

然レバ、難キ事也ト云フトモ、心ヲ發シテ願ハバ、誰モ此カク可見奉キニ、心ヲ不發ザル故ニ値ヒ奉ル事无也。

と語るように、至心に地蔵菩薩に仕えたがゆえに生身の地蔵に会えたのである。

第三十三話から第四十一話までは、虚空蔵・弥勒・文殊・普賢の諸菩薩の霊験譚であり、続いて第四十二話から末尾の第五十話までは、毘沙門天・吉祥天・妙見・執金剛神・夜叉の諸天霊験譚である。少しくみてみると、第四十話は光空という法華持経者が、日夜の法華読誦の功と、難にあたって法華経を誦したことによって、普賢菩薩が身替りとなって命を救われたという話である。第四十六話は一人の女王が吉祥天女の像に祈ることによって裕福になった話である。第四十九話は金鷲優婆塞が執金剛神に仕えたことによって帝に知られ出家を許された話である。それぞれ因果の相をみることができるのである。

六

巻十八は欠巻である。巻十九および巻二十は因果応報譚である。国東氏はこれをさらに細分し、「過去因現在

果」・「現在因現在果」の二つを両巻それぞれにとらえており、また別の視点から「出家機縁説話」や「孝養・報恩説話」・「冥府受苦・蘇生説話」等七つに分類している。しかし、今は、話中に因果の相を見出すことを目的としているので、因果応報説話を集めた巻十九および巻二十は、いまさら何もいう必要はない。

ただ、この中に因果応報譚とはいうものの、少し異なった型のものがある。巻十九第六話は、一人の貧しい男が妻のために一羽の雄鴨を射て帰宅し、翌日妻に食べさせようとその夜は棹に掛けておいたところ、夜中に雌鴨が夫である雄鴨の所へ来て、男が近づいても去ろうとしない。それを見て男は道心を発して愛宕護の山寺へ行って出家したという話である。つまり、この話は、殺生をしたことが機縁となって出家した話であるが、これを因果応報の面からみると、殺生という悪因によって善果を得たととらえることができると思われる。一般に因果応報は善因善果・悪因悪果であるが、悪因善果という型をこの話にみることができるのである。同様な型は、中心主題となっているか否かは別にして、続く第七話・第八話・第九話等にもみることができるのである。

そもそも、出家譚において、その機縁となるものは、人をして無常を感ぜしめたり、俗世を厭わしめたりするものであり、それを因果応報の視点でとらえるとき、悪因善果となるのは当然のことといいうるかもしれない。

七

如上、『今昔物語集』の本朝仏法部についてみてきた。考察において挙げた説話は任意に抽出したものであって、作為的でないことはいうまでもないが、その結果、巻十一および巻十二所収の「本朝仏教渡来展開の諸説話」・「諸寺の縁起話」・「起塔縁起話」・「法会縁起話」の中の数話や、その他にも若干の例外が存在することを認めつつも、ほとんどの話に因果応報思想をみることができる。もちろん、因果応報思想が話の主題になっているか否かにかかわらず、話の展開の中にそれがみられるということであるから、したがって、国東氏が分類されるように、主題を異にする種々の話が存在するのは当然である。

さて、ほとんどの話に因果応報思想がみられるわけであるが、それがいかなる意味を持つのであろうか。その一つの試みとして、因果応報思想を説話分析の視点と考えてみたい。

巻二十の第十五話・第十六話・第十七話は共に蘇生譚である。まず、第十五話の中に因果の相をみてみると、次の如くである。

A　主人公の男が「神ノ崇ヲ負テ」それから遁れるために毎年一頭の牛を殺して七年を経たという。この「神ノ崇ヲ負」うたことについて、その理由は語られていないが、普通には、なにがしかの悪因による悪果としてと考えられる。断定はできないが、悪因悪果の相がうかがえるのではなかろうか。

B　毎年牛を殺すこと七年を経て重き病いを受けたという。「我、身ニ重キ病ヲ受テ、辛苦悩亂スル事ハ、年來、此牛ヲ殺セル罪ニ依テ也」と男が考えるように、悪因悪果である。

C　病いを得て七年後、遂に男は死ぬが、かつて病気治癒のためになした放生の功徳によって九日後に蘇生した。この話の主題であり、善因善果である。

D　蘇生した後、仏法を信じ、わが家を寺として仏を安置し、修行した。また、ますます放生を行じた。ゆえに九十歳余りまで生き、身に病いなくして死んだ。善因善果である。

以上の四点に因果の相をみることができるが、主題はCである。つまり、放生したがゆえに蘇生したことである。この主題を中心に、なぜ放生を行なったのかを語るのがBであり、Bの中の牛を七頭殺す理由を語るのがAである。Dは後日譚であり、付け足しと考えてよかろう。こう考えると、この話は、蘇生譚としての主題から、その善因を

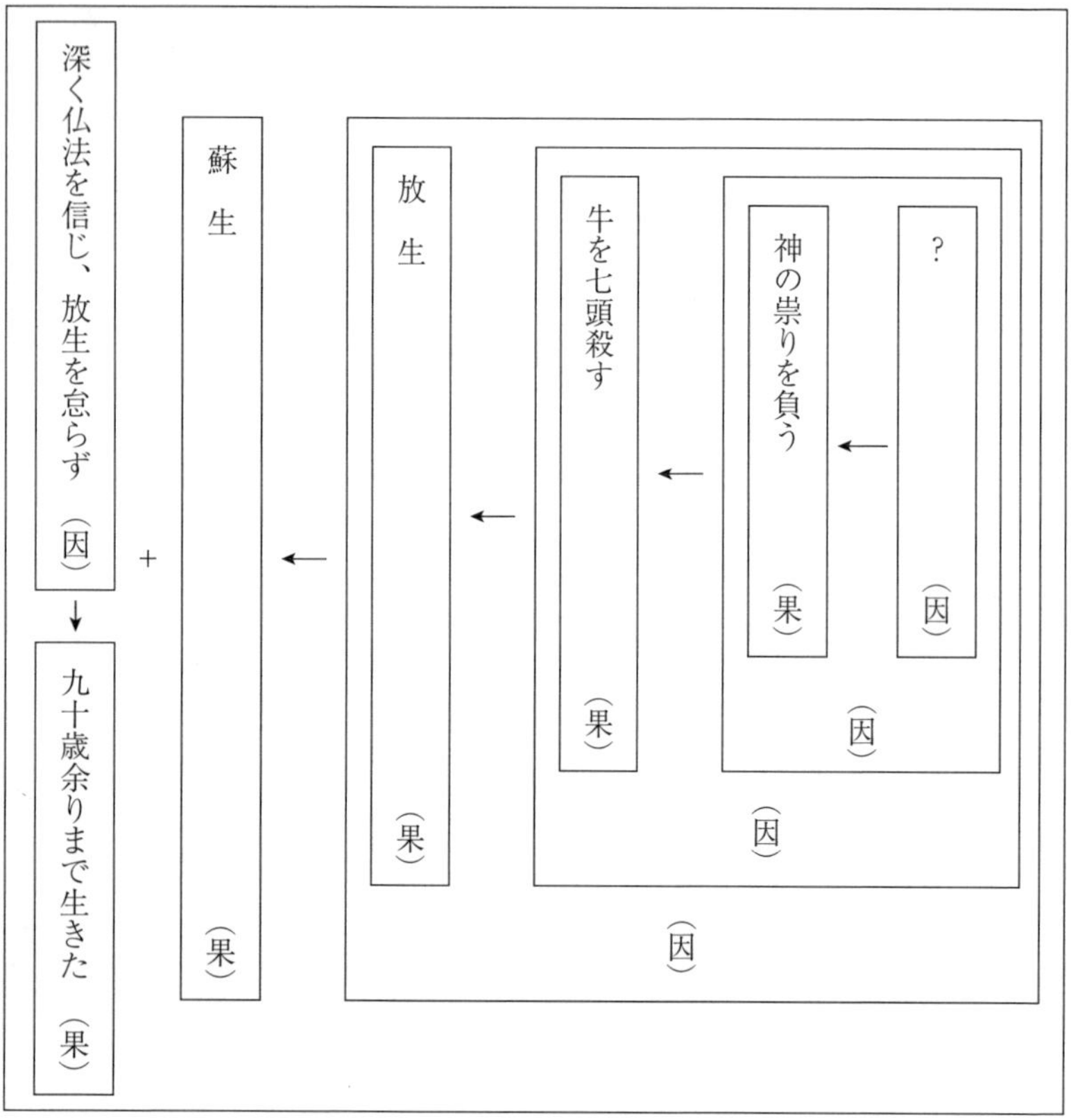

図1

なすことの必然性を加え、さらにその必然性を語る話の悪因について、もう一つ必然性を説明したとみることができる。図示すると**図1**のようになろうか。

第十六話の中にみられる因果の相は次の如くである。

A　死んだ時の夫広国の処置を恨んだ妻が、死後、冥途にて苦を受ける。（悪因悪果）

B　広国の父が、生前におかした多くの罪によって冥途にて苦を受ける。（悪因悪果）

C　冥途にて広国に父が語る多くの因果応報の例。（善因善果・悪因悪果）

D　広国が、幼時に書写した観世音経の功徳により、蘇生する。（善因善果）

やはり蘇生譚ととらえられ、主題はDである。しかし、広国蘇生の善因は末尾に近い部分で語られているにすぎず、むしろこの話は、広国が冥途に行き、そこで因果応報の相をいくつかみることによって、因果応報の理を知るところに重点があるといえるのであり、したがってA～Cは因果応報の例であり、並列的にあるといえよう。図示すると**図2**の如くになろうか。

第十七話の中にみられる因果の相は次の如くである。

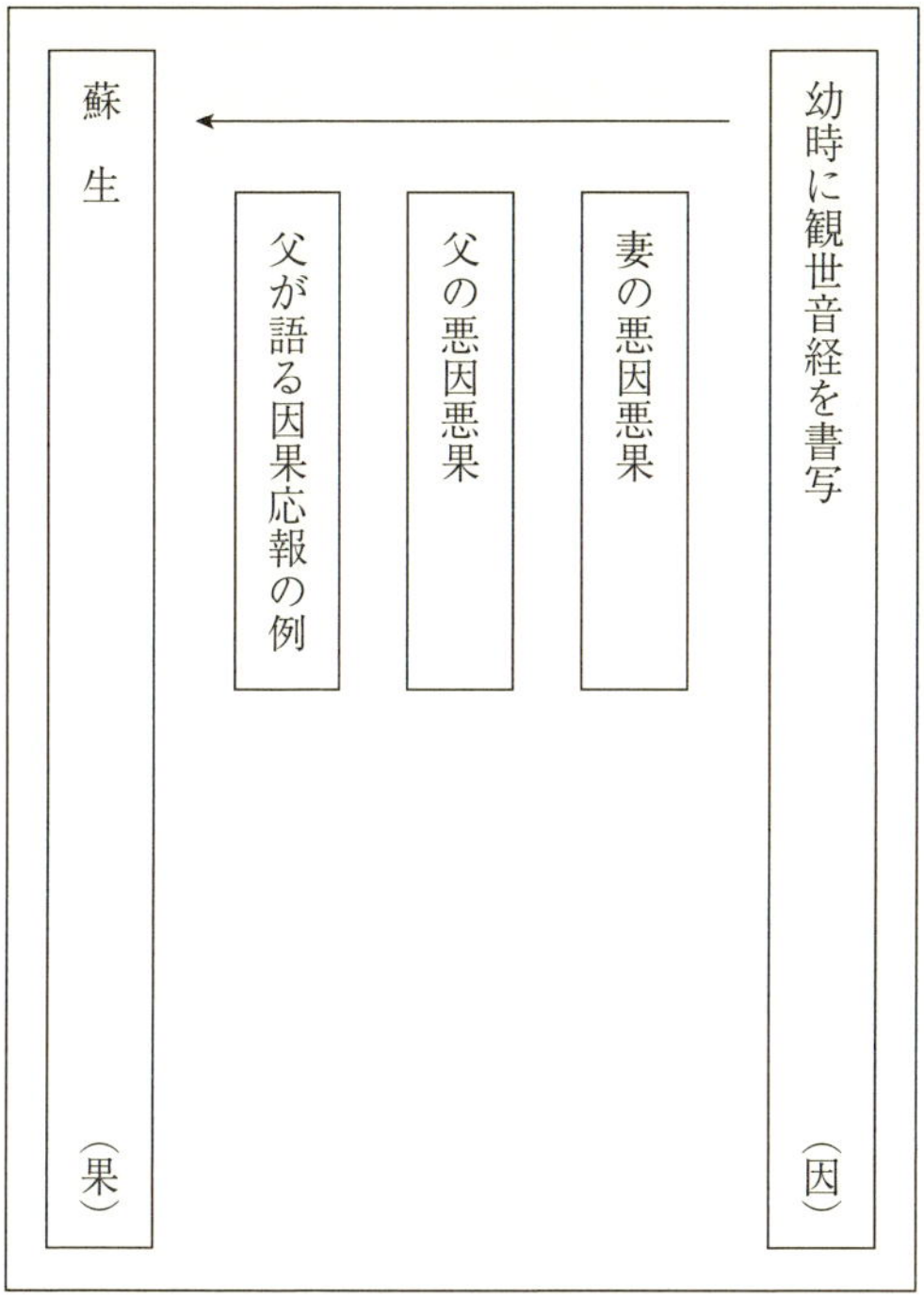

図2

A　讃岐国の男の妻は、老嫗を養う功徳によって、善所に生まれることが約束されている。（善因善果）

B　男は、冥途にて頸を切られんとするが、放生の功徳によって助かる。（善因善果）

C　男は、老嫗に食を施さなかった罪により、冥途で飢えて口から焔を出すことを経験する。（悪因悪果）

D　男は、放生の功徳によって蘇生する。（善因善果）

これも蘇生譚といえよう。したがってDが

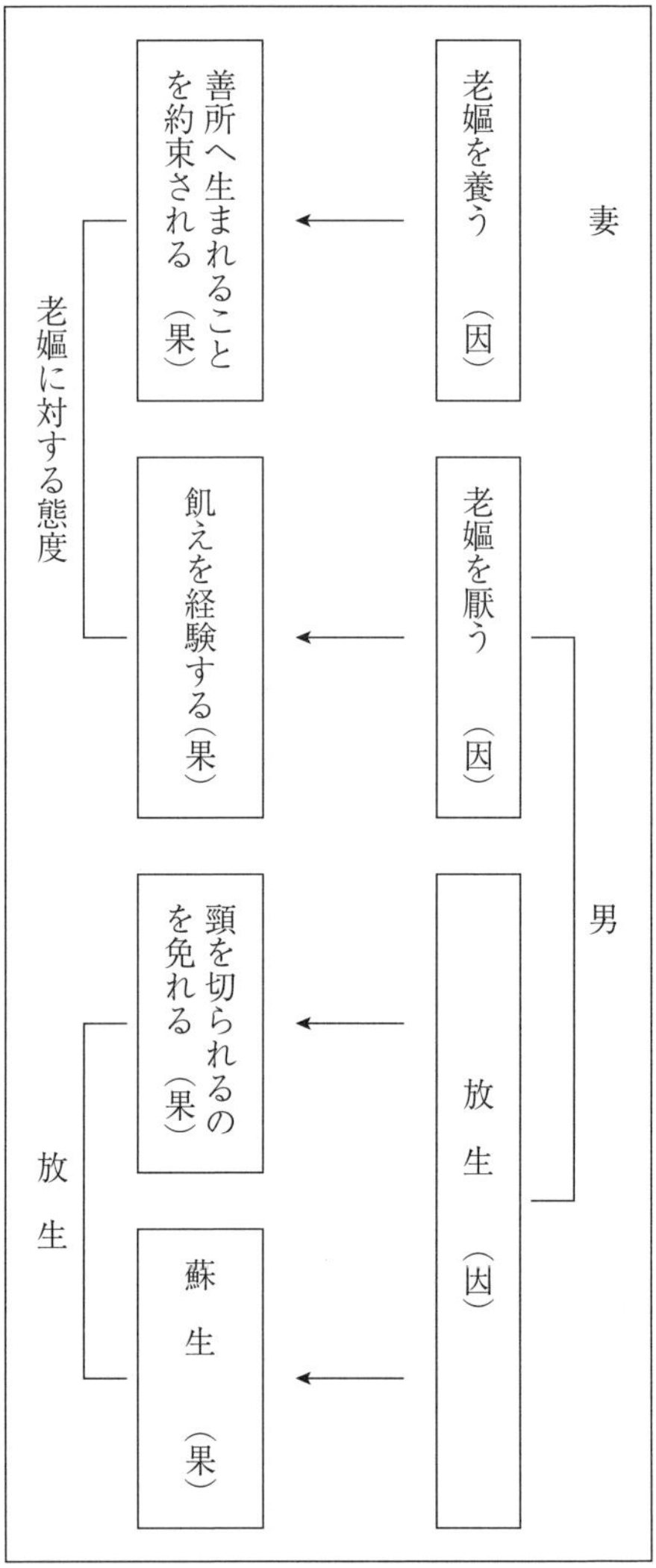

図3

主題であるわけだが、第十六話と同様、主人公の男が冥途にて因果応報の相をみたり経験することによってその理を知るところに重きが置かれているともいえよう。つまり、A～Cはやはり並列的にあるといえる。ただし、A～Dのそれぞれの因は、生前の同じ時点でなされたことであり、第十六話のそれぞれの因が共に生前のこととはいえ、その間に関連性がないのに対して、密接なつながりを持っている。つまり、第十六話のA～Cは、全くの例として存在するのに対して、この話のA～Dは、一つのストーリーの上においてつながっているといえる。図示すれば**図3**のようになろうか。

今は、話の展開や描写の内容、その他の点は考えずに、因果の相だけを視点に三話を見たわけだが、比較してみるに、たとえば、第十六話は単純な構成になっており、冥途でみる因果応報の相とストーリーとの関連性は薄く、第十七話のそれぞれの因果は、それよりはややストーリーにおけるつながりが出てきている。それに比して第十五話はそれぞれの因果がストーリーの上からいって密接につながっている。つまり、構成が極めて単純な第十六話に対して、よく整った構成の第十五話、その中間に位置する第十七話と押さえることができる。その他にもまだいえることがあるが、たとえばこのように、因果の相を一つの視点として、説話を分析することができるのではなかろうか。『今昔物語集』本朝仏法部のほとんどの話に見出しうる因果応報思想は、ほとんどの話に見出しうるゆえに、説話分析の一つの有力な視点となるのではなかろうか。

八

如上、『今昔物語集』本朝仏法部について、その説話のほとんどに因果応報思想のみられることを述べてきた。そして、そのことがいかなる意味を持つかについても、一例を挙げて、少しふれた。

そもそも仏教説話が仏教の教理を訴えるものである時、そこに因果応報思想がみられるのは至極当然のことかもしれない。事実、『今昔物語集』の本朝仏法部に限らず、天竺・震旦の部における仏教説話のほとんどにも因果応報思想がみられるし、さらにこれは『今昔物語集』のみにとどまらず、仏教説話全体についていえることである。しかし、当然のこととして看過するには、多くの問題がそこに含まれていると思う。

もちろん、その際、因果応報思想のみられない話にも留意しなければならないし、その割合や位置を考察しなければならない。また、仏教説話全体についていえると述べたが、中世の仏教説話集になると、微妙に変化してきている。ことに『撰集抄』など、その変化は顕著である。

また、一口に因果応報といっても、善因善果・悪因悪果にとどまらず、たとえば悪因善果とか、悪果を得た者のために追善をするというような、様々なパターンがあり、その点からの詳細な分析が必要なことはいうまでもない。さらに、因果応報思想といった場合、その範疇はいかなるものなのか。今は、因果の関係において語られているものをすべて含めて述べてきたが、一応その基準は話中において因果の関係としてとらえられているものに置いたつもりである。しかし、その範疇は、より明確にしていかなければならないだろう。

また、この因果応報思想が話の主題とどう関わるものなのかという点も考えなくてはならない。主題よりももっと基本的なところに位置するようにも考えるが、因果応報譚として、主題の位置にとらえられる話もあり、一概に断ずることは危険である。ただ、たとえば国東氏が『今昔物語集』の巻十九および巻二十について、因果応報譚ととらえながらも、一方で「出家機縁説話」・「孝養・報恩説話」・「冥府受苦・蘇生説話」等、視点を変えてとらえてもいるようにとらえるならば、因果応報はそれらの話の基本的なところでとらえていけるのではないか。

さて、今までは仏教説話について述べたわけだが、実は、世俗説話の中にも因果応報思想を見出すのは容易である。説話は本来、奇異なるがゆえに、珍奇なるがゆえに語られるのであり、その面からいえば、因果の理に従わないところに成立する性格を持つものであるから仏教説話ほどではないが、それでもかなりの世俗説話の中にも因果応報思想はみられる。それどころか、説話に限らず、たとえば『古事記』・『日本書紀』や『源氏物語』をはじめ、物語文学など、ジャンルを越えた多くの作品の中にも、因果応報思想はみられる。この点に関して、今日の我々の日常生活においても、因果の関わりで物事をとらえることが多いことを考えあわせる時、それは、人間の心の根底に存在する一つの考え方ではないかという思いが生じてくるのである。

いろいろ述べたが、今は、『今昔物語集』本朝仏法部についての考察を通して、仏教説話のほとんどに因果応報思想をみることができることを述べ、これに関連して多くの解明すべき点のあることを記して、今後の課題としたい。

註

（1）国東文麿「今昔物語集の構成」（『今昔物語集成立考〈増補版〉』〈早稲田大学出版部・一九七八年五月〉所収）による。以下、『今昔物語集』の説話の分類など、氏の説はこれによる。

（2）『今昔物語集』は日本古典文学大系本（岩波書店）による。

（3）註（1）に同じ。六二頁。

第三節　親を殺す話——因果応報譚の一つについて——

一

善行をなせば善い結果が得られ、悪行をなせば悪い結果が訪れる。いわゆる因果応報の理は、仏教において説かれる根本的な教えの一つである。したがって、この因果応報の理を説く仏教説話も多い。古くは『日本霊異記』に多くの悪因悪果・善因善果が現報として語られている。それ以後の仏教説話集においても、因果応報譚は花形である。

ところが、その因果応報譚のうち、悪因によって悪果を得た人物にまつわって、再び悪因悪果が関係する人に生ずる話がある。つまり、悪因悪果の重層した話といえよう。その関係者が親子である話がある。この、親子の間にまつわる因果応報の重層した話について、若干の考察を加えてみたい。

二

『今昔物語集』(1)巻第二十第三十四話「出雲寺ノ別當淨覺、父ノ成リシ鯰ノ肉ヲ食ハムトシテ現報ヲ得、忽ニ死ニタル語」(2)は、おおよそ次の如き話である。

かつて、上津出雲寺という寺があった。建立の後、長年を経て倒れ傾いていたが、修理する人もいない。（この次に、寺の簡単な縁起を語るが省く）

この寺に浄覚という別当がいた。ある時、この浄覚の夢に、亡くなった父の別当が老いさらばえた姿で杖をついて現われて、「私は仏の物を私に用いた罪によって鯰の身となって、三尺ぐらいの大きさで、この寺の瓦の下にいる。行くべき所もなく、水も少なく、狭く暗い所にいて、苦しくわびしいこと、この上もない。さて、明後日の未の時に、大風が吹いて、この寺が倒れるだろう。寺が倒れたら、私は地に落ちて這いずって行くだろうが、子どもらが私を見て打ち殺そうとするだろう。それを、子どもらに打たせずに、桂河に持って行って放ってほしい。そうすれば、私は大きな川に入って、ゆったりとして楽になるだろう。」と言う。浄覚は夢から覚めて妻に語ったが、「どういう意味の夢だろう」と言って、そのままになった。

さて、その日になって、午の時ごろに急に曇って、大風が起こり、木が折れ、家を破壊する。風はますます強くなり、村里の人の家をすべて吹き倒し、野山の木草もすべて倒れ、折れた。そうするうちに、未の時ごろになって、この寺は吹き倒された。柱が折れ、棟が崩れて倒れてしまったところ、天井の裏板の中に雨水が滴り、溜まった所に大きな魚たちが多くいたが、それらが庭に落ちたので、そのあたりの者たちが桶の中へ拾い入れて騒ぐ中に、夢の如く三尺ぐらいの鯰が出てきた。

ところが、浄覚は慳貪邪見深い者であったので、夢のお告げを心にもかけず、大きくおいしそうなので夢中になって、長い金杖を鯰の頭に突き立て、長男を呼んでつかまえさせようとするが、大きすぎて取れないので、鎌であごを切って家に持ち帰り、妻に他の魚と一緒に料理させようとしたところ、妻はこの鯰を見て、「この鯰は夢に見た亡父だろうのに、どうして殺すのか」と言うと、浄覚は「子どもたちに殺されるのも同じことだ。他人を交えず、わが子たちと一緒に食べれば、亡くなった父も喜ぶだろう」と言って、煮て食べてしまった。

その後、浄覚が言うには、「ほかの鯰より格別おいしいのは、亡くなった父の肉だからだろう。この汁を飲めよ」などと妻に言って、おいしがって食べたところ、大きな骨が浄覚の喉に刺さって、遂に死んでしまった。妻は気味悪がってこの鯰を食べなかった。

以上が大体のあらすじであるが、本話の最後には、

此レ、他ニ非ズ、夢ノ告ヲ不信ズシテ、日ノ内ニ現報ヲ感ゼル也。思ニ、何ナル悪趣ニ堕テ、量无キ苦ヲ受クラム。

とあり、浄覚が夢のお告げを信じなかったがゆえに悪報を得たのである、ととらえている。

さて、この『今昔物語集』の話は、因果応報譚であることには違いないが、この話を分析していくと、まず、亡父は悪因悪果を物語っている。生前に「佛ノ物ヲ娯用」した罪によって、鯰の身に転生するという悪報を受けている。これは軽くふれられているにすぎず、話の中心からははずれてしまっているが、因果応報譚の多くには、寺の

什物を私物化したがために牛に転生した話など、多くあるものである。

次に、浄覚が、鯰の骨が喉に刺さって死ぬのも悪因悪果である。夢のお告げ通りに鯰が出現し、その鯰が亡父の転生した姿であることを知りながら食べてしまうという悪因によって、死という現報を受けたのである。浄覚は、悪果によって鯰の身となり苦しんでいる父親が救われる唯一のチャンスの芽を、子でありながら摘み取ってしまう。話の中心であり、人々に因果応報のおそろしさを感ぜしめたことであろう。

しかし、もう一点、看過してはいけない因果応報が、この話にはある。妻である。妻は夫の浄覚から夢の内容を聞いており、亡父の転生せる鯰を食べようとする夫を諫めており、鯰を食べなかった。それによって、何か幸いがもたらされたといったようなことは語られていないけれども、食べなかったことにより、死を免れたのであり、これは、夫を諫めたことおよび食べなかったことといった善因によって、死を免れるという善果を得たと理解してよかろう。

鯰が、地震ならぬ大風を予知したことや、浄覚が鯰を食べるに際しての身勝手な理屈、さらには詳細な描写など、浄覚の悪因悪果をより一層際立たせているが、実はこの話には因果応報の事象が三つみられるのである。

もともとの話、つまり話素ともいうべきものは、鯰を食べて骨が喉に刺さって死んだ話であろう。その話素ともいうべき話に仏教的色彩が付加された、つまり、本話でいうならば、鯰の骨が刺さって死んだ浄覚の話を因果応報譚に仕立てあげていったのである。その過程において、まず、鯰を、やはり因果応報に従って亡父の転生した姿とし、それを食べた非道な子であるがゆえの悪報譚へと展開し、さらに、夢のお告げを加えて、亡父だと知っていながら食べたという設定にすることによって、子である浄覚の非道さを増幅したのである。妻の善果は付け足しといえよう。

この話は、一つの事件が核となって、一話の仏教説話として成立した姿を見ることができる。本話は、非常に完成された仏教説話といえよう。単に、鯰を食べるという殺生戒を犯した結果、死を招いたというだけではない。また、次の段階の、亡父の転生した鯰を、知らずに食べた結果、死にいたったというのでもない。鯰の骨が刺さって死んだという一つの事件に、何段階もの仏教的色合いの付加、話の複雑化がなされた姿を見ることができる。

いうまでもなく、仏教説話は単に奇異とか、ありえないがゆえに語られる世俗説話とは異なり、そこに仏教的色合いを意図的に付加することによって成立する。(3) 一つの事件はそれだけで世俗説話になりうるが、それに仏教の教理にもとづいて教理の実演とされることによって、はじめて仏教説話は成立する。本話に、因果応報といった教理にもとづいた仏教説話成立の一つの姿を見るのである。

三

さて、如上みてきた『今昔物語集』の話のように、親子のどちらかが鳥獣に転生しそれを殺すという話は、一つのパターンとしてあるようである。以下、そのような話について、検討してみることにする。

『今昔物語集』巻第二十第三十四話と同様の話は、『沙石集』(4) にある。『沙石集』巻第七第十話「先世ノ親ヲ殺ス事」である。

美州遠山という所の百姓の妻が夢を見た。その夢に亡くなった舅が出てきて「明日、地頭殿の御狩で、自分の命が危うくなる。だから、この家へ逃げ込んで来るから、かくまってほしい。片目がつぶれているのを証拠と思え」と言う。はたして翌日、地頭が狩をしている時、雄の雉が家の中へ入って来た。夫は留守で、妻だけがいたが、夢で見たのはこのことかと思って、雉をかくまった。さて、夜になって夫が帰宅したので、妻は詳しく話した。雉をとり出してみると、夢に違わず片目がつぶれていた。夫がなでると、こわがる様子もない。あわれなことだと、妻も涙を流した。

さて、夫が言うには、「生前も片目がつぶれていたが、間違いなく父である。父の慈悲として、子に食われてやろうと思って来られたのだろう」と言って、雉を殺して食べてしまった。妻はあまりのことに驚いて、地頭に訴えた。その結果、夫は逆罪にて所を追放され、妻は情ある者として、その屋敷を与えられ、公役を許された。

おおよそ、右のような内容である。この話も、直前の話の説話題が「前業の酬ヒタル事」とあることからもわかるように、因果応報譚である。

父親がなぜ雉の身に転生したかは一切語られていないが、やはり、『今昔物語集』巻第二十第三十四話と同じように、亡父の転生した姿だと知りながら、理屈をつけて父親を食べようとした夫に、悪因を語り、悪果として追放処分になっている。そして、注目すべきは妻である。妻が夫を地頭に訴えることは、今日から考えれば非情なように思えるが、ともかくもそれが善因となって幸せを得たのである。『今昔物語集』巻第二十第三十四話や『宇治拾遺物語』第百六十八話では、妻は単に命が助かったというだけであった。それも善因善果の相であると先述したが、この『沙石集』の話でははっきりと妻の善因善果が語られている。およそ、因果応報を語るにあたって、主たる登場人物がその理に関係がないことは不自然であり、先の『今昔物語集』や『宇治拾遺物語』の鯰の話における妻も、因果応報の理の範疇でとらえるべきであろう。また、蛇足ながら、『今昔物語集』・『宇治拾遺物語』の鯰の話や、この『沙石集』の話における、妻が善行をなし恩愛の情の深い実子たる夫が悪行をなすことは、世間の人情の逆を語っており、面白い。

さて、『沙石集』の話が『今昔物語集』の鯰の話と異なるのは、舅が雉に転生した理由が語られていないことであり、したがって因果応報は重層していない。そういう面からいえば、因果応報の重層している『今昔物語集』の鯰の話などの前段階的一面をみることができるといえるかもしれない。

四

次に、『今昔物語集』巻第九第十九話「震旦ノ韋ノ慶植、女子ノ羊ト成レルヲ殺シテ泣キ悲シメル語」についてみることにする。この話は『宇治拾遺物語』第百六十七話にもほぼ同様で語られているが、今は、『今昔物語集』に従ってあらすじを追うこととする。

昔、震旦に慶植という人がいた。一人の女の子があったが幼くして死んだ。二年ほど後、慶植は遠くへ行くことになり、一族親類を集めて、別れの宴を催すことにした。家人が市で一匹の羊を買って来て、宴の食卓をかざろうとした。

ところが、その前夜、慶植の妻は、夢に、死んだ娘が青い衣を着、白い布で頭を包み、髪の上に玉のかんざしを一対挿して来たのを見た。娘が母に向かって泣きながら言うには、「私は生前、父母に大層かわいがられ、思うままにさせてもらっていたので、親に言わずに財物を取って使い、また人に与えたりした。盗みとは思わなかったが、親に言わなかった罪によって今、羊の身を受けている。その報いで、明日ここへ来て殺されようとしている。おかあさん、何とか私の命を助けてください」と言う。

明朝、母が調理場へ行ってみると、青い羊で頭が白いのがいる。頭には丁度かんざしを挿す所に二つの斑がある。これを見て母は、調理人に「主人が帰って来たら話して許そうと思うから、しばらくこの羊を殺すな」

と言った。やがて主人が帰宅し、料理の遅いことを責めると、調理人は事情を話したが、食事を早く進めようとする主人にせかされて、羊を吊り下げた。

その時、客人たちが来たところ、かわいい女の子が髪に縄をつけて吊り下げられている。しかも女の子は「私はこの家の娘でしたが、羊の身となりました。助けてください」と言う。そこで客人たちは「決してこの羊を殺すな、事の由を話してくるから」と調理人に言って、主人の所へ行く。しかし調理人には羊としか見えないので、遅れて主人に叱られるのをおそれて、殺してしまった。その悲鳴は、調理人には羊の声と聞こえたが、客人たちには幼女の泣く声に聞こえた。

やがて料理が出されたが、客人たちは食べずに帰ってしまった。主人は不審がったが、事情を聞いて歎き悲しみ、病になり死んでしまった。

こういった話であるが、末尾には、

此レヲ以テ思フニ、飲食ニ依テノ咎也。然レバ、飲食ハ、少シ持隱シテ調へ可備キ也、心ニ任セテ、迷ヒ調へ不可備ズトナム語リ傳ヘタルトヤ。

と語り、慌てて食べ物の用意をすることを戒めているが、前後の話がやはり悪報によって馬や羊に転生する話であることから、この話も因果応報譚ととらえてよかろう。ただし、前後の話の並び具合からいえば、この話は女の子が悪因悪果によって羊となったことが中心のようであるが、内容をみればわかるように、慶植が食事の用意を急いだがためにわが娘である羊を殺す結果となったこと、つまり慶植の悪因悪果が中心であるといえよう。したがって、末尾でその悪因を戒めることとなったのである。この話は『冥報記』が出典である話であるが、今は仏教説話の成立を考えるのであるから、この点は問題外のことである。それにしても、母親は夢で知らされ、客たちには娘の姿が見え、父たる慶植と調理人だけが羊としかわからないという、なかなか凝った設定になっている。かなり完成された話といえよう。娘が羊に転生した理由も語られ、しかも『今昔物語集』の鱠の話より数段詳しい。因果応報は重層している。しかし、前出の、『今昔物語集』・『宇治拾遺物語』の鱠の話や、『沙石集』の雉の話などと大きく異なるのは、慶植が羊を娘の転生した姿とは知らなかったことである。この点だけからいえば、単純なストーリーであるといえるのであり、この点に関しては、前出の話のように複雑化する以前の姿をみることもできよう。

しかし、この話が前出の話と最も異なる点は、娘である羊を食べたこと自体が悪果となっていることである（悪因は調理を急がせたことである）。前出の話では鱠や雉を殺したことが悪因であったのに比して、大きく異なっている。

五

同様の話は、『今昔物語集』巻第十九第七話「丹後ノ守保昌ノ朝臣ノ郎等母ノ鹿ト成リシヲ射テ出家セル語」にみることができる。大筋は次の如くである。

昔、藤原保昌という人が丹後の守の時、よく鹿狩に出かけた。その保昌の家来の一人に鹿を射ることの名人がいた。

さて、鹿狩が明後日という日に、その男は夢を見た。夢に亡くなった母が来て「私は悪業の故に鹿の身を受けてこの山に住んでいるが、明後日の狩で命を終わろうとしている。なぜなら、たとえ多くの射手から逃れても、弓の名人たるおまえから逃れることはできないからだ。だから、おまえは、大きな女鹿が出てきたら母だと思って射ないでくれ。私は進んでおまえの前に行くから」と言う。

そこで男は病気を理由に狩に参加することを辞退するが、守は許さない。男が何度も辞退するので、守は怒って、参加しないなら首を取るとまで言う。男は、「たとえ狩に行っても、母である鹿を射るまい」と思って、仕方なしに狩に出かけた。

しかし、狩の最中、大きな女鹿を見た途端、男は夢のことを忘れてしまって、その女鹿を射た。その射られた鹿の顔を見ると母の顔だった。その時になって男は夢を思い出し、悔い悲しんだが、もはや手遅れである。男は泣く泣く出家して法師になり、やがて貴い聖人になった。

この話も、女鹿が母の転生した姿であることを知りながら殺してしまった話である。母が鹿に転生した理由も「悪業ノ故ニ依テ」と簡略ながら語る。ところが、今までみてきた話と異なるのは、男の悪因がはっきりとは表面に出てこないことである。悪果は母を殺してしまったことであるが、悪因ははっきりとは表面に出ていない。もちろんそれは、弓を手にする身であったことであるわけだが、今までみてきた話のように、はっきり悪行であるというほどには語られていない。それは、この男が出家へと進んだ、出家譚であることと関係する。つまり、この話の前後がやはり出家譚であることから、この話も重点は男の出家にあるのであり、母を殺すという悪果をもたらした、「弓箭ヲ以テ身ノ庄トシ」ていたことも、母を殺すという逆縁によって出家へと進んでゆくための必要な状況なのであり、因果応報譚として語ろうとしたものではないからである。

そうはいっても、母が鹿に転生したのは簡略な記述ながら、まぎれもなく因果応報の結果であり、この男も、弓箭の道に携わっていたればこそ母を殺すことになってしまった、つまり因果応報の表われである。しかし、それが出家譚として語られようとすると、その重層した因果応報も影を薄めるのである。ある教理に裏打ちされた仏教説話が、別の教理を説く話へと展開する際の様子が、この話からもうかがえるのである。

また、この男は知りながら母を射たと述べたが、詳しくいえば、知りながらやむをえず狩に出かけたのであり、弓矢に自信があるだけに、獲物を見ると何もかも忘れて夢中になる心理もうかがえて、かなり完成に近づいている話ともいえよう。

六

人が悪果によって鳥獣に転生する話は多いが、それにさらに悪因悪果の話を加えて重層化し、その上に親子という最も恩愛の情の深い関係に設定して語る。それは、殺生を戒め、悪行をなせば悪果を得ることを知らしめる上に、大きな効果をもたらしたであろう。如上、比較検討した同じ型の数話の間には、鳥獣の身に転生した悪因の有無、鳥獣が親もしくは子の転生した身であることを知っていたか否か、の二点の大きな違いがある。その他、妻の善報とか、肉親の転生した鳥獣を殺す者の悪因が鮮明でなくなったりの小異はあるが、大きなポイントは前記の二点である。

この二点のうち、前者について、鳥獣の身を受けるにいたった悪因が語られているかどうかによって、いずれが原初的形態かは問えない。なぜならば、本節で考察の対象とした話のパターンは、因果応報が重層した話であり、一つの因果応報の事象が単独に語られるものではない、つまり、鳥獣の身を受けるという話単独の因果応報譚に、もう一つの因果応報譚が重層的に加わり、それによって、先の話のほうが形骸化したとも考えられるからである。つまり、先の因果応報譚に後から重層的に加わった因果応報譚が中心となり、その結果、先の話のほうは、鳥獣への転生さえあれば、そこにはすでに因果応報の報いとして当然に受けとられるとも考えられるのである。

後者の、鳥獣に転生したのが親もしくは子であることを知っていたか否かは、それによって、転生した親もしくは子を殺すことが、悪果ともなり悪因ともなるのである。すなわち、知っている場合は、親もしくは子を殺すことが悪因となり、知らない場合には悪果となるのである。『今昔物語集』巻第十九第七話は、母が女鹿に転生していることは知っていたが、狩の場ではそれを忘れ去っており、また、狩に出たのもやむをえずのことであって、微妙な人間心理が描かれていて、知らない場合と同様に、女鹿を殺すことが悪果となっている。

つまり、このポイントたる二点は、原初的形態を探る手立てとはなりえない。たとえば、鳥獣が親や子の転生した姿と知らない場合、知っている場合よりも単純なように見え、原初的なものに近いようにも思われるが、観点を変えれば、たとえば鹿となった母を殺す話は出家譚となっており、出家へと結びつかない鱠や雉の話のほうが古いようにも考えられ、簡単にはいかない。むしろ、いろいろな段階の話をみることによって、仏教説話として、教理に裏づけられながら成長していくことに注目すべきであろう。

鳥獣に転生した肉親を殺すという、一つのパターンの因果応報譚について若干の検討を加えたが、仏教説話の成立は、世俗説話が自然発生的であるのと異なり、意図的に教理を裏打ちしていくことによって成るのである。そして、たとえば、因果応報譚が発心・出家譚へと変化していく相を『今昔物語集』巻第十九第七話にみることができるように、いずれがより原初的形態に近いかはともかくも、微妙に異なる相を他の話との間にみることができるのである。こうしたいろいろな段階の話の比較検討を通して、仏教説話の成立・成長を考えることができよう。

註

（1）『今昔物語集』は、日本古典文学大系本（岩波書店）による。ただし、説話題は、読み易くするため、書き下し文に改めた。

（2）この『今昔物語集』巻第二十第三十四話と同様の話に『宇治拾遺物語』第百六十八話「出雲寺別當、父の鯰になりたるを知りながら殺して食ふ事」がある。
（3）本章第一節参照。
（4）『沙石集』は、日本古典文学大系本（岩波書店）による。

第四章　覚一本『平家物語』の研究

平安時代末期から鎌倉初期にかけて、わが国は未曽有の動乱期を迎えた。秋の落日をみるが如き貴族階級の没落、武士階級の擡頭、荘園制の崩壊、相つぐ天変地異等、その動乱は政治面に限らず、経済・社会などあらゆる側面を通してのものであった。世の中は騒然となり、それは、何もすがるもののない不安の極限をもたらした。そこに、それまではややもすると観念的にしかとらえられていなかった無常観が、身に切迫するものとして現実感をもって受け止められていったのである。

このような時代をもたらした直接的な現象の象徴的なものとして、源平の争乱がある。この源平の争乱を、主として平氏の滅亡に焦点を当てて描いたのが『平家物語』である。『平家物語』は周知の如く、琵琶法師の語りを通して成長したといわれ、多くの異本を持つ。この異本群を、従来は、屋代本や一方・八坂両流の諸本のように、平曲の語りの詞章としてつくられた「語り本系」と、延慶本や長門本・源平盛衰記等の如き、読むためにつくられ読み本として整頓され増補された「読み本系」とに大別されてきた。しかし、「読み本」といっても、必ずしも眼で読まれるためだけの目的でなされたともいいがたく、この呼称は問題がなくはない。高橋貞一氏や渥美かをる氏は、

「読み本系」が「語り本系」に比べて増補部分が多いところから「増補系」と呼ばれ、山下宏明氏は、琵琶法師の座である当道座の台本と関わりを有したとみられる「当道系諸本」と、それに対する「非当道系諸本」とに大別する。(1) また、どちらの系統がより古いかについても諸説があり、異本の問題は様々の問題をはらんでいる。

今は、「『平家』諸本の中では珍しく年代等、素性のはっきりしたもの、以後の諸本研究でも、常にその拠りどころになっている」(2) 覚一本によることとするが、私が覚一本にこだわるのは、これだけではない。多くの異本を持つ『平家物語』ではあるが、今日、最も多くの人の眼にふれ、受容されているのが覚一本系統のものだからである。すなわち、研究者はともかく、文学を受容する一般の読者にとって、『平家物語』といえば、「灌頂巻」を持つ覚一本系統のものである。そして、私が今日まで明らかにしようとし、向後も明らかにしていこうとするところは、『平家物語』の成立論ではなく、人間の精神的営為の表出であるところの感動、つまり文学性であるからである。

そこで、その覚一本の一本である龍谷大学本を底本とする、日本古典文学大系本（岩波書店）をテキストとして、(3) 以下、拙論を展開してゆくことにする。(4)

註

（1）山下宏明「原『平家』のおもかげ―その想定の手がかりをえるために―」（『別冊国文学№15・平家物語必携』・学燈社〈一九八二年八月〉所収・一五頁）。

（2）信太周「平家物語の原態」（『国文学解釈と鑑賞』第四七巻七号・至文堂〈一九八二年六月〉所収・三五頁）。

（3）本章における『平家物語』の引用および巻数・章題は、特に断らないかぎり、日本古典文学大系本（岩波書店）による。

（4）「『平家物語』研究における諸本の問題が、他の作品の場合と異なって、基礎的研究の段階にとどまらず、成立論・文芸論をはじめとした研究の全領域にかかわり、諸本研究を無視しては何一つ平家物語の本質に迫ることができない」（麻原美子「『平家物語』諸本研究の展望」『講座日本文学　平家物語上』〈『国文学　解釈と鑑賞』別冊・至文堂・一九七八年三月・所収〉一二七頁）ことは、当然に留意しなければならない。

第一節　『平家物語』の世界——男性群像をめぐって——

一

『平家物語』に描かれているものは何か、『平家物語』は何を語ろうとしたのかを、そこに登場する男性像を通して考えてゆきたい。直接には、清盛・重盛・維盛・知盛さらには義仲についてみてゆくこととする。

『平家物語』の冒頭は、「祇園精舍」である。この段において「諸行無常」「盛者必衰」の「ことはり」を語っていることはいうまでもないが、その無常観は「久しからず」「遂にはほろびぬ」と語るように、死・滅へ向かうものである。またその対象は決して「おごれる人」「たけき者」だけでなく、「おごれる人も」「たけき者も」であり、人間すべてが無常の波に流されてゆくことを語っているのである。

さらに異朝と本朝の例を出すわけであるが、まず列挙された異朝の人々は、「舊主先皇の政にもしたがはず、樂しみをきはめ、諫をもおもひいれず、天下のみだれむ事をさとらずして、民間の愁る所」を知らなかったので亡びたのであり、本朝の人々も「おごれる心もたけき事も、皆とりぐ〵」であったので亡びたのであると語る。もちろん、これに続いて語られる清盛も「おごれる人」「たけき者」であったことはいうまでもないが、その清盛は「心も詞も及ばれね」というほどの人物であった。この「心も詞も及ば」ないというのは、単に「おごれる」ことや「たけき」ことのみについていうのではなく、清盛という人物の全体像を表現しているということができよう。つまり清盛は、我々の心中に思い描いたり言葉に表現したりすることのできない、常識をはるかに超えた人物としてとらえられているのである。

貴族の飼い犬的存在であった武士階級の一つであった平家は、清盛の父忠盛が鳥羽院の時に功あって昇殿を許される（巻一・「殿上闇討」）。平家繁栄の幕開けである。その父忠盛が五十八歳で死去したあと、清盛がその跡をつぐ。巻一「鱸」では、清盛がまだ安芸守であった時、熊野参詣の折、大きな鱸が舟に跳びこんだことを語る。熊野権現の御利生であり、平家の繁栄を暗示している。

清盛の時代となって平家の繁栄は頂点に達し、時忠は「此一門にあらざらむ人は皆人非人なるべし」（巻一・「禿髪」）と豪語し、世間の人は平家の人々の服装をまねるほどであった（同上）。日本六十六箇国中、平家の知行は三十余国と半数を超えた（巻一・「吾身榮花」）が、このような繁栄は、

> 殿上の交をだにきらはれし人の子孫にて、禁色雜袍をゆり、綺羅錦繡を身にまとひ、大臣の大將にな（ッ）て兄弟左右に相竝事、末代とはいひながら不思議なりし事どもなり。（同上）

と「不思議なりし事」ととらえられている。また巻一「祇王」の段においても、

> 入道相國、一天四海をたなごゝろのうちににぎり給ひしあひだ、世のそしりをもはばからず、人の嘲をもかへり見ず、不思議の事をのみし給へり。

と語り、その「不思議の事」の一例として祇王にまつわる話を語っている。この「不思議」とは「不可思議」の略

で、人の思いはかることのできないことをいうのであるが、清盛の時代にいたって極めた平家の繁栄を「不思議なりし事」ととらえ、また清盛自身の行為に対しても「不思議の事」と語るところには、単に清盛の横暴を「おごれる」こと、「たけき」ことではなく、人々の常識をはるかに超えた行為とみる眼を知ることができるのである。冒頭の「祇園精舎」の段において「心も詞も及ばれね」と語っていることが思い合わされる。

さて、清盛の絶頂期に一つの事件が起こった。清盛の嫡子重盛の第二子資盛が、鷹狩りの帰途、摂政基房の行列に出会った。相手が摂政だから、当然ながら資盛は下馬して礼を尽くさねばならず、また基房の供のものもそれを要求した。ところが資盛は十三歳、部下も皆二十歳以下の若者で、逆に基房の行列を駆け破ろうとした。そこで、基房の供の者たちが、資盛以下を皆馬から引きずりおろし、恥辱を与えたという事件である（巻一・「殿下乗合」）。逃げ帰った資盛から事の子細を聞いた清盛は、

たとひ殿下なりとも、浄海があたりをばはゞかり給べきに、おさなき者に左右なく恥辱をあたへられけるこそ遺恨の次第なれ。かゝる事よりして、人にはあざむかるゝぞ。此事おもひしらせたてまつらでは、えこそあるまじけれ。殿下を恨奉らばや。（同上）

と、非常に怒った。「たとひ殿下なりとも、浄海があたりをばはゞかり給べき」といったところに、清盛の大変なおごりをみることができる。それに対して重盛は、道理を説いて父清盛を諫め、清盛の怒りは一度はおさまったかにみえたが、その後、清盛は、重盛に内密で、摂政の行列を襲わせたのである。ここにみられる清盛は、非常なおごりとその上に立った横暴さを持った人物として描かれているが、その、単純とまでいいうるような彼の一面をうかがうことができよう。また基房への清盛の報復について、「是こそ平家の悪行のはじめなれ」（同上）と語る。「悪行」とは王法・仏法に対しての「悪」を意味し(1)、簡単にいえば貴族社会における常識への反逆である。重盛の

常識ある態度と対照的な清盛の行為は、まさに、貴族社会における常識の枠をはるかに超えたものであった。

鹿の谷事件では、怒り心頭に達した清盛は多くの人々を殺し、後白河院を鳥羽殿に幽閉せんともくろむ（巻二・「教訓狀」）。これも重盛に諫められて思いとどまる（同・「烽火之沙汰」）が、結局は幽閉してしまう。このあたり、単純に怒り、思ったことは必ずなしとげていく清盛の姿をみることができる。

やがて、高倉帝に嫁した娘の徳子が皇子を産むが、その時清盛は、

中宮はひまなくしきらせ給ふばかりにて、御産もとみに成やらず。入道相國・二位殿、胸に手をいて、「こはいかにせん、いかにせむ」とぞあきれ給ふ。（巻三・「御産」）

と、難産の中宮にただおろおろするばかりであった。やがて誕生になると、「入道相國、あまりのうれしさに、聲をあげてぞなかれける。」（同上）と、人目もはばからずうれし泣きをするのである。もちろん、外戚として権勢をほしいままにできることを願っての徳子入内ではあったが、この場面は、そのような意図よりももっと素朴な喜びであるだろう。ともかくも、あの猛々しい清盛が、うれしさの余り号泣する姿は、先のおろおろした姿とともに、喜怒哀楽をそのままに表現する、直情的な清盛をうかがうことができるのである。この徳子出産の時の清盛と重盛の態度について、『平家物語』は「おかしかりしは入道相國のあきれざま、目出たかりしは小松のおとゞのふるまひ。」（巻三・「公卿揃」）と評している。このような、喜怒哀楽をストレートに表現する直情的な姿は、嫡子重盛を失った時の「入道相國、小松殿にをくれ給て、よろづ心ぼそうや思はれけむ、福原へ馳下り、閉門しておはしけれ。」（巻三・「法印問答」）と、消沈する姿にもあらわれている。

やがて清盛は大軍をもって三井寺を攻め、火を放ち、三十余人の悪僧を流罪に処したが（巻四・「三井寺炎上」）、次第に騒然とする世の中に、

「かかる天下のみだれ、國土のさはぎ、たゞ事ともおぼえず。平家の世の末になりぬる先表やらん」とぞ、人申ける。（同上）

と、人々は平家の没落を予知した。さらに清盛は都を福原へ遷したが、この福原遷都は、

一天の君、万乗のあるじだにもうつしえ給はぬ都を、入道相國、人臣の身としてうつされける（巻五・「遷都」）

ゆえに「おそろしき」（同上）ことであり、「凡平家の悪行においてはきはまりぬ。」（同上）と評されている。

また、ある夜、何かの顔が清盛の顔をのぞくが、清盛がにらみつけると消えたり、ある朝、死人のしゃれこうべが、たくさん山のようになって走りまわるが、清盛がやはりにらみつけると消え去るといったことがあった（巻五・「物怪之沙汰」）。このエピソードなどは、清盛の剛毅さを物語っていよう。さらに、富士川の戦いで敗れ帰った嫡孫維盛に対して清盛は非常に怒り、鬼界が島へ流罪にせよと口走りながら、それからわずか二日後、その維盛を右近衛中将に昇進させ、「打手の大将ときこえしかども、させるしいだしたる事もおはせず、「これは何事の勸賞ぞや」と、人々さゝやきけり。」（巻五・「五節之沙汰」）と評され、直情的であると同時に、したい放題にする清盛をみることができる。これは、高倉帝の寵を得た小督に対し、殺せと命令して彼女をして嵯峨にこもらしめ、彼女が再び出仕して女児を出産するや、見つけ出して尼になして追放してしまうといった行動（巻六・「小督」）にもうかがうことができる。

もちろん、なかには善行ともいいうることもある（巻六・「築嶋」や「慈心房」）が、まさに清盛は、直情的であり、したい放題しつくした人物として描かれているのである。それは、娘でもある建礼門院が、

入道相國、一天四海を掌ににぎって、上は一人をもおそれず、下は万民をも顧ず、死罪流罪、おもふさまに行ひ、世をも人をも憚からざりし（灌頂巻・「女院死去」）

と述懐するそのままである。

そしていよいよ清盛は死を迎えるのである。世の中はますます騒然とし、方々で源氏方へ寝返る者が続出する。そこで宗盛を総大将として源氏追討のために東国へ出立させようとした矢先、清盛は病に倒れる。重病と聞いて「京中・六波羅「すは、しつる事を」とぞさゝや」いた（巻六・「入道死去」）が、「すは、しつる事ぞ」という言葉に、世間の反応ぶりがうかがえて面白い。ともかくも、清盛はひどい熱病であった。二位殿の夢には、牛頭・馬頭があらわれ、東大寺の盧舎那仏を焼滅した罪によって清盛は無間地獄に堕ちることを告げることがあったりする。やがて、清盛は苦しみながら死の床にて遺言する。

われ保元・平治より此かた、度々の朝敵をたいらげ、勧賞身にあまり、かたじけなくも帝祖太政大臣にいたり、榮花子孫に及ぶ。今生の望一事ものこる處なし。たゞしおもひをく事とては、伊豆國の流人、前兵衛佐頼朝が頸を見ざりつるこそやすからね。われいかにもなりなん後は、堂塔をもたて、孝養をもすべからず。やがて打手をつかはし、頼朝が首をはねて、わがはかのまへにかくべし。それぞ孝養にてあらんずる。（同上）

このすさまじさはどうだろう。絶え絶えの息の下で、あくまでも源氏の勃興を気にかけているその姿は、まさに武士といえよう。そして遂に、

同四日、やまひにせめられ、せめての事に板に水をゐて、それにふしまろび給へ共、たすかる心ちもし給はず、悶絶躃地して、遂にあつち死にぞし給ける。……（中略）……さしも日本一州に名をあげ、威をふる（ッ）し人なれ共、身はひとゝきの煙とな（ッ）て都の空に立のぼり、かばねはしばしやすらひて、濱の砂にたはぶれつゝ、むなしき土とぞなり給ふ。（同上）

と、死んでゆくのである。

常識を超えたスケールの大きな人物の、壮絶な死である。それは、無常の波に懸命に抗しながらの戦死ともいいうるものである。

このように、清盛は、常識をはるかに超えたスケールの大きな人物として、それまでの貴族階級の飼い犬的存在としての武士ではなく、政治の表舞台に立って貴族階級と対立してゆく武士として描かれているのである。その姿は、まさに「心も詞も及ばれね」（巻一・「祇園精舎」）という表現こそ、すべてを語っているといえよう。(2)

二

次に、清盛の嫡子重盛についてみてみよう。先にもふれた巻一・「殿下乗合」において、激怒する清盛に対して

是はすこしもくるしう候まじ。頼政・光基な（ン）ど申源氏どもにあざむかれて候はんは、誠に一門の恥辱でも候べし。重盛が子どもとて候はんずる者の、殿の御出にまいり逢て、のりものよりおり候はぬこそ尾籠に候へ。

と述べ、資盛と共にいた侍を呼んで、

自今以後も、汝等能々心うべし。あやま（ッ）て殿下へ無禮の由を申さばやとこそおもへ。

と戒めた。さらに、その後清盛の命によって基房を辱めたことを知った重盛は、行きむかった侍たちを勘当し、資盛に対しても、

既に十二三にならむずる者が、今は礼儀を存知してこそふるまうべきに、か様に尾籠を現じて、入道の悪名をたつ。不孝のいたり、汝獨りにあり。

として、伊勢へ追放した。これらの行為に対し「君も臣も御感ありけるとぞきこえ」たという。沈着冷静、道理を

わきまえた常識人としての面目躍如たるところであるが、その常識とは貴族社会における秩序感覚の上にあるものであり、(3)清盛がそうしたものを無視したところで行動するのと対照的である。

次に、巻二・「小教訓」では、鹿の谷の陰謀に加わって捕えられた成親を受けとりに西八条へ行き、清盛を諌めるのであるが、牛車より降りたところへ貞能が近寄って「などこれ程の御大事に、軍兵共をばめしぐせられ候はぬぞ」というと、

大事とは天下の大事をこそいへ。かやうのことを大事と云様やある。

と述べる。私事と公事との区別をはっきりとさせる重盛の姿がうかがえるのである。また、同・「教訓狀」においては、法皇幽閉を企てる清盛に対し、平家の繁栄はひとえに朝恩によることを説いて、その慢心を諌め、続く「烽火之沙汰」においては、法皇と父との板ばさみの心境を、

悲哉、君の御ために奉公の忠をいたさんとすれば、迷盧八万の頂より猶たかき父の恩、忽にわすれんとす。痛哉、不孝の罪をのがれんとおもへば、君の御ために既不忠の逆臣となりぬべし。進退惟きはまれり、是非いかにも辨がたし。申うくるところ〔の〕詮は、たゞ重盛が頸をめされ候へ。

と訴え、清盛を諌めている。後に頼山陽が『日本外史』において、「忠ならんと欲すれば卽ち孝ならず、孝ならんと欲すれば卽ち忠ならず」とうたいあげて、儒教倫理上の理想像にしたてた、有名な一節である。やはり、道理をもって是非を判断する常識人重盛をみるのである。『平家物語』も、

「國に諌むる臣あれば其國必やすく、家に諌むる子あれば其家必ずたゞし」といへり。上古にも末代にもありがたかりし大臣也。

と賞讃している。

また、徳子出産の時には、先にもふれたように、清盛のあわてぶりに対して、重盛は「例の善悪にさはがぬ人にておはし」（巻三・「御産」）たので、めでたく出産の後も、ただただ感涙にむせぶ清盛を尻目に、「金錢九十九文、皇子の御枕にを」き、「桑の弓・蓬の矢にて、天地四方を射させ」（同上）た。「おかしかりしは入道相國のあきれざま、目出たかりしは小松のおとゞのふるまひ。」（巻三・「公卿揃」）と評するように、清盛の落ち着きのなさに比して、沈着冷静な重盛の姿をみるのである。

やがて重盛は四十三歳という盛りの頃に世を去ってゆくが、その直前に熊野に参詣し、わが命とひきかえに平家一門の繁栄を願っている。このような、理想的人物ともいいうる重盛の死に対し、「世には良臣をうしなへる事を歎き、家には武略のすたれぬることをかなしむ」（巻三・「醫師問答」）と評している。さらに、

凡はこのおとど文章うるはしうして、心に忠を存じ、才藝すぐれて、詞に徳を兼給へり。（同上）

と語られているが、「天性このおとどは不思議の人にて、未來の事をもかねてさとり給けるにや」（同・「無文」）とか、同「燈爐之沙汰」および「金渡」等における行為等、才智があり、誠実、温厚で、沈着冷静で、保守的とさえ評しうるほどの常識人として理想的に描かれている。それは、重盛死去の後の清盛のショックが、裏を返せば清盛も重盛を認め、心の奥底で頼っていたことを物語っていることからもうかがえる。

このように描かれる重盛は、それまで政治の実権を握っていた旧体制、つまり貴族階級における常識・道理をふまえた人物、さらにいえば貴族社会における一人の代表的人物として登場しているといってよかろう。

三

平維盛は重盛の嫡子、清盛の嫡孫であり、平家の嫡流を継ぐ立場の人物であった。しかし、将来の平家の棟梁に

ふさわしい剛毅な人物であったかというと、そうではなく、「容儀躰拝繪にかくとも筆も及びがたし」(巻五・「富士川」)と描写される貴公子然とした人物として描かれている。父重盛から大臣葬の時に用いる無文の太刀を与えられ、死期の近いことを語られると、維盛は、

少將是を聞給て、とかうの返事にも及ばず。涙にむせびうつぶして、其日は出仕もし給はず、引かづきてぞふし給ふ。(巻三・「無文」)

といった状態で、平家の嫡流といったイメージからは程遠い気弱い姿をみるのである。

総大将として向かった富士川の戦いでは、水鳥の大群の羽音に驚いて退却し(巻五・「富士川」)てしまうが、都に帰り着くや、激怒した清盛に鬼界が島へ流されようとし、二日後には、その清盛によって右近衛中将に昇進させられる(巻五・「五節之沙汰」)。ともかくもスケールの大きな祖父清盛の下で、いいように扱われている維盛の姿に弱々しさを感ぜずにはいられない。

巻七にいたると、「北國下向」において義仲追討の「大將軍」にされ、「火打合戰」で大手の「大將軍」として砥浪山に向い、「倶梨迦羅落」では敗れて「けうの命生て」加賀へ退く。立場上、しばしば総大将として出陣しながらも、悉く敗退するのである。

やがて平家に利あらず、一門の都落ちを迎えるのであるが、その際、維盛はすがりつくわが子との別れに涙し、一門に遅れてしまう(巻七・「維盛都落」)。やがて一門に追いついたが、そこでも子どもにかこつけて言い訳をし、なぜ子息の六代を伴わなかったのかと尋ねられると、「行すゑとてもたのもしうも候はず」(同・「一門都落」)と語って涙する有様である。さらに、都を離れて年月をへだてるうちに、都に残してきた妻子を想って悲歎にくれ、それをじっと我慢して明かし暮らすのだが、かえって他人にそれとわかるほどである(巻九・「三草勢揃」)。屋島から

秘かに都の妻子へ手紙を遣わし、その子どもからの返事をみて、
たゞこれよりやまづたひに宮こへのぼ（ッ）て、戀しきものどもをいま一度みもし、見えての後、自害をせんにはしかじ。
（巻十・「首渡」）

と泣く泣く語る弱気な姿がみられる。

そして巻十の「横笛」から「維盛入水」へいたる維盛物語ともいうべき段章へいたるが、まず「横笛」の段では、身は屋島にありながら心は都の妻子への想いでいっぱいで、「あるにかひなき我身かな」と思い、妻子への逢いたさの一心から遂に屋島を脱出してしまう。平家の嫡流たる維盛が、敵を前にして逃げ出す。しかもその理由は妻子への想いである。何と女々しいことであろう。しかも、重衡が捕われ死罪に処せられたことから怖じ気づき、あれほどの想いを抱く妻子の住む都へは向かわず、高野山へと方向転換してしまう。続く「高野巻」でも同様なことを滝口入道に語り、「維盛出家」では、出家する際までも「あはれ、かはらぬすがたを戀しき物どもに今一度みえもし、見て後かくもならば、おもふ事あらじ」と執着を残している。「熊野參詣」では、熊野権現に妻子の無事を祈願し、「うき世をいとひ、まことの道に入給へども、妄執は猶つきずとおぼえて哀なりし事共也」と評される。そして「維盛入水」にいたって、入水するわけであるが、

西にむかひ手をあはせ、念佛し給ふ心のうちにも、「すでに只今をかぎりとは、都でいかでしるべきなれば、風のたよりのことつても、いまや〳〵とこそまたんずらめ。つゐにはかくれあるまじければ、此世になきものときいて、いかばかりかなげかんずらん」な（ン）ど思つゞけられ給へば、念佛をとゞめて、合掌をみだす有様である。

以上の如くに描かれる維盛は、妻子への絶えぬ想いを抱き続け、清盛の嫡孫、重盛の嫡子といった立場にふさわ

しい行動は何らしていない。恩愛の情に縛られ、武士たりえない弱さをみることができるのである。父重盛の死後、平家の棟梁は宗盛へ移ったとはいうものの、平家の嫡流を継ぐ家に生まれ、平家を率いることを運命づけられていた維盛は、しかし、武士としての資質に恵まれなかった。このような維盛に、武士の家に生まれたばかりに辿らねばならなかった悲劇をみるのである。

四

清盛の四男平知盛は、順調に出世コースを歩むが、平家の全盛時にはあまり目立たず、平家没落の兆しがみられるようになってから表舞台で活躍する。すなわち、清盛の死後、一門の棟梁となった宗盛を助け、平家における作戦参謀的な存在として活躍するが、平家の没落はどうしようもなく、遂に一門の都落ちとなる。その都落ちにあたって源氏方の武将を処刑せんとした時、知盛は、

御運だにつきさせ給ひなば、これら百人千人が頸をきらせ給ひたり共、世をとらせ給はん事難かるべし。古郷には妻子所従等いかに歎かなしみ候らん。若不思議に運命ひらけて、又都へたちかへらせ給はん時は、ありがたき御情でこそ候はんずれ。たゞ理をまげて本國へ返し遣さるべうや候らん。（巻七・「聖主臨幸」）

と語っているが、運命を達観した温情の人としての知盛をうかがいうるのである。

また、一の谷の合戦では善戦するが、義経のひよどり越えの奇襲戦法によって敵中に孤立し、主従三騎で逃げる途中、子息知章の身を捨てての防戦で、かろうじて逃げる。その際、兄宗盛に向かって、「子どもの討たれるのを助けずして逃げてきたことを第三者だと何とでもいえるが、いざ自分のこととなると命が惜しいものだ」という（巻九・「知章最期」）。人間の生への執着と、子どもまでも見殺しにする利己心の恐ろしさを語るのであるが、こう

したことを素直に口に出せる知盛に、やはり運命を見通した姿をみるのである。

そして遂に、壇の浦の戦いも利あらず、平家滅亡は眼前に迫った。

中納言知盛小舟にのって御所の御舟にまいり、「世のなかいまはかうと見えて候。見ぐるしからん物どもみな海へいれさせ給へ」とて、ともへにはしりまはり、はいたりのごうたり、塵ひろい、手づから掃除せられけり。女房達「中納言殿、いくさはいかにやいかに」と口々にとひ給へば、「めづらしきあづま男をこそ御らんぜられ候はんずらめ」とて、から〳〵とわらひ給。（巻十一・「先帝身投」）

知盛のこのような振る舞いに、もはや抗しがたい運命を真正面から受け止めていこうとする姿勢をみることができる。女々しいのではないことはもちろん、肩をいからせるわけでもない。淡々とさえいいうるほどに運命を甘受しようとしているのである。「世のなかいまはかうと見えて候」という言葉は、運命を達観した知盛の心を如実に表わしている。同様な意味の「見るべき程の事は見つ」（同・「内侍所都入」）は、一生を精一杯生ききった点で清盛と同様な人物といえようが、反面、非常に冷静に世の推移をみつめる眼を持った、清盛とは違った新しい武士であるといえよう。運命をさとり、見通し、そしてそれに真正面からぶつかっていき、武士らしくこの世から去っていった人物として描かれているのである。

五

最後に木曽義仲について簡単にみてみよう。義仲は、

ちからも世にすぐれてつよく、心もならびなく甲なりけり。ありがたきつよ弓、勢兵、馬の上、かちだち、すべて上古の田村・利仁・餘五将軍・致頼・保昌・先祖頼光・義家朝臣といふとも、争か是にはまさるべき。

と評される立派な武士であり、八幡太郎義家にあやかってその跡を追うべく木曽次郎義仲と名づけられた（同上）。（巻六・「廻文」）

巻六・「横田河原合戰」で、平家方の城助茂を破り、以後のめざましい快進撃の発端となったことが語られ、巻七・「倶梨迦羅落」では、かの有名な勝利が語られる。やがて、左馬頭に任官し、その上「朝日の将軍」という院宣を賜わる（巻八・「名虎」）。

しかし、都に上った義仲は「たちゐの振舞の無骨さ、物いふ詞つゞきのかたくななることかぎりなし」（巻八・「猫間」）といった状態であった。それは「ことはりかな、二才より信濃國木曾といふ山里に、三十まですみなれたりしかば、争かしるべき」（同上）という事情によるものであり、いたし方ないことではあったのだが、猫間中納言との話をはじめ、たとえば、牛車の乗り方を知らないのに強引に我流で乗り、その結果あおむけにひっくりかえってもがいたことなど、「おかしきこと共おほかり」（同上）った。木曽の山里で生い育った義仲と都人の風俗・習慣・言葉遣いの違いによる違和感は、義仲の都での敗退の一原因となったのである。

清盛公はさばかりの悪行人たりしかども、希代の大善根をせしかば、世をもをだしう廿餘年たも（ッ）たりしなり。悪行ばかりで世をたもつ事はなき物を。（巻八・「法住寺合戰」）

という松殿入道殿の諫言は、そうした彼の都での傍若無人な振る舞いがいかほどのものであったかを想像させる。

そうした義仲もやがて都を追われ、最期を迎える。巻九・「木曾最期」は、一代の風雲児の最期を、極めて美しく描き出している。巴を東国へ落とした義仲は、今井四郎とただ二騎になる。「日來はなにともおぼえぬ鎧が、けふはおもうな（ッ）たるぞや」（同上）と語り、「義仲宮こにていかにもなるべかりつるが、これまでのがれくるは、汝と一所で死なんとおもふため也。ところ〳〵でうたれんよりも、ひとところでこそ打死をもせめ」（同上）と語る義仲には、もはや「朝日の将軍」のおもかげはない。今井四郎と離れて粟津の松原へ入った義仲は、薄氷の張った深田に馬の足をとられて動けず、今井四郎の行方を探して振り向いた時、矢に射られて、遂にその生涯を閉じたのである。

まさに一代の風雲児として登場した義仲だが、しかし、都の生活に対応できず敗退していった。武勇だけを具えておればよかった古い形の武士が、そのまま武力だけに頼って都に入るが、この時代の武士の棟梁には必要欠くべからざる政治的手腕もなく、敗れ去っていく人物として、義仲は描かれているのである。

そうして、

それよりしてこそ平家の子孫はながくたえにけれ。（巻十二・「六代被斬」）

と、平家は滅んでいったのである。

六

如上、『平家物語』に描かれている男性像を、その主だった人物についてみてきた。すなわち、清盛は貴族社会における常識をはるかに超えたスケールの大きな人物として、重盛は道理・常識をわきまえた貴族社会の代表的な人物の一人として、維盛は武士としての資質を持ちあわせていないのに武家に生まれたがゆえに悲劇的な道を辿らねばならなかった人物として、知盛は運命を見透しながらもそれに真正面からぶつかっていったまさに武士らしい人物として、さらに義仲は武士にも政治的手腕が要求される時代に旧来のまま武勇に頼った武士であったがために敗れ去った人物として、それぞれ描かれているのである。

このように、これらの人々はそれぞれ異なった人物として描かれているが、共通することは、皆最後には死を迎えたということである。これら五人に限らず、『平家物語』に登場する主だった人物は、すべて最後は死へと向かうか、もしくは敗れ去るのである。男性に限らない。祇王・祇女・仏・小督・横笛・建礼門院たちも例外ではない。これは当たり前のことかもしれないが、このように、様々な人物が、それぞれの人生を懸命に生きながら、それぞれ死んでいき、滅んでいったのである。このように人生の幕を閉じていくのは、まさに諸行無常、盛者必衰である。

『平家物語』は巻十二の末尾の、

それよりしてこそ平家の子孫はながくたえにけれ。

でその幕を閉じてよいはずであるが、その次に灌頂巻がある。灌頂巻は、十二巻本成立後のある段階で、巻十一・十二に分散していた女院の記事が集成されたものである。(4) したがって、『平家物語』を論ずる時、灌頂巻が存在するものとしての前提に立つことは極めて慎重でなくてはならないが、今は最初に断ったように、覚一本系統の本文によっているので、灌頂巻を有する『平家物語』について語っていくことになる。もちろん、その場合、論ずるところのものは覚一本系統の『平家物語』においてしかいえないところとなることは、十分に承知してのことであるが、(5) しかし、一言しておきたいことは、灌頂巻が『平家物語』流伝の中において別立集成されたのは、そもそも『平家物語』が、灌頂巻が別立されるべきものをすでに内に持っていた、もしくは、そのような方向において受容されていったからであるということである。灌頂巻が別立されねばならなかった何かがあったればこそ、(6) 別立されたのである。したがって、灌頂巻が別立された『平家物語』を論ずることは、別立以前の『平家物語』の持つ方向性と大きく異なることはないはずであると考える。この点についてはさらに詳しく論ずる必要があろうが、今はともかくも覚一本系統の本文に従って論を進める。

「灌頂」の意味について簡単にふれておくと、この巻は平家一門の悲劇を集約したものであり、女院の六道語りや御往生の物語を通して人々に仏縁を結ばせる大きな契機となるような内容だととらえて「結縁灌頂」の意に解する説と、この女院をめぐる一連の物語は平曲演奏上でも極めて重要であり、特別に伝授される秘曲であるところから、「伝法灌頂」の意に解する説があるが、さらに五来重氏は、死者の霊の依代となる塔婆を流水中に立て、水をかけてその罪穢の浄化を祈る「流れ灌頂」の儀礼と関係づけ、平家一門の供養のための「流れ灌頂」に語られるものとして特立されたといわれる(7)。

さて、序章たる「祇園精舎」の一段が導いた歴史の事実としての清盛の悪業と因果は、巻十二の「六代被斬」の「それよりしてこそ平家の子孫はながくたえにけれ」で結ばれるが、その後に置かれた灌頂巻は、まさに『平家物語』十二巻を受け止めているといえよう。しかもその、「女院出家」から「大原入」・「大原御幸」・「六道之沙汰」・「女院死去」にいたる建礼門院の物語は、『平家物語』十二巻の縮図的性格を有するともいいうる。

なぜ、この灌頂巻が別立されたのか。その内容は、平家唯一人の生き残りの女院が出家し、「大原御幸」では、滅ぼした張本人ともいうべき後白河法皇と、滅ぼされた側の生き残りの建礼門院、それはまさに仇同士といってもよい両者を出会わせる。しかし、女院はみずからの一生を六道輪廻に例えて語る(8)。もはや女院には恨みはない。誰が悪いわけでもない。無常の波ゆえである。そして女院は極楽に往生し、救われるのである。このように内容をとらえる時、灌頂巻はまさに平家一門の滅罪と鎮魂の意味において特立されたといいうる。巻名を「灌頂」とする所以である。また、「灌頂巻」が『平家物語』流伝の中で別立されたということは、『平家物語』が鎮魂歌としての性格を有していたからであり、また、そのようにとらえられてきたからこそであると考えるのである。

七

このように『平家物語』をみてきた上で、もう一度「祇園精舎」の一段をみると、そこで語る、諸行無常・盛者必衰の「ことはり」がしみじみと胸に響いてくる。

冒頭の「祇園精舎」において「ことはり」を語り、そして最後に灌頂巻を置く。これは『平家物語』が単に諸行無常・盛者必衰の「ことはり」を語ろうとするのではなく、そのような無常の波の大きな流れに対して、懸命に抗いながらも、結局はその波に呑み込まれていってしまう人間に対して、限りないいとおしさを感じ、同じ人間としてその魂を慰めようとする鎮魂歌であるといってよいのではないか。

もちろんその対象は平家の人々ではある。沈着冷静な重盛、武家に生まれたばかりに悲劇へ向かった維盛、運命を見極めながらも精一杯生きた武士知盛、時流に合わずに敗退した武士義仲、等々、あらゆる人々が、それぞれの人生を生きて、そして死んでいった。そして、あれほどの権力を握り、あれほどのスケールの大きな、無常の波などには楽に逆らえそうな清盛さえも、結局は流されてしまった。まして、名もなく力もない多くの人間はいうまでもない。[9]「祇園精舎」の段に「おごれる人も久しからず」「たけき者も遂には滅びぬ」とあるのが想起される。

つまり、『平家物語』は、平家の滅亡を題材としつつも、無常の波に棹さしながらも結局は流されていくすべての人間[10]に対して、流されつつも懸命に逆らおうとする人間という存在に対して、限りないいとおしさを感じ、結局は無常の波に逆らいえないのだが、それでも懸命に生きていく人間の姿に、限りない暖かい眼を注いでいるのである。

もちろん、『平家物語』はそのように生きて、死んでいった個人個人の生涯を描くと同時に、一つの大きな人間集団、直接的には平家一門だが、それはとりもなおさず人間そのものを描こうとしているのであることはいうまでもない。個を描きつつ全体を描くのであるわけであるが、その言わんとするところは、如上述べ来ったところであろうと思うのである。

『平家物語』は、無常の波に流されてゆくしかないながらも、懸命に生きようとし、結局は流されてゆく人間への鎮魂歌なのである。

註

(1) 冨倉徳次郎『平家物語　変革期の人間群像』〈NHKブックス〈一九七二年一月〉〉「Ⅱ　人間の歴史としての『平家物語』」に詳述されている。

(2) 永積安明も「各段の清盛像の造型は、巻頭の「祇園精舎」の段に、まず語りだされた「清盛公と申しし人のありさま、伝へうけたまはるこそ心も詞も及ばれね」という、およびがたい超人としての性格を、一貫して担いつづけているのである。」と述べ、「平氏のほろびを代表する人物であり、したがって平氏の悪行を集中的に表現するように設定された清盛が、それにもかかわらず、巨大な英雄的人物として造型せられた」(『日本文学研究資料叢書　平家物語』〈有精堂・一九六九年十二月〉所収「平清盛─平家物語における─」一五四〜一五五頁)という。

(3) 冨倉徳次郎は前掲書(註(1))において、巻一「教訓状」における重盛諫言にふれて、「天照大神の子孫である皇室が、治天の君としての絶対者であり、春日明神の子孫である藤原氏がその治天の君の行なうべき政治を司る者であるという古代律令社会の政治体制」が「礼」であり、「「礼に背く」とは、その秩序の破壊であるが、その意味で、父(清盛─筆者注)の行為を(重盛が─同上)悪と判定したわけなのである。」(五四頁)と述べ、また「この重盛諫言は、当年の社会における旧貴族や知識人の間においては、確かに一つの道理に立った主張であると受けとられたことは事実であると思う。」(五六頁)と述べている。

（4）渥美かをるは「覚一本灌頂巻は、直接には鎌倉末の女院関係記事の詞章を受け継ぎ、巻十一・十二に散在する記事を集結して成立したもので、これを十二巻の外に出した事に大きな意義があるようだ。」（「平家物語灌頂巻成立考」・『日本文学研究資料叢書　平家物語』〈有精堂・一九六九年十二月〉所収・一六九頁）と述べている。

（5）栃木孝惟は「『平家物語』における異本群立の現象が、明らかに『平家物語』の内容の異同にかかわり、各変異本文ごとに等閑視できない内容上の変動をふくむ時、「平家物語の主題と構想」は、いかなる本文を対象とするかによって、おのずからその「主題と構想」もかなりな揺れをみせるであろう。」（「『平家物語』の主題と構想」・『講座日本文学　平家物語上』〈『国文学　解釈と鑑賞』別冊・至文堂・一九七八年三月〉所収・二五頁）という。

（6）佐々木八郎は「「四部本灌頂巻」に遺存しているような「六道物語」と「女院往生」がやがて「覚一本灌頂巻」に至って、平曲における秘曲的・秘授的意義をもったにしても、なお本来の唱導的意義を内にこめて人の心を深く感動させたであろうことは否定されまい。このように見てくると、当初は「諸行無常・盛者必衰」の文学として書かれた『平家物語』が、いつか「寂滅為楽・欣求浄土」の文学として潤色添加され、はては説経・唱導的性格を備えた物語までもが増補されるに至ったところに、「語り」の詞章としての『平家物語』の一つの達成があったように観測される。」（「平家物語の唱導的性格」『平家物語の達成』〈昭和四十九年四月・明治書院〉所収・一六四頁）と述べている。

（7）五来重『増補高野聖』（一九七五年六月・角川選書）一二八～一三〇頁。

（8）徳江元正は、「六道之沙汰」について「「六道絵」のごときものとも別種の、現世における現身の六道巡りという別の趣向をたてているのであって、人生の悲劇として宗教的な意味での遍歴にまで高められており、どろ臭い慈心房説話とは趣を異にしている。それまでの型から脱して、さらに昇華した六道巡りを、かつて最高巫女であった女院に語らせる、ここに『平家物語』全篇を、文学として編集しようと志した編纂者の意図をみてとるべきであろう。」（「語り物の特質―地獄巡りの昇華―」・『講座日本文学　平家物語上』〈『国文学　解釈と鑑賞』別冊・至文堂・一九七八年三月〉所収・九六頁）と述べている。

（9）渡辺貞麿は、『平家物語』に描かれるところの死について「無常ということの確認」といい、また、「「死」それ自体は、永遠に否定する者というたった一つの貌しか持たない。死に諸相があらわれるのは、その死を死んでゆく者たちの側においてである。おのれの生を否定しようとする者・「死」と対置された時に、人は、それぞれの生の意義をあらわに見せはじめる。さまざまな人が、さまざまな生の意義をあらわにしつつ、この世での生を完結させて行く。それが、人の死の諸相である。」（「平家物語の死の諸相」・『国文学解釈と鑑賞』第四七巻七号〈至文堂・一九八二年六月〉所収・五二頁）と述べている。

(10)　もっとも、「すべての人間」といっても、現代の我々がいうところの、それこそ、身分の貴賤、貧富の差等々に関係なく、文字通りすべての人間、万人を指しているのではない。当然ながら、『平家物語』作者がいうところの「すべての人間」である。すなわち、貴族社会の人々、武士階級の主だった人々、およびその周辺の人々しか作者の視界には入っていないのであり、これを現代的感覚で理解してはいけないのである。しかしまた、現代的解釈からいえば限定的であっても、作者にすれば「すべての人間」なのである。このことに留意しておきたい。

第二節　「死」への思い――『平家物語』の語るもの――

一

新中納言「見るべき程の事は見つ、いまは自害せん」とて、めのと子の伊賀平内左衛門家長をめして、「いかに、約束はたがうまじきか」との給へば、「子細にや及候」と、中納言に鎧二領きせ奉り、我身も鎧二領きて、手をとりく（ン）で海へぞ入にける。是を見て、侍ども廿餘人をくれたてまつらじと、手に手をとりくんで、

（巻十一・「内侍所都入」）

一所にしづみけり。

源平最後の合戦、壇の浦での、平家の運命をさとった新中納言知盛の入水の場面である。死に臨んでの「見るべき程の事は見つ」という一科白は、生を生き切った満足感に満ち溢れ、武勇に優れているとともに平家の運命をさとった沈着冷静な人としての知盛を語って見事とまでいえよう。これを見た侍たち二十人余りも「をくれたてまつらじ」と一斉に入水した。これまた、潔い死である。

しかし、もう一歩踏み込んで考えてみれば、このような言葉をあえて吐かねばならないところに何かひっかかるものをおぼえるのである。知盛は本当に「見るべき程の事」、つまり人生において経験すべき事をすべて経験し尽くしたと感じたのであろうか。武運つたなく人生半ばにして海の藻屑となることに悔しさはなかったのであろうか。その言葉の裏には、敗れて死んでいかなければならない無念さがひそんでいるのではないか。この一科白が強く心を打つだけに、その科白の裏に、言葉とは裏腹に限りなく渦巻いて止まない知盛の無念の深さを感じるのである。運命、大きくいえば歴史の流れにはいかに抗おうとも抗いえないことをさとっている知盛であるがゆえに、その無念さは察して余りある。

いや、この一科白は、そのような知盛の無念さを知る我々享受者に対して、そのやりきれなさを救ってくれるものである。知盛の死に対しては、作者もまた享受者である。知盛の死を享受する作者もまた、我々と同じやりきれなさを感じた。感じたがゆえに、知盛をして語らせずにはおれなかった。それがこの一科白である。

『平家物語』は、多くの「死」について、人生半ばで死に行く者の無念さ、苦しさといった当然の想いに反して、潔く、また美しく語る。なぜに『平家物語』はそのように「死」を美しく語るのか。その意味するものは何か。以下、『平家物語』において語られる「死」を通して、『平家物語』は何を語ろうとするのか考えてみたい。

二

源三位頼政は、長絹のよろひ直垂にしながはおどしの鎧也。其日を最後とやおもはれけん、わざと甲はき給はず。（巻四・「橋合戦」）

三位入道七十にあま（ッ）ていくさして、弓手のひざ口をゐさせ、いたでなれば、心しづかに自害せんとて、平等院の門の内へひき退いて……（中略）……三位入道は、渡邊長七唱〔を〕めして、〔わが頸うて〕との給ひければ、主のいけくびうたん事のかなしさに、涙をはらはらとながいて、「仕ともおぼえ候はず。御自害候はば、其後こそ給はり候はめ」と申しければ、「まことにも」とて、西にむかひ、高聲に十念となへ、最後の詞ぞあはれなる。

埋木の花さく事もなかりしに身のなるはてぞかなしかりける

これを最後の詞にて、太刀のさきを腹につきたて、うつぶさまにつらぬか（ッ）てぞうせられける。其時に歌よむべうはなかりしかども、わかうよりあながちにすいたる道なれば、最後の時もわすれ給はず。（巻四・「宮御最期」）

源三位入道頼政は、「其日を最後とやおもはれけん、わざと甲はき給はず」と「死」を覚悟しての出陣であり、「心しづかに自害せん」と「西にむかひ、高聲に十念となへ」て辞世の歌を詠んで果てた。武士らしく潔い「死」であるし、往生も予想させる。頼政が武士らしくあったことは、「大將三位入道頼政父子、命をかろんじ、義をおもんじて」（巻七・「木曾山門牒状」）とも語られている。そして、その「死」について「あはれなる」と語る。この語は直接には、「其時に歌よむべうはなかりしかども、わかうよりあながちにすいたる道なれば、最後の時もわすれ」なかった詠歌に対してのものであるが、しかし、このように頼政が潔く「死」へ赴いたことへの共感・同情の念をうかがうことができよう。

斎藤別当実盛は、白髪を黒く染め、「赤地の錦の直垂に、もよぎおどしの鎧」（巻七・「實盛」）を着て若作りをし、味方が落ち行く中でただ一騎残って、討ち死する。やはり「死」を覚悟した出陣であるが、それもかつて富士川の合戦で水鳥の羽音に驚いて逃げ帰った恥辱をそそがんためであり、武士らしく潔い姿を見ることができる。この実盛の「死」に対して、首検分の樋口次郎に「あまりに哀で不覺の涙のこぼれ候ぞや」（同上）と語らせ、また「朽もせぬむなしき名のみとゞめをきて、かばねは越路の末の塵となるこそかなしけれ」（同上）と、作者も同情の念を語っている。

重盛の三男清経は、生き永らえることのない運命をさとり、

月の夜心をすまし、舟の屋形に立出でて、やうでうねとり朗詠してあそばれけるが、閑かに經よみ念佛して、海にぞしづみ給ひける。（巻八・「大宰府落」）

と、潔く「死」に赴く。

妹尾太郎は、それこそ大奮戦の末に討ち死する、武士らしい「死」であるが、これに対して義仲に「あ（ッ）ぱれ剛の者かな。是をこそ一人當千の兵ともいうべけれ。あ（ッ）たら者ども助けて見で」（巻八・「妹尾最期」）と語らせているところに、作者の同情の念が表われている。

河原太郎高直は弟の次郎盛直とただ二人で大勢の平家の軍勢の中へ割って入った。それは平家の人たちをして「東國の武士ほどおそろしかりけるものはなし」（巻九・「二度之懸」）と言わせるほどのことだった。しかし多勢に無勢、やがて討ち死する。覚悟の上の「死」であり、武士らしい「死」である。これに対して、知盛に「あ（ッ）

ぱれ。剛の者かな。是をこそ一人當千の兵ともいふべけれ。あ（ッ）たら者どもをたすけてみで」（同上）と言わせており、やはり作者の同情の念がうかがえる。

薩摩守忠度は、「いとさはがず、ひかへひかへ落給ふ」（巻九・「忠度最期」）と沈着冷静に落ちて行くうち、源氏方の岡邊六野太が近づく。忠度は「是はみかたぞ」（同上）と言うが見破られて組みつかれると、「に（ッ）くいやつかな。みかたぞといはばいはせよかし」（同上）と、無駄な戦いを嫌い、やがて深手を受け、「今はかうとやおもはれけん、「しばしのけ、十念となへん」とて」（同上）六野太を投げ退け、「西にむかひ、高聲に十念となへ、「光明遍照十方世界、念佛衆生攝取不捨」」（同上）と唱えて討たれた。その箙には一首の歌が結びつけられていた。血気にはやることなく、風流を忘れることもなく、しかし潔く戦い「死」に赴くその姿は、

敵もみかたも是をきいて、「あないとおし、武藝にも歌道にも達者にておはしける人を、あ（ッ）たら大将軍を」とて、涙を流し袖をぬらさぬはなかりけり。（同上）

と語られ、作者の同情・共感の念をうかがうことができる。

敦盛は、熊谷次郎直実に「まさなうも敵にうしろをみさせ給ふものかな。かへさせ給へ」（巻九・「敦盛最期」）と呼びかけられてただ一騎とって返す。組み伏せられて名を問われた敦盛は「名のらずとも頸をと（ッ）て人に問へ。見知らふずるぞ」（同上）と語る。直実は、わが子とかわらぬ若年の敦盛を見逃そうとするが、敦盛は「たゞとくとく頸をとれ」（同上）と言う。味方も近づき、やむをえず直実は敦盛を討ち取る。武士らしく潔い「死」である。敦盛を討ち取る際の「あまりにいとおしくて」（同上）という直実の心情、錦の袋に入っていた笛を見た直実の「當時みかたに東國の勢なん万騎かあるらめども、いくさの陣へ笛をもつ人はよもあらじ。上臈は猶もやさしかりけり」（同上）という言葉、「九郎御曹司の見參に入りたれば、是を見る人涙をながさずといふ事なし」（同上）とい

う記述は、「狂言綺語のことはりといひながら、遂に讃佛乗の因となるこそ哀なれ」(同上)という作者の言葉とともに、作者の同情・共感の念をうかがいうる。

佐藤三郎兵衛嗣信は、深手を負い「死」に望んで義経から「おもひをく事はなきか」と問われ、

なに事をかおもひをき候べき。君の御世にわたらせ給はんを見まいらせで、死に候はん事こそ口惜覚候へ。さ候はでは、弓矢とる物の、敵の矢にあた(ッ)てしなん事、もとより期する處で候也。就中に「源平の御合戰に、奥州の佐藤三郎兵衛嗣信といひける物、讃岐國八嶋のいそにて、しうの御命にかはりたてま(ッ)てうたれにけり」と、末代の物語に申されん事こそ、弓矢とる身は今生の面目、冥途の思出にて候へ。

(巻十一・「嗣信最期」)

と語る。武士らしく潔い「死」である。これに対して、「判官涙をはらはらとながし」(同上)とか、「弟の四郎兵衛をはじめとして、是を見る兵ども皆涙をながし、「此君の御ために命をうしなはん事、ま(ッ)たく露塵程もおしからず」とぞ申しける。」(同上)といったところに、やはり作者の同情・共感の念を知る。

教経は、うちかかる安芸太郎・次郎を両脇に締め抱えて、「「いざうれ、さらばおれら死途の山のともせよ」とて、生年廿六にて海へつ(ッ)とぞ」(巻十一・「能登殿最期」)入った。武士らしく潔い「死」である。

重衡は、生け捕りにされ護送される途中、北の方に会うことを許されたが、別れた後も今一度立ち返りたくなる心を振り払い、

「願はくは逆縁をも(ッ)て順縁とし、只今の最後の念佛によ(ッ)て九品往生をとぐべし」とて、高聲に十念唱えつゝ、

(巻十一・「重衡被斬」)

斬首された。これに対して作者は、

日來の悪行はさる事なれども、いまのありさまを見たてまつるに、數千人の大衆も守護の武士も、みな涙をぞながしける。（同上）

と、同情の念を語っている。

土佐房昌俊は、義経の前に引き出されたが、その神妙な態度に義経は「主君の命をおもんじて、私の命をかろんず」（巻十二・「土佐房被斬」）と感心し、命を助けようと言うが、昌俊は「とくとく頸をめされ候へ」と言って、斬られる。これに対して作者は、「ほめぬ人こそなかりけれ」（同上）と語る。やはり、「死」に対する潔さを讃えている。

平家の侍越中次郎兵衛盛嗣は、頼朝の首をつけねらうが果たせず、捕らえられて頼朝の前に引き出される。盛嗣は「是程に運命つきはて候ぬるうへは、とかう申にをよび候はず」（巻十二・「六代被斬」）と答える。それに対して頼朝は「心ざしの程はゆゝしかりけり」（同上）と褒め、助けてやろうと言うが、盛嗣は「勇士二主に仕へず、盛嗣程の者に御心ゆるしし給ひては、かならず御後悔候べし。たゞ御恩にはとくとく頸をめされ候へ」（同上）と答え、斬首される。頼朝の言葉や末尾の「ほめぬものこそなかりけれ」（同上）と語るところに、その潔さに対する作者の思いが表われている。

以上、冒頭に引用した知盛も含めて、作者は、それぞれの「死」を武士らしく潔いものとして語り、しかもそれに対して同情・共感し、さらにはその潔さを称揚しようとして語っている。

三

小松の大臣重盛は、みずからの「死」を予知し、出家して法名浄蓮と名乗り、「臨終正念に住して」（巻三・「醫師問答」）亡くなった。極楽に往生したことがうかがわれる。これに対して作者は「哀なりし事共也」（同上）と語る。この言葉は直接には「御年四十三、世はさかりとみえつるに」（同上）亡くなったことに対してのものであるが、やはり重盛の「死」について語っていることに違いはない。

重盛と同様に極楽往生が予想される「死」は、前節でふれた中にも、「西にむかひ、高聲に十念となへ」て「死」に赴いた頼政、「心をすまし……（中略）……閑かに經よみ念佛して」入水した清経、「西にむかひ、高聲に十念となへ、「光明遍照十方世界、念佛衆生攝取不捨」」と唱えて討たれた忠度などがある。

女性の「死」も、多くは極楽往生が予想されるものである。「四人一所にこもりゐて、あさゆふ佛前に花香をそなへ、よねんなくねがひ」（巻一・「祇王」）、「皆往生のそくはいをとげ」（同上）た祇王・祇女・ほとけ・とぢ。彼女らの「死」に対して作者は、「あはれなりし事どもなり」（同上）と語る。

小宰相については、

漫々たる海上なれば、いづちを西とはしらね共、月のいるさの山のはを、そなたの空とやおもはれけん、しづかに念仏したまへば、沖のしら州に鳴千鳥、あまのとわたる梶の音、折からあはれやまさりけん、しのびごゑに念仏百返ばかりとなへ給ひて、「なむ西方極樂教主、弥陀如來、本願あやまたず淨土へみちびき給ひつゝ、あかで別れしいもせのなからへ、必ひとつはちすにむかへたまへ」となくなくはるかにかきくどき、なむととなふるこゑ共に、海にぞしづみたまひける。

（巻九・「小宰相身投」）

と、覚悟された潔さとともに、同情をもって哀調味たっぷりに語られている。

千手前は、重衡が斬られたと聞いて、「やがてさまをかへ、こき墨染にやつれはて、信濃國善光寺におこなひすまして、彼後世菩提をとぶらひ、わが身も往生の素懐をとげ」（巻十・「千手前」）たという。

って語る。

千手前はともかくも、極楽往生を遂げたことが予想される「死」に対しても、やはり作者は同情・共感の念をもって語る。

しかし、すべての人が、覚悟し、潔く「死」に赴くのではない。なかには、迷いやこの世への執着を強く持ちながらも「死」に赴かねばならなかった人たちもいる。

三位中将維盛の「死」に臨んでの振る舞いは、その最たるものである。都に残した妻子への想いによって、敵を前にした屋島から脱け出すが、捕らえられることを恐れて都の妻子に会うことをあきらめ、熊野へ向かってそこで出家し、那智の沖で入水する。

大なる松の木をけづ（ッ）て、中將銘跡をかきつけらる。「……（中略）……三位中將維盛、法名淨圓、生年廿七歳、壽永三年三月廿八日、那智の奥にて入水す」とかきつけて、又奥へぞこぎいで給ふ。

（巻十・「維盛入水」）

ここでは「死」を覚悟している。しかし、

思きりたる道なれども、今はの時になりぬれば、心ぼそうかなしからずといふ事なし。……（中略）……さこそは心ぼそかるらめ。

（同上）

と、すぐ迷いが生じている。

「さればこは何事ぞ。猶妄執のつきぬこそ」とおぼしめしかへして、西にむかひ手をあはせ、念佛し給ふ心にも「……（中略）……（都の妻子は、自分が）此世になきものときいて、いかばかりかなげかんずらん」な（ン）ど思つゞけられ給へば、念佛をとゞめて、合掌をみだす有様である。滝口入道の懸命の勧めで、やっとの思いで、

（同上）

高聲に念佛百返ばかりとなへつゝ、「南無」と唱ふる聲とともに、海へぞ入（同上）ったのである。最後は正念にして入水したので往生は予想されるが、その再三の迷いはまさに「死」に臨んだ人間共通の苦しみである。作者は滝口入道に「たかきもいやしきも、恩愛の道はちからおよばぬ事也」（同上）と語らせ、同情・共感の念を語っている。

宗盛も、斬首されるにあたって、本性房湛豪の教えに、「しかるべき善知識かなとおぼしめし、忽に妄念ひるがへして、西にむかひ手をあはせ、高聲に念佛し」（巻十一・「大臣殿被斬」）たのであるが、いざ首を落とされようとする時に、「大臣殿念佛をとゞめて、「右衛門督もすでにか」と」（同上）子息清宗のことを尋ねる。潔く「死」を覚悟しながら瀬戸際で執着を残してしまった。これに対して作者は、「哀なれ」（同上）と語り、「たけきものゝふも争でかあはれとおもはざるべき」（同上）と語って、同情・共感の念を表わしている。宗盛の子清宗も、斬首の際に父の最後の様子を尋ねるが、この父を思う子の情に対して作者は「いとをしけれ」（同上）と語って、同情している。

このような、「死」に臨んでのいかにも人間らしい姿に対して、作者が同情・共感の念を語ることについては、至極当然であり、蛇足は不要であろう。

四

このように『平家物語』はいろいろな「死」を語るのであるが、そこには同情・共感の念がうかがえるのである。そしてそれは、悲哀感溢れる語りとなって我々の心に訴えかけてくるのである、少しくその例を挙げよう。

平相国清盛はひどい熱病に罹る。二位殿の夢には牛頭・馬頭があらわれ、東大寺の盧遮那仏を消滅した罪によって無間地獄に堕ちることを告げる。やがて清盛は苦しみながらも死の床で遺言する。

われ保元・平治より此かた、度々の朝敵をたいらげ、勸賞身にあまり、かたじけなくも帝祖太政大臣にいたり、榮花子孫に及ぶ。今生の望一事ものこる處なし。たゞしおもひをく事とては、伊豆國の流人、前兵衞佐頼朝が頸を見ざりつるこそやすからね。われいかにもなりなん後は、堂塔をもたて、孝養をもすべからず。やがて打手をつかはし、頼朝が首をはねて、わがはかのまへにかくべし。それぞ孝養にてあらんずる。（巻六・「入道死去」）

絶え絶えの息の下でのこのすさまじさはどうだろう。そして遂に亡くなる。「心も詞も及ばれね」（巻一・「祇園精舍」）と表現されるほどに常識をはるかに超えたスケールの大きな人物の、壮絶な死である。それは、無常の波に懸命に抗しながらの戦死ともいいうるものである。そのような清盛の「死」に対して、作者は「あはれなりし事共なり」（巻六・「入道死去」）と語り、さらに、

さしも日本一州に名をあげ、威をふる（ッ）し人なれ共、身はひとゝきの煙とな（ッ）て都の空に立ちのぼり、かばねはしばしやすらひて、濱の砂にたはぶれつゝ、むなしき土とぞなり給ふ。（同上）

と語る。清盛の生き様が強烈であっただけに、ことさらに悲哀感をおぼえて享受者の胸に迫ってくるものがある。「朝日の将軍」（巻八・「名虎」）とまで称されたほどの勢いであった木曽義仲も、やがて都を追われ最期を迎える。巻九・「木曾最期」は、一代の風雲児の最期を美しく哀調味たっぷりに描き出している。巴を東国へ落とした義仲は、今井四郎とただ二騎になる。「日來はなにともおぼえぬ鎧が、けふはおもうな（ッ）たるぞや」（同上）と語り、「義仲宮こにていかにもなるべかりつるが、これまでのがれくるは、汝と一所で死なんとおもふため也」（同上）と語る義仲には、もはや「朝日の将軍」のおもかげはない。今井四郎と離れて粟津の松原へ入った義仲は、薄氷の張

った深田に馬の足をとられて動けず、今井四郎の行方を探して振り向いた時、矢に射られて遂にその生涯を閉じたのである。末尾に「さてこそ粟津のいくさはなかりけれ」と語る一文の響きは、一代の風雲児義仲の最期を締めくくって象徴的である。今井四郎も、主人義仲の討ち取られたことを聞き、

「今はたれをかばはんとてかいくさをばすべき。是を見給へ、東國の殿原、日本一の甲の者の自害する手本」とて、太刀のさきを口に含み、馬よりさかさまにとび落、つらぬか（ッ）てぞ死んでいった。これまた武士らしい潔い「死」である。（同上）

安徳天皇は、平家と共に西へ落ちて行き、遂に壇の浦で最後の時を迎える。わずか八歳の帝は、帝を抱いて入水しようとする二位の尼に「尼ぜ、われをいづちへぐしてゆかんとするぞ」（巻十一・「先帝身投」）と尋ねる。二位の尼が「極樂淨土とてめでたき處へぐしまいらせさぶらふぞ」（同上）と答えると、帝は「ちいさくうつくしき御手をあはせ、まづ東をふしをがみ、伊勢大神宮に御いとま申させ給ひ、其後西にむかはせ給ひて、御念仏」（同上）を唱え、二位の尼に抱かれて入水した。それに続いて、

悲哉、無常の春の風、忽に花の御すがたをちらし、なさけなきかな、分段のあらき浪、玉躰をしづめたてまつる。殿をば長生と名づけてながきすみかとさだめ、門をば、不老と号して、老せぬとざしとときたれども、いまだ十歳のうちにして、底のみづくとならせ給ふ。十善帝位の御果報、申すもなかなかをろかなり。雲上の龍くだ（ッ）て海底の魚となり給ふ、大梵高臺の閣のうへ、釋提喜見の宮の內、いにしへは槐門棘路のあひだに九族をなびかし、今は船のうち、浪のしたに御命を一時にほろぼし給ふこそ悲しけれ。（同上）

と語るが、悲哀感に満ち溢れ、享受者の涙を誘って余りある。

五

以上の如く、『平家物語』は覚悟の「死」、武士らしい「死」、迷い苦しんでいたる「死」など、様々な「死」を語るが、それらの「死」に対して作者は、同情・共感の念をもって語る。

しかし、運命をさとり、武士らしく潔く討ち死したのであれば、本望でこそあれ、それに対して同情の念は何ら必要ないはずである。もちろん、いかに天寿を全うした「死」であっても、死別は残された者にとって悲しいことである。けれども、死者に対して同情の念が湧くのは、残された者から考えて、その「死」が不本意なものであった時である。満足感をもって「死」に赴いた時には、残された者にとって、悲しみこそすれ、同情の念はない。

何故に、覚悟された、武士らしく潔い「死」を、作者は同情・共感の念をもって語るのか。それは、人生半ばで「死」に赴かねばならない人々の無念さを感じとっていたからである。もっといえば、満足感をもっての「死」など到底ありえない。まして、戦さに破れ、討ち死していく彼らはさぞかし無念であっただろう。その無念さを痛感するゆえに、作者はことさらに武士らしく潔い「死」として語るのである。そう語らずにはおれないのである。そして、その称揚された「死」の裏にひそむ無念さを知るがゆえに、作者は同情・共感をもって語るのである。

また、この当時、極楽往生は至上の幸せであった。それなのに、なぜ往生が予想される「死」に対しても同情の念をもって語るのか。喜びこそすれ、歎き悲しむことではないはずである。やはり先に述べたことを確認するのである。

六

『平家物語』の無常観は、序章たる「祇園精舎」に語られている。

祇園精舎の鐘の聲、諸行無常の響あり。沙羅雙樹の花の色、盛者必衰のことは（マヽ）りをあらはす。おごれる人も久しからず、只春の夜の夢のごとし。たけき者も遂にはほろびぬ、偏に風の前の塵に同じ。（巻一・「祇園精舎」）

古来つとに人口に膾炙した著名な文章であるが、ここに語られている無常観は、いわゆる一般的な「常なるものは何一つ存在しない」といっただけの単純なものではない。それは「盛者必衰」の句の出典たる『仁王経』護国品、

有本自無　　有ハ本ヨリ無シ
因縁成諸　　因縁諸ヲ成ズ
盛者必衰　　盛ナルハ必ズ衰へ
実者必虚　　実ナルハ必ズ虚シ
衆生蠢々　　衆生蠢々トシテ
都如幻居　　都テ幻居ノ如シ

という章句の語るところ、すなわち、在ると思われるものも実はないのであり、ただ在るように見えるだけである、したがって、この世に在る（と思われる）ものが滅び無くなるのは必然である、というものである。そのことは「春の夜の夢」「風の前の塵」という譬喩が何よりも物語っている。つまり、「春の夜の夢」はまだ醒めていないが、次の瞬間には目覚めて夢は消え去る。「風の前の塵」もまだ風に飛ばされていない。しかし、次の瞬間には跡形もなく飛ばされてしまうのである。[1]

『平家物語』の無常観をこのようにとらえうる時、以下の清盛をはじめとする多くの人々の「生」およびその先の「死」は、その実証の姿であるといえよう。

また、同じく「祇園精舎」の章の「おごれる人も久しからず」「たけき者も遂にはほろびぬ」と語ることは、『平家物語』が因果応報を語るものではもちろんなく、また単に平家一門の衰亡を語るだけのものでもない。つまり、あれほどの栄華を極め、到底滅びそうにもなかった平家でさえ滅びた、まして名もなく力もない多くの人々は当然のことながら滅び去るしかなかったという、広く人間全体に普遍した無常を『平家物語』は語ろうとするものであることを意味するのである。

しかし、ならば『平家物語』は、「祇園精舎」の章で無常の「ことはり」を語り、以下、多くの人々の「死」（へいたる姿）を語ることによってそれを実証しただけの、つまり、無常の「ことはり」を語るだけのものなのか。

ここで注目しなければならないことは、広く人間全体に普遍した無常を語る『平家物語』を語ろうとした者、つまり作者だが（これは『平家物語』成立時における具体的な作者ではなく、物語を通してうかがいうる作者である）、作者も人間であるということである。この観点に立って考える時、いかに「有本自無」「都如幻居」と理解していようとも、その無常の「ことはり」通りに滅んでいった、自分と同じ数限りない人間たちを、「ことはり」の実証のすがたとして冷徹に語り進めることができるものであろうか。そこには何らかの感情がはたらくのが自然であろう。事実、滅びについて『平家物語』は、多くの場合、「あはれ」の語をもって語っている。『平家物語』で用いられる「あはれ」の語は、悲哀感を表わすとともに、一つの美を感じ、つまり感動をもって用いられているのである。(2)

冒頭に引用した新中納言知盛の「見るべき程の事は見つ」という科白は、その裏にこのようにいわなくてはならない無念さがあるといえよう。しかし『平家物語』は、「生」を生き切った満足感をもっての「死」として語る。

それは、その無念さが理解できるだけに、作者は逆に満足感をもっての「死」として語りたい、語らずにはおれなかったのである。ここに、作者の、単に冷徹に無常の「ことはり」の実証としての「死」を語るだけではない姿を垣間見るのである。

『平家物語』における「死」は、考察してきたように、序章たる「祇園精舎」において語る無常観という「ことはり」の実証には、もはやとどまっていない。そこには、死んでいった多くの人々に対して、同じ人間としての暖かい眼差しを感じとることができるのである。特に、覚悟した、武士らしく潔い「死」として語られるものにおいてもこの点を確認できることに、注目すべきである。

かくて年月をすごさせ給ふ程に、女院御心地例ならずわたらせ給ひしかば、中尊の御手の五色の糸をひかえつゝ、「南無西方極樂世界教主弥陀如來、かならず引攝し給へ」とて、御念佛ありしかば、大納言の佐・阿波内侍、左右によ（ッ）て、いまをかぎりのかなしさに、こゑもおしまずなきさけぶ。御念佛のこゑやうやうよはらせましましければ、西に紫雲たなびき、異香室にみち、音樂そらにきこゆ。かぎりある御事なれば、建久二年きさらぎの中旬に、一期遂におはらせ給ひぬ。きさいの宮の御位よりかた時もはなれまいらせずして候なれ給しかば、御臨終の御時、別路にまよひしもやるかたなくぞおぼえける。（灌頂巻・「女院死去」）

この女院の往生は、ここまで語られてきた多くの「死」に対して悲哀感や同情・共感を味わわされてきた享受者（も同じ人間である）の、どうしようもないやりきれなさを、安堵感へと導くものである。

七

如上、考察し来ったように、『平家物語』は、単に「祇園精舎」の章に語るところの無常観という「ことはり」

を語るにとどまらず、その「ことはり」の通りに滅んでいった人々に対して、同じ人間として、暖かい眼差しを注いでいるのである。このことは、巻十二の末尾「それよりしてこそ平家の子孫はながく絶えにけれ」（巻十二・「六代被斬」）で物語の幕を閉じることなく、「灌頂巻」として別立して建礼門院の物語を語ることからもわかる。「灌頂巻」については本章第一節において言及したので今は詳述しないが、冒頭の「祇園精舎」の章において「ことはり」を語り、そして末尾に「灌頂巻」を置く。これは、『平家物語』が単に「諸行無常」「盛者必衰」の「ことはり」を語ろうとしているのではなく、そのような無常の波の大きな流れに対して、懸命に抗いながらも、結局はその波に呑み込まれていってしまう数限りない人間に対して、限りないいとおしさを感じ、同じ人間としてその魂を慰めようとする鎮魂歌であるといってよいのではないか。もちろんその対象は平家の人々ではある。しかし、『平家物語』は、あれほどの権力を握り、無常の波など克服できそうにさえ思われた平家の人々でさえも、結局は滅びていった、まして、名もなく力もない多くの人間はいうまでもなく滅び去るしかなかったという、すべての人間に[3]普遍した無常を語っているのであった。

すなわち、『平家物語』における「死」の語るものは、「祇園精舎」の章において語られる無常の「ことはり」の実証であると同時に、単にそこにとどまらず、同じ人間としてその「死」を悲哀感をもってみつめ、その死んでいった人々への暖かい眼差しを語るものであり、しかも、それは、広く人間全体に普遍したものであるのである。

もちろん、「死」は「生」の先にあるのであり、「生」を語るからこそ「死」が意味を持ってくるのである。『平家物語』における「生」の意味については本章第一節でみたところであるが、『平家物語』が語るものは、すべての人間の無常である。それは具体的には「死」となって実証される。すべての人間が、すべての人間に無常が訪れることを承知していながらも、懸命に生きようとする。しかしすべての人間に「死」という冷酷な事実が訪れる。

それでもなお、人々は懸命に生きようとする。その、けなげともいうべき生き様は、「死」という冷酷な事実によって幕を閉じる。「死」は人間に対して厳然と聳える無常の「ことはり」の実証の姿である。抗っても抗いえないその「ことはり」の前にはひれ伏すしかない人間。「生」を語れば語るほど、「死」の切なさはこみあげる。そのこみあげてくる切なさは、多くの死んでいった人々への暖かい同情・共感の想いとなって溢れ出る。

すなわち、『平家物語』が語ろうとするものは、無常という「ことはり」の前に全く為す術もなく滅んでいった数限りない人間への、同じ人間としての暖かい同情・共感であり、それは、これまた同じ人間である我々享受者に深い感動を与えるものである。そして、この感動が『平家物語』の文学性といいうるのではなかろうか。

註

（1）このあたり、一々示さないが、渡辺貞麿『平家物語の思想』（法藏館・一九八九年三月）に導かれるところ、大である。

（2）本章第四節参照。

（3）本章第一節の註（10）参照。

第三節　「とぞ見えし」考——『平家物語』における無常観の一表現——

一

　昔より今に至るまで、源平両氏朝家に召しつかはれて、王化にしたがはず、をのづから朝権をかろむずる者には、互にいましめをくはへしかば、代のみだれもなかりしに、保元に爲義きられ、平治に爲朝誅せられて後は、すゑ〴〵の源氏ども或は流され、或はうしなはれ、今は平家の一類のみ繁昌して、頭をさし出す者なし。いかならむ末の代までも何事かあらむとぞみえし。

『平家物語』巻一・「二代后」の冒頭である。昔から源平両氏が朝廷に仕え、朝廷に手向かう者に対して征討してきたゆえに、それぞれの代の乱れはなかったけれども、保元・平治の両乱によって源氏が滅んだ後は、平家一門のみが繁栄を極めたというのである。その繁栄は、左右の大臣をはじめとして高位高官を占め、平家知行の国も日本全体の半ばを越え、平大納言時忠をして「此一門にあらざらむ人は皆人非人なるべし」（巻一・「禿髪」）といわしめるほどのものであった。

ところで、そのような平家一門の繁栄に対して、「いかならむ末の代までも何事かあらむとぞみえし」と語っている。平家一門の繁栄は末々の世までも永久に続き、何事もなかろうと思われたというのである。この一文は、どうかすると、平家一門の繁栄が永久に続くように見えたという、至極当然のことを語っているものとして受けとりがちである。しかし、その永久に続くように見えた平家の繁栄について、「……とぞみえし」と語ることに注目したいのである。

「とぞみえし」とは、「……と見えた」「……と思われた」ということであるが、これは、その裏に「実はそうではなかった」という逆の現象を語っているのである。「……と見えた」「……と思われた」のであって、見えた対象は実はそうではなかったのである。一見そのように見えたけれども、実はそうではなかったということを語るのである。周知の如く、平家の繁栄は永久には続かず、それどころかわずか三十年ほどで平家は滅び去ったのであるから、平家滅亡の事実を知る作者が、平家の繁栄に対して「……とぞみえし」と語ることは、至極当然のことであるといえよう。たしかにその通りであるが、しかしまた、『平家物語』全篇を底流する無常観に照らし合わせてみると、この「……とぞみえし」という表現は、単に『平家物語』の平家滅亡後の成立を証するだけにとどまらず、さらに深い感慨をもって受け止められるのではないか。すなわち、『平家物語』冒頭の、

祇園精舎の鐘の聲、諸行無常の響あり。娑羅雙樹の花の色、盛者必衰のことはり《（マヽ）》をあらはす。おごれる人も久しからず、只春の夜の夢のごとし。たけき者も遂にはほろびぬ、偏に風の前の塵に同じ。（巻一・「祇園精舎」）

において語られる無常観にもとづいて事象をとらえた表現が、「……とぞみえし」なのである。

以下、この視点から、『平家物語』における「……とぞみえし」について、その類似表現も含めて検討してみたい。

二

仁安三年三月廿日、新帝大極殿にして御卽位あり。此君の位につかせ給ぬるは、いよ〳〵平家の榮花とぞみえし。（巻一・「東宮立」）

入道相国清盛の北の方二位殿の妹である建春門院の産んだ高倉天皇が即位し、平家は外戚として権力を握った。これからいよいよ平家が繁栄していこうとしていることについて、「いよいよ平家の栄華の世である」とは語らず、「と見えた」と語る。つまり、平家の栄華の世であるかに見えたというのである。その裏には、平家の栄華がやがて滅びへと進んでいったことを語っているのである。

すべて此大臣は、滅罪生善の御心ざしふかうおはしければ、當來の浮沈をなげいて、東山の麓に、六八弘誓の願になぞらへて、四十八間の精舎をたて、……（中略）……誠に來迎引攝の願もこの所に影向をたれ、攝取不捨の光も此大臣を照し給ふとぞみえし。（巻三・「燈爐之沙汰」）

小松大臣重盛は東山に四十八間の御堂を建て、二百八十八人の美女を「時衆」として不断念仏を唱えさせた。この行為によって、重盛は弥陀の摂取不捨の慈悲にあずかるであろうと思われたという。摂取不捨とは阿弥陀仏が人を救って捨てないことであり、それは死後、極楽に往生することをも含むものであるが、ここは、重盛が弥陀の摂取不捨の慈悲にあずかって栄耀栄華を極めるであろうということを語る。しかし、重盛は四十三歳で没する。ゆえに「……とぞみえし」なのである。つまり、四十八間の御堂を建立し不断念仏を修めさせた重盛は、事実は早逝してしまったのであり、弥陀の慈悲によって天寿を全うし栄華を極めるであろうと、まさに思われたのである。

春宮位につかせ給ひしかば、入道相國夫婦ともに外祖父外祖母とて、准三后の宣旨をかうぶり、年元年爵を給は（ッ）て、上日のものをめしつかふ。繪かき花つけたる侍共いで入て、ひとへに院宮のごとくにてぞ有ける。出家入道の後も榮雄はつきせずとぞみえし。（巻四・「嚴島御幸」）

強引に高倉帝から安徳帝に譲位させた清盛は、夫婦共々いよいよ栄華を誇り、その屋敷はまるで上皇や宮の御所のようであった。これについて作者は、清盛が出家入道した後もその栄華は尽きることない「とぞみえし」と語る。

やはり、そのように見えた清盛も「あつち死」し、二位殿も壇の浦で入水したのであって、その栄華は尽きることなく見えたのであった。

平家やがて加賀に打越て、林・富樫が城郭二ヶ所焼はらふ。なに面をむかふべしとも見えざりけり。

（巻七・「火打合戦」）

越後国の火打が城にこもる義仲軍に対して、内通者がいたこともあって、平家はこれを打ち破り、さらに加賀へと進んだ。この平家軍の勢いに対しては、どんな者も立ち向かうとも思われなかったという。ここは今までの例と異なり、打消の助動詞を伴ってはいるが、「何者も立ち向かう者はなかったと思われた」というのと同意であり、やはり、平家軍の勢いは向かう所敵なしといった状態に思われたのであって、その裏には、やがて平家が滅び去ることを暗示している。

去四月十七日、十萬餘騎にて都を立ちし事がらは、なに面をむかふべしともみえざりしに、今五月下旬に歸りのぼるには、其勢わづかに二萬餘騎

（巻七・「實盛」）

これも直前の用例と同じものであるが、直下の文が、実はそのように見えただけであったことを明示している。

惣じて源平乱あひ、入かへ〳〵、名のりかへ〳〵おめきさけぶ聲、山をひゞかし、馬の馳ちがふ音はいかづちの如し。……（中略）……いづれひまありとも見えざりけり。

（巻九・「坂落」）

生田の森で源平が大手で戦っている様子について、源平のいずれにも敵が乗じるすきがあるとは思われなかったというのである。敵が乗じるすきがあくまでもなかったというのではなく、すぎがないと見えたのである。この戦いは、搦手の義経が一の谷の後方の鵯越から攻め込んだために、平家は総崩れとなったのであり、敵の乗じるすきがないと思われた平家にも、実は乗じられるすきがあったのである。

この例と同様な用例は、

其後源平たがひに命をおしまず、おめきさけんでせめたゝかふ。いづれおとれりとも見えず。

（巻十一・「遠矢」）

にもみられる。壇の浦の戦いの描写であるが、やはり、源平のいずれが劣っているとも見えなかったというのである。もちろん、結果は源氏の勝利に終わったのであり、平家が源氏に劣っているとは見えなかっただけである。

かくて室山・水嶋、ところどころのたゝかひに勝しかば、人々すこし色なを（ッ）て見えさぶらひし程に、

（灌頂巻・「六道之沙汰」）

大原の寂光院まで訪れられた後白河法皇に対して建礼門院がみずからの生涯を語る場面である。都落ちしていく平家も、室山・水嶋の合戦に勝利した時は生気を取り戻したように見えたというのである。もちろん、やがて平家は壇の浦での滅亡へと進んでいったことはいうまでもない。取り戻した生気は、実は取り戻したように見えただけであったのである。

以上、「……とぞ見えし」およびその類似表現について、主に平家の滅亡を念頭に置いた用例を挙げた。それらは、程度の差こそあれ、その表現の裏に平家の滅亡を暗示した表現となっているのである。平家の栄華やその勢いを語りつつも、それは表面的なことであって、実はそうではなかったということを裏に含んでの表現として、「……とぞ見えし」やその類似表現が用いられているのである。

三

次に、直接に平家滅亡を前提とした事柄ではないが、やはり「……と見えたが、実はそうではなかった」という

意味において用いられている例をみてみたい。

彼大椙に雷おちかゝり、雷火飫うもえあが（ッ）て、宮中既にあやうくみえけるを、（巻一・「鹿谷」）

落雷によって宮中は焼亡するかに見えたというのであって、焼亡してしまったのではない。

（時忠は）既にかうとみえられけるに（巻一・「内裏炎上」）

これは、山門の衆徒に囲まれた時忠が今はこれまでと見えたというのであるが、時忠は一筆書いて衆徒の怒りをおさめ、命拾いしたのである。

同七月廿八日、小松殿出家し給ぬ。法名は浄蓮とこそつき給へ。やがて八月一日、臨終正念に住して遂に失給ぬ。御年四十三、世はさかりとみえつるに、哀なりし事共也。（巻三・「醫師問答」）

重盛はまだ四十三歳で、盛りの年齢に見えたのに亡くなってしまったのであり、盛りの年齢であったのではない。

（高倉上皇は）宗廟・八わた・賀茂な（ン）どをさしをいて、はる〳〵と安藝國までの御幸をば、神明もなどか御納受なかるべき。御願成就うたがひなしとぞみえたりける。（巻四・「嚴島御幸」）

高倉上皇が、清盛の心を和らげ後白河法皇を鳥羽殿から救うために、厳島神社に参詣される。伊勢・石清水八幡・賀茂の各社をさしおいて、はるばると厳島まで参詣されたことを神が納受されて、上皇の御願も成就まちがいなしと思われた、と語るのである。たしかに後白河法皇はやがて鳥羽殿から出なさることができたが、その後の後白河法皇と清盛との確執は周知の如きものであった。高倉上皇の厳島御幸も水泡に帰したのである。

「然者則日本の外、新羅・百濟・高麗・荊旦、雲のはて、海のはてまでも、行幸の御供仕て、いかにもなり候はん」と、異口同音に申ければ、人々皆たのもし氣にぞみえられける。（巻七・「福原落」）

これは、都落ちし福原に着いた平家が、宗盛を中心として、安徳幼帝の御供をしてどこまでも結束することを誓う場面である。野の末、山の奥までも、どこまでも帝の御供をしていこうと呼びかける宗盛に対して、侍たちはどこまでもついていこうと異口同音に答えたが、平家の身分ある人々にとって、それは頼もしげに見えなさったというのである。しかし、これほど頼もしげに見えた侍たちの力も及ばず、平家は滅び去っていくわけであり、頼もしげに見えたのであって、頼もしいという言葉通りの結果になったのではなかった。

おとどし先帝の御禊の行幸には、平家の内大臣宗盛公節下にてをはせしが、節下のあく屋につき、前に龍の旗たてて𛀁給ひたりし景氣、冠ぎは、袖のかゝり、表袴のすそまでもことにすぐれてみえ給へり。

（巻十・「藤戸」）

都では大嘗会が行なわれ、源氏も供奉を勤めたが、それに関して、一昨年の御禊の際、宗盛が節下を勤めたことを回想し、その宗盛の姿がすばらしく見えたというのである。たしかにその時の宗盛の姿はすばらしかったであろうが、今は源氏に追われて瀬戸の海上にあるのであり、宗盛のすばらしく見えた姿も永久に続くものではなく、ほんのひと時の華やかさにすぎなかったのである。このことをふまえて回想し、その時はすばらしく見えたが、今はその華やかさもないという意味をこめて「みえ給へり」と語るのである。

（能登守教経は）いまはかうとおもはれければ、太刀長刀海へなげいれ、甲もぬいですてられけり。鎧の草摺かなぐりすて、どうばかりきて、おほ童になり、おほ手をひろげてたゝれたり。凡あたりをはら（ッ）てぞ見えたりける。

（巻十一・「能登殿最期」）

壇の浦の合戦の場面、能登守教経の威勢ある姿を描写しているが、それほどのすごさを見せる教経も入水して果てるのである。つまり、死神など逃げていくほどの威勢も、そのように見えたのであって、実際は死んでいくのである。

直接に平家の滅亡と結びついていない用例はまだ他にもあるが、大事小事の違いはあるものの、いずれも、前項の用例同様、「……と見えたが、実際はそうではなかった」という意味で語られているのである。

四

もちろん、「……とぞ見えし」およびその類似表現すべてがその裏に逆の実態を含むものであるわけではない。このことは次の用例からもわかる。

・火のほのぐらき方にむか（ッ）て、やはら此刀をぬき出し、鬢にひきあてられけるが氷な（ン）どの様にみえける。（巻一・「殿上闇討」）
・京師の長吏是が爲に目を側とみえけり。（巻一・「禿髪」）
・歌堂舞閣の基、魚龍爵馬の翫もの、恐くは帝闕も仙洞も是にはすぎじとぞみえし。（巻一・「吾身榮花」）
・是偏に天魔の所爲とぞみえし。（巻一・「鹿谷」）
・所はひろし勢は少し、まばらにこそみえたりけれ。（巻一・「御輿振」）
・比叡山より大なる猿どもが二三千おりくだり、手（ン）々に松火をともひて京中をやくとぞ、人の夢にはみえたりける。（巻一・「内裏炎上」）
・文殊樓の軒端のしろ〴〵としてみえけるを、（巻二・「座主流」）
・兵杖を帯したる者共も、皆そゞろいてぞみえける。（巻二・「小教訓」）
・聖徳太子十七ヶ條の御憲法に、「人皆心あり、……（中略）……かへ（ッ）て我とがをおそれよ」とこそみえ給へ。（巻二・「教訓状」）

・いまだ遠からぬふねなれ共、涙に暮てみえざりければ、（巻三・「足摺」）
・彼松浦さよ姫がもろこし船をしたひつゝ、ひれふりけむも、是には過ぎじとみえし。（巻三・「足摺」）
・互にすがたを見もし見えむ。（巻八・「緒環」）
・あれに見え候、粟津の松原と申。（巻九・「木曾最期」）

多くの用例を挙げたが、実はかように「……のように見えたが、実はそうではなかった」という意味の用法の方が極めて少ない。今、その状況を表に示すと、**表1**[1]の如くになる。

これを見ると、「……と見えたが、実はそうではなかった」という意味での用例のうち、平家の栄華を語りながら実は平家滅亡を前提としたもの（A）は、わずかに九例であり、同様の意味ながら平家の栄華について語るものではない用例（B）を合わせても二二例しかない。「見え」の用例二二九例のほぼ一割である。つまり、「……と見えたが、実はそうではなかった」という意味での用例は、「見え」の用例中、極めて少ないのである。

しかし、私には、用例の少なさよりも、平家の栄華およびそれに近い事柄を語るのに、「……とぞ見えし」もしくはその類似表現を用いていることの意味を重く考えるのである。この点については後に述べる。

また、「……とぞ見えし」のように、過去もしくは完了を伴った用例（C）が「見え」の全用例中の半数を超えていることにも興味を覚えるし、各々の用例の数が巻ごとにアンバランスであることにも注目する。さらに、今、考察の対象とした用例は「見ゆ」の未然形および連用形であるが、終止形・連体形・已然形・命令形の用例はすべて現在形で用いられている（D）。

ちなみに、『保元物語』および『平治物語』についてみてみると、**表2**・**表3**[2]の如くになる。

やはり、「……と見えたが、実はそうではなかった」という意味の用例（A・B）は、『保元物語』・『平治物語』

表 1　『平家物語』における「見え」の用例数

巻	一	二	三	四	五	六	七	八	九	十	十一	十二	灌頂	計	
頁数	58	68	60	62	55	47	57	46	73	65	78	44	21	734	
A	3	0	0	1	0	1	2	0	1	0	0	0	1	9	3.9%
B	1	0	0	4	0	0	1	2	1	2	2	0	0	13	5.7%
C	13	9	4	15	11	11	13	4	8	8	12	4	6	118	51.5%
D	2	4	4	16	2	4	7	6	4	13	9	14	4	89	38.9%
計	19	13	8	36	13	16	23	12	14	23	23	18	11	229	

表 2　『保元物語』における「見え」の用例数

巻	上	中	下	計	
頁数	44	52	36	132	
A	1	0	0	1	3.0%
B	1	1	0	2	5.9%
C	8	7	3	18	52.9%
D	4	4	5	13	38.2%
計	14	12	8	34	

表 3　『平治物語』における「見え」の用例数

巻	上	中	下	計	
頁数	33	35	37	105	
A	1	2	0	3	7.3%
B	1	0	0	1	2.4%
C	11	13	4	28	68.3%
D	3	4	2	9	22.0%
計	16	19	6	41	

ともに全体の約一割であり、『平家物語』と同様である。また、過去もしくは完了を伴って用いられている用例（C）も、『平家物語』と同様に全体の五割を超えている。さらに、『保元物語』では「見ゆ」の連体形・已然形が一例ずつ計二例あり、『平治物語』では終止形・連体形が合わせて四例あるが、すべて現在形で用いられている点も『平家物語』と同様である。

『保元物語』および『平治物語』における「……と見えたが、実はそうではなかった」という意味での用例を挙げておく。

（為義は）三郎先生義憲……（中略）……八郎爲朝、九郎爲仲以上七人の子共あひぐして、院の御所へぞ參ける。御所中ざゝめきあひ、上下力つきてぞみえし。

（『保元物語』上・「新院爲義を召さるる事」）

為義が七人の子どもを率いて崇徳上皇の御所へ参上したところ、御所中がわきかえって、いかにも勢強くなったように見えたというのである。しかし、そのように見えたのもひと時のことであって、周知の如く崇徳上皇方は敗れ去ったのである。

・弓矢をとつて、天竺・震旦はしらず、日本我朝に、義朝の一類にまさる者あるべしとはみえざりけり。

（『平治物語』上・「源氏勢汰への事」）

・やがて除目をこ《（マヽ）》なはれ、清盛は正三位し給。……（中略）……いよ〳〵平家の榮とぞみえられける。

（同・中・「謀反人流罪付けたり官軍除目の事并びに信西子息達遠流の事」）

前者は、平治の乱勃発寸前、内裏に勢揃いした軍勢について語るところであるが、日本に義朝の一族にまさる者があるとは見えなかった、つまり、まさる者はないと見えたというのである。しかし、義朝をはじめとして源氏は、平家によって敗走させられたのである。

後者は、平治の乱が鎮まり、謀叛人の多くは流罪に処せられ、勝者の平家は清盛をはじめとして多くの人が昇進したことについて語るところである。平家がますます栄華へと進むように見えたのであるが、実際には後に源氏によって滅ぼされたのである。

五

以上、『平家物語』における「……とぞ見えし」およびその類似表現のうち、「……と見えたが、実はそうではなかった」「実際はそうではなかったのに、……と思われた」という意味の用例について考察してきた。そして、この表現は、単に『平家物語』の平家滅亡後の成立を示すのみにとどまらず、『平家物語』全篇を底流する無常観と密接な関わりを持った表現であると考えられる。

本章第二節でも述べたように、『平家物語』の無常観は、序章たる「祇園精舎」に語られている。

祇園精舎の鐘の聲、諸行無常の響あり。沙羅雙樹の花の色、盛者必衰のことは《(マヽ)》りをあらはす。おごれる人も久しからず、只春の夜の夢のごとし。たけき者も遂にはほろびぬ。偏に風の前の塵に同じ。（巻一・「祇園精舎」）

古来つとに人口に膾炙した著名な文章であるが、ここに語られている無常観は、いわゆる一般的な「常なるものは何一つ存在しない」といっただけの単純なものではない。それは「盛者必衰」の句の出典たる『仁王経』護国品「有本自無　因縁成諸　盛者必衰　実者必虚　衆生蠢々　都如幻居」という章句の語るところ、すなわち、在ると思われるものも実はないのであり、ただ在るように見えるだけである、したがって、この世に在る（と思われる）ものが滅び無くなるのは必然である、というものである。そのことは「春の夜の夢」「風の前の塵」という比喩が何よりも物語っている。つまり、「春の夜の夢」はまだ醒めていないが、次の瞬間には目覚めて夢は消え去る。「風の前の塵」もまだ風に飛ばされていない。しかし、次の瞬間には跡形もなく飛ばされてしまうのである。『平家物語』の無常観をこのようにとらえうる時、以下の清盛をはじめとする多くの人々の「生」およびその先の「死」は、その実証の姿であるといえよう。

このように『平家物語』の無常観はとらえうる。とすれば、「……とぞ見えし」およびその類似表現が「……と見えたが、実はそうではなかった」という意味で語られるのは、まさに『平家物語』全篇を底流する無常観と軌を一にするものである。特に、語られる対象が平家の栄華である時、その無常観は享受者に一層の感慨をもたらすのである。すなわち、「……とぞ見えし」およびその類似表現は、平家滅亡という結果を承知していたゆえのみの表現では、決してないのである。それは享受者にさらなる感慨をもたらし、ひいては『平家物語』の感動へとつながっていくものである。

註

（1）金田一春彦・清水功・近藤政美編『平家物語総索引』（学習研究社・一九七三年四月）を参照。
表中、
Aは、「……と見えたが、実はそうではなかった」という意味での用例のうち、平家の栄華を語るもの
Bは、「……と見えたが、実はそうではなかった」という意味での用例のうち、平家の栄華について語るものではないもの
Cは、「……と見えたが、実はそうではなかった」という意味ではない用例のうち、過去もしくは完了を伴ったもの
Dは、「……と見えたが、実はそうではなかった」という意味ではない用例のうち、現在形で語られているもの

である。また「……とぞ見えし」を基本とした考察のため、「見ゆ」の未然形・連用形の「見え」を対象とした。

（2）日本古典文学大系『保元物語・平治物語』（岩波書店）をテキストとした。また、『保元物語総索引』（坂詰力治・見野久幸編・武蔵野書院・一九八一年六月）・『平治物語総索引』（坂詰力治・見野久幸編・武蔵野書院・一九七九年十月）を参照した。表中のA～Dは註（1）に同じ。

第四節　『平家物語』の性格――「あはれ」の語の考察を通して――

一

『平家物語』は、中世文学のみならず、わが国の文学史においても白眉といいうる作品である。その文学的価値についても、すでに多くの先学が論じておられるが、私が以下に論じようとするのは、『平家物語』の性格というか、文学性というか、それを今後考えていくにあたり、まず『平家物語』の性格を考えていこうということであり、『平家物語』諸本の中における覚一本の性格づけということではない。

すなわち、その『平家物語』について、作品中における「あはれ」の語に注目し、その考察を通して『平家物語』の性格の一端を明らかにしてみたい。

二

『平家物語』の中にも多くの形容詞・形容動詞がみられる。なぜ形容詞・形容動詞に着目するかというと、それらが感情を表わす語であるからである。『平家物語』にみられる主な形容詞・形容動詞の用例数をまとめたのが**表1**であるが、最も多いのが「同じ」という語であり、続いて「多し」「難し」が続き、四番目に多いのが「あはれ」である。しかし、「あはれ」よりも用例の多い「同じ」や「多し」「難し」といった語は、感情を吐露した語とはいいきれない言葉であり、感情を述べている語としては「あはれ」が最も多いのである。そして「憂し」「悲し」が続き、この、いずれも感情における負の領域を表わす語が『平家物語』の代表的な語といえよう。
ところで、形容詞・形容動詞といっても、厳密には、形容詞・形容動詞から派生した名詞の用例もその数に含んでいる。たとえば、「あはれ」でいうと、形容動詞の「あはれなり」はもちろんだが、さらに「あはれ」とか「あはれさ」といった名詞および、「ものあはれなり」や「あはれげなり」といった接頭語や接尾語のついたものも含んでいる。「悲し」でいうと、「もの悲し」や「悲しさ」「悲しみ」等もその数に含んでいる。また、「あはれ」の語源として「あつぱれ」ととらえる考え方があるが、「あつぱれ」に通ずる「あはれ」は感動詞としての「あはれ」

表1　『平家物語』にみられる主な形容詞・形容動詞の用例数

・同じ	二七七	・あさまし	三五	・ことわりなり	二三
・多し	一二八	・惜し	三一	・美し	二一
・難し	一二〇	・たのもし	二九	・むざんなり	二〇
・あはれなり	一〇八	・口惜し	二八	・はかなし	一九
・憂し	九五	・おろかなり	二八	・やさし	一九
・悲し	九四	・むなし	二七	・いとほし	一七
・苦し	五八	・おぼつかなし	二七	・うらめし	一七
・めでたし	五四	・しづかなり	二五	・をかし	三
・うれし	四〇	・ゆゆし	二四	・わびし	〇

〈金田一春彦・近藤政美編『平家物語総索引』〈学習研究社・一九七三年四月〉による〉

であり、その具体的意味を考えにくいので、今回の考察では一応その対象からはずした。

さて、『平家物語』の形容詞・形容動詞の中で、感情を吐露する語としては「あはれ」が最も多く、一〇八例を数えることができる。同様な意味で次に多いのが「憂し」の九五例、続いて「悲し」の九四例、「めでたし」の五四例といった具合で、「あはれ」の語が『平家物語』の中において重要な位置を占めていることがわかる。ちなみに、王朝時代に「あはれ」と並んであった「をかし」は、わずかに三例を数えるだけである。

三

この『平家物語』の中で重要な位置を占める「あはれ」の語は、その意味と主体の二点において、顕著な特色をみることができる。そこで、以下、「あはれ」の語の意味と主体についてみていきたいが、その前提として、まず「あはれ」の語の基本的な意味を押さえておきたい。「あはれ」の意味は大別して次の四つに分けることができよう。

A　しみじみと感慨深い、しみじみと情趣が深い。（しみじみとした感慨、情趣、風情）
B　気の毒だ、かわいそうだ、悲しい、さびしい、あわれだ。（さびしさ、悲哀、哀愁）
C　愛情が深い、情がある、かわいい、いとしい、なつかしい。（愛情、情、人情）
D　美しい、立派だ、すぐれている、殊勝だ。（美しさ、立派さ、すばらしさ）

Aの趣き・情趣といったことを表わす意、Bのもの哀しさを持つ意、Cの愛情とか人情を表わす意、さらにDのすぐれていることを表わす意の四つである。もちろん、このAからDの四つに分けることには多少の問題があろうかと思うが、大体において、この四つに分けて大きな誤りはないと思われる。

次に「あはれ」の主体についてであるが、ここでいう語の主体とは、「あはれ」と感じたのは誰かということである。この主体については、作者、作中人物、および一般的な人の三つを考えることができる。
まず、作者が主体である場合とは、

さばかんの法務の大僧正（＝明雲）ほどの人を、追立の鬱使がさきにけたせさせ、今日をかぎりに都を出て、關の東へおもむかれん心のうち、をしはかられてあはれ也。（巻二・「座主流」）

のように、追手の鬱使によって関東へ引き立てられていく明雲大僧正に対して、その心中をおしはかって、作者が「あはれ」と感じている場面である。次に、作中人物が主体である場合とは、

（鬼界が島から都へ戻る途中、父大納言成親卿の山荘だった洲濱殿に立ち寄った少将成経が）この古き詩歌を口ずさみ給へば、康頼入道も折節あはれに覚えて、墨染の袖をぞぬらしける。（巻三・「少將都歸」）

のように、成経が父の山荘へ立ち寄って古歌を口ずさんだのに対して、同行していた康頼が「あはれ」と感じた場合である。さらに一般的な場合とは次の如くである。

（建礼門院は）夜もやう〳〵ながくなれば、いとゞ御ね覚がちに明しかねさせ給へり。つきせぬ御ものおもひに、秋のあはれさへうちそひて、しのびがたくぞおぼしめされける。（灌頂巻・「女院出家」）

女院は尽きせぬ物思いに、秋の物寂しさまでが加わって「しのびがたく」お思いになった、というのであるが、この場合の「秋のあはれ」とは、世間一般に感ずるものであり、こういった場合を指すのである。もちろん、この三つも、最終的にはすべて作者の感慨であるわけであるが、それを承知の上で、一応三つに分けてみる。語の「主体」とか「作者」とかいった用語にも問題があろうかと思うが、今はこのまま使用する。

さて、この「意味」と「主体」の二点から『平家物語』中の「あはれ」について調べ、まとめたのが**表2**である。この表からわかることは、まず、『平家物語』の中の「あはれ」は、Bの「気の毒だ、かわいそうだ、悲しい、さ

表2　『平家物語』における「あはれ」

語意＼主体	A	B	C	D	計
作　　者	3	49	0	1	53（49%）
作中人物	5	38	1	2	46（43%）
一 般 的	2	5	2	0	9（8%）
計	10（9%）	92（85%）	3（3%）	3（3%）	108

表4　『平家物語』における「憂し」

主　体	用例数	割　合
作　　者	0	0%
作中人物	87	92%
一 般 的	8	8%
計	95	

表3　『平家物語』における「悲し」

主　体	用例数	割　合
作　　者	16	17%
作中人物	64	68%
一 般 的	14	15%
計	94	

表6　『平家物語』における「あさまし」

主　体	用例数	割　合
作　　者	11	31%
作中人物	21	60%
一 般 的	3	9%
計	35	

表5　『平家物語』における「めでたし」

主　体	用例数	割　合
作　　者	36	67%
作中人物	17	31%
一 般 的	1	2%
計	54	

びしい、あわれだ」という意味に用いられているのが圧倒的に多いということである。これは、ほとんどがそうだといってよいほどである。また、『平家物語』の中の「あはれ」の語の主体については、作者の感情として語られている用例が半数を占めているということがわかる。

数字ですべてを語ることはできないことはいうまでもないが、そういった点を考慮に入れながらも、『平家物語』における「あはれ」の語は、その意味と主体の二点において、特徴を持っているといえるのである。

すなわち、『平家物語』の中で「あはれ」に続いて用例の多い「悲し」・「憂し」・「めでたし」・「あさまし」といった、感情を吐露する語の主体についてみてみると、**表3～表6**に示したように、「憂し」はほとんどすべてが作中人物の感情であり、「悲し」や「あさまし」においても作中人物の感情を表わす用例が六割を超えている。そのうち、「めでたし」は作者の感情として語られる場合が三分の二を示しているが、これは「めでたし」という語の性質の問題かもしれない。しかし、その用例数は「あはれ」の用例の半数を数えるにすぎない。

ともかくも、『平家物語』の中における「あはれ」の語は、最も多く用いられ、しかもそれは悲哀感を表わすものがほとんどであり、またその主体が作者である場合が半数におよんでいるという点に、他の形容詞・形容動詞と違って特徴がみられるといいうるのである。

四

次に、「あはれ」の代表的作品である『源氏物語』の中における「あはれ」と比較してみたい。

『源氏物語』は、本居宣長がその本質を「もののあはれ」と断じて以来、「あはれの文学」としてとらえられてきているが、事実、『源氏物語』は「あはれ」の語を非常に多く用いている。日本古典文学大系本によって調べてみ

表7　『源氏物語』における「あはれ」

語意／主体	A	B	C	D	計
作　者	18	14	5	0	37（18%）
作中人物	41	62	52	5	160（78%）
一 般 的	5	0	3	0	8（４%）
計	64（31%）	76（37%）	60（30%）	5（２%）	205

ると、「あはれ」の用例は二〇〇八頁中九一〇例を数え、一頁あたりの「あはれ」の語が〇・四五、つまり、ほぼ二頁に一回の割合で「あはれ」の語が出てくる。『平家物語』では七三二頁中一〇八例で、大系本で一頁あたり〇・一四、つまり七頁弱に一回の割合であり、『源氏物語』は実に『平家物語』の三・二倍の頻繁さで「あはれ」の語が使用されている。

さて、『源氏物語』の中から任意に、桐壺・帚木・夕顔・若紫・須磨・玉鬘・御法・幻・橋姫の九帖についてみてみた結果が**表7**である（A～Cの分類は**表2**に同じ）。それぞれの巻によって多少の違いはあるが、大筋において、「あはれ」の語の主体は、作中人物の割合が圧倒的に多く、また「あはれ」の意味においてはAとBとC、つまり、情趣を表わす場合と、悲哀感を表わす場合と、愛情や情を表わす場合とが、ほぼ三分の一ずつを示している。しかも、その「あはれ」の対象は、『平家物語』では、死とか別れとか不幸とか零落といった悲しい事象に対して用いられているものがほとんどであったのに対して、『源氏物語』ではそれは多岐にわたっている。

任意とはいえ、わずか九帖で『源氏物語』における「あはれ」の語を完璧にとらえうるとは考えないが、しかし、大系本でこの九帖の頁数は

表8　『平治物語』における「あはれ」

語意	A	B	C	D	計
用例数	1	11	1	2	15
割合	7％	73％	7％	13％	

主体＼用例	用例数	割合
作者	6	40％
作中人物	8	53％
一般的	1	7％
計	15	

三五六頁で『平家物語』の約半分でありながら、その用例数は『平家物語』の約二倍であり、大体のところはとらえうると思われるし、今は『平家物語』における「あはれ」の語の特徴を探るわけであるから、この点はそれほど問題ではないと考える。

こういった『源氏物語』における「あはれ」の語の用例と比較すると、作者の感情を語る用例がほぼ半数を占める点や、悲哀感を表わす場合がほとんどである点において、『平家物語』の「あはれ」の語の特徴を知ることができるのである。もちろん、『源氏物語』と『平家物語』は、成立の時代も異なり、内容的にも異質であることに留意しなければならないことは当然であろうが、それを念頭に置きつつ、両者における「あはれ」の語の比較を通して、『平家物語』のそれの特徴を知るのである。

また、『平家物語』と同じ軍記物語である『平治物語』について、同様のことをみたのが**表8**である。これをみると、『平治物語』では、まず、用例が少ないことに気づく。また、「あはれ」の語の意味は『平家物語』と同じく、Bの悲哀感を表わす場合が非常に多くみられるが、『平家物語』ほど多くはない。主体については、『平家物語』ほどではないが、作者を主体とする場合が多くなっている。

表9　他作品における「あはれ」

作品＼語意	A	B	C	D	計
方丈記	0	2（100％）	0	0	2例
建礼門院右京大夫集	13（28％）	28（60％）	6（13％）	0	47例
うたたね	3（27％）	6（55％）	2（18％）	0	11例
徒然草	28（80％）	4（11％）	3（9％）	0	35例

こうみると、『平治物語』は『平家物語』の前段階的にみられなくもないが、成立時期の問題もあり、一概に断ずることはできない。今は『平家物語』とに違いを確認しておく。

そのほか、『平家物語』と大体において同時代の作品の二、三について、「あはれ」の語の意味をみたのが**表9**である。これらをみても、『平家物語』における「あはれ」の語の特徴を知ることができるのである。

つまり、『平家物語』では、感情を吐露する場合、「あはれ」の語が最も多く用いられており、その「あはれ」の語は、その意味として、ほとんどが「気の毒だ」「かわいそうだ」「悲しい」「さびしい」「あわれだ」といった意味に用いられているのである。また、その主体は、作者の感情を表わす場合が半数を占めており、これは、『源氏物語』と比較して圧倒的に多い。この主体の問題は、『平家物語』が語り物として出発していることとも大きく関わっていると思われるが、しかし同時に、『平家物語』の特徴を表わしているともいえよう。ともかくも、この二点において、『平家物語』の「あはれ」の語の特徴が顕著に表われていると考えられる。もちろん、数字を扱う場合、そこでは慎重に吟味しなくてはならないことはいうまでもないが、そういったことを考慮に入れながらも、『平家物語』は、作者が、悲哀感をもって事象をとらえている。それが「あはれ」という語をもって表わされているということができるのである。

五

以上、述べ来ったことを、一、二、本文にあたってみたい。

「親のめいにそむかじと、つらきみちにおもむひて、二たびうきめを見つることの心うさよ。かくて此世にあるならば、又うきめをも見むずらん。いまはたゞ身をなげんとおもふなり。」といへば、いもうとの祇女も、「あね身をなげば、われもともに身をなげん」といふ。母とぢ是をきくにかなしくて、いかなるべしともおぼえず。なく〳〵又けうくんしけるは、「まことにわごぜのうらむるもことはりなり。さやうの事あるべしともしらずして、けうくんしてまいらせつる事の心うさよ。但わごぜ身をなげば、いもうともともに身をなげんといふ。二人のむすめ共にをくれなん後、年老をとろへたる母、命いきてもなにかはせむなれば、我もともに身をなげむとおもふなり。いまだ死期も來らぬおやに身をなげさせん事、五逆罪にやあらんずらむ。此世はかりのやどりなり。はぢてもはぢでも何ならず。唯ながき世のやみこそ心うけれ。今生でこそあらめ、後生でだにあくだうへおもむかんずる事のかなしさよ」と、さめ〳〵とかきくどきければ、祇王なみだをおさへて、「げにもさやうにさぶらはば、五逆罪うたがひなし。さらば自害はおもひとゞまりさぶらひぬ。かくて都にあるならば、又うきめをもみむずらん。いまはたゞ都の外へ出ん」とて、祇王廿一にて尼になり、嵯峨の奥なる山里に、柴の庵をひきむすび、念仏してこそゐたりけれ。いもうとのぎによも、「あね身をなげば、我もともに身をなげんとこそ契りしか。まして世をいとはむに誰かはをとるべき」とて、十九にてさまをかへ、あねと一所に籠居て、後世をねがふぞあはれなる。

（巻一・「祇王」）

いうまでもなく、「祇王」の一節であるが、仏御前のつれづれをなぐさめるために清盛に召された祇王が帰ってきた場面である。この中で、祇王や母とぢの感情を表現するのに「うし」や「かなし」を用いて、その悲劇的状況を享受者に理解させ、その状況に対して、作者が「あはれ」であると感情を吐露しているのである。つまり、「うし」や「かなし」は登場人物の言葉の中にみられ、最後に作者の感情として「あはれ」が用いられているのである。

おくれたてまつるかなしさに、後の御孝養の事もおぼえず、ふなぞこにふしまろび、おめきさけびけるありさまは、むかし悉達太子の檀特山に入せ給ひし時、しやのくとねりがこんでい駒を給は（ッ）て、王宮にかへりしかなしみも、これにはすぎじとぞみえし。しばしは舟をしまはして、うきもやあがり給ふとみけれども、三人ともにふかくしづんでみえ給はず。いつしか經よみ念佛して、「過去聖靈一仏浄土へ」と廻向しけるこそ哀なれ。（巻十・「三日平氏」）

維盛と共に入水しようとして維盛にとどめられた舎人の武里の、維盛入水の直後の様子を描写する場面であるが、二例の「かなし」によって舎人武里の悲劇的状況を説明し、そんな状況にありながら、死者の極楽浄土への往生を願う武里の姿に、「哀なれ」と作者の感慨を語っているのである。

以上、『平家物語』における「あはれ」の語を考察することによって、『平家物語』は、作者が、悲哀感をもって事象をとらえており、それを「あはれ」の語によって表現しようとしていることを知るのである。換言すれば、『平家物語』において「あはれ」の語は重要な位置を占めているといえるのである。

六

ところで、『源氏物語』に代表される平安時代において、「あはれ」の語は、その根底にしみじみとした感慨深いものをもって用いられている。次の（1）から（3）の文章は、『源氏物語』の「橋姫」の巻から挙げた「あはれ」の用例であるが、それぞれ「あはれ」の意味の底に、しみじみとしたものを持っているといえよう。

（1）（北の方が亡くなり）宮、あさましう思し惑ふ。「あり經るにつけて、いと、はしたなく、堪へがたきこと、多かる世なれど、見捨てがたく、あはれなる。人の御有様・心ざまに、かけとゞめらるゝほだしにてこそ、過ぐし來つれ。……」

（『源氏物語四』日本古典文学大系・二九八頁）

（2）御ぞどもなど、なえばみて、お前に、また人もなく、いと久しく、つれ〴〵げなるに、さま〴〵、いと、らうたげにて物し給ふを、あはれに心苦しう、いかゞ思さざらん。

（同・三〇二頁）

（3）うつろひ住みたまふべき所の、よろしきも、なかりければ、宇治といふ所に、よしある山里、持給へりけるに、わたり給ふ。おもひ捨てたまへる世なれども、「いまは」と、住み離れなんを、あはれに思さる。

（同・三〇三頁）

（1）は、北の方に先立たれた八宮が述懐する言葉であるが、解釈してみると、「生きてゆくにつけて、大層具合が悪く（外へ顔出しもできず）、がまんできないことがたくさんあるこの世の中ではあるけれども、見捨てることができず、かわいそうな北の方のご様子や気だてによって、それを俗世に引き止められる恩愛の絆にして、私は過ごして来たのだ」とでもなろうか。この場合「あはれなる」を「かわいそうな」と解釈したが、そこには単に「かわいそうだ」というだけでなく、北の方に対して「かわいそうだなあ」といえるような、しみじみとしたものを感じうるのではないだろうか。

（2）は、零落した中で、娘たちをみるにつけて、八宮は娘たちを「気の毒に」心苦しくお思いになるのであるというのであるが、「気の毒に」という意味だけでは説明できない。しみじみとした感慨を含んでいるのである。

（3）は、京を離れて宇治の山荘に移られるにあたって、八宮は「悲しく」思われるというのであるが、やはり、「悲しく」というだけでは説明できない、つまり「しみじみと感慨深い悲しさ」とでもいうか、そういうものを奥底に持っているといえよう。

つまり、「あはれ」の語の意味は、A～Dに挙げて先述したような、いろいろな言葉に置き換えられるが、反面、そういった表面的な意味だけでは説明しきれない、しみじみとした感慨を根底に持っているといえるのではなかろうか。すなわち、「あはれ」の語は、ほかの言葉では置き換えられない、まさに「あはれ」としかいいようがない、しみじみとした感慨深いものを持った言葉だといえよう。

このように用いられた「あはれ」が、『平家物語』成立の時代において、悲哀感を表わす意味に用いられているからといって、『平家物語』の「あはれ」が、直ちに現代の「あはれ」と同義に用いられているとは考えられない。事実、『平家物語』に近い時代の作品においても、「あはれ」の語はしみじみとしたものを奥底に持っている。まさに「あはれ」であるとしか適切な表現はできえない。

・宗清やがて出ければ、妹の姫君、「我も義朝の子也。女子なりとも、たすけをきては悪かるべし。ぐして行て、右兵衛佐殿と一所にてうしなふべし。」との給て、ふしまろびなきければ、つはものどもあはれにぞおぼえける。

（『平治物語』下・「頼朝生捕らるる事付けたり夜叉御前の事」〈日本古典文学大系・二七二頁〉）

・また、いとあはれなる事も侍りき。さりがたき妻、をとこ持ちたるものは、その思ひまさりて深きもの、必ず先立ちて死ぬ。その故は、わが身は次にして、人をいたはしく思ふあひだに、稀々得たる食ひ物をも、かれに譲るによりてなり。されば、親子あるものは、定まれる事にて、親ぞ先立ちける。また、母の命盡きたるを不知して、いとけなき子の、なほ乳を吸いつゝ、臥せるなどもありけり。

（『方丈記』〈日本古典文学大系・三一頁〉）

・さても、げにながらふる世のならひ心憂く、明けぬ暮れぬとしつつ、さすがに現し心もまじり、物をとかく思ひつづくるままに、かなしさもなほまさる心地す。はかなくあはれなりける契りのほども、我が身ひとつのことにはあらず。おなじゆかりの夢見る人は、知るも知らぬもさすが多くこそなれど、さしあたりてためしなくのみおぼゆ。

（『建礼門院右京大夫集』〈新潮日本古典集成・一一一頁〉）

・その後は、身を浮草にあくがれし心も、こり果てぬるにや、つく〴〵とかゝる蓬が杣に朽ち果つべき契りこそはと、身をも世をも思ひ鎮むれど、従はぬ心地なれば、又なり行かん果ていかゞ。われよりは久しかるべき跡なれど偲ばぬ人はあはれとも見じ。

（『うたたね』〈新日本古典文学大系『中世日記紀行集』・一七七頁〉）

・京極殿、法成寺など見るこそ、志とゞまり事變じにけるさまは、あはれなれ。御堂殿の作りみがゝせ給ひて、莊園多く寄せられ、我が御族のみ、御門の御後見、世のかためにて、行末までとおぼしおきし時、いかならん世にも、かばかりあせはてんとはおぼしてんや。

（『徒然草』第二十五段〈日本古典文学大系・一一一頁〉）

煩瑣になるので一々詳しくは述べないが、『平治物語』・『方丈記』・『建礼門院右京大夫集』・『うたたね』・『徒然草』それぞれの「あはれ」にも、しみじみとした感慨を奥に持っている。このように『平家物語』に近い時代の作品においても、「あはれ」の語は、表面の意味だけではとらえられない、しみじみとしたものをもって用いられる場合が多いのである。

そこで『平家物語』において、作者の感慨を述べている「あはれ」を、あらためて味わってみたい。多い引用になるが、しみじみとしたものを味わいたいがゆえである。

・（成親卿は遂に殺され、北の方は出家し）おさなき人々も花を手折、閼伽の水を結む《(ン)》で、父の後世をとぶらひ給ふぞ哀なる。（巻二・「大納言死去」）

・同七月廿八日、小松殿出家し給ぬ。法名は浄蓮とこそつき給へ。やがて八月一日、臨終正念に住して遂に失給ぬ。御年四十三、世はさかりとみえつるに、哀なりし事共也。（巻三・「醫師問答」）

・（源三位入道頼政は宇治川の戦いで自害する）三位入道は、渡邊長七唱をめして、「わが頸うて」との給ひければ、主のいけくびうたん事のかなしさに、涙をはら〳〵とながいて、「仕ともおぼえ候はず。御自害候はゞ、其後こそ給はり候はめ」と申ければ、「まことにも」とて、西にむかひ、高聲に十念となへ、最後の詞ぞあはれなる。埋木の花さく事もなかりしに身のなるはてぞかなしかりける（巻四・「宮御最期」）

・同四日、やまひにせめられ、せめての事に板に水をゐて、それにふしまろび給へ共、たすかる心ちもし給はず、悶絶躃地して、遂にあつち死にぞし給ける。馬車のはせちがう音、天もひゞき大地もゆるぐ程なり。一天の君、万乗のあるじの、いかなる御事在ます共、是には過じとぞ見えし。今年は六十四にぞなり給ふ。老じにといふべきにはあらねども、宿運忽につき給へば、大法祕法の效驗もなく、神明三寶の威光もきえ、諸天も擁護し給はず。況や凡慮におひてをや。命にかはり身にかはらんと忠を存ぜし數万の軍旅は、堂上堂下に次居たれ共、是は目にも見えず、力にもかゝはらぬ無常の殺鬼をば、暫時もたゝかひかへさず、又かへりこぬ四手の山、みつ瀬川、黄泉中有の旅の空に、たゞ一所こそおもむき給ひけめ。日ごろ作りをかれし罪業ばかりや獄卒となつてむかへに來りけん、あはれなりし事共なり。（巻六・「入道死去」）

・（熊野に参詣した維盛は、本宮の社前にぬかづき）「本地阿弥陀如來にてましします。攝取不捨の本願あやまたず、浄土へみちびき給へ」と申されける。なかにも「ふるさとにとゞめおきし妻子安穏に」といのられけるこそかなしけれ。うき世をいとひ、まことの道に入給へども、妄執は猶つきずとおぼえて哀なりし事共也。

・（宗盛は近江篠原で斬られる）大臣殿しかるべき善知識かなとおぼしめし、忽に妄念ひるがへして、西にむかひ手をあはせ、高聲に念佛し給ふ處に、橘右馬允公長、太刀をひきそばめて、左の方より御うしろにたちまはり、すでにきりたてまつらんとしければ、大臣殿念佛をとゞめて、「右衛門督もすでにか」との給ひけるこそ哀なれ。（巻十一・「大臣殿被斬」）

・（捕えられた六代は、時政に伴われて鎌倉へ下る）六代御前はさしもはなれがたくおぼしける母うへ・めのとの女房にもわかれはて、住なれし都をも、雲井のよそにかへりみて、けふをかぎりの東路へおもむかれけん心のうち、おしはかられて哀なり。（巻十二・「六代」）

ここに挙げた用例は、すべて悲哀感をもって用いられている、『平家物語』における「あはれ」の代表的なものであるが、単に「かわいそうだ」「気の毒だ」といったような言葉では置き換えられない、しみじみとした感慨を含んでいるといえよう。

七

以上、『平家物語』の「あはれ」の語の考察を中心に述べてきたが、『平家物語』において重要な位置を占める「あはれ」の語は、「気の毒だ、かわいそうだ、悲しい、さびしい、あわれだ」といった悲哀感を表わす用例で用いられ、しかもそれは作者の感慨を語る場合に多く用いられるということである。しかし、それは単に「気の毒だ、かわいそうだ、悲しい」といった表面的な感傷にとどまらず、「あはれ」の語はその根底にしみじみとした感慨を持っているのである。

もちろん、「あはれ」の語を用いなくても、そこにしみじみとした感慨、つまり「あはれ」が享受者をして感動へと導く章段は、知盛が壇の浦において「見るべき程の事は見つ」（巻十一・「内侍所都入」）と語って入水した場面をはじめとして多くみられ、『平家物語』全篇の感動へと導いているが、ここではその点はあえてふれず、「あはれ」の語を中心にみた次第である。

すなわち、『平家物語』は、平家一門を中心に興亡・盛衰を描くわけであるが、それに対して作者は、その悲哀感を、しみじみとした感慨をこめて語ろうとしているのである。この、しみじみと感慨深く語ろうとするのは、平家一門に代表される、滅び去っていく多くの人間に対して、それを単に無常ゆえというのではなく、無常ゆえに滅び去っていく人間に対して、暖かい眼差しでみつめ、いとおしさをもって語っているのではないかということである。

『平家物語』は、単に無常という「ことはり」を語るのではなく、無常という波に懸命に抗いながら、棹さそうとしながらも、結局は流されていってしまう人間という存在に対して、同じ人間として暖かくいとおしい眼でみつめ、そして語ろうとしているのである。この点に覚一本『平家物語』の性格の一端をみるのである。

付記

先人の多くの業績の中、井出恒雄「あはれの文学――いわゆる武士的精神・仏教思想について――」（日本古典鑑賞講座『平家物語』〈角川書店・一九五七年六月〉所収）は、本節とは視点は異なるが、卓越した論である。

第五節　貴族の眼・武士の眼——『平家物語』における二つの価値観——

一

『平家物語』が語ろうとするものは、「無常」という「ことはり」の前に全く為す術もなく滅んでいった数限りない人間への、同じ人間としての暖かい同情・共感であり、それは、これまた同じ人間である我々享受者に深い感動を与えるものである。すなわち、『平家物語』は、単に平家一門の衰亡を語るだけのものでももちろんなく、「おごれる人」・「たけき者」であったがゆえに平家は滅びたといった因果応報を語るものでもない。また、「祇園精舎」の段で「無常」という「ことはり」を語り、以下、多くの人々の死（へいたる姿）を語ることによって、それを実証しただけの、つまり「無常」の「ことはり」を語るだけのものでもない。『平家物語』は、無常の波の大きな流れに対して懸命に抗いながらも結局はその波に呑み込まれていってしまった数限りない人間に対して、限りないいとおしさを感じ、同じ人間として滅び去っていった人間へ贈る鎮魂歌であるといってよかろう。もちろん、語る対象は平家の人々ではある。しかし、そこには、あれほどの権力を握り無常の波など克服できそうにさえ思われた平家の人々でさえも、結局は滅びていった、まして名もなく力もない多くの人間は、いうまでもなく滅び去るしかなかったという、すべての人間に普遍した無常を語っているのである。(1)

さて、『平家物語』をこのようにとらえた上で、視点を換えてみてみると、そこには、貴族階級の価値観と武士階級の価値観とをみることができる。つまり、この両者が共に存在し、お互いにしのぎあっている姿をみることができるのである。この両者の価値観にもとづく判断・評価というもののしのぎあう姿に、貴族の時代から武士の時代へと移っていく転換期を描いた『平家物語』の一つの側面をとらえることができるのではなかろうか。

以下、この視点に立って考察していく。

二

『平家物語』は、序章ともいうべき「祇園精舎」の段に続き、「殿上闇討」の段を語る。この段は、忠盛が昇殿を許されたことを妬んだ殿上人たちが、豊明の節会に忠盛を闇討にしようと企てたことについて語る段であるが、企てを事前に知った忠盛は、

　われ右筆の身にあらず、武勇の家にむまれて、今不慮の恥にあはむ事、家の爲身の爲心うかるべし。せむずる所、身を全して君に仕ふといふ本文あり。

といって、あらかじめ「用意」をした。つまり、忠盛は、武士たる者が闇討に遭うことを「恥」であるととらえ、それは「家の爲身の爲」に堪えられないことだと考えている。そこには、武士として家門やわが身の名を重んじる武士階級の価値観をみることができる。

一方、用心した忠盛が短刀を帯して昇殿し、郎等を控えさせていたことに対する殿上人たちの対処は、

　「夫雄剱を帯して公宴に列し、兵仗を給て宮中に出入するは、みな格式の礼をまもる。綸命よしある先規なり。然を忠盛朝臣、或は相傳の郎従と号して、布衣の兵を殿上の小庭にめしをき、或は腰の刀を横へさいて、節會の座につらなる。兩条希代いまだきかざる狼藉なり。事既に重畳せり。罪科尤のがれがたし。早く御札をけづ(ッ)て、闕官停任ぜらるべき」由、をの〳〵訴へ申されければ、

といったものであった。つまり、殿上人たちの忠盛に対する非難は、勅命によった先例たる「格式の礼」を守らないことに対するものである。ここには、伝統・慣例・慣習というものを重んじ、守り通すべきだとする、貴族階級の価値観をみることができるのである。

これに対して、殿上人たちの訴えを受けた鳥羽上皇の判断は次の如きものであった。

當座の恥辱をのがれむ爲に、刀を帯する由あらはすといへども、後日の訴訟を存知して、木刀を帯しける用意のほどこそ神妙なれ。弓箭に携らむ者のはかりことは、尤かうこそあらまほしけれ。兼又郎従小庭に祗候の条、且は武士の郎等の習なり。忠盛が咎にあらず。

「後日の訴訟を存知し」て「木刀を帯し」た心遣いを誉めているが、それは「弓箭に携らむ者のはかりこと」としてあるべき行動だというのである。つまり、武士としてあるべき行動として誉めているのである。また、郎等が控えていたことも、「武士の郎等の習」であるとして、咎めていない。すなわち、武士として当然あるべき姿として鳥羽上皇は不問に付しているのである。しかし、これは上皇の、武士とはかくあるべきだという考えからの判断であり、武士階級の価値観にもとづく判断ではもちろんなく、貴族階級の立場から武士はそうあるべきだと考えられていたのであって、何ら貴族階級の価値観と矛盾しないのである。

以上、この段から二様の価値観をみることができる。すなわち、伝統・慣例・慣習を重んじる貴族階級の価値観と、武士として家・名を重んじ、主人への忠誠を重んじる武士階級の価値観である。さらに、鳥羽上皇の言葉からもわかるように、貴族の立場からとらえた武士のあるべき姿というものもみられるが、これは、貴族が武士をそのようにとらえていたのであるから、貴族階級の価値観の範疇に入るものである。

三

この二つの価値観が如実に表われているのは、清盛と重盛を対比して描く段である。まず、巻一「殿下乗合」の段をみる。

清盛はますます横暴を極め、すべてを思いのままに行なっていく。それに対して後白河法皇は、

昔より代々の朝敵をたいらぐる者おほしといへども、いまだ加様の事なし。貞盛・秀郷が将門をうち、頼義が貞任・宗任をほろぼし、義家が武衡・家衡をせめたりしも、勧賞おこなはれし事、受領にはすぎざりき。清盛がかく心のまゝにふるまうこそしかるべからね。是も世末にな（ッ）て王法のつきぬる故なり。

と言われたという。ここで後白河法皇は、過去どのような「勧賞」が行なわれても武士が受領以上になるということはなかったということを根拠に、清盛の横暴を非難するのであるが、その根拠は先例であり、先例にはずれることを非難しているのである。つまり、貴族階級の価値観に立っているのである。

そうこうするうちに、資盛と摂政藤原基房との一件が起こる。基房の列に出会っても下馬の礼をとらなかった資盛一行は、駆け破って通ろうとするのであるが、その行動について『平家物語』は、

餘りにほこりいさみ、世を世ともせざりけるうへ、めし具したる侍ども、皆廿より内のわか者どもなり。礼儀骨法弁へたる者一人もなし。

と、資盛が祖父清盛の威光を笠に着ておごっていたこととともに、「礼儀骨法」を弁えていなかったからだと語る。ここにも礼儀作法を重んじる貴族階級の価値観がみられる。

駆け破ろうとして逆に基房一行に散々な目にあわされた資盛の訴えを聞いた清盛は、

たとひ殿下なりとも、浄海があたりをばはゞかり給べきに、おさなき者に左右なく恥辱をあたへられけるこそ遺恨の次第なれ。かゝる事よりして、人にはあざむかるゝぞ。此事おもひしらせたてまつらでは、えこそあるまじけれ。

と怒る。ここには、たとえ摂政であろうとも第一の権力者である自分には遠慮すべきだという、身分・地位ではなく力を第一とする武士階級の価値観がみられる。その価値観に立つからこそ、仕返しをして力を相手に見せつけることが「人にあざむか」れない唯一の方法であると判断するのである。

ところが、このように考える清盛に対して重盛は、

是はすこしもくるしう候まじ。頼政・光基な（ン）ど申源氏どもにあざむかれて候はんは、誠に一門の恥辱でも候べし。重盛が子どもとて候はんずる者の、殿の御出にまいり逢て、のりものよりおり候はぬこそ尾籠に候へ。

と言う。武家の名を重んじる武士的価値観もみられるが、重盛の言葉の中心は、摂政への礼儀を弁えないことに対する批判であり、貴族階級の価値観に立つものである。

しかし清盛は基房への仕返しをさせる。これに対して『平家物語』は、

大織冠・淡海公の御事はあげて申に及ばず、忠仁公・昭宣公より以降、攝政關白のかゝる御目にあはせ給ふ事、いまだ承及ず。

と、過去、摂政や関白がこれほどのひどい目に遭ったことは知らないと述べた後、「是こそ平家の悪行のはじめなれ」と語る。つまり『平家物語』は清盛の行動、つまり武士的価値観に立った行動を非難しているのである。換言すれば、この段で『平家物語』は貴族的価値観に立ち、武士的価値観を否定しているのである。このことは、その

後重盛が資盛を伊勢へ追いやったことに対して、「されば此大将をば、君も臣も御感ありけるとぞきこえし」と語り、重盛を評価していることからもわかるのである。

つまり、この段では『平家物語』作者は貴族階級の価値観に立って語り、武士階級の価値観を否定しているのであるが、重要なのはこの点である。貴族階級の価値観および武士階級の価値観は随所にみることができるが、それが『平家物語』においてどう評価されているかが重要である。当時の時代背景からいえば、『平家物語』の中に両方の価値観がみられることは当然であるが、それを『平家物語』の作者がどう判断しているか。この点をとらえることによって、『平家物語』の中における両方の価値観がどのような関係にあるか、さらにいえば、『平家物語』はいかなる立場に立って語られているのかということが明らかになるのであり、それが延いては『平家物語』の語ろうとするものをより明らかにする一つの証左となるのであると考えるからである。

四

鹿の谷の陰謀が発覚し、清盛の怒りは頂点に達し、ついに後白河法皇の幽閉を決意する。その理由を清盛が貞能に語る。すなわち、保元の乱の際には「一門半過て新院（崇徳上皇）のみかたへまいり」ってしまい、新院の第一皇子重仁親王は父忠盛の側室が乳母だったこともあって、いずれの関係からも新院を見捨て難かったけれども、「故院（鳥羽上皇）の御遺誡」によって後白河法皇の味方となって先陣をつとめた。また平治の乱の時には、上皇・天皇をともにとり奉って御所に立てこもった信頼・義朝を、身を捨てて追い落とした。かように「君の御為に命をうしなはんとする事、度々にをよ」んだ。したがって、たとえ人が何と言おうとも、七代までは我々平氏一門をどうして捨てなさることができようか。それなのに成親や西光などの言うことをとりあげなさって平氏一門を滅ぼすなどという法皇のご計画は「遺恨の次第」である。このようなことではこれ以後も讒奏する者があれば平氏追討の院宣を下されるに違いない。朝敵となってからはどんなに後悔してもどうしようもない。よって、「世をしづめん程、法皇を鳥羽の北殿へうつし奉るか、然ずは、是へまれ御幸をなしまいらせむと思」う。もう一切、自分は「院がたの奉公おもひき（ッ）」たと語るのである（巻二・「教訓状」）。つまり、今までの後白河法皇への忠義にもかかわらず法皇がそれを認めるどころか逆に平家を滅ぼそうとしたことに対して、清盛は怒り、さらにはみずからのためには上皇であろうとも幽閉をいとわないという、みずからの力のみを頼りにし、君臣の分を弁えない、武士階級の価値観にもとづくものである。

この父清盛の決意を聞いた重盛は急遽西八条へ駆けつける。一門の者たちが皆鎧に身を固めている中へ、重盛が「烏帽子直衣に、大文の指貫そばと（ッ）」て入っていくと、清盛は重盛のこざかしい態度を諌めようとは思うものの、重盛は「さすが子ながらも、内には五戒をたも（ッ）て慈悲を先とし、外には五常をみださず、礼儀をたゞしうし給ふ人」なので、衣を纏って鎧を隠そうとする。清盛が法皇幽閉の企てを語ると、重盛は「聞もあへず、はら〳〵と」泣いて、涙を抑えて次のように語る。

此仰承候に、御運ははや末に成りぬと覚候。人の運命の傾かんとては、必悪事を思ひ立候也。又御ありさま、更にうつゝ共覚え候はず。さすが我朝は邊地粟散の境と申ながら、天照大神の御子孫、國のあるじとして、天兒屋根尊の御末、朝の政をつかさどり給ひしより以來、太政大臣の官に至る人の甲冑をよろふ事、礼儀を背にあらずや。就中御出家の御身也。夫三世の諸佛、解脱幢相の法衣をぬぎ捨て、忽に甲冑をよろひ、弓箭を帯しましまさん事、内には既破戒無慙の罪をまねくのみならずや、外には又仁義礼智信の法にもそむき候なんず。かた〴〵恐ある申事にて候へ共、心の底に皆旨趣を残すべきにあらず。まづ世に四恩候。天地の恩、國王の恩、父母の恩、衆生の恩是也。其中に尤おもきは朝恩也。普天の下、王地にあらずといふ事なし。されば彼穎川の水に耳をあらひ、首陽山に薇をお（ッ）し賢人も、勅命そむきがたき礼儀をば存知すとこそ承はれ。何況哉先祖にもいまだきかざ（ッ）し太政大臣をきはめさせ給ふ。いはゆる重盛が無才愚闇の身をも（ッ）て、蓮府槐門の位に至る。しかのみならず、國郡半過て一門の所領となり、田園悉一家の進止たり。是希代の朝恩にあらずや。今これらの莫大の御恩を忘て、みだりがはしく法皇を傾け奉らせ給はん事、天照大神・正八幡宮の神慮にも背候なんず。日本は是神國也。神は非礼を享給はず。然ば、君のおぼしめし立ところ、道理なかばなきにあらず。中にも此一門は、朝敵を平げて四海の逆浪をしづむる事は無双の忠なれども、その賞に誇る事は傍若無人共申つべし。……（中略）……君と臣とならぶるに親疎わくかたなし。道理と僻事をならべんに、争か道理につかざるべき。（巻二・「教訓状」）

長い引用になったが、重盛の言葉はすべて理に適い、礼儀と人臣の道を説き、貴族階級の価値観に立ったものであることは一目瞭然である。が、少しく検討してみると、まず清盛の企てを即座に「悪事」と決めつけている。法皇が平家を滅ぼそうと企てたことなどを考慮するまでもなく、いかなる理由があろうとも法皇を幽閉するなど以ての外のことであると考えている。ここには身分を弁え秩序を重んじる考えがみられる。次に「太政大臣の官に至る人の甲冑をよろふ事」は天兒屋根尊以来なかったことであり、それは「礼儀に背」くことであり、「仁義礼智信の法にそむ」くという。ここにも礼儀を重んじ、儒教の教えに忠実であろうとする考えがみられるが、本来武士である清盛がたとえ太政大臣になろうとも甲冑を身に纏うことは何ら不思議なことではないのだが、重盛は太政大臣となった清盛を武士とはとらえていない。ここにも貴族階級の価値観に立った重盛の考え方がみてとれるのである。さらに四恩の中でも最も重いのが朝恩であり、本来武門の身にはありえない、清盛や重盛の高官への出世をはじめ一門の繁栄は、朝恩以外の何物でもないのに、これを忘れて法皇を幽閉しようとすることは神慮に背くと語る。そして、「道理と僻事をならべんに、争か道理につかざるべき」と結ぶ。人臣の立場を弁え、礼儀を重んじ、道理に立とうとするこの重盛の考えは、明らかに貴族階級の価値観にもとづくものであるといえよう。

この後法皇への忠と父清盛への孝との間に立っての重盛の苦衷を語る有名な場面があるが、その段「烽火之沙汰」の末尾には、

「果報こそめでたうて、大臣の大将に至らめ、容儀躰はい人に勝れ、才智才覚さへ世にこえたるべしやは」とぞ、時の人々感じあはれける。……（中略）……上古にも末代にもありがたかりし大臣也。

と語り、重盛をその姿や才智から高く評価している。ここから、法皇幽閉事件を語る『平家物語』作者は貴族階級の価値観に立って語っていることがわかるのである。

五

木曽義仲は巻六「廻文」から登場する。そこではまず幼少時を語ったのに続いて、

やう〳〵長大するまゝに、ちからも世にすぐれてつよく、心もならびなく甲なりけり。「ありがたきつよ弓、勢兵、馬の上、かちだち、すべて上古の田村・利仁・致頼・保昌・先祖頼光、義家朝臣といふとも、争か是にはまさるべき」とぞ、人申しける。

と語る。義仲がいかに武士として優れていたかを語るのであるが、それは、剛力で雄々しい心の持ち主であり、「つよ弓、勢兵、馬の上、かちだち」のすべてに古来の鎮守府将軍や源氏の祖先にも勝っていたというのであり、あくまでも武士として優れていたというのである。すなわち、武士は武勇において評価されており、貴族階級から

も武士は当然そのようにとらえられていたのである。したがってこの記述は、何ら貴族階級の価値観に抵触しない。

平家を追い払って都へ入った義仲は、左馬頭となり、越後国を賜わり、その上「朝日の将軍」という院宣まで下された（巻八・「名虎」）。しかし巻八「猫間」の段になると、都の守護にあたった義仲は、「たちゐの振舞の無骨さ、物いふ詞つゞきのかたくななる」ことこの上もなかったと語る。その理由として、義仲が二歳から三十歳まで「信濃國木曾といふ山里」に居たがためだとし、それに対して「ことはりかな」とは語るものの、そこには、義仲の無骨さや言葉の下品なことに対しての非難めいたニュアンスがある。この評価には、上品な立ち居振る舞いや言葉遣いを良しとする、貴族階級の価値観にもとづいた判断がはたらいているのである。

この貴族階級の価値観は、続く猫間中納言光高卿との対面の場面にも表われている。義仲は猫間中納言を知らず「猫は人にげんざうするか」と言ったこと、「猫間殿」と言えなくて「猫殿」と言ったこと、何でも新鮮なものを「無塩」と言うと心得て、「ぶゑんのひらたけ」と言ったこと、大きな深い「田舎合子」にご飯を「うづたかく」よそって出したこと、しかもその「合子」は義仲の使う「精進合子」であったことなどが語られ、結果、猫間中納言は「かやうの事に興さめて、のたまひあはすべきことも一言もいださず、驪いそぎ歸られ」てしまったという。猫間中納言が興ざめて帰ってしまったと語ることから、この義仲の振る舞いは非難されるべきものだととらえられていることがわかるが、それは貴族階級の価値観によって判断されているからである。

さらに続けて、義仲が官加階した時、直垂で出仕してはいけないので布衣を着たが、烏帽子の際から指貫の裾まで様になっていなかった。牛車も牛飼いも宗盛のものを使っていたが、出発する際に牛飼いがひとむち当てたところ、車に乗っていた義仲は、

車のうちにてのけにたふれぬ。蝶のはねをひろげたるやうに、左右の袖をひろげて、おきん〳〵とすれども、

なじかはおきらるべき。

という始末だった。また牛飼いとは言えないで、「子牛こでい」と言ったり、車の後ろから降りたりといった、常識さえも弁えない義仲が語られている。そしてこの段の最後に、

其外、おかしきこと共おほかりけれども、おそれて是を申さず。

と語る。

このように、この「猫間」の段では、上洛して貴族社会の中に入って、貴族社会の常識への無知さを暴露し、品性のない振る舞いを繰り返す義仲に対して、『平家物語』は冷ややかに語る。そこには、貴族階級の価値観にもとづいた評価がなされているのである。

このように、義仲についての描写は、貴族階級の価値観に立ったものである。しかし、また、義仲が上洛するまでの平家との数々の戦さについても『平家物語』は語っている。そこには、作者の感情は見出しにくいが、戦さの描写の詳しさからすると、単に記録的に語っているとは思えない。やはり、戦さを語るところには、武勇や智略に長けた義仲を肯定的にとらえているわけで、そこには武士階級の価値観に立った評価がうかがえるといえるが、巻六「廻文」の冒頭のように、貴族からみた武士のあるべき姿を語っているともいえ、いずれとも判断しがたい。しかし、義仲ではないが、篠原合戦における斎藤別当実盛は、白髪を染め、錦の直垂に身を包み、死を覚悟して出陣し、討ち死にする。その実盛について『平家物語』は、

昔の朱買臣は錦の袂を會稽山に翻し、今の齋藤別當は其名を北國の巷にあぐとや。朽もせぬむなしき名のみとゞめをきて、かばねは越路の末の塵となるこそかなしけれ。（巻七・「實盛」）

と語り、武士らしいその最期に同情を寄せている。また、かつて石橋山の戦さで頼朝に逆らった実盛ら東国の五人

は平家方についていたが、今回の戦さにあたって、ふらふらすることを潔しとせず、優勢な源氏方につくことなく、あえて劣勢の平家方について死を覚悟して戦さに臨み、すべて討ち死するが、『平家物語』は、

されればその約束をたがへじとや、當座にありし者共、一人も殘らず北國にて皆死にけるこそむざんなれ。

（同・「篠原合戰」）

と、その振る舞いに感じ、同情を寄せている。つまり武士の潔い死に対して同情し、共感しているのである。すなわち、そういった潔さを肯定的にとらえているのであり、貴族も武士はそういうものだと理解していたとしても、貴族階級の価値観からは同情・共感は生まれず、これらは武士階級の価値観に立った描写であるといえよう。とすれば、義仲が上洛するまでの数々の戦さについても肯定的にとらえ評価していることは、武士階級の価値観に立った評価であるといえよう。

巻九「木曾最期」は、一代の風雲児の最期を極めて美しく語っている。都の内で乱暴狼藉を尽くしたことを語ったことも忘れたかのように、『平家物語』は義仲の最期を哀愁味たっぷりに描く。その義仲には、もはや「朝日の将軍」のおもかげはない。あれほどの勢いを見せた義仲も、最後は敗れ去っていく。その姿を哀調味豊かに描くところには、武勇に生きる武士に運命づけられた最期に対して、深い同情が溢れている。これは武士階級の価値観に基づくものである。それは、前の「河原合戰」の段では「木曾」と呼び捨てられていた義仲が、この段では「木曾殿」と呼ばれていることにも表われている。会話部分を除いて、義仲を指す語が、直前の「河原合戰」の段では全六例中、「木曾」が四例、「木曾殿」が一例、「木曾左馬頭」が一例であるのに対して、「木曾最期」の段では全十四例中、「木曾」が四例、「木曾殿」が九例、「木曾左馬頭」が一例である。ちなみに「猫間」の段では全九例中、「木曾」が八例、「木曾左馬頭」が一例で、「木曾殿」の用例はない。[2] この「木曾最期」の段全体にそうした、武士義仲

への同情の思いが流れているのである。それは頂点を極めた人物の哀れな末路への、武士に限らないすべての人間に通ずる思いだともいえようが、それだけにとどまらず、武力に頼るがゆえに武力が衰えた時に辿らねばならない、武士の、必然的な悲劇性というものへの同情があるように思われてならない。そしてそれは、生き延びるためにはいろいろな方法を考えることのできる貴族階級の価値観ではなく、潔く死を迎えるしか方法のない武士階級の価値観に立つものであると考えるのである。

この「木曾最期」の段が、そういった武士階級の価値観にもとづく語りであることは、この段の細かな部分を見ても理解できる。巴御前について『平家物語』は次のように語る。

中にもともゑはいろしろく髮ながく、容顏まことにすぐれたり。ありがたきつよ弓、せい兵、馬のうへ、かちだち、うち物も（ッ）ては鬼にも神にもあはふどいふ一人當千の兵也。究竟のあら馬のり、悪所おとし、いくさといへば、さねよき鎧きせ、おほ太刀・つよ弓もたせて、まづ一方の大將にはむけられけり。度々の高名、肩にならぶるものなし。

巴御前がいかに男以上のつわものだったかを語り、そのことを讃めたたえている。この巴御前を讃めているところには、武士階級の価値観がみられる。貴族階級の価値観からいえば、このような男勝りの女性は否定されるものである。

このように義仲に関して、上洛するまでの平家との数々の戦さを語るところでは武士階級の価値観から語られているが、「猫間」の段を中心に都での義仲は貴族階級の価値観から批判的に語られている。これは、当然のことながら、前者は武士としての義仲であるが、上洛してからの義仲は貴族社会の一員として行動しなくてはならなかったからである。しかし最後の「木曾最期」の段では一代の風雲児としての義仲の最期を、武士階級の価値観に立って哀調味豊かに語っているのである。

六

『平家物語』は多くの死について潔く、また美しく語る。すでに本章第二節において詳述したところであるが、平知盛（巻十一・「内侍所都入」）、源三位入道頼政（巻四・「宮御最期」）、重盛の三男清経（巻八・「大宰府落」）、妹尾太郎（巻八・「妹尾最期」）、河原太郎高直（巻九・「二度之懸」）、薩摩守忠度（巻九・「忠度最期」）、敦盛（巻九・「敦盛最期」）、佐藤三郎兵衛嗣信（巻十一・「嗣信最期」）、教経（巻十一・「能登殿最期」）、重衡（巻十一・「重衡被斬」）、土佐房昌俊（巻十二・「土佐房被斬」）、平家の侍越中次郎兵衛盛嗣（巻十二・「六代被斬」）等々、作者は、それぞれの「死」を武士らしく潔いものとして語り、しかもそれに対して同情・共感、さらにはその潔さを称揚しようとして語っている。武士の死を潔く、また美しく語るのは、まさにその死が武士にふさわしい死であることを強調しているのであり、武士階級の価値観に立ったとらえ方であるといえよう。

しかし、武士の死すべてが潔い死ばかりではない。なかには迷いやこの世への執着を強く持ちながらも死へ赴かねばならなかった人たちもいる。三位中将維盛の「死」に臨んでの振る舞いは、その最たるものである（巻十・「維盛入水」）。最後は正念にして入水しており往生は予想されるが、その再三の迷いはまさに「死」に臨んだ人間共通の苦しみである。作者は滝口入道に「たかきもいやしきも、恩愛の道はちからおよばぬ事也」と語らせ、同情・共感の情を語っているが、これは武士階級の価値観に立ったとらえ方ではない。かといって、ならば貴族階級の価値観に立ったとらえ方かといえば、そうでもない。これはいずれの価値観に立ったとらえ方でもなく、両者を超えた、人間らしい姿としてとらえているのであり、その人間らしい姿に同情・共感しているのである。平宗盛も、いざ首を落とされようとする時に、息子清宗のことを尋ねる（巻十一・「大臣殿被斬」）。潔く「死」を覚悟しながら瀬戸際で執着を残してしまった。宗盛の子清宗も、斬首の際に父の最後の様子を尋ねる（同上）が、これも前の維盛の死と同様に作者はとらえているのである。

七

貴族階級の価値観と武士階級の価値観はまだまだ多く指摘することができる。たとえば重盛について、前掲の箇所の他にも、徳子御産の時の作法を弁えた沈着冷静な行動に対して「目出たかりしは小松のおとゞのふるまひ」（巻三・「公卿揃」）と讃め、その重盛の死に対して「世には良臣をうしなへる事を歎き」（同・「醫師問答」）と評している。このように語られる重盛は、貴族社会における常識・道理をふまえた理想的な人物として描かれているのであり、それは貴族階級の価値観にもとづく評価である。また維盛についても「容儀躰拝繪にかくとも筆も及びがたし」（巻五・「富士川」）と貴族階級の価値観から語られるものなど、断片的な箇所も含めば、両者の価値観のみられる箇所は枚挙にいとまがない。

このように、『平家物語』には貴族階級の価値観と武士階級の価値観にもとづいて語られる箇所をみることができる。もちろん、『平家物語』も文学作品としての意図・テーマを持っていることは当然であり、それは滅んでいったすべての人間に対する鎮魂歌といったものであった。そうした意図・テーマが厳としてあることを承知した上で、別の視点からみてみると、二つの価値観をみることができ、そしてこの両者がお互いに絡み合い、文を織り成している。冒頭にこの二つの価値観がお互いに「しのぎあって」いると表現したが、まさにそのしのぎあっているところに時代の変換期を描くという『平家物語』の一つの側面を探ることができるのである。

さて、その具体的姿をみてみると、登場人物は、当然のことながら、大体において、貴族階級の人々は貴族的価値観に立って、武士階級の人々は武士的価値観に立って、それぞれ判断し、行動している。しかし『平家物語』の作者は、基本的には貴族階級の価値観に立って語っている。本来武士である平家一門の人々に対しても、その貴族的側面を見た場合には、素直に貴族階級の価値観で判断し、評価している。そして武士らしい判断・行動に対しては、それが同情・共感できない場合には貴族階級の価値観に立って批判し、それが同情・共感できる場合には武士階級の価値観でとらえ、評価している。しかも、その同情・共感できる場合のほとんどは死の場面である。しかし、『平家物語』作者の基本的立場は貴族階級の価値観であるが、『平家物語』が死を語る作品であることを考えると、ほとんどが死の場面にみられる武士階級の価値観も決して軽いものではないといわざるをえない。

この二つの価値観がどのように関わりあっているか、そしてそれが、『平家物語』の語ろうとすることにどう貢献しているかを考えることが、『保元物語』『平治物語』への同様なアプローチとともに、今後の課題となろう。

さらに一言しておきたいことは、このような二つの価値観についての考察の結果と『平家物語』の作者もしくはその周辺との関わりについてである。如上の考察の結果から判断するに、『平家物語』作者は貴族階級の人（たち）ではないかということが考えられるが、もちろん軽々に判断できることではない。しかし、『徒然草』をはじめとして、今日まで作者と推定された人々は、ほとんどが貴族階級の人である。もちろん『徒然草』が語るような、武士のことは武士階級の人から伝えられたこともあっただろうが、『平家物語』と貴族階級とのつながりの強さを考えずにはおれないのである。もちろん、貴族的価値観に立って判断する人が貴族階級の人であるとは、厳密にはいえない。可能性からいえば、武士階級の人といえども貴族的価値観に立つことはありうる。いずれにしても、このことはさらに多方面から検討すべきことでもあり、今は問題として確認するしかない。

註

（1）本章第一節および第二節参照。
（2）ちなみに、主な諸本では次の如くである。
イ　延慶本（北原保雄・小川栄一編『延慶本平家物語　本文篇上・下』勉誠社・一九九〇年六月）
・八（第四）「木曾京都ニテ頑ナル振舞スル事」
一五例中、「木曾義仲」一例、「木曾」一四例。
・九（第五本）「義仲都落ル事　付義仲被討事」
二一例中、「木曾」二〇例、「義仲」一例。
・九（第五末）「兵衛佐ノ軍兵等　付宇治勢田事」
二五例中、「木曾」一〇例、「義仲」一五例。ただし「木曾」に対して「宣ふ」という尊敬語を使用している。
ロ　屋代本（『屋代本平家物語　中巻』桜楓社・一九七〇年五月）
・巻八「木曾義仲於洛中振舞事」
八例すべて「木曾」。
・巻九（「木曾最期」「河原合戰」）欠巻
ハ　『源平盛衰記』（藝林舍・一九七五年十二月）
・下　巻三十三「光隆卿木曾が許に向ふ　付木曾院參頑なる事」
二〇例中、「木曾」一七例、「義仲」二例、「木曾冠者義仲」一例。
・下　巻三十五「巴關東下向の事」
一四例中、「木曾」一二例、「義仲」一例、「木曾殿」一例。
・同「粟津合戰の事」
二九例中、「義仲」一二例、「木曾」一一例、「木曾義仲」二例、「木曾殿」四例。

第六節　『平家物語』における「罪」と「悪」(一)――「罪」について――

一

源氏に捕らわれた平重衡は、出家を願うが許されず、せめてのことに法然上人に対面することを願って許される。法然上人に対面した重衡は言う。

倩ら一生の化行をおもふに、罪業は須弥よりもたかく、善業は微塵ばかりも蓄へなし。かくてむなしく命おはりなば、火穴湯の苦果、あへて疑なし。ねがはくは、上人慈悲をこしあはれみを垂て、かゝる悪人のたすかりぬべき方法候者、しめし給へ。（巻十・「戒文」）

ここでいう「罪業」とは、清盛の命によって行なった南都焼き討ちをいい、みずからをして「悪人」というのも、当然のことながら、南都焼き討ちを行なった自分を指していうのである。しかし、「罪業」は「善業」と対比して使われ、死後、地獄の苦である「火穴湯」（正しくは「火血刀」）という、悪業の果報「苦果」を受けるであろうことは間違いないと語っていることから、南都焼き討ちは明らかに仏に対する「罪」としてとらえられている。そしてそれを行なった重衡がみずから「悪人」としているのも、仏教上の「悪」を行なった人物であるという意味である。

すなわち、序章たる巻一「祇園精舍」において独特の無常観を語っている『平家物語』が、根底に仏教思想を濃厚に持っていることはいまさらいうまでもないことであるが、その『平家物語』において「罪」および「悪」という語がどのように使用されているかについて、検討を加えたい。そこで、まず『平家物語』にみられる「罪」という語の意味を検討しつつ、『平家物語』の罪障意識について検証する。

二　世間的な「罪（ツミ）」

「罪」という語のうち、「ツミ」と訓む用例は、『平家物語』全体で四一例ある。(1)

具体的内容は示されていない罪

(1)加賀守師高とその弟師経は任国で悪政を行ない、ある時、鵜河という山寺で乱暴狼藉をはたらいた。鵜河は白山の末寺だったので衆徒が国庁へ大挙して押しかけたところ、彼らは都へ逃げ帰った。そこで白山の衆徒は神輿をかついで比叡山へ訴え、比叡山は三社の神輿をかついで上洛し、内裏に乱入しようとしたが、平家の武士に食い止められたという事件があった。朝廷では比叡山の座主明雲大僧正を流罪に処した。比叡山の大衆は流された明雲座主を取り戻そうとしたが、取り戻しに来た大衆に対して明雲は、

　兩所山王さだめて照覽し給ふらん。身にあやまつことなし。無實の罪によ（ッ）て遠流の重科をかうぶれば、世をも人をも神をも佛をも恨み奉る事なし。（巻二・「一行阿闍梨之沙汰」）

と語る。ここでの「罪」は漠然と世間一般にいう罪、この世間における罪の意味である。この章では、座主を取り戻した比叡山の大衆たちが善後策を詮議する中にも「罪なくしてつみをかうぶる」という表現や「無實の罪によ（ッ）て遠流の重科をかうぶ」るという、引用と同じ表現があるが、いずれも同様の意味で用いられている。また巻三「大臣流罪」の段では「つみなくして配所の月をみむといふ事」と源中納言顕基の説話をふまえて語るが、これも同様の意味である。

(2)高倉上皇はある冬の夜、方違えで中宮の所においでになった時に、貧しい少女が盗賊に主人の着物を取られたのを御覧になり、すぐに中宮に新しい着物を届けさせて下賜されたことがあったが、その時の上皇の言葉である。

あなむざん。いかなるもののしわざにてかあるらん。堯の代の民は、堯の心のすなをなるをも（ッ）て心とするが故に、みなすなをなり。今の代の民は、朕が心をも（ッ）て心とするが故に、かだましきもの朝にあ（ッ）て罪ををかす。是わが恥にあらずや。（巻六・「紅葉」）

ここも、漠然と世間一般にいう罪、この世間における罪の意味である。このように、世間にいう普通の罪を漠然と指す意味での「罪」の使用例は七例ある。

処罰の意味の罪

(3)(1)と同じ話で、師高らの処置について誰も表立って意見を言う者がないことを、『本朝文粋』にある慶滋保胤の「封事を上らしむる詔」をふまえていう文である。

大臣は祿を重じて諫めず、小臣は罪に恐れて申さず。（巻一・「願立」）

ここにおける「罪」は処罰の意味である。

(4)これも(1)と同じ話であるが、その発端で明雲座主を流罪に処したことについて語る。

僧を罪するならひとて、度縁をめしかへし、還俗せさせ奉り、大納言大輔藤井松枝と俗名をぞつけられける。（巻二・「座主流」）

ここでの「罪す」という語は、処罰するという意味である。

(5)鹿の谷における陰謀が発覚し、清盛は後白河法皇の幽閉を決意したが、そこへ重盛が現われ、父を諫める。重盛はその中で、栄華を極めれば必ず運が尽きる時が来るということを、蕭何の故事を例に出して語る。

かの蕭何は大功かたへにこえたるによ(ッ)て、官大相國に至り、劔を帯し沓をはきながら殿上にのぼる事をゆるされしか共、叡慮にそむく事あれば、高祖おもう警てふかう罪せられにき。　(巻二・「烽火之沙汰」)

ここの「罪す」という語も、処罰するという意味で使用されている。

この「罪す」という用例は他に二例あり、(3)も含めて五例が処罰の意味で用いられている。

謀叛・反逆の意味の罪

(6)鹿の谷事件によって鬼界が島に流された三人にも、中宮の安産祈願のために赦免が行なわれることになった。しかし、鬼界が島に来た使者が持ってきた赦免状には成経・康頼の名のみあって俊寛の名はなかった。俊寛は、

「抑われら三人は罪もおなじ罪、配所も一所也。いかなれば赦免の時、二人はめしかへされて、一人こゝに残るべき。平家の思ひわすれかや。執筆のあやまりか。こはいかにしつる事共ぞや」と、天にあふぎ地に臥て、泣かなしめ共かひぞなき。　(巻三・「足摺」)

と、半狂乱になる。ここの「罪」は、平家に反旗を翻す罪である。謀叛の罪といえよう。

(7)俊寛に召し使われていた有王は、鬼界が島の罪人が赦免されて戻ってくると聞いて鳥羽まで迎えに出るが、主人俊寛の姿が見えない。その有王の様子を、

いかにと問ば、「それはなをつみふかしとて、嶋にのこされ給ぬ」ときいて、心うしな(ン)どもおろかなり。　(巻三・「有王」)

と語る。ここの「つみ」も同じ俊寛について語るものであり、平家への謀叛の罪の意味である。

(8)平家追討の謀事が発覚した高倉宮はかろうじて三井寺へ逃げ込み、源三位頼政も駆けつけた。三井寺では延暦寺と興福寺に援助を乞うた。延暦寺は動かなかったが、興福寺は申し入れを受け入れた。その南都からの返牒の一節には次のようにある。

（清盛は）勝にのるあまり、去年の冬十一月、太上皇のすみかを追補し、博陸公の身をしながす。反逆の甚しい事、誠に古今に絶たり。其時我等、すべからく賊衆にゆき向て其罪を問べしといへ共、或は神慮にあひはゞかり、或は綸言と稱するによ（ッ）て、鬱陶をおさへ光陰を送るあひだ、（巻四・「南都牒状」）

ここにおける「罪」は、清盛の後白河上皇への「反逆」、つまり家臣の身でありながら朝廷へ反逆する意味で用いられている。

(9)壇の浦にて平家が滅亡した後、源氏による平家の係累への探索が厳しい中、重盛の子の宗実は公家の養子になっていたが、源氏を憚って家を出され行き先がなくなったために、俊乗坊重源のもとへ行って出家を願う。しかし、自分をかくまうことによる重源の身を案じて、次のようにいう。

それ（私を出家させてかくまうこと）もなおおそろしうおぼしめさば、鎌倉へ申して、げにもつみふかかるべくはいづくへもつかはせ。（巻十二・「六代被斬」）

ここにおける「つみ」は源氏に敵対する罪の意味である。このように謀叛や反逆の意味で使用されている用例は五例ある。

不孝の罪

もう一例、検討しておく用例がある。

⑽⑸と同じ場面で、重盛は涙ながらに父清盛を諌める。

悲哉、君の御ために奉公の忠をいたさんとすれば、迷盧八万の頂より猶たかき父の恩、忽にわすれんとす。痛哉、不孝の罪をのがれんとおもへば、君の御ために既不忠の逆臣となりぬべし。進退惟きはまれり。是非いかにも辨がたし。（巻二・「烽火之沙汰」）

と語る。ここの「罪」は文字通り父清盛への親不孝の罪であるが、後白河法皇への不忠と並べてあり、忠義と孝行は儒教的倫理である。しかし、わが国の仏教はそこに儒教的倫理も消化して内包しており、実際に、親不孝の罪によって地獄へ堕ちたという説話は枚挙に遑がない。重盛はこの一節の後には、

只末代に生をうけて、かゝるうき目にあひ候重盛が果報の程こそつたなう候へ。

と語っており、忠義と孝行の間で進退窮まるという目にあうのも前世の報いであるととらえている。すなわち、ここは世間的・道徳的罪とみるべきか、それとも仏教上の罪と考えるべきなのか、難しいところであるが、しかし進退に窮するにいたったことが前世の報いなのであり、不孝そのものについては仏教との関係では何も語っていないので、ここは不孝という世間的・道徳的罪とみるべきであろう。前段の「教訓状」でも重盛は、

外には又仁義礼智信の法にもそむき候なんず。かたぐ〵恐ある申事にて候へ共、心の底に旨趣を残すべきにあらず。まづ世に四恩候。天地の恩、國王の恩、父母の恩、衆生の恩是也。其中尤おもきは朝恩也。

と、儒教の教えにもとづいて父清盛を諌めている。

三　仏教上の「罪（ツミ）」

『平家物語』に使用される「罪」（「ツミ」と訓む）という語四一例のうち、仏教と関係のない意味で用いられてい

る用例は一八例あったが、それに対して仏教に関わる意味で使用されているものは二三例ある。

具体的内容は示されていない罪

(1)鹿の谷における平家討伐の陰謀に加わった大納言成親は、陰謀の発覚によって清盛に捕らえられた。清盛は家来に命じて成親を責めさせ、成親は悲鳴をあげた。その様子を次のように語る。

其躰冥途にて、娑婆世界の罪人を、或は業のはかりにかけ、或は浄頗梨のかゞみにひきむけて、罪の輕重に任つゝ、阿坊羅刹が呵責すらんも、これには過じとぞみえし。（巻二・「小教訓」）

地獄において閻魔王が浄頗梨の鏡に娑婆での行ないを写し出してその罪を判断することをいっているのであるが、その「罪」とは、具体的ではないが、当然に仏教における罪を意味している。

(2)捕らえられた重衡は処刑される前に法然上人に面会することを許され、自分ほどの悪人でも救われる方法を教えてほしいと願う。それに対して法然上人は悪人でも助かることを説くのであるが、次はその一節である。

罪ふかければとて、卑下し給ふべからず、十悪五逆廻心すれば往生をとぐ。功徳すくなければ望をたつべからず。一念十念の心を致せば來迎す。……（中略）……「一聲稱念罪皆除」と念ずれば、罪みなのぞけりと見えたり。（巻十・「戒文」）

ここには二例の「罪」がみられるが、いずれも往生の妨げとなる罪であり、仏教上の罪であることはいうまでもない。（また、善導の『般舟讃』の句が引用され、その中にも「罪」（ザイ）の文字があるが、当然、仏教上の罪である）。

(3)壇の浦にて平家滅亡の後、平家の残党への追及が厳しさを増す中、平維盛の子六代はついに源氏に捕らわれるが、文覚のはたらきによって一度は処刑を免れ、文覚に引き取られることとなった。六代の命が一度は助かったことに

ついて『平家物語』は、

観音の大慈大悲は、つみあるもつみなきをもたすけ給へば、昔もかゝるためし多しといへども、ありがたかりし事共なり。（巻十二・「泊瀬六代」）

と、長谷観音の御利生であるとする。ここには「つみ」が二例あるが、観音の慈悲にあずかることであるから、具体的には示していないが、仏教上の罪である。

(4)重衡に召し使われていた木工右馬允知時は主君の最後を見届けようと馬で駆けつけ、重衡に対面する。これに対して重衡は、

まことに心ざしの程神妙也。佛をゝがみたてま（ッ）てきらればやとおもふはいかゞせんずる。あまりに罪ふかうおぼゆるに。（巻十一・「重衡被斬」）

という。あまりに罪障が深いのでせめて仏を拝みながら死にたいというのである。重衡の罪障の大部分は南都焼討ちではあるが、ここはそれに限定せずそれをも含んでこの世における罪障を指していると考えられる。

このように、漠然と仏教上の罪の意味で使用されている用例は六例みられる。

次に、仏教上の罪には違いないが、具体的に罪の内容がわかる用例についてみていく。

俗世に執着を残す罪

(5)平清盛は熱病に侵されるが、その苦しい息の下で遺言を述べる。

「……（前略）……今生の望一事ものこる處なし。たゞしおもひをく事とては、伊豆國の流人、前兵衛佐頼朝が頸を見ざりつるこそやすからね。われいかにもなりなん後は、堂塔をもたて、孝養をもすべからず。やがて

打手をつかはし、頼朝が首をはねて、わがはかのまへにかくべし。それぞ孝養にてあらんずる」との給ひけるこそ罪ふかけれ。（巻六・「入道死去」）

死の間際にいたってなおこのように語る清盛のすさまじさがうかがわれるが、それについて『平家物語』は「罪ふかけれ」と語る。この「罪」はこの世に執着を残す罪である。仏教では臨終正念を説き、執着を残すことは往生を妨げる罪障であると考えられているのである。

(6)都に残した妻子に会いたいがために屋島を脱出した維盛であったが、重衡のように源氏方に捕らえられることを恐れて都をあきらめ、高野の滝口入道の所へ行って出家する。その場面を『平家物語』は次のように語る。

（維盛は）つゐにそりおろし給て(ン)げり。「あはれ、かはらぬすがたを戀しき物どもに今一度みえもし、見て後かくもなるならば、おもふ事あらじ」との給ひけるこそ罪ふかけれ。（巻十・「維盛出家」）

維盛は、出家前の姿を都に在る恋しい妻子に見せた後に剃髪するならば思い残すことはないと言う。命終の時ではないが、仏門に入るにあたって俗世に執着を残すことは、命終の時と同じく、さとりへの妨げとなる罪障であり、その意味の「罪」である。

(7)出家した維盛は那智の沖に小船を漕ぎ出して入水しようとするが、なかなか決行できない。

念佛をとゞめて、合掌をみだり、聖にむか(ッ)ての給ひけるは、「あはれ人の身に妻子といふ物をばもつまじかりける物かな。此世にて物をおもはするのみならず、後世菩提のさまたげとなりけるくちおしさよ。只今もおもひいづるぞや。かやうの事を心中にのこせば、罪ふかからんなるあひだ、懺悔する也」とぞのたまひける。（巻十・「維盛入水」）

入水する際まで妻子への想いを断ち切れないことをみずから「後世菩提のさまたげとな」ると言い、俗世への思いを残すことを「罪」が深いといっている。ここも、執着を残すことを「罪」といっているのである。

(8)壇の浦の合戦で生け捕りにされた平宗盛父子は近江の篠原で処刑されるが、処刑寸前に宗盛は「(子息の)右衛門督もすでにか」と尋ね、「(子息の)大臣殿の最後いかゞおはしましつる」と尋ね、「目出たうまし〱候つるなり。御心やすうおぼしめされ候へ」と答えられてようやく処刑された。

むくろをば公長が沙汰として、おや子ひとつ穴にぞうづみける。さしも罪ふかくはなれがたくの給ひければ、かやうにしてんげり。(巻十一・「大臣殿被斬」)

ここでの「罪」は処刑されるまで子息に心を懸けていたことをいっており、やはり執着を残すことを「罪」といっているのである。

このようにこの世に執着を残すことを「罪」といっている用例は四例ある。

前世における罪

(9)鹿の谷事件の後、清盛はついに関白・太政大臣以下多数の公卿を流罪にするという行為に及んだが、太政大臣藤原師長は尾張国へ配流となった。その師長について、『平家物語』は次のように語る。

(師長は)管弦の道に達し才藝勝れてまし〱ければ、次第の昇進とゞこほらず、太政大臣まできはめさせ給て、又いかなる罪の報にや、かさねてながされ給ふらん。(巻三・「大臣流罪」)

師長が保元の乱の際には土佐へ流されたのに今度は尾張へと再び流されたことを、「いかなる罪の報にや」という。つまりここの「罪」は前世における罪であり、因果応報思想がみられる。

(10)生け捕りになった平重衡は都の中を引き回されたが、その姿を見た「京中の貴賤」は、あないとをし、いかなる罪のむくひぞや。いくらもましまず君達のなかに、かくなり給ふ事よ。
（巻十・「内裏女房」）

といい合ったという。この「罪」も同前で、前世における罪の意味であり、因果応報思想がみられる。このように、前世の罪によって現世の不幸があるというとらえ方で語られている用例は二例みられる。

殺生の罪

⑾一の谷の合戦において、鵯越の奇襲を行なった源氏方の武者の一人が、敵の方より出てきた物はすべて逃すまいといって、驚いて出てきた大鹿までも射殺したことに対して、同じ源氏方の侍大将は、

せんない殿原の鹿のゐやうかな。只今の矢一では敵十人はふせかんずるものを。罪つくりに、矢だうなに。
（巻九・「坂落」）

といって制したという。ここの「罪」は生き物を殺す罪障、つまり殺生の罪を意味する。

⑿三の⑺と同じ場面で、那智の沖で入水をためらう維盛に対して、滝口入道は出家の功徳を説く。

源氏の先祖伊豫入道頼義は、敕命によ（ッ）て奥州のゑびす貞任・宗任をせめんとて、十二年があひだに人の頸をきる事一万六千人、山野の獣、江河の鱗、其いのちをたつ事いく千万といふかずをしらず。されども終焉の時、一念の菩提心をこししによ（ッ）て、往生の素懐をとげたりとこそうけ給はれ。就中に、出家の功徳莫大なれば、先世の罪障みなほろび給ひぬらん。……（中略）……つみふかゝりし頼義、心のたけきゆへに往生とぐ。させる御罪業ましまさざらんに、などか浄土へはまいり給はざるべき。
（巻十・「維盛入水」）

あれほど多くの人や生き物を殺して罪深い頼義さえ、心強く仏道を求めたために往生を遂げた。まして大した罪

業もないあなた（維盛）が出家された以上、往生されないはずはないと説く。ここでの「つみ」は頼義の殺生も含む多くの罪障かとも考えられるが、殺した人の数や幾千万という生き物を殺したことを語った上での「つみ」であるから、殺生の罪に限定した意味で用いられているといえよう。

⒀壇の浦の戦いにおいてすでに形勢は決着した後も、平教経は当たるを幸いに敵をなぎ倒していた。

凡そ能登守教経の矢さきにまはる物こそなかりけれ。矢だねのある程ゐつくして、けふを最後とやおもはれけん、赤地の錦の直垂に、唐綾おどしの鎧きて、いかものづくりの大太刀ぬき、白柄の大長刀のさやをはづし、左右にも（ッ）てなぎまはり給ふに、おもてをあはする物ぞなき。おほくの物どもうたれにけり。新中納言使者をたてて、「能登殿、いたう罪なつくり給ひそ。さりとてよき敵か」との給ひければ、

（巻十一・「能登殿最期」）

その教経に知盛は使いを出して、そんなに人を殺して罪作りをするな、その相手がよい敵というのではなかろう、という。ここでの「罪」は殺生の罪の意味で使用されている。

⒁義経は屋島の平家を攻めるために夜を徹して讃岐へ回るが、途中、宗盛への手紙を持った敵方の男に出会い、その手紙を取り上げて、木に縛り付けさせる。

判官「そのふみとれ」とて文ばいとらせ、「しやつからめよ。罪つくりに頸なき（ッ）そ」とて、山なかの木にしばりつけてぞとをられける。

（巻十一・「勝浦付大坂越」）

ここで義経は「罪つくり」になるから頸を切るなと命じており、ここでの罪は殺生の罪を意味している。

以上、⑾～⒁の四例は、殺生の罪の意味で使用されている。

南都焼き討ちの罪

⒂清盛が熱病に苦しんでいる時、北の方の二位殿は、閻魔の庁から清盛を迎えに来た牛頭馬頭の地獄の獄卒を、夢に見た。迎えの車の前に立てられた「無」の文字だけ書かれてある鉄の札について尋ねた二位殿に対して、獄卒は、

南閻浮提金銅十六丈の盧舎那佛、焼ほろぼし給へる罪によって、無間の底に堕給ふべきよし、閻魔の廳に御さだめ候が、無間の無をかゝれて、間の字をばいまだかゝれぬなり。（巻六・「入道死去」）

と答えた。ここにおける「罪」は奈良の大仏を焼いた罪であるとはっきり語っている。仏を焼くということは五逆罪に匹敵する罪であり、語られているように地獄へ堕ちる罪である。

⒃生け捕りにされた重衡は、知時という古い家来の骨折りによって、かつて懇意にしていた一人の女房に手紙を出すことができた。手紙を預かって女房のいる内裏へ来た知時が局の裏口でたたずんでいると、その女房の嘆く言葉が聞こえてきた。

「いくらもある人のなかに、三位中将（重衡）しもいけどりにせられて、大路をわたさるゝ事よ。人はみな奈良をやきたる罪のむくひといひあへり。中将もさぞいひし。「わが心におこ（ッ）てはやかねども、悪黨おほかりしかば、手々に火をはな（ッ）て、おほくの堂塔をやきはらふ。末の露本のしづくとなるなれば、われ一人が罪にこそならんずらめ」といひしが、げにさとおぼゆる」とかきくどき、さめ〴〵とぞなかれける。（巻十・「内裏女房」）

ここには「罪」の用例が二箇所あるが、いずれも南都を焼き討ちにした罪である。

⒄生け捕りにされた重衡は、奈良へ護送される途中で北の方に会うことができたが、その北の方に重衡が語る。

こその春、一の谷でいかにもなるべかりし身の、せめての罪のむくひにや、いきながらとらはれて大路をわた

され、京鎌倉恥をさらすだに口惜きに、はては奈良の大衆の手へわたされてきらるべしとて罷候。

（巻十一・「重衡被斬」）

南都を焼き討ちしたというあまりに重い罪の報いであろうか、生け捕りにされて恥をさらす羽目となったという。罪の報いでこのような羽目になったといっているので、因果応報的に前世における罪にも受けとれるが、「奈良の大衆」に引き渡されるといっていることからも、直接には南都焼き討ちの罪であるので、そのように理解してよかろう。

このように、南都焼き討ちの罪の意味での用例は、四例ある。

その他、具体的に経文の語を用いて示す罪が二例ある。

「破戒無慙」の罪

⒅二の⑸と同じ場面で、鹿の谷事件によって清盛は後白河法皇幽閉を企てるが、それを重盛が諌める。その重盛の言葉である。

天兒屋根尊の御末、朝の政をつかさどり給ひしより以來、太政大臣の官に至る人の甲冑をよろふ事、礼儀を背くにあらずや。就中御出家の御身也。夫三世の諸佛、解脱幢相の法衣をぬぎ捨て、忽に甲冑をよろひ、弓箭を帯しましまさん事、内には既破戒無慙の罪をまねくのみならずや、

（巻二・「教訓狀」）

ここは「破戒無慙」の罪、つまり戒律を破って恥じない罪であるから、明らかに仏教上の破戒の罪の意味である。

「信施無慙」の罪

⒆流罪の憂き目にあうことになった俊寛について、『平家物語』作者は語る。

昔は法勝寺の事務職にて、八十餘ヶ所の庄務をつかさどられしかば、棟門平門の内に、四五百人の所従眷屬に圍饒せられてこそおはせしか。まのあたりかゝるうきめを見給ひけるこそふしぎなれ。業にさま〴〵あり。順現・順生・順後業といへり。僧都一期の間、身にもちゐる處、大伽藍の寺物佛物にあらずと云事なし。さればかの信施無慙の罪によ（ッ）て、今生に感ぜられけりとぞみえたりける。（巻三・「有王」）

ここも「信施無慙」の罪、つまり信者から布施を受けながら功徳を営まない罪であると、具体的に示している。

神に対する罪

もう一例、神に対する罪の用例がある。

⒇壇の浦の戦いにおいて海底に沈んだ草薙の劔について、その由来を語る中で、天智天皇の代に新羅の沙門道慶がこの劔を盗んだ話を語る。

あめの御門御宇七年に、新羅の沙門道慶、この劔をぬすんで吾國の寶とせむとおも（ッ）て、ひそかに船にかくしてゆく程に、風波巨動して忽に海底にしづまんとす。すなはち靈劔のたゝりなりとして、罪を謝して先途をとげず、もとのごとくかへしおさめたてまつる。（巻十一・「劔」）

草薙の劔を盗んで船で行く途中、海が大荒れになって沈みそうになったが、これは霊劔の祟りだと思って、「罪」を謝して元の如く返したという。「霊劔のたゝりなり」とあるから、ここは盗んだ罪ではなく、神に対する罪の意味であるが、神仏混淆の中であるから、これも三の⑴〜⑷と同じく仏に対する罪に含んでもよかろう。

四　「罪（ザイ）」

今までは「ツミ」と訓む「罪」についてみてきた。『平家物語』には三の⑵に引用した中に『般舟讃』の文があったが、そこで「ザイ」と訓んだ「罪」の用例のように、「ザイ」と訓む「罪」の用例もみられる。以下は「ザイ」と訓む「罪」の用例について検討してゆく。

「罪人」

まず「罪人」（ザイニン）という語についてみてゆく。

⑴三の⑴でふれた箇所と同じ場面である。大納言成親は、陰謀の発覚によって清盛に捕らえられ、清盛の家来に責められて悲鳴をあげた。その様子である。

其躰冥途にて、娑婆世界の罪人を、或は業のはかりにかけ、或は浄頗梨のかゞみにひきむけて、罪の軽重に任つゝ、阿坊羅刹が呵責すらんも、これには過じとぞみえし。（巻二・「小教訓」）

ここで「罪人」という語がみられるが、地獄に堕ちた罪人を指している。

⑵やはり同じ場面で、鹿の谷事件で清盛に捕らえられた大納言成親は、駆けつけた娘の舅である重盛に対面できた。

（重盛が）「いかにや」との給へば、（成親は）其時みつけ奉り、うれしげに思はれたるけしき、地獄の罪人どもが地蔵菩薩を見奉らむも、かくやとおぼえてあはれ也。（巻二・「小教訓」）

成親が重盛に会った喜びようは、地獄の罪人が地蔵菩薩に出会ったのと同じようであったという。文字通り「地獄の罪人」である。

(3)重衡によって焼き討ちされた結果、大仏殿にも火は迫った。

猛火はまさしうおしかけたり。おめきさけぶ聲、焦熱・大焦熱・無間阿毘のほのをの底の罪人も、これにはすぎじとぞみえし。（巻五・「奈良炎上」）

(4)捕らえられた重衡のところへ法皇の使いとして定長が向かうが、その定長を迎える重衡の様子を語る。

日ごろは何ともおもはざりし定長を、いまは冥途にて罪人共が冥官に逢へる心地ぞせられける。（巻十・「内裏女房」）

(5)捕らえられた重衡は頼朝に会った後、狩野介宗茂に預けられたが、その様子である。

そのてい、冥途にて娑婆世界の罪人を、なぬか〳〵に十王の手にわたさるらんも、かくやとおぼえてあはれ也。（巻十・「千手前」）

(6)壇の浦の戦いで最後の時を迎えた平家では、安徳天皇が二位の尼に抱かれて入水された。その場面を建礼門院が回想する。

ちいさううつくしい御手をあはせ、まづ東をふしおがみ、伊勢大神宮に御いとま申させ給ひ、其後西にむかはせ給ひて、御念佛ありしかば、二位尼やがていだき奉て、海に沈し御面影、目もくれ、心も消えはてて、わすれんとすれども忘られず、忍ばむとすれどもしのばれず、殘とゞまる人々のおめきさけびし聲、叫喚大叫喚のほのおの底の罪人も、これには過じとこそおぼえさぶらひしか。（灌頂巻・「六道之沙汰」）

(3)〜(6)すべて地獄の罪人と語られており、「罪人」という語は六例すべて堕地獄の罪人の意味である。

「罪障」

次に、「罪障」（ザイシヤウ）の用例は三例あるが、すべて往生の妨げとなる罪である。

(7)捕らえられた重衡の慰めに遣わされた千手の前は、その朗詠をした人は北野の天神が守ってくださるという朗詠をした。しかし、重衡は、すでにこの生では天神にも捨てられた身であるから助音してもどうしようもないという。

三位中將の給ひけるは、「この朗詠せん人をば、北野の天神一日に三度かけ（ッ）てまぼらんとちかはせ給ふ也。されども重衡は、此生ではすてられ給ひぬ。助音してもなにかせん。罪障かろみぬべき事ならばしたがふべし」との給ひければ、（巻十・「千手前」）

いうまでもなく「罪障」は往生の妨げとなる罪である。

(8)屋島から脱出した維盛は都の妻子に会うことをあきらめ、高野で滝口入道によって出家させてもらい、共に熊野へ参詣し、本宮へさしかかる。

やう〳〵さし給ふ程に、日數ふれば、岩田河にもかゝり給ひけり。「この河のながれを一度もわたるものは、惡業煩惱無始の罪障きゆなる物を」とたのもしうぞおぼしける。（巻十・「熊野參詣」）

もう一例は、三の(12)でふれたところで、出家の功徳を説く中に用いられている。

(9)就中に、出家の功徳莫大なれば、先世の罪障みなほろび給ひぬらん。（巻十・「維盛入水」）

「罪業」

次に「罪業」（ザイゴフ）の用例は九例ある。

(10)捕らえられた重衡は法然上人に対して、南都焼き討ちを語る。

衆徒の悪行をしづめんがためにまかりむか（ッ）て候し程に、不慮に伽藍の滅亡に及候し事、力及ばぬ次第にて候へども、時の大将軍にて候し上は、せめ一人に帰すとかや申候なれば、重衡一人が罪業にこそなり候ぬらめと覺え候。（巻十・「戒文」）

南都焼き討ちを「罪業」といい、また、冒頭に引用した箇所（巻十・「戒文」）でも同様の意味で「罪業」の語が用いられている。

⑾捕らえられた重衡に対面した頼朝は、南都焼き討ちの責任を問う。

抑南都をほろぼさせ給ひける事は、故太政入道殿の仰にて候しか、又時にと（ッ）ての御ぱからひにて候けるか。も（ッ）ての外の罪業にてこそ候なれ。（巻十・「千手前」）

このように、南都焼き討ちを指す「罪業」は三例あるが、あくまでも「業」であり、また冒頭の引用をみてもわかるように、いうまでもなく仏教上の罪である。

⑿三の⑿と同じ場面で、滝口入道は維盛に対して、

（あなたは）させる罪業ましまさざらんに、などか浄土へまいり給はざるべき。（巻十・「維盛入水」）

という。ここの「罪業」は、具体的には示されていないが、明らかに仏教上の罪を意味している。

⒀三の⑷と同じ場面で、処刑される時にいたって重衡は、家来であった知時が用意した仏像に向かって言う一節である。

つたへきく、調達が三逆をつくり、八万藏の聖教をほろぼしたりしも、遂には天王如來の記莂にあづかり、所作の罪業まことにふかしといへども、聖教に値遇せし逆縁くちずして、かへ（ッ）て得道の因ともなる。（巻十一・「重衡被斬」）

⒁建礼門院が大原の寂光院でしめやかに暮らしておられることについて、『平家物語』作者は、次のように語る。

是はたゞ入道相國、一天四海を掌ににぎ（ッ）て、上は一人をもおそれず、下は万民をも顧ず、死罪流刑、おもふさまに行ひ、世をも人をも憚られざりしがいたす所なり。父祖の罪業は子孫にむくふといふ事疑なしとぞ見えたりける。（灌頂巻・「女院死去」）

⒂清盛の死について語る場面である。

日ごろ作りをかれし罪業ばかりや獄卒とな（ッ）てむかへに來りけん、あはれなりし事共なり。（巻六・「入道死去」）

⒀・⒁・⒂共に具体的な罪が示されているのではないが、仏教上の罪を意味していることは明らかである。

⒃清盛は福原に経島を築き運航の船を護ったが、その経島の名前の由来が語られている。

人柱たてらるべしな（ン）ど、公卿御僉議有しか共、それは罪業なりとて、石の面に一切經をかひてつかれたりけるゆへにこそ、經の嶋とは名づけたれ。（巻六・「築嶋」）

ここは、殺生の罪を意味している。

このように「罪業」は仏教上の罪の意味で用いられているが、一例だけ、仏教とは関わりのない意味で用いられているものがある。

⒄高倉中宮徳子の御産にあたって鬼界が島の流人にも大赦を行なうことになったが、このことについての清盛からの相談に重盛が答える場面である。

入道相國、日比にもにず事の外にやはらひで、「さて〳〵、俊寛と康頼法師が事はいかに」。「それもおなじうめしこそかへされ候はめ。若一人も留められんは、中々罪業たるべう候」と申されければ、（巻三・「赦文」）

「罪業」という語は、「業」である以上、仏教上の罪であるのが本来であるが、ここはそこまでの深い意味はなく、罪作りなことといった程度の意味で、軽く「罪業」という語を用いたというだけであり、あえて仏教とは関わりのない用例としておきたい。俊寛一人を赦免しないことが仏教的罪になるとまでの認識はないと思われる。

滅罪生善

⒅重盛は生年四十三歳にて病没するが、その後、重盛の生前の行ないを語る中、東山の麓に四十八間の精舎を建立したことを語る。その冒頭の記述である。

すべて此大臣は、滅罪生善の御心ざしふかうおはしければ、當來の浮沈をなげいて、東山の麓に、六八弘誓の願になぞらへて、四十八間の精舎をたて、一間にひとつづゝ、四十八間に四十八の燈籠をかけたりければ、九品の臺、目の前にかゝやき、光耀鸞鏡をみがいて、浄土の砌にのぞめるがごとし。（巻三・「燈爐之沙汰」）

「滅罪生善」という句がすでに仏教用語であり、しかも、「當来の浮沈をなげいて」、つまり来世での幸不幸を案じて精舎を建立したとあり、それは極楽浄土に臨むようだとある。いうまでもなく仏教的罪の意味である。

その他、「ザイ」と訓む「罪」については、「罪科」（ザイカ）が四例あるが、すべて処罰の対象としての罪の意味で用いられている。また、「流罪」（ルザイ）は「流罪す」・「流罪人」を含めて二六例みられるが、すべて文字通り「流罪」の意味であり、仏教とは直接関係はない。さらに「死罪」（シザイ）は一四例あるが、やはり文字通りの意味で、仏教上の罪の意味はない。

五

以上、『平家物語』にみられる「罪」という語について検討してきた。「ツミ」と訓む語が四一例であるのに対して、「ザイ」と訓む語は六四例あるが、そのうち「罪科」（四例）・「流罪」（二六例）・「死罪」（一四例）を除くと二〇例になる。すなわち、圧倒的に「ツミ」と訓む語が多い。「流罪」・「死罪」は処罰の名として固定している語であり、「罪科」も処罰と同義で慣用されており、罪の意味するところを吟味するまでもない語である。

その他の「ザイ」と訓む語について若干検討を加えると、まず「罪」は引用された善導の『般舟讃』の文を音読みしたものであり、しかも一例しかない。次に「罪障」と「罪業」であるが、一二例みられるこれらの語はそもそも仏教用語であり、当然ながら仏教との関わりの中でとらえられた罪である。そのうち、四の⒄の用例のみが仏教とは直接関わりなく、仏教用語を軽く用いた例である。また「罪人」という語はすべてが堕地獄の罪人とはっきり表現されている。ということは、『平家物語』では「罪人」という語を、世間的罪を犯した者を指して用いることはなかったといえよう。「滅罪生善」についてはいうまでもない。

これに対して「ツミ」と訓む語は四一例あり、『平家物語』の罪障意識を探るのに適当であろう。この「ツミ」と訓む語の用例のうち、仏教とは直接関わらない意味で用いられているものは一八例、仏教上の罪の意味で用いられている用例は二三例あり、ほぼ二分している。まず、仏教とは直接関わらない用例は、具体的内容は示さないが世間的意味での罪の意味で用いられているものが七例、具体的に罪の内容を示すもののうち、処罰の意味で用いられているものが五例、反逆・謀叛の意味で用いられているものが五例あり、不孝の罪が一例ある。次に、仏教上の罪の意味で用いられている二三例のうち、具体的にその罪の内容が示されていない漠然とした意味の用例は、三の

⑳の神に対する罪の用例も含めて七例で、残りの一六例は罪の内容を具体的に示している。その内訳は、この世への執着の罪が四例、前世の罪の報いで今があるという因果応報の考えによる前世の罪の用例が二例、殺生の罪が四例、南都焼き討ちという五逆罪にも匹敵する罪が四例、「破戒無慙」の罪と「信施無慙」の罪がそれぞれ一例である。

このように、『平家物語』における「ツミ」と訓む「罪」の語の用例は、仏教と関係のない世間一般の罪の意味と仏教上の罪の意味とが混在しているといえ、特に仏教に限定した用法ではない。しかし、これを『平家物語』の前半と後半、具体的には巻六までと巻七以下に分けてみると、巻六までの二三例のうち、仏教と関わりのない意味での用例が一七例で仏教上の意味での用例は六例であり、巻七以下では一八例のうち、仏教と関わりのない意味での用例は一例であるのに対して仏教上の意味での用例は一七例で、巻六までと巻七以下では逆転しているのである。また、その用例は、前半では巻二・三に一七例と七割強が集中しており、しかも、そのうちの一三例が一般的意味の罪の用例である。特に巻二では、一一例のうちの九例が一般的意味での用例である。それに対して、後半では巻十から十二に一七例で、あとは巻九に一例みられるだけである。しかもその一七例のうち、仏教上の罪の意味の用例は一六例である。ちなみに、巻七・八には「ザイ」と訓む用例も含めて用例が一切ない。また巻五では「罪人」の用例は一例のみである。

「ツミ」と訓む「罪」の用例において、なぜ、前半では仏教と関わりのない罪の用例が多く、後半では仏教上の罪の用例が多いというように逆転しているのか。また、前半では巻二・三に集中し、しかも一般的意味の罪の用例が多いのか。さらに後半では巻十から十二に集中し、しかもほとんどが仏教上の罪の用例であるのはなぜか。このような顕著な違いがある理由はまだわからないが、語られている内容によることも大きいと思われる。

そこで、「ツミ」と訓む用例のそれぞれの罪が、誰について語ったものか、また、直接に当人の罪とは語らず一般論的に語ってはいるが誰について語る中で語られた罪なのかを検討すると、まず仏教とは関わらず世間一般にいう罪の場合、流罪となった明雲大僧正に関するものが五例、鬼界が島の流人に関するものが三例、大納言成親に関するものが二例、清盛に関するものが二例、その他には、俊寛、太政大臣師長、関白基房、高倉天皇、重盛、重盛の子宗実に関するものが各一例ずつあり、一般的なものが一例である。このうち、巻二・三では明雲、鬼界が島の流人、俊寛、成親の流罪に処せられた者だけで一一例と、全体一八例のうちの六割を占めている。次に仏教上の罪について同様の検討をすると、重衡に関するものが八例、清盛に関するものが三例、維盛に関するものが三例、六代に関するものが二例であり、その他、成親、俊寛、師長、教経、宗盛、源氏方の清教、義経の家来に関するものがそれぞれ一例ずつである。このうち、巻十から十二では重衡・維盛・宗盛・六代といった処刑されたり入水した者だけで一四例と、全体二三例のうち六割を占める。

これをみると、巻二・三には流罪に処せられた人物の話が多いために、世間的な罪の用例が多く、巻十から十二には処刑されたり入水したりして亡くなった人物の話が多いために、仏教上の罪が多いのではないか。処刑なり入水なり、ともかく亡くなった人物に関していえば、前半でも清盛に関するもの三例（巻二と巻六）、俊寛に関するものが一例（巻三）あって、合わせると一八例となり、仏教上の罪の全体二三例に対して八割近くを占める。亡くなった人物について、亡くなったのは仏教上の罪を犯した結果であるというとらえ方がなされていることを考える時、ここに『平家物語』の罪障意識をみることができるのである。

註

（1）日本古典文学大系本『平家物語上・下』（岩波書店）をテキストとして作成された『平家物語総索引』（金田一春彦・清水功・近藤政美編、学習研究社）を利用させていただいた。

第七節　『平家物語』における「罪」と「悪」㈡――「悪」について――

序章たる巻一「祇園精舎」において独特の無常観を語っている『平家物語』が、根底に仏教思想を濃厚に持っていることはいまさらいうまでもないことであるが、その『平家物語』において「罪」および「悪」という語がどのように使用されているかについて、ここでは「悪」という語について検討を加え、『平家物語』の「悪」についての意識を検証する。(1)

一　「悪」

『平家物語』には「悪」という語もしくは熟語は一〇五例みられるが、(2)そのうち「悪」という語が単独で用いられた用例は、次の二例しかみられない。

(1)されば佛も「我心自空、罪福無主、観心無心、法不住法」とて、善も悪も空なりと観ずるが、まさしく佛の御心にあひかなふ事にて候也。　（巻十一・「大臣殿被斬」）

源氏に捕らえられた平宗盛父子は、頼朝に対面後、義経に伴われて帰京の途についたが、近江の篠原の宿で切られた。その最期にあたって義経は、宗盛父子の善知識とするために大原の本性房湛豪を招いた。その湛豪が宗盛に説法をする中で語る。ここにおける「悪」はいうまでもなく仏教からとらえた「悪」である。

(2)いくさといふ物はひとひきもひかじとおもふだにも、あはひあしければひくはつねの習なり。もとよりにげまうけしてはなんのよかろうぞ。まづ門でのあしさよ。（巻十一・「逆櫓」）

屋島の合戦において逆櫓を立てるかどうかで梶原景季と激しく口論した義経が、景季に向かって言う言葉である。最初から逃げることを予期して逆櫓を用意することは、戦の「門で」に悪いというのである。この「あしさ」はいわば縁起が悪いとか不吉だという程度のことである。

二　人名・職名についた接頭語的な「悪」

『平家物語』の「悪」の語で最も多く用いられているのは、「悪」の語が人名や職名について接頭語のように用いられる用例で、総じて二七例みられる。

「悪七兵衛景清」

(3)（景清は）長刀杖をつき、甲のしころをさしあげ、大音聲をあげて、「日ごろは音にもきゝつらん、いまは目にも見給へ。是こそ京わらんべのよぶなる上總の惡七兵衛景清よ」となのり捨てぞかへりける。（巻十一・「弓流」）

景清は『平家物語』をはじめとする文芸や伝承の世界では著名な勇将であるが、その出自や経歴が必ずしも明らかではない。『平家物語』によれば上総介忠清の子となっている。源三位頼政軍との宇治での合戦に平家方の侍大将の一人として登場するが（巻四・「橋合戦」）、その他でも従軍した侍大将として名を挙げられている程度である。その中で、この場面は、壇の浦での源平の合戦におけるもので、景清は三穂屋十郎の甲の錣をつかんで引きちぎり、大音声で名乗った。

この「悪七兵衛景清」の用例は、「悪七兵衛」・「上総悪七兵衛」の用例も含めて一五例みられる。

「宇治の悪左府」

(4)安元三年三月五日、妙音院殿、太政大臣に轉じ給へるかはりに、大納言定房卿をこえて、小松殿、内大臣になり給ふ。大臣の大將めでたかりき。……（中略）……一のかみこそ先達なれども、父宇治の悪左府の御例其憚あり。（巻一・「俊寛沙汰　鵜川軍」）

妙音院殿（藤原師長）が太政大臣に転じた際に、平重盛は内大臣となった。師長の家は左大臣が昇進の限度であったが、父の頼長が保元の乱を起こした先例を憚って、左大臣を越えて太政大臣に任じられたのであると語る。この藤原頼長を指して「宇治の悪左府」と称する用例は、「悪左のおほひ殿」や単に「悪左府」という用例それぞれ一例も含めて七例ある。

「悪源太義平」

(5)さる程に、其比信濃國に、木曾冠者義仲といふ源氏ありときこえたり。故六條判官爲義が次男、帯刀の先生義賢が子なり。父義賢は久壽二年八月十六日、鎌倉の悪源太義平が爲に誅せらる。（巻六・「廻文」）

悪源太義平は、いうまでもなく源義朝の長男である。彼は平治の乱で活躍が語られるのであり、『平家物語』では主だった登場人物としてではなく、この用例のように登場人物の説明のところで名が出るだけである。

この用例は他に「悪源太」（巻十・「維盛出家」）という用例があるのみである。

「悪衛門督」

(6)それよりこのかた、野心をさしはさんで朝威をほろぼさんとする輩、大石山丸、大山王子、守屋の大臣……（中略）……平將門、藤原純友、安部貞任・宗任、對馬守源義親、惡左府・惡衞門督にいたるまで、すべて廿餘人、されども一人として素懐をとぐる物なし。（巻五・「朝敵揃」）

「悪衛門督」とは平治の乱を起こした藤原信頼のことであるが、前項の義平と同様、わが国の朝敵を列挙するところに出るだけである。

「悪少納言」

(7)三井寺は源三位頼政の蜂起に応じて挙兵したが、その三井寺に平等院も呼応して立った。その大衆の名を列挙する中で、平等院方の僧兵たちの中に、「悪少納言」という固有名詞がみられる（巻四・「大衆揃」）。もちろん、この人の詳細は不明だが、上に挙げた用例と同様の用法である。

「悪別当」

(8)此人の廳務のときは、竊盜強盜をばめしと（ッ）て、様もなく右のかいなをば、うでなかより打おとし〳〵おいすてらる。されば、惡別當とぞ申ける。（巻十二・「平大納言被流」）

源平の合戦後、平時忠は能登国へ流罪となったが、この人が検非違使別当だった時、窃盗や強盗を捕らえると理由もなくその右腕を切り落としたので、「悪別当」と呼ばれたという。ここも渾名のように呼ばれた用例であるが、この場合の「悪」は厳しい、非常な、情け容赦もない、といった意味であろう。

以上のように、人名や職名に「悪」の語を付して接頭語のように用いる用法について、『平家物語研究辞典』には次のように解説している。

「悪」の語は人名や職名について接頭語となった場合、恐るべき能力・気力・体力の持ち主であることを示す。金刀比羅本「保元物語」に藤原頼長を評して、「まことにりひめいさつにして善悪無二也。錐徹におはしましければ、悪左のおとゞと申す」（上・「新院御謀叛思召し立たる、事」）とあるなどはその典型的な例である。悪源太義平・悪七兵衛景清などの渾名も、彼らの気力と体力、剛勇さと武力に驚嘆し、いくぶんの畏怖の念をこめてつけられたものであろう(3)。

すなわち、彼らの為したことを考えれば、そこに否定的な意味合いも幾分はあろうが、少なくとも、世間一般の意味における「悪」や仏教的な意味での「悪」でもない用法である。

三　「悪僧」

一と同じような意味で「悪」が用いられているものに「悪僧」という語がある。

(9)先例に背て、東大寺の次、興福寺のうへに、延暦寺の額をうつあひだ、南都の大衆、とやせまし、かうやせましと僉議する所に、興福寺の西金堂衆、観音房・勢至房とてきこえたる大悪僧二人ありけり。

（巻一・「額打論」）

二条天皇の御葬送の夜、墓所に打つ寺の額のことで、延暦寺と興福寺の僧侶の間に紛争が起こった場面である。

(10)こゝに西塔の住侶、戒浄房の阿闍梨祐慶といふ悪僧あり。

（巻二・「一行阿闍梨之沙汰」）

流罪になった座主明雲大僧正を奪還するべく比叡山の大衆が護送の一行を襲った。しかし明雲は迎えの輿に乗ろうとしなかったが、祐慶が大声で怒ったので、恐ろしさのあまり乗ったという場面で、その祐慶を紹介する文である。

⑾「山門は心がはりしつ。……（中略）……大手は伊豆守を大將軍にて、悪僧共六波羅におしよせ、風うへに火かけ、一もみもうでせめんに、などか太政入道やきいだいてうたざるべき。」とぞ僉議しける。（巻四・「永僉議」）

源三位頼政の蜂起に応じた三井寺で戦略の会議を行なっている場面である。

⑿老僧どもにはみないとまたうで、とゞめさせおはします。しかるべき若大衆悪僧どもはまいりけり。源三位入道の一類ひきぐして、其勢一千人とぞきこえし。（巻四・「大衆揃」）

出撃の時機を失した高倉宮は、やむをえず南都に向かわれることとし、若い者千人だけをお供にされたという場面である。

⒀悪僧はつゝ井の淨妙明秀にいたるまで三十餘人ながされけり。（巻四・「三井寺炎上」）

高倉宮に味方した三井寺を平家は攻め、堂塔寺宝はすべて焼き尽くされた。寺の首謀者は処分され、三十余人の「悪僧」が流されたというのである。

⒁おちゆく衆徒のなかに、坂四郎永覚といふ悪僧あり。（巻五・「奈良炎上」）

重衡を大将にして南都を攻めた平家は、火を放って興福寺・東大寺を炎上せしめた。その中で、落ち行く衆徒の中に永覚という悪僧がいたというのである。後文に「永覚たゞひとりたけけれど」とあり、「悪僧」の一面が明らかになっている。

⒂中宮・一院・上皇・攝政殿以下の人々は、「悪僧をこそほろぼすとも、伽藍を破滅すべしや」とぞ御嘆ありける。

平家が南都を焼き討ちし、興福寺・東大寺の伽藍は悉く灰燼に帰したことに対して、建礼門院や後白河法皇・高倉上皇たちは嘆かれたという場面である。

（巻五・「奈良炎上」）

⑯法皇さらばしかるべき武士には仰せで、山の座主・寺の長吏に仰せられて、山・三井寺の悪僧どもをめされけり。

（巻八・「鼓判官」）

義仲を追討すべきだとの知康の進言を受けて、後白河法皇は延暦寺や三井寺の悪僧たちを招集されたというのである。

以上、「悪僧」の用例は八例ある。日本古典文学大系本では⑼の頭注に、「勇猛な僧」とするが、この「悪僧」について『平家物語研究辞典』には、

剛勇と体力にすぐれた僧をいう。強い武力を持った僧。いわゆる僧兵の中で傑出した者がこうよばれる。したがって僧侶社会の中での身分はあまり高くなく、学識もさほどすぐれてはいないが、その武勇によって有名であり、幅をきかしている者である。時には無法ともいうべき、僧侶社会の規制を無視した大胆な言動をしてためらわなかった。……（中略）……しかし僧侶の場合、武勇に傑出しているということは僧侶たる者の本来の戒律には矛盾しているから、「悪僧」の語に否定的なひびきが含められることも皆無ではない[4]。

とある。やはり、二の用例と同様、彼らの為したことを考えれば、そこに否定的な意味合いも幾分はあろうが、少なくとも、世間一般の意味における「悪」や仏教的な意味での「悪」でもない用法である。

四　「悪行」

平家の「悪行」

「悪行」という語の用例二一例のうち、平家の「悪行」という用例は一〇例ある。

⒄大織冠・淡海公の御事はあげて申に及ず、忠仁公・昭宣公より以降、攝政關白のかゝる御目にあはせ給ふ事、いまだ承及ず。是こそ平家の悪行のはじめなれ。（巻一・「殿下乗合」）

資盛が摂政基房の一向に無礼をはたらき、逆に散々の目に合わされたために、清盛が復讐をしたことについて、これが「平家の悪行のはじめ」であるというのである。これは摂政といえども無視する清盛の蛮行を指しており、一般的な「悪行」であるが、王法の下にある貴族社会の秩序を無視した行為であり、王法に対する「悪行」といえよう。

⒅「平家の惡行なかりせば、今此瑞相をいかでか拜むべき」とて、おとゞ感涙をぞながされける。（巻三・「大臣流罪」）

清盛のために尾張国へ流罪にされた太政大臣藤原師長が、熱田の神前で法楽の琵琶を弾いたところ、神は感動して神殿が震動した。このことについて、師長は「平家の悪行によって流されなかったならばこのような瑞相に会えなかっただろう」と感涙を流したというのである。清盛が関白・太政大臣以下多数の公卿を流罪にするという前代未聞のことを指し、王法に対する「悪行」である。

⒆何事も限りある事で候へば、平家たのしみさかへて廿餘年、され共惡行法に過て、既に亡び候なんず。（巻三・「法皇被流」）

鳥羽殿に幽閉された後白河法皇を訪ねた静憲法印は、お仕えする紀伊二位から法皇の様子を聞いて答えた言葉である。一般的な「悪行」、特に王法への「悪行」であるが、続いて、天照大神・正八幡宮は法皇を捨てなさらないであろうし、なかでも日吉七社は法華経八巻の力によってお守り申し上げるであろうと述べているところから考えるに、仏教上の「悪行」という意味合いも含まれているともいえるのではないか。

⒇凡平家の悪行においてはきはまりぬ。（巻五・「都遷」）

清盛はようやく法皇の鳥羽殿幽閉を解いたが、高倉宮挙兵によってまた法皇を遷都した福原へ押し込めた。これについて、福原遷都も含めて「平家の悪行」というのであり、王法への「悪行」である。

(21)同廿二日、法皇は院の御所法住寺殿へ御幸なる。……（中略）……此二三年は平家の悪行によ（ッ）て御幸もならず。（巻六・「祇園女御」）

後白河法皇は久しぶりに法住寺殿へ行かれたが、この二三年は鳥羽殿幽閉など「平家の悪行」によって行かれることもできなかったという。これも王法への「悪行」である。

(22)平家の悪行によ（ッ）て南都炎上の間、此行隆、弁のなかにゑらばれて、事始の奉行にまいられける宿縁の程こそ目出たけれ。（巻六・「祇園女御」）

平家の南都侵攻によって炎上した大仏殿の再建の事始の奉行に任じられた行隆は、以前男山八幡宮に通夜参籠した時、御宝殿から大菩薩の使いの天童が現われ、「大仏殿奉行の時は、是をもつべし」といって笏を与えられたことがあった。それが今回お告げの通りになったことの因縁をいうところである。ここの「平家の悪行」は南都焼き討ちを指し、仏教上の「悪行」である。

(23)平家こそ當時は仏法共いはず、寺をほろぼし、僧をうしなひ、悪行をばいたせ、それを守護のために上洛せんものが、平家とひとつなればとて、山門の大衆にむか（ッ）ていくさせん事、すこしもたがはぬ二の舞なるべし。（巻七・「木曾山門牒状」）

義仲が上洛するにあたって、近江国を通らなければならないので延暦寺をどうするかを評定する場での、義仲の発言である。ここは仏教上の「悪行」である。

㉔平家は當代の御外戚、山門にをいて歸敬をいたさる。されば今に至るまで彼繁昌を祈誓す。しかりといへども、悪行法に過て万人是をそむく。（巻七・「返牒」）

義仲が延暦寺へ牒状を送って協力を求めたのに対する返事である。平家の「悪行」は「法に過て」とあるから一般の「悪行」ともとれるが、後文で、今山門の衆徒が立つことを、あの世にあって仏教守護の十二神将が医王仏の使者として凶族追討に加わることに喩えているので、仏教上の「悪行」ととらえられているといえよう。

㉕同廿日法皇の宣命にて、四宮閑院殿にて位につかせ給ふ。……（中略）……「天に二の日なし、國にふたりの王なし」と申せども、平家の惡行によ（ッ）てこそ、京・田舎にふたりの王は在ましけれ。（巻八・「名虎」）

平家都落ちの後、義仲以下が任官し、後鳥羽帝が位につかれた結果、平家と共にされる安徳帝との二人の天皇がおられるという異例のこととなった。このようになったのも「平家の悪行」のせいであるという。これは王法に対する「悪行」をいう。

㉖同十一月廿三日、三條中納言朝方卿をはじめとして、卿相雲客四十九人が官職をとゞめてお（ッ）こめ奉る。平家の時は四十三人をこそとゞめたりしに、是は四十九人なれば、平家の悪行には超過せり。（巻八・「法住寺合戰」）

法住寺合戦に勝利した義仲は公卿殿上人四十九人の官職を停めたが、それは平家が関白以下四十三人を追放した「悪行」を越えているというのである。この「悪行」は王法に対するものである。

清盛の「悪行」

次に清盛の「悪行」をいう語の用例は四例ある。

(27)大明神御託宣あ（ッ）て、「汝しれりや、忘れりや、ある聖をも（ッ）ていはせし事は。但悪行あらば、子孫まではかなふまじきぞ」とて、大明神あがらせ給ぬ。（巻三・「大塔建立」）

清盛は高野山で受けたお告げに従って厳島神社を修理したが、修理が終わった時、夢に大明神が現われ、たとえ修理の功績はあろうとも「悪行」があれば繁栄は子孫にまでは及ばないとの予言があったというのである。この「悪行」は清盛のすべての「悪行」を指し、それは王法・仏法を含めてすべてに対しての「悪行」を意味している。

(28)其中に法師の頸を一さしあげたり。「さてあのくびはいかに」と問給へば、「是は平家太政入道殿の御頸を、悪行超過し給へるによ（ッ）て、當社大明神のめしとらせ給て候」と申と覺えて、夢うちさめ、（巻三・「無文」）

重盛が春日大明神の霊夢を見たが、それは大明神が「悪行」が過ぎた清盛の頸を討ち取ったというものだった。この「悪行」も同じく王法・仏法を含め、すべてに対しての「悪行」を意味している。

(29)廿余年のこのかたは、たのしみさかへ、申はかりもなかりつるに、入道の悪行超過せるによ（ッ）て、一門の運命すでにつきんずるにこそと、こし方行すゑの事共、おぼしめしつゞけて、御涙にむせばせ給ふ。（巻三・「無文」）

(28)と同じ場面で、春日大明神の霊夢を見た重盛は、繁栄している平家一門の運命も清盛の「悪行」のためにすでに尽きていることを思い、涙にむせぶのである。これも(27)・(28)と同様の「悪行」である。

(30)清盛公はさばかりの悪行人たりしかども、希代の大善根をせしかば、世をもだしう廿余年たも（ッ）たりしなり。（巻八・「法住寺合戰」）

義仲のあまりの暴状に、基房が義仲を呼んで諫める言葉の一節である。やはり如上と同様の「悪行」である。

このように、はっきりと清盛の「悪行」という用例は、王法・仏法に対する悪行および世間一般にいう悪行すべてを含んだ「悪行」の意味で用いられている。前述の「平家の悪行」についてもその中心はいうまでもなく清盛であり、平家に関する「悪行」はすべて王法・仏法に対する「悪行」および世間一般にいう「悪行」すべてを含んだ意味で用いられているといってよかろう。

その他の「悪行」

㉛爰に文覚たま〳〵俗塵をうちはら（ッ）て法衣をかざるといへども、悪行猶心にたくましうして日夜に造り、善苗又耳に逆（ッ）て朝暮にすたる。（巻五・「勧進帳」）

高尾の神護寺の修復をはかる文覚が、後白河法皇の御所に押し入って勧進帳を読み上げる場面で、その勧進帳の一節である。文覚自身が、自分は「悪行」を重ねているために死後、苦界へ堕ちるであろうから、神護寺修理という善根を積みたいというのである。「悪行」ゆえに死後「三途の火坑にかへ（ッ）て、ながく四生苦輪にめぐらん」といっているので、仏教上の「悪行」である。

㉜悪行ばかりで世をたもつ事はなき物を。（巻八・「法住寺合戦」）

㉚の基房の言葉に続くものである。一般論として述べているが、㉚の文に続くものであるから、王法・仏法を含むすべてに対する「悪行」の意味である。

㉝就中に南都炎上の事、王命といひ、武命のいひ、君につかへ、世にしたがふはうのがれがたくして、衆徒の悪行をしづめんがためにまかりむか（ッ）て候し程に、（巻十・「戒文」）

捕らえられた重衡が法然上人に語る場面である。南都焼き討ちは衆徒の「悪行」を鎮めるために行なったことであるという。ここは、直接的には平家への叛逆であるが、興福寺・東大寺の衆徒の「悪行」であるから、仏法上の「悪行」というべきであろう。

(34)南都炎上の事、故入道の成敗にもあらず、重衡が愚意の發起にもあらず。衆徒の悪行をしづめんが爲にまかりむか（ッ）て候し程に、（巻十・「千手前」）

頼朝に見参した重衡が言う言葉の一節である。これも(33)と同様の意味である。

(35)されば平治に信頼は悪行人たりしかば、かうべをばはねられしかども、獄門にはかけられず。平家にと（ッ）てぞかけられける。（巻十一・「大臣殿被斬」）

捕らえられた平宗盛父子は近江の篠原で斬られ、その首は獄門にかけられたが、三位以上の人が獄門にかけられたことは今までなかったことである。平治の乱の信頼も「悪行人」だったが獄門にかけられることはなかったのに、平家になって初めて獄門にかけられたという。この「悪行」は王法に対するものである。

(36)日來の悪行はさる事なれども、いまのありさまを見たてまつるに、數千人の大衆も守護の武士も、みな涙をぞながしける。（巻十一・「重衡被斬」）

捕らわれた重衡は高声に念仏を唱えながら処刑されたが、その様子について皆同情の涙を流したという。ここの「悪行」は、いろいろな内容を含みつつも、しばしば言及されているように、やはり南都焼き討ちを指しており、仏教上の「悪行」を意味している。

(37)法皇も故女院の御せうどなれば、御かたみに御覽ぜまほしうおぼしめしけれども、か様の悪行によ（ッ）て御憤あさからず。（巻十二・「平大納言被流」）

平大納言時忠は能登国へ流罪となったが、その時忠について語る中で、三種の神器を返すよう西国へ遣わされた院宣の使いの花形の顔に焼印を押したことを指して「悪行」という。一般的な意味での「悪行」であるが、院宣の使いへの「悪行」であるから、王法に対するものといえよう。

このように、「悪行」という語は、王法に対する「悪行」、仏法に対する「悪行」ともにみられるが、特に平家や清盛の「悪行」は王法もしくは王法・仏法両者への「悪行」が多い。そしてその「悪行」ゆえに平家は滅びたという論調も多くみられるように、多くは「悪行」ゆえに滅んだという因果応報の論調から語られており、また、王法仏法相依の考えもしばしばみられるところから、仏教的意味合いに収斂しているといえるのではないか。

五 「悪逆」

『平家物語』にみられる「悪逆」という語は五例みられ、前半の二例が清盛の「悪逆」、後半の三例が平家の「悪逆」で、すべて平家について用いられている。

(38)親父入道相國の躰をみるに、悪逆無道にして、やゝもすれば君をなやまし奉る。(巻三・「醫師問答」)

重盛が熊野に参詣し、平家の行く末を祈請するが、その敬白の一節である。ここの「悪逆」は「君をなやまし奉る」とあることから、王法に対する「悪逆」である。

(39)入道前太政大臣平朝臣清盛公、法名淨海、ほしいまゝに國威をひそかにし……(中略)……ねがはくは、衆徒、内には佛法の破滅をたすけ、外には悪逆の伴類を退けば、同心のいたり本懐に足ぬべし。(巻四・「南都牒狀」)

高倉宮・頼政の挙兵に組する三井寺から興福寺へ味方を促す牒状の一節である。これは牒状の冒頭にも「佛法の殊勝なる事は、王法をまぼらんがため、王法又長久なる事はすなはち佛法による」(同上)とあることから、王法仏法相依の考えによっており、したがってここは王法・仏法両者への「悪逆」とみるべきである。

(40)義仲倩平家の悪逆を見るに、保元平治よりこのかた、ながく人臣の礼をうしなう。……（中略）……悲哉、平氏宸襟を悩し、佛法をほろぼす間、悪逆をしづめんがために義兵を發す處に、忽に三千の衆徒に向て不慮の合戰を致ん事を。　（巻七・「木曾山門牒状」）

木曽義仲が上洛にあたって延暦寺へ送った牒状の一節である。ここには二箇所に「悪逆」の語がみられるが、後者の用例によって、前者も共に王法・仏法両者に対する「悪逆」の意味で用いられているといえよう。

(41)凡平家の悪逆累年に及で、朝廷の騒動やむ時なし。　（巻七・「返牒」）

(40)の義仲からの牒状に対する延暦寺の返牒である。「朝廷の騒動やむ時なし」とあるが、前の「木曾山門牒状」に「平氏宸襟を悩し、佛法をほろぼす間」とあるから、ここも王法・仏法両者に対する「悪逆」を指している。すなわち、「悪逆」の語は、平家もしくは清盛に対して用いられ、しかも王法・仏法両者への「悪逆」としてとらえられているといえる。

六　その他の「悪」

「悪党」

(42)いや〳〵、これまでは思もよりさうず。悪黨共が申事につかせ給ひて、ひが事な（ン）どやいでこむずらんと思ふばかりでこそ候へ。　（巻二・「烽火之沙汰」）

鹿の谷の陰謀が露顕し、清盛は後白河法皇の鳥羽殿幽閉を決心するが、それを諌める重盛に対して、清盛が言った言葉である。清盛は、法皇が「悪党共」の言うことにおつきになって事が起こることを懸念するだけだという。この「悪党」は一般にいう意味である。

(43)堂衆に語らふ悪黨と云は、諸國の竊盗・強盗・山賊・海賊等也。（巻二・「山門滅亡　堂衆合戦」）

延暦寺では近頃堂衆という下級法師が乱暴をするので、清盛はこれを鎮めるために二千の兵をさしむけた。その堂衆に味方する諸国の竊盗・山賊・海賊等を「悪党」といっている。これも一般的な意味である。

(44)忠清は昔よりふかく人とはうけ給及候はず。あれが十八の歳と覚候。鳥羽殿の寶藏に五畿內一の悪黨二人、にげ籠て候しを、よ（ッ）てからめうど申物も候はざりしに、この忠清、白晝唯一人、築地をこへはね入て、一人をばうちとり、一人をばいけど（ッ）て、後代に名をあげたりし物にて候。（巻五・「五節之沙汰」）

富士川の合戦から逃げ帰った維盛と忠清を処罰するにあたって、平家の侍たちが集まって忠清の処分について話し合う席上、盛国が忠清をかばう場面である。忠清は鳥羽殿の宝蔵にこもった畿内五箇国一の「悪党」二人を始末したというのである。これも一般的な意味での用法である。

(45)わが心におこ（ッ）てはやかねども、悪黨おほかりしかば、手々に火をはな（ッ）て、おほくの堂塔をやきはらふ。（巻十・「内裏女房」）

囚われの身となった重衡から、かつて懇意にしていた内裏の女房への手紙を預かった家来の知時が、女房のところへ行くと、女房の嘆く声が聞こえた。女房は重衡が南都焼き討ちについて語ったことを思い出してつぶやく。重衡は、自分は焼き討ちをするつもりはなかったが、「悪党」が多かったので、勝手に火を放ったために堂塔を焼くことになってしまったと言ったという。これも一般にいう「悪党」である。

「悪党」の用例は四例ともすべて、世間一般にいう「悪党」の意味で用いられているのである。

「悪業」

(46)敬礼慈恵大僧正　天台佛法擁護者　示現最初将軍身　悪業衆生同利益
（巻六・「慈心房」）

慈心房が閻魔王庁の法会に招かれた時に、閻王は清盛が慈恵僧正の生まれ変わりであると漏らし、清盛を讃える文を清盛に奉れと言った、その偈である。清盛が将軍の身として現われ、悪業の恐るべきことを身をもって示し、大僧正としてと同様に衆生に利益を与えたという意味である。

(47)やう〳〵さし給ふ程に、日數ふれば、岩田河にもかゝり給ひけり。「この河のながれを一度もわたるものは、悪業煩悩無始の罪障きゆなる物を」と、たのもしうぞおぼしける。
（巻十・「熊野參詣」）

屋島から離脱した維盛は高野の滝口入道のもとへ赴き、出家した後、熊野へ向かい諸社へ参詣したが、その途中のことである。岩田河を一度でも渡る者は「悪業煩悩無始の罪障」すべてが消えるというのである。「悪業」とは仏教用語で、後世に苦しい報いを受けるべき悪事であり、もちろん、どちらの用法も仏法における「悪業」である。

「悪心」

(48)南無權現金剛童子、願くは子孫繁榮たえずして、仕て朝廷にまじはるべくは、入道の悪心を和げて、天下の安全を得しめ給へ。
（巻三・「醫師問答」）

(38)と同じ場面で、重盛が熊野に参詣し、平家の行く末を祈請する敬白の一節である。

(49)況や運つき、世みだれてよりこのかたは、こゝにたゝかひ、かしこにあらそひ、人をほろぼし、身をたすからんとおもふ悪心のみ遮て、善心はかつて發らず。
（巻十・「戒文」）

捕らえられた重衡が法然上人に対面してみずからを懺悔する場面である。

(50)いま穢土をいとひ、浄土をねがはんに、悪心をすてて善心を發しましまさん事、三世の諸仏もさだめて随喜し給ふべし。（巻十・「戒文」）

(49)と同じ場面で、法然上人が重衡に語る言葉である。

以上、「悪心」の用例は三例であるが、(49)の用例について日本古典文学大系本の頭注には「悪心は仏道へ進むのをさまたげる心。下の善心の反対。」とある。(50)の用例も「善心」と対比して用いられており、(48)も同様に解すべきである。

「悪人」

(51)ふるひ人の申されけるは、清盛公は悪人とこそおもへ共、まことは慈恵僧正の再誕也。（巻六・「慈心房」）

(46)の慈心房説話を語る話の冒頭である。一見、一般的な意味での「悪人」とみえるが、最後に(46)に挙げた閻王の偈があり、その意味から判断して、ここは仏教上の意味での「悪人」である。

(52)ねがはくは、上人慈悲ををこしあはれみを垂て、かゝる悪人のたすかりぬべき方法候者、しめし給へ。（巻十・「戒文」）

(49)・(50)と同じ場面である。重衡が法然上人に対して、自分のような悪人が後世に助かる道を示してほしいと願うのである。後世に助かりそうにないと思うから助かる方法を願うのであり、この「悪人」は仏教上での悪人である。

(53)抑此重衡卿者大犯の悪人たるうへ、三千五刑のうちにもれ、修因感果の道理極上せり。佛敵法敵の逆臣なれば、東大寺・興福寺の大垣をめぐらして、のこぎりにてやきるべき、堀頸にやすべき。（巻十一・「重衡被斬」）

南都の大衆が重衡を受けとって、どのようにすべきか詮議する場面である。「佛敵法敵の逆臣」とあるから、仏教上の「悪人」である。

「悪縁」

(54)君はいまだしろしめされさぶらはずや。先世の十善戒行の御ちからによ（ッ）て、今万乗のあるじと生れさせ給へども、悪縁にひかれて、御運既につくさせ給ひぬ。（巻十一・「先帝身投」）

壇の浦で安徳帝が入水される場面で、帝を抱いて共に入水する二位の尼が帝に言う言葉の一節である。先世での十善の戒行のおかげで天子となるべく生まれながら、前世で犯した悪業が因となって運が尽きなさったというのである。「悪縁」は前世で犯した悪業が因となって現在を果成することである。

この「悪縁」という語は、灌頂巻「六道之沙汰」にも、大原の寂光院において建礼門院が後白河法皇にみずからの一生を語る場面に、全く同文でみられる。

「十悪」

(55)千手前やがて、「十悪といへども引攝す」といふ朗詠をして、（巻十・「千手前」）

重衡を預かった狩野介宗茂は彼を手厚くもてなしたが、重衡を慰めに出た千手の前が朗詠する場面である。「十悪」とは仏教用語で、身・口・意の三業に造るところの十種の罪悪である。

この「十悪」の語は、南都焼き討ちで東大寺の大仏が焼け落ちる場面（巻五・「奈良炎上」）および、重衡に法然上人が説く中（巻十・「戒文」）にもみられる。

「悪口」

(56)嘉應元年の冬、目代右衛門尉正友がもとへ、山門の領、平野庄の神人が葛を賣てきたりけるに、目代酒に飲酔て、くずに墨をぞ付たりける。神人悪口に及ぶ間、さないはせそとてさんぐにれうりやくす。（巻一・「大納言流罪」）

重盛がまだ中納言であった時の事件を語る一節である。葛を目代に墨で塗られた平野庄の神人たちが「悪口」を言ったというのであるが、非難する、口に出してとがめる、ののしる、といった意味で用いられている。

(57)されどもこれを事ともせず、いよく悪口放言す。（巻五・「文覺被流」）

勧進のために後白河法皇の御所へ押し入った文覚は、何人もの人に殴られ押さえつけられながらも「悪口放言」した。ここは、いろいろののしって言いたい放題叫んでいる、といった意味で用いられている。

(58)「文覺が心をやぶつては、爭か冥加もおはすべき」な（ン）ど、惡口申つれ共、猶「叶まじ」とて、（巻十二・「泊瀬六代」）

六代を引き取ることに成功した文覚が、その時のいきさつを語るところである。文覚は、「文覚の心を傷つけることではどうして仏の加護があろうか」などと頼朝に対して「悪口」を言ったというのである。ここは、やはりののしる、大声を出すという意味とともに、無理難題を言う、道理に通らぬことを言う、といった意味も加わっていよう。

いずれにしても、「悪口」には仏教的意味合いはない。

「あくだう（悪道）」

(59)今生でこそあらめ、後生でだにあくだうへおもむかんずる事のかなしさよ。（巻一・「祇王」）

あまりの辛さに身を投げると言う祇王に対して、母の刀自が訴える場面である。刀自は、娘たちが身を投げるならば自分も身を投げようが、そのように親の命を奪うのは五逆罪にあたるから、お前たちは後生で悪道に堕ちるだろうというのである。「あくだう」とは地獄道・餓鬼道・畜生道などをいい、仏教用語である。

「悪名」

(60)既に十二三にならむずる者が、今は礼儀を存知してこそふるまうべきに、か様に尾籠を現じて、入道の悪名をたつ。（巻一・「殿下乗合」）

「殿下乗合」の事件で、重盛が資盛を伊勢国へ追放する場面での、重盛が資盛を叱責する言葉である。ここの「悪名」は世間一般の悪い評判といった意味である。

「悪事」

(61)人の運命の傾かんとては、必悪事を思ひ立候也。（巻二・「教訓状」）

法皇の鳥羽殿幽閉を決意した清盛に対して重盛が諫める場面である。重盛は、法皇幽閉を決意したことをもって平家の運はすでに尽きたという。なぜなら、人の運命が傾く時には必ず「悪事」を思い立つからだ。ここの「悪事」は一般的な意味ともいえるが、王法に対する悪事であり、後文に「神明の加護にあづかり」とか「佛陀の冥慮にそむく」といった文もあり、仏教上の「悪事」の意味も含んでいよう。

「悪病」

(62)昔中天竺舎衛國に五種の惡病おこ（ッ）て、人庶おほく亡しに、（巻二・「善光寺炎上」）

善光寺の本尊について語る一節で、善光寺如来が天竺で鋳造されるきっかけとなった「悪病」である。一応、一般的な意味での「悪病」ととらえておくが、「五種の悪病」が同時に起こった不思議さを考えると、如来像を鋳造させるために起こった病ととらえるべきであると考えられ、そうならば鋳造させるべく仏のはたらきがあったという意味で、仏教的にとらえられた「悪病」ととらえることもできよう。

「悪霊」

(63)讃岐院の御靈、宇治惡左府の憶念、新大納言成親卿の死靈、西光法師が惡靈、鬼界の嶋の流人共が生靈な（ン）ど（巻三・「赦文」）

中宮徳子の御産に際して取り付いた物の怪を列挙するところである。「悪霊」はいうまでもなくこの世に執着を残す霊で、仏教でいう語である。

「悪徒」

(64)若彼惡徒をたすけらるべくは、衆徒にむか（ッ）て合戰すべし。（巻七・「木曽山門牒状」）

義仲が上洛するにあたって延暦寺へ送った牒状の一節である。延暦寺がもし「悪徒」に味方するならば衆徒と合戦せざるをえないというのである。ここでいう「悪徒」は、(40)でみたように平家を指し、それは王法・仏法両者への「悪逆」であったゆえに、王法・仏法に手向かう輩の意味である。

「悪侶」

(65)顯には三千の衆徒しばらく修学讃仰の勤節を止て、悪侶治罰の官軍をたすけしめん。（巻七・「返牒」）

義仲からの牒状に対する延暦寺からの返事である。「悪侶」とはいうまでもなく平家を指すが、やはり(40)でみたように平家の「悪逆」が王法・仏法に対する「悪逆」であるから、(64)の「悪徒」と同じ意味である。

「悪鬼悪神」

(66)むかしは宣旨をむか（ッ）てよみければ、枯たる草木も花さきみなり、悪鬼悪神も随ひけり。（巻八・「鼓判官」）

法住寺合戦の際、法住寺に押し寄せた義仲軍に対して、院方の軍の行事である知康が、大音声をあげて叫んだ言葉である。「悪鬼悪神」は当然のことながら仏教上でいうものである。

「一悪」

(67)明王は一人がためにその法をまげず。一悪をも（ッ）て其善をすてず、小瑕をも（ッ）て其功をおゝふ事なかれ。（巻十・「請文」）

平家が屋島から法皇へ送った請け文の一節である。帝王たる者は臣下に小さな欠点があっても、その者の功績を忘れてはいけないという。この「一悪」は小さな欠点、失敗といった意味である。

「無三悪趣の願」

(68)當山權現は本地阿弥陀如來にてまします。はじめ無三悪趣の願より、おはり得三寶忍の願にいたるまで、一々の誓願、衆生化度の願ならずといふ事なし。（巻十・「維盛入水」）

那智の沖で入水をためらう維盛に対して滝口入道が説く一節であるが、「無三悪趣の願」とは、弥陀の四十八願のうち第一願の願名である。

「三悪四趣」

(69)修羅の三悪四趣は深山大海のほとりにありと、佛の解をき給ひたれば、しらず、われ餓鬼道に尋來るか。（巻三・「有王」）

俊寛の従者の有王が主人を尋ねて鬼界が島にたどり着いたところ、やせ衰えた乞食よりもみすぼらしい者（俊寛）に出会い、自分は餓鬼道へ来たのかと思ったという場面である。「三悪」とは地獄道・餓鬼道・畜生道をいい、それに修羅道を加えて「四趣」という。当然、仏教用語である。

「善悪」

(70)父祖の善悪は必子孫に及ぶとみえて候。（巻二・「小教訓」）

鹿の谷の陰謀が発覚した時、重盛は清盛に向かい古今の例を挙げて軽挙を諫めた。その重盛が語る言葉の一節である。因果応報を説くから、この「善悪」は仏教上のものである。

(71)小松のおとゞは、例の善悪にさはがぬ人にておはしければ、（巻三・「御産」）

高倉天皇の中宮徳子の御産に際して、重盛は先例に則って献上物を持って参上してきた時のことである。この「善悪」は世間一般にいうところの善いことと悪いことである。

(72)されば人の善悪は錐袋をとおすとてかくれなし。　（巻十二・「吉田大納言の沙汰」）

頼朝が法皇との仲介にしていた吉田中納言経房について説明するところの一節である。人の善事・悪事は錐が袋を通して現われるということわざ通り、隠れることがないというのである。これも世間一般にいう善事・悪事である。

「悪所」

(73)馬にの（ッ）つればおつる道をしらず、悪所をはすれども馬をたをさず。　（巻五・「富士川」）

富士川の合戦の際に、維盛が実盛に東国の武者のことを尋ねたことに対する返答の一節である。「悪所」とは険しい所をいい、この語は『平家物語』全体で六例あるが、すべて同じ意味である。

七

以上、『平家物語』にみられる「悪」という語一〇五例について検討してきた。その中で最も多く用いられているのは、傑出した能力・気力・体力等の持ち主に対して「悪」の語を接頭語のように用いているもので、二七例である。さらに同様の意味で「悪」の語を用いた熟語として「悪僧」が八例あり、合わせて三五例みられる。次いで、「悪行」の語が二一例あり、これは王法・仏法、もしくは両者に対する例がほとんどであり、同じ意味での「悪」を用いた「悪逆」が五例みられ、合わせると二六例がこの意味での「悪」の熟語である。これは王法・仏法相依的な考えもしばしばみられるところから、仏教的な意味合いに収斂しているといえるのではないか。

一方、すべて世間一般の「悪」の意味だけで用いられているものは、「悪党」が四例、「悪口」が三例みられる。

一例しかみられない「悪名」・「一悪」・「悪病」も世間一般の「悪」の意味で用いられている。また、「悪所」六例は険しい所の意味だけで用いられている。

また、仏教語であるものは、「悪業」（二例）・「十悪」（三例）に加えて「悪道」・「悪霊」・「三悪四趣」・「無三悪趣の願」・「悪鬼」・「悪神」がそれぞれ一例ずつみられる。さらに、仏教語ではないが、仏教上の意味でしか用いられていないものとして「悪心」（三例）・「悪人」（三例）・「悪縁」（二例）に加えて、一例しかみられない「悪事」・「悪徒」・「悪侶」もこの意味である。

「悪」単独で用いられているものは二例のうち、仏教的な意味で用いられているものが一例、世間一般的な意味での「悪」の用例が一例である。「善悪」は、仏教的な意味での「悪」の意味で一例用いられ、世間一般的な意味での「悪」が二例みられる。

すなわち、「悪」の全一〇五例のうち、「悪所」を除いた九九例をみると、「悪」を含む語が、仏教的な意味に用いられる語と世間一般の意味で用いられる語とにはっきりと分かれていることが目立つ。また、同じく九九例のうち、接頭語的に用いられている用例は三五例、王法・仏法もしくは両者に対する「悪」の意味での用例と仏教語の用例を合わせて五一例、世間一般の意味での「悪」の用例は一三例となり、やはり仏教が濃い影を落としていることがわかるのである。このほぼ半数を占める仏教的な意味での用例は、ほとんどがその「悪」の結果、滅びていく因としてとらえられていることから、そこに因果応報の思想をみることができるのである。

先に「罪」について考察したが、それと比較すると、「罪」のように『平家物語』の前半と後半とで大きな違いがあるということはなく、全篇にわたって因果応報的なとらえ方がされており、亡くなったのは仏教上の罪を犯した結果であるという、「罪」の語の考察から得た罪障意識に通ずるものをうかがうことができるのである。

付　「善」について

最後に、「悪」に対する「善」についてふれておく。

まず、「善」は上記の⑴および⑹⑺の引文にあるが、前者は仏教上の「善」であり、後者は「功績」といった意味である。

「善悪」は上記⑺⑽から⑺⑵にみた通りである。

その他の「善」の熟語はすべて仏教上の意味を持つものばかりである。「善業」は一例のみであるが、悪業の反対の意味で、善果を得るべき所業である。「善根」は善い果報を招く善因で、四例みられる。「善理」は善根と同じ意味で一例ある。「善所（処）」は極楽のことで三例みられる。「善心」は悪心の反対で、慚・愧と無貪・無瞋・無癡とから起こる心の意味で二例ある。「善知識」は人を導いて仏道に入らせる高徳の僧、もしくは仏道に帰依する機縁となるものであるが、これは一〇例ある。「善苗」は善因と同じ意味であるが、一例のみである。「善逝」とは仏の十号の一で三例みられる。また中国の和尚「善導」は一例みられる。最後に、「十善」は十悪を禁止するいましめで、万乗の位、すなわち天子の位は十善の戒行によって得られたものであるゆえに、一七例みられる中、「十善万乗の帝位」・「十善の帝位」・「十善帝王」などといった用例も多くみられる。

以上のように、「善」という語およびその熟語は、まず用例が四八例と少なく、「悪」の用例のほぼ半数しかない。しかも、ほとんどが仏教上の意味で用いられ、世間一般にいう意味での用法は三例のみで、如上考察した「悪」と対比するまでもない用いられ方である。これは、そもそも『平家物語』が、仏教思想が色濃く影を落とす中で平氏の滅亡を語るものであって、直接的には「善」を語るものではないからであろう。

註

（1）日本古典文学大系本『平家物語上・下』（岩波書店・一九七三年四月）をテキストとして作成された『平家物語総索引』（金田一春彦・清水功・近藤政美編、学習研究社・一九七三年四月）を利用させていただいた。

（2）ただし、今は名詞に限って対象とし、形容詞「悪し」（アシ・ワルシ・ワロシ）および動詞「悪びる」（ワロビル）、形容動詞「悪様（アシザマ）なり」等は除く。

（3）同書八頁（明治書院・一九七八年三月）。

（4）註(3)に同じ。

第八節　覚一本『平家物語』の展開

一

源氏に追われて西へ西へと落ちのびる平家。小松の三位中将維盛卿は屋島にいて源氏と対峙していた。しかし、京に残してきた北の方や幼い子どもたちの面影ばかりが浮かぶ。一時たりとも妻子を忘れることができない自分は「あるになきわが身かな」（巻十・「横笛」）と思う。平家嫡流としての立場など、もはや念頭にはなかった。遂に元暦元（一一八四）年三月十五日の暁、わずかに三人の供の者とともにひそかに屋島を抜け出し、阿波国結城の浦より小舟に乗り、辛うじて紀伊の湊に着いた。ここから山づたいに都へ上り、恋しい妻子に今一度会いたいと思う。しかし、生け捕りにされて都大路を引き回された挙句、鎌倉へ送られた帰途に処刑された本三位中将重衡のことが、彼の脳裏をよぎった。迷いに迷った末に、維盛は都へは向わず、高野山へと歩を進めた。

続けて、『平家物語』は語る。[1]

　高野にとしごろしり給へる聖あり。三条の齋藤左衞門大夫茂頼が子に、齋藤瀧口時頼といひしもの也。もとは小松殿の侍也。十三のとし本所へまいりたりけるが、建礼門院の雑仕横笛といふおんなあり。瀧口これを最愛す。（巻十・「横笛」）

以下、時頼・横笛の悲恋が語られるのであるが、この「横笛」の段の前半の、「（維盛は）高野の御山にまいられけり。」に引き続いて、「高野にとしごろしり給へる聖あり。」とあり、以下、主人公は維盛から斎藤滝口時頼（出家して後は滝口入道）へと変わり、彼と横笛の悲恋へと話は進む。しかし、維盛はまだ滝口入道に会っていない。いわば、維盛は高野への山道を歩いている途中である。維盛は滝口入道の所へはまだ到着していない。滝口入道の出家の機縁となった横笛との悲恋を語ることによって、維盛が滝口入道に会う前に滝口入道を紹介してしまい、維盛の到着の場面を設定してしまう。つまり、準備万端整えて維盛の到着を待つという展開になっている。

　横笛の死を聞いた滝口入道は、ますます仏道修行に励み、「高野の聖」と呼ばれるようになった。そこへ維盛が到着し、「三位中將はこれに尋あひてみ給へば」と、ようやく滝口入道との対面となる。以下、「高野巻」・「維盛出家」・「熊野參詣」・「維盛入水」へと、いわば維盛物語が語られるのであるが、この一連の流れからすれば、滝口入道の在俗時の悲恋話は不要である。前述した如く、「（維盛は）高野へまいられけり。」に続いて「高野にとしごろしり給へる聖あり。」と語り、以下時頼と横笛の悲恋が語られることに、唐突の感がするのはやむをえまい。

　しかし、唐突の感は免れえないが、視点を変えて物語の流れの中から再度考えてみると、この時頼・横笛の悲恋話は、とてもよく考えられた位置を与えられているということができるのである。

生け捕りにされ、都大路に生き恥をさらし、鎌倉下向、さらに都へ戻される途中での話へと流れる重衡の物語がエピソードを挿し挟みながら語られた次に、維盛の物語へと展開するのであるが、「横笛」の段の冒頭に、維盛が妻子に会うべく屋島を脱出したものの、所期の目的を断念して高野山へと向かう事情が語られ、維盛は「としごろしり給へる聖」に会うべく「高野の御山にまいられけり」と、入道の住む清浄心院へと山道を歩む維盛の姿を思い浮かべさせる。

この時点で維盛は山道を歩んでいる。そして場面は滝口入道の庵へと変わり、三十歳前ながら老僧姿の入道が薄暗い中に一人居る。ここで舞台は暗転し、華やかな都での若者の恋の物語となり、その恋はやがて悲恋へと展開し、男は出家し、その男を追って女はさまよい、遂に出家し、まもなく命を閉じる。ここでまた舞台は暗転し、また薄暗い庵に老僧姿の入道が居る。その入道の姿は、都に在った時の「布衣に立烏帽子、衣文をつくろひ、鬢をなで、花やかなりしおのこ」とは異なり、出家の後は、

いまだ卅にもならぬが、老僧姿にやせ衰へ、こき墨染におなじ袈裟、おもひいれたる道心者、浦山しくやおもはれけん。晉の七賢、漢の四皓がすみけん商山・竹林のありさまも、これにはすぎじとぞ見えし。

といった様子であった。そこへ維盛が到着して入道と対面し、再び主人公は維盛となって入水へと話が進むのである。華やかな恋物語とは対照的であるがゆえに、その展開の妙が一層感じられ、あたかも劇中劇を見るが如き感がするのである。見事な構成であるといえよう。

二

ところで、この時頼と横笛の話は、渡辺貞麿先生の御指摘によれば、「念佛勧むる聖」とりわけ高野聖たちによ

って語られた話であるという。(2) いまさらいうまでもなく、『平家物語』には、このように、すでに語られていたであろう話を採り入れたものが少なくない。しかし、これらの話は、『平家物語』の本来のストーリーには不要である。たとえば、この時頼・横笛の話は、一連の維盛の話の流れの中で、なくても何ら支障はない。維盛が都の妻子に会うことを断念して高野へ上り、そこで滝口入道に会うだけでよく、滝口入道がいかなる機縁で出家したかなどはどうでもよいことであり、まして滝口入道の在俗時の悲恋を事詳しく語る必要などない。つまり、これらの話は『平家物語』の本筋には不要である。『平家物語』の本筋を骨格に喩えるならば、これらの話は肉にあたる部分といえよう。

誤解のないように一言しておくが、今述べていることはあくまでも『平家物語』のストーリー上のことであり、『平家物語』の文学性という視点から述べているのではない。むしろ、これらの話が採り入れられていることによって、『平家物語』の文学性は高められていると考える。

さて、『平家物語』に語られるそうした話の中で、とりわけこの時頼・横笛の話を採り入れた構成の見事さには、いつもながら感心させられるが、このような、『平家物語』のストーリーの骨格部分ではない、いわばストーリーの展開上なくてもよい話が、『平家物語』の展開の中でいかなる位置を与えられているか、そのような話を採り入れていかなる構成がなされているかについて、覚一本を対象に検討を加えてみたい。

三

まず、巻一「殿上闇討」である。この段は、前段「祇園精舎」の末尾に、

國香より正盛にいたるまで、六代は諸國の受領たりしかども、殿上の仙籍をばいまだゆるされず。

と、平家が殿上の間への出入りを許されなかったことを語り、それに続いて「殿上闇討」へ入ると「しかるを忠盛備前守たりし時」と続けて、「忠盛三十六にて始めて昇殿す」と流れ、昇殿が許されたことに対して、

雲の上人是を猜み、同き十二月廿三日、五節豊明の節會の夜、忠盛を闇討にせむとぞ擬せられける。

と、「殿上闇討」の話へと流れている。これは極めて自然な流れの中で話が展開しており、唐突に語られるものではない。

次の「鱸」の段は、忠盛はやがて刑部卿となり、その死後を継いだ清盛も出世を重ねていったという展開の中で、忠盛にまつわる二つのエピソードが語られている。すなわち、鳥羽院の下問に対して忠盛が「あり明けの……」の歌を詠んだこと、忠盛は鳥羽院の御所に仕える女房に通っていたが、その女房は同僚のからかいに対しても忠盛の愛人であることを隠そうとしなかったことの二つである。しかし、この二つの話は『平家物語』の展開上からは必要のないものである。前段で忠盛が昇殿を許された後、この「鱸」の段で、

其子ども諸衛の佐になる。昇殿せしに、殿上のまじはりを人きらふに及ばず。

と語り始め、すぐ続いて、

かくて忠盛刑部卿にな（ッ）て、仁平三年正月十五日、歳五十八にてうせにき。清盛嫡男たるによつて、その跡をつぐ。

と語られればよいのに、その間に忠盛の二つのエピソードを挿んでおり、ストーリーの展開からいえば、不自然な感がする。四部合戦状本(3)では前者のエピソードについて前段で語られ、延慶本(4)では両者とものエピソードが語られていないことも、このエピソードの位置づけがうかがわれる。これが、物語の「骨格部分」に対して、「肉の部分」というものだろうが、ともかくも、この忠盛の二つのエピソードはストーリーの展開上からは不自然な感がするも

のであり、前後にも溶け込んでいない。

次に「祇王」の段についてみてみたい。冒頭は、

入道相國、一天四海をたなごゝろににぎり給ひしあひだ、世のそしりをもはばからず、人の嘲をもかへり見ず、不思議の事をのみし給へり。

と、清盛が傍若無人な振る舞いを繰り返したことを語り、次に祇王の話へと進んでいく。この流れはやや唐突な感なきにしもあらずだが、「たとへば」とあるように、祇王の話は清盛の横暴さを物語る一例として位置づけられており、まず、流れに沿った話と受けとれよう。

ところが、次の「二代后」にいたると、冒頭に、

昔より今に至るまで、源平兩氏朝家に召しつかはれて、王化にしたがはず、をのづから朝權をかろむずる者には、互いにいましめをくはへ

て来たので「いかならむ末の世までも何事かあらむとぞみえ」たのに、「人耳目を驚かし、世をも（ッ）て大にかたぶけ申事ありけり。」として、この話が展開する。この冒頭の語り口から考えると、この「二代后」の段は、「祇王」の段の末尾とのつながりも悪く、「祇王」の段が挿入されたものであることをうかがわせる。このことは、屋代本では祇王の話は後の増補とされる抽書にあり（「義王義女佛閉事」）、四部合戦状本にはみられないこと、さらに「祇王」の段の末尾が「あはれなりし事どもなり。」となっていて、女性（祇王・仏）の側に立った語り口となっていることからもいえることである。(5)

さらに次の「額打論」の段になると、「さるほどに」と語り始めている。この語り口から考えると、この「額打論」の段は「吾身榮花」の段に続くのが自然であり、「祇王」の段だけでなく、「二代后」の段も挿入されたもので

あることをうかがわせる。

また先述したように、「祇王」の段が清盛の横暴の一例として語られており、しかもそれも徹底せず、末尾において女性の側に立った語り口となってしまっていること、それに対して「二代后」の段は、清盛の横暴さを語るものではなく、「世澆季に及で、人梟悪をさきとする」例として語られており、「祇王」・「二代后」の両段に一貫したものがない。つまり、

平家が昇殿を許される　↓　平家の繁栄　↓　世が騒然としてくる

といった流れの中において、「吾身榮花」に続くのは「額打論」・「清水炎上」という、世の中が騒然として来る様子を語る章段であるのが自然であり、その間に挟まれた「祇王」・「二代后」の両段は、物語の流れからみれば不自然といわざるをえない。「祇王」の段は一応、前段とのつながりを持ちえているが、それに続く「二代后」では前段からのつながりはなく、唐突に語り始められている。しかも、両段ともに物語の流れの一貫性からははずれた意味合いで語られているのである。つまり、「祇王」・「二代后」の両段が増補されたものであるとしても、物語の展開上からみれば、うまく前後につながっているとはいえないのである。

四

巻二の「烽火之沙汰」の段では、後白河法皇を鳥羽殿に幽閉しようとする清盛に対して重盛が諫める話が、前段「教訓状」から引き続いて語られているが、この話の後半部分で重盛は周の幽王の話を語って武士たちを戒める。この周の幽王の話は極めて自然に採り入れられているが、このことは、「おとゞ中門に出て、侍共にの給ひけるは」と語り、重盛の言葉としているところから、当然のことといえよう。

以下、「大納言流罪」・「阿古屋之松」・「大納言死去」と、スムーズな流れで語られていくが、「徳大寺之沙汰」にいたると、徳大寺実定の話となり、物語の本筋からはややはずれたものとなっている。この話は、日本古典文学大系本『平家物語　上』の補注にあるように、事実は彼の厳島詣では左大将に任じられた後のことであり、任大将のお礼参りに行ったのであるが、『平家物語』は「話をおもしろくするために、厳島もうでを任官のための策略に変えてしまった」のである。さらに、この話が『平家物語』においてこの位置に置かれたのは、同じく補注がいうように、「前後の成親の行為と対照させ」、「また成親の悲劇を一そう印象づけるため」でもある。それは、本段の末尾に、

新大納言も、かやうに置きはからひをばし給はで、よしなき謀反おこいて、我身も亡、子息所従に至るまで、かゝるうき目をみせ給ふこそうたてけれ。

と語られているところからも明らかなこと、これまた補注の指摘する通りである。

『平家物語』がこの話をこの位置に採り入れた意図はその通りだと考えるが、しかし、それにしても『平家物語』のストーリーの展開上からは不自然の感は否めない。末尾の一文も、とってつけた感がする。いわば、無理矢理に挿入した感が否めないのである。しかも、この話は、延慶本では巻一の「鹿谷」の段にあり、四部合戦状本では同じく巻一の「俊寛沙汰鵜川軍」の段にみられて、その位置は移動しており、やはり挿入された話であることを物語っており、ストーリーの展開上から不自然さを感ずるのも必ずしも誤りではなかろう。

この後、ストーリーは、山門の滅亡・善光寺の炎上と続き、それは、

「王法つきんとては佛法まづ亡ず」といへり。さればにや、「さしもや（ン）ごとなかりつる靈寺靈山のおほくほろびうせぬるは、平家の末になりぬる先表やらん」とぞ申ける。
（巻二・「善光寺炎上」）

と、いよいよ世の中が騒然としていく前兆として語られていくが、「徳大寺之沙汰」の前で語られてきたこと、つまり、陰謀が発覚した「西光被斬」から「小教訓」・「少將乞請」・「教訓狀」・「烽火之沙汰」・「大納言流罪」・「阿古屋之松」・「大納言死去」へと語られてきた鹿の谷事件の流れからは、やや不自然なものとなっている。この「山門滅亡堂衆合戰」・「山門滅亡」・「善光寺炎上」の段は、屋代本・四部合戦状本・延慶本では、おおむね巻三の冒頭「赦文」・「足摺」の直後に語られており、「康頼祝言」・「卒都婆流」から「赦文」・「足摺」と流れる鹿の谷事件の後日譚の後に語られ、不自然の感はない。覚一本で不自然な感がするのも当然といえようか。それを覚一本がこの位置に置いた理由はわからないが、このような諸本での位置を考えあわせると、

それが「康頼祝言」・「卒都婆流」と再び鹿の谷事件に関わる話へと戻され、そして「蘇武」の段がある。この話の前段の「卒都婆流」は、鬼界が島の康頼が、都への思いを詠んだ二首の歌を千本の卒都婆に記し海へ流したところ、その中の一本が厳島に漂着し、それが都へ伝えられた話である。そしてその康頼の思いは、

入道も石木ならねば、さすが哀げにぞの給ひける。（巻二・「卒都婆流」）

と、さしもの清盛の心を動かしたという。そして本段「蘇武」に入り、

入道相國のあはれみたまふうへは、京中の上下、老たるもわかきも、鬼界が嶋の流人の歌とて、口ずさまぬはなかりけり。さても千本まで作りたりける卒都婆なれば、さこそはちいさうもありけめ、薩摩潟よりはるばると都までつたはりけるこそふしぎなれ。あまりにおもふ事はかくしるしあるにや。

と語り、その「あまりにおもふ事はかくしるしあるにや」という事の先例として蘇武の話が語られるのであるが、例としてはよく納まっていると思われる。しかし、屋代本・延慶本ではこの話は、同巻ながら「大納言死去」の段にあり、この点から考えても、また、そもそもこの話の内容からしても、挿入された話であることは確かであるが、

覚一本では極めて適切な適切な位置に置かれ、スムーズな展開となっている。末尾にも、

漢家の蘇武は書を鴈の翅に付て舊里へ送り、本朝の康頼は浪のたよりに歌を故郷に傳ふ。かれは一筆のすさみ、〔これは二首の歌、かれは上代、これは末代、胡國〕鬼界が嶋、さかひをへだて、世々はかはれども、風情はおなじふぜい、ありがたかりし事ども也。

と語り、その位置は見事に落ち着いたものとなっている。

五

巻三に入ると、高倉帝中宮徳子の御産の話へと進むが、巻二の末尾まで続いた鹿の谷事件の後日譚を受け継ぎながら、それに重ね併せながら中宮徳子の御産の話へと進められていく展開は、まことにスムーズであり巧みであるといえよう。すなわち、鬼界が島の流人の赦免が中宮徳子の安産祈願を理由として語られ（「赦文」）、流人を迎えに行った時のエピソードを語り（「足摺」）、そしてウエイトは中宮徳子の御産へと移っていく（「御産」）。そして中宮徳子が懐妊しその上皇子を出産したことは清盛が夫婦共々厳島神社の神に祈ったゆえであると語った上で、厳島神社の神がいかなる経緯で平家の氏神となったかを語る「大塔建立」の段は、極めて自然な展開となっているといえよう。

しかし、次の「頼豪」の段はやや唐突な感がする。この段は、白河天皇の時、祈禱によって皇子を誕生せしめたのにもかかわらず恩賞にあずかれず、そのために自殺し皇子をも取り殺した頼豪阿闍梨の話である。続いて山王の霊験によって再び皇子誕生となった話を語り、山門寺門の対立をも物語っているが、中心は怨霊の祟りの恐ろしさである。なぜこの段がここに位置するのか、やはり不自然である。末尾近くに、

怨靈は昔もおそろしき事也。今度さしも目出たき御産に、大赦はをこなはれたりといへ共、俊寛僧都一人、赦免なかりけるこそうたてけれ。

と語って、一応は前段までの流れを承けた形にはしているが、物語の展開は鹿の谷事件の後日譚から中宮徳子の御産へ移ってきているのであり、この一文はその流れを逆行させるものである。これは次に続く「少將都歸」・「有王」・「僧都死去」の諸段を語るために意図的になされたものであろうが、これでは「頼豪」の段の末尾の、

同十二月八日、皇子東宮にたゝせ給ふ。傅には小松内大臣、大夫には池の中納言頼盛卿とぞ聞えし。

の一文が浮き上がってしまう。しかも俊寛の怨霊は、広くは平家を滅亡へと導いた多くの要因の一つとはなったのであろうが、特に具体的には祟りをなしたわけでもないのであり、頼豪阿闍梨の話から怨霊の恐ろしさを説き、ゆえに俊寛の恨みも恐ろしいとにおわせるのには強引さが感じられる。この「頼豪」の段は『愚管抄』よりの増補とする説が多いが、物語の展開の上で唐突である。

さて、「僧都死去」の段で鹿の谷事件関係の話を終え、その末尾で、

か様に人の思歎きのつもりぬる平家の末こそおそろしけれ。

と、平家滅亡を暗示し、巻二の「山門滅亡堂衆合戰」・「山門滅亡」・「善光寺炎上」と語られた、世の中が騒然としてくる中で平家の前途にも暗雲が垂れこめてくることを予感させる流れへと大きく戻り、そのさらなる一つの事として「飈」の段が語られる。この段も多分に増補であろうが、

是たゞ事にあらず。御占あるべしとて、神祇官にして御占あり。「いま百日のうちに、祿をもんずる大臣の愼み、別しては天下の大事、幷に佛法王法共に傾て、兵革相續すべし」とぞ、神祇官陰陽寮共にうらなひ申ける。

と語り、いよいよ天下が戦さで乱れることを予感させつつ小松大臣重盛の死を暗示して、次の段からの重盛に関わる話へと導いている。

次の「醫師問答」の段が重盛の話を語るが、戦乱の世の中へ動く予感を語る前段を承け、

小松のおとゞ、か様の事共を聞給て、よろづ御心ぼそうやおもはれけむ、其比熊野參詣の事有けり。

と語り始めており、極めて自然な展開で語りつつ、重盛に関わる話へと語り進めていく。そして、この段で重盛の死を語った後、「無文」・「燈爐之沙汰」・「金渡」へと重盛にまつわるエピソードが語られる。これらはストーリーの展開上では必要のない話ではあるが、亡くなった人の生前のエピソードを、亡くなった後に回想的に語るという『平家物語』のパターンであり、自然な展開であるといえよう。

重盛死去の後は、「法印問答」・「大臣流罪」・「行隆之沙汰」・「法皇被流」・「城南之離宮」、さらに巻四に入って「厳島御幸」・「還御」と、清盛のしたい放題の行為、さらにそれに関わる話が続くが、この中、「行隆之沙汰」は物語の展開上、その必要性はほとんどない。この段は従来『平家物語』の作者研究に関わって注目されている段であるが、物語の展開上からはなくてもよい段であり、しかも、内容も行隆が清盛にとり立てられるもので、前後の話とはやや趣を異にし、末尾の「たゞ片時の榮花とぞみえし」との一文もわざとらしい。しかし、これも清盛のしたい放題の行為の中の一つとしてみれば、物語の展開の上で不自然さは感じられない。

そして「源氏揃」の段へいたるが、これまで騒然とした世情が平家滅亡の前兆もしくは予感として語り続けられて来ながらも際立った動きがなかったのが、一挙に大きく動き出す流れとなっていて、ストーリーの一大転換点になっており、巧い展開であるといえよう。

この後、以仁王と頼政の謀叛の話へと展開していくが、その中「競」の段では、

抑源三位入道、年ごろ日比もあればこそありけめ、ことしいかなる心にて謀叛をばおこしけるぞといふに、平家の次男前右大将宗盛卿、すさまじき事をし給へり。

と語り始め、

されば、人の世にあればとて、すゞろにすまじき事をもし、いふまじき事をもいふは、よく〳〵思慮あるべき物也。

と語った後、「たとへば」として、頼政の嫡子仲綱所蔵の名馬をめぐる宗盛との事件が語られるのである。途中、小松大臣重盛を出して宗盛の愚かさを際立たせる話はストーリーの上では不要であるが、大筋において、頼政の郎党の競の話まで展開上無理はなく、頼政謀叛の原因の一つとして成立している。この話は、それぞれにすべてを備えているか否かの違いはありつつも、四部合戦状本および延慶本では少し後の「鵼」の段に置かれているが、いずれにしても頼政謀叛の理由の一つとして語られており、物語の展開上、不自然さはない。

やがて宇治川の合戦にて頼政は自害して果てるが、その頼政の生前を語る話として「鵼」の段がある。この段は、頼政が和歌に優れていたことと鵼を二度までも退治した武勇を語るが、いずれにしても物語の展開上からは必要のない話であり、挿入話と思われるが、重盛の場合もそうであったように、亡くなった人の生前のエピソードをその死後に回想的に語るのは『平家物語』のパターンであり、その意味において不自然さはない。ちなみに、二度の鵼退治のうち、後者については、屋代本・四部合戦状本共に巻一の「神輿振」の段の中で語られている。

六

巻五に入り、清盛は福原に遷都する（「都遷」）。次の「月見」の段は、秋八月、徳大寺実定が旧都に戻り、月明かりの中で「待よひの小侍従」という女房と今様を謡い交わした話である。ストーリーの上からいえば必要のない段であり、説話を採り入れたものと思われるが、物語の流れとしては自然である。

続く「物怪之沙汰」は、

福原へ都をうつされて後、平家の人々夢見もあしう、つねは心さはぎのみして、變化の物どもおほかりけり。

と語るように、福原遷都後の夢見の悪さや変化の物が現われたことを語る。すなわち、大きな顔が清盛の寝室をのぞいたり、天狗らしい大きな笑い声が聞えたり、多数の「死人のしやれかうべ」が庭に満ちたりしたが、これらの話は清盛の剛胆さを語る話となっている。また、厩の馬の尻に鼠が巣を作り多くの子を産んだ話は、占わせたところ「おもき御つゝしみ」ということであったという。これらの話に続いて語る源中納言雅頼の見た夢とともに、ストーリーの展開上には不要で挿入を思わせる（四部合戦状本・延慶本では、鼠の話は巻六の「築嶋」の段にある）が、平家の世も次第に末に近づきつつあることを感じさせる出来事であり、雅頼の夢見を聞いた宰相入道成頼にも、

すは平家はやう〳〵末になりぬるは。

と語らせている。そして次段「早馬」では頼朝謀叛の話へと展開し、この「物怪之沙汰」の段は物語の流れの上では自然なものとなっている。

「早馬」の段で頼朝謀叛を語ったのに続いて、「朝敵揃」ではわが国の過去の朝敵はすべて本望を遂げずに滅ぼされていることを語り、続く「咸陽宮」の段では、中国の燕の太子丹の始皇帝暗殺の企ても失敗に終わったことを語る。この話は中国の説話を採り入れたものであることは明らかであるが、かなり長文になっていて、ややするとその意図するところからはずれている感は否めない。この点、「祇王」の段と似るが、末尾で、

「されば今の頼朝もさこそはあらんずらめ」と色代する人々もありけるとや。

と語って本筋に戻しており、「祇王」の段と異なり、ストーリーはつながっている。

次の「文覺荒行」の段では、

（頼朝が）ことしいかなる心にて謀反をばおこされけるぞといふに、高雄の文覺上人の申す、められたるけるとかや。

と語り始めて、以下、文覚の紹介へと進む。これは次の「勸進帳」・「文覺被流」の段にわたり、そして次の「福原院宣」の段で文覚は頼朝に対面し、謀叛を勧めるのであるが、文覚が頼朝に対面できたのは、前段で文覚が伊豆に流されていたからであり、この「文覺荒行」・「勸進帳」・「文覺被流」の段はストーリー上は必要ないが、前後の段とのつながりに矛盾や不自然さはなく、しかも頼朝決起にあずかって文覚のはたらきは重きをなしており、流れはつながっている。さらに、「福原院宣」以後にも文覚は登場するのであり、話の主人公がその段のみに登場するだけである「祇王」とは異なっている。

「富士川」の段は、平家が水鳥の羽音に逃げ帰った著名な話だが、その中に高倉上皇の再度の厳島御幸が唐突に挿入されている。この厳島御幸の話の直前は、

いにしへ、朝敵をほろぼさんとて都をいづる将軍は、三の存知あり。切刀を給はる日家をわすれ、家をいづるとて妻子をわすれ、戰場にして敵にたゝかふ時、身をわする。されば、今の平氏の大將維盛・忠度も、定てかやうの事をば存知せられたりけん、あはれなりし事共也。

と、源氏迎撃に出立する二人の心境を語り、厳島御幸の直後は、

さる程に、此人々は九重の都をた（ッ）て、千里の東海におもむき給ふ。

とあって、ストーリーは続いているだけに、厳島御幸の記事が唐突な感がするのは否めない。屋代本では、後の増

補とされる抽書に収められている（「新院嚴島御幸事」）。

七

巻六に入ると、高倉上皇が亡くなる（「新院崩御」）が、続く「紅葉」・「葵前」・「小督」の諸段は高倉上皇の生前のエピソードであり、物語の展開上からは必要のない段である。

「葵前」の話は四部合戦状本・延慶本共に前段の「紅葉」の段の中途に語られており、「小督」の段は屋代本では巻三の「金渡」の段で語られ、四部合戦状本では欠いていて、これらの諸段は挿入話の感が強いが、これも、亡くなった人の生前のエピソードをその人の死後に回想的に語るという『平家物語』のパターンであり、唐突な感はしない。「小督」の話はあまりにも詳しく語られ、高倉院よりも小督という一人の女性の悲しい物語の印象が強くなってしまっているが、しかし「小督」の段の末尾で高倉上皇の死に歎き沈む後白河法皇を語って、回想から現実に戻しており、スムーズな流れとなっている。

頼朝の挙兵に続いて義仲も挙兵し、世の中がますます騒然としてきた中で、遂に清盛はこの世を去る。「築嶋」・「慈心房」の段および「祇園女御」の前半は、やはり、亡くなった人の生前のエピソードを回想的に語るという『平家物語』のパターンであるが、これらの話は今までの語り口から一転して清盛を賞讃している。また後二つの話は清盛の生前のエピソードというよりは清盛の出生にまつわる話であるという点でやや趣を異にしている。いずれも説話を採り入れた話であることはすでに指摘されているところだが(6)（「慈心房」の話は屋代本では抽書にある〈「入道相國爲慈恵大僧正化身事」〉）、前段からの流れからみれば、不自然さはない。

しかし、「祇園女御」の段の後半の邦綱の話は不要であり、しかも唐突な感がする。事実、四部合戦状本では巻一の「鹿谷」の段にあり、延慶本では同じく巻一の「俊寛沙汰鵜川軍」の段にあり、挿入された話である可能性が強い。しかも「祇園女御」の段で、

まことに白川院の御子にてをはしければにや、さばかりの天下の大事、都うつりな（ン）どいふたやすからぬことどもおもひたゝれけるにこそ。

と語った直後に、

同閏二月廿日、五条大納言邦綱うせ給ひぬ。

と突然に邦綱の話となり、果ては山陰中納言説話にまで及んでおり、邦綱の話の末尾で、

邦綱、藏人頭は事もよろし、正二位大納言にあがり給ふこそ目出たけれ。

と語ってすぐに、

同廿二日、法皇は院の御所法住寺殿へ御幸なる。

と話は展開しており、邦綱の話の唐突さが理解される。

八

以上、覚一本『平家物語』の前半を対象に、『平家物語』の本来のストーリーの展開の上からはなくてもよい話の主なものについて、前後とのつながりを中心にその位置を検討してきたが、これまでの検討から注視すべき点を列挙する。

まず、『平家物語』のストーリーの展開上からは不要であると思われる話の前後の話との位置関係については、次の五通りが考えられる。

一　前後の話とうまくつながっており、ストーリーがスムーズに流れているもの（「蘇武」・「大塔建立」・「月見」など）。
二　前後の話ともつながらず、ストーリーの上で唐突な感がするもの（「二代后」・「頼豪」・「富士川」の中の高倉院厳島御幸の話・「祇園女御」の中の邦綱の話など）。
三　二と同様にストーリーの上で唐突な感がするものであるが、他の異本では適切な箇所に採り入れられておりながら、覚一本では不適当な位置に置かれているもの（「山門滅亡堂衆合戦」・「山門滅亡」・「善光寺炎上」の話など）。
四　三の逆で、他の異本では不適切な位置に置かれているが、覚一本では適切な位置に置かれ、したがってストーリーがスムーズに流れているもの（「小督」の屋代本における位置との違いなど）。
五　亡くなった人の生前のエピソードをその人の死後に回想的に語るもの。これは、物語のストーリーの流れにおいて本来は不要な話であるが、『平家物語』の一つのパターン化した語り方であるために、素直に受けとれ、唐突な感がしないものである（重盛・頼政・高倉院・清盛等について連続して語られるエピソード）。

三は二の中において、また四は一の中において、それぞれ細分されるべきものであろうが、特に注目したいのは四である。すなわち、もともとは別の箇所に置かれていた話が、ストーリーの展開上から適切と思われる箇所へ移動させられた場合である。その大規模なものが、元来は巻十一・巻十二にあった建礼門院の話がまとめられて成立した灌頂巻である。

次に、『平家物語』のストーリーの展開上からは不要であると思われる話の内容に関しては、次の二つに大別される。

一　『平家物語』の登場人物とは全く関わりのない話。これは例として挙げられているもので、中国における話や故事がそれである（「烽火之沙汰」の中の周の幽王の話・「蘇武」など）。
二　『平家物語』の登場人物の話もしくはそれに関わる人の話（「鱸」の中の忠盛にまつわる話・「祇王」など）。
この二点をさらに詳しく検討することによって、ストーリーの展開上からは不要であると思われる話の内容における共通点を見出すことが可能であろう。また、このように二つに大別される話は、ストーリーの上で唐突な感がするものもあればそうでないものもあり、この点は話の内容というよりは話の置かれた位置によるものである。

次に注目したいのは、『平家物語』のストーリーの展開上から不要な話であると思われるものの、例話として語られていたり、ストーリーの展開の上で適切な位置に置かれていながら、その話があまりに詳しく語られているために、その話を語る本来の意図とは異なった意図で受けとられてしまう結果となっている話である。たとえば、「祇王」の話は、清盛の横暴な振る舞いの例として語られるはずであったが、あまりに詳しく語られているために、祇王という悲しい女性の物語の印象が強くなってしまっていて、本来の意図であった清盛の横暴を語る話にはなっていない。「咸陽宮」や「小督」なども同様である。これらの話の多くは、すでに独立して語られていた話や説話を採り入れたものであり、それを『平家物語』に採り入れる意図に沿って十分に消化しきれないままに語っているために、このような結果を招いたのである。また、「小督」のように作者の筆が興に乗り一つの話として完成されたものに仕上げた結果によるものもある。

さて、『平家物語』のストーリーの展開上からは不要であると思われる話について特に注目したいのは、話の主人公である。この視点からは次の二つに大別される。
一　それまでの主人公がそのまま主人公である話（「醫師問答」に続く「無文」・「燈爐之沙汰」・「金渡」など）。

二　それまでの主人公とは別の人物が主人公である話。

これはさらに次の二つに細分される。

（一）　それまでの主人公に関わっての話であるために、それまでの主人公も登場する話（「祇王」など）。

（二）　それまでの主人公とは別の人物が主人公である話で、しかもそれまでの主人公は一切登場しない話（「横笛」など）。

また、以後の話に関して、次のようにも分類できる。

A　主人公が以後の話にも登場する場合（一連の文覚説話など）。

前記の分類の一に該当するものは、主人公である人物が『平家物語』全体においても欠くことのできない人物である場合が多く、したがってほとんどが当該の話以後も登場する、

B　主人公がその話のみに登場し、以後の話には一切登場しない場合（「祇王」・「小督」など）。

話の主人公という視点からはこのように分類できるが、この視点からストーリーの展開の上からは不要であると思われる話が、前後の話の流れの中にいかに溶け込んでいるか、もしくは溶け込んでいないかということの理由の一端が探れるのではないだろうか。

さらに、『平家物語』のストーリーの展開の上からは不要であると思われる話のうち、前後の話との関係において唐突の感がする話は増補挿入されたものと考えられるものが多い。もちろん、ストーリーの展開上からは不要であると思われる話すべてが挿入されたものだとはいいえないし、なかには原『平家物語』ですでに語られていたものもあるかもしれない。しかし、少なくとも前後の話との関係において唐突な感がする話のほとんどは挿入された話である。とすれば、この視点からの検討が、ストーリーの本筋である「骨格部分」に対して、いわば「肉の部

分」といいうるこれらの話がどのように採り入れられてきたか、すなわち『平家物語』の成長を探る一つの切り口となりうるのではないかと考えるのである。

最初に断ったように、如上述べてきたことはあくまでも『平家物語』のストーリー上のことであり、『平家物語』の文学性という視点から述べているのではない。むしろ、これらの話が採り入れられていることによって、『平家物語』の文学性は高められていると考える。ただ、ストーリーの本筋の部分とストーリーの展開の上からは必要ではない部分との両者に「腑分け」し検討することが、『平家物語』の「完成」への過程の一端を明らかにし、ひいては『平家物語』の語ろうとする意図を知ることになるのではないかと考えるのである。

註

（1）本節中、特に断らずに『平家物語』の名称を用いたものは、すべて覚一本を指す。
（2）渡辺貞麿「『平家』と聖たち」（『大谷學報』五十二巻第三号・一九七二年十二月所収）。
（3）四部合戦状本は、斯道文庫編校『四部合戦状本平家物語』（大安）による。ただし覚一本以外の異本における章段名は、統一する意味から覚一本の章段名を用いた。
（4）延慶本は、北原保雄・小川栄一編『延慶本平家物語本文編』（勉誠社・一九九〇年六月）による。
（5）屋代本は、『屋代本平家物語』（桜楓社・一九六七年六月）による。
（6）渥美かをる「平家物語の詞章展開—慈心房・祇園女御・流沙葱嶺・邦綱沙汰—」（『平家物語の基礎的研究』〈三省堂・一九六二年三月〉所収）、渡辺貞麿「『平家』慈心房説話の背景」（『中世文学』第十九号・一九七四年八月・所収）等。

第九節　「諸行無常」・「盛者必衰」と経論――『平家物語』序章をめぐって――

一

祇園精舎の鐘の聲、諸行無常の響あり。沙羅雙樹の花の色、盛者必衰のことはり（マヽ）をあらはす。おごれる人も久しからず、只春の夜の夢の如し。たけき者も遂にはほろびぬ、偏に風の前の塵に同じ。（巻一・「祇園精舎」）

言うまでもなく、古来人口に膾炙してきた『平家物語』序章であり、『平家物語』全体のテーマを語るだけでなく、『平家物語』の哀調を語るにふさわしい文章である。

この序章における「諸行無常」および「盛者必衰」の両句については従来から多くの解説がなされてきたが、その出典について今、日本古典文学大系本（岩波書店・昭和三十四〈一九五九〉年二月、以下、旧大系本という）を見ると、補注において、

諸行無常は、仏典で有名な四句の偈、即ち、諸行無常、是生滅法、生滅滅已、寂滅為楽の第一句を指す。

と指摘し、さらに『祇園図経』に説く祇園精舎の無常堂の鐘にまつわる伝説にふれている。「盛者必衰」の句についても同じく補注を置くが、その出典は明らかにされず、『涅槃経』における仏涅槃の光景にふれるのみである。

一方、新日本古典文学大系本（岩波書店・平成三〈一九九一〉年六月、以下、新大系本という）では、「諸行無常」の句について脚注において「涅槃経・聖行品に見える偈の一句」とし、「盛者必衰」の句についても同じく脚注に「仁王経・護国品に見える句」と、それぞれ出典を指摘している。

「諸行無常」の句については旧大系本も『涅槃経』をはじめ多くの経典にその出典が求められることを承知した上で「仏典で有名な四句の偈」としたのであろうが、「盛者必衰」の句の出典については旧大系本では明らかにされず、新大系本にいたって『仁王経』「護国品」にあることが指摘されている。「盛者必衰」の句の出典が『仁王経』「護国品」であることを指摘したのは『平家物語略解』であるが、すなわち、無常・苦・空・無我の四非常が説かれる、いわゆる「四非常偈」の第三偈の「空非常」の中にみられるのである。

この「諸行無常」および「盛者必衰」の両句が、『平家物語』が語ろうとするところの無常観を表わす句として重要視されてきたことは当然であるが、この両句は表現上は対句をなしている。しかし、仏教教理を説く上で対をなす句であるのかどうかについては、いまだ明らかにされていない。また、もし対をなしていないならば、この両句を『平家物語』の冒頭という重要な位置において語ったその出典は何か。この点をきっかけとして、この二句について経典・論・釈・疏・註を少しく検証してみたい。

二

「諸行無常」の句は新大系本の指摘を待つまでもなく、『大般涅槃経』「聖行品」にみられるところの、俗に四句偈と称されて広く知られた句であり、その他『別訳雑阿含経』・『過去現在因果経』をはじめ多くの経・論・釈・疏等にみられるが、「諸行無常」の用例数を大正大蔵経に見ると、実に五五四例を数える（以下、用例数はすべて『大正新脩大蔵経』における数である）。そのうち「諸行無常　是生滅法」と二句を続けるものは一三三例ある。さらにその中で、『往生要集』で「大経偈云」として四句偈を引いているように、四句すべてが用いられている箇所は四一例ある。

また、四句を挙げていることには違いないが、若干字句の異なったものがみられる。『大悲経』では、[1]

諸行無常　是生滅法　生已還滅　滅彼爲樂　（第十二巻・九五一頁c）

となっており、『成唯識論了義燈』では、

諸行無常　是生滅法　是生必滅　寂滅爲樂　（第四十三巻・六七〇頁c）

となっており、『大悲普覚禅師語録』では、

諸行無常　是生滅法　生滅既滅　寂滅現前　（第四十七巻・八一四頁c）

となっているが、すべて大意に違いはない。

また、『別訳雑阿含経』では、四句偈をそのまま用いている箇所のほかに、

諸行無常　是生滅法　生滅滅已　乃名涅盤　（第二巻・四一三頁c）

という四句偈を挙げているが、これは釈提桓因が説いた偈となっている。同じく『別訳雑阿含経』の他の箇所には、

諸行無常　是生滅法　無有住時　不可保信　是壞敗法　（第二巻・四八八頁c）

という偈が二箇所にみられるが、これは世尊の説法である。

さらに『仏説薩鉢多酥哩踰捺野経』では、

諸行無常　是生滅法　無堅無實　是不究竟　是不堪任　是不可樂　（第一巻・八一一頁c、八一二頁a）

という句になっており、二箇所において説かれている。

「諸行無常、是生滅法」の二句のみが用いられているのは八六例あるが、後秦釈道朗撰の『大般涅槃経』や他の経論にも「半偈」とある場合が多いように、四句偈を説く中で前半の二句を挙げて説いているものが大部分である。

三

次に「諸行無常」の句に続く句が「是生滅法」ではない用例についてみてみると、まず「諸行無常　諸法無我」と続く用例が二一例ある。このうち「諸行無常　諸法無我　涅槃寂静」と続く用例が最も多く、『仏説法身経』をはじめとして一一例ある。今、『阿毘達磨大毘婆沙論』にみられる二例のうちの一つを例示する。

佛以百福莊嚴相手。摩彼象頂。便以象語而爲說法。諸行無常諸法無我涅槃寂靜。汝應於我起敬信心。不久必得脫傍生趣。象聞法已起敬信心。厭離象身不復飲食。命終生在三十三天念荷佛恩。來詣佛所。

（第二十七巻・四二九頁a）

王舎城において、仏を害せんとした象に対して仏が「諸行無常　諸法無我　涅槃寂静」を説き、信心を起こすことを説いたというのである。また『大日経疏鈔』にも「諸行無常　諸法無我　寂静涅槃」（第六十巻・一二四二頁b）とあるが、全く同様の用例といってよかろう。

さらに、「諸行無常　涅槃寂静　諸法無我」と三句の順が異なっている用例が『大日経疏演奥鈔』をはじめ『大日経疏』関係の三書にみられるが、すべてこれらを「三法印」としており「有漏皆苦」を加えて「四法印」と説いているので、単に羅列しただけで、順序の違いに意味はない。

この三句と同義ながら一字異なるのが「諸行無常　諸法無我　涅槃寂滅」という用例であって、これは『根本説一切有部毘奈耶』をはじめ五例みられる。『根本説一切有部毘奈耶』では二例みられるが、その一つは先の『阿毘達磨大毘婆沙論』とほぼ同じ内容で、獅子に対して仏が説いている（第二十三巻・八三六頁b）。

また、「諸行無常　諸法無我　涅槃是寂滅法」という三句目が異なる例が『阿毘曇毘婆沙論』に一例ある（第二十八巻・三三二頁b）。内容は先にふれた『阿毘達磨大毘婆沙論』と同様である。また、『大日経指心鈔』には「諸行無常　諸法無我　我等法印也」（第五十九巻・六七九頁b）とあるが、これは二句をもって自分たちの「法印」とするというのである。この用例はここを含めて二例ある。

さらに、『根本説一切有部毘奈耶雑事』には「諸行無常　諸法無我　寂滅爲樂」（第二十四巻・二二七頁c）と四句偈の「生滅滅已」を欠いているが、「三句法」としており、不完全な四句偈ではあるが、これはこれで三句で完結しているのである。

このように、「諸行無常」という句は四句偈をふまえてまさに無常を説く句として、多くの経・論・釈・疏等にみられ、先に述べたように実に五五四例を数えるが、ほとんどが四句偈もしくはその半偈であり、「諸法無我」の句へ続く用例も少しみられ、これもわずかながら慣用されたことが推測される。しかし、「諸行無常　盛者必衰」と続く用例はなく、続かなくても同時に説かれている箇所もない。つまり、「諸行無常」と「盛者必衰」を対として説いているものは見当たらないのである。

また、「生者必滅」の用例は二四例ある。そのうち、「生者必滅　一向記故」と続く用例が『涅槃宗要』（第三十八巻・二四八頁a）をはじめ七例ある。しかし、「諸行無常　生者必滅」と続く用例はない。「生者必滅」・「盛者必衰」に似通った「生者必衰」・「盛者必滅」は用例そのものがなく、よってそれらが「諸行無常」に続く用例は、もちろんない。

四

次に「盛者必衰」という句の用例についてみてみよう。「盛者必衰」の用例は全部で一五例ある。「諸行無常」の句に比してあまりにも用例が少ないが、「盛者必衰」は「諸行無常」を説く中の一例として「盛」の無常を説くものであるからであろう。

そのうち、『仏説仁王般若波羅蜜多経』「護国品」には普明王に一法師が説いた偈があり、そこに「盛者必衰」の句がみられる。

有本自無　因縁成諸　盛者必衰　實者必虚　衆生蠢蠢　都如幻居

（第八巻・八三〇頁b）

この箇所を『平家物語』の「諸行無常」の句の出典と指摘したのは『平家物語略解』であったが、渡辺貞麿先生はこの『仁王経』の偈によって『平家物語』が説こうとする無常観をとらえられたのである。

一切のものは因縁（条件）によって成り立つがゆえに（したがって、条件によって変化するがゆえに）、あると思われているものは、本来、無なのである。とすれば、「実者必虚」が推移をいうのではないことはもちろんのこと、「盛者必衰」もまた、ただ単なる盛から衰への推移をいうのではない。「盛」は、因縁によって成り立つがゆえに、やがてかならずおとろえる。その、やがておとろえねばならぬ「盛」の状態には、それ故に、たしかな実体というものではないのである、ということを説く言葉が「盛者必衰」なのであった。(2)

さて、引用したこの『仁王経』「護国品」の偈の部分と同文の例は、『六度集経』・『賢愚経』をはじめ『仁王般若経疏』・『経律異相』等、合わせて七例みられるが、『六度集経』では該当箇所の最後の句「都如幻居」が「都縁幻居」となっている（第三巻・一三頁a）。しかし「有本自無」から「衆生蠢蠢」までは同文であるから、『仁王経』と同文の例に含めてよかろう。また、『大方広仏華厳経随疏演義鈔』は、

盛者必衰　實者皆虚　衆世蠢蠢　都如幻居

（第三十六巻・五九七頁c）

とわずかな違いがあるが、大意において『仁王経』と同じであるといえよう。

その他、『仁王経』の偈は引かず単独で「盛者必衰」が説かれている用例は七例みられる。

・一切合會皆歸磨滅。萬物無常盛者必衰。君速捨此事。（『三法度論』・第二十五巻・二二頁c）

・盛者必敗盛者必衰謂之非常（『陰持入経註』・第三十三巻・一〇頁b）

・盛者必衰人不常（『見桃録』・第八十一巻・四七一頁b）

・盛者必衰雖示鶴樹滅於甘蔗氏（同・同頁c）

そして、『仁王般若経疏』は先にふれたように『仁王経』と同文の箇所に続いて、それぞれの句を説明していく箇所で「盛者必衰」は単独で掲出されている（第三十三巻・三四六頁a）。

また『渓嵐拾葉集』では南岳の「無常偈」として、

有生有滅　有樂有苦　盛者必衰　會者必別　命草上露　身風前燈　無墓此世　無憑我身（第七十六巻・八七三頁a）

と出す。これは、冒頭に掲出した『平家物語』の序章との関係で非常に興味があるが、その点については後述する。

七例目として、蓮如の御文にある。

靜におもんみれば、それ人間界の生をうくることは、まことに五戒をたもてる功力によりてなり。これおほきにまれなることぞかし。たゞし人界の生はわづかに一旦の浮生なり、後生は永生の樂果なり。たとひまた榮花にほこり榮耀にあまるといふとも、盛者必衰會者定離のならひなれば、ひさしくたもつべきにあらず。（二帖目第七通・真宗聖教全書三・四三五頁）

この中で蓮如は、「盛者必衰」の句に続けて「會者定離」の句を述べているが、「盛者必衰　会者定離」と続く用例は他の経・論・釈・疏等にはみられない。

五

ところで、「会者定離」という句は『平家物語』中にもみられる。都に残した妻子に会いたいために屋島から脱出した平維盛は、囚われの身となることを恐れて入京をあきらめて高野山へ向かう。高野で滝口入道のもとで出家した維盛は、那智の沖で入水する。その時の維盛の言葉である。

たかきもいやしきも、恩愛の道はちからおよばぬ事也。なかにも夫妻は一夜の枕をならぶるも、五百生の宿縁と申候へば、先世の契あさからず。生者必滅、會者定離はうき世の習にて候也。末の露もとのしづくのためしあれば、たとひ遅速の不同はありとも、おくれさきだつ御別、つゐになくてしもや候べき。

（巻十・「維盛入水」）

ここでは「会者定離」は「生者必滅」の句に続いているが、「生者必滅　会者定離」と続く用例は、経・論・釈・疏等にはみられない。

この「生者必滅」について旧大系本は「本朝文粋・和漢朗詠集にみえる句」と頭注する。また、巻二「小教訓」に語られる「盛者必衰」の頭注に「本朝文粋十四、大江朝綱の願文と和漢朗詠集下、無常にある」としてその文を引くが、「小教訓」の本文では「生者必滅」でなく「盛者必衰」である。これについて旧大系本の頭注は、もっとも、朝綱の文ならば、「盛者必衰」ではなく「生者必滅」とあるはずだが、この二つを混同したのであろう。

というが、『平家物語』の「小教訓」の該当箇所を『本朝文粋』と結びつけるのには疑問がある。

今、『本朝文粋』から引用する。

生者必滅、釋尊未免栴檀之煙、樂盡哀來、天人猶逢五衰之日。(3)

この『本朝文粋』（もしくは『和漢朗詠集』）の文が『平家物語』に受け入れられていたであろうことは、巻十一「大臣殿被斬」にも、

「生あるものは必滅す。釋尊いまだ栴檀の煙をまぬかれ給はず。樂盡て悲來る。天人尚五衰の日にあへり」とこそうけ給はれ。

と、全くの同文が引かれていることからも明らかであり、巻七「一門都落」にも「「生ある物は必ず滅す。樂盡て悲來る」といにしへより書をきたる事にて候へ共」とあることからも、うなずける。よって、巻二「大納言死去」にも大納言成親卿の北の方の様子を、

さる程に時うつり事さ（ッ）て、世のかはりゆくありさまは、たゞ天人の五衰にことならず。

と語っているのも『本朝文粋』（もしくは『和漢朗詠集』）の受容と考えてよかろう。

しかし、巻十「維盛入水」の章の「會者定離」について旧大系本の頭注では「会者定離は涅槃経に「合会すれば別離あり」。」と簡潔に記し、新大系本の脚注でも「生者必滅」も含めて「「夫盛必有衰、合会有別離」（涅槃経）」と記す。

そこで『涅槃経』の該当箇所をみると、

一切諸世間　生者皆歸死　壽命雖無量　要必當有盡　夫盛必有衰　合會有別離
壯年不久停　盛色病所侵　命爲死所呑　無有法常者　（第十二巻・三七三頁ａ）

とある。しかし『撰集百縁経』には「高者亦隨墮　常者亦有盡　生者皆有死　合會有別離」（第四巻・二〇七頁ａ）とあって「生者必滅　会者定離」に近い意味合いになっているし、『仏説方等般泥洹経』には「萬物皆無常　合會

有別離」（第十二巻・九二一頁b）ともあって気にかかるが、『往生要集』には『涅槃経』とほぼ同文を引いている（第八十四巻・三九頁a）ことを考えると、経・論・釈・疏等には「合会有別離」が一一例みられる中で両大系本が『涅槃経』を頭注に挙げるのは妥当であろう。

しかし、「合会有別離」と同意とはいえ、「会者定離」とは句として異なっており、『涅槃経』をその出典とするのには疑問があり、両大系本も「出典」とまではしていない。「会者定離」の句は経・論・釈・疏等にはみられず、先にあげた蓮如の御文のみである。

六

さて、『平家物語』の序章たる巻一「祇園精舎」の章において、二つの喩えが語られている。「春の夜の夢」と「風の前の塵」である。これはいずれも単なるはかなさを表わす喩えではなく、春の世の夢はまだ覚めておらず、風の前の塵はまだ吹き飛ばされていないことから、前述の『仁王経』「護国品」の偈の意味するところの喩えとして理解されるべきであり、この両者について、旧大系本では何もふれていないが、新大系本の脚注が「ともにはかないものの譬え」としているのは、淡白すぎるきらいがある。それはさておき、この両者の出典について新大系本の脚注では「往生講式などにみられる」とする。「往生講式などに」とあるように出典が『往生講式』（禅林寺永観著）とは断定していないが、今、『往生講式』の該当部分をみると、

一生是風前之燭。萬事皆春夜之夢。豈只安然眠床上乎。無常忽至何得逃焉。（第八十四巻・八八〇頁c）

とあって、「春の夜の夢」はそのままであるが、「風の前の塵」ではなく「風前之燭」であって、「塵」とはなっていない。

そこで、経・論・釈・疏等にその用例をみてみると、「春の世の夢」について、はかないものの喩えとして「春夜」や「夢」が用いられている用例は多いが、「春の夜の夢」という用例は『往生講式』のみである。また「風の前の塵」については、「塵」ではなく「燭」もしくは「燈」とする例が『往生講式』の他にもみられる（「風前」単独の用例は多いがそのほとんどははかなさをいうものではない）。

・思惟之見未多分明。如風前燈照物不明。故云粗見。（『観経疏伝通記』・第五十七巻・五四〇頁c）

・盛者必衰。會者必別。命草上露。身風前燈。無墓此世。無憑我身。（『渓嵐拾葉集』・第七十六巻・八七三頁a）

・明日マデモタモチガタク。出ルイキ。入ルイキヲ待ザル。風前暫時ノ燈ニ。深ク久クタノミヲカケテ。違順ニ随テ或ハ喜ビ。或ハ愁フ。（『光明蔵三昧』・第八十二巻・四五六頁b）

・禍福慶殃等ハ倶ニ皆是夢ノ内ノタハフレ。風ノ前ノ燈ナル故ニ。（『愚要鈔』・第八十三巻・五五七頁a）

『往生講式』も含めてこれがすべてであるが（『観経疏伝通記』は我々が真理を明らかに見ることができないことを喩えたものであり、はかないことの喩えではない）、すべて「燭」・「燈」であり、「塵」とするものはない。その中、唯一『開目鈔』のみが、

其外ノ大難風ノ前ノ塵ナルベシ。（第八十四巻・二二三〇頁b）

とするが、ここは『法華経』を棄てて念仏に帰依する者を強く非難する言葉であって、はかなさの喩えで用いられているのではない。

また、これらの用例をみると、すべてわが国の書であり、「風前の灯」という表現はわが国において生まれたものであるかもしれない。

いずれにしても、「風の前の塵」という表現はなく、『平家物語』の該当箇所を『往生講式』と関連づけることは

慎重でなくてはならない。

七

以上、『平家物語』の序章の「諸行無常」・「盛者必衰」について、経典をはじめ論・釈・疏・註を考察し、「春の夜の夢」・「風の前の塵」についても検証した。

すなわち、「諸行無常」という句と「盛者必衰」という句は、諸経典等において直接には対になっていない。それを『平家物語』は並べて掲出しているのである。もちろん、そこに文学的な作為がはたらいているのであるが、単に出典等を指摘するだけでなく、なぜこの両句を掲出したかという文学的作為についても考えてみる必要があろう(4)。

また、「春の夜の夢」・「風の前の塵」にしても、特に「風の前の塵」が『平家物語』作者の創作であるとは考えにくい。『平家物語』作者が何を見、またどう受容したのか。この点についても検証する必要があるだろう。

少なくとも、諸々の経・論・釈・疏等にはその答えはなかったが、その中、興味深いものがあった。先にも引用した『渓嵐拾葉集』(5)である。

三界皆苦ナリ。四生樂ニ非ズ。一期は假リノ棲。萬年夢ノ如シ。名官久シカラズ。榮華終リ無シ。繁昌ハ時ノ程。昇人刹那ナリ。妻子ハ身ノ敵。眷屬ハ心怨。貪欲ハ苦ノ本ヒ。追求ハ愁ノ端シ。生有レバ滅有リ。樂有レバ苦有リ。盛ル者ハ必ズ衰フ。會者ハ必ズ別ル。命ハ草ノ上ノ露。身ハ風前ノ燈。墓無キハ此ノ世。憑無キハ我身ナリ。（第七十六巻・八七三頁a　原漢文）

これは、今回問題にした『平家物語』序章中の句に似通った表現が多く、巻十「維盛入水」の章の「生者必滅　會者定離」の表現、また、先にふれた蓮如の御文（二帖目第七通）の「盛者必衰　會者定離」の表現にも濃厚に似通っている。気になるところである。

一言付しておく。

親鸞・蓮如の著述において、「無常」という語の用例は当然あるけれども、「諸行無常」という句の用例はない。「諸行無常」という用例は、『仏説無量寿経』・『仏説観無量寿経』・『仏説阿弥陀経』のいわゆる浄土三部経にもなく、七高僧の著述においても、先にふれた源信の『往生要集』が四句偈を引く以外にはない。

また、「盛者必衰」にしても蓮如の御文にあるだけであり、浄土三部経はもちろん七高僧も親鸞も用いていない。

さらに、「春の夜の夢」・「風の前の塵」にしても、「夢」や「幻」、また「塵」（単独の他に「十方微塵」・「微塵」・「和光同塵」等々）の使用例はあるが、「春の夜の夢」・「風の前の塵」の使用例はもちろん、「風の前の燈」も浄土三部経・七高僧・親鸞・蓮如には全くない。示唆的であり、興味深いところである。

註

（1）引用について特に断らないものは、すべて『大正新脩大蔵経』による。

（2）渡辺貞麿『平家物語の思想』（法藏館・一九八九年三月）九〇頁。

（3）新日本古典文学大系『本朝文粋』（岩波書店・一九九一年六月）三七二頁。

（4）この『平家物語』序章の「祇園精舎の鐘の声、諸行無常の響あり。沙羅双樹の花の色、盛者必衰のことはりをあらはす」について、旧大系本の「補注」でも指摘するように、祇園精舎の鐘の音は、『祇園寺図経』が説くように実際に「諸行無常」と鳴り響き、沙羅双樹の花の色は『涅槃経』に説くように実際に白く変じた（経典では花ではなく双樹であるが）と受けとる。すなわち「仏教上の無常観や盛者必衰観」が観念的に説かれているというのではなく、実際の「不可思議霊異」の「祇園精舎物語」や「涅槃物語」として受けとるべきである。本章第十節参照。

（5）光宗記。日本天台の顕密法門等に関する作法口伝を抄録したもの。最も古い奥書は延慶四（一三一一）年、最も新しい奥書は貞治三（一三六四）年である。

第十節　「祇園精舎の鐘の声」――『平家物語』冒頭の理解をめぐって――

一

祇園精舎の鐘の声、諸行無常の響あり。沙羅双樹の花の色、盛者必衰のことはり（マヽ）をあらはす。

いうまでもなく、『平家物語』の序章たる巻一「祇園精舎」の冒頭である。この一文は、現存諸本において相違はない。この「祇園精舎の鐘の聲、諸行無常の響あり」について、新日本古典文学大系本（以下、「新大系本」という）では、脚注で、

「精舎」は「精進の堂舎」の意。その西北隅に無常堂があり、収容された病僧が臨終を迎えると、その四隅の玻璃と白銀の八つの鐘が自然に鳴って諸行無常の偈を示しその苦を和らげたという。(1)

とするのみであるが、日本古典文学大系本（以下、「旧大系本」という）の「補注」では「諸行無常の響あり」を解説して、次のように述べる。

この冒頭の対句（次項二〈「盛者必衰のことはりをあらはす」の項、筆者注〉を含めて）をいかに解釈するかということは、平家物語一篇の受け取りかたをきめる、重要なきっかけになる。諸行無常は、仏典で有名な四句の偈、即ち、諸行無常、是生滅法、生滅滅已、寂滅為楽（諸行は無常なり、これ生滅の法なり、生滅滅し已って、寂滅を楽となす）の第一句を指す。ただ作者がここへこの句を置いたことによって、吾々は仏教上の無常観が、観念的に説かれていることに満足すべきではなくて、そこには作者が平家物語という或る大がかりの物語を語ろうとする、いわば説話文学者の姿勢がかくされていることを知らなくてはならない。作者が持ち出したのは、はだかの無常観ではなくて、経典の中に語られている、不可思議霊異の物語としてのそれである。祇園図経という経典によると、祇園精舎の中に無常堂という堂があって、病僧の宿泊療養所となっていたが、この堂の四隅に頗梨の鐘があって、病僧の命が終ろうとすると、この鐘が自然に鳴り出して、諸行無常云々と四句の偈を説き出す（たとえば、人々が入相の鐘を聞いて無常を感ずるなどという意味ではなく、もっと神秘的に、四隅の鐘が四句の偈の文句を説いたというのである）。病僧はそれを聴くと、忽ち苦悩が消え、清涼な楽しみが生じて、極楽浄土へ往生することが出来たというのである。物語の作者がこの話をどこから学んだか、恐らく、当時一番広く行われていた往生要集あたりからかと思われるが、いずれにしても、作者がここで持ち出している「諸行無常」はこのような祇園精舎物語の中のそれであって、随って読者はこの無常観を単なる思想としてはだかにして受け取ってはならない。であればこそ、この句が叙事詩的説話文学を導き出す冒頭の対句を構成する資格を持ち、また巻末建礼門院の往生譚と呼応するに値するとも言えるのである。だからもし、この句にそうした文学的関連を認めないとすれば、殿上闇討の忠盛をはじめとして、次々に登場する諸人物の人間像の受け取りかたもまた、著しく思想的、非文学的に傾くきっかけを、既にこの発端から作ることになるであろう。(2)

すなわち、「作者がここへこの句を置いたこと」は仏教上の無常観を「観念的に説」こうとしたのではなく、「そこには作者が平家物語という或る大がかりの物語を語ろうとする、いわば説話文学者の姿勢がかくされている」のであるとする。つまり、「作者が持ち出したのは、はだかの無常観ではなくて、経典の中に語られている、不可思議霊異の物語としてのそれである」のであり、それは、「たとえば、人々が入相の鐘を聞いて無常を感ずるなどという意味ではなく、もっと神秘的に、四隅の鐘が四句の偈の文句を説いたというのである」という。だから、「読者はこの無常観を単なる思想としてはだかにして受け取ってはならない」というのである。

旧大系本では同じく「補注」において「盛者必衰のことはりをあらはす」の句の項でも「前項一（「諸行無常の響あり」の項、筆者注）で考えたように、本項でも吾々は、この一句によって、単に仏教上の盛者必衰観を悟らされることに満足してはならない」と警告し、『涅槃経』の描写にふれて、「作者はここで、このような涅槃物語を思い出させようとしているのであって、単に栄える者はきまって衰えるという原理を説くために、それを世上一般の花の散りやすいことに譬えたりなどしているのではない」といい、

もっと説話文学らしく、この奇蹟的な変色物語を提供して、前項祇園精舎の無常堂にまつわる鐘の伝説と組み合せ、一対の対句を構成することによって、一篇の主題の、説話文学的造型の姿勢を見せているのである。(3)

と述べている。

つまり、旧大系本は、「祇園精舎の鐘の声」は、その音を聞いて単に無常を感じさせられるというのではなく、『祇園図経』に説く通りに鐘は実際に「諸行無常」以下の四句偈を説くという「不可思議霊異」の物語として受けとるべきであるというのである。また、「娑羅双樹の花の色」についても、「花の散りやすいことに譬えた」ものではなく、『涅槃経』に説く通りに実際に白く変じた「奇蹟的」な「変色物語」と受けとるべきであるとしている。

このように旧大系本では、この『平家物語』冒頭の対句について、無常観を語るための象徴的表現、もしくは譬喩的表現ではなく、どこまでも実際の描写として受けとるべきだというのである。

この見解に関して、『平家物語大事典』には、

「祇園精舎の鐘の声」の句については、病僧を救う鐘の音の奇蹟の物語に基づいていることを重視して読もうとする立場から、夕暮の鐘の音の哀感を歌う日本的な感傷に近いものを読み取ってもよいとする立場まで、さまざまの読解がある。(4)

とあり、いまだ決着をみていないといってよかろう。

そこで、本節では、『平家物語』冒頭の「祇園精舎の鐘の声」・「娑羅双樹の花の色」の対句的表現をいかに受けとるべきかについて、再度、検討してみたいのである。

二

渡辺貞麿先生は、御著『平家物語の思想』において、『平家物語』冒頭の対句について詳しい考察を加えた論を展開しておられる。その論は二つの読解を整理集約されたものといえよう。そこで、以下しばらく、先生の論によって、それを吟味し、いわんとされるところを確認することとする。(5)

先生は、まず、『平家物語』の、「浄土教の思想や無常感をうたいあげる仏教文学的性格」と「新時代の人びとの英雄的行動を讃嘆する叙事詩的性格」という「二元的に対立しているかの如くに見うけられる二つのもの」について、それまでの諸氏の論を紹介しつつ問題提起しておられるが、今は『平家物語』冒頭、すなわち「祇園精舎の鐘の声」をどう受けとるべきかについて検討をしようとするものであるから、その点に限定してみていく。

先生は、先に引用した旧大系本「補注」のとらえ方に対して批判的眼を向けられ、いくつかの注釈書の口語訳を挙げられた上で、「直訳的には、「……鐘ノ声ハ、諸行無常ノ響ガアル」ということでなければならぬ」とし、よって「ここで考えられねばならないのは、むしろ、「諸行無常の響」という言葉の方であろう」と述べて、「「諸行無常」ということは、「「盛者必衰のことはり」と同様、「理」であって「響」ではない」とし、

「諸行無常の響」は、その言葉通りには、原説話とかかわりなく、人が入相の鐘に無常をおもうといった「諸行無常ヲ感ジサセル音響」と解し得る、いちじるしく感覚的・情緒的表現、すなわち人間の経験に即した表現と判断せざるを得ないであろう。

ととらえられるが、同時に、「これは修辞法の側からとらえたことであ」り、「これに先立って、「祇園精舎の鐘の声」という句が配置されて一つの文ができあがっているこの序章の場合には、勿論、その文がになっている説話的背景を無視することはできない」としつつも、「だが、この文において支配的なのは、そうした、祇園精舎の無常堂の由来についての説話的な関心などではなかったであろう」といわれ、それは「なによりも、この文は、享受者の説話的関心をあがなおうがためには、あまりに簡略すぎるのである」とされる。表現が簡略であるということについて先生は、「原説話の筋書が『往生要集』等によって、平安以来、一般にかなり知れわたっていたらしいという事情も考慮せねばなるまい」としつつも、そのような享受者たちにあっては「序章に見られる簡略な表現だけで、十分その説話的背景は了解されたはずであり、作者も亦、そのような、享受者達の知識を予想し期待していたに違いない」のであるから、「原説話の筋書は、今さらこと改めて説く必要もない、作者・享受者間における暗黙裡の了解事項だったのである」と述べて、

序章冒頭の文は、享受者の説話的関心をあがなおうがためのものでなく、逆にその説話的了解事項にもとづい

て、〈死ということの中にこそ、無常ということはさまざまと実感される〉という内容を、より情緒的に訴えかけようとしたもの、として理解せねばなるまい。

と結論づけられる。

先生はさらに、「娑羅双樹の花の色、盛者必衰のことはりをあらはす」についても検討を加えられている。すなわち、『大般涅槃経』後分巻上の話において白変したのは花のみならず「枝葉果皮幹」であるが、先生は「その中から、花をのみ取り上げるのは、表現として、明らかに意図的ないとなみであろう」とし、小野小町の「花の色は……（後略）……」をはじめ多くの例歌を挙げられて、「花の色に人の世のうつろいを見るという発想や連想は、ことに和歌の世界において、ながい伝統を有していた」と述べ、「花の色はうつろうものという連想や発想には、それまでに長い歴史があった」として、

このような連想や発想の伝統の中で、「花の色、盛者必衰のことはりをあらはす」の句は、釈迦の涅槃物語とことさらにかかわりをもたせなくとも、きわめて経験的に、情緒的に理解しえたにちがいない。「諸行無常の響あり」にしても同様なことがいえるのだが、かくのごとく、経験的・情緒的に、すなわち実感的にとらえるということの中に、より強く文学的契機は認められはしまいか。

と結論づけられている。

このように、先生は、「はだかの無常観ではなくて、経典の中に語られている、不可思議霊異の物語としてのそれである」と受けとろうとする旧大系本「補注」を否定されるのである。

三

「祇園精舎の鐘、諸行無常の響あり」については、すでに指摘されているように、『中天竺舎衛国祇洹寺図経』（以下、『祇洹寺図経』という）にもとづいている。

（祇園精舎にある無常院には）中有一堂但以白銀。四面白廊白華充滿。畫白骨狀無處不有。諸欲無常皆擧至此。令見白骨諸非常相。既命終已。從南門出西大牆之西門。一切無常皆由此路。院有八鐘。四白銀四頗梨銀鐘在院四角。起臺置之。頗梨鐘者在無常堂四隅。銀鐘四口各重十萬斤形如須彌。九龍盤遶壇鍾鼻在臺上仰。銀蓮華中一一鐘邊。一白銀人戴天冠。摩尼寶王在頂上。高一丈二尺手執銀槌比丘將逝。四角銀人一時打鐘。音中所說諸佛入涅槃法。他化天聞此鐘。天童將白華幡來。下供養比丘死屍。兜率諸天便持天中十六種花下投院中。是病比丘聞於鐘聲。不失本心得生善道。其頗梨鐘形如腰鼓。鼻有一金毘侖。乘金師子手執白拂。病僧氣將大漸。是金毘侖口說無常苦空無我。手擧白拂鍾卽自鳴。音中亦說諸行無常是生滅法生滅滅已寂滅爲樂。病僧聞音苦惱卽除得清涼樂。如入三禪垂生淨土。……（中略）……上銀鐘者帝釋所造。頗梨鐘者月天子所造。其聲所至百億世界。至佛滅後二鐘上去各還本土[6]

すなわち、祇園精舎には無常院があり、その中の無常堂には「白骨の諸の非常の相」が描かれていた。また、無常院には白銀の鐘が四つ、頗梨の鐘が四つあり、そのうち、白銀の鐘は院の「四つの角」の台に置かれ、その重さ十万斤で、須弥山の形であった。それぞれの鐘には一丈二尺の白銀人がおり、僧がまさに命終せんとする時、この四人の白銀人が銀の槌を持って一斉に白銀の鐘を打つ。その鐘の音は諸の「仏入涅槃の法」を説く。その鐘を聞いて天童や兜率の諸天人が来て僧を供養する。病僧は「鐘の声」を聞いて本心を失うことなく「善道に生ずる」ことを得る。

また、頗梨の鐘は無常堂の「四つの隅」にあって、腰鼓の形をしており、その先に、師子に乗って手に「白拂」を持った「金毘侖」がおり、病僧の死期が近づくに及んで「無常苦空無我」を説き、手に持った白払を挙げると、頗梨の鐘がおのずから鳴り、その音の中に、「諸行無常……（中略）……寂滅為楽」を説く。病僧はこの音を聞くや苦悩が除こり「清涼の楽」を得、三禅に入るが如く浄土に垂生する。

この白銀の鐘は帝釈の、頗梨の鐘は月天子の、それぞれの所造であり、その音は百億世界にいたったが、仏の滅後、それぞれの「本土」に還った。以上が、『祇洹寺図経』に説く内容である。

『祇洹寺図経』は唐の乾封二（六六七）年に道宣によって撰述されたものであり、いわゆる漢訳経典ではない。しかし、祇園精舎が存在したことは『雑阿含経』・『増一阿含経』をはじめ、多くの経典にみられ、須達が釈迦に寄進した際の事情や、釈迦が二十五年にわたってここで修行・布教したことについても多く経典に説かれるところであり、釈迦の滅後数世紀は存在したが七世紀には荒廃していたことは玄奘の『大唐西域記』によってわかる。よって、『祇洹寺図経』が漢訳経典ではなくとも、決して絵空事が説かれているわけではない。ただし、『大藏經全解説大事典』が指摘するように、陰陽書籍院には百億の陰陽に関する書籍が収められているというが、インドではこのようなことはありえないというように、同経に説く内容がすべて事実にもとづいているわけではない。特に、無常堂の頗梨の鐘について、『平家物語研究事典』は、

祇園精舎（厳密にはその西北隅にあった無常堂）に鐘のあったことはインドの諸資料に見えず、渡辺照宏は「歴史的に考えるかぎり」あり得ないとする（「仏教」昭和31、岩波新書）。その説によると、日中の寺院に見られる釣鐘の類は、中国仏教において南北朝末期から採用されるようになったもので、「祇園寺図経」の道宣

も、中国寺院の風景から類推して、祇園精舎の記述に鐘の声云々を含めたものという。(7)

と、渡辺照宏氏の説を紹介しながら、鐘がなかったことを説明している。

しかし、『祇洹寺図経』が中国で撰述されたものであり、また、無常堂の四隅（にあったということは、四つの角に置かれていた白銀の鐘とは異なり渡辺氏の理解と同様に吊り下げられていたものと考えてよかろう）の鐘がありえないことであることは、『平家物語』冒頭の句の解釈に何ら影響を与えるものではない。なぜなら、「祇園精舎の鐘の声、諸行無常の響あり」の句について、鐘の存在が事実かどうかを吟味するのではないからである。鐘の存在が事実であろうがなかろうが、そこが問題ではない。今は、以後の享受において、「祇園精舎の鐘の声」が、実際に「諸行無常」云々と聞こえたのか、それとも無常という道理を感じさせるものであったというのか、どう受けとられていたのか、したがってどう受けとるべきかという点について、考えているのである。

この『祇洹寺図経』は日本には智証大師円珍によって将来されたが、『往生要集』巻上・大文一ノ七には、

> 祇園寺無常堂四隅。有頗梨鍾。鐘音中亦説此偈。病僧聞音苦惱卽除。得清涼樂。如入三禪垂生淨土。(8)

とあり、無常堂の頗梨の鐘にまつわる話は、わが国ではこの『往生要集』などを通して知られるようになったのであろう。『栄華物語』巻十七にも、法成寺の描写の中に、

> 金の鈴柔かに鳴り、日の午の時ばかりなる程に、鐘の聲しきりに鳴り、響よにすぐれたり。上光明王佛の國土、下金光佛刹を限りて聞ゆらんと覺えたり。この見佛聞法の人〳〵、日にあたり立ちすくみ、頭痛く思ふに、物の興覺えず苦しきに、この鐘の聲に事成りぬと聞くに、皆心地よろしく、苦しかりつる心とも覺えず。かの天竺の祇園精舎の鐘の音、諸行無常・是生滅法・生滅々已・寂滅爲樂と聞ゆなれば、病の僧この鐘の聲きゝて、皆苦しみ失せ、或は淨土に生るなり。その鐘の聲に、今日の鐘の音、劣らぬさまなり。(9)

とあり、世上よく知られていたものであった。

ちなみに、先に引用した旧大系本の「補注」には、「病僧の命が終ろうとすると、この鐘が自然に鳴り出して」とあり、いかにも病僧が命終しようとすると自動的に鐘が鳴り出すように受けとれるし、そのように受けとった解釈も多くみられるが、それは、先に引用した『祇洹寺図経』に「鍾即自鳴」とあることから生じた誤解であろう。『祇洹寺図経』では、「病僧氣將大漸」となった時「金毘侖」が手に持った「白拂」を挙げると、鐘がおのずと鳴り出すのであり、「自鳴」の意味は、風もないのに鳴り出すということであろう。『往生要集』にも『栄華物語』にも、鐘が自然に鳴り出すとは語られていない。

しかし、だからといって、『往生要集』などを経ないで直接に『祇洹寺図経』から受容されてきたのかというと、『祇洹寺図経』に説くところの、銀鐘および頗梨鐘は仏滅後それぞれ「本土」へ還ったという記述は見られず、やはり、『往生要集』などからの受容であったであろう。

さて、今しばらく、「祇園精舎の鐘の声、諸行無常の響あり」について吟味してみよう。『祇洹寺図経』には、「金毘侖」が手に持った「白拂」を挙げると四つの頗梨の鐘は「自ずから鳴り」出すが、その音の中に「諸行無常」以下の四句偈を「説く」とある。また、『往生要集』でも頗梨の鐘の音の中に「此の偈（四句偈）」を「説く」とある。『栄華物語』では「かの天竺の祇園精舎の鐘の音」は、「諸行無常・是生滅法・生滅々已・寂滅爲樂と聞ゆなれば」とある。これらを素直にそのまま受けとれば、やはり、祇園精舎の鐘の音は、「諸行無常」以下の四句偈を説いているのであり、「諸行無常」以下の四句偈の内容を感じさせる、感得させる音色であるというのではない。『栄華物語』でも、「諸行無常……（中略）……寂滅為楽」「と聞こ」えるのである。「諸行無常……（中略）……寂滅為楽」を感じさせるように聞こえるのではない。とすると、やはり、この「祇園精舎の鐘の声、諸行無常の響あり」

は、無常堂の頗梨の鐘は実際に「諸行無常……寂滅為楽」と鳴ったのであると素直に受けとるべきであると考えるのである。

「鐘の声」を、入相の鐘のように、諸行無常を感得せしめるような音色だったとすると、つまり、鐘の音を聞いて病僧が安楽になるとすると、「鐘の声」を聞いて諸行無常をさとり安楽になるということになる。しかし、僧である以上、「諸行無常」以下の四句偈は既知のことであり、なぜいまさらに諸行無常をさとるのか。やはり、鐘が「諸行無常」と「説く」のを聞くとするのが自然な理解であろう。

先に引用したように、渡辺貞麿先生は、「原説話」に比して『平家物語』の表現が簡略すぎることについて、原説話の筋書は「平安以来、一般にかなり知れわたっていたらしい」としつつも、「序章に見られる簡略な表現だけで、十分その説話的背景は了解されたはずであり、作者も亦、そのような、享受者達の知識を予想し期待していたに違いない」のであるから、「原説話の筋書は、今さらこと改めて説く必要もない、作者・享受者間における暗黙裡の了解事項だったのである」と述べて、「序章冒頭の文は、享受者の説話的関心をあがなおうがためのものでなく、逆にその説話的了解事項にもとづいて、〈死ということの中にこそ、無常ということはさまざまと実感される〉という内容を、より情緒的に訴えかけようとしたもの、として理解せねばなるまい。」とされている。もちろん、序章冒頭の文は、最終的には無常をさとらせるものであることはいうまでもない。しかし、それが実際の物語として受容されることによってこそ、無常を実感として悟れるのである。「原説話の筋書」は「一般にかなり知れわたっていた」がゆえに「簡略な表現だけで、十分その説話的背景は了解され」ていたのであり、それゆえ「今さらこと改めて説く必要もない、作者・享受者間における暗黙裡の了解事項だった」のであることに異論はないが、それゆえ、簡略な表現だけで実際の物語を語っていることになり、享受者は実際の物語を脳裏に髣髴とさせたのではあるまいか。

いうまでもないことだが、仏教経典において教えを説く中、譬喩を含めて現実のこととして受けとっている例は多い。たとえば、阿弥陀仏の大きさは五百由旬あるが、人間にはそれを見ることができないから仮に丈六の仏像とする。また、仏はよく「住立空中」として現われるがこれを譬喩とするか。投身飼虎の説話は譬喩と受けとられていたであろうか。釈尊入滅後五十六億七千年後の弥勒菩薩の下生、つまり「三会の暁」を、入定してミイラとなって待っていることはどうか。すなわち教義的解釈の上ならばともかく、そこに説かれていることは、現実の事象として受けとられているのである。

四

「娑羅双樹の花の色」についても、すでに、『大般涅槃経』の記述が指摘されている。『大般涅槃経』（南本）「序品第一」には、

爾時拘尸那城娑羅樹林。其林變白猶如白鶴。於虚空中自然而有七寶堂閣。雕紋刻鏤綺飾分明。周匝欄楯衆寶雜厠。堂下多有流泉浴池。上妙蓮花彌滿其中。猶如北方鬱單越國。亦如忉利歡喜之園。爾時娑羅樹林中間。種種莊嚴。甚可愛樂。亦復如是。是諸天人阿修羅等。咸都如來涅槃之相。皆悉悲感愁憂不樂。(10)

とあり、『大般涅槃経』（曇無讖訳・北本）「壽命品第一」も同文である。(11)

しかし、これによると、釈迦入滅の時、拘尸那城の娑羅樹林が白鶴のように白く変じたというだけであり、さらに詳しくは『大般涅槃経後分』「大般涅槃經應盡源品第二」による。

爾時世尊。三反入諸禪定。三反示誨衆已。於七寶床右脇而臥。頭枕北方足指南方。面向西方後背東方。其七寶

床微妙瓔珞以爲莊嚴。娑羅樹林四雙八雙。西方一雙在如來前。東方一雙在如來後。北方一雙在佛之首。南方一雙在佛之足。爾時世尊。娑羅林下寢臥寶床。於其中夜入第四禪寂然無聲。於是時頃便般涅槃。大覺世尊入涅槃已。其娑羅林東西二雙合爲一樹。南北二雙合爲一樹。垂覆寶床蓋於如來。其樹卽時慘然變白猶如白鶴。枝葉花果皮幹悉皆爆裂墮落。漸漸枯悴摧折無餘。(12)

すなわち、釈迦の臥床の東西南北に沙羅樹が一双ずつあって、釈迦が涅槃に入ると東西二双と南北二双がそれぞれ合わさって一樹となり、臥床を覆って、その樹は白鶴の如く白く変じたという。そして、「枝葉花果皮幹」は悉く「爆裂」して「墮落」し、次第に「枯悴砕折」してなくなってしまったという。

この、娑羅双樹が釈迦入滅と同時に白変し「枝葉花果皮幹」は悉く「爆裂墮落」したというのは、先にみた「祇園精舎の鐘」が、白銀の鐘も頗梨の鐘もそれぞれ帝釈・月天子の「本土」に還ったということと似通っており、興味深い。

さて、この「娑羅双樹」が白変したということに関して、渡辺貞麿先生のように、実際のことではなく象徴的表現、譬喩的表現と理解するものも少しくあるが、多くは、旧大系本「補注」の「はだかの無常観ではなくて、経典の中に語られている、不可思議霊異の物語として」受けとろうとする理解であり、疑問を呈する解釈は少ない。その中には、「祇園精舎の鐘の声」を象徴的表現、譬喩的表現とし、「娑羅双樹の花の色」は実際のこととして理解しているものも少なからずある。しかし、「娑羅双樹の花の色」は「祇園精舎の鐘の声」と対をなすものであり、その一方を実際のこととし、一方を象徴的表現、譬喩的表現とするのはおかしいというべきであろう。「祇園精舎の鐘」と「娑羅双樹の花の色」を、「諸行無常」・「盛者必衰」も含めて対句と考える以上、両者ともに同様の理解をすべきであろう。したがって、多くの解釈が「娑羅双樹の花」の白変を実際のこととして受けとっている以上、

「祇園精舎の鐘」が「諸行無常」と鳴るのも実際のこととして受けとるべきであろう。その中、渡辺貞麿先生は、先に引用したように、白変したのは花のみならず「枝葉果皮幹」であることをその根拠として、「その中から、花をのみ取り上げるのは、表現として、明らかに意図的ないとなみであろう」として、両者ともに象徴的表現、譬喩的表現とされているが、樹木全体が白変したとする娑羅双樹が、高野山金剛峯寺蔵国宝涅槃図では葉が白く描かれ、『和歌童蒙抄』第三には「花葉」が白変したとあり、『平家物語大事典』が指摘するように、『平家物語』が「花の色」としたのは和歌の世界における娑羅林のとらえ方の影響を受けたものであろうと考えられる。渡辺先生はこの点について先に引用したように、「花の色に人の世のうつろいを見るという発想や連想は、ことに和歌の世界において、ながい伝統を有していた」と述べ、「花の色はうつろうものという連想や発想には、それまでに長い歴史があった」とされるが、そのような和歌の世界における伝統の上に立った発想や連想から『平家物語』が双樹全体ではなく「花の色」としたのであったかもしれないが、それはそれだけの話であって、娑羅双樹が白変したことを事実と受けとっていたかどうかを左右するものではないと考える。「花」ももちろん白変したのであった。

五

「娑羅双樹の花の色」が白変したことは割に素直に受けとられているのに対して、「祇園精舎の鐘の声」が四句偈を説くということについては、それを「不可思議霊異の物語」として事実と受けとることに躊躇する理解が多いのには、鐘の音が「諸行無常……寂滅為楽」と鳴ることがあまりにも現実的でないことも大きな一因であろう。たしかに、鐘が「ショギョームジョー　ショホームガ」云々と響くなどということは受けとりがたい。しかし、原語、すなわちパーリ語ではどうであろうか。先に述べたように、『祇洹寺図経』は唐の乾封二（六六七）年に道宣によって撰述されたものであり、いわゆる漢訳経典ではない。しかし、そこでもふれたように、今は、実際の祇園精舎でどう響いたかではなく、『祇洹寺図経』以後、どう受けとられたかが問題なのである。祇園精舎の鐘が実際に「諸行無常」云々と鳴ったかということと、「諸行無常」云々と鳴ったのは実際のことだと受けとられていたということとは異なるのであり、今、問題にしているのは後者である。だからといって、話は天竺の祇園精舎のことであり、当然そこは原語の世界である。もちろん、道宣がパーリ語を知らなかったはずはない。となると、パーリ語で検討してみることも無駄ではあるまい。「不可思議霊異の物語」として実際に「諸行無常」云々と鳴ったとする旧大系本も、パーリ語の発音については言及していない。

そこで、四句偈をパーリ語でみてみる。[13]

aniccā　vata　saṅkhārā,　uppāda　vayadhammino
アニッチャー　ヴァタ　サンカーラー、　ウッパーダ　ヴァヤダンミノー
upajjitvā　nirujjhanti,　tesaṃ　vūpasamo　sukho
ウッパジドヴァー　ニルッジャンティ、　テーサム　ヴューパーサモー　スコー

実際の発音は片仮名では表わせないことを承知しつつも、仮に片仮名で発音を付した。さて、どうであろうか。鐘の音に聞こえないだろうか。鐘は頗梨でできている。「頗梨」とは sphatikā の音写で、仏教でいうところの七宝の一つで水晶のことであり、またガラスの異称としていることもある。風鐸が何で造られていたかわからないが、たぶん、鐘と同じく「頗梨」であっただろう。さて、水晶もしくはガラスの鐘が鳴る時の響きとして、どうであろうか。そのように聞けなくもないし、到底違うような気もする。しかし、先入観があると、そのように聞こえることがしばしばあることも事実である。たとえば、『徒然草』第百四十四段で、明恵上人が馬を洗う男の「足、足」

と言うのを「阿字、阿字」と聞き、「府生殿」を「阿字本不生」と受けとって感涙を流したという話、落語「紀州」で、鍛冶屋の「トンテンカン、トンテンカン」という鎚打つ音を尾張の殿様には「テンカトル、テンカトル」と聞こえたという話などもそうであろう。同じはずの犬の鳴き声が、日本では「ワンワン」、西洋では「バウバウ」である。もちろん、病僧にとって四句偈は周知のことである。となれば、少しでも四句偈の発音に近い音を聞けば、四句偈を説いていると受けとることになんら障碍はあるまい。

如何ともいいがたいが、このような検討をしてみることも、無駄ではないであろう。

以上、『平家物語』冒頭の「祇園精舎の鐘の声」および「娑羅双樹の花の色」について、それが、象徴的・譬喩的表現ではなく、実際の物語を直接に語るものと理解すべきであると考えるのであるが、事は文学の受容の問題であって、いずれかに断定することは難しく、本節が極めて主観的内容となったことは否めない。自省するものである。

註

（1）梶原正昭・山下宏明校注・新日本古典文学大系『平家物語　上』（岩波書店・一九九一年六月）五頁脚注。
（2）高木市之助・小澤正夫・渥美かをる・金田一春彦校注・日本古典文学大系『平家物語　上』（岩波書店・一九五九年二月）・「補注」・四三三頁
（3）註(2)に同じ。「補注」・四三九頁。
（4）大津雄一・日下力・佐伯真一・櫻井陽子編『平家物語大事典』（東京書籍・二〇一〇年十一月）。
（5）以下、先生の御論の引用は、渡辺貞麿『平家物語の思想』（法藏館・一九八九年三月）八〇～八八頁。

(6)『大正新脩大蔵経』第四十五巻・八九三頁c～八九四頁a。
(7)市古貞次編『平家物語研究事典』(明治書院・一九七八年三月)。
(8)『大正新脩大蔵経』第八十四巻・四〇頁c
(9)日本古典文学大系『栄花物語　上』七〇～七一頁。
(10)『大正新脩大蔵経』第十二巻・六〇八頁c～六〇九頁a。
(11)『大正新脩大蔵経』第十二巻・三九六頁b。
(12)『大正新脩大蔵経』第十二巻・九〇五頁a。
(13)パーリ語の四句偈については、同朋大学教授福田琢先生にご教示をいただいた。

第五章　隠者文学の研究

第一節　西行における遁世――『山家集』より――

一

中世隠者文学の担い手としては、西行・長明・兼好がつとに有名である。この三者が、すべて「隠者」という言葉で括れるかということはさておき、その中、西行は「花と月の歌人」といわれる。はたして彼の和歌において「花」および「月」はいかなるものであったか。さらに彼にとって詠歌はいかなる意味を持っていたのか。ひいては彼において仏道修行とはいかなるものであったのか。そこに「隠者文学」の特性を見出すことはできないのか。

このような問題を考えながら、『山家集』を通してうかがいうる西行における遁世をみてみたい。

二

まず、西行の草庵生活についてみてみよう。

西行は、草庵にはあまり居なかったようである。

・捨てたれど隠れて住まぬ人になれば猶世にあるに似たる成けり[1]（一四一六）

その西行の草庵の様子は、「すみける谷に」（二一七・詞書）・「いほりの前なりける梅をみて」（三九・詞書）・「跡たえて浅茅しげれる庭の面に」（一五九）などといったところからうかがえるが、あまり詳しくは述べられてはいず、それは「柴の庵」（四〇・七二五・九五〇）・「柴圍ふ庵」（九六五）などといった、通常的な表現である。つまり、西行の草庵生活について、具体的にみられるものは少ないが、おそらくその当時の草庵と同様であったのではなかろうか。『撰集抄』にみられる草庵を考えて大きな誤りはなかろうと思われる。

そのような西行は、また、草庵生活のさびしさというものも味わっている。

・庵にもる月の影こそ淋しけれ山田は引板のおとばかりして（三〇三）

・花も枯れ紅葉も散らぬ山里は淋しさをまた訪ふ人もがな（五五七）

わがさびしさを慰めに訪れて来る人を願っているのではない。さびしさを好む人が、そのさびしさを求めてやってくることを願っているのである。

・木の間洩る有明の月をながむれば淋しさ添ふる嶺の松風（三四五）

・水のおとは淋しき庵の友なれや峯のあらしの絶え間〳〵に（九四四）

水の音さえも友とせねばならないさびしさである。

・さびしさにたへたる人のまたもあれな庵ならべん冬の山里（五一三）

「さびしさにたへたる人」、つまり、じっとさびしさをこらえている人（自分もそうであるが）は、同じ境遇だけになつかしく、そのような人と庵をならべて住みたいというのである。庵をならべるといっても、お互いに慰め合うというのではない。お互いの交流はなくてもよい、この同じ冬の山里に「さびしさにたへたる人」たる自分と同じような人が、やはり「さびしさにたへ」ていてほしい、さびしさを共にする人が居さえすればよい、というのである。

・とふ人もおもひ絶えたる山里の淋しさなくば住み憂からまし（九三七）

一般の人からみると、痩せ我慢のようにも聞こえるが、世間の価値観を捨てて別の価値観に立つのが隠遁であると考えると、割に素直な表現ではないかと受けとれるのである。さびしさこそ楽しみなのだ。さびしさゆえに花鳥風月の美しさがより美しくなるのである。

このような、西行と自然との関係には、互いに一つに溶け合おうとする融合感をみることができる。

・水のおとは淋しき庵の友なれや峯のあらしの絶え間〳〵に（九四四）

水の音と自己との友情的な感情がみられる。

・ひとり住む庵に月の射しこずばなにか山邊の友にならまし（九四八）

月だけが友である。

・こゝをまた我住み憂くて浮かれなば松は獨にならんとすらん（一三五九）

松との対話によって、孤独がなぐさめられている。

・松風の音あはれなる山里に淋しさ添ふるひぐらしの聲（九四〇）

ここでは、対話の構造ではなく、ひぐらしに自分と同じさびしさをみており、自分のさびしさとひぐらしのさびしさとが一つに溶け合っている。

・わび人のなみだに似たる櫻かな風身にしめばまづこぼれつゝ（一〇三五）

も同様にとらえることができよう。

このように、水の音・月・松・ひぐらし・桜などが友となっており、その時その時それのみが友だというが、西行はそれらすべてを友としている。総体として自然を友としていたのである。

三

さて、和歌をみるかぎり、世を遁れた西行の草庵生活は、甘美なものとして表現されている。草庵には花が満ちている。

・柴のいほにとく〳〵梅の匂ひきてやさしき方もある住家哉（四〇）

・ちる花の庵のうへをふくならば風いるまじくめぐりかこはん（一三八）

たとえ草庵の場所はあちこちと変わっても、花に寄せる心に変わりはない。出家してからは、俗人の頃とはまた違ったものであったであろうが、「花にそむ心」は遁世したはずであっても、やはりそれを失うことはなかった。

・花を見しむかしの心あらためて吉野の里に住まんとぞ思ふ（一〇七〇）

しかし、花への執着心を消し去ることはできなかったのであり、そのことに悩むのであった。

・花にそむ心のいかで殘りけむ捨て果てきと思ふ我身に（七六）

彼はまた、月にも心をひかれた。

・うちつけにまた來む秋の今宵まで月ゆゑをしくなるいのち哉（三三三）

月の美しさそのものにひかれた時、突然に生への執着心が起きた、そのことに対する西行の驚きをうかがうことができる。しかしまた、花と同様に月の美しさに執着するわが心に苦悩するのであった。

・さらぬだにうかれてものを思ふ身の心をさそふ秋の夜の月（四〇四）

月に心を奪われる身を反省してはいるが、「うかれてものを思ふ」心はどうしようもなく、抑えることができない。遁世したと思っても、花鳥風月をめでる心は、彼の胸中から去りがたいものであった。

・捨てて往にし憂世に月のすまであれなさらば心の留らざらまし（四〇五）

しかしまた、月が美しく澄んで照ることはしなくてほしい、そうなればわが心が執着することがなくなるだろうからと、現実にはありえないことを願うのであるが、その思いには、どうしても月に執着してしまうわが心に苦悩する姿がうかがえるのである。

一方で、一点の曇りもなく美しく澄んで照る月は、「真如の月」という語に象徴されるように、微妙円満なさとりの象徴でもあった。そのような清澄な月をみるにつけても、それに比して俗世の美（それは花に象徴される）への執着心を捨てきれないわが心が思い知らされて、西行は苦悩するのである。

・ながむればいなや心の苦しさにいたくな澄みそ秋の夜の月（三六七）

微妙円満なさとりを象徴するように美しく澄む満月を見るにつけて、俗世の美に執着してやまないわが心の醜さを自覚せざるをえず、苦悩せざるをえないのである。

このように、花や月というこの世の美に執着する心をどうしても捨てきれない西行は、一方でまた、一点の曇りもなく美しく照ってさとりの象徴ともいいうる月を眺めるにつけ、悩み苦しむのである。しかし、それでも、この世への執着心を捨てきれない西行は、遂には、

・ねがはくは花のしたにて春死なんそのきさらぎの望月の頃（七七）

と、満開の彼岸桜のもとで釈迦入滅の日に死にたいという、極めて甘美な、幻想的とさえいいうる憧憬となるので

ある。そこには、道心堅固な遁世者というにはあまりにも異なった美しさがある。あの世の蓮華ではなく、この世の美の象徴ともいいうる桜の花の下で死にたいと願う。死後までも現世の美の延長を望んでいたのだと考えられる。しかも、釈迦入滅の日に死にたいということは、さとりの境地をも願望している。花への執着とさとりの境地とは両立しえない。その矛盾するものを一つにしたい。そう願うしか彼にはできなかったのである。西行は、花は満開の桜の花を、月は満月を詠んでいるものがすべてだといってよかろうが、満開の桜の花にこの世の美を象徴し、満月に微妙円満なさとりを象徴しているところに、両者の狭間に立つ彼の苦悩を、より一層際立たせているといえよう。

四

そしてまた、その変わることなく同じように照る月の美しさを見るにつけて、無常のこの世を思い知らされることになるのである。

・何ごともかはりのみゆく世の中におなじ影にてすめる月哉（三五〇）

秋の夜の月はいつも変わりなく澄みきって耀いているのにひきかえ、この世の移り行く姿はどうだ。諸行無常なるこの世ではあるが、西行の周囲もその例外ではなかった。保元の乱に敗れると、崇徳上皇は仁和寺へ入って出家された。

世中に大事出で來て、新院有らぬ様にならせおはしまして、御髪下して、仁和寺の北院におはしましけるにまゐりて、兼賢阿闍梨出で會ひたり。月明くて詠めける

・かゝる世に影も變らず澄む月を見る我身さへ恨めしきかな（一二二七）

彼の仕えていた徳大寺家の実能の妹は待賢門院、つまり上皇の母である。このような、身近な人々の転変に加えて、貴族社会の没落、新しい時代の前兆たる不安定な世情に、西行は社会基盤の揺れ動く感を抱いた。前掲の三六七番の歌も決して観念的な詠ではなく、変動極まりない当時の世相の体験の裏づけからの思いでもあるのである。

・秋の色は枯野ながらもあるものを世の儚さや淺茅生の露（七六七）

西行の苦悩は花や月にとどまることなく、俗世へ執着するわが心に対する苦悩であった。

・捨てたれど隠れて住まぬ人になれば猶世にあるに似たる成けり（一四一六）

・世中を捨てて捨て得ぬこゝちして都離れぬ我身成けり（一四一七）

・身をすつる人はまことにすつるかはすてぬひとこそすつるなりけり（『詞華集』三七二）

このように西行の和歌は、自省のうかがわれる歌をはじめとして、そこには絶えず自分が問題とされている。自分自身が主体である。ここに、やはり遁世者としての、おのれを厳しくみつめるという姿勢をみることができるのである。

五

このような西行は、人生への果てしない思いを抱き続けた。

・風に靡くふじの煙の空に消えて行方も知らぬわが思ひ哉（『新古今集』一六一三）

文治二（一一八六）年、六十九歳で陸奥へ旅した時の歌である。「行方も知らぬわが思ひ哉」という、人生・妻・子への果てしない思い。遁世してからすでに四十数年、ここまで来ても俗世への思いが断ち切れない。人生の終局に近づいても、人生との関係は断ち切れないのである。

この人生への思いは、人生とは何であるのかという問いでもあったのである。

・心なき身にも哀はしられけり鴫たつ澤の秋の夕暮（四七〇・『新古今集』三六二）

「鴫たつ」については二説あるが、[2] ここはやはり鴫が飛び立つ意に解すべきであろう。つまり、鴫がそこに居れば対話もできようが、飛び立ってしまえばそこには孤独しかない。鴫が飛び立ってしまうことによって、より「あはれ」・さびしさを感じさせる。すなわち、この歌は絶対的孤独を詠ったものである。西行の、時代への寒々とした思いが、底にみられるのである。

「心なき身」とは風流を解しない身という意味であろうと考えられる。しかし、単に世を捨てたから心がないというのではない。出家したからには「心なき身」とならなければならないのであるが、どうしても俗世への執着心は捨て切れない。そのようなわが身でありながら、表面は「心なき」出家の姿を装っている。その醜さをみつめ、わが身への皮肉というか自嘲というべきか、そういう思いをこめて「心なき身」というのである。[3] と同時に、それでもどうしても俗世に執着するわが心に苦悩する西行をみるのである。

「心なき身」にも「あはれ」は感じるのである。そこに、「心なき身」に徹しきれない西行の姿をみるのである。このように徹しきれないというのも、彼が自分自身を厳しくみつめた結果の、正直な告白である。自分を眺めずして生きる人には、このような自己の内に大きな矛盾を抱くことはできない。自分自身を遁世者として常に厳しくみつめ、内省し続けて、しかも彼は俗世への断ち切れない思いの矛盾に悩む。そこに彼の、他の人とは違った点を見出しうるのである。先にふれたように、西行は世を捨て切れていないが、それは彼の苦悩の正直な告白であって、その底には懸命に遁世者たりえようとする心がもがいているのである。

そのような「心なき身」（心と身との分裂）であっては、草庵にじっと落ち着くことはできなかった。草庵に居ても、心と身との分裂、換言すれば世の転変とそれへの執着から、西行は旅へと出かけずにはいられなかった。

・かへれども人のなさけに慕はれて心は身にも添はずなりぬる（九二八）

・柴圍ふ庵のうちは旅だちてすどほる風もとまらざりけり（九六五）

この心の二面の背反から、西行は草庵に落ち着くことができず、旅へと出たのである。

・何處にもすまれずばたゞすまであらん柴の庵のしばしあるよに（『新古今集』一七七八）

「たゞすまであらん」は自暴自棄ともみえる否定の極限の表現である。しかし、この絶対の否定を通り越さずして絶対の肯定、つまり本来の意味の精神的安定は得られないのである。

六

このように述べてくると、西行は歌人・詩人なのか、それとも隠遁者なのかという疑問が生じてくるわけであるが、その前に彼の仏教的精神はどのようなものであったか、みることにしよう。

彼はいろいろな寺の勧進をしており、和歌にも、『山家集』には「釈教十首」をはじめ、『法華経』の各品や『般若心経』・『無量寿経』・『千手経』・『摩訶止観』・六道などを詠んだものもみられるが、「西行」という法名[4]が西方極楽浄土を願う浄土教思想にもとづいていることからも明らかなように、やはり当時の仏教観と同じく、西方願生の心を詠んだものもみられる。

・わが宿は山のあなたにある物をなにに憂世を知らぬこゝろぞ（七一六）

・西を待つ心に藤をかけてこそそのむらさきの雲をおもはめ（八六九）

・山端に隠るゝ月をながむればわれと心の西に入るかな（八七〇）

・西へ行月をや餘所におもふらん心にいらぬ人のためには（八七二）

しかし、それよりも彼は、無常を強く感じていたと思われる。

・そのをりの蓬がもとの枕にもかくこそ蟲の音には睦れめ（七七五）

臨終の時、その枕辺にも虫がしきりに鳴く。その瞬間を詠む厳しいまでの無常観が感じられる。

・はかなしやあだに命の露消えて野邊に我身やおくりおくらん（七六四）

・露の玉は消ゆれば又もおく物をたのみもなきは我身なりけり（七六五）

・月をみていづれの年の秋までかこの世に我がちぎりあるらむ（七七三）

・何處にか眠り〳〵て仆れ伏さんとおもふ悲しき道芝の露（八四四）

・死にて伏さん苔のむしろを思ふよりかねて知らるゝ岩陰の露（八五〇）

しかし、彼の無常観にはまた、限りない感傷が漂っている。

・津の國の難波の春は夢なれやあしの枯葉に風渡るなり（『新古今集』六二五）

難波は平安朝の貴族にとって美しい歌の題材であった。しかし彼は、その難波の青い海や芦の美しさを詠まず、「春は夢なれや」と否定し、芦の「枯葉」に焦点を合わせて、隠遁者としての心を表わさんとしているが、その無常観の中に何ともいえない感傷がみられる。同じように感傷の漂う歌を挙げる。

・木枯に木の葉の落つる山里はなみだこそさへもろくなりけれ（九三五）

・あかつきのあらしに比ふ鐘のおとを心のそこにこたへてぞ聞く（九三八）

・待たれつる入相の鐘のおとす也明日もやあらば聞かんとすらん（九三九）

これらの歌は、彼自身の切迫した真情が滲み、単に無常を感じ感傷を詠んでいるのではなく、その無常・感傷の中に彼の胸中の苦悩がうかがえるのである。

このように見てくると、西行は、無常観は持っていたであろうが、それよりもむしろ、無常をとらえた歌人といっていいのではなかろうか。そして、この無常観を持っているのではなくて無常をとらえるというのは、単に客観的立場をとるのではなく、また理念としての無常観を持っていたのではなく、自己自身の主体としてこの世を無常ととらえたということである。すなわち、「この世は無常である」ということを知らなくても、彼は「この世は無常である」ととらえたであろうということである。

七

では、西行は隠遁者としては失格者であったのであろうか。このことは軽々に判断すべきではなかろうが、石田吉貞氏は、隠遁の主要な点として、

一、無常観
二、孤独と自然
三、信仰と美
四、閑寂
五、美的安心

の五点を挙げておられる。(5)この点からみれば、西行もまた、やはり隠遁者の枠をはみ出るものではないと考えるのである。(6)

しかしまた、先述した如く、西行は自己自身を厳しくみつめ、その胸の内に宿る矛盾に苦悩し、そしてそれを素

直に歌に吐露する。この点のみにおいてさえ、彼は十分に遁世者としての立場に立っている、というよりは、遁世者そのものの姿を認めるのである。

・身をすつる人はまことにすつるかはすてぬひとこそすつるなりけり（『詞華集』三七二）(7)

西行最初の勅撰集入集歌であり、「無明即菩提」の考えを詠んでいるが、これこそ西行の遁世者としての根底であり、また、真の遁世者の姿をいいえているであろう。

八

鴨長明は、知識人としての立場と仏道修行者としての立場とのはざまに立って、どうしようもなくなり、苦悩するしかなかった(8)。仏を請ういとまもなく念仏を唱えるしかないほどに追い込まれたその苦悩は、彼がわが心をみつめた結果がもたらしたものであることは、いうまでもない。

平安末期から中世初頭にかけての動乱を体験し、世の中の大きな変動を体験した西行・長明に対して、兼好は彼らより百年以上も後の時代に生きた。ゆえに彼は、動乱を冷静にみつめることができたが、また冷静に無常の世をみつめることができた。すなわち、無常から逃れることは不可能であるから、生ある間を精一杯生ききれと彼は主張する。また、人間性を肯定し、ひたぶるになって余裕を失うことなく、精神的自由をもって生ききれと主張するところに、人間を深くみつめる兼好を知るのである(9)。

それでは西行はどうであったか。西行は動乱の世、すなわち無常に出会い、その中にある自分自身をみつめ、わが心をみつめて出家した。西行の出家の理由がわからないことこそ、彼がわが身、わが心をみつめたことにほかならない。失恋原因説などとるにたらないもので、無常の世にあって自己凝視を通して徐々に高まりつつあった出家への思いを出家へとふみきらせた「契機」と考えることはできても、そのようなことが出家の「理由」とはならないのである。

さて、わが身、わが心をみつめた西行には和歌があった。彼における和歌は趣味に終わることなく、和歌によって自己をみつめ、苦悩した。あるいは、わが心を詠むことによって、わが心をふりかえり、あるいは自然という美を詠むことによって、それに比してあまりに醜いわが心を痛感した。そうして、苦悩し、苦悩した結果、庵にいても精神的に落ち着くことができず、旅へと駆りたてられたのである。

このような西行にとって、和歌とはわが心を映し出す鏡であったのではないか。彼にとって、和歌を詠むということはすなわちわが心をみつめることにほかならず、それはとりもなおさず彼における仏道修行であったといいうるのではなかろうか。

九

文治二（一一八六）年、伊勢に隠遁していた西行は、東大寺再建の勧進上人俊乗坊重源に委嘱され、六十九歳の老軀を押して、約四十年ぶりに、同族の奥州藤原氏に砂金勧進するために旅立った。若い頃にも東の方へ旅をしたことがあったが、今、六十九歳の老軀で再び小夜の中山の峠に立った西行は、
・年たけてまた越ゆべしと思ひきやいのちなりけりさ夜の中山（『新古今集』九八七）
と詠む。再び越えることがあるとは思いもしなかった、その小夜の中山に立ったとき、彼の口をついて出たのは「いのちなりけり」という叫びであった。

二十三歳で突然に出家した西行は、出家後も歌を詠み続けた。彼の遁世は数寄といった生易しいものではなかっ

た。心を澄まそうとしても俗世の美への執着心はどうしても捨てきれない。西行はいつもそのようなみずからの心を、まるで鏡に映すように和歌に詠むことで、わが心をみつめ、苦悩し続けた。

・花にそむ心のいかで殘りけむ捨て果ててきと思ふ我身に（七六）

そのように心の騒ぐ西行は、一所に落ち着くことができず、絶えず旅へと駆り立てられたが、その心は晩年になっても消えることなく、その思いが彼を再度の東国へと旅立たせたのである。西行が東の方へ赴いたのには、単に勧進のためだけではなかったのである。

さて、小夜の中山に立った西行は、いのちがあって今、再びこの峠を越えようとしていることを感慨深く思うのであった。この歳までいのちがあったことを素直に喜んだ歌であるが、「いのちなりけり」という一句は、どのように文字に置き換えてみたところで、その心境をいい表わせるものではない。今、いのちがあることの不思議さ、ありがたさ、といった思いを超えて、まさにそれは、いのちのあることをそのまま「いのちなりけり」と受け止める境地であろう。「いのちなりけり」とは、いのちを与えられた至極の喜びと、そのいのちへの限りない愛おしさから溢れ出る叫びである。

西行はさらにその先、富士を見て、

・風に靡くふじの煙の空に消えて行方も知らぬわが思ひ哉（『新古今集』一六一三）

と詠んでいる。西行が生涯かけてみつめ続け、苦悩し続けた「わが思ひ」は、最晩年の今となっても氷解することはない。しかし、彼にとってそれがいまだに「行方も知らぬ」ものであっても、今はそれでいいのである。いや、それは本来「行方も知らぬ」ものなのである。そこには淡々としたさとりに似た境地が感じられる。

西行は遁世直後、伊勢へ赴く途路、鈴鹿山で、

・鈴鹿山うき世をよそにふりすてていかになりゆくわが身なるらむ

と詠んでいるが、この若いときの詠は、出家したわが身についての不安が出ている。しかし、六十九歳の今は「行方も知らぬわが思ひ」こそ、四十年余を経ていたった境地であり、「いのちなりけり」と素直に感動できる身なのである。

西行は、それからわずか四年後の建久元（一一九〇）年二月十六日、河内国弘川寺で没した。歌の通り、満開の花、満月の下で、釈迦の涅槃に従うように往生の素懐を遂げたのである。

・ねがはくは花のしたにて春死なむそのきさらぎの望月の頃（七七）

時に七十三歳であった。

註

（1）『山家集』および『新古今集』は、日本古典文学大系本（岩波書店）による。歌番号も同じ。

（2）蕪村に「あちらむきに鴫も立ちたり秋の暮」の句があり、『も丶すも丶』にも「鳶も烏もあちらむきゐる」と詠んでいる。また蕪村の友人の竹渓が京を発つ時の離別の句に「たつ鴫にねむる鴫あり」とあり、この「たつ」は明らかに「立ち去る」意である。とすれば、先の蕪村の句の「立つ」も同意と考えられる。すなわち、これらの句は、「あちらむき」とあるのも併せて、厳しい孤独感を詠んだものといえよう。種田山頭火にも「からすがだまって飛んでいった」の句があり、西行の「心なき……」の歌がどのように受けとられたかを知って興味深い。

（3）「こころなき身」について、日本古典文学大系『山家集』の頭注では、「物のあはれを解せぬ世捨人の自分にも」とあり、同じく日本古典文学大系『新古今集』（三六二）の頭注は「世を逃れて愛憎悲喜の心を捨てた我が身」と解する。久保田淳は諸説を検討した上で、「物の情趣を解しない身」とし、「西行は謙遜してこのように歌ったと考える」という。さらに「しかしその際、西行の裡に……（中略）……法師の境涯への自嘲の念、自己否定的な感情がはたらいていたと考えるのは、やはり近代的な受け取り方ではないか」と述べている（『新古今和歌集全評釈』第二巻・三五四〜三五六頁）。
（4）西行のもう一つの法名「円位」は天台円教六位の証果を願うところからのものだろう。彼は仏教宗派について、かなり自由な態度をとっていたと考えられる。
（5）石田吉貞著『隠者の文学―苦悶する美―』（塙新書一七・一九六九年一月）五四〜一〇〇頁。
（6）同じく石田吉貞は、隠遁者としての西行の内部生活を、無常・孤独からくるさびしさ・従順・強い感傷性・自然との関係・美的安心の六点からとらえている（註(5)に同じ。一二五頁）。
（7）『詞華集』は『新編国歌大観　第一巻　勅撰集編』（角川書店・一九八九年二月）による。
（8）本章第二節参照。
（9）本章第四節参照。

第二節　「不請の阿弥陀仏」考

一

「ゆく河の流れは絶えずして、しかも、もとの水にあらず[1]」で始まる『方丈記』は、いまさら指摘するまでもなく、見事な構成を持ち、名文で綴られている。川合社の禰宜になれなかったことからの一時の感情によって出奔した長明は、仏道一筋に生きることはできず、知識人としての立場を捨て去ることができなかった。その彼が、みずからの名を後代に残さんがために著した『方丈記』。『方丈記』脱稿後はともかく、少なくとも執筆前には、このような気持ちも多分にあったといってよかろう。したがって、『方丈記』が名文で綴られていることも、またその構成が見事であることも当然のことではある。

人と栖を中心に無常の理を説き、そして無常の実例を挙げ、そのような煩わしい俗世から離れ、閑居の生活にこそ精神的自由があるとする。悠々自適の生活のすばらしさは、「住まずして誰かさとらむ」と高らかにいい切るほどのものであった。しかし、そこまで誇らかに語った後、ふと見上げると月は西に傾いている。その月と同様、自分の余命もいくばくもない。その自分が草庵に執着しているとは、仏道修行どころか仏の教えに背いているではないか。みずから問い質していった結果、長明は「不請の阿弥陀仏」を両三遍唱えて黙ってしまうしかなかった。

以上の内容を持つ『方丈記』であるが、末尾の「不請の阿弥陀仏」をどう解釈するかが従来から問題になっており、またその解釈が『方丈記』の評価にも関わっている。そこで、この「不請の阿弥陀仏」の解釈について、諸先学の御論を承知しながらも、卑見を述べてみたいと思うのである。

二

「不請の阿弥陀仏」については伝本の表記に違いがある。まず、「不請」は「不惜」「不情」「不軽」「不浄」「不祥」と様々に表記されているが、これは山田昭全氏がいわれるように、「「不請」の意味をはかりかねて、書写者の主観的解釈が入り込んでいるためで[2]」あろう。「阿弥陀仏」は流布本系統で「念仏」となっているが、これは「阿弥陀仏」が念仏を意味していることから書き換えられたものと考えられ、「阿弥陀仏」を念仏ととらえる点において一致しているといえよう。すなわち、問題になるのは「不請」の解釈であり、この語の解釈をめぐって多くの先学たちが論及しておられるが、今日まで定説が確立されていない。

この「不請の阿弥陀仏」の解釈をめぐっての諸説については、簗瀬一雄氏が『方丈記全注釈』・『方丈記解釈大成』において整理しておられるが、今、そのうちの『方丈記解釈大成』を参照させていただき、諸説を列挙する。

簗瀬一雄氏はまず瓜生等勝氏が整理された諸説[3]を挙げている。それによれば、

（1）他より請はれざるに、自らすゝみてなす念仏。
（2）こちらから請い願わずとも救って下さる仏への念仏。
（3）仏に対して何の願うところもない、心に請い求めることのない念仏。
（4）己が心にさほど請い望まず、ただ口ずさみに念仏すること。これ心の深からぬを卑下していいしなり。
（5）信仰の心足らず、迷いの心を離れずに唱える念仏。
（6）「奉請」を「不請」と書きあやまったとする「奉請説」。
（7）「不奉請説」すなわち、「奉請の儀をととのえない念仏」。

の諸説がある。簗瀬氏は、この瓜生氏の整理を承けて、さらに検討を加えた上で、あらためて諸説を次の如く掲げておられる。

（一）不請友たる阿弥陀仏とするもの。
（二）仏も請けざる念仏とするもの。
（三）心に求めることなき念仏とするもの。（不請々のとか、口さきばかりのとか、申訳だけのとか、いうのも加えた。）
（四）他より請われざる自然的な念仏とするもの。

（五）　奉請のあやまりとするもの。
（六）　不奉請の略とするもの。
（七）　不浄または口唱（口称）とするもの。

そして簗瀬氏は、瓜生氏のとる不奉請説に従いながらも、瓜生氏が「自分にはその力がないので、その意思を断念せざるを得なかった」とする点に疑問を呈し、同じ不奉請説に立ちながらも「長明は、仮に阿弥陀仏を請じ奉ることが儀礼としてできる財力や社会的地位をもっていたとしても、到底、請じ奉るに堪えない、心の恥ずる所があったと考えるのである」とする神田秀夫氏とも異なり、

私見では、奉請の儀礼とはそうしたものではなく、貧僧は貧僧としての請仏の儀礼は持つべきものであり、長明はそれをさえもととのえる暇を惜しんで、阿弥陀にすがらざるをえなかった自己を述べているものと思うのである。自己を問いつめ、絶対の境地に至ったが、そこで弱気になったのでもなく、絶望したのでもなく、むしろ弥陀への帰依という一道の光明を見いでた感動をもって、筆をおいたとみるのである(4)。

ととらえられるのである。

また、簗瀬氏の整理の中にも記してあるが、山田昭全氏は、仏典および国文中の「不請」の用例を詳細に示し、諸々の理由から仏教語として「不請」の語をとらえ、その用例の意味から「不請の阿弥陀仏」を、

「愚か者（＝長明）が乞わずとも慈悲力をもって救ってくださる弥陀仏の名を両三遍となえた」と解するのがよいと思う(5)。

と述べておられる。

さらに、芝波田好弘氏も詳細に分類整理し検討された上で、

「不請阿弥陀仏」とは、懺悔の末にたどり着いた、作者の凡夫性の自覚と阿弥陀仏への帰依とを表現したものであると言えよう。(6)

と結論づけられている。

以上、「不請の阿弥陀仏」の解釈には非常に多くの説があるが、私は、結論からいえば、簗瀬氏たちと同じく不奉請説をとりたいと思う。以下、この点について若干の考察を加えたい。

三

浄土に願生し往生する行業を、天親の『浄土論』では礼拝・讃嘆・作願・観察・廻向の五種に分かち、五念門として示されている。これを承けて、この五念門は曇鸞の『浄土論註』において他力廻向のものとして深められた。さらに善導は『法事讃』上下二巻を著し、往生浄土の行を修する法事供養の規定を明らかにした。

善導は中国泗州の人にして、隋の煬帝の大業九（六一三）年に生まれ、幼にして出家し、諸宗の学を研究し、唐の貞観十五（六四二）年、二十九歳にして、浄土教を弘めていた道綽に出会い、浄土教を究めた。主著に『観経四帖疏』がある。善導は在世中の唐においてはもちろん、源信僧都をはじめ、わが国の浄土教にも大きな影響を与え、最も重視された一人である。

この善導が往生浄土の行を修する法事供養の規定を明らかにしたのが、前にふれた如く『法事讃』である。その『法事讃』から、やや長文になるが引用する。

凡欲爲自欲爲他立道場者、先須嚴飾堂舍安置尊像華竟、衆等無問多少、盡令洗浴著淨衣、入道場聽法。若欲召請人、及和讚者盡立、大衆令坐使一人先須燒香散華、周帀一徧竟、然後依法作聲召請云。

般舟三昧樂願往生　大衆同心厭三界無量樂
般舟三昧樂願往生　三塗永絶願無名無量樂
三界火宅難居止願往生　乘佛願力往西方無量樂
般舟三昧樂願往生　念報慈恩常頂戴無量樂
大衆持華恭敬立願往生　先請彌陀入道場無量樂
般舟三昧樂願往生　不違弘願應時迎無量樂
觀音勢至塵沙衆願往生　從佛乘華來入會無量樂
般舟三昧樂願往生　觀音接手入華臺無量樂
無勝莊嚴釋迦佛願往生　受我微心入道場無量樂
般舟三昧樂願往生　碎身慙謝釋迦恩無量樂
彼國莊嚴大海衆願往生　從佛乘華來入會無量樂
（以下略）(7)

すなわち、自他のために法事を修するのであることを示した後、具体的に示す。まず道場を厳飾して身衣を浄くする。次に仏前に進み焼香散華して座に戻って、「般舟三昧楽」以下の文を唱えるというわけである。讃文は「先請弥陀入道場」と阿弥陀仏を奉請し、以下、観音・勢至をはじめ、釈迦、諸仏、二十五菩薩、さらにそれらの徒衆まで奉請するのである。

つまり、法事を修するにあたって、まず阿弥陀仏等を奉請するのが、その作法である。しかも、それが、中国・日本の浄土教に多大な影響を与えた善導によって示されているのである。当然ながら、この行儀は、阿弥陀仏を信じ極楽浄土への往生を願う浄土教において、法事の行儀の冒頭のものとして行なわれるのである。しかも、『法事讃』に規定するにあたって善導は「諸経の通説を採用されたやうであって、かの唐朝以前の古師の先例を尊重して、これに則ったものが多いやうであ[8]」り、その点からいえば、この『法事讃』に規定する行儀の影響は広汎であると考えられるのである。

四

今、長明在世の頃の法事の行儀を知る術を知らないが、現在行なわれているそれを検してみることにする。天台宗では、結婚式の作法にしか見出しえなかったが、天台宗における結婚式の次第は、「鳴鐘」・「入堂」の後、「一心頂礼十方法界常住仏　一心頂礼十方法界常住法　一心頂礼十方法界常住僧」の三礼をし、次に、仏・菩薩等に道場に降臨されんことを請願する「勧請」を行なう。その際に唱えるのは次の如くである。

一心奉請大恩教主釈迦牟尼仏
一心奉請東方教主薬師瑠璃光仏
一心奉請西方教主阿弥陀仏
一心奉請十方法界常住仏
一心奉請妙蓮華真浄法門
一心奉請円宗守護日吉権現
一心奉請高祖天台智者大師
一心奉請宗祖根本伝教大師
一心奉請十方法界常住僧

そして、「啓白」・「結婚者礼拝」へと続くのである。

日蓮宗では、在家勤行式・結婚式・葬儀に「奉請」もしくは「勧請」がみられる。在家の勤行においては最初に、

唯願法界海　諸仏諸賢聖　愛愍垂降臨　荘厳此道場　唯願我等輩　身心倶清浄

三業福智修　成就如来事　唯願衆功徳　回向悉周徧　此界及十方　利益不唐捐

と諸仏諸賢聖の道場への降臨を「奉請」する。そして「三宝礼」をなし、さらに「勧請」を行なって「開経偈」へと続く。結婚式では出席者着席の後「開式宣言」があり、「初楽」・「道場偈」・「三宝礼」の後、「勧請」（在家勤行式の「奉請」と同文）がなされて以下に進む。

浄土宗は、当然ながらほとんどの儀式に「奉請」が行なわれる。これには、

奉請弥陀世尊入道場

奉請釈迦如来入道場

奉請十方如来入道場

と弥陀世尊・釈迦如来・十方如来を迎える「三奉請」と、

奉請十方如来　入道場散華楽

奉請釈迦如来　入道場散華楽

奉請弥陀如来　入道場散華楽

奉請観音勢至諸大菩薩　入道場散華楽

と十方如来・釈迦如来・弥陀如来・観音勢至諸大菩薩を迎える「四奉請」があり、このいずれかを行なう。

時宗も、ほとんどの儀式の冒頭に「四奉請」（浄土宗と同文）を行なう。

真宗大谷派では、年忌法要の際、

先請弥陀入道場
不違弘願応時迎
観音勢至塵沙衆
従仏乗華来入会

の偈を唱える。

以上のように、現在、法事を修する際に奉請を行なうのをいくつか見出すことができる。このことは、決して近時奉請を行なうようになったのではないこと、もちろんである。しかるべく伝統の上に立って今日にその作法を残しているのであって、つまり、法事を修する際にまず弥陀や釈迦をはじめ諸仏・諸菩薩を奉請することは、平安朝をはじめ長明の時代においてもなされていたであろうことは、決して的外れな推測ではないといえよう。

五

何かの行事を行う際に、霊をその場所へ呼び迎えることは、仏教上の法事に限ったことではない。たとえば「神楽」の語源は「神坐《かみくら》」だといわれる。神楽は、まず採物と称する短剣などを手にして舞い、その採物を安置した後、本格的に神楽の舞へと進むが、その採物を安置する場所が「神坐」である。ということは、採物に神が宿ったことを意味する。すなわち、神の霊を迎えることが冒頭に行なわれるのである。

『平家物語』の成立について記したものに『徒然草』第二百二十六段がある。信濃前司行長や生仏・慈鎮和尚の名前の真偽はともかくも、『徒然草』の記事は、慈鎮のような人物が、扶持していた行長や生仏のような人物に

『平家物語』を作らせていたということを物語っている。何のために慈鎮は『平家物語』を作らせたのか。源平の争乱において死んでいった人々の鎮魂のために大懺法院を建立した慈鎮は、平家の人々の鎮魂のために『平家物語』を作らせたのである。慈鎮と限定はできないが、そのような人物によって、そのような意図をもって『平家物語』が作られたということを『徒然草』当時には受けとられていたということである。これは渡辺貞麿先生のご教示によるが、私もそう考える。では、なぜ『平家物語』を語ることが平家の人々への鎮魂になるのか。渡辺先生のご教示によれば、前述した神楽において採物を手にして舞うのは、神のしぐさをまねるのであり、これによって採物に神が降臨するのであり、『日本書紀』にみられる、いわゆる海幸彦、山幸彦の話において、弟に懲らしめられた海幸彦が弟のまもりとならんとするのに、そのしわざをまねるということなどから、生前の姿をまねたり語ったりすることによってその人の霊を呼び迎えることができるのである。『平家物語』において、死んでいった平家一門の人々の生前の行ないを語ることは、平家の人々の霊を呼び迎えることになるのである。『看聞御記』をみれば、三回忌や七回忌の法要の際に『平家物語』が語られ、その後読経がなされた記事を見出すことができる。『耳なし芳一』で平家の武将たちが現われたのも、全く根拠がないわけではないのである。(9)

つまり、まず供養する対象を奉請することは、仏教の儀式においてはもちろん、広くそういった考え方があったといえよう。

六

長明も当然のことながら、仏教の法事を修する際の作法を知っていたことは間違いあるまい。しかし、みずからに問いつめた結果、何とも答えることができなくなった長明は、もはやどうしようもなく、念仏を唱えるしかなかった。とても、奉請を行なうような余裕はない。奉請を行なわねばならないことは承知しているけれども、切迫した長明はそれを行なうゆとりがない。奉請を行なわない「不請の阿弥陀仏」を唱えるしかなかったのである。

しかも、長明が今居る場所は方丈の庵である。そこには、「阿彌陀の繪像を安置し、そばに普賢をかけ」ている。路傍や野原ではないのである。路傍や野原では、「奉請」の作法もなしに念仏を唱えることもあろう。しかし、今は眼前に阿弥陀仏の絵像があるのである。阿弥陀仏の絵像に向かい合っているのである。普段ならば「奉請」をしてから念仏を修するのである。それが、自問自答の結果、どうしようもなく追いつめられた長明は、「奉請」の作法を行なう暇はなかった。もう、ただただ念仏を唱えなくてはいてもたってもおれなかったのである。

七

無常の理を説き、無常の実例を挙げ、そういう煩わしい俗世を離れた閑居の生活こそが精神的自由を満喫できるものであることを得々として述べ、「住まずして誰かさとらむ。」とまで言い切った『方丈記』は、その名文とともに構成の整った見事な作品となった。しかし、次の瞬間に長明を襲った思いは、余命いくばくもない自分が草庵に固執していることへの反省である。いや、反省などといった生易しいものではない。閑寂に執着して仏の教えに背いている自分への詰問である。出家し、草庵に住するのは仏道修行のためではなかったのか。みずから問い詰めた結果、長明は答えることができなくなってしまった。どうしようもなくなって追いつめられた長明は、うめくように、救いを求めるようにして念仏を唱えるしかなかった。その苦しさは、前段まで見事な構成・論理をもって述べてきた、そのすべてを否定し去ることをあえてせざるをえなかったほどである(10)。ここにいたって『方丈記』の構成は崩れ去ってしまったが、しかし、長明は、それでも記さずにはおれなかったのである。この点から、この末尾の部分が最初から予定されていたものであるというとらえ方には従いがたい[11]。私は、「住まずして誰かさとらむ。」と高らかに語ったその次の瞬間に長明の心に起こった苦悩を率直に語ったものであると考えるのである。

みずから問い詰め、どうしようもなくなった長明は、ただただ念仏を唱えて仏に救いを求めるしかなかった。とても「奉請」の儀式を整える暇などない。「不請の阿弥陀仏」を両三遍唱えるしかなかったのである。最後の「やみぬ[12]」という言葉に、長明の何ともいいようのない苦しい思いがにじみ出ているように思えてならない。あれほど文才にすぐれた長明が黙ってしまうしかない苦しみ。それを「やみぬ」と書くしかなかった長明。最後に「于時、建暦のふたとせ、やよひのつごもりごろ、桑門の蓮胤、外山の菴にして、これをしるす[13]。」と形式に従って書き入れる長明の苦渋は、思いやっても余りがある。

つまり、みずからを問い質していった結果、どうしようもないところへ追いつめられた長明は、奉請の儀礼を整える暇などなく、ただただ念仏を唱えるしかなかった。救われるかどうかなどわからないが、しかし、念仏を唱えるしかなかったのである。

以上、『方丈記』の「不請の阿弥陀仏」の「不請」の解釈について、「不奉請」ととらえるべきことを述べてきた。しかし、「請仏の儀式を修し、形式的に請仏することは自分をいつわることであるから、どうしても「奉請」の儀式をととのえることができなかっ[14]」たのでもなく、「長明は、仮に阿弥陀仏を請じ奉ることが儀礼としてできる財力や社会的地位をもっていたとしても、到底、請じ奉るに堪えない、心に恥ずる所があった[15]」のでもないと考える。また、簗瀬一雄氏がいわれる「長明はそれ（＝請仏の儀礼）をさえもととのえる暇を惜しんで、阿弥陀仏にすがらざるをえなかった自己を述べているものと思うのである。」といわれるのには、私も同感であるが、「弥陀への帰依という一道の光明を見いでた感動をもって、筆をおいた[16]」ととらえられるのには賛同しがたい。そこまで長明はいたったであろうか。

みずからに問いつめられた長明は、どうしようもなくなった時、他に何の手だてもない状況の中で、ただただ念仏を唱えるしかなかった。そこには、長明の深い苦渋がにじみ出ている。絶望したのでもないが、また救いを見出したのでもない。自問自答の結果、どうしようもなくなった苦しい長明の思いを私は感ずるのである。

長明の苦悩の告白は、『方丈記』の構成を崩すものであり、「住まずして誰かさとらむ」までをすべて否定するものである。しかし、そこには人間長明の苦悩が素直に出ており、それゆえに、『方丈記』が我々の胸を打つのであり、文学として高い評価を持つのであると考えるのである。

註

（1）『方丈記』の引用は日本古典文学大系『方丈記　徒然草』（岩波書店）による。以下同じ。

（2）山田昭全「「不請阿弥陀仏」私見」（日本文学研究資料叢書『方丈記　徒然草』所収・九一頁）。初出は『古典の諸相』冨倉徳次郎博士古希記念論文集〈一九六九年十一月〉）。

（3）瓜生等勝「『方丈記』の「不請の阿弥陀仏」考」（『解釈』一九六四年三月号所収）。同「再び『方丈記』の「不請の阿弥陀仏」について」（『下関商業高等学校創立八十周年記念論叢』〈一九六四年十月〉所収）。

（4）簗瀬一雄『方丈記解釈大成』（大修館書店・一九七二年六月）二五三～二五七頁。

（5）註（2）に同じ。

（6）芝波田好弘「『方丈記』の「不請阿弥陀仏」について」（『佛教文學』第三十五号・二〇一一年三月所収・一二四頁）。

（7）『真宗聖教全書一　三経七祖部』五六二～五六三頁。

（8）玉置韜晃「法事讃」（真宗聖典講義全集第三巻『三経七祖之部　下』所収・三四七頁）。

（9）論中にも断ったが、このあたりの論述は渡辺貞麿先生のご教示によるところが多い。あらためて一言しておく。

渡辺「仏前で「平家」を語るということ」(『真宗教学研究』第9号・一九八五年十一月所収)参照。

(10)　今村みゑ子は、『方丈記』終章について「「仏ノ教ヘ給フ趣キハ……(中略)……アタラ時ヲ過グサム」と猛省することになるのだが、それは「閑居ノ気味」の否定ではない。「暫シ」「タマユラ」の生を養う日常から、人生最後のステージに論を進めたのである。」とされ、「終章は、無常の世をいかに生きるか、から、いかに死ぬか、へと最後の命題を示し、往生を願う用意として懺悔を行う。……(中略)……こうして『方丈記』は、死を前に往生を願って懺悔することで、逆に「仮ノ菴」における閑居生活の、たまゆらの安心を肯定し、保障した。」と述べている(「鴨長明と『方丈記』―和歌との別れ―」〈『國語と國文学』二〇一二年五月号所収・五三～五四頁〉)。また、芝波田好弘氏は、「終章に記された執着の対象とは、仏道と数寄とではなく、草庵と閑居であろう。ここで問題とされるのは、執着の対象ではなく執着をもたらした根源なのである。」と述べ、「「心更ニ答フル事ナシ」という沈黙に、仏道と数寄との対立を読み取るべきではない。」とし、また、「作者は、両者(＝和歌・管弦)を仏道修行の前段階としての心を澄ますための手段として用いたのであろう。このような作者の認識が作品世界に投影していたとするならば、終章の沈黙に仏道と数寄との対立を読み取る必然性はなくなるものと考える。」(「『方丈記』終章の沈黙の意味について」〈『佛教文學』第三十八号・二〇一三年十月所収・九四～九五頁〉)というが、これは、終章の詰問は草庵に固執し閑寂に執着していることへのものであると考える拙論の理解とほぼ同意であると思う。

(11)　『方丈記』末尾は最初から意図されていたものであり、したがって、『方丈記』の構成も整ったものであるという論も多い。このことについては次節で触れる。

(12)　「やみぬ」について、これを『法華経』「不二法門品」における維摩の一黙をふまえたものとする論は、今成元昭をはじめ多くの論があるが、そのうち、芝波田好弘は、「この沈黙は(「貧賤ノ報」か「妄念」かという)設問の答えではなく、事物を相対的に捉える凡夫の思慮の限界を表現したものであろう」と述べている(「『方丈記』終章の沈黙の意味について」〈『佛教文學』第三十八号・二〇一三年十月所収・九八頁〉)。

(13)　今成元昭は、「蓮胤」について、「すべてが硬質な論文類にのみ見られるのであって、日常的な書簡には、その例を全く見ない。」として、「その主体が、俗界との関わりを潔癖に断ち切ったところの、「桑門」の覚醒者であることを表明しているのである。」（「『方丈記』管見」〈『文学』第13巻第2号・二〇一二年三～四月所収・一六三～一六四頁〉）という。また、『方丈記』最後の一文については、稲田利徳「「方丈記」の擱筆年月日の表象性」（『國語と國文学』二〇一一年十月号所収）の卓論がある。

(14) 註(2)に同じ。

(15) 神田秀夫（『国文学　解釈と鑑賞』一九六五年一月号）。

(16) 註(4)および簗瀬一雄『方丈記全注釈』（角川書店・一九七一年八月〈一九七八年六月四版による〉）二七九頁。

第三節　『方丈記』終章にみる長明の意図

一

「これでよしっ」。長明は大きくうなずいた。心血を注いで書き綴った『方丈記』がようやく完成したのである。彼は満足感に充ちていた。

思えば様々のことがあった人生だった。若くして父を失い、その後も「をり〳〵のたがひめ」に出会い、永く持ち続けていた鴨社の禰宜への望みも叔父の専横によって絶たれた。その理不尽な処置に逆上した彼には後鳥羽院の厚情も耳に入らず、彼は突然に大原の奥の出家者の中に身をくらました。しかし、出奔してはみたものの一時の激情が冷めてくると、大原での生活は彼の心を満たすものではなかった。「むなしく大原山の雲に臥して、また五かへりの春秋を」送った彼は、「六十の露消えがたに及びて」日野の外山に一宇の小庵をむすんだのであった。

しかし彼は、閑居の生活に入ったとはいえ、都の文化圏の人々の動向と無縁でいることはできなかった。しばしば都に出かけており、歌会に参加したこともあったようである。『方丈記』にも「おのづから、ことの便りに都を聞けば」とか「おのづから都に出でて」と、さらりとではあるが述べている。つまり、彼にとって、日野の閑居生活も心静かに落ち着けるものでは決してなかったのである。

その落ち着けない理由は何か。彼はみずからの才能、とりわけ文才に自負を持っていた。しかし、その才能も、このままでは山中の庵とともに朽ち果てるだけである。真の隠遁者であるならば、それこそ望むところである。しかし、彼はそうではなかった。文才に溢れた自分の名が命とともに消え去ることには、到底耐えられなかった。

そこで彼は、自分の名が後世に残るような一文をものしようと考えた。そして、時代を異にはするが私淑していた慶滋保胤の『池亭記』に倣い、『方丈記』を執筆することにした。また、一時の激情によって出奔、出家した彼ではあったが、それが後悔されるものだと認めることは彼のプライドが許さない。逆にみずからの閑居生活の正当性を弁じる必要があったことも、『方丈記』執筆のもう一つの動機であっただろう。

二

ゆく河の流れは絶えずして、しかも、もとの水にあらず。よどみに浮かぶうたかたは、かつ消え、かつ結びて、久しくとどまりたる例なし。世の中にある、人と栖と、またかくのごとし。(1)

長明は、全精力を込めて、『方丈記』を綴り始めた。典拠を探し、何度も何度も推敲し、対句、比喩、構成すべてにおいて気を配り、彼の文才を世に残しめるべく、懸命に綴った。人と栖を中心に無常の理を説き、そして無常の実例を挙げ、そういう煩わしい俗世を離れた生活こそが精神的自由を満喫できるものであることを得々として述べたその作品は、まさに名文の名にふさわしいものとなった。

綴っていくにしたがって、精神的自由を持ちえた閑居の生活への彼の思いは次第に高揚していき、その高揚した思いは、

若、人このいへる事を疑はば、魚と鳥とのありさまを見よ。魚は、水に飽かず。魚にあらざれば、その心を知らず。鳥は、林をねがふ。鳥にあらざれば、その心を知らず。閑居の氣味も、また同じ。住まずして、誰かさとらむ。

と高らかに言い切る。「住まずして誰かさとらむ」と言い切る長明には、閑居の生活を送っている自分に対する強い自負がうかがえる。

ここまで書きいたって長明は、「よしっ」と大きくうなずいたのである。まさに後世に残る名文が完成したのである。彼の『方丈記』執筆の動機も満たされ、また、閑居の生活の正当性も主張できた。彼は満足感に浸ったのである。

三

しかし、そこまで誇らかに語った後、ふと見上げると月は西に傾いている。その月と同様、自分の余命もいくばくもない。その自分が草庵に執着しているとは、仏道修行どころか仏の教えに背いているではないか。「住まずして誰かさとらむ」と高らかに言い切り、満足感に浸った次の瞬間に彼を襲った思いは、余命いくばくもない自分が草庵に固執していることへの反省である。いや、反省などといった生易しいものではない。閑寂に執着して仏の教えに背いている自分への詰問である。

抑、一期の月影かたぶきて、余算、山の端に近し。たちまちに三途の闇に向はんとす。何のわざをかかこたむとする。仏の教え給ふおもむきは、事にふれて執心なかれとなり。今、草菴を愛するもとがとす。閑寂に著するも、さはりなるべし。いかゞ要なき樂しみを述べて、あたら時を過ぐさむ。

しづかなる曉、このことわりを思ひつゞけて、みづから心に問ひていはく、世を遁れて、山林にまじはるは、心を修めて道を行はむとなり。しかるを、汝、すがたは聖人にて、心は濁りに染めり。栖はすなはち、淨名居士の跡をけがせりといへども、保つところは、わづかに周梨槃特が行ひにだに及ばず。若これ、貧賤の報のみづからなやますか。はたまた、妄心のいたりて狂せるか。そのとき、心更に答ふる事なし。只、かたはらに舌根をやとひて、不請の阿弥陀仏、兩三遍申して、やみぬ。

出家し、草庵に住するのは仏道修行のためではなかったのか。それなのに草庵に執着し、得々とその楽しみを述べているお前は、一体どうしたのか。みずから問い詰めた結果、長明は答えることができなくなってしまった(2)。どうしようもなくなって追い詰められた彼は、うめくように、救いを求めるようにして「不請の阿弥陀仏」を両三遍唱えるしかなかった。

四

この「不請の阿弥陀仏」については、前節において考察したところであるが、自問の結果どうしようもなく追い詰められた長明に、「奉請」の作法を行なう暇はなく、ただただ念仏を唱えなくてはいてもたってもおれなかった状況を物語っているのである。みずからに問い詰められてどうしようもなくなった長明は、他に何の手だてもない状況の中で、ただただ念仏を唱えるしかなかった。そこには、長明の深い苦渋がにじみ出ている。

その苦しさは、前段まで見事な構成、論理をもって述べてきた、そのすべてを否定し去ることをあえてせざるをえなかったほどである。得々と述べてきた悠々自適の閑居生活、その精神的に自由な生活のすばらしさを主張してきたことを、根底から否定せざるをえなかったのである。(3)ここにいたって『方丈記』の構成は崩れ去ってしまった。心血を注いで綴った名文としての『方丈記』は、ひいては文才溢れる自分の名を後世に残すというもくろみは、脆くも崩れ去ってしまった。しかし、長明は、それでも記さずにはおれなかったのである。

すでに述べたように、『方丈記』を書き上げた満足感に浸っている長明の心に次の瞬間に訪れたのは、草庵に執着している自分への深い自責の念である。草庵に在って仏道修行すべきはずの自分が、知らず知らずのうちに草庵に執着してしまっていたことへの深い反省である。それは何よりもしてはならない仏の教えに背くものである。このあたり、激しやすく冷めやすい彼の性格がよく表われていると思うが、長明はこのことに思いがいたった時、奈落の底に沈むように苦悩の底に落ち込んでしまった。今、閑居の生活のすばらしさを高らかに語ったことは、とりもなおさず草庵の閑寂な生活に執着していることであり、それは明らかに仏の教えに背いている。西に傾く月のようにみずからの余命はいくばくもないのに、この体たらくは何事か。長明は、心血を注いで書き上げたこの一文が、実は出家閑居して仏道修行を志したはずの自分から、はるかにかけ離れてしまった自分を物語っていることに気づいた。

得々として述べ、「住まずして誰かさとらむ」とまで言い切った悠々自適の閑居生活が、実は執心を戒める仏の教えに背くものであることに気づいた彼の心は、打ちひしがれていた。『方丈記』を見た後世の人が長明の草庵生活への執心に気づかないはずはなかろうということも、(4)長明の脳裏をかすめたであろうが、それよりも長明自身の心中でその執心への悔悟が強く大きくなっていた。

けれども、無常の理から説き起こし、閑居生活のすばらしさを説いて、みずからの出家遁世の正当性を主張したことを捨て去ることは、みずからの後半生を否定することになり、プライドの高い長明にはできない。しかし、それは仏の教えに背いている。両者の狭間で苦悩した長明は、仏に救いを求めるしかなかった。

みずから問い詰め、どうしようもなくなった長明は、ただただ念仏を唱えて仏に救いを求めるしかなかった。とても「奉請」の儀式を整える暇などない。「不請の阿弥陀仏」を両三遍唱えるしかなかったのである。最後の「やみぬ」という言葉に、長明の何ともいいようのない苦しい思いがにじみ出ているように思えてならない。あれほど文才にすぐれた長明が黙ってしまうしかない苦しみ、それを「やみぬ」と書くしかなかった長明。最後に「于時に、建暦のふたとせ、やよひのつごもりごろ、桑門の蓮胤、外山の菴にして、これをしるす」と形式に従って書き入れる長明の苦渋は、思いやっても余りがある。

長明の苦悩の告白は『方丈記』の構成を崩すものであり、「住まずして誰かさとらむ」までをすべて否定するものである。しかし、そこには人間長明の苦悩が素直に出ており、それは、現世の美の象徴である花に執着する自己をみつめた西行の、やはり人間としての苦悩に通じるものであり、我々の胸を打つものである。そして、結果、長明の執筆当初の思いとは異なったが、『方丈記』は、今日まで文学として高い評価を得るにいたったのである。

五

さて、私は『方丈記』をこのようにとらえ、『方丈記』の文学的価値は、「住まずして誰かさとらむ」までの文章の見事さもさりながら、その末尾にこそ在ると考えるのであるが、ここで、それまでのすべてを擲ってまでその末尾の一節を記した長明の心境を、視点を変えて考えてみたいのである。

長明の『方丈記』執筆の動機については、前述したように、みずからの名を残すためにその文才を駆使して名文をものすることと、閑居の生活に在るみずからの正当性を主張することにあったと考えるのであるが、その後者について、彼は実際には、草庵において俗世との関係を絶ち、ただ一人悠々自適の精神的に自由な生活を送ることに心底から満足していたのではなかった。それは、大原の奥でのことではあるが「むなしく大原山の雲に臥して」と記していることからもうかがえる。たしかに、日野の外山の草庵のようなただ一人の生活とは異なり、大原では出家隠遁の生活とはいえ同じような隠遁者が複数いたのであり、そこでの人間関係の煩わしさも「むなしく」という理由の一つではあっただろうし、また大原の出家者たちの文化レベルとのギャップもあったかもしれない。しかし、日野の草庵に住してからも、長明はしばしば都に出かけている。彼は、俗世の煩わしさから離れ、草庵で自由な孤独の生活を送りながらも、やがて誰にも知られることなく朽ち果てていくことを願っていたのでは、決してなかった。ただ、このことは長明一人のことではなく、当時の隠者といわれる人たちが、多かれ少なかれ、仏道修行者としての立場にありながら知識人としての立場を完全に捨て去ることができず、したがって隠遁者のようにすべてを捨て去り、奥深い山中のような「絶域他方」に姿をくらまし、俗世との縁を完全に断ち切るというようなことはできず、人里近い所に草庵を結んだことと同様である。隠者は真の隠遁者ではなかったのである。何よりも、長明が『方丈記』を書き残そうとした動機自体が、このことを物語っている。

しかし、みずから選択した閑居の生活に満足できていないことを素直に語ることは、彼のプライドが許さなかった。激しやすく冷めやすい性格から大原の奥に姿をくらましたものの、冷静になってみれば都の文化圏の外に飛び出してしまったことは後悔されることであった。しかしいまさら都に戻るわけにはいかない。都に戻って出家前のような文化圏内での生活はいまさらできない。都へ戻れば、出奔したことが誤りであったとみずからに認めなくてはならないからである。よって、大原での生活では文化的欲求が満たされなかったことを理由に、大原の奥に比していろいろな意味において都との距離が近い日野へと居を移したのである。「むなしく」の内容が何であったか長明はふれていないので詳らかではないが、事実はともかくとして、『方丈記』で記す「むなしく」はそういう意味で表現したのではないか。そして日野の閑居生活も隠遁者としての生活であり、それは出家して大原で送った生活の流れの延長上にあることになり、何ら矛盾はないことになる。

長明は『方丈記』において、なぜ出家して隠遁生活に入ったかを説き、その生活がいかに心休まるものであるかを語る。すなわち、この世の無常を説き、その実例を挙げ、そのような煩わしい俗世を離れたことの正当性を主張する。そしてその草庵生活がいかに精神的に自由ですばらしいかを語るのである。その語りは次第に熱を帯びていき、遂には「住まずして誰かさとらむ」と高らかに言い放つところまで高揚した。

しかし、長明は、みずからの心が実は一時の激した感情によって閑居の生活に入ったことを後悔しているということを知っている。俗世、すなわち都の文化圏との縁を完全に断ち切ることを望んでいない、いや、断ち切るどころかどこかでつながりを持ちたいと望んでいる自分の心を知っている。ここにいたって長明は、みずからの心の中に渦巻く矛盾に苦悩するのである。それならばここで、書き上げた一文を破棄すればよいのである。しかし長明は、ここまで書き上げたものを破り捨てることはできなかった。それは、一つにはみずからの名を後世に残したいという思いであり、一つにはなぜ自分が閑居の生活に入ったかを語り、そのすばらしさを語ることでその正当性を主張するものであったからである。いずれも、その根底には、彼の才能溢れる知識人としてのプライドがある。いまさら、みずからの出家遁世を一時の激した心によるものであって後悔していることであると素直に認めることはできない。自分はどこまでも無常の俗世をみつめ、論理的思考の結果、精神的自由を得たのである。それを、実は後悔されることであったと素直に認めることは、五十歳にして出家してからこれまでの人生をみずから否定することになる。世間の人がどうみるかもあっただろうが、彼自身に対してもそれを認めることはできなかった。

このみずからの心中に渦巻く矛盾をどう解決したらよいのか。行き詰まってしまった長明がそこで採った手段は、仏にすべてを委ねるという手法である。仏によってみずからの行為を指摘され、それに対して深く反省するという手法である。自己の心中の矛盾による人間としての苦悩を、一段と高い仏の声によって解決する、いわば人間レベルの問題を仏のレベルに止揚することによって一挙に解決をはかるのである。『方丈記』終章は、自問のかたちをとりながらも、仏の教えによってみずからの咎を指摘され、その指摘にただただひれ伏すというかたちになっている。こうすれば、長明という人間レベルでの矛盾は仏のレベルに止揚され、長明自身の不明を恥じることにはならない。仏に指摘され、叱られたのであるから。

六

実は、人間レベルの問題を仏のレベルに止揚して一挙に解決をはかるという手法は、仏教説話においては頻繁に用いられる手法である。たとえば、つとに有名な『今昔物語集』巻十九第十四話「讃岐國多度郡五位、聞法即出家語」がある（『発心集』にもある）。讃岐の源太夫は国人も恐れるほどの乱暴者だったが、ある時、講を見かけ、物珍しさから中へ入った彼は、講師の説く教えにたちまち出家し、「阿弥陀佛ヨヤ、ヲイ〳〵」と呼び、鉦を叩きながらひたすら西へ西へと進み、最後は西に海の開けた絶壁の樹上で阿弥陀仏の「此ニ有」という声を聞いて往生を遂げたという話である。この話は仏教説話の傑作ともいえる感動性の高い話であるが、源太夫は、

心極テ猛クシテ、殺生ヲ以業トス。日夜朝暮ニ、山野ニ行テ鹿鳥ヲ狩リ、河海ニ臨テ魚ヲ捕ル。亦、人ノ頸ヲ

切リ足手ヲ不折ヌ日ハ少クゾ有ケル。亦因果ヲ不知シテ、三寶ヲ不信ズ。何況ヤ法師ト云ハム者ヲバ故ニ忌テ、當リニモ不寄ケリ。如此クシテ悪奇異キ悪人ニテ有ケレバ、國ノ人ニ皆恐テゾ有ケル。(5)

といった極悪人である。その源太夫が、説経の講師から教えを聞いた途端、発心出家し、最後は阿弥陀仏の声を聞いて往生を遂げたというのである。たしかに、発心出家すること自体に功徳があることは仏教で広く説かれることではあるが、そうとはいえ、今まで積み重ねた悪行については、何の懺悔も語られていないし、滅罪も語られていない。仏教説話を相手にしていると、このような話に頻繁に出会い、また何の疑問も抱かず当然のように受けとりがちであるが、考えてみればおかしなことである。何の罪滅ぼしの行為もなく、ただ発心出家して極楽往生を遂げるのである。

これは、人間レベルでの罪を、仏に帰依し、仏の救いにあずかったことによって一挙に消し去ってしまう手法である。つまり、人間レベルの問題を一挙に解決する手法として、仏レベルに止揚するということがなされるのである。そこに仏・菩薩の功徳の広大さを実感させるという仏教説話たる意味があるのであるが、こういった手法は、頻繁にみられるのである。

今、長明が、『方丈記』終章において、仏の教えに背いている自分をみずから責め、そして黙するしかなくなって、ただただ仏にすがり、「不請」の念仏を両三遍唱えるしかなくなってしまったとすることは、長明という人間レベルの問題を仏のレベルに止揚するという手法を用いることによって、みずからの心中の矛盾を、みずから傷つくことなく解決をはかったということなのである。(6)

七

さて、『方丈記』終章に関して、私は、すでに前節や本節でふれたように、終章は「住まずして誰かさとらむ」と高らかに言い切り、満足感に浸った次の瞬間に長明を襲った思いであり、終章によって「住まずして誰かさとらむ」とまで述べ来ったことを否定し、それによって『方丈記』の構成も崩れ去ったと考えるのであるが、これに対して、終章は最初から構想されたものであり、『方丈記』は整然とした構成を成しているとする論は多く、早くは永積安明氏・西尾実氏をはじめ、桜井好朗氏・今成元昭氏などの論はその代表的なものである。

『文学』第13巻第2号（二〇一二年三～四月）は、「『方丈記』八〇〇年」と銘打って座談会を掲載するが、その中で稲田利徳氏は「不請阿弥陀仏」云々について「最初からこういう終わり方をするというのが長明の企図したところではなかったかという気がします。」（二四頁）と語られている。また、浅見和彦氏も「『方丈記』は、初めから最後までうまくきれいに仕上げられている作品ですね。」と語られ、稲田氏も「見事な構成ですね。」（二六頁）と応じておられる。

また、今村みゑ子氏は、終章における「猛省」は「閑居の気味」の否定ではなく、「「暫シ」「タマユラ」の生を養う日常から、人生最後のステージに論を進めたのであ」り、終章は「臨終の用意の必要である」と述べ、序章で確認した「都の人と栖」の無常は、これまでの論による閑居の獲得と相対的な価値観によって克服した。次に構成上必要となるのは、「人」の無常という最終的な命題に向き合うことである。『方丈記』は自署が示すように蓮胤の書である。

と述べて、「終章は初めから構想されていたはずである。」とされる。

氏はまた、終章はしばしば指摘されてきたように「懺悔」にあたるという見解に立ち、
終章は、無常の世をいかに生きるか、から、いかに死ぬか、へと最後の命題を示し、往生を願う用意として懺悔を行う。長明が実際に臨終を迎えようとしているわけではなく、あくまでも『方丈記』という作品における構成であり文脈である。こうして『方丈記』は、死を前に往生を願って懺悔することで、逆に「仮ノ菴」における閑居生活の、たまゆらの安心を肯定し、保障した。周到な構成と論理によって完結していると見ることができる。(7)
と述べられている。

また、『方丈記』は『池亭記』を倣ったものであることは早くから指摘されているが、『池亭記』が謙遜の言葉で結ばれ、その後ろに擱筆の日付が記されていることに関して、木下華子氏は「これは『方丈記』の奥書の方法と合致する」と指摘し、「このような謙辞と擱筆の日付で「記」を閉じること」は、「菅原道真の『書斎記』や兼明親王（前中書王）の『池亭記』においても同様であった」とも指摘した上で「つまり、家居の記の文学史において、謙辞という作品終結の方法は十分に存在した。むしろ、そのような方法が倣うべき先蹤であったと考えられるのであ」ると述べ、終章を謙辞・予定されたレトリックであるとする大曽根章介氏や三木紀人氏の説に従いたいとされるのである。

さらに氏は、「『方丈記』が用いた問答という形式」に着目し、「このように見てくると、作品に展開される問答とは、問責・追及の手段というよりも、論を展開し事の理を明らめるための叙述方法の一つだと考えられよう。」と述べて、「従って、『方丈記』終章とは、仏道心の不徹底さという「謙辞」の枠組みの中で展開される言説空間なのであり、そこに用いられた形式が「問答」であったと考えたい。」とし、「それはもちろん、あらかじめ準備され

た方法であり、作品の構想の内にあったものである。(8)」とされるのである。

氏はまた、「かたはらに舌根をやとひて」に関して、「舌根」という語が「迷いの根源となる汚れたもの、修行によって清浄に保たねばならぬ存在であり、仏の名を唱える行為に用いるにはそぐわない語である」ことと、「「心」が「カタハラニ舌根ヲヤトト」うという行為が、心からの念仏ではなく、仕方ないかりそめの行為に見える」ことにこだわって考察し、

長明はその「舌」を汚れや罪障を纏う「舌根」の語で表現して、「不請阿弥陀仏」と仏の御名を唱えさせている。しかも、「両三遍申テヤミヌ」と二三度の口称で止まったまま事態が放置されたような終結の仕方、「舌根ヲヤトト」う＝「他者に頼む」というような表現とも相俟って、心からの積極的な念仏という印象を削いでいるのは事実だ。

と述べた上で、

しかし、そのような自嘲めいた物言いにこそ、終章の謙辞たる所以があると考えられるのではなかろうか。汚れた舌根ではあるが、それこそが、阿弥陀仏の名を唱えるものであり、その結果としての往生を可能にするもの。そのような重層的な意味を、この箇所に見出せると思うのである。(9)

と、ここからも終章が謙辞であることを根拠づけられている。

そして氏は、

以上、作品の方法という文脈から、『方丈記』終章を謙辞として読み解いてきた。謙辞とはしたが、厳密に構成されたこの終章には、謙辞を擬装して現れる長明の思想の一端を垣間見ることができよう。(10)

と述べている。すなわち、氏もまた、『方丈記』終章は構想されたものであるとの立場に立っておられるのである。

以上、『方丈記』終章に関して、これが最初から構想されていたものなのかどうかという点を中心に、諸氏の論をみてきたが、そのほとんどは、最初から構想されたものであり、『方丈記』は首尾一貫した構成を成しているととらえられている。

八

しかし、『方丈記』終章は、「住まずして誰かさとらむ」と高らかにいい切り、満足感に浸った次の瞬間に長明を襲った思いであり、終章によって「住まずして誰かさとらむ」とまで述べ来ったことは否定され、それによって『方丈記』の構成も崩れ去ったと考えるところの私の理解と、終章は最初から構想されたものであり、したがってその構成も首尾一貫しているとされる諸氏の御見解とは、対立するものではないのではないか。

すなわち、語弊を怖れず端的にいってしまえば、私の理解は、『方丈記』という作品が語ることを受けとる立場、つまり、いわば作品の中に入って作品が語るところを読み取ろうとする立場であり、これに対して、『方丈記』終章が最初から構想されたものであり、したがって『方丈記』の構成は首尾一貫しているとする立場は、『方丈記』の外側から作者の意図を考える立場である。作品の語るところを素直に受けとる立場と、作品の中から作者の意図を読み解く立場の違いである。

文学はあくまでも作品が対象であって、作者の実像が対象ではない。作者はどこまでも作品を通してうかがえる作者でなくてはならない。『方丈記』の中で長明は「茅花」や「岩梨」、「零余子」、「芹」、「木の実」などを食し、「落穂を拾ひて、穂組をつく」ったとある。これをとらえて、出家するまでの五十年ほどを貴族社会で暮らした長明にできることではないと指摘することは無意味である。『奥の細道』で芭蕉は佐渡ヶ島を見られるルートは通らなかったとか、市振の宿に遊女は泊まっていなかったなどということも同様である。『方丈記』の中の長明はどこまでも木の実などを食していたのであり、『奥の細道』の中の芭蕉は佐渡ヶ島を見て「荒海や」の句を詠んだのである。また、長明は『方丈記』のなかで「もとより妻子なければ」というが、『鴨長明集』から妻子がいたことがわかっている。しかし、これを指して『方丈記』の内容はうそ偽りであると指摘しても無意味である。『方丈記』の中の長明に妻子はいなかったのである。どこまでも作品中にみられる作者をみなくてはならないのである。作者はどこまでも作品を通してうかがえる作者でなくてはならない。芝波田好弘氏は、『方丈記』に関する論を展開するにあたって、

本稿では『方丈記』を記した蓮胤（俗名・鴨長明）を作者と、『方丈記』の主人公を「彼」と表記する。これは、『方丈記』は執筆当初から結末を構想して書かれたものであり、主人公たる彼は作者の雛型とはしているものの、決して作者そのものではないと考えるからである(11)。

と、実際の作者長明と『方丈記』中の主人公長明とを、はっきりと区別しておられる。

したがって、よく論点として指摘されるところの、『方丈記』終章を長明の内心の懊悩の告白とみるか、作品構成上あらかじめ準備された方法とみるかということは、実は、作品の意図と作者の意図の理解であり、論点として対立するものではないのである。

今、『方丈記』終章は、「住まずして誰かさとらむ」と高らかにいい切り、満足感に浸った次の瞬間に長明を襲った思いであり、終章によって「住まずして誰かさとらむ」とまで述べ来ったことは否定され、それによって『方丈記』の構成も崩れ去ったと考えるところの私の理解と、終章は最初から構想されたものであり、したがってその構成も首尾一貫しているとされる諸氏の見解とは、対立するものではないのではないかと考えるのである。今、本節

で述べ来たったことも、作者の意図を探るものであり、その意味では、長明の構想を論じている点において、諸氏の論と同じ土俵に立っているのであろう。その構想時が、執筆前なのか、終章の前まで書き進んだ次の時点だったのかの違いはあるが。

すなわち、文学としては、素直に作品の中での表現を受けとるのが正しいのであろう。しかし、人間の精神的営為の表出たる文学の受容という意味において、作者が作品を仕上げる、その過程の心理に注目することも、間違いなく人間の精神的営為をみつめていくという意味において、決して無意味なことではなかろう。虚構を用いるその奥に作者の精神的真実があるのである。なぜ長明は食べることもできない木の実を食べたと記したのか、なぜ長明は妻子もいないと語るのか、芭蕉はなぜ泊まりもしていなかった遊女と同宿したと記したのかと考えることは、人間の精神的営為の表出としての文学を受容する上において必要なことである。

今、『方丈記』終章について、すでに述べたように、そこに長明の人間的苦悩を見、その正直な告白と受けとって感動することこそ、正しい受容の仕方であろう。それを、あれこれと詮索することは、文学受容の方法としては間違いかもしれない。しかしまた、長明がなぜ、それまでのすべてを擲ってまで終章を記したのかを考えることも、『方丈記』という作品を書き記した長明という一人の人間の精神的営為を探ることであり、『方丈記』理解に決して無意味ではなく、資するところも大きいと考えるのである。

註

（1）日本古典文学大系『方丈記　徒然草』による。以下同じ。

（2）「心更に答ふることなし」について、木下華子は、「ここで注意したいのは、「答えることができない」のではなく、「答えない」ということだ。」と述べ、その根拠として「当該箇所を不可能で取る先行研究は多いが、副詞「更に」が否定表現と呼応する場合に持つ意味は、不可能ではなく、強い否定である。『無名抄』と『発心集』における用例を見ても、「更に」と否定語が結びついて自動的に不可能の意となるものは見出せず、不可能を表現したい場合には可能の意を持つ語が配されている。」と述べている（「『方丈記』終章の方法」〈『文学』第13巻第2号・二〇一二年三〜四月号所収・九八頁〉）。たしかに氏のいわれる通りで、直訳すれば「心は全く答えることがなかった」となろう。しかし、「答えなかった」ではなく「答えることがなかった」のであり、それは「心は答えること（もの）を持ち合わせなかった」という意であり、それは「答えることができなかった」という不可能の意に通ずるのではなかろうか。氏はさらに「答えなかった」理由として、「口業を守る」ためであったことと維摩の一黙を模したことの二点を挙げている（同上・九八〜九九頁）。前節註(12)も参照。

（3）前節の註(10)参照。

（4）この長明の自己批判については、木下華子も「読み手の批判を先回りして封じる役割をも果たしていようか。」と述べている。（「『方丈記』終章の方法」〈『文学』第13巻第2号・二〇一二年三〜四月号所収・九八頁〉）。

（5）『今昔物語集』の本文は、日本古典文学大系本（岩波書店）による。

（6）たしかに、法華懺法や、長明の要請で作られた禅寂の『月講式』にも引かれる『普賢経』などに説く懺法は、長明にとって周知のことであったであろうし、今、私が述べていることも「懺法」の一語で片づくことかもしれない。しかし、法華懺法のように懺法を行なうということは、事戒について、自分で懺悔し、戒師なしで受けなおす自誓受を行なうことである。はたして『方丈記』終章のみずからへの詰問は自誓受をなしたといえるであろうか。私には、自誓受を行なった、つまり懺法を行なったというには不十分というか、程遠いと思われるのである。詳しくは、第二章第一節参照。

（7）今村みゑ子「鴨長明と『方丈記』—和歌との別れ—」（『國語と國文学』二〇一二年五月特集号所収・五三〜五四頁）。

（8）木下華子「『方丈記』終章の方法」・『文学』第13巻第2号（二〇一二年三〜四月所収・九六〜九七頁）。

（9）註（8）に同じ。一〇一～一〇二頁。
（10）註（8）に同じ。一〇五頁。
（11）芝波田好弘「『方丈記』終章の沈黙の意味について」（『佛教文學』第三十八号・二〇一三年十月所収・九一頁）。

第四節 『徒然草』にみる人生観――『徒然草』第四十段の解釈をめぐって――

一

因幡國に、何の入道とかやいふ者の娘、かたちよしと聞きて、人あまたいひわたりけれども、この娘、たゞ栗をのみ食ひて、更に米のたぐひを食はざりければ、「かゝる異様のもの、人に見ゆべきにあらず」とて、親、ゆるさざりけり。(1)

いうまでもなく、『徒然草』第四十段であるが、ここにおいて作者吉田兼好は、みずからの感想なり意見を一言も述べていない。ために、古来、この一段の理解をめぐって様々な解釈がなされている。

江戸時代の注釈書の意見については、『徒然草講座』第二巻において、横井博氏が三説にまとめている。それによると、

一、みずから足らざることを知って退くことを心得ている入道の殊勝さを賞讃したのであるというもの。（『徒然草諺解』、『徒然草参考』など）

二、娘を人並に縁づけてやらなかった入道の不明をとがめたものであるというもの。(『貞徳抄』)
三、単なる奇談を書いただけという説。(『文段抄』など[2])
の三説である。明治以降の諸注は、ほとんど第三の奇談説をとっているようである。

これに対して、小林秀雄氏は「これは珍談ではない[3]」といい切っている。しかし、小林氏は第一説や第二説にくみするわけではない。この点について、横井博氏は前掲書において、次のように述べている。

氏の批評は、これまでのすべての注釈書が問題にしてきた(あるいは囚われてきた)、この一般の意味内容如何ということには全く触れず、ただその表現のスタイルについてだけ注目された点が、全く新しい。つまり氏はこの作品が「鈍刀を使って彫られた」ものであり、「言いたいことを言わずに我慢して」(すなわち、言葉を極端に刈り取って)書かれたものである点に注目された。簡朴で無口なこの作品のスタイルに人々の目を向けさせたのである。

小林氏は単にスタイルだけに注目されたかのように見えるが、もちろんそうではない。簡朴であり無口だというようなこの作品のスタイルが、そのためにかえって、非常に強い暗示力をもち、読者のさかんな想像力を喚起する点にこそ注目されているのである。では、この作品がどんな想像力を喚起するのか。——氏は遂にそれを説明されなかった。それを説明しようとして、話をつまらなくしてしまったのが、これまでに見てきた多くの江戸時代の注釈者たちであった。氏はそうした注釈や説明の無意味さをよく知っていられた。入道親娘の振舞は、この作品のなかにぬきさしならぬ形象性をそなえたものとして完結しているのであり、それを説明しようとすれば、その生々たる生体験は寸断され、抹殺されてしまうであろうことを、氏は知られるが故に、説明は一切ぬきにして、ただこれを名作と断じ、そのなかにこめられた表現力について人々の再認識を促すに止められたのであるに違いない[4]。

長文の引用になったが、小林氏の論を的確にとらえており、蛇足を加えないほうがよいとする。私も横井氏のいう通りだと思う。たしかに小林氏の説の如く、「説明しよう」とすれば、「話をつまらなくしてしま」うのだが、あえてその「無意味」なことを考えてみたいのである。

つまり、私が今考えてみたいのは、兼好がこの話をどのように受けとったかということである。安良岡康作氏は、「深い含蓄や高い表現性を認めることは、どう考えても無理である[5]」ととらえ、単なる珍談としながらも、

本書中には、説話的表現によりながら、この段のような、単なる説話に終らず、著者の芸術的、人間的感慨の寄託されている段々が少なくない[6]。

といい、本段は兼好の人間的感慨は寄託されていないとするけれども、『徒然草』中にはそのような兼好の人間的感慨が寄託されている段が多いことも認めている。

およそ、人が「書く」という行為をなす時、そこには必ず何がしかの意図があるはずである。この段を書きとめた兼好の意図が、一つの奇談としてのものであったということも考えられるが、はたしてそうであったのか。

しかし、この第四十段のみをいかにみつめていようとも、兼好の心は明らかになってはこない。つまり、『徒然草』という総体からこの一段を考えてみなければならない。換言すれば、『徒然草』全体に流れる兼好の思想から、ふりかえってこの一段をみつめなければならない。

その意味から、『徒然草』の数多いテーマの中の代表的なものである、仏教についての考え方を通して、『徒然草』にみられる兼好の思想をうかがい、その上で、第四十段を書きとめた兼好の心を、あらためて考えてみたいのである。

二

『徒然草』には、求道精神を説く章段が多くみられる。たとえば第五十八段では、

道心あらば、住む所にしもあらじ。家にあり、人に交はるとも、後世を願はんに難かるべきかは。

という人に厳しく反論し、一度仏道に入って俗世間を避け嫌うような人は、たとえ欲望があっても、権勢ある人の飽くことを知らぬ欲望の激しいのと同様であるはずがないと述べ、

人と生れたらんしるしには、いかにもして世を遁れんことこそ、あらまほしけれ。ひとへに貪る事をつとめて、菩提におもむかざらんは、萬の畜類に變る所あるまじくや。

と、遁世すべきことを主張している。このような求道精神を鼓舞する章段は、諸縁を離れるべきことを説く第七十五段をはじめ、五十九・七十四・百十二・百五十五・百八十八段等、何ごとも捨てて出家すべきことを説いている。そして、その求道は、第十七段や第七十五段にみられるように、静処においてなされることを望んでいる。その心底には、第十七段に「つれ〴〵もなく」と述べているように、諸縁に執することもない生活を志すものがあるけれども、このように静処での修行を好むのは、大寺におけるいわゆる高僧なるものをそれほどほめたたえていないのを考えあわせて、やはり、遁世を志向しているのであることを知るのである。

しかし、一方では、第百四十二段や第百五十七段のように、俗世を肯定する考えも披瀝している。第百四十二段は、東国の「荒夷」の有名な一段であるが、そこにおいて兼好は、

世をすてたる人の、萬にするすみなるが、なべて、ほだし多かる人の、萬にへつらひ、望ふかきを見て、無下に思ひくたすは僻事なり。

と、その人の心になって考えよと述べ、第百五十七段では、事理不可分の思想にもとづいて積極的に諸縁をとらえるべきであるとする現実的な態度を示している。さらに、先にもふれた第五十八段では「道心あらば……」について、（遁世は現実には容易ならざることであるが）それが意志弱くしてできないならば、世の人は「背けるかひなし。さばかりならば、なじかは捨てし」と言うであろうが、こう言う人たちに対して兼好は、「無下の事なり」と述べ、一途な修行を志しながらも、その困難さに同情しており、一途な遁世への許容がうかがわれる。また、百五十二・百五十三・百五十四の章段は個性の強い人物であった日野資朝に関しての段であるが、そのうち、第百五十四段において、資朝は「異様に曲折ある」植木を好んだが、それは本来の姿ではないことをさとって皆掘り捨ててしまったことを、兼好は「さもありぬべき事なり」と共感している。出家者はどうかすると非世間的な異様を誇示して尊敬を得ようとするが、それを兼好は否定しているのである。

このように出家遁世についてみてくると、兼好の内部に矛盾があるようにもみえはするのであるが、はたしてそうであろうか。

三

『徒然草』には、いわゆる高僧を高僧として扱わないところが多くみうけられる。

第百五十二段で、西大寺の静然上人が「腰かゞまり、眉白く」徳ある様子で内裏へ参上された時、「あなたふとの氣色や」とみた西園寺内大臣殿とは違って、資朝は年が寄っているだけで老いたむく犬とどこが異なるかと皮肉る。これを記す兼好にも、僧綱の高い僧は尊敬せねばならないという官寺仏教の世界を心よしとはしなかった気持ちがあったのであろう。

さらに『徒然草』には滑稽もしくは愚劣なこととして笑いをそそる話があるが、それらの話には出家者がかなり多く登場する。出家者の、世間から話題とされる失敗、不幸、破戒などが記されている。しかし、出家者への尊敬を失わせるようなこれらの話は、ただ滑稽な笑いで終わってはいない。面白いことには違いないが、そこには、出家者が世俗的な状況の中で生きる自由な姿がとらえられているのである。侮蔑の気持ちなど少しもないのである。

たとえば、第六十段では、仁和寺の真乗院の盛親僧都という学僧は「いもがしら」の大食漢であったが、師匠から譲り受けた銭や坊まで芋の代金にしてしまうほどの人であった。この、「いもがしら」が好きであるということを貫き通す僧都に対して、兼好は、「誠に有り難き道心者なり」ととらえているのである。同様に、第五十二段の一人で行ったために石清水八幡宮に参詣しそこなった仁和寺の僧の話や、第五十三段の足鼎をかぶって抜けなくなった同じく仁和寺の僧の話、第百六段の口論をした高野の証空上人の話などにおいても、兼好は決して、これらの僧を非難しない。

こういった兼好の眼は、出家者の出家者らしからぬところを讃め、大寺にあって高僧然としている人を批判しているともいえようが、むしろそこには、出家者といえども人間であるという考え方がみられるのである。

このように高僧を否定しているのは、『撰集抄』等の仏教説話集において、遁世への志向を主張する一つの根拠となるものである。仏教説話集に限らず、高僧否定→遁世の高揚がパターンであった。しかし『徒然草』では、先にふれた俗世の肯定（第百四十二・百五十七段）とともに、高僧の否定はすなわち、人間性の肯定なのである。出家者について特別なものを認めていないのである。むしろ、あるがままに自由な人間として生きるものが出家者であるとしている。先述した高僧の否定においても、それが、より一途な遁世ではなく、出家者にも人間性を認めるものであることがうなずかれよう。

この人間性の肯定は、出家者にも人間的自由を認めようとするものであるが、それはまた、信仰の自由にさへも及んでいる。第二百二十二段は、法然の弟子となった乗願房が東二条院に参上したところ、死者の追善には何が利益があるかと尋ねられ、光明真言や宝篋陀羅尼がよいと答える。このような話には、その所属する信仰にこだわらないものがうかがわれる。平安朝に比して宗派性が強まって来つつあった兼好の時代にあって、信仰にも自由があるという兼好の考え方が表われているといえよう。

このようにみてくると、先にふれたところの、出家遁世について、一方では一途なものを説き、一方では出家の許容を説く、一見矛盾したものも、決して矛盾ではなく、あるがままというよりは、自由な信仰を志す、兼好の余裕の表出ではなかろうか。

第四段で、「後の世の事」を「心に忘れず」と、物静かな、しかしそれゆえに持続するものとしてとらえ、「佛の道」を「うとからぬ」と、これも、しっくりと落ち着いた生活態度にとらえているところに、兼好の心が表われている。しかも、それを「心にくし」と述べる兼好の心境は、第一段で、増賀ひじりを挙げた後、「ひたふるの世すて人」について、「なか〱あらまほしきかたもありなん」と消極的に述べる心境とともに、決してひたむきにならない、余裕をもった態度であるといえよう。同様な点は、第三十九段の法然上人の話にもみられる。

四

次に、『徒然草』に説かれている無常観について、みてみたい。

『徒然草』の諸処には、無常が切迫したものであることを厳しく説く。それは、無常の切迫を説いて一刻の猶予も許さない。たとえば、第四十九段では、人はたゞ、無常の身に迫りぬる事を心にひしとかけて、束の間も忘るまじきなり。さらば、などか、この世の濁りも薄く、佛道を勤むる心もまめやかならざらん。

と述べた後、死の迫っていることを『禅林十因』を引いて火のついた状況に喩えている。その口ぶりは非常に厳しく、まさに背後に闇の迫っていることを眼前に浮かばしめるものである。また、第七十四段では、

身を養いて何事をか待つ。期する處、たゞ老と死とにあり。その來る事速かにして、念々の間に止まらず。これを待つ間、何のたのしびかあらん。惑へるものはこれを恐れず。名利に溺れて先途の近き事をかへり見ねばなり。愚かなる人は、またこれを悲しぶ。常住ならんことを思ひて、變化の理を知らねばなり。

と説き、第百五十五段では、

死期はついでをまたず。死は前よりしも來らず、かねて後に迫れり。人皆死ある事を知りて、まつこと、しかも急ならざるに、覺えずして來る。沖の干潟遙かなれども、磯より潮の滿つるが如し。

と、無常について厳しく説いている。

しかし、切実な無常観を述べているが、よくみると、急迫した感よりも、傍観者的にみえることも否めない。切実に述べてはいるが、しかし、それは表現上のことと考えられなくもなく、淡々と述べている面、すなわちそれほどわが身のものと受け止められていないとみる説もあるのである。

しかし、それは、第四段にみられるように、また先述したように、出家者としての人間的自由の結果であって、決して兼好の傍観者的なものではない。出家者であっても、人間性と自由さを欠如せねばならないものではないという考えが、そのように読者に思わしめているのである。

すなわち、兼好は寺にあって修行を行なったが、寺の中で、世俗と変わらぬ僧の世界と真摯な修行とを知った。

そして、遁世生活の中における無常とは何であるかを知ることができた。現実の俗世間のみに無常があるのではない。出家の世界にも無常はある。この両方の世界の無常を認識するところに、兼好の無常観の特色がある。つまり、兼好の無常観は出家の世界と俗世との区別がなく、無常は人間すべてにあるのだという認識である。第百三十七段の後半では、

　世を背ける草の庵には、閑に木石をもてあそびて、これを余所に聞くと思へるは、いとはかなし。しづかなる山の奥、無常のかたき競ひ來らざらんや。その死にのぞめる事、軍の陳（マヽ）に進めるに同じ。

と述べている。

すなわち、ここにも兼好の余裕をみるのである。つまり、普通一般の遁世は、無常から逃れるためであり、来世を願うためのものであった。これに対して兼好は、遁世の身にも無常の風は吹き来たることを体験的に知り、したがって、無常を逃避するための遁世が何の益ともなりえないことを認識した結果、無常を無常として冷静に眺める余裕を持つことができたのである。この余裕ある態度から眺められた無常観は、それまでの一般的な無常観（無常をさとった結果、そこから逃れる方法として出家遁世をとらえる考え方）に慣れた眼からみた場合、真摯な切実なものもみえる反面、どこか冷えきった他人事のようなものとみえるのも当然である。しかし、それが矛盾でないことは、上述したことで理解されよう。

元来、衆生済度のためのものであった仏教の無常観は、滅びへの直結に重きを置いたために、人々をいたずらに絶望感の淵へ追いやった。そもそも無常観は、すべてのものは常ではなくうつりかわるという輪廻を説くものであるのだが、実際面において強調されたのは必滅の身の絶望感であった。

兼好がこのような認識を持っていたかどうかわからないが、少なくとも、出家の身にも無常はかわりないことを

知ったことによって、無常を冷静に眺めることができたはずであり、したがって、それまでの遁世のような真摯な、悪くいえば遁世にしがみつく態度が生まれ出ないのも当然であろう。すなわち、無常の自覚をふまえてののびやかさが余裕となっているといえよう。

五

さて、『徒然草』の中で求道精神を説く章段や無常について述べる章段では、その行間に「己を知る」という考えが滲み出ている。すなわち、命終わる大事、今ここに来たれりと確かに知ること、無常のしのび寄っている自分を、そこから眼をそむけるのではなく、はっきりとみつめ知ることである。

そこから生まれ出るものは、人間性肯定である。第九十三段においては、無常をみつめることから遁世するのではなく、無常なる身であるがゆえに、その生を楽しむべきだという。

されば、人、死を憎まば、生を愛すべし。存命の喜び、日々に樂しまざらんや。愚かなる人、この樂しびを忘れて、いたづがはしく外の樂しびを求め、この財を忘れて、危ふく他の財を貪るには、志、滿つ事なし。生ける間生を樂しまずして、死に臨みて死を恐れば、この理あるべからず。人皆生を樂しまざるは、死を恐れざる故なり。死を恐れざるにはあらず、死の近き事を忘るゝなり。もしまた、生死の相にあづからずといはば、實の理を得たりといふべし。

それまでの無常観とは大きく異なるものをみるのである。無常を知ればこそ、そのようなわが身を知り、それゆえに生を楽しまねばならないというこの考え方は、親鸞的な生を感謝しなければならないというのとは大きく異なるけれども、そこに無常観から来た人間性肯定をみるのである。

すなわち、無常観という人間否定の考えから、だからこそ人間を肯定すべきであるという、否定をふまえての肯定の論理であるといえよう。

この人間性肯定の考えは出家者も例外とするものではない。第四十七段では尼の肉親にもまさる愛情を「有り難き志なりけんかし」とたたえ、第八十四段では弘融の法顕に対する言葉を「心にくゝ覺えしか」と共鳴し、第百六段では証空上人のいさかいを「尊かりけるいさかひなるべし」という。このように、出家者の世俗的な面に人間性をとらえる点に、出家者も例外ではないという兼好の考えがみられる。

すなわち、兼好の好んだ出家の姿は、寺にあって戒律に忠実なことよりは、自己を知りそれが実行できる精神的に自由な姿であった。人間の弱さと愚かさについて、それを自己としていかに認識できるかが問題であったのである。

つまり、兼好における仏教は、仏道を通して「自己を知る」ことであり、「人生をみつめる」ことであった。それは、仏教によって救われるといった受身的なものではなく、仏道をふまえての自由な人間性を肯定するものであった。第九十七段、

その物につきて、その物を費しそこなふ物、数を知らずあり。身に虱あり、家に鼠あり、國に賊あり、小人に財あり、君子に仁義あり、僧に法あり。

は、この点を如実に語るといえよう。

このような考えから、兼好が「ひたふる」ではない、心に余裕を持った態度を得たといってよかろう。この「ひたふる」ではない眼で仏道をみつめた結果が、人間性肯定へと進んだわけである。『徒然草』に兼好の考えの矛盾をみるのも、実は矛盾ではなく、それは「ひたふる」でない、余裕の表出にほかならないのである。

ともかくも、『徒然草』の仏教観、遁世観には、一見矛盾のような面もみられはするが、それは、兼好の心の余裕がなせるわざである。そしてそれは、無常は聖俗両者共に逃れられないものであるという認識によって、その無常の中で人間性を肯定する考えへと発展し、したがって余裕をもって眺めることができたのである。『徒然草』は、まさしく、「ひたふる」でない点でとらえることができると思う。

遁世における「ひたふる」な修行も、それは無常から逃れるためのものであるが、遁世も無常の風から疎外されるものではないのである。知識人としての身に執着するのも、無常を弁えた人間性肯定とは違うものである。それは世俗に執着するのであって、本当の意味での人間としての生を享受する姿ではない。兼好はそのどちらでもない。無常の身である己を弁えた上での、人間らしい生き方を述べたかったのである。そこには無常にいたずらにおびえる姿はなく、また無常を知ろうとしない姿もなく、無常としてのわが身を素直に受け止めた余裕がみられるのである。換言すれば、余裕ある生き方、つまり精神的に自由な生き方を、兼好は求めたのである。

六

如上、『徒然草』における代表的テーマである仏教についての章段を通して、『徒然草』にみられる兼好の考え方を考察してきた。すなわち、兼好は「ひたふる」でないところにこそ人間性を認め、その人間性を肯定する立場に立って、既成の概念に囚われることのない、精神的に自由な生き方を求めたのであった。

そのように兼好の考え方をとらえた上で、第四十段を書きとめた兼好の心を考えてみよう。

兼好は、栗ばかり食べている娘に、何ものにも拘束されずに思うがままに生きる姿をみたのだと思う。「米のたぐひ」を食べるのが尋常の姿であるのに対して、そのような社会的常識に囚われることなく生きる姿に精神的自由をみたのである。「米のたぐひ」を食するのが当然だというのも、栗ばかりを食することによって縁遠くなるというのも、問題ではない。そのようなことには一切関係なく、わが思うままに、栗ばかりを食する。これもまた、まぎれもなく精神的に自由な生き方である。それは兼好にとって、とりもなおさず、人間らしい生き方でもあった。この、精神的に自由な生き方に兼好は心ひかれたのである。

また、そのような娘をあえて結婚させようとしなかった入道にも、娘の生き方を肯定的にみる姿を、兼好はとらえたのではなかろうか。「かゝる異様のもの、人に見ゆべきにあらず」と言って「ゆるさ」なかったというのは、一見すると、「異様」なる娘に手を焼きつくし、もはやあきらめきってしまった親の姿が描き出されているようにみえるが、兼好の眼にはそのようには映らなかった。入道が「かゝる異様のもの、人に見ゆべきにあらず」と言った言葉の裏には、娘の自由な生き方を肯定し、そのように生きさせてやりたいというわが心を、他人にくどくどしく説明したところで理解されまいという気持ちが存すると思われる。常識にがんじがらめになっている世間の人々には、所詮理解されるものではないし、また理解されようとも思わない。精神的に自由に生きるということは、わが心の問題であるから。こういった入道の気持ちが、他人に対しては、娘を「異様のもの」と形容させたのである。そのような、自由に生きる娘をよく理解している入道の心を、兼好もまた、理解していたと思うのである。

兼好は、娘の生き方に精神的自由をみたのであり、その娘を理解し暖かく見守ろうとする入道にも精神的自由への志向をみ、共感し、感銘を受けた。それゆえに、この話を書きとめたのであろうと考えられるのである。ただ、入道と同様に、その心をくどくどしく語ったところで、他人に完全に理解されることは不可能であろうし、また語り尽くせるものでもないと思い、一言の感懐も述べなかったのである。

小林保治氏は、章段間の連想に着目し、

三八～四〇段は、ものに執し、それに縛られることの非と自在な態度、考え方の願わしさが説かれている。四〇段などは形態的には異聞―説話そのものであるが、テーマの連関という観点からみれば、ここに置かれた必然さが諒解できる。(7)

と、前段および前々段からの関連においてとらえているが、私もその通りだと思う。

ともかくも、『徒然草』における兼好の考え方をふまえて、第四十段を書きとめた兼好の心を、娘および入道の、精神的に自由な生き方もしくはそれへの志向に共感し感銘を受けたところにおいてとらえたわけであるが、その精神的に自由な生き方は、今まで述べ来ったところからも明らかなように、無常の認識の上に立った人間性肯定と相通ずるものである。横井博氏が、四十五・四十六・四十七・四十九・五十三・九十・百六・百四十四・二百九の諸段をも合わせ考えて、

奇なる人間像のなかに、言いかえれば、奇形という、ある極限的な状況のなかに、はじめて人間の疑ない存在性が願われてくるのであることを感じながら、それらを描き出しているもののように思われる。(8)

と述べているゆえんである。

註

（1）『徒然草』の引用は、日本古典文学大系『方丈記　徒然草』による。章段数も同じ。
（2）『徒然草講座』第二巻（有精堂・一九七四年七月）一一八～一一九頁。
（3）小林秀雄『モオツァルト・無常という事』（新潮文庫・一九六一年五月）六六頁。
（4）註（2）に同じ。一二〇頁。

（5）安良岡康作『徒然草全注釈』上巻（角川書店・一九六七年二月）一九七頁。
（6）註(5)に同じ。
（7）小林保治「『徒然草』の構成」（『徒然草講座』第二巻所収）三六頁。
（8）註(2)に同じ。一二一頁。

第五節　三つの自己――『徒然草』序段の謙辞をめぐって――

一

つれ〴〵なるまゝに、日暮し、硯にむかひて、心にうつりゆくよしなし事を、そこはかとなく書きつくれば、あやしうこそものぐるほしけれ。

いうまでもなく、『徒然草』(1)の序段であるが、この序段の末尾「あやしうこそものぐるほしけれ」について、古来多くの先学たちが解釈しておられる。たとえば、その主語は『徒然草諸注集成』（田辺爵著・右文書院・昭和三十七〈一九六二〉年五月）によれば、

（1）作者の心が
（2）書かれたものが
（3）書く態度が

（4）　書くこと自体が
（5）　書く者と、書かれるものとが

の諸説があるし、またその意味するところについて、これは謙遜の辞であるというのに対して、卑下謙遜とはみずに近代的な解釈を加えて、自分ながら予期せぬほど創作の感興が嵩ずるのを感ずるとも解釈できようともいう（『徒然草解釈大成』三谷栄一・峯村文人編・岩崎書店・昭和四十一〈一九六六〉年六月）。このように、この末尾の解釈は諸説様々である。永積安明氏が、

ここで早くも『徒然草』の読みかたは二つに分かれてしまう。つまり、この「ものぐるほし」いのは、いったい何か。書きつづけてきた文章が「ものぐるほし」いものになったというのか、書いている作者の心象が「ものぐるほし」くなったのか、という二つの見解が対立しはじめるのであるが、この読みかたについて、これまで定説らしいものはない。(2)

という通りである。

このように諸説うずまく中で、小林秀雄氏は、

兼好は、徒然なるままに、徒然草を書いたのであって、徒然わぶるままに書いたのではないのだから、書いたところで彼の心が紛れたわけではない。紛れるどころか、眼が冴えかえって、いよいよ物が見え過ぎ、物が解り過ぎる辛さを「怪しうこそ物狂ほしけれ」と言ったのである。この言葉は、書いた文章を自ら評したとも、書いて行く自分の心持を形容したとも取れるが、彼の様な文章の達人では、どちらにしても同じ事だ。(3)

といい、伊藤博之氏は、

この段ではつねに「つれづれ」の語義と「あやしうこそものぐるほしけれ」の解釈をめぐって論議が重ねられ

てきたが、少なくとも書く行為をめぐっての評言であることにはかわりがない。書かれたものが気違いじみて感じられるのか、書くことに熱中し没頭してゆく心を自ら「あやしうこそものぐるほしけれ」と評したのかといった問題よりも、生きる力となっている狂気を言葉によって対象化しようとする試みが、書こうとする狂気に支えられる他ないという解決不能な循環論を自覚化させたところに発せられた言葉だったのではなかろうか。(4)という。

さらに、永積安明氏は『和泉式部集』の詞書を引用しながら、

自分の作品についての謙辞を跋文その他に記入することは、王朝時代以来の文学作品にとってごく普通の常識的なことで、……（中略）……『和泉式部集』などの文章は、兼好が序章を執筆するにあたって、たとえ意識的にではなくても、少なくとも彼の識域に潜在していたとしても不思議はない。(5)

と述べている。もちろん、「しかし、だからといって『徒然草』序章の表現が、『和泉式部集』ほかの王朝文学の先蹤と、同じ発想によって記されているとするのは早すぎよう。(6)」とはいっているが。

さらに、氏は兼好の自然観を中心に王朝文学と比較された上で、「兼好はたしかに王朝文学の伝統を尊重し、これに拠ってはいるものの、同時に古典的な文学作品には見られなかった世界を創りだしている(7)」といい、それをふまえた上で、序章に戻って、

『和泉式部集』などの王朝文学作品の形式は、この序章にも十分ふまえられているにちがいないにしても、兼好は、そこにとどまろうとしなかったことが見えてくるだろう。つまり、自分の書いた文章に対してありきたりの謙辞を述べてすますには、彼の姿勢は、もっとポジティーヴであったことは、これから『徒然草』を読み進めればただちに領解できるに相違ない。また、以下見て行くような、きわめて明晰かつ論理的な叙述と、そ

れにもおとらぬ心理的な洞察をとくいとする兼好が、いたるところで見せている自他に対する内面的な省察・追跡の一貫性を読みとるとすれば、後に見るような危機的な状況に当面しての、いわば試行錯誤のプロセスとしていとなまれたこの作品が、けっきょくそれを書き進めるうちに、自ら体験した内面の蕩揺を、「あやしうこそものぐるほしけれ」と表現したとしても、同時にそれを超えるものとしての作品の内実を、早くも垣間見させているというべきではなかろうか。(8)

と述べている。

引用を多く重ねたが、永積氏と同様に、これは謙辞ではあるが単なる謙辞ではないと思う。しかし、私が単なる謙辞ではないという大きな理由は、これが何に対しての謙辞であるかという点からである。

二

『徒然草』の中には、永積氏もふれているように、(9)

言ひつゞくれば、みな源氏物語・枕草子などにことふりにたれど、同じ事、今さらに言はじとにもあらず。おぼしき事言はぬは腹ふくるゝわざなれば、筆にまかせつゝ、あぢきなきすさびにて、かつ破りすつべきものなれば、人の見るべきにもあらず。（第十九段）

といったように、読者に対しての謙辞といわざるをえないものもあるが（これも私は自分に対しての言と考えるが、今はふれない）、序段の末尾はみずからに対しての謙辞であると考える。「謙辞」という言葉が適切か疑念はあるが、少なくとも自分に対して「あやしうこそものぐるほしけれ」というのである。『徒然草』の序段は、ある程度書き進んだ時点で書かれたものであることには、異論はなかろう。兼好は、ある程度書き進んだ記事を読んだ時、その内容が、論理的に整ったものではない、すなわち「心にうつりゆくよしなし事」を書き綴ったものであり、一見矛盾するようなことも記されていることを見、――もちろんこれは、書き記していた時点から彼自身当然承知していたことではある――それを読者たる自分に対して、あえていえば、言い訳をした、ということである。

『徒然草』は、一般的にいうところの読者を念頭に置いて記されたものではない。いずれ後世にこれを眼にする者が出てくることは思ったかもしれないが、少なくとも、その当時に一般的な読者を想定したものではないことはいえよう。つまり、『徒然草』の最初の読者は、兼好自身であるのであり、兼好は一般的な読者に向けて『徒然草』を書いたのではないのである。

すなわち、兼好は『徒然草』をある程度書き進んだ時点で読み返し、その内容が一見矛盾しており、とても首尾一貫したものではないことを、みずからに断った。ゆえに、「つれづれなるま丶に」「心にうつりゆく」ことを「そこはかとなく」書き付けたというのであり、その結果書かれたものは「よしなし事」になったというのである。だからその内容は「あやしうこそものぐるほし」いものであるというのである。

つまり、そこには「作者たる兼好」と「読者たる兼好」が存在するのである。『徒然草』の序段は「作者たる兼好」が「読者たる兼好」に対して発した言葉であると考えるのである。「あやしうこそものぐるほしけれ」を私は以上のように理解する。この場合、「あやしうこそものぐるほし」いのは、直接的には「書かれたもの」ということになるが、そこには、そのようなものを書いた作者の心境をも指しての物言いである。小林秀雄氏のように「どちらにしても同じ事」である。永積氏のいわれる「書き進めるうちに、自ら体験した内面の蕩揺」を表現したというのに近い。

三

人がものを書くとき、まず意識されるのはそれを読む人、すなわち読者である。しかし、自分以外の読者が予想されない時、つまり、自分自身しかそこに存在しない時、人はありのままを書き付けるということができようか。日記を考えてみよう。日記は誰に見せるものでもなく、みずから書きとどめるものである。読者を予想していない。しかし、読者を予想していないからといって、人は、ありのまま、事実通りに書き記すであろうか。いかに自分だけのものといっても、書き記すときにはなにがしかの作為がはたらく。時には自分を悲劇的に描き、時には自分をよりすばらしく表現する。つまり、体裁を整える。「日記にはこう書いておこう」という心理がはたらくのである。自分のことを書き記しながらも、それを眼にする自分に対して体裁を整えるのである。

四

『とはずがたり』[10]の末尾近くに有名な後深草院の葬送の場面がある。

やがて京極面より出でて、御車の尻に参るに、日暮し御所に候ひつるが、事なりぬとて御車の寄りしに、慌てて、履きたりし物もいづ方へや行きぬらん、裸足にて走り下りたるままにて参りしほどに、……（中略）……ここよりや止る止ると思へども、立ち帰るべき心地もせねば、次第に参るほどに、物は履かず、足は痛くて、やはらづつ行くほどに、皆人には追ひ遅れぬ。……（中略）……空しく帰らんことの悲しさに、泣く泣く一人なほ参るほどに、夜の明けし程にや、事果てて、空しき煙の末ばかりを見参らせし心の中、今まで世に永らふるべしとや思ひけん。（巻五）

後深草院のご病気を知った二条は、急遽都に戻り、御所の門前でたたずむうち、院は二条の祈りも空しく亡くなってしまう。やがて院の葬列が御所から出てくる。その後を泣きながら裸足でついていく。しかし次第に葬列に後れていく。それでもなお歩んでいくと、夜明けの空に火葬の煙が立ちのぼった。『とはずがたり』の一番のクライマックスであり、多くの男性との交際をも含んだ彼女の人生も、無意識のうちに後深草院に寄り掛かり支えられていたものであったということを、二条が自覚するきっかけとなった彼女の行動である。

ところで、この場面はまさに感動的な場面であるが、あまりにも劇的である。院の葬列を裸足で泣きながら追いかけ、ふと見上げると火葬の煙が上がるというのは、あまりにも出来すぎている。やはり虚構といわざるをえないだろう。もちろん、虚構だからといって『とはずがたり』の文学的評価はかわらない。むしろ二条の心理を語ってあまりある。今はこの虚構が誰に対してなされたのかということが問題である（その他にも『とはずがたり』には、すでに諸先学によって指摘されているように、虚構と思われる箇所が多くあるが、それらのすべてがそうだというのではない）。

また、院との新枕の場面でも、これについて二条は「これや逃れぬ御契りならんとおぼゆれ」（巻一）と述べている。わが子のようにかわいがられ父のように思ってきた院と男女の関係になったことを、のがれることのできない前世からの因縁だというのであるが、この言い訳めいた物言いは誰に対していうのであろうか。

さらに、二条は「例の心弱さ」という言葉を多く用いている。たとえば二条が院と結ばれた後に雪の曙が里に訪れてきた時、「例の心弱さは、否とも言ひ強り得でゐたれば」（巻一）雪の曙は夜の御座にまでも入ってきてしまったという。また、御所を出た二条を迎えに来られた院の様々な言葉に「例の心弱さは、御車に参りぬ」（巻二）という結果になってしまうのである。この「例の心弱さ」という言い訳めいた言葉は誰に対していうのであろうか。

『とはずがたり』跋文には、

さても、宿願の行く末いかがなり行かんとおぼつかなく、年月の心の信もさすが空しからずやと思ひ続けて、身の有様を一人思ひゐたるも飽かずおぼえ侍る上、修行の心ざしも、西行が修行の式、羨ましくおぼえてこそ思ひ立ちしかば、その思ひを空しくなさじばかりに、かやうのいたづら事を続け置き侍るこそ。後の形見とまではは、おぼえ侍らぬ。（巻五）

と語る。すなわち、「その思ひを空しくなさ」ないために記したのであり、したがってその内容は「いたづら事」なのである。書名が本人の命名か後人によるものかはともかく、「とはずがたり」という語の意味は、玉井幸助氏によれば、

人も問はぬに物語る――それは心の中に秘めたままでは死にきれず、おのづから漏れて出た独りごとともいふべきもの。(11)

という意味である。また松本寧至氏は、

人に問われもしないのに、こちらから語り出す、という意味のものである。鬱積した思いで相手を求め語り聞かせずにはいられない、といった、つよい衝動を内面にもっている。従って、混同されやすいが、「ひとりごと」とは全く違う。(12)

といわれる。玉井氏は「独りごとともいふべきもの」といい、松本氏は「ひとりごととは全く違う」といい、互いに見解を異にされるが、「心の中に秘めたままでは死にきれ」ない、したがって「相手を求め語り聞かせずにはいられない、といった、つよい衝動」にかられるのであろう。松本氏のいわれる意味とは異なるかもしれないが、その「相手」は自分自身であると考える。その際、それならば「独りごと」かというと、自分自身という「相手」が

存在している以上、単なる「独りごと」とは違う。

つまり、『とはずがたり』は自分の半生をみずから確認するために、自分自身に語るのである。そこには、一般的な読者は予想されていない。そのように考える時、前述した院葬送の場面の虚構性や、「逃れぬ御契りならんとおぼゆれ」とか「例の心弱さ」といった言い訳めいた物言いの対象が自分自身であると理解される。つまり、「読者たる自己」に対してのものなのである。

五

『建礼門院右京大夫集』[13]は序文に、

家の集などいひて、歌よむ人こそ書きとどむることなれ、これは、ゆめゆめさにはあらず。ただ、あはれにも、かなしくも、なにとなく忘れがたくおぼゆることどもの、あるをりをり、ふと心におぼえしを思ひ出でらるるままに、我が目ひとつに見むとて書きおくなり。（一）

と述べ、跋文には、

かへすがへす、憂きよりほかの思ひ出でなき身ながら、年はつもりて、いたづらに明し暮すほどに、思ひ出でらるることどもを、すこしづつ書きつけたるなり。おのづから、人の「さることや」などいふには、いたく思ふままのこと、かはゆくもおぼえて、少々をぞ書きて見せし。これはただ、我が目ひとつに見むとて、書きつけたるを、（三五七）

と語っているように、みずからの人生を確認するために記されたものである。跋文には続けて、

老ののち、民部卿定家の、歌をあつむることありとて、「書き置きたる物や」とたづねられたるだにも、人か

ずに思ひ出でていはれたるなさけ、ありがたくおぼゆるに、「『いづれの名を』とか思ふ」ととはれたる、思ひやりのいみじうおぼえて、なほただ、へだてはてにし昔のことの忘られがたければ、「その世のままに」など申すとて、（三五八）

と述べているが、これに関わって、岩波文庫『建礼門院右京大夫集』の「解説」には、

おそらくそれは、初めは自身のための恋の形見として、動乱が収まったある時期に、折々の詠草をもとにして自らの手によって編まれたものであろう。そして、その段階でごく親しい人々には見せたこともあったであろう。それからかなり時間を隔てて、天福元年（一二三三）ごろ、藤原定家が『新勅撰集』を撰進する際、その需めに応じて形を整えて提出されたものであろう。それは当初、いわゆる「家の集」（私家集）として編まれたのであるが、忘れがたい恋を軸として回想が展開してゆくうちに、かなり多くの題詠歌群などをも取り込みながら、部分的に詞書が長文化してゆき、結果的に日記に近い形を取るに至ったものであろう。そのようにこの作品が家集と日記との両方の性格を備えていることは、作者自身も気付いていたので、最終的に形を整える段階で、序と跋が付されたのではないであろうか。そこで作者は「我が目ひとつにみんとて」書いたのであることを強調している。しかしながら、このようにして整えられたこの集は、もはや自身のためのひそかな営為であるにとどまらず、明らかに表現への意欲を持ち、他人によって読まれることを意識した文学作品として成立しているのである。(14)

と成立事情にふれられている。しかし、「他人によって読まれることを意識した」といわれるが、この「解説」中にも述べられているように、最初はそうでなかったことはいうまでもない。また、序や跋がいつ書かれたかは、定家からの要請の時点とは断定できないだろう。なぜなら、定家からの要請に対して「人かずに思ひ出でていはれた

るなさけ、ありがたくおぼ」（三五八）えたとはいうが、それによってまとめたのがこの集だとはいっていないのである。「かへすがへす、憂きよりほかの……（中略）……書きつけたる」（三五七）の部分の後にこの記事があるのも不自然である。前後関係はともかくとしても、むしろ定家からの要請とは関わりのないところで形が整えられたのではなかろうか。

さて、『建礼門院右京大夫集』の中で、右京大夫は、宮仕えにあがって同僚の女房たちを見るにつけても「なべての人のやうにはあらじと思」（六二）っていたのに資盛と愛しあう仲になってしまったことについて、「契りとかやはのがれがたくて」（同上）と言い訳がましくいっている。

また、資盛には持明院基家の女という妻があった。右京大夫は当然このことを知っていたはずであるが、資盛の命日の記事では、

弥生の廿日余りの頃、はかなかりし人の水の泡となりける日なれば、れいの心ひとつに、とかく思ひいとなむにも、我が亡からむのち、たれかこれほども思ひやらむ。かく思ひしこととて、思ひ出づべき人もなきが、たへがたくかなしくて、しくしくと泣くよりほかのことぞなき。我が身の亡くならむことよりも、これがおぼゆるに、

いかにせむ我がのちの世はさてもなほむかしの今日をとふ人もがな（二六八）

と述べている。右京大夫は、平氏一門の人々とともに都落ちしていった資盛が、たよりにつけて「申ししやうに、今は身をかへたると思ふを、たれもさ思ひて、後の世をとへ」（二一六）といってよこしたことをしっかりと胸にとどめており、資盛の死を知った直後にも「後の世をばかならず思ひやれ」（二二七）といわれたことを思い出している。そのような右京大夫は、資盛が自分だけを頼みとし、また自分しか資盛を弔う者がいないと語る。

上記のような物言いは誰に対してのものであろうか。私は、前述したように、『建礼門院右京大夫集』は他人に読まれることを意識してまとめられたとは考えない。百歩ゆずっても、それぞれの記事は「あるをりをり」（一）に記されたものである。まさに「我が目ひとつに見むとて」（一・三五七）書かれたものであると思う。となれば、上記のような物言いはみずからを意識してのものである。つまり、「読者たる自己」に対しての言葉なのである。

六

すなわち、『とはずがたり』も『建礼門院右京大夫集』も、いわゆる一般的な読者を予想して綴られたものではなく、「その思ひを空しくなさ」（巻五）ないために記したのであって、「後の形見とまではおぼえ」（同上）ないものであり、「ただ、あはれにも、かなしくも、なにとなく忘れがたくおぼゆることどもの、あるをりをり、ふと心におぼえしを思ひ出でらるるままに、我が目ひとつに見むとて」（一）記したのである。ともにみずからの人生をみずから確認するために記したのである。これは、みずから記しながらそれを自分が見ることによって確認するということである。つまり、読むのは自分自身である。自分自身が読むことを通してみずからの人生を確認するのである。その際、当然ながら「読者たる自己」を意識して書かれるのである。

一般的な読者を予想しない時、人は単にありのままに書き付けるのではなく、「読者たる自己」を意識して書き記すのである。そこには「作者たる自己」と「読者たる自己」とが存在する。複雑なようであるが、決してそのようなものではなく、これは人の心理において極めて自然に無意識的にはたらくものである。繰り返すが、人は物を書く時、誰に見せるものでなくても、おのずから自分を飾り、体裁を整える。それは「読者たる自己」を無意識的に意識しているのである。

『徒然草』の序段末尾の「あやしうこそものぐるほしけれ」は、まさに「読者たる自己」を意識しての言葉である。つまり、ある程度書き進んだところでそれまで書き記されたものを眼にした兼好は、「読者たる兼好」であるが、その「読者たる兼好」は、その内容が一見したところ首尾一貫せず矛盾したものを持っていることを承知する。そして次の段階で序段を執筆する立場に立った時には「作者たる兼好」となり、「読者たる兼好」を意識して「あやしうこそものぐるほしけれ」と述べたのである。

さらに一言付しておけば、その際「作者たる兼好」は、一見矛盾している内容も何らみずから恥じるものではなく、これこそが「心にうつりゆく」ものであると自負していた。ゆえに「あやしうこそものぐるほしけれ」は、その意味からいえば、謙辞であるといえよう。もちろん、その対象は「読者たる兼好」であるが。

随筆や日記といった自照的性格の強い作品の場合、如上述べ来ったように、みずからを意識して書き記されることが多いのである。(15)

七

ところで、「作者たる自己」と「読者たる自己」について述べ来ったが、先にふれた『とはずがたり』や『建礼門院右京大夫集』の場合、実は「作者たる自己」と「読者たる自己」に加えて「主人公たる自己」が存在する。『とはずがたり』を例にとれば、作者としての二条とそれを読む二条に加えて、記事の中に登場する主人公としての二条が存在するのである。

この三つの自己は次のようにはたらく。まず「作者たる自己」は「主人公たる自己」を描くが、そこには「かくありたい」と願う「作者たる自己」の気持ちがはたらいて、体裁を整えたり、とりつくろったりして「主人公たる公たる自己」を描くのかというと、事はそう簡単ではない。「作者たる自己」が「かくありたい」と思う心には「読者たる自己」が意識されているのである。「読者たる自己」が意識されるゆえに「主人公たる自己」をとりつくろうとする。そのとりつくろわれる「主人公たる自己」は、「読者たる自己」に対してこのようにみせたいという思いから創り出されるのである。このように、前述の『とはずがたり』や『建礼門院右京大夫集』においては、三つの自己が互いに関わりあって書き記されたのである。

『とはずがたり』の院葬送の場面において、二条は院の葬列を懸命に追う自分を認識したかった。その気持ちは、いわば「読者たる二条」の気持ちである。その「読者たる二条」を意識した「作者たる二条」は、院の葬列を懸命に追う記事を、事実を通り越して表現した。その結果「主人公たる二条」が描き出されたのである。院との新枕の場面でも、院と結ばれたことを前世からの因縁だととらえたい自分の気持ちから「読者たる二条」にそのようにとらえさせるために、「作者たる二条」は「主人公たる二条」に「逃れぬ御契りならんとおぼゆれ」（巻一）と述べさせた。雪の曙と結ばれる場面や御所を出奔した二条が院に迎えられ御車に乗ってしまった場面などで「例の心弱さ」（巻一・二）と表現するのも、同様に考えることができるのである。

『建礼門院右京大夫集』においても、「なべての人のやうにはあらじと思」（六一）っていたにもかかわらず資盛と愛し合う仲になってしまったことを、前世からの因縁によるものだととらえたい気持ちから、「読者たる右京大夫」にそのように受けとらせるために、つまり「読者たる右京大夫」を意識して、「契りとかやはのがれがたくて」（同上）と語る自分、つまり「主人公たる右京大夫」を、「作者たる右京大夫」が描いたのである。資盛に妻がいることを承知していながら、自分以外に資盛の後世を弔う者はいないとあえていう表現も、自分だけが資盛の愛する相手であり、資盛を愛するのも自分だけだというように思いたい気持ちから、そのように「読者たる右京大夫」に受けとらせるために、「作者たる右京大夫」が「主人公たる右京大夫」を描いたのである。

序や跋になると、また少し異なる。序や跋はある程度書き進んだ時点で記されるために、多少なりとも内容を承知している。したがって、どうしても「読者たる自己」に対して「作者たる自己」がへりくだった表現となる。「その思ひを空しくなさじばかりに、かやうのいたづら事を続け置き侍るこそ。後の形見とまではおぼえ侍らぬ。」(『とはずがたり』・巻五) とか、「家の集などいひて、歌よむ人こそ書きとどむることなれ、これは、ゆめゆめさにはあらず。……(中略)……ふと心におぼえしを思ひ出でらるるままに、我が目ひとつに見むとて書きおくなり。」(『建礼門院右京大夫集』・一) といった、「読者たる自己」に対しての謙辞ともいいうる表現が生まれるのである。

八

随筆とか日記といった自照的性格の強い作品にあっては、如上述べ来ったように三つの自己が存在するのである。「作者たる自己」・「主人公たる自己」・「読者たる自己」が互いに関わりあって、それらの作品は成立している。この三つの自己が互いに関わりあうところに、自照性が生まれるのである。換言すれば、自照性は三つの自己の相関によって成立しているのである。

そこには、往々にして虚構が生じやすい。日記においてはいうまでもないが、『徒然草』序段の「あやしうこそものぐるほしけれ」も「読者たる兼好」に対しての言葉であって、「作者たる兼好」が『徒然草』の内容について真実そう思っていたのではあるまい。その意味からいえば、これも虚構といえるかもしれない。

しかし、そのような虚構においては、たしかに事実通りではないが、そのようでありたい、そのように思いたい、そのようにとらえたいという作者の気持ちは真実であるといえよう。

言葉の遊戯に堕することを常に自戒しつつ、この三つの自己の関わりを解きほぐすことによって作者の真実を探っていくとき、そこに人間の精神的営為を受けとることが可能になるのであり、ひいては文学作品の正当な評価・鑑賞をなしうることになるであろうと考えるのである。

註

(1)『徒然草』の引用は日本古典文学大系『方丈記　徒然草』による。章段数も同じ。
(2) 永積安明『徒然草を読む』(岩波新書・一九八二年三月) 一三頁。
(3) 小林秀雄『モオツァルト・無常という事』(新潮文庫・一九六一年五月) 六四〜六五頁。
(4) 伊藤博之『徒然草入門』(有斐閣新書・一九七八年九月) 二〇頁。
(5) 註(2)に同じ。一四〜一五頁。
(6) 註(2)に同じ。一五頁。
(7) 註(2)に同じ。一八頁。
(8) 註(2)に同じ。一九〜二〇頁。
(9) 註(2)に同じ。一五頁。
(10)『とはずがたり』は、新潮日本古典集成『とはずがたり』(新潮社) による。
(11) 玉井幸助『問はず語り研究大成』(明治書院・一九七一年一月) 五二九頁。
(12) 松本寧至編『とはずがたり』(桜楓社・一九七五年三月) 二三四頁。
(13)『建礼門院右京大夫集』は、新潮日本古典集成『建礼門院右京大夫集』による。漢数字は歌番号、およびその詞書である。

(14) 岩波文庫『建礼門院右京大夫集』一九二～一九三頁。
(15) 今は詳述しないが、『和泉式部日記』において和泉式部が自身を「女」と表現するのも、同様な意識からのものであると考える。

附篇

中世仏教文学の周縁

第一章　中世文学にみる人間観

第一節　『宇治拾遺物語』にみる人間観

一

『宇治拾遺物語』(1)の第一話は道命阿闍梨の話である。冒頭の道命の紹介に「色にふけりたる僧ありけり」というからどのような仏教的教訓話かと思えば、好色に対する教訓はない。末尾に「されば、はかなく、さい読みたてまつるとも、清くて読みたてまつるべき事なり」と一応の教訓を語ってはいるけれども、付け足しの感を否めず、しかも好色に対する戒めではない。和泉式部との情事にふけることはそれ自体破戒であるはずなのに、作者はそれを咎めることはない。また「五条の斎」に今宵経を拝聴したことはいくたび生まれ変わっても忘れることはないといわれた道命は「法花経を読みたてまつる事は、常の事也。など、こよひしもいはるゝぞ」と問うが、道命は「五条の斎」がなぜ今宵の読経だけを拝聴できたのかわかっていない。和泉式部との情事の後に身を清めずに読経したことは、道命からいえば「常の事」なのであり、そのように道命に語らせる作者(2)にも、道命の破戒に対して非難する

気持ちはない。さらに、「五条の斎」に、

清くて、読みまいらせ給時は、梵天、帝尺をはじめたてまつりて、聴聞せさせ給へば、翁などはちかづき参りて、うけ給るに及び候はず。こよひは御行水も候はで、読みたてまつらせ給へば、梵天、帝尺も御聴聞候はぬひまにて、翁、まいりよりて、うけたまはりさぶらひぬる事の、忘れがたく候也。

と答えられた後にも道命の反省の弁は語られておらず、作者に、僧たるものは戒律を守り身を清く保つべきだという考えはなく、道命に対して非難する思いはないのである。

第二話は、丹波国の篠村の平茸の話である。この平茸は「不浄説法」をしたゆえに法師が生まれ変わったものであると仲胤僧都の言を借りて語るが、作者に「不浄説法」を非難する気があるならば、この話の後に「不浄説法」をする僧の話を続々と登場させることはないはずである。ところが『宇治拾遺物語』には「不浄説法」をする僧が主人公となっている話が多いのである。しかも、それらの話において作者は「不浄説法」をする僧を咎めてはいない。さらに、平茸が夢に二、三十人の法師となって現われ、この土地を去る挨拶をする場面で、

此法師原は、この年比候て、宮づかひよくして候つるが、この里の縁尽きて、いまはよそへまかりなんずる事の、かつはあはれにも候。

と語るが、長年「宮づかひよくし」たというところに、平茸となっていることを悪果ととらえる意識は薄い。つまり、この話は、平茸が夢に法師となって現われ、この土地を去る挨拶をし、その通りに翌年から平茸は一切生えなくなったという、不思議な話なのであって、「不浄説法」をする僧は平茸に生まれ変わるという悪因悪果を説く話ではないのである。末尾に「されば、いかにも〳〵、平茸は食はざらんに、事かくまじき物なりとぞ」と語るが、これは、単に平茸は食べなくても差し支えはなかろうということを一般的にいうのではなく、「されば」とあるか

ら直前を承けて、そのような「不浄説法」をした法師の生まれ変わった平茸を食べることに何となく危険を感じての教訓ではあろうが、ここに本話を語る目的があるのではなく、不思議なことに対する興味からこの話は語られているのである。すなわち、平茸に生まれた法師たちを非難する意図は全くないのである。

ところで、「不浄説法」については、新日本古典文学大系本（岩波書店）の脚注では「名利を求めて」する説法とし、新編日本古典文学全集本（小学館）の頭注でも「仏法のためにではなく、みずからの名利のために行なう不浄な目的・動機による説法」とする。諸注おおむね同様であり、また妥当であると考えるが、第一話の道命阿闍梨の話に続けている点から考えれば、作者は日本古典文学大系本（岩波書店）の頭注にいう「肉食女犯の不浄の身で人に説法する」という意味に理解していたと思われる。しかしまた作者は、この話は「説法する法師」のことであって、「経を目出く読」む道命とは微妙にずらして、道命を非難することにはならないようにしている点、作者の細かい配慮をうかがうことができるのである。

第三話は、いわゆる「瘤取り爺さん」の話である。鬼が酒を飲み遊ぶ様子について「この世の人のする定なり」と語り、また酒に酔ってだらしなく乱れる鬼の様子を「たゞ、この世の人のごとし」と語るところからも、鬼がこの世にあらざる存在であるという意識よりも人間と同じような存在とみていることがわかる。さて翁が鬼の前に躍り出るところの描写、

この翁、ものの付たりけるにや、又、しかるべく神仏の思はせ給けるにや、「あはれ、走出て舞はばや」と思ふを、一度は思かへしつ。それに、何となく、鬼どもがうちあげたる拍子のよげに聞こえければ、「さもあれ、たゞはしりいでて、舞てん。死なばさてありなん」と思とりて、木のうつほより、烏帽子は鼻にたれかけたる翁の、腰によきといふ木きる物さして、横座の鬼の居たる前におどり出たり。

や、翁が舞う様子の描写、

翁、のびあがり、かゞまりて、舞べきかぎり、すぢりもぢり、えい声を出して、一庭を走まはり舞ふ。

では、人間の心理を見事に描いており、その時の翁の姿を髣髴とさせる。末尾には「物うらやみは、すまじき事なりとぞ」と教訓めいた一文で結んでいるが、この話は羨む心を戒めるものではなく、瘤を鬼にとられた珍奇なことや、羨む心を持ったがために逆に瘤をもらってしまった隣の翁の不幸を、面白おかしく語るものである。しかも鬼の前に躍り出た翁はもちろん、瘤をもらってしまった隣の翁に対しても非難めいた表現はなく、むしろ、どうしようもない人間の心を暖かくみつめ、肯定的にとらえているのである。

第四話は伴大納言の話である。話自体は夢見であり、善男が夢見の通り大納言に上ったが夢を「よしなき人」に語ったがために罪を被り失脚した話である。しかし夢を聞いた善男の妻が、西大寺と東大寺とを踏まえて立っているという夢の内容に対して「そこのまたこそ、裂かれんずらめ」といい、郡司の饗応に対して善男が「我をすかしのぼせて、妻のいひつるやうに、またなど裂かんずるやらん」と恐れ思うところに、卑猥ではなく人間の明るいおかしさが表われている。

第五話は随求陀羅尼を額に籠めた法師の話である。額に傷のある法師が物々しくやってきて、寄進を請う。そして額の傷のわけを問われた法師は、これは額を破って随求陀羅尼を籠めたのだというが、実は間男をして女の夫にうち割られた傷だったことが露見するわけである。しかし事の真相が露見した法師は、人々の驚き呆れた視線の中で、「さも、ことと思たる気色もせず」少し真面目くさった顔で「その次にこめたるぞ」と平気な顔で答えるのである。この、少しも恥じる気配を見せず、堂々と開き直った態度のしたたかさとその物言いの見事さに、人々はこの法師を咎めるのではなく、「あつまれる人ども、一度に「は」と笑」ったのである。そこには、とんでもないこの法師を非難する気持ちはなく、人間としてのおかしさが語られているといえるのである。そしてその法師は、その爆笑の「まぎれに、逃てい」ってしまったのであるが、冒頭の物々しい登場の仕方との落差がまたおかしさを増している。つまり、この話も、法師が法師にあらざる行為をしたということではなく、法師云々ではなく一人の人間としてのおかしさが、明るくおおらかに語られているのである。

第六話は「法師の玉茎検知」の話である。下品極まりない話であるが、「煩悩を切すてて、ひとへにこのたび、生死のさかひを出なんと思と」るために一物を切り捨てたという僧の話が嘘だと判明した時（もちろん、判明するにいたった経緯もおかしさの対象ではあるが）、「中納言をはじめて、そこらつどひたる物ども、もろ声に笑」い、「聖も、手をうちて、ふしまろび笑」ったのであって、末尾に「狂惑の法師にてありける」とはあるものの、これは一応の言葉であって、話自体の卑猥さも含めて、この僧に対しての批判よりも、明るくおおらかな人間がそこには描かれているのである。

第七話は、わが命を犠牲にしてまでも猟師に殺生を止めさせようとする龍門聖と、それによって発心した猟師の話である。この話はいわゆる発心譚であり、純粋な仏教説話であるといえよう。しかし、一般的な仏教説話の末尾に多くみられる仏教的教訓は語られていない。

第八話は、易の占いによって自分の死後の娘の様子を知り、娘の将来のために配慮した親と、その通りに占いをよくする旅人が来て金を占い出したという話である。この話は、末尾に「易の卜は行すゑを掌の中のやうにさして、知る事にてありける也」とあるように易の不思議さを語る話であるが、かすかながら、親が子の性格をよく知って先々のことを考えたという、子を思う親心の実態を語ってもいる。

第九話は心誉僧正の験力のすばらしさを説く仏教説話であり、末尾に「心誉僧正、いみじかりけるとか」と僧正の験力を評価してはいるが、そういう立派な人物がいたというだけのことで、仏教的教訓はない。しかも、この話は、心誉僧正が参上する前に護法童子が参上して病を治したという点、それほど心誉僧正の験力が強かったということであることは理解しながらも、享受する立場からいえば、どうしてもこの点に不思議さを感じてしまう話である。

さて、第七話・第九話は仏教説話であり、第八話は易の不思議さを語る話であったわけだが、第一話から第六話まではこの世の中の様々な人間およびその心理を肯定的に語っている。この流れの中でみれば、第七・八・九話も、この世の中にはこのように自己犠牲を厭わない尊い聖もいれば、即座にわが身の罪深さをさとって発心出家する者もおり、自分の死後までも子を思いやる親もいるし、不思議なこともあるという、この世の中のありのままの姿を語るものであるとも受けとれるのである。

第十話は藤原通俊に自分の歌を批判された秦兼久が反論したという話である。通俊に歌を批判された兼久が「此殿は、大かた、歌のありさま知り給はぬにこそ。かゝる人の撰集うけ給ておはするは、あさましき事かな」とか「かゝる人の、撰集うけたまはりてえらび給、あさましき事也」と口を極めて、憤懣やる方ない気持ちを抑えきれずに反論する様子、また、それによって専門家ぶって批判した立場を見事に潰された通俊の「うちうなづきて、「さりけり、〳〵。物ないひそ」とぞ、い」ったという、みずからの失敗を恥じ入り大事になる前に事を終わらせようとする心理が、如実に語られている。どちらも人間らしさの溢れる姿であり、しかもそのような姿を非難しているのではなく、人間の心理をそのまま肯定的に語っているのである。さらに通俊は和歌の上手であるが、その通俊の失態を批判するのではなく、誤りを突かれた際の一人の人間の対応をよくありがちなこととして肯定的に語っているのである。また、この話はここまでの話と異なり、貴族文化ともいうべき和歌の評価についての内容になっ

ているが、この点について日本古典文学全集本（小学館）の「解説」に、
『宇治拾遺』も中世期の作品である以上、一方に庶民的、土俗的な語調を強めると共に、また公家的なみやびの伝統にもあこがれを寄せる、そういう対立的な様相を呈している。……（中略）……『宇治拾遺』が中世的な地方性、庶民性を吸いあげると共に、またこの貴族的なみやびの道統に立って、人間理解の軸とする方式も見落とされてはならない。（三六～三七頁）

と述べられているが、「貴族的なみやび」に立った話題の中においても人間性を肯定的にとらえているのである。

第十一話は一生不犯の僧が実は俗人と同じことをしていたという話である。僧が卑猥な事を真面目に悩み、ふるえ声で尋ねたので「諸人、をとがひを放ちて、笑」い、一人の侍の質問に対する僧の返答に「大かた、どよみあ」ったとあって、卑猥なイメージはなく人間を明るくおおらかに語っている。しかもこの僧を非難するニュアンスはなく、それどころかどこまでも真面目で、それがほほえましくさえも思われる人間として描いている。つまり、おおらかで明るい人々、そして卑猥な事に対しても真面目に悩み、真面目に受け答えし、挙句、僧も笑われて気まずくなったのか、例のごとく、「其紛に、はやう逃」げてしまったという、好感をおぼえる人間を肯定的に語っているのである。

第十二話は「児ノカイ餅スルニ空寝シタル事」である。稚児が、子どもなりに思慮をめぐらし、その結果どうしようもなくなって間の抜けた時に返事をする。いかにも子どもらしい姿が活写されている。

第十三話は田舎出身の稚児が桜の散るのを見て泣く話である。桜が散ることに対する僧と稚児の認識の違いが面白いが、僧の思いも稚児の思いももっともで、前に引用した、「一方に庶民的、土俗的な語調を強めると共に、また公家的なみやびの伝統にもあこがれを寄せる、そういう対立的な様相を呈している」という『宇治拾遺物語』の

人間理解の特徴が表われている。末尾の「うたてしやな」というのは僧の、つまり貴族社会の美意識であって、その美意識からがっかりしただけのことであって、稚児を非難するものではない。両者の思いが一致しないところに面白さがあるわけだが、稚児の思いはそれはそれで当然であり、両者共にそれでよいわけで、人間を肯定的に語っているのである。

第十四話は威張りちらしている小藤太が婿のあられもない姿にひっくり返り目をまわす話である。内容は卑猥極まりないものであるが、あられもない姿になっていた婿の行為も夫婦の素直な感情の結果であり、婿を思いやる小藤太の気持ちもまた好感が持てる。結局、小藤太の善意と婿の錯覚から起こった面白さにこの話の中心はあるのだが、そこには、人間というものはどうしようもないといいながらも苦笑する作者がうかがえ、そのような人間を批判しているのでは決してなく、肯定的にとらえているのである。

第十五話は鮭を盗んだ大童子が開き直る話である。盗んでもしらをきり、化けの皮をはがされると開き直って下品な駄洒落を言う、その大童子のしたたかさ。しかも「そこら、立ちどまりて見ける物ども、一度に「はつ」と笑ひけるとか」で話を終えていて、大童子に対する非難めいたところはなく、大童子のしたたかさが肯定的に語られている。

二

以上、『宇治拾遺物語』の冒頭から十五話についてみてきた。冗長になるのでこのあたりで止めるが、『宇治拾遺物語』にはこのような話が非常に多い(3)。そしてそこに登場する人々も極めて様々な人間である。高貴な身分の人もいれば、名もない卑しい人間もいる。裕福な人間もいれば極貧の者もいる。知識教養のある人もいれば、無知蒙昧の者もいる。文字通り様々な人間が登場しているのである。そしてその人々は、また様々なことをしでかす。身を清めることもせずして読経した道命、平茸に生まれ変わった法師たち、ちょっと欲を出したばかりにさらに瘤をもらってしまった翁、夢をおかしなふうに解釈し真面目に悩む伴善男とその妻、偽りで尊崇を得ようとする随求陀羅尼を額に籠めたと称する法師や「玉茎検知」の僧や一生不犯と称する僧、わが身を顧みず殺生を止めさせようとした龍門聖とそれによって出家した男、すばらしい験力を持った心誉僧正、和歌を難じられて憤る兼久と自身の誤りに小さくなる通俊、子どもらしくほほえましい「カイ餅」の稚児、お互いの思いが異なったために興ざめした比叡の僧と稚児、同じくお互いの思いが異なったために卒倒した小藤太とその婿、盗みが発覚しても堂々と開き直った鮭を盗んだ大童子など、文字通り様々な人間が語られているのである。また、法師が平茸に生まれ変わり、しかもその法師たちが夢で別れを述べたり、鬼が集まって酒宴をしたり、易占が正確無比であったり、僧正が参上する前に護法童子が駆け付けて病を治したりといった不思議な、珍奇な、もしくは驚嘆すべきことも、そのことによって何かの教訓を得ようというのではなく、様々な人間の生きるこの世界にはありえないような様々なことも起こるということを、ありのままに語っているのである。

すなわち、『宇治拾遺物語』には様々な話が語られており、様々な人間が登場するが、それらの人間に対して、作者は決して批判的視点から語っていない。立派な人物や真面目な人物に対しては当然ながら、人の道にはずれるような行為をした人物に対しても、また卑猥な言動をした人物に対しても、それも人間の姿なのだという観点から、ありのままの人間の姿を肯定的に語っているのである。要領よくずるがしこい人間も、ドジで間抜けな人間も、事に遭遇した時の人々の心理の見事な描写と合わせて、明るくおおらかに語っているのである。そこには、人々のしたたかなまでに生命力の溢れた生き様が活写されている。そしてその視点は、前述したように、不思議な、珍奇な、もしくは驚嘆すべきことについても、そのことによって何かの教訓を得ようというのではなく、様々な人間の生きるこの世界にはありえないような様々なことも起こるということを、ありのままに語ろうとしているのである。

もちろんこのことは、必ずしも話の意図だけに限定されるものではない。時には話の意図とはずれたところにおいても、人間のありのままの姿を肯定的に語ろうとする視点をみることができる。たとえば第一話において、道命の読経を普段はなかなか聴けない「五条の斎」が聴き、そのわけを道命に語ったという不思議なことがあったというところに話の意図はあるが、「色にふけりたる僧」であって和泉式部との情事にふけり、しかも身を清めることもなく読経し、そのことを問題として全く意識していない道命に対して、作者は批判することなく一人の人間の姿として語っている。つまり、話の意図はさておいて、そこに登場する人物たちの心の動きに人間らしいものをみることができる話も多いのである。

また、時には末尾に教訓めいた一文が付いている話もあるが、その多くは付け足しの感を否めず、話の中心はそこにはなく、あくまでも人間の姿にあるのである。たとえば、第三話は末尾に「物うらやみは、すまじき事なりとぞ」とはいうが、この話はそのような教訓を説くものではなく、瘤を鬼に取られた珍奇な点とともに、二人の翁の人間らしい姿にこの話の中心があることは、前述したところである。

もちろん、『宇治拾遺物語』所収のすべての話がそのような話であるわけではない。なかには、純粋な仏教説話である話もあれば、道徳的もしくは倫理的教訓を説く話もある。しかし、そのような話は少なく、しかもそのような話であっても、登場する人物の描写にはやはり人間を肯定的にとらえていることがうかがえるのである。また、仏教説話であっても、仏教の教えの有り難さとか、仏教的教訓を説くのではなく、そういう不思議なことがこの世にはあるのだということを語っているのである。

すなわち、『宇治拾遺物語』は、人間に対してその言動を批判したり非難することはなく、人間のありのままの姿を肯定的に語っているのである。否、その人間への姿勢は肯定的というよりも好意的というべきものであり、そこには人間へ注がれる暖かい眼差しさえも感じられるのである。作者は、人間のありのままの姿に、時には驚き、時には感嘆し、時には苦笑しつつ、人間をおおらかにみつめ、これが人間なのだと人間のすべてを認めているのである。『宇治拾遺物語』の人間観はこのようにとらえることができるのである。

日本古典文学大系本（岩波書店）の「解説」には、

集められた説話のかげに、一人の「創作主体」ともいうべきものを設定せずにはいられなくなるような発想法がとられていて、そこに一種独特の文学のにおいがある——このような編者の発想の秘密を解くところに、文学としての「宇治拾遺」をとらえる手がかりがあり、その作品としての特色や意義も明らかにされると考えている。（一九頁）

と述べた上で「その点に関して、心づいたことの一、二を記しておきたい」（同上）として三点を挙げているが、その第三として、次のように述べられている。

重要な、そして最も内奥的な発想法の秘密は、多くの出典の中から説話を選択・採録し、口がたりを聞きとめて編成・叙述したその全体構造の中に、おのずからにじみ出ている編者の人間理解の独自性を見出すことができると思う。すでに説かれているように、「宇治拾遺」には教訓や啓蒙の意識はうすく、興味中心に説話が集められており、笑いやおかしみの要素が目立つが、それらは、「今昔物語」の持つような鮮烈さを持たず、極めてゆるやかであり、おおらかである。……（中略）……「今昔」編者の持っていたあくまで貪婪な、探求的・蒐集的意欲は、「宇治拾遺」には全く見られない。「宇治拾遺」の説話は、事件中心というよりは人間中心であり、編者の眼光は常に作中人物の上におだやかにそそがれている観がある。「宇治拾遺」の編者は、さまざまの人間に深い興味をよせ、いわば寛容に人間を理解する。……（中略）……いずれも愚かしい人間の演じた言行を淡々と叙述して、それらの人間像を的確にとらえているが、そうした説話発想が成立した背後には、寛容な人間理解の上に立った容認の態度があるといってよい。

「宇治拾遺」にも、まれには峻厳な求道者の話も、苛烈な奇異の物語もある。しかし全体として「宇治拾遺」の中軸をなす発想法は、もっと深々と日常性につながる平凡な事件の中に人間を見ることであり、人間の弱さに対する容認と一種のあきらめの気分のただようさ中にある。（二二一〜二二四頁）

「一種のあきらめの気分」とあるところは同調しがたいが、『宇治拾遺物語』の人間観を的確に述べていて、私も全く同感である。

さて、『宇治拾遺物語』の人間観について考えてきたわけであるが、『宇治拾遺物語』が成立したのは鎌倉時代初期である。ところが、平安時代末期から鎌倉時代初期にかけては一大変革期であった。永遠に続くと思われていた貴族社会が崩壊に向かい、代わって武士が擡頭し、それに伴って荘園制度も崩れ、来る日も来る日も戦乱に明け暮れ、それまでの価値観も大きく変化していった。そのような時代の中で、特に貴族階級を中心に人々は無常を身に迫って経験した結果、この世を末世ととらえ、常なるものを願って極楽往生を求めた。そして、このような時代を反映して、この時代の文学作品の多くは暗く厳しい内容のものであった。そのような中にあって、この『宇治拾遺物語』の人間観のおおらかな明るさはどうしたものであろうか。この点について、やはり日本古典文学大系本の「解説」では、次のように述べられている。

歴史の変革期の中ではげしくゆり動かされ、極度の緊張の中に安穏な日とてもないような時代を、「平家物語」

や「方丈記」の筆者は、それぞれの方法で受けとめ作品化した。治承・寿永の大きな歴史的変革の時期を通じて、人間は個人としても集団としても、劇しくゆり動かされ、一日も安き日はなかったかのように描かれている。喜びにつけ、悲しみにつけ、極度な緊張が要求され、日常的なものは、切り捨てられようとさえしている。「宇治拾遺」所収の説話世界は、それとはほぼ同じ時代には成立しており、また伝承されつづけていたわけであるが、「宇治拾遺」の編者のとらえたものは、そのようなはげしい時代の変転の相ではなかった。そこには「宇治拾遺」の「弱さ」があるといえよう。

しかし、「宇治拾遺」の文学の方法は、この切り捨てられたものにつながっている。人間の運命や境遇を大きく変える変革と激動の時期においても、一面において、人間の日常性の実態感覚というものは、実は必ずしも大きく変らない。この側面をすくい上げたのが「宇治拾遺」の編者であり、人間とは結局このようなものなのだとする寛容の態度と静観の姿勢で、一種あきらめにも似た健康な笑いの世界を形成しているといってよい。そして、そのような感情は、いつの時代においても、生活の深部において、庶民の感情や感覚につながる。編者は、貴族階級に属する人であったかも知れないが、多くの民話やゆたかな口誦伝承をとりあげることができたのも、彼のそのような人間理解の態度があったればこそであると考える。（二四～二五頁）

『平家物語』や『方丈記』に対する『宇治拾遺物語』の違いが的確にとらえられているが、まさに『宇治拾遺物語』は、いつの時代にあっても変わることのない人間性に暖かい眼を注いでいるのである。

それでは、『宇治拾遺物語』の作者はなぜこのような眼を持つことができたのであろうか。同じような人間観を持つ作品について考えあわせることによって、わずかなりともこの疑問に迫ってみたいのである。

三

人間のすべてを肯定的にとらえ、しかもそうした人間を暖かい眼差しでみつめるという『宇治拾遺物語』の人間観と同じような人間観に立つ作品として、『徒然草』がある。それでは『徒然草』はいかなる人間観を持っているのか。この点については本篇第五章第四節（四八七頁）において考察したので、今は要約して述べる。

まず、兼好は、冷静に無常をみつめることができた結果、現実の俗世間のみに無常があるのではなく、出家の世界にも無常はあることを認識できた。この両方の世界の無常を認識するところに、彼の無常観の特色がある。つまり、兼好の無常観は出家の世界と俗世との区別がなく、無常は人間すべてにあるのだという認識である。そして無常をみつめることから遁世するのではなく、無常なる身であるがゆえにその生を愛し生を楽しむべきだという。

すなわち、無常を知ればこそ、そのようなわが身を知り、それゆえに生を楽しまねばならないというこの考え方に、無常観から来た人間性肯定をみるのである。そして、この人間性肯定の考えは出家者も例外とするものではない。

兼好は、無常は聖俗両者共に逃れられないものであるという認識によって、その無常の中で人間性を肯定する考えへと進んだのである。そして人間性を肯定する生き方とは、「ひたふる」ではない、心に余裕を持った生き方であると認識するにいたったのである。

すなわち、兼好は矛盾に満ちた人間性を認め、その人間性を肯定する立場に立って、既成の概念に囚われることのない、「ひたふる」でない、精神的に自由な生き方を求めたのであった。

さて、『徒然草』において兼好は、人間性を肯定する立場に立って精神的に自由な生き方を求めたのであったが、このような考えにいたったのには、兼好の無常への深い思索があったのである。つまり、兼好の人間性肯定・精神的自由という考えの根底には無常観が存在するのである。換言すれば、無常観の上に立って人間性が肯定され、精神的自由な生き方が求められたのである。

このような『徒然草』の人間観は、人間のありのままの姿を肯定的にとらえ、明るくおおらかに語る『宇治拾遺物語』の人間観と非常に似通っている。先に、『宇治拾遺物語』の人間観について、作者はなぜこのような眼を持つことができたのであろうかという疑問を呈したが、『徒然草』の人間観が、兼好独自の無常観、すなわち、無常は聖俗両者共に逃れられないものであるという認識を出発点として得られたものであることから考えると、『宇治拾遺物語』の作者も、兼好と同様な無常の認識を持ち、同じような思考過程を経て、『徒然草』と同じような人間観を持つにいたったのではないかと推測するのである。

もちろん、『宇治拾遺物語』は『徒然草』よりはるかに先行するのであり、『宇治拾遺物語』の成立時期は『徒然草』の成立時期と隔たっており、したがって同じ中世といっても時代状況が異なることはいうまでもないことである。さらに『宇治拾遺物語』はその無常観を真正面から具体的に語ってはいない。よって、『宇治拾遺物語』の人間観が『徒然草』のそれと非常に似通っているからといって、そのような人間観を持つにいたった過程までも同様に考えようとすることは、無理を通り越して無謀といえよう。今は、『宇治拾遺物語』の人間観が『徒然草』のそれと非常に似通っていることを確認し、『徒然草』において兼好がそのような人間観を持つにいたった過程を確認するにとどめておくこととする。

次に、『平家物語』の人間観について考察し、『宇治拾遺物語』の人間観と比較してみたい。『平家物語』についても、本篇第四章第一節から第四節（二五三～三二〇頁）において、いくつかの視点から考察したので、結論だけを述べる。

すなわち、『平家物語』の語るものは、「祇園精舎」の章において語られる無常の「ことはり」の実証であると同時に、単にそこにとどまらず、同じ人間としてその「死」（滅び）を、悲哀感をもってみつめ、その死んでいった人々への暖かい眼差しを語るものであり、しかもこれは、広く人間全体に普遍したものであるのである。

そして、このような『平家物語』の人間への眼差しは、冒頭の「祇園精舎」の章に語られる無常観、つまり、すべての人間の無常を認識した上での、そのような無常の存在である人間への暖かい同情・共感にあるのである。換言すれば、無常の「ことはり」の前に全く為す術もなく滅んでいった数限りない人間への暖かい同情・共感は、「諸行無常」「盛者必衰」という無常観から生まれているものである。つまり、『平家物語』は、無常観によって人間をとらえ、「死」に懸命に抗いながらも滅んでいった人間への暖かい同情・共感の念を語るものである。

さて、この『平家物語』における人間への暖かい眼差しは、『宇治拾遺物語』の人間観に共通する面を持っている。『宇治拾遺物語』も様々な人間を肯定的にとらえ、どうしようもない人間に対しても決して批判的にみるのではなく、時には苦笑しつつも、暖かく見守っている。もちろん、同じように暖かい眼差しで人間をみつめているといっても、『平家物語』の人間観は、人間を、必ず死を迎えるはかない存在としてとらえ、その死が必ず訪れることを承知しながらも懸命に生きようとする姿に対する同情・共感であり、一方『宇治拾遺物語』の人間観は、この世に様々な人間が存在することを認識し、それぞれが人間の生き様であっていずれをも否定できるものではなく、その様々な生き様がそれぞれの人間の生き様なのだという観点に立ってのものであって、両者は似て非なるものといわざるをえないかもしれない。先に引用した日本古典文学大系本の「解説」においても述べられていた（二四〜二五頁）ように、たしかに『平家物語』や『方丈記』と『宇治拾遺物語』とではその意図や内容・方法において大きな隔たりがある。

しかし、『宇治拾遺物語』の作者も、直接的に語らないだけであって、無常観を持っていたことはいうまでもないだろう。ということは、『宇治拾遺物語』の作者もまた、人間にも必ず死が訪れることは百も承知であったはずである。つまり、『宇治拾遺物語』の作者も、みずからみつめ語っている人々もやがて死を迎える存在であることを承知した上で、この世における人間のありのままの姿を語っているのである。決して人間の無常な存在としての面を思慮外に置いているのではないはずである。必ず死を迎える存在であることを承知しつつ、その生の姿を暖かくみつめ、明るくおおらかに肯定的に語っているのである。すなわち、たしかにその意図・内容・方法等においては大きな異なりがある『平家物語』と『宇治拾遺物語』ではあるが、両者に共通する人間への暖かな眼差しの裏には、必ず死を迎えざるをえない無常の存在として人間をとらえる共通の基盤があるのではないかと考えるのである。

これまた、『宇治拾遺物語』がその無常観を真正面から具体的に語ってはいないという壁に阻まれて、推測の域を出ないものである。今は、『宇治拾遺物語』が、人間への暖かい眼差しという一点において、『平家物語』と共通しているということを確認するのみである。

四

以上、『宇治拾遺物語』の人間観について考察し、さらに、『徒然草』および『平家物語』の人間観と比較をした。すなわち、『宇治拾遺物語』は、人間のありのままの姿に、時には驚き、時には感嘆し、時には苦笑しつつ、しかし決して非難したり批判することなく、人間をおおらかにみつめ、これが人間なのだと人間のすべてを認め、肯定しているのである。このような『宇治拾遺物語』の人間観は、『徒然草』の、矛盾に満ちた人間性を認め、その人間性を肯定する立場に立って、「ひたふる」でない、精神的に自由な生き方を求めた考え方と非常に似通っており、また『平家物語』は、無常の「ことはり」の前に全く為す術もなく滅んでいった数限りない人間への暖かい同情・共感をもって語るが、その人間への暖かい眼差しという一点において、『宇治拾遺物語』の人間観は共通しているのである。そして『徒然草』も『平家物語』も、その人間観は無常観を基盤として成り立ってきているのであった。いわずもがなのことであるが、中世は前述したような時代であった。そのような背景を持つ中世文学も濃淡の差こそあれ、無常観を根底に持っている。そしてそれらの文学作品は、その無常観の上に立った人間観を持っているのである。『徒然草』や『平家物語』は前述した通りであるが、『方丈記』や謡曲なども顕著な例であり、仏教説話集も然りである。

しかし、本来的にいえば、無常の存在として人間をとらえる場合、それは現世否定へといたり、その人間観は否定的なものとならざるをえない。ところが、中世文学は、人間を肯定的にとらえているものが意外と多い。私見によれば、積極的・消極的の違いはあるものの、西行も、『方丈記』も、『建礼門院右京大夫集』も、『とはずがたり』も、謡曲も、その他多くの作品が、人間を肯定的にとらえていると思われる。

つまり、中世文学の人間観は、無常観に立って人間を無常の存在ととらえた上で、その人間の存在を肯定的にとらえているといいうるのではないかと考えるのである。

註

（1）『宇治拾遺物語』は、新日本古典文学大系『宇治拾遺物語　古本説話集』（岩波書店）をテキストとする。

（2）多くに用いられている「編者」という語を用いず「作者」とするのは、たとえ多くの出典から話を採録しただけであったとしても、そこには採録の適否、話の配列等において編者の意図がはたらいているのであり、それはとりもなおさず、一つの作品を作りあげていることになると考えるからである。日本古典文学大系本（岩波書店）の「解説」でも「編者は、自分のことばで批評や感想をのべたり、意見を主張したりすることはすくなかったが、ここに集められた一九七編の説話を、このような表現で集め語ったところに、彼自らを語ったものだといってよい。」（二二五頁）と述べられている。

（3）　繁雑になるが、一部を列挙する。ばくち打ちに騙されながらも地蔵菩薩に会い極楽往生を遂げた、信じて疑わない尼とその願いが叶う不思議さを語る話（第十六話）、百鬼夜行に出会い一瞬にしてはるか遠い地へ行ってしまったという不思議な話（第十七話、百鬼夜行に出会う話は第百六十話にもある）、地方豪族の豪勢な暮らしぶりとそれに比して貧相な五位の姿、また一言言ったばかりに思いもしなかった長旅をする羽目になった五位、それに狐の不思議さも加わった話（第十八話）、清徳聖はとてつもない大食漢であったが、実はその後ろに一般の人には見えない餓鬼・畜生や鳥獣がついていて、それらが食べていたという不思議さ、さらにそのような清徳聖の行為の貴さを語る話（第十九話）、雨を降らせた静観僧正の験力のすばらしさを語る話（第二十話）、同じ静観僧正の岩を祈り砕いた験力のすばらしさを語る話（第二十一話）、鯛の荒巻をめぐる紀用経の失敗を語りつつ、人々の食物への人間らしい執着や思いを語る話（第二十三話）、長い鼻を持った禅珍内供の、立派な僧でありながら、その鼻に悩む姿を好意的に語る話（第二十五話）、妻が浮気をしていると邪推してもう少しのところで他人を殺す羽目になりそうなほどに逆上した男と、すんでのところで殺されずに済んだ明衡の話（第二十九話）、柿の木に仏が現われたといって大騒ぎをする人々と、それが糞鳶の化けたものだと見破った右大臣の話（第三十二話）、相手の美女が放屁したことによって出家しようとしたが馬鹿らしくなって思い止まった藤大納言忠家の話（第三十四話）、鳥羽僧正覚猷のおかしな習慣と、その僧正にさんざん待たされた国俊が仕返しを遂げる話（第三十七話）、熱田神宮の大宮司が国司となって下ってきた俊綱にひどい目にあわされ、熱田の神に祈ったが、実は前世の因縁から仕返しをされたのだからどうにもならないという夢告を受けたという話（第四十六話）、雀が恩返しをするという不思議さと、対照的な二人のお婆さん、さらにはその周囲の人々の人間らしい姿を語る話（第四十八話）、人を恨めしく思ったために蛇身に生まれ変わったという女が、蛇身から救われたことを感謝し報恩しようとする不思議な話（第五十七話）、一生不犯の清僧が八十歳にして進命婦に恋慕したという話だが、作者はその破戒について非難めいたことは語っていない話（第六十話）、一度死んだ業遠が祈禱によって蘇生し用事を言った後また死んだ不思議なことと、業遠を蘇生させた観修僧正の験力のすばらしさを語る話（第六十一話）、僧に作ってもらった仮名暦に忠実に従い、挙句に粗相をしてしまった女の話（第七十六話）、自分の出生の曖昧さを証人によって払拭しようとしたが、かえって恥をかく羽目になった男の話（第七十七話）、ともに生き仏と称された隆明と増誉の、一方はつつましい生活をし、一方は豪奢な生活をしたことを語り、増誉の男色をも合わせて語るが、決してそれを批判することなく、それぞれの生き方を認めている話（第七十八話）、盗み食いした氷魚が鼻から出てきて露見したが、平然と言い訳をした僧の話（第七十九話）、若く美しい尼の死体が風と共に消えてしまった不思議な話（第八十四話）、鷹を取ろうとして谷底に落ちた男が観音の化身である蛇の背に乗って助かったという不思議な話（第八十七話）、いつも飛んでいって食物を運んでいた鉢が、空を飛んで倉を運びまた米俵をも運んだということ、また醍醐帝の病気を治すのに護法童子を遣わしたという「まうれん小院」の不思議な話（第百一話）、仏師を欺いて何の礼も払わず仏像を造らせ、講師をもだまして礼もなしに開眼供養をさせた、「くうすけ」という法師の話（第百九話）、せっかく仏像を造ったのにどういう仏なのかについては願主も仏師も知らず、またそのことにこだわっていないという「つねまさ」の郎等「まさゆき」の話（第百十話）、三人組の盗賊をかろうじて討ち果たすことができた則光が翌日誘われてしぶしぶ現場へ行ってみると、ある男が図々しくも自分が盗賊を退治したとまくしたてていたという話（第百三十二話）、入水往生するといって多くの観衆を集めておきながら最初からその気がなく、弟子の僧に助けてもらって観衆から散々な目にあわされた聖は、後に手紙に「前の入水の上人」と書いたという話（第百三十三話）、五十年余りも穀断ちをしているという上人が、その排泄物から嘘であることが露見してしまい、「穀糞の聖」と大笑いされたという話（第百四十五話）、助けられた亀が人に化けて銭を返しに来たという不思議な話（第百六十四話）、賊に人質に取られたが、その人並みはずれた怪力ぶりで賊を恐れおののかせたという大井光遠の妹の話（第百六十六話）、娘が羊に転生しているのを知らずに、その羊を料理させてしまったという唐の「けいそく」の話（第百六十七話)、父が転生した鯰であることを知りつつ、それを食べて骨が喉に刺さって死んだ出雲寺の別当上覚の話(第百六十八話)、三川入道寂昭が唐の王の前で験力を試された時、神仏に祈って鉢を飛ばすことができたという話(第百七十二話)、水瓶を飛ばす験力を持った清滝川の聖は、同じように水瓶を飛ばす僧を試そうと火界呪を誦して加持したが逆にひどい目にあったという話(第百七十三話)、盗人の尻をポンと蹴ったらそのまま見えなくなってしまったという遍照寺僧正寛朝の怪力の話(第百七十六話)、六十人力ほどの大蛇に足を引っ張られながらもその身を断ち切ってしまったほどの怪力の持ち主である経頼という相撲取りの話(第百七十七話)等々、それこそ枚挙にいとまがない。しかも、これらの話に登場する人間について、立派な人物や真面目な人物に対しては素直に感嘆したり褒めたりし、人の道にはずれるような行為をした人物や卑猥な言動をした人物に対しても、それも人間の姿なのだという観点から肯定的にとらえ、明るくおおらかに語っているのである。

第二節　中世女流日記にみる人間観

――『建礼門院右京大夫集』・『とはずがたり』を中心に――

一

家の集などいひて、歌よむ人こそ書きとどむることなれ、これは、ゆめゆめさにはあらず。ただ、あはれにも、かなしくも、なにとなく忘れがたくおぼゆることどもの、あるをりをり、ふと心におぼえしを、思ひ出でらるるままに、我が目ひとつに見むとて書きおくなり。

われならでたれかあはれと水茎の跡もし末の世に伝はらば（一）

『建礼門院右京大夫集』(1)（以下、『右京大夫集』ともいう）冒頭の序にあたる一文である。もちろんこれは『右京大夫集』がまとめられる最後の段階で執筆されたものであるが、ここにこの集の執筆理由が語られている。すなわち、これは歌人の家集といったものではないと断った上で、作者右京大夫の人生は「あはれにも、かなし」いものであったと述べ、それは「忘れがたくおぼゆる」ことであり、その折々に心に思われたことをおのずから書き置いたものであるという。それは「我が目ひとつに見む」という目的であった。そして和歌では、この集を見て「あはれ」だと思うのは自分だけであって、たとえこの集が後世に残ったとしても誰も「あはれ」だとはみてくれないだろう、しかし、所詮「我が目ひとつに見む」と思って記したものなのだからそれでいいのだ、という思いを述べている。

この冒頭部分に照応する一文が、跋ともいうべき末尾に語られている。

かへすがへす憂きよりほかの思ひ出でなき身ながら、年はつもりて、いたづらに明かし暮すほどに、思ひ出でらるることどもを、すこしずつ書きつけたるなり。おのづから、人の「さることとや」などいふには、いたく思ふままのこと、かはゆくもおぼえて、少々をぞ書きて見せし。これはただ、我が目ひとつに見むとて、書きつけたるを、後に見て、

くだきける思ひのほどのかなしさもかきあつめてぞさらに知らるる（三五七）

ここでも、冒頭と同じような思いが語られている。すなわち、みずからの人生を「憂きよりほかの思ひ出でなき身」ととらえ、人生の大半を「いたづらに」明かし暮らしたとする。そしてそれを少しずつ書き記したものだという。時には他の人に一部分を見せたことはあるが、これはどこまでも「我が目ひとつに見む」と思って記したものであるという。そして和歌では、書き付けたものを見ると心が砕き散るほどの悲しさの人生をあらためて知ること

だという。

この序と跋で注目すべきことは、二点ある。一つは、みずからの人生を「あはれにも、かなしくも」（序）あり、「憂きよりほかの思ひ出でなき」（跋）ものであったととらえていることである。しかし、作者の人生がそのような辛いことばかりであったのではもちろんない。『右京大夫集』の中にも、たとえば建礼門院のもとへ宮仕えに上がった時の、見るもの聞くものすべてが感動の対象であり、高倉天皇と建礼門院の月日に喩えるほどに照り輝くほどの美しさに感動するなど、初々しい中にも宮仕えの嬉しさを語る場面がある。また、平資盛との恋愛も、たしかに辛く苦しいこともあったが、それは恋愛に付きもののことであって、そのような恋愛に在ることが人生そのものの辛さ、悲しさではない。それなのに、作者は「憂きよりほかの思ひ出でなき」（跋）人生であったという。

それは、作者にとっては、資盛が一門の人々と共に都落ちして行き、やがて壇の浦で入水して命を閉じて以後こそが、彼女の人生そのものであったからである。つまり作者にとって、資盛と別れて以後晩年までのことが人生のすべてであり、それは「あはれにも、かなしくも」（序）あり、「憂きよりほかの思ひ出でなき」（跋）ものであったのである。このことは、資盛と死別してからも作者の心の中には晩年までずっと資盛が存在したことを物語っているのである。

ところで、この序と跋では、「思ひ出でらるるままに」（序）、「思ひ出でらるることどもを」（跋）書き記したという。つまり、共に「思ひ出でらるる」といっていることから、事があったその時に記したのではなく、後に自然と思い出されて書き記したのである。ということは、そこにどれほどの時間差があったかはわからないが、少なくとも事があったその時に記したのではなく、後に思い出して書き付けたということである。そしてその、自然と思い出されたことは「あはれにも、かなしくも」（序）あり、「憂きよりほかの思ひ出でなき」（跋）ものであった。

ということは、その自然と思い出されたことは資盛とのことであったのである。すなわち、作者の人生は、資盛を失った二十八歳頃から晩年までがすべてであり、それはこの世にはもはやいない資盛を想って生きたものであったのである。

作者は、資盛死後、出家するのでもなく、他の男性の庇護を受けることもしなかった。たしかに、都落ちにあたって資盛が「道の光もかならず思ひやれ」（二〇四）、「後の世をばかならず思ひやれ」（二一七）といい残したこともあり、また資盛の菩提を弔うのは「身一つのことに思ひなされ」（同上）た結果、彼の菩提を弔うことに懸命になっている。しかし、出家し尼となって亡き恋人の後世を祈る生き方はしていない。時には死んでしまいたいとか尼になりたいなどと思うこともあったが、結局は出家することなく晩年まで生きたのである。なぜ出家しなかったのか。それは出家して尼になることは女性の身であることを捨てることになるからである。出家の世界には世俗の男女の別はない。それは『源氏物語』における藤壺の出家をみてもわかることである。藤壺は、自分への源氏の男女の愛をとどめ、しかも源氏がわが子冷泉院の後見として存在し続けることを願って、考え抜いた末に出家したのであった。翻って、『右京大夫集』の作者にとって、尼となって恋人資盛の後世を祈ることは、資盛との恋愛関係がなくなることを意味する。作者はその道を選ばず、どこまでも彼との恋愛関係を継続すべく、出家しなかったのである。つまり、たとえ恋人資盛がこの世に存在しなくとも、作者はどこまでも資盛と共に生きようとしたのである。

『右京大夫集』の最後に、この作品の成立事情を記す記事がある。

　老ののち、民部卿定家の、歌をあつむることありとて、「書き置きたる物や」とたづねられたるだにも、人かずに思ひ出でていはれたるなさけ、ありがたくおぼゆるに、「『いづれの名を』とか思ふ」ととはれたる、

思ひやりのいみじうおぼえて、なほただ、へだてはてにし昔のことの忘られがたければ、「その世のままに」など申すとて、

言の葉のもし世に散らばしのばしき昔の名こそとめまほしけれ（三五八）

かへし　　　　　　　　　　　　　　　　　　　　民部卿

おなじくは心とめけるいにしへのその名をさらに世に残さなむ（三五九）

とありしなむ、うれしくおぼえし。

作者が七十歳は過ぎたであろう晩年に、『新勅撰集』編纂の命を受けた定家から書き置いた和歌はないかと尋ねてきた。そして定家が作者に「いづれの名を」用いたいかと問うたのに対して、作者は「へだてはてにし昔のことの忘」れられなかったので「その世のままに」と答えたという。和歌においても、もし自分の和歌が後世に残るならば忘れがたく懐かしい昔の名をとどめたいという。そして『新勅撰集』には「建礼門院右京大夫」の名で作者の和歌が入集している。つまり、彼女にとっては、資盛死後に宮仕えに上がった時の女房名ではなく、建礼門院徳子に仕えた時、すなわち資盛と愛し合った時の名が、忘れがたい「へだてはてにし昔」の名であり、「しのばしき昔の名」であったのである。このことは、作者が最晩年にいたってまでも資盛のことを忘れることなく、ずうっと想い続けていたことを物語るものであり、まさに彼女の人生が資盛と共にあったことを如実に表わしているのである。

さて、序と跋で注目すべき二つめは、共に「我が目ひとつに見むとて」書き綴ったと語っていることである。この言葉は、みずからの人生を確かに生きたことを、みずからの心の内で確認したいという思いを語るものである。しかもその人生は資盛を想ってのものであった。つまり、作者にとっての人生は、資盛死後も彼と共に生きたものであったのであり、それが人生のすべてであった。すなわち、その生死とは関係なく、資盛と共に生きたみずから

の人生を、みずから確認したいために『右京大夫集』を書き綴ったのである。それはまさに生きた証しであった。

このようにみずからの人生をとらえ、みずからの心の内に確認することは、今まで生きてきたみずからの人生を肯定しているものといえよう。また、そのように生きたわが身を肯定的に評価しているのである。たしかにその人生は、「あはれにも、かなし」いものであったが、同時にそれは「忘れがたくおぼゆる」ものであった。「あはれにも、かなし」いものではあったが、彼女の人生は間違いなく資盛を変わることなく愛し続けたものであった。そういうわが人生、またそのように生きたわが身を肯定し、誇らしくも思い、みずからに確認しようとしたのが、『右京大夫集』なのである。

二

『とはずがたり』の作者、後深草院二条は、二歳で母を失い、その後は十五歳で死別するまで父に育てられたが、幼い時から院にかわいがられて育ち、院も新枕の相手であった大納言典侍の子である作者を「あが子」と呼ぶほどにかわいがっていた。しかし作者十四歳の時、里に下がっていた作者は院の来訪を受け、むりやりに契りを結ばされてしまう。それ以後、作者は、以前から交際があった雪の曙をはじめ、有明の月、亀山院、近衛の大殿といった男性との交渉を持った。それも、後深草院の寵愛を受けつつのことであり、時には複数の男性との同時進行も含めたものであった。華やかなというべきか、尋常ではない男性遍歴であった。そして時には院以外の男性との子を出産することもあった。

そのような男性遍歴について、作者は一見、罪の意識を感じているようではあるが、その実は、院に知られることを恐れる思いが一番の心配であった。院の歪んだ性向もあって、時には院のさしがねによって他の男性と結ばされることもあり、作者はこれらの男性の中で翻弄されている感もあり、そのような身に対して同情できる面もあるが、それぞれの男性に対して院を最初に拒んだような強い拒否は示さず、また、暁に去っていく男性の後姿をしみじみと眺めたり、愛情を感じたりしていることを考えると、やはり作者自身の性格も大きく関わっていることは否定できないだろう。

しかし作者は、院以外の男性と結ばれる結果になったことについて、たとえば雪の曙と新枕を交わしたことについて「例の心弱さは、否とも言ひ強り得でゐたれば」（巻一）といっているように、「例の心弱さ」という言葉をしばしば用い、やむをえなかったのだということを言外に匂わせている。すなわち、自分の意志が弱いばかりにこのような結果になってしまったとみずからの責任で招いたことであるといいつつも、そのように語ることによって、男性の身勝手な思いの中で、やむをえず翻弄される自己を演出しているのである。

そのような愛欲に溺れたような宮廷生活も、後深草院の后である東二条院のたびたびの嫉妬によって終わりを告げ、結局は院に追われたかたちで御所を去る。

その後、作者は、幼い頃に「西行が修行の記」を見て以来の念願通りに出家して尼となり、憧れてきた行脚の旅に赴く。東国へ旅立って鎌倉に滞在し、善光寺にも参詣し、やがて帰京の途中に再度熱田社に参詣、帰京後は奈良へ赴く。しかし、この旅は、実際は廻国修行の旅というには程遠いものであったらしい。それは、先述した「西行が修行の記」を九歳の折に見た記述によれば、

九つの年にや、西行が修行の記といふ絵を見しに、片方に深き山を描きて、前には河の流れを描きて、花の散りかかるに眺むるとて、

風吹けば花の白浪岩越えて渡りわづらふ山川の水

と詠みたるを描きたるを見しより、うらやましく、難行苦行は叶はずとも、われも世を捨てて足にまかせて行きつつ、花の下露の情をも慕ひ、紅葉の秋の散る恨みも述べて、かかる修行の記を書き記して、なからん後の形見にもせばやと思ひしを　　（巻一）

とあり、「難行苦行」の仏道修行というよりは風流の勝った旅であったようである。

さて、作者は奈良方面に赴いた帰途、石清水八幡宮に参詣し、思いがけず後深草院と再会する。院は昔のことを話され、形見にと小袖三領をくださった。作者は、自分を御所から追放した院に対して恨みつらみはあったはずであるが、「年月は（院のことを）心の中に忘るる御事はなかりしか」といい、また、小袖をくださった院のお心を思うと、

来し方行く末の事も、来ん世の闇も、よろづ思ひ忘れて、悲しさもあはれさも、何と申しやる方なき状態であったという。そして立って行かれる院の残り香も「なつかしく匂」い、「夢を夢見る心地し」て、「今一度ものどかなる御ついでもや」とは思ったが、それも憚られてよそながらお姿をもう一度拝見する。院のお姿を拝見していると、昨夜様々承った時の「いはけなかりし世の事まで数々仰せありつるさへ、さながら耳の底に」残り、院の面影は涙にかすむことであったという。都へ戻る道中でも、院と再会したうれしさは、「わが魂はさながら御山にとどまりぬる心地」であった。

つまり、この院との再会の場面では、御所を追放されたことに対する作者の院への恨みつらみは消え、ただただ、院へのなつかしさ、また再会できたことのうれしさばかりであり、院と別れた後も恋しさが募っていることがわかるのである。

その後、作者は熱田社や伊勢神宮を訪れ、伊勢にはしばらく逗留もするが、その間も院はたびたび使いを遣わし

て作者を誘う。そして伏見の御所で、再び院とお会いする。ここでは、石清水での再会時にも増して院は思い出を多く語る。それを承っていると心を深く動かされる作者であった。そして別れた後も院からは慰問の使いが来る。これについて作者は「いかでかうれしからざらん」といい、続けて、

いはんや、まことしくおぼしめし寄りける御心の色、人知るべきことならぬさへ、置き所なくおぼえ侍りし。

と語る。そしてこの院のお気持ちは作者にとって「何となく忘れがたくぞ侍る」（以上、巻四）ものとなったのである。

その後も、二見・厳島・足摺岬・白峰・松山・和知と旅は続くが、やがて後深草院がご病気と聞く。作者はいてもたってもおられず今一度お会いしたいと思うがそれも叶わず、あちこちの寺社にご病気平癒を祈願するが、ついに崩御の知らせを聞く。

思ひまうけたりつる心地ながら、今はと聞き果て参らせぬる心地は、かこつ方なく、悲しさもあはれさも、思ひやる方なくて

御所へ駆けつけ、誰もいない庭に一人居て昔を思っていると、折々の院の面影が今眼前にあるような気がして、何ともいいようがなく悲しい。

やがて葬送の列が出発する。作者は「履きたりし物もいづ方へか行きぬらん、裸足にて走り下りたるままにて」葬列の後を追う。

ここよりや止る止ると思へども、立ち帰るべき心地もせねば、次第に参るほどに、物は履かず、足は痛くて、やはらづつ行くほどに、皆人には追ひ遅れぬ。……（中略）……空しく帰らんことの悲しさに、泣く泣く一人なほ参るほどに、夜の明けし程にや、事果てて、空しき煙の末ばかりを見参らせし心の中、今まで世に永らふ

るべしとや思ひけん。

（以上、巻五）

泣きながら裸足で院の葬列を追う場面である。列に遅れながら懸命に後を追う先に火葬の煙を見上げるところなど、多分に演出の感なきにしもあらずだが、作者の院に対する思いは十分に表現されている。

すなわち、あれほど華やかなというべきか、奔放なというべきか、多くの男性遍歴を重ねて来た作者は、後深草院によって御所を追われた後は尼となって諸国を旅して歩いたわけだが、御所を追われたことに関して院への恨みは当然あったはずである。事実、「かくて世に経る恨み」（巻四）という表現も見られる。しかし、石清水八幡宮で院に再会した作者には、再会した喜びと院へのなつかしさ、さらには再度の再会の際にも同様の気持ちが湧いたのであって、そこには恨みはほとんど姿を消している。このことは、多くの男性との交際はあったが、作者にとっては、院こそが片時も忘れることのない存在であり、心から愛し、頼みに思っていた存在であったことを物語っているのである。その証左が、院のご病気に続く葬送の場面での、悲しみのあまり体裁もかまわず取り乱した様子でひたすら葬列を追うという行動である。つまり、作者は院と再会するまでは気づかなかったが、再会、再度の再会、そして崩御によって、自分が今まで無意識のうちにも院を愛し、院を支えとして生きてきたことに初めて気づいたのである。しかし、気づいた時には、院はすでにこの世の人ではなかった。失ってみて初めてその存在の大きさに気づいたのである。考えてみれば、作者が御所を追放されて以後、かつて交渉のあった院以外の男性は、記事的に述べる若干の箇所を除いて、全くといってよいほどふれられていない。

やがて院の三回忌を迎えた後、作者は次のように語る。

見しうば玉の御面影も、現に思ひ合せられて、さても宿願の行く末いかがなり行かんとおぼつかなく、年月の心の信もさすが空しからずやと思ひ続けて、身の有様を一人思ひゐたるも飽かずおぼえ侍る上、修行の心ざしも、西行が修行の式、羨しくおぼえてこそ思ひ立ちしかば、その思ひを空しくなさじばかりに、かやうのいたづら事を続け置き侍るこそ。後の形見とまでは、おぼえ侍らぬ。（巻五）

『とはずがたり』跋にあたる部分である。細かい解釈は今措くとして、ここで作者は、「身の有様を一人思ひゐたるも飽かずおぼえ侍る」といい、「その思ひを空しくなさじばかりに」この『とはずがたり』を綴ったのだという。つまり、自分の今まで生きてきた人生を心中深くに沈潜させておくことはできない、また修行を思い立つにいたったことも無駄にしないために、綴ったのだというのである。すなわち、誰に問われるのでもなく、みずから語らずにはおれない思い、しかもその内容は、みずからが修行へと向かうにいたった事情、つまり、自分の歩いてきた人生そのものである。それは、五十歳を目前にして初めて気づいたところの、自分の人生が無意識のうちに後深草院を頼みにし、支えにしてきた人生であった。

しかし、そのような人生であったと気づいた今、その院ももうこの世におられない。これからは自分一人で歩いていかなければならないのである。そこで、これからの後半生を歩み出すにあたって、自分一人で歩んでいくためにも、今までの半生をみずからの目で確認しておきたいと思ったのである。そしてその半生は、ふりかえってみると、院によって支えられて生きてきた人生であった。しかも、その半生は反省後悔するものではなく、たしかに自分の人生であったという思いがある。つまり、決して自分の人生を否定するのではなく、むしろそういう人生であったと、そのまま肯定的にとらえていることがうかがえるのである。そして、その半生を肯定的にとらえ、確認することによって、これからの後半生を今度は一人で生きていこうとするのである。これからの後半生を前向きに生きていこうとする時、誰に語るのでもないが、問われずとも語らずにはおれない気持ち、それがこの『とはずがたり』執筆の動機であり、題名の所以なのである。『建礼門院右京大夫集』の「我が目ひとつに見むとて」と同じ意図であるといえよう。

すなわち、作者は、無意識のうちにも後深草院を支えにし、院とともにあったみずからの半生を決して後悔すべきものとして否定していない。むしろそのように生きたということをそのままとらえて確認しようとしているのである。

三

如上、『建礼門院右京大夫集』と『とはずがたり』について、共にみずからの人生を肯定的にとらえていることを考察してきたが、この、みずからの人生を肯定的にとらえるということは、とりもなおさず肯定的に自己をとらえることであり、その根底には人間を肯定的にとらえる姿勢をみることができるのである。すなわち、長い人生の中には様々な苦しいこと、辛いことも多く、時には失敗もあり、後悔することもあるのであるが、しかし、そのような中で懸命に生きているのが人間であり、そのように生きることを前向きにとらえ、さらにはそのように生きてきたことに誇りさえもっているのである。それは自己をとらえるものであり、普遍的に人間をとらえたものではないが、しかしそれは間違いなく人間を肯定的にとらえようとするものである。

このような『建礼門院右京大夫集』と『とはずがたり』の人間観は、平安王朝時代の女流日記とは趣を異にしている。平安時代の女流日記は、『蜻蛉日記』や『更級日記』を例に挙げるまでもなく、わが身、わが人生を嘆いたり、後悔したりする趣のものである。それはそれで、一人の女性の人生における悩み、苦しみ、辛いことについての心裡が如実に表現され、文学性の高いものではあるが、みずからの人生を肯定的にとらえたものではない。この点、中世女流日記の特色の一つといえよう。

『建礼門院右京大夫集』や『とはずがたり』は、人間観といってもみずからをとらえるものではあるが、なぜ、このように肯定的な人間観を持ち、みずからの人生を肯定的にとらえているのであろうか。

このような肯定的人間観については、前節で『宇治拾遺物語』を中心に考察した。そこでは、『宇治拾遺物語』および『徒然草』・『平家物語』の人間観について言及した。その結論を述べると、『宇治拾遺物語』は、人間のありのままの姿に、時には驚き、時には感嘆し、時には苦笑しつつ、しかし決して非難したり批判したりすることなく、人間をおおらかにみつめ、これが人間なのだと人間のすべてを認め、肯定している。このような『宇治拾遺物語』の人間観は、『徒然草』の、矛盾に満ちた人間性を認め、その人間性を肯定する立場に立って、「ひたふる」でない、精神的に自由な生き方を求めた考え方と非常によく似通っており、また『平家物語』は、無常の「ことはり」の前に全く為す術もなく滅んでいった数限りない人間への暖かい同情・共感をもって語るが、これは『宇治拾遺物語』や『徒然草』の、人間性を積極的に肯定する人間観とはたしかに異なるが、その人間への暖かい眼差しという一点において、『宇治拾遺物語』や『徒然草』の人間観と共通している。そして、『徒然草』も『平家物語』も、その人間観は無常観を基盤として成り立ってきているのである。

今、『建礼門院右京大夫集』と『とはずがたり』の人間観は、肯定的なものであるとはいえ、『宇治拾遺物語』や『徒然草』のような積極的に人間性をすべて肯定するものではない。その意味においては『平家物語』のそれにやや近いといえようか。しかし、また、わが人生を否定的にとらえ反省や後悔の念で語るのではなく、たとえば『とはずがたり』作者が奔放な男性遍歴を「例の心弱さ」のためとみずから語るところにもみられるように、諸々の出来事を人間の仕方がない面なのだとし、しかもそれを肯定的にとらえるところなどは、『宇治拾遺物語』や『徒然草』の人間観に近いともいいうる。

ところで、『宇治拾遺物語』の人間観はどこから成り立ってきているのかは明らかではないが、『徒然草』および『平家物語』の人間観が無常観から成り立ってきていることを考えると、『宇治拾遺物語』の作者も、兼好と同様な無常の認識を持ち、同じような思考過程を経て『徒然草』と同じような人間観を持つにいたったのではないか、と本章前節で推測した。すなわち、中世という時代背景を持つ中世文学は濃淡の差こそあれ、無常観を根底に持っている。そしてこのことは、中世の文学作品の人間観が無常観の上に成立していることを推測させるに十分である。『建礼門院右京大夫集』の作者右京大夫も『とはずがたり』の作者二条も、中世という時代に生きた人であり、当然のことながら無常観を持っていたことは間違いない。とすれば、みずからの人生を肯定的にとらえていることに表われているこの二作品の人間観も、中世という時代の中にあって無常観を持ち、その無常観から導かれたものなのではないかと推測する次第である。

ともかくも、『建礼門院右京大夫集』と『とはずがたり』は、共にみずからの人生を、このように生きたのだという自負を持って語っており、そのようなみずからの人生を、みずから確認したい思いから綴られたものなのであり、そこには、肯定的人間観をみることができるのである。

註

（1）『建礼門院右京大夫集』・『とはずがたり』共に、本文は新潮日本古典集成本による。『建礼門院右京大夫集』の漢数字は歌番号、およびその詞書である。

第二章　「雅び」の崩壊と継承

第一節　平安王朝期における「雅び」

一

むかし、おとこ《を》、うゐかうぶり《ひ》して、平城の京、春日の里にしるよしして、狩に往にけり。その里に、いとなまめいたる女はらから住みけり。このおとこ《を》、かいまみてけり。おもほえず、古里にいとはしたなくてありければ、心地まどひにけり。おとこ《を》の着たりける狩衣の裾を切りて、歌を書きてやる。そのおとこ《を》、しのぶずりの狩衣をなむ着たりける。

春日野の若紫のすり衣しのぶのみだれ限り知られず

となむ、をいつきて《おひ》いひやりける。ついでおもしろきことともや思けん、

みちのくの忍もぢずり誰ゆへにみだれそめにし我ならなくに

といふ歌の心ばへなり。昔人は、かくいちはやきみやびをなんしける(1)。

（『伊勢物語』・第一段）

春日の里に狩に行った折、そこで垣間見た姉妹に心乱れた若者は狩衣の裾を切って歌を書き付けて遣ったということを語った後、筆者は、昔の人はこのように即座に「みやび」をしたものであるという。

秋山虔氏は、この段について、「「をとこ」のこうした挙措が、伝統によって趣向の守り育てられてきた歌の約定に随従することによって、相手との心情の連帯を獲得するものであったことを言おうとしたのだろう」と述べた上で、「みやび」について次のように述べておられる。

「昔人は、かくいちはやきみやびをなんしける」という結びの文言については、多くの見解が提起されているが、私見としては、惑乱が強烈であればそれだけに、それを取り鎮める行為としての和歌の伝統への回帰の営み、そのことによる人間の連帯の確保、そこにはしたたかな反俗の精神との分かちがたさがあると理解したいのである。

氏は「和歌の伝統」を基底において述べられているが、これは、王朝貴族社会において美的伝統は何といっても和歌に由来するものであり、すべての美的伝統の根底は和歌にあるといいうるからである。しかしまた、逆にいえば、和歌から出た美的伝統は王朝貴族のすべてについての美意識に影響し、支配したともいいうるのである。

このように考える時、氏の言葉を借りながら「雅び」(2)を次のように定義することが可能である。すなわち「雅び」とは、決して一時の激情に流されるものではなく、むしろそれを「取り鎮める」行為、つまり冷静に行為されるものである。そしてそれは伝統にもとづいた美意識（貴族社会における美意識）であり、「反俗の精神」を持ったもの、つまり世俗の政治における権力構造とは一線を画すものである。さらにその美意識は貴族社会の人々の「連帯」が「確保」されるもの、換言すれば、人々の間に共感を得ているものである。

氏は、続けて『伊勢物語』について、次のように論じておられる。

いったい、『伊勢物語』といえば「みやび」が合言葉でさえあるといえようが、「みやび」という語は平安文学全体を通して、用例ははなはだ僅少であり、『伊勢物語』においても前記の一例のみである。それは、もと「みやこ（宮処）ぶ」ことであり、宮廷風で上品なこと、風流事、風流なふるまいであると説明されるのが普通であるけれど、そうした語義の詮索によって本質が説明されうるものでもあるまい。この初段の「をとこ」のふるまいがなぜ「いちはやきみやび」なのかを検討することによって、その本質をさぐりつけることができるならば、『伊勢物語』が「みやび」の文学とされるゆえんもおのずと領解されるのではなかろうか。……（中略）……業平はけっして体制に忠実な良吏ではなく、政治の世界に背を向け、歌人として生きるという側面において、真の意味での人間の回復を求めたのだといえよう。そこには、外面はともかく、現実の権勢何するものぞという貴種の矜持――それは現実には、公的には何の有用性もないだけに、かえって自在でありうる、したたかな精神が潜在していたといえよう。そのような業平を支持する、時代・社会の精神的基盤、あるいは生活感情が、業平を、業平自身さえも関知することのない「をとこ」へと変貌させたのだといえよう。この「をとこ」は、『古今集』の撰者が、和歌を漢詩と同格たらしめようとして政教的に意義づけし鼓吹しようとする主張に背反し、撰者らがおとしめ慨嘆した私的・民間的世界での在り様、そこにこそ人間の人間たるべき心的連帯の実があることを証そうとしたのである。その旗手として、その人生を拓いた初段の初冠した「をとこ」の、「いちはやきみやび」を出発点として、深浅、濃淡、遠近、じつにさまざまの和歌の姿態、和歌にかかわる、さまざまの話柄を後続させた『伊勢物語』は、一に和歌がどこまでも眼目である点において、「みやび」の文学と呼ぶにふさわしいのである。

（以上、秋山氏の引用は、新日本古典文学大系「解説」・三七二～三七五頁）

引用の末尾の一文において「一に和歌がどこまでも眼目である点において」といわれる点については、先述したように「和歌」を「美的伝統」とほぼ同義と理解すれば首肯できるであろう。ここでも氏は反俗、つまり政治的世界とは一線を画した、「現実の権勢何するものぞという貴種の矜持」をいわれるが、それは王朝貴族社会の人々が誇りを持って「雅び」を固守したことに通ずるものである。また、「人間の人間たるべき心的連帯の実」は、王朝貴族社会の人々の間に「雅び」が共通して保持されていたことを語っている言葉であるといえよう。

このように、『伊勢物語』において登場した「雅び」は平安王朝貴族社会において、貴族の人々の共通の美意識であったという以上に、貴族の人々の精神の根底に深く保持され、さらには生活全般にわたって規定していったのである。

この「みやび」が平安文学にどのように表われ、その後どのような展開を遂げたかについて考察していきたい。

二

むかし、お《(を)》とこ、武蔵の国までまどひありきけり。さて、その国にある女をよばひけり。父はこと人にあはせむといひけるを、母なんあてなる人に心つけたりける。父はなお《(ほ)》びとにて、母なん藤原なりける。さてなんあてなる人にと思ひける。このむこがねによみてを《(お)》こせたりける。住む所なむ入間の郡、みよし野の里なりける。

みよし野のたのむの雁もひたふるに君がかたにぞよると鳴くなる

むこがね、返し、

わが方によると鳴くなるみよし野のたのむの雁をいつか忘れん

となむ。人の国にても、猶かゝることなんやまざりける。

（『伊勢物語』・第十段）

都を離れた地方においても「かゝること」は存在したというのである。「かゝること」について脚注では「女に言い寄って歌をよみかわすような行為」とある。具体的にいえばそうだが、それだけのことではないことはいうまでもない。前項で述べたように、当然ながらそれは、貴族階級の人々の美的伝統にもとづく行為、すなわち「雅び」の行為である。

さて、年ごろ経るほどに、女、親なくたよりなくなるまゝに、もろともにいふかひなくてあらんやはとて、河内の国、高安の郡に、いきかよふ所出でにけり。さりけれど、このもとの女、悪しと思へるけしきもなくて、出しやりければ、おとこ（を）、異心ありてかゝるにやあらむと思ひうたがひて、前栽の中にかくれゐて、河内へいぬる顔にて見れば、この女、いとよう化粧じて、うちながめて、

　風吹けば沖つ白波たつた山夜半にや君がひとり越ゆらん

とよみけるを聞きて、限りなくかなしと思ひて、河内へもいかずなりにけり。

まれ〳〵かの高安に来て見れば、はじめこそ心にくくもつくりけれ、今はうちとけて、手づからいゐがひとりて、笥子のうつわ（は）物に盛りけるを見て、心うがりていかずなりにけり。

（同上・第二十三段）

幼馴染が結ばれ幸せな日々を送っていたのも束の間、経済的に不如意になるにつれ、夫は他の女のところへ通うようになった話である。夫が浮気をやめた理由は、夫を恨まずそれどころか他の女の所へ通う夫の身を案じる妻の心持ちにいとおしさを感じたからであるが、実はそれだけではあるまい。夫が出かけて居ないにもかかわらず「いとよう化粧じ」る心の持ち様、さらには夫の身を案じるだけでなくそれを和歌に詠む行為、夫はこういったところに、「雅び」の姿をみて取ったからであろう。このことは、後日垣間見た高安の女が「手づからいゐがひとりて、

笥子のうつわ物に盛」る「雅び」でない姿が対照的に語られていることからもうなずけることである。

男もすなる日記といふものを、女もしてみむ、とて、するなり。

『土佐日記』冒頭の一文であるが、紀貫之は仮名で日記を綴るために、女の身に仮託した。それは、男が文章を記す際には和歌を除いては漢文で綴るのが当時の習わしであり、女文字と呼ばれた仮名で綴ることは恥ずべきことであった。よって貫之は女の身に仮託したのであるが、それはとりもなおさず、男たるものは漢文で綴るべきであるという一つの美意識にもとづく規範の如きものがあったことを物語る。この規範の如きものとなった美意識、これが「雅び」の枠である。男が仮名で綴ることが恥となるのは、それが「雅び」の枠を逸脱する行為だからである。

三

これより、夕さりつかた、「内裏の方ふたがりけり」とて出づるに、心えで人をつけて見すれば、「町の小路なるそこ〳〵になん、とまり給ひぬる」とて、来たり。さればよと、いみじう心うしと思へども、いはんやうも知らであるほどに、二三日ばかりありて、あか月がたに門をたゝくときあり。さなめりと思ふに、憂くてあけさせねば、例の家とおぼしきところにものしたり。つとめて、なほもあらじと思ひて、

なげきつゝひとりぬるよのあくるまはいかにひさしきものとかはしる

と、例よりはひきつくろひて書きて、うつろひたる菊にさしたり。かへりごと、

「あくるまでもこゝろみむとしつれど、とみなる召使の来あひたりつればなん。いとことはり《わ》なりつるは。

げにやげにふゆのよならぬまきのともおそくあくるはわびしかりけり」

さてもいとあやしかりつるほどに事なしびたり。しばしはしのびたるさまに、「内裏に」などいひつゝぞある

べきを、いとゞしう心づきなく思ふことぞかぎりなきや。
（四六～四七頁）

これは『蜻蛉日記』の有名な一節であるが、今注目すべきは、夫兼家の浮気を知った作者が、夫が来訪した折に門を閉じて入れなかったということではない。そこまで頑なな、当時の女性としては珍しいほどの彼女が、夫のもとへ恨みを込めた和歌を遣ったということ、しかもそれは嫌味を込めて「例よりはひきつくろ」って書いて、しかも菊花に添えてであったということ、ここに注目するのである。つまり、自分を裏切った夫に対しての怒りを率直にぶつけるのではなく、和歌でもって、しかも形式に則って花に添えていい遣るのである。私たちは、知らず知らずのうちに王朝貴族社会という背景を前提にしてこの一節に接するために、作者の怒りがこのような形で夫に訴えられていることに何の違和感もなく受け入れがちであるが、このような状況は、現代の女性に当てはめて考えてみれば自明のことながら、修羅場を経験せずには収まるまい。夫の浮気を知った妻の怒りは平安の昔も現代も同様であろう。しかし、作者は現代の女性に予想されるような行動には出なかった。それは、そこに「雅び」の枠が存在していたからである。妻が夫に対して見境もなく怒りをストレートにぶつけることは見苦しく美意識に反することであり、「雅び」の枠を逸脱することであったからである。「雅び」の枠を逸脱することは、自分の存在する社会からの脱落を意味するのである。もちろん、そのような自覚が作者にはたらいて自制したのではない。無意識のうちに、自然に日記に記述されているような行為に出たのであることはいうまでもないが、それは、作者の中に、というよりも当時の貴族社会の人々の心中に、「雅び」の枠というものが深く染み付いていたことの表われに他ならないのである。平安中期になると、もはや、王朝貴族社会の人々は、意識する必要もないほどに、「雅び」の枠の中に生きていたのである。

そのように、彼らはごく自然に「雅び」の枠の中で生きたのであるが、しかしまた、「雅び」の枠を逸脱するものに対しては容赦なく厳しい批判を浴びせる。その顕著な例は、次に引く『枕草子』の一節である。

にげなき物　下衆の家に雪の降りたる。又、月のさし入れたるも、くちをし。（四十二段）

身分の賤しい者の家には、雪が降ることも月の光が差し込むことも「くちをし」いのである。すなわち、身分の賤しい者は、それだけですでに「雅び」の枠の外の存在なのである。よってそのような下賤の者には、雪や月光を賞でるような趣深い心などあるはずがない、よって、そのような情趣も解せぬ者の家に雪や月は「猫に小判」に同じく無駄であるのに、雪が降り月の光が差し込むとは「くちをし」い限りなのである。

このように王朝貴族社会の人々にとって「雅び」は、自分達の矜持を保ち、誇りを持ち続ける美意識の規範であったのである。「雅び」の枠内にあるかどうか、この一点において、彼らは下賤の者と一線を画したのである。ならば、「雅び」さえ保持すればそれで王朝貴族社会の人々と同等であったのかというと、そうではない。上述の『枕草子』四十二段も、身分が賤しいだけで「雅び」の枠外に追いやられている。

先に引いた『伊勢物語』第十段において「人の国にても、猶かゝることなんやまざりける。」と語るのは、都を離れた地方においても「かゝること」、つまり女にいい寄って歌をよみかわすような「雅び」の行為があったということを単に語っているのではなく、そのことに驚いているということは、都人ではなく鄙の者が「雅び」の行為をしたことが予想外のことであったからである。その裏には、都人しか「雅び」の行為はなしえない、鄙の者には「雅び」の行為はできないという前提があるのである。

位こそ猶めでたき物はあれ。おなじ人ながら、大夫のきみ、侍従の君、など聞ゆるおり《を》は、いとあなづりやすきものを、中納言、大納言、大臣などになり給ては、むげにせくかたもなく、やむごとなうおぼえ給ことの、こよなさよ。ほど〴〵につけては、受領なども、みなさこそはあめれ。あまた国にいき、大弐や四位三位などになりぬれば、上達部なども、やむごとながり給めり。

女こそ猶わろけれ。内わたりに、御乳母は内侍のすけ、三位などになりぬれば、をも《お》〴〵しけれど、さりとてほどより過ぎ、なにばかりのことかはある。又おほやうはある。受領の北の方にて、国へ下るをこそは、よろしき人の幸のきはと思ひて、めでうらやむめれ。たゞ人の上達部の北の方になり、上達部の御むすめ、后にゐ給こそは、めでたきことなめれ。

（『枕草子』百七十九段）

同様に、官位官職が高いということもそれだけですばらしいものなのである。しかし、位というものも当時は生まれついての家柄が大きく作用していたのであり、この段で清少納言は出世することについて述べてはいるが、例外を除いて個人の努力だけではいかんともしがたいものであった。

このように、身分や官位官職が高いというのは、それだけで「雅び」の枠内なのであり、いかに「雅び」の振る舞いができようとも、それだけで「雅び」の枠内の人として評価されることは到底ありえないことだったのである。

五

このように、王朝貴族社会は「雅び」の枠が厳然としてあり、その枠を逸脱することは人間的価値が低いものとみなされたのであるが、このようないわば価値観は、生活全般を支配していたといっても過言ではない。

宰相の君の……（中略）……いとおか《を》しげに、髪などもつねよりつくろひまして、やうだい・もてなし、らう〳〵じくをかし。丈だちよきほどに、ふくらかなる人の、顔いとこまかに、にほひをかしげなり。

大納言の君は、いとさゝやかに、小さしといふべきかたなる人の、白ううつくしげに、つぶ〳〵と肥ゑたるが、うはべはいとそびやかに、髪、丈に三寸ばかりあまりたる裾つき、髪ざしなどぞ、すべて似るものなく、こまかにうつくしき。顔もいとらう〳〵じく、もてなしなど、らうたげになよびかなり。

宣旨の君は、さゝやけ人の、いとほそやかにそびへ《え》て、髪のすじこまやかにきよらにて、生ひさがりの末より一尺ばかりあまり給へり。いと心恥づかしげに、きはもなくあてなるさまし給へり。ものよりさしあゆみて出でおはしたるも、わづらはしう心づかいせらるゝ心ちす。あてなる人はかうこそあらめと、心ざま、ものうちのたまへるも、おぼゆ。

（『紫式部日記』二九九～三〇〇頁）

女性の容貌や挙措についての記述はいろいろな作品に多いが、それは絵巻を見るまでもなく引き眉、鉤鼻、下膨れで髪は着物の裾に余るほどであるのが王朝美人であるが、どの記述も、それぞれの個人的好みも述べながらもこれを踏襲している。これは当時の女性の美しさに基準があり、それに外れることはすなわち「雅び」ではないということになるのである。

この引用でもわずかながらふれられているが、女性の性格についても一定の基準、つまり「雅び」の枠が存在したようである。

斎院に、中将の君といふ人侍るなりと聞き侍、たよりありて、人のもとに書きかはしたる文を、みそかに人のとりて見せ侍し。いとこそ艶に、われのみ世にはもののゆへ知り、心深き、たぐひはあらじ、すべて世の人は、心も肝もなきやうに思ひて侍るべかめる、見侍しに、すゞろに心やましう、おほやけばらとか、よからぬ人のいふやうに、にくゝこそ思うたまへられしか。文書きにもあれ、「歌などのお《を》かしからんは、わが院よりほかに、たれか見知り給ふ人のあらん。世にお《(を)》かしき人の生い出でば、わが院のみこそ御覧じ知るべけれ」などぞ侍る。　（同上・三〇三頁）

清少納言こそ、したり顔にいみじう侍りける人。さばかりさかしだち、真名書きちらして侍ほども、よく見れば、まだいと足らぬこと多かり。かく、人にことならんと思ひこのめる人は、かならず見劣りし、行末うてのみ侍ば、艶になりぬる人は、いとすごうすゞろなるおりも、もののあはれにすゝみ、をかしき事も見すぐさぬほどに、をのづから、さるまじくあだなるさまにもなるに侍べし。そのあだになりぬる人の果て、いかでかはよく侍らん。　（同上・三〇九〜三一〇頁）

どちらも、悧巧ぶる人、思い上がっている人、他人より抜きん出ようとする人などが非難の対象になっているが、逆にいえば、紫式部が宮仕えに上がった時、「一」という文字さえも知らないように振る舞ったような、万事に控えめでおとなしいのがよいということになる。また、紫式部の清少納言評は割り引いてみなければならないけれども、男文字といわれた漢字を盛んに用いることなども、好ましいとは思われなかったようであるが、ともかくも、前に出るのではなく控えめでみずからの才も隠すような女性が美意識に適って良しとされたようであり、それに反するような女性は非難される。

女性の教養については、『枕草子』二十段に語られている村上帝の代の宣耀殿の女御の話がつとに有名である。すなわち、宣耀殿の女御はまだ姫君の時、父である小一条の左大臣から、

ひとつには御手をならひ給へ、次には琴の御ことを、人よりことにひきまさらんとおぼせ、さては古今の歌廿巻を、みなうかべさせ給を御学問にはせさせ給へ。

といわれ、女御になった後、帝の試問に見事答えたというのであるが、姫君の教養として「御手」・「琴のこと」、

そして『古今集』が必要とされたことがわかる。

教養といえば、『枕草子』には中宮や同僚の女房、また男性貴族との教養溢れたやりとりが多く語られている。「蘭省花時錦帳下」に対して「草の庵りをたれかたづねん」と付けた話（七十八段）、頭弁と孟嘗君の故事にまつわる会話をした時に「夜をこめて鳥のそらねははかるとも世にあふさかの関はゆるさじ」と詠んだ話（百二十九段）、雪が降った日、中宮から「少納言よ。香炉峰の雪いかならん」と問われて即座に御簾を高く上げた話（二百八十段）など、枚挙にいとまがない。このような話は『枕草子』に限ったことではなく、他の作品にも頻繁に語られているが、このように教養についても、一定のレベルが要求されたのである。

このように、女性の容貌、性格、教養についても一定の基準があり、この基準に適うことが美であり、それに外れることは見苦しく非難されることであった。この基準こそがまさに「雅び」の枠であるといいうるのである。

六

以上、平安王朝貴族社会の人々の規範もしくは基準というものについて、主として女性についてみてきた。男性についてはどうであったかということであるが、男性とて、一定の規範・基準は厳として存在した。ほんの一例を挙げるならば、受領は倒れたら土をも持って起き上がるといわれることである。『今昔物語集』にも、谷底に落ちた受領が茸をいっぱい持って上がってきた話など、そういう受領の姿は多く描かれている。しかし、視点を変えてみるならば、そういういわゆる強欲な受領階級の人の話が説話集である『今昔物語集』に収められているということは、それが貴族社会の枠から外れたこと、貴族社会の人々からみれば奇異なこと、珍しいことであったからである。なりふりかまわず富の蓄積に走る人々の姿は、貴族社会の人々からみれば、眉をひそめるようなこと、卑しい行為であったからである。ここにも王朝貴族社会の基準があったことを知る。

そのほか、男性についての規範・基準も間違いなく存在したのであり、それを語るものも多くの作品にみることができる。

すなわち、平安王朝社会には、一定の規範・基準があった。それは、美意識にもとづく、いわば品格の保持というべきものであり、それに外れることは下品なことになる。それは、教養があり、それにもとづいた会話のやりとりができ、一挙手一投足に気品があり、しかも、これは努力ではどうにもならないことではあるが、家柄、官位官職、容貌なども重要な要素として優れているに越したことはない、というものである。否、それどころか、その規範・基準は彼らの生活全般にわたっていたといっても過言ではない。しかもそれは、すべて美意識として認識され、王朝貴族としての誇りとして、他への優越性として、保持されなければならないことであったのである。これが「雅び」の枠である。この「雅び」の枠が厳然としてあったのであり、この枠を逸脱することは人間的価値が否定されることに直結することであったのである。そして、この枠外に存在した階級の人々も、自分たちが区別されていることを、一種の諦めをもって甘受していたのである。

さて、この「雅び」の枠は、次代、すなわち中世になると、大きく二つの流れとなる。一つは、それが継承される流れであり、一つはそれが崩壊へと向かう流れである。

ただ一点、確認をしておきたい。冒頭の『伊勢物語』についてのところで、秋山虔氏の御説にもあったように、「雅び」は本来「したたかな反俗の精神」の表われであり、世俗の政治における権力構造とは一線を画すものであった。それは「雅び」が和歌の伝統的美意識から生まれたものであったからであるが、しかし、この「反俗の精神」は次第に「雅び」の中から姿を消し、逆に、「雅び」は貴族社会の権威の表象と変化していったことは、看過できないことである。

註

（1）引用に用いた本文はすべて新日本古典文学大系本（岩波書店）による。
（2）「みやび」を漢字で表記する場合には、常識的には「雅」一字で表記すべきであろうが、本章においては、「雅び」と表記している。これは、あくまでも私のこだわりからそのように表記しているにすぎず、それ以上に何の意味もないことを断っておく。

第二節　中世女流日記にみる「雅び」

一

『建礼門院右京大夫集』[1]（以下、『右京大夫集』ともいう）は、恋人平資盛を壇の浦に失った右京大夫が折々にしたためたものを晩年にまとめた日記である。

高倉の院御位の頃、承安四年などいひし年にや、正月一日中宮の御方へ、内の上、わたらせ給へりし、おほんひきなほしの御姿、宮の御物の具召したりし御さまなどの、いつと申しながら、目もあやに見えさせ給ひしを、物のとほりより見まゐらせて、心に思ひしこと。

雲のうへにかかる月日のひかり見る身の契りさへうれしとぞ思ふ（二）

十七、八歳頃に建礼門院のもとに宮仕えにあがった作者は、高倉帝と徳子中宮の美しい姿に感動し、そういう境遇にあることを「うれし」とまで思うのであった。ここで作者は、高倉帝の「おほんひきなほしの御姿」、中宮の「御物の具召したりし御さま」が「目もあやに見え」なさったという。つまり、その装束に注目しているのである。

おなじ春なりにしや、建春門院、内裏にしばしさぶらはせおはしまししが、この御方へいらせおはしまして、八条の二位殿、御まゐりありしも御所にさぶらはせ給ひしを、御匣殿の御うしろより、おづおづちと見まゐらせしかば、女院、紫のにほひの御衣、山吹の御表着、桜の御小袿、青色の御唐衣、蝶をいろいろに織りたりし召したりし、いふかたなくめでたく、若くもおはします。宮は、つぼめる色の紅梅の御衣、樺桜の御表着、柳の御小袿、赤色の御唐衣、みな桜を織りたる召したりし、にほひ合ひて、今さらめづらしくいふかたなく見えさせ給ひしに、おほかたの御所のしつらひ、人々の姿まで、ことにかがやくばかり見えしをり、心にかくおぼえし。

春の花秋の月夜をおなじをり見るここちする雲のうへかな（三）

建春門院と中宮の装束の華やかさをはじめ、宮中の飾りつけやそこに居る人々の姿の美しさに感嘆しているのである。

このように装束の美しさを讃えたものは、

二藍の色濃き直衣、指貫、若楓の衣、その頃の単衣、つねのことなれど、色ことに見えて、警固の姿、まことに絵物語いひたてたるやうにうつくしく見えしを、（六・詞書）

と維盛の姿に感嘆しているように、男性に対しても同様であるが、装束を中心とした美意識は、王朝女流日記や

『枕草子』などにも頻繁にみられた感覚と同じものであり、前代の感覚と全く同一である。

頭中将実宗の、つねに中宮の御方へまゐりて、琵琶ひき歌うたひ遊びて、ときどき、「琴ひけ」などいはれしを、「ことざましにこそ」とのみ申して過ぎしに、あるをり文のやうにて、ただかく書きておこせられたり。

松風のひびきもそへぬひとりごとはさのみつれなき音をやつくさむ（四）

かへし

世のつねの松風ならばいかばかりあかぬしらべに音もかはさまし（五）

琵琶の名手として名高かった西園寺実宗から琴を弾けと言われた作者が巧みにかわすやりとりの一場面であるが、合奏といい、機智に富んだ和歌の遣り取りといい、見事に「雅び」の枠に合致したものである。

いつの年にか、月明かりし夜、上の御笛ふかせおはしましまししが、ことにおもしろく聞えしを、めでまゐらすれば、「かたくなはしきほどなる」と、この御方にわたらせおはしましてのちに、語りまゐらせさせ給ひたりけるを、「それはそら事を申すぞ」とおほせ事あるとありしかば、

さもこそは数ならずとも一すぢに心をさへもなきになすかな（一二）

とつぶやくを、大納言の君と申ししは、三条内大臣の御女とぞ聞えし、その人、「かく申す」と申させ給へば、笑はせおはしまして、御扇のはしに書きつけさせ給ひたりし、

笛竹のうきねをこそは思ひ知れ人の心をなきにやはなす（一三）

この場面などは、『枕草子』に見る定子中宮の後宮や『紫式部日記』の彰子中宮の後宮を髣髴とさせる。恋に悩み苦しむ同僚を見るにつけ「なべての人のやうにはあらじ」と思っていた作者であったが、やがて一人の

男性との恋に落ち、それに伴う悩み苦しみを味わう身となっていくのである。

なにとなく見聞くごとに心うちやりて過しつつ、なべての人のやうにはあらじと思ひしを、あさゆふ、女どちのやうにまじりゐて、みかはす人あまたありし中に、とりわきてとかくいひしを、あるまじきことやと、人のことを見聞きても思ひしかど、契りとかやはのがれがたくて、思ひのほかに物思はしきことそひて、さまざま思ひみだれし頃、里にてはるかに西の方をながめやる、こずゑは夕日のいろしづみてあはれなるに、またかきくらししぐるるを見るにつけても、

夕日うつるこずゑの色のしぐるるに心もやがてかきくらすかな（六一）

相手は平資盛であった。その恋も、藤原隆信が加わっての一時のもつれも含めて、前代のものと変わるところはなく、作者の宮仕えの生活は「雅び」の枠内そのものであった。

このように『建礼門院右京大夫集』において、少なくとも資盛が壇の浦で亡くなるまでは、徳子中宮の後宮にいた作者であるから当然といえば当然だが、平安王朝社会の「雅び」がそのまま継承されているといえよう。異なるのはその後宮に出入りするのが貴族化した平家の人々であり、彼らが武士であったことぐらいである。

二

『とはずがたり』は、後深草院に愛されつつも多くの男性との恋も重ねた二条の半生をみずから綴ったものである。

母を幼くして亡くし父大納言久我雅忠に溺愛されて育った作者は、四歳から後深草院の御所に出入りし、「あが子」と呼ばれて院にもかわいがられた。しかし、やがて作者十四歳の時、強引に院と契りを結ばされるのである。

実家に帰っていた作者のところへ院が来訪される。そして院は作者と契りを結ぼうとされるが、作者は必死に拒む。しかしその翌日、院は再び来訪され、作者の部屋へ入ってこられた。

かくて日暮し侍りて、湯などをだに見入れ侍らざりければ、「別の病にや」など申し合ひて、暮れぬと思ひし程に、「御幸」と言ふ音すなり。またいかならんと思ふ程もなく、引き開けつつ、いと慣れ顔に入りおはしまして、「悩ましくすらんは、何事にかあらん」など御尋ねあれども、御答へ申すべき心地もせず、ただうち臥したるままにてあるに、添ひ臥し給ひて、さまざま承り尽すも、今やいかがとのみおぼゆれば、「なき世なりせば」と言ひぬべきにうち添へて、思ひ消えなん夕煙一方にいつしかなびきぬと知られんもあまり色なくやなど、思ひわづらひて、つゆの御答へも聞えさせぬほどに、今宵はうたて情なくのみ当り給ひて、薄き衣はいたく綻びてけるにや、残る方なくなり行くにも、「世に有明」の名さへ恨めしき心地して、

　心よりほかに解けぬる下紐のいかなる節に憂き名流さん

など思ひ続けしも、心はなほありけると、われながらいと不思議なり。（巻一）

作者は何も答えずにいたが、院の強引な行動によって、遂に契りを結んでしまったのである。このあまりにも露骨な描写は明らかに「雅び」の枠を逸脱するものである。

かかるほどに、二十日余りの曙より、その心地出で来たり。人にかくとも言はねば、ただ心知りたる人、一、二人ばかりにて、とかく心ばかりは言ひ騒ぐも、亡き後までもいかなる名にかとどまらんと思ふより、なほざりならぬ心ざしを見るにも、いと悲し。いたく取りたる事なくて、日も暮れぬ。火ともす程よりは、ことのほかに近づきておぼゆれども、ことさら弦打もせず。ただ衣の下ばかりにて、一人悲しみゐたるに、深き鐘の聞ゆる程にや、あまり耐へがたくや、起き上るに、「いでや、腰とかやを抱くなるに、さやうの事がなき故に、

滞るか。いかに。耐ふべき事ぞ」とて、かき起さるる袖にとりつきて、ことなく生れ給ひぬ。（巻一）

恋人である雪の曙の子を宿した作者が院に隠して出産する場面だが、雪の曙に後ろから抱えられて出産する姿を描写している。出産の様子を具体的に描写することなどは、平安王朝社会において到底ありえないことである。これまた、「雅び」の枠を逸脱しているものであることは明らかである。

そのほかの出産場面をはじめ、懐妊を示す性夢、また多くの男性と契りを交わす場面など、同様に「雅び」の枠を逸脱している描写は少なくない。そして何よりも、院に愛されながらも雪の曙、有明の月、亀山院、近衛大殿と次々に、時には重なっての交渉を、ともすれば露骨ともいえる描写で語っていること自体が前代の女流日記にはみられないことである。それは「雅び」の枠を逸脱することであるからこそ前代には語られなかったのであり、換言すれば、描写も含めて『とはずがたり』で語られていることが「雅び」の枠を逸脱しているのである。さらにいえば、女性である作者が出家後、いわゆる「女西行」というべく諸国を旅して歩くのも、「雅び」の枠に収まるものではない。

しかし一方、東二条院の御産、後嵯峨院の崩御とそれに続く葬送の場面（以上、巻一）、両院の蹴鞠の場面、蹴鞠に負けた亀山院が負けわざとして六条院の女楽を真似た場面（以上、巻二）、北山准后の九十の御賀の場面（巻三）などにおいては、後深草院の御所をはじめとする貴族社会での行事・出来事であるため当然ではあるが、儀式作法、装束、詩歌管弦、舞楽等々、平安王朝社会と同じ基準でもって語られており、ここには「雅び」の枠は継承されているのである。

三

『うたたね』は阿仏尼の若い日の失恋の記である。

物思ふ事の慰むにはあらねども、寝ぬ夜の友と慣らひにける月の光待ち出でぬれば、例の妻戸押し開けて、たゞ一人見出したる。荒れたる庭の秋の露、かこち顔なる虫の音も、物ごとに心を痛ましむるつまとなりければ、心に乱れ落つる涙をさへて、とばかり来し方行く先を思ひ続くるに、さもあさましく果無かりける契りの程を、など、かくしも思ひ入れけんと、我心のみぞ、返すぐ〵恨めしかりける。

夢うつゝとも分きがたかりし宵の間より、関守のうち寝る程をだに、いたくもたどらずなりにしにや、打しきる夢の通ひ路は、一夜ばかりの途絶えもあるまじきやうに慣らひにけるを、さるは、月草のあだなる色を、かねて知らぬにしもあらざりしかど、いかに移りいかに染めける心にか、さもうちつけにあやにくなりし心迷ひには、「伏柴の」とだに思ひ知らざりける。（一五八頁）

冒頭の一節である。失恋に傷心した心境を作者みずから語っているが、平安王朝社会における女性の恋と変わることなく、また、『伊勢物語』や勅撰集をふまえての描写なども「雅び」の基準に合致している。ここだけに限らず、全篇において「雅び」の枠は守られている。それは、養父について遠江に下る場面にもみることができる。

洲俣とかや、ひろぐ〵とおびたゝしき河あり。往来の人集りて、舟を休めずさしかへる程、いと所狭うかしがましく、恐ろしきまでののしりあひたり。からくしてさるべき人皆渡り果てぬれど、人々も輿や馬と待出づる程、河の端に下りゐて、つくぐ〵と来し方を見れば、あさましげなる賤の男ども、むつかしげなる物どもを舟に取り入れなどする程、何事にかゆゝしく争ひて、あるひは水に倒れ入りなどするにも、見慣れずもの恐ろし

きに、

（一七二～一七三頁）

この場面をはじめ、道中いたる所で、作者は下賤の人たちの姿に驚き、時には恐ろしくさえ思うが、それは作者の中に「雅び」の枠が存在することを意味し、その枠に収まらない人たちを見るにつけ都から遠く離れたことを嘆き悲しむのは、「雅び」の枠の中にいるべき自分がその外に存在することを嘆いているのである。

しかしまた、「雅び」の枠を逸脱する面もみられる。

人は皆何心なく寝入りぬる程に、やをらすべり出づれば、灯火の残りて心細き光なるに、人やおどろかんとゆゝしく恐ろしけれど、たゞ障子一重を隔てたる居所なれば、昼より用意しつる鋏、箱の蓋などの、程なく手にさはるもいと嬉しくて、髪を引分くる程ぞ、さすがそゞろ恐ろしかりける。削ぎ落しぬれば、この蓋にうち入れて、書き置きつる文なども取り具して置かんとする程、出でつる障子口より、火の光のなをほのかに見ゆるに、文書きつくる硯の蓋もせで有けるが傍に見ゆるを引寄せて、削ぎ落したる髪をおし包みたる陸奥国紙の傍に、たゞうち思ふ事を書きつくれど、外なる灯火の光なれば、筆の立所も見えず。

（一六三～一六四頁）

失恋の痛手から出家を思い立った作者は、春のある日、誰もが寝静まった夜中にみずから髪を切るのである。そして出奔し雨の中を西山の尼寺へ辿り着くのである。揺れる灯火のもと、鋏でみずから髪を切る音が聞えてきそうな描写は背筋が寒くなるほどであるが、みずから髪を切って夜中にもかかわらず雨の中を一人懸命に西山の寺へ急ぐ姿は、『蜻蛉日記』の作者が夫兼家の不誠実から山寺にこもったのとはあまりにも似て非なる行動である。つまり、『うたたね』作者のこの一連の行動は「雅び」の枠を外れたものであるといわざるをえない。

すなわち、『うたたね』においては、基本的には「雅び」は継承されているが、一部にその枠を外れる面もみられるのである。

四

『十六夜日記』において作者阿仏尼は、わが子為相のために鎌倉まで訴訟の旅に出る。

さても又、集を撰ぶ人は例多かれど、二度勅を承けて世々に聞え上げたる家は、類猶ありがたくや有けむ。其跡にしもたづさはりて、三人の男子共、百千の歌の古反古どもを、いかなる縁にかありけん、預り持たる事あれど、道を助けよ、子を育め、後の世を弔へとて、深き契を結び置かれし細川の流れも、故なくせきとゞめられしかば、跡弔ふ法の灯も、道を守り家を助けむ親子の命も、もろともに消えを争ふ年月を経て、危うく心細きながら、何としてつれなく今日まで永らふらん。惜しからぬ身一つは安く思捨れども、子を思ふ心の闇は猶忍びがたく、道をかへりみる恨はやらん方なく、さても猶東の亀の鏡に映さば、曇らぬ影もや顕はるゝと、せめて思ひ余りて、よろづの憚りを忘れ、身をようなきものになし果てて、ゆくりもなく、いざよふ月に誘はれ出なんとぞ思ひなりぬる。（一八二〜一八三頁）

日記冒頭から亡夫為家の譲り状が長男為氏によって履行されないことを嘆き、朝廷での裁きでも望む結果が得られなかったことから、幕府への訴訟へと進む心情が語られている。ここで作者は、和歌の家としての御子左家を誇り、その家を守り歌道を守っていくことが亡夫為家の遺言であったことを、まず語る。そしてそれが今や為氏の横暴によって風前の灯であることを嘆き、よって幕府へ訴えに出かける決心をしたと語る。

たしかに鎌倉下向の直接の動機は播磨国細川荘をめぐっての為氏との領有権争いであり、わが子為相を思う母心も強くみられるが、一方、作者は亡夫より託された歌道・和歌の家を守ることに悲壮なまでの決意を固めている。和歌の家に在る身とはいえ、またわが子への深い思いが大きいとはいえ、和歌の道を守り和歌の家を守ろうとするところに、「雅び」であるところの和歌の伝統を守ろうとする思いが感じられるのである。

そのほか、旅の道中や鎌倉滞在中も、全体を通じて、古典をふまえての記述がなされ、作者の教養をうかがわせる文章を綴っているが、その記述の内容の発想も「雅び」の枠の内に収まっている。

しかしまた、わが子への愛情ゆえとはいいながら、女の身で一人鎌倉まで出かけようとし、実際に出かけて行くのは、王朝貴族社会では考えられないことである。女の身で単身東国へ行くことは「雅び」の枠を逸脱した行為であるといわざるをえない。

すなわち、『十六夜日記』においては、全体的に「雅び」が継承されているといえるが、作者のとった行動は「雅び」の枠を逸脱したものである。

五

如上、中世の女流日記の主なものについてみてきたが、『とはずがたり』における作者の男性遍歴や描写、『うたたね』・『十六夜日記』における作者の行動に「雅び」の枠を逸脱する面がみられるものの、おおむね「雅び」は前代を継承しているといえよう。今回考察の対象としなかった『弁内侍日記』や『中務内侍日記』・『竹むきが記』などにおいても同様である。ならば、中世の女流日記は「雅び」を継承しているといい切ってよいのであろうか。「雅び」の枠を逸脱するもの、「雅び」の崩壊は取るに足らないものなのであろうか。

本章前節の考察で、「雅び」は規範・基準となって貴族社会の人々の生活全般にわたっていたといっても過言ではなく、しかもそれは、すべて美意識として認識され、貴族としての誇りとして、他への優越性として、保持されなければならないことであったと述べた。

たしかに、和歌とか装束とか詩歌管弦などといった個々の面における美意識としては、中世の女流日記に「雅び」の枠は継承され存在していた。しかし、作者たちの行動、もっといえば、彼女たちの生き方において、平安王朝社会における「雅び」と大きく異なるものが存在していたのである。

『建礼門院右京大夫集』および『とはずがたり』については、附篇第一章第二節において作者の人間観という観点から考察したので詳しくはそちらに譲るが、まず、『建礼門院右京大夫集』の作者右京大夫にとっては、恋人資盛が一門の人々と共に都落ちして行き、やがて壇の浦で入水して命を閉じて以後こそが、彼女の人生そのものであった。つまり、彼女の人生は、資盛を失った二十八歳頃から晩年までがすべてであり、それはこの世にもはやいない資盛を想って生きたものであったのである。

そういう彼女は、資盛死後、出家するでもなく、他の男性の庇護を受けることもしなかった。たしかに、都落ちにあたって資盛がいい残したこともあって、彼女は彼の菩提を弔うことに懸命になっている。しかし、出家し尼となって亡き恋人の後世を祈る生き方はしていない。それは出家して尼になることは女性の身を捨てることになるからである。出家の世界には世俗の男女の別はない。彼女にとって尼となって恋人資盛の後世を祈ることは、資盛との恋愛関係がなくなることを意味する。彼女はその道を選ばず、どこまでも彼との恋愛関係を継続すべく、出家しなかったのである。

さて、このような生き方は王朝貴族社会の女性にはみられない。想う人に先立たれた場合、王朝社会の女性は大別して出家するかそれとも他の男性の庇護を受けることになる。しかし右京大夫はそのどちらでもなく第三の道を選び取った、最後まで資盛との恋愛を全うするために。これは明らかに「雅び」の枠を逸脱する生き方である。

また右京大夫は、序と跋で共に「我が目ひとつに見むとて」書き綴ったと語っている。この言葉は、みずからの人生を確かに生きたことを、みずからの心の内で確認したいという思いを語るものである。

このようにみずからの人生をとらえ、みずからの心の内に確認することは、今まで生きてきたみずからの人生を肯定しているものといえよう。また、そのように生きたわが身を肯定的に評価しているのである。そういうわが人生、またそのように生きたわが身を肯定し、誇らしくも思い、みずからに確認しようとしたのが、『右京大夫集』なのである。

六

『とはずがたり』の作者二条は、後深草院こそが片時も忘れることのない存在であり、心から愛し、頼みに思っていた存在であった。つまり、作者は院と再会するまでは気づかなかったが、再会、再度の再会、そして崩御によって、自分が今まで無意識のうちにも院を愛し、院を支えとして生きてきたことに初めて気づいたのである。しかし、気づいた時には、院はすでにこの世の人ではなかった。失ってみて初めてその存在の大きさに気づいたのである。

しかし、その院はもうこの世におられない。これからは自分一人で歩いていかなければならないのである。そこで、これからの後半生を歩み出すにあたって、自分一人で歩んでいくためにも、今までの半生をみずからの目で確認しておきたいと思ったのである。そしてその半生は、ふりかえってみると、院によって支えられて生きてきた人生であった。しかも、その半生は反省後悔するものではなく、確かに自分の人生であったという思いがある。つまり、決して自分の人生を否定するのではなく、むしろそういう人生であったと、そのまま肯定的にとらえていることがうかがえるのである。そして、その半生を肯定的にとらえ、確認することによって、これからの後半生を今度は一人で生きていこうとするのである。

すなわち、作者は、無意識のうちにも後深草院を支えにし、院とともにあったみずからの半生を決して後悔すべきものとして否定していない。むしろそのように生きたということをそのままとらえて確認しようとしているのである。

七

このように、『建礼門院右京大夫集』や『とはずがたり』においては、みずからの人生を肯定的にとらえている。すなわち、長い人生の中には様々な苦しいこと、辛いことも多く、時には失敗もあり、後悔することもあるのであるが、しかし、そのような中で懸命に生きているのが人間であり、そのように生きることを前向きにとらえ、さらにはそのように生きてきたことに誇りさえ持っているのである。

このような『右京大夫集』や『とはずがたり』は、平安王朝時代の女流日記とは趣を異にしている。平安時代の女流日記は、わが身、わが人生を嘆いたり、後悔したりする趣のものである。みずからの人生を肯定的にとらえたものではない。この点、中世女流日記の特色の一つといえ、このようなみずからの人生のとらえ方は王朝貴族社会の「雅び」の枠の外に位置するものともいえようが、それ以上にそこには、みずからの人生をみずから選び取ろうとする姿勢がみられるのである。

みずからの人生をみずから選び取る、また選び取ろうとすることは、平安王朝社会の女性にあってはありえないことであり、いや、許されないことであった。その点、これは明らかに「雅び」の枠をはるかに超えたものであるといえよう。

『うたたね』の作者が深夜、ゆらめく灯の下でみずからの髪を切り、雨夜の中を出奔したのも、また阿仏尼がわが子への深い愛情と亡夫に託された和歌の家を守るという強い思いから女の身で鎌倉まで下向したのも、みずからの人生をみずからの意思で生きようという思いの表われであったと考えるのである。また『うたたね』の末尾には失恋の痛手を癒すべく養父に伴われて遠江まで行った作者が都に戻ってきた時の心境が語られているが、そこには一つの恋を過去のものとして、これからまた前向きに生きて行こうとする、台風一過に似た清々しささえ感じられる作者の姿をうかがうことができる。『右京大夫集』や『とはずがたり』ほど明確には表われてはいないが、これまた平安時代の女流日記とは異なった生き方へのベクトルを感じることができるのである。

みずからの人生を肯定的にとらえ、前向きに生きて行こうとするところに、私ははっきりとしたかたちでの自我の芽生えをみるのであるが、これは、右京大夫や二条や阿仏尼だけではなく、たとえば北条政子や時代が下って日野富子らを筆頭に『平家物語』中の女性など、中世の女性に多くみられるものである。もちろんその背後には時代背景があり、武士にとって代わられた貴族階級の人々にとっては、平安時代の華やかな全盛期はもはやなく、自己存在そのものを問わざるをえなくなったのである。そしてそこから無常観が切実なものとして受け入れられ、一方では自己凝視、人間凝視が強まったのである。そういう時代背景の中で、中世の女性たちもその人生観において大きく変化していったのである。

すなわち、中世女流日記においては、一部逸脱する面がみられるもののおおむね前代の「雅び」の枠を継承しているといえるのであるが、どう生きるかという作者たちの人生観に関わるところにおいてはすでに「雅び」の枠は消滅もしくは崩壊しているといえるのではないかと考える。ところが、「雅び」の枠を逸脱することは、平安時代の貴族階級の人々にとっては人間的価値が否定されることに直結することであった。しかし、それほどまでに厳しい枠をあえて逸脱するほどに、この時代の人々にとっていかに生きるかということは大きな問題だったのである。もちろん、それは前述の如く時代の変化が最も大きな要因であったのである。

一方、『弁内侍日記』、『中務内侍日記』、『竹むきが記』などにおいては、それほどまでに顕著なものはみられないのも事実である。むしろ「雅び」の枠を守ろうとする傾向がみられる。これは、先にふれた時代背景の中で、政治、経済、社会のあらゆる面で武士にとって代わられ没落の一途を辿る貴族階級にとって、優位性を保てるのは唯一、「雅び」のみであった。すなわち、貴族としての誇りとして、他への優位性として保持されなければならなかったのが「雅び」であったのである。つまり、同じ時代背景の中で、「雅び」は、その枠を継承しているというものと、崩壊しているもしくはその兆しがみられるものとに分流しているのである。

註

（1）引用に用いた本文は次による。
・『建礼門院右京大夫集』……新潮日本古典集成本（新潮社）。漢数字は歌番号、およびその詞書である。
・『とはずがたり』……同右
・『うたたね』……新日本古典文学大系『中世日記紀行集』（岩波書店）
・『十六夜日記』……同右

第三章　狂言綺語観の展開

一

一の谷の合戦に敗れ沖の船へ向かって馬を泳がせる平家の中、平敦盛は呼び戻す熊谷次郎直実の誘いに応じて取って返すが、直実に討ち取られわずか十七歳の命を散らす。その敦盛は腰の錦の袋に小枝と名づけられた名笛を持っていた。わが子小次郎と同じような年齢であり、笛の名手という優雅な敦盛を討ったことによって、直実の仏道への思いは強まり、遂には出家するにいたるのである。哀れを誘って余りある『平家物語』巻九の「敦盛最期」であるが、このことについて末尾は次のように語る。

狂言綺語のことは《（マヽ）》りといひながら、遂に讃佛乗の因となるこそ哀なれ。

「音楽のような遊びごと、即ち狂言綺語の類さえ悟りを開く機縁となるという道理があるとはいうものの、特に敦盛の笛が直実を感動させて、かれを出家入道せしめる原因となったとは感銘深いことである」（日本古典文学大系『平家物語　下』頭注による）というのであるが、このように詩歌文章、時にはさらに拡大して芸能をも含めて、それを狂言綺語ととらえる考え方が仏教にはある。

釈尊は在家信者の保つべきこととして五戒を説き給うた。曰く、不殺生戒・不偸盗戒・不邪淫戒・不妄語戒・不飲酒戒。この五戒は仏教の根本的なものとして例外なく説き続けられてきて、仏教に帰依する人はすべて承知するところであった。ところが詩歌文章は現実に存在しないことも綴り、しかも飾りたてて表現する。それはまさに嘘偽りを語ることであり、当然不妄語戒に抵触するのである。

しかし、平安時代、人々は五戒を保つことに無頓着であった。もちろん人を殺すことは法律を犯すことであるから当然戒めてはいたが、仏教でいう殺生の対象は人間にとどまらずあらゆる生物である。しかしたとえば牛馬をはじめ一羽の鳥、一匹の虫、ひいては草木の命を奪うことなど何とも思っていなかった。不偸盗戒もまた法律にふれることであるからみずから戒めてはいたが、不邪淫戒・不妄語戒・不飲酒戒はほとんど気にも留めていなかったといってもよかろう。嘘偽りを語ることも、倫理的には躊躇することではあっても、また不妄語戒を破ることが堕地獄につながることとは知りながらも、権謀術数渦巻く世にあっていかに人を欺くか人に欺かれまいかに心血を注いでいた貴族階級の人々にとって、それはやむをえないことであり、むしろその能力の有無がみずからの立身出世に直結することとして積極的にさえとらえていた面も否めない。すなわち、不妄語戒は人々に切迫したものとして受けとられてはいなかったのである。ところが平安時代末期から中世にさしかかると様相は一変した。

二

中世は動乱に始まるといってよかろう。平安時代末期からのいろいろな内乱、保元・平治の乱、そして源平の争乱へと、平安末期から中世への流れは戦乱にあけくれたといってよい。加えて、『方丈記』に記されているのをみてもわかるように、飢饉、地震、辻風、大火といったような天変地異や人災により、世の中は騒然としていた。そして政治の舞台では、それまで絶対的安定の座にあった貴族階級に代わって、貴族階級の飼い犬的存在であった武士階級が表に現われてきた。荘園制も崩壊へと向かい、これらすべてが混然として進行し、まさに世の中は揺れ動いていた。それは当然のことながら、人々の間に価値観の転換をもたらした。

この結果、人々の間には無常観や末世観がはびこり、浄土教信仰が滲透していった。無常観・末世観とか浄土教信仰は、共に仏教が始まって以来説かれてきたものであり、ことさら中世に新しく説かれたものではない。もちろん平安時代においても説かれたのであるが、中世に比してそれは観念の上での受容というきらいが強かった。

やがて末法の世突入の永承七（一〇五二）年が近づくにつれ貴族の間に少なからず動揺が生まれたが、いざその年を迎えても世の中はさほど変わらず、したがって末世観もそれほど切迫したものではなく、浄土教信仰も切実なものとはなりえなかった。

しかし平安末期にいたって、前述したように戦乱・天災等が打ち続き、政治・経済・社会が大混乱に陥ると、人々は末法の世を現前にみる思いに駆られ、そこに無常観が切実なものとして迫ってきたのである。そして、その騒然とした世の中にあって、何物も常ではないことを切実に受け止めた人々は、常なるものを願い、常なるものにすがろうと願った。ここに、西方極楽浄土への往生を説く浄土教への信仰が、前の時代とは違って、切実なるものとして盛行したのである。

このように、一大動乱期を経て人々は大きな動揺を来した。人々とは主に貴族階級に代表される文学の主体的担い手を指すのであるが、人々は王朝時代においては、自分たちの存在は確固たるものであると思い、それが崩壊するとは考えだにしなかった。自分たちの存在を疑いだにしなかったのである。ところが、そうした貴族階級が没落の途を辿り、政治・経済の実権を武士階級に奪われてゆくと、貴族たちは、自分たちは一体いかなる存在であったのか、とか、さらに進んで、自分とはいかなる存在であるのか、と考えざるをえなくなり、わが身をみつめざるをえなくなってきたのである。この自己への問いかけ、自己凝視とかわが心をみつめるということが中世文学の傾向となったのである。

三

さて、このように、平安末期から中世に及んで仏教は貴族階級の人々にとって切迫した教えとなったが、このことは、文学を担っていた人にとって深刻な苦悩をもたらしたのである。すなわち、文学を代表する和歌の世界にあって、人々は狂言綺語たる和歌と不妄語戒との矛盾に苦悩したのである。

ちかくは、紫式部が虚言をもつて源氏物語をつくりたる罪によりて、地獄におちて苦患しのびがたきよし、人の夢にみえたりとて、歌よみどものよりあひて、一日経かきて、供養しけるは、おぼえ給ふらんものを。たゞし、たとへば、狩人の鹿をおひうしなひて、「是より鹿やゆきつる」ととはんに、あの草の中にありとはしれ共、しらずといはんは、虚言にあるべからず。仏ゆるし給ふ也。すべてかやうなる虚言は、とがに成べからず。この外の虚言は、よく〳〵つゝしみ給ふべし。

このゆへに、仏無虚妄といひ、綸言汗のごとし、天子は二言なしなどは申たる也。　（『宝物集』巻五）

和歌と違って物語についてであるが、紫式部は『源氏物語』という虚構の世界を描いたために地獄に堕ちて苦を受けたという。

そして彼らは、苦悩の結果、和歌を詠む根拠を『白氏文集』の一文、

願《クハ》以《テ》二今生世俗《ノ》文字之業狂言綺語之誤《ヲ》一
翻《テ》爲《ム》二當來世々《ノ》讚佛乘之因轉法輪之縁《ト》一

に求め（『和漢朗詠集』にも収められており、多くはこれによったか）、狂言綺語である和歌を讃仏乗の因および人をさとりに導く機縁になるものであると考えることで、不妄語戒破戒の苦悩をのりこえようとしたのである。冒頭に引用した『平家物語』の一節はこれを根拠としているのである。

また、『法華経』「方便品」には、

我《レ》以《テ》二無数方便。種々《ノ》因縁。譬喩《ノ》言辞《ヲ》一。演説《スルニ》二諸法《ヲ》一。
是《ノ》法《ハ》非《ズ》三思慮分別。之所《ニ》二能《ク》解《スル》一。唯有《ダましまシテ》二諸仏《ノミ》一。乃《いまシ》能《ク》知《シメタマヘバナリ》レ之《ヲ》。

とあり、『涅槃経』には、

諸仏常《ニ》軟語《ス》　為《メニ》レ衆《ノ》故《ニ》説《ク》レ麁《ヲ》　麁言及《ビ》軟語　皆二帰《ス》第一義《ニ》一

とあるが、諸仏が人に法を説くにあたっては因縁・譬喩・方便を用いるのであり、よって、『宝物集』の先に引用した部分の後半にも語るように、人々を仏教に導くためには嘘偽りを語ってもそれは方便として許されることだと考え、狂言綺語も人を仏教に導くための方便であるという考え方がなされるようになったのである。

そこで、この狂言綺語観の様々な相をみていくことにしたい。

四

抑、かやうの手すさびの起をおもふに、口業の因をはなれざれば、賢良の諫にもたがひ、佛教のをしへをそむくにゝたりといへども、しづかに諸法實相の理を案ずるに、狂言綺語の戯、還て讃佛乘の縁たり。況や又おごれるをきらひ、直しきを勸むる旨、を（マヽ）のづから法門の心に、あひかなはざらめや。かた〴〵なにの憚かあらむ。これによりて、建長よとせの冬神無月半の比、をのづからいとまあき、こゝろしづかなる折ふしにあたりつゝ、草のいほりを東山のふもとにしめて、蓮のうてなを西の雲にのぞむ翁、念佛のひまにこれをしるしをはることしかなりとなん侍。

（『十訓抄』序』）

説話集を編むにあたり、それは「口業の因」となることであり「佛教のをしへをそむく」ことであるが、「狂言綺語の戯、還て讃佛乗の縁」となることであるし、内容も人々に教訓を垂れるものであるから、「を《マヽ》のづから法門の心」に適うものであり「なにの憚」があろうかというのである。ここでは『白氏文集』の句をそのまま引用している。

白居易カ自造ル詩ヲ集メテ香山寺ノ藏ニ納ル詞ニ。願クハ心ヲ今生世俗文字ニ住メテ。業ハ狂言綺語之過ヲ翻シテ。當來世々讃佛乗之因轉法輪之縁ト爲ント云ヘル願文ヲ誦シ。

（『私聚百因縁集』・十四）

これは白居易が『白氏文集』所収の句を詠んだということを語るだけのものであるが、このように『白氏文集』の句をそのまま引用して和歌をはじめとする「狂言綺語」を正当化しようとするものは、冒頭に引用した『平家物語』をはじめ、枚挙にいとまがないほどである。この句がいかに拠り所とされたかを知るのである。

夫麁言軟語ミナ第一義ニ歸シ、治生産業シカシナガラ實相ニ背ズ。然レバ狂言綺語ノアダナルタハブレヲ縁トシテ、佛乗ノ妙ナル道ニ入ラシメ、世間淺近ノ賤キ譬トシテ、勝義ノ深キ理ヲ知ラシメント思フ。此故ニ、老ノ眼ヲサマシ、徒ラナル手スサミニ、見シ事聞シ事、思ヒイダスニ隨ヒテ、難波江ノヨシアシヲモ撰ズ、藻鹽草手ニ任セテ、書キ集侍リ。

（『沙石集』序）

ここでは『涅槃経』と『白氏文集』の句を引用して説話蒐集を正当化している。「狂言綺語之誤」を正当化するにあたって、『白氏文集』はもちろん、『涅槃経』や『法華経』もその根拠とされたのである。

五

昔上人、和歌は常に心すむ故に悪念なくて、後世を思ふもその心をすゝむるなりといはれし、此事實なり。齢滿六十にて、餘命なしと思ひて世を遁れて一向淨土を求むるに、和歌好みし心にて道心を好めば、まことに心ちらず、やすかりける。

（『西行上人談抄』）

和歌を詠むことは常に心が澄むので悪念が起こらず仏道へ赴く心が増進されるという。つまり、詠歌は心が澄むものであり、そのゆえに仏道へ入る手助けになるというのであるが、このように和歌を詠むことを心が澄むという点でとらえ、ゆえに仏道帰入の手助け、手がかり、手立てとなるという考え方も多くみることができる。ただ、この引用文は「和歌好みし心にて道心を好めば」といい、詠歌そのものが仏道へ進むということではないような物言いもされており、曖昧さが残っている。

しかるにかの天臺止觀と申すふみのはじめのことばに、止觀の明靜なること前代もいまだきかずと、章安大師と申す人のかき給へるが、まづうちきくより、ことのふかさも限りなく、おくの義もおしはかられて、たふとくいみじくきこゆるやうに、この歌のよしあしき、ふかきこゝろをしらむことも、詞のもてのべがたきを、これによそへてぞ、同じく思ひやるべき事なりける。さてかの止觀にも、まづ佛の法をつたへ給へる次第をあかして、法の道をつたはれることを人にしらしめ給へるものなり。大覺世尊法を大迦葉につげ給へり。迦葉、阿難につぐ。かくの如く次第に傳へて、師子にいたるまで、二十三人なり。此法を傳ふる次第を聞くに、たふとさもおこるやうに、歌も昔よりつたはりて、撰集といふ物もいできて、萬葉集よりはじまりて、古今・後撰・拾遺などの歌のありさまにて、ふかく心得べきなり。たゞし彼は、法文金口のふかき義なり。これは浮言綺語のたはぶれに似たれども、ことのふかきむねもあらはれ、これを縁として、佛のみちにもかよはさむため……（中略）……よりていま歌のふかきみちを申すも、空假中乃三諦に似たるによりて、かよはしてしるし申すなり。

（『古来風躰抄』）

歌人藤原俊成は、和歌は「ことのふかきむねもあらはれ、これを縁として、佛のみちにもかよ」うことができるものであると語り、狂言綺語たる和歌を仏道に入る機縁になるものととらえているのである。

いとめづらしき行なれど、人の心のすゝむかた様々なれば、勤も又一筋ならず。潤州の曇融聖は橋をわたして浄土の業とし、荊州の明康法師は船に棹さして往生をとげたり。況や和歌は能くことわりをきはむる道なれば、是によせて心をすまし、世の常なきを観ぜんわざども便あるべし。彼の恵心の僧都は、「和歌は綺語のあやまり」とて、讀み給はざりけるを、朝朗にはるぐ〵と湖を詠め給ひける時、かすみわたれる浪の上に船のかよひけるを見て、「何にたとへん朝ぼらけ」と云ふ歌を思ひ出して、をりふし心にそみ、物あはれにおぼされけるより、「聖教と和歌とは、はやく一なりけり」とて、其の後なむさるべき折々かならず詠じ給ひける。……（中略）……大貳資通は琵琶の上手なり。信明大納言經信の師なり。彼の人さらに尋常のつとめをせず。只日ごとに持佛堂に入りて、數をとらせつつ琵琶の曲をひきてぞ極樂に廻向しける。

（『発心集』巻六第九話・「寶日上人、和歌を詠じて行とする事　幷蓮如、讃州崇德院の御所に參る事」）

三時の行として暁・日中・暮にそれぞれ無常を詠んだ和歌をうたっていた宝日という聖について「人の心のすゝむかた様々なれば、勤も又一筋ならず」といい、橋をわたしたり船頭をすることを往生の行とした人を挙げ、「況や和歌は能くことわりをきはむる道」であるから和歌によって心を澄まし無常を観じる手立てとなるとしている。

また「和歌は綺語のあやまり」として和歌を一切詠まなかった恵心僧都が「聖教と和歌とは、はやく一なりけり」という思いにいたり、以後はしかるべき時には必ず詠むようになったということを語るが、ここでは和歌と聖教を同一とし、詠歌即仏道の考え方がみられる。なお、この恵心僧都の話は『袋草子』にもみられるが、そこでは「和歌は觀念の助縁と成ぬべきなりけりとて」とあり、仏道の助けとなるものとの考え方になっている。

さらに、琵琶を往生の行とした資通の話を語り、

つとめは功と志とによる業なれば、必ずしも是をあだなりと思ふべきによらず。中にも數奇と云ふは、人の交をこのまず、身のしづめるをも愁へず、花のさきちるを哀み、月の出入を思ふに付けて常に心をすまして、世の濁にしまぬを事とすれば、おのづから生滅のことわりも顯れ、名利の餘執つきぬべし。これ出離解脱の門出に侍るべし。（同前）

と語る。すなわち、和歌を含めた数奇について、「常に心をすまして、世の濁にしまぬ」から「おのづから生滅のことわりも顯れ、名利の餘執つき」るのであり、したがって「出離解脱の門出」であるとしているのである。

中比、山階寺の別當永緣僧正と云人なんおはしけり。智恵の人にすぐれたるのみにあらず、六義の風俗をきはめ侍り。ある時は、身を禪定にひそめて、心を法界にすまし、ある時は、花のもと月の前によりゐて、言葉を和州にやはらげ給へり。……（中略）……

ある時、あひ知れる友だちの僧きたりて、「いかに此歌は、學問のさまたげには侍らずや」と問ひ奉り侍ければ、「なじかはしかあらん。いよ〳〵心こそ澄み侍らめ。戀慕哀傷の風情をもながめては、みな我心に歸すれば唯識の悟ことにひらけぬ。もと心の外の法なし。たゞ心の僞れる也。己が心を騒がして、何と學問の妨げとはのたまはすぞ。いとゞ無下に侍り」といはれて、なみだを落してのきにけりとなん。

（『撰集抄』巻五第四話・「永縁僧正好歌爲發心縁事」）

和歌をたしなんでいた永縁僧正は、学問の妨げにならないかと問われ、ますます心が澄み、ひいては「唯識の悟」がひらけると答えたという。ここにも和歌は心が澄むゆえにさとりを得る手助けとなるという考え方がみられる。

和歌ノ一道ヲ思トクニ、散亂麁動ノ心ヲヤメ、寂然靜閑ナル徳アリ。又言スクナクシテ、心ヲフクメリ。惣持ノ義アルベシ。惣持ト云ハ、卽陀羅尼ナリ。我朝ノ神ハ、佛菩薩ノ垂迹、應身ノ隨一ナリ。素盞雄尊、スデニ「出雲八重ガキ」ノ、三十一字ノ詠ヲ始メ給ヘリ。佛ノコトバニ、コトナルベカラズ。天竺ノ陀羅尼モ、只、其國ノ人ノ詞ナリ。佛コレヲモテ、陀羅尼ヲ說キ給ヘリ。此故ニ、一行禪師ノ大日經疏ニモ、「隨方ノコトバ、皆陀羅尼」ト云ヘリ。佛モシ我國ニ出給ハヾ、只和國ノ詞以テ、陀羅尼トシ給ベシ。惣持本文字ナシ。文字惣持ヲアラハス。何ノ國ノ文字カ、惣持ヲアラハス徳ナカラム。……（中略）……大日經ノ卅一品モ、自ラ卅一字ニアタレリ。世間出世ノ道理ヲ、卅一字ノ中ニツヽミテ、佛菩薩ノ應モアリ。神明人類ノ感モアリ。彼陀羅尼モ、天竺ノ世俗ノ言ナレドモ、陀羅尼ニモチヰテ、コレヲタモテバ、滅罪ノ徳、拔苦ノ用アリ。日本ノ和歌モ、ヨノツネノ詞ナレドモ、和歌ニモチヰテ思ヲノブレバ、必感アリ。マシテ佛法ノ心ヲフクメランハ、無疑陀羅尼ナルベシ。

（『沙石集』五本ノ十二・「和歌ノ道フカキ理アルコト」）

和歌は「散亂麁動ノ心ヲヤメ、寂然靜閑ナル徳ア」るといい、心が澄むはたらきを持つという。しかも、その和歌に仏教の心を含んでいれば間違いなく陀羅尼であるという。ここには、和歌は心が澄むから仏道の助けになるという考え方と、和歌即陀羅尼という考え方の両方がみられる。

和歌ヲ綺語ト云ヘル事ハ、ヨシナキ色フシニヨセテ、ムナシキヲ思ツヾケ、或ハ染汙ノ心ニヨリテ、思ハヌ事ヲ思ツヾケ、或ハ染汙ノ心ニヨリテ、思ハヌ事ヲモ云ヘルハ、實ニトガタルベシ。離別哀傷ノ思切ナルニツキテ、心ノ中ノ思ヲ、アリノマヽニ云ノベテ、萬縁ヲワスレテ、此事ニ心スミ、思シヅカナレバ、道ニ入ル方便ナルベシ。古キ歌ヲミルニ、作者ノ心マコトニアリテ、思ヲノベタル歌ハ、遙ニ傳ヘ聞テ詠ズルニ、我心モスミ侍ルヲヤ。マシテ其身ニアタリテ、サコソハト思ツヾクレバ、ゲニアハレニ侍リ。

（『沙石集』五末ノ九・「哀傷歌ノ事」）

和歌は普通にはまさに狂言綺語であって「実ニトガタルベ」きものだが、「心ノ中ノ思ヲ、アリノマヽニ云ノベ」れば「萬縁ヲワスレテ」「心スミ、思シヅカナ」るので仏道に入る方便となるという。和歌を二種に別けて一方を仏道に入る方便として肯定している。

同様のことは、同じく『沙石集』五本ノ十一「學生ノ歌好ミタル事」でも和歌を二種に別けて説かれており、「雪月ヲ詠ジテ、心中ノ潔理ヲモサトラバ、佛道ニ入媒チ、法門ヲサトルタヨリナルベシ」と語っている。

六

經信卿のいはく、和歌は隱遁の源として、菩提をすゝむる要路たりと。このこと誠なるかなや。いづれの道もよくさとりもてゆけば、さながらこれ眞如實相の理に納るべしとやらむ申すめり。

今この歌をいふに、先三十一字に定めたるは、如來の三十二相のかたどれり。如來は三十二相といへども、顯れては三十一相なり。無見頂相は更にあらはれず。かるがゆえにあらはれたる相好にかりになずらへて三十一字とするなるべし。

五きれの句を合すれば、これ地水火風空の五輪につかさどれり。もしよまむ歌に、地輪の句に病あれば、足の病といふ。水輪の句に病あれば、腹の病と云ふ。火輪の句に病あれば、胸の病といふ。風輪の句に病あれば、額の病と云ふ。空輪の句に病あれば、頂の病といふなり。凡三十一字の歌の詞姿は、これ五大所成の假身なり。その三十一字の詞の中にこもれるところの心をば、內證眞實の心理と申すべし。然れば歌一首をよめば、一佛を建立するにおなじ。乃至十首百首よめらむは、十佛百佛を作りたらむ功德を得べしとぞ古賢も申したる。西行上人の云、歌は是禪定の修行なりといへり。げにも心を一處に制せずしてはよまれぬなるべし。散亂の心をやむる事、是に過ぐべからず。

亡父卿この道を年頃ひさしくたしなみて、ある時、さても人には必ず生死いたることのがれず。これ既に狂言綺語に相似たり。誠に出離の要道こそ學びたかるべけれど、この心を得てのち、かの事祈請のために住吉神社に參籠して、一筋に祈り申されけるに、ある夜の夢に、年はや九九にも餘りたらむとおぼしき老翁の、赤地の錦の帽子に白拂をかなでて、神殿の御前に打ちうそぶきたる氣色にて座し給へりけるを見つけて、このことたづねむとおもふ心出で來て、さうなく出離一大事のことを尋ね申されければ、彼の老翁打ちゑみて、ゆめ〳〵他の事をすべからず。たゞ歌を持て往生すべしと申すめりとて、ほの〴〵の歌をあたへられき。誠にめづらかなりし事どもなり。されば一たん心をやしなふのみにあらず。當來の法ともなりけるやむごとなきためしかなとて落涙せられしも、哀にぞおぼえ侍る。其の後はいよ〳〵重き道とのみもて仰ぎ給ひしも、理にや。

又六體を六道にあてて心得べし。長歌は人道にあて、短歌をば地獄道にあて、旋頭歌をば修羅道にあて、混本歌をば餓鬼道にあて、誹諧歌をば畜生道にあて、廻文歌をば天道にあつべしとなむ先哲の申したためるやらむ。たとへばの事にて、ついでにかきとめ侍るべし。

（『三五記』）

『三五記』は偽書ではあるが当時の人々の考え方をうかがうことはできよう。

ここではまず、和歌の三十一文字、五句に切れること、六体はそれぞれ如来の三十二相、地水火風空の五輪、六道を表わしたものであると説き、経信卿が和歌は「隱遁の源」であり「菩提をすゝむる要路」であるといったこと、和歌は「歌一首をよめば、一佛を建立する」ことと同じであり、十首、百首ならば十仏、百仏を造る功徳となるということ、西行が「歌は是禪定の修行」であるといったこと、俊成が晩年住吉の神から「ゆめ〳〵他の事をすべからず。たゞ歌を持て往生すべし」との託宣を受けたことを語る。すなわち、和歌は即仏道修行であるということおよび和歌は積善功徳になるととらえているのである。俊成の受けた託宣については、正徹が、

俊成卿老後に成りて、さても明暮哥をのみ讀みゐて、更に當來の勤めなし。かくては後生いかならんと歎きて、住吉の御社に一七日籠りて此事を歎きて、「もし哥は徒ら事ならば今よりこの道をさし置きて一向に後世の勤めをすべし」と祈念有りしが、七日に滿ずる夜、夢中に明神現じ給ひて、「和歌佛道全二無」と示し給ひしかば、さては此道のほかに佛道を求むべからずとて、彌此道を重き事にし給ひし也。（『正徹物語』）

と述べており、「和歌佛道全二無」というものであったと、より明確に語っている。

みづからつとめて執して、他の行をそしるべからず。一華一香一文一句皆西方に廻向せば、おなじく往生の業となるべし。水は溝をたづねてながる。更に草の露木のしるをきらふ事なし。善は心にしたがひて趣く。いづれの行か廣大の願海に入らざらんや。（『発心集』巻六第十三話・「上東門院の女房、深山に住む事」）

ここでも「一文一句」も「おなじく往生の業」となると語り、やはり和歌即仏道ととらえていることがわかる。

西行法師當に來て物語して云く、「和歌を詠ば遙に尋常に異なり、華郭公月雪都て萬物の興に向ても、凡所有相皆是虛妄なる事眼に遮り耳に滿り。又詠出す所の言句は皆是眞言に非ずや。華を詠とも實に華と思事なく、月を詠ずれども實に月と思はず。只如此して縁に隨ひ興に隨ひ詠置ところなり。紅虹たなびけば虛空色どれる

に似たり。白日かゞやけば虚空明なるに似たり。然ども虚空は本明なる物に非ず、又色どれる物にも非ず、我又虚空の如なる心の上にをいて、種々の風情を色どると云へども、更に蹤跡なし。此の歌即是如來の眞の形體なり。去ば一首詠出ては一體の佛像を造る思をなし、一句を思ひ詠ては祕密の眞言を唱るに同じ。我此歌によりて法を得事あり。若こゝに至らずして妄りに人此道を學ばゞ邪路に入べし」と云々。（『栂尾明恵上人伝記』）

西行は明恵に、和歌の言句は皆真言でありすなわち如来の真の形体である、したがって一首を詠めば一体の仏像を造るのと同じであると語ったという。ここにも和歌即仏道修行・積善功徳であるという考え方をみることができるのである。

そして、そのような和歌であるから神仏が納受されるのも当然であり、

すべて詩歌の道も大聖文殊のおほん智慧よりおこれる事なれば文殊の垂迹もこの砌にはあとをたれ、社壇をならべておはしませばこの御歌合をばいづれにも如何ばかりもてあそびおほん納受侍らんずらん、當來普見如來も光を和げてあまねくみそなはすらんとぞおぼえ侍る。（『慈鎮和尚自歌合・十五番判詞』）

（尾張国に流された太政大臣藤原師長は）ある時、當國第三の宮熱田明神に參詣あり。……（中略）……「願くは今生世俗文字の業、狂言綺語の誤をも（ッ）て」といふ朗詠をして、祕曲を引給へば、神明感應に堪へずして、寶殿大に震動す。（『平家物語』巻三・「大臣流罪」）

といった話は、説話集を中心に枚挙にいとまがないほどである。

七

次に御伽草子についてみてみよう。御伽草子では多くその末尾に狂言綺語観をみることができるが、既述してき

たものと違って、御伽草子を作ることに焦点があるのではなく、その受容に焦点が当てられている。その御伽草子の場合は大きく別けて教訓・結縁・利益の三つがみられる。

まず、教訓であるが、これは狂言綺語たる御伽草子を受容することが教訓になるというのであり、その裏には御伽草子を受容しても決して破戒にはならないという考えがあるのである。

かくて今ははや、わが身ひとつに成り給ひ、いつまで物を思ふべき、いか成る淵瀬へも身を投げばやと思へ共、柴の庵を結び、敦盛の菩提を弔ひ、御骨を納め水を手向け花を折り、行ひすましてつゐに往生をとげ給ふ。いよ〳〵是を見る人々、よく〳〵後生肝要なるべきなり。

(『小敦盛』)

この草子を見る人は敦盛を討ち取ることを逆縁として出家往生した熊谷直実のことを思って後生を心にかけよ、と教訓しているのである。

佛種も、縁より起こると言へば、此さうしをきゝても、道心起こし、信心利益、慈悲、正直、専らにあるべし。よく〳〵聴聞申すべし。すこしも疑ふ人あらば、無間に堕ち、永く佛になるべからず。よく信仰申すべし。

(『仁明天皇物語』)

この草子を聞いたならば、「道心起こし、信心利益、慈悲、正直、専らにあるべし」と教訓しているのである。

これを御覧ぜむ人は、親の孝養をいたし、大慈悲の心を、持つべきなり。

(『もくれんのさうし』)

親孝行であった目連のように、親に孝養を尽くし慈悲心を持てと教訓しているのである。

次に結縁であるが、これは御伽草子を受容したならば物語中で利益を垂れた仏に対して縁を結べというのであり、やはり裏に、受容したことによって結縁できるのであるから御伽草子を受容しても破戒にはならないという考えがあるのである。この場合、その仏の名号を唱えることによって結縁するのである。

この物語を聞く人は、つねに觀音の名號を十返づゝ御となへあるべきものなり。
南無大慈大悲觀世音菩薩
（『鉢かづき』）

鉢かづきに利益を垂れた観音に結縁をするために名号を十遍唱えよというのである。

このさうし見おはらん人は、毘沙門天の眞言に「おんへいしらまたそわか」と三返、南無吉祥天女と、となへ給ふべし。
（『ひしゃもんの本地』）

これも真言および御名を唱えることによって毘沙門天と吉祥天女に結縁せよというのである。

次に利益であるが、御伽草子ではこれがほとんどを占めているといってよい。すなわち、御伽草子を受容することによって仏（時には神）の利益を蒙るのであり、やはりその裏には、だから御伽草子を受容することは破戒にはならないという考えがあるのである。

此さうしを御覽ずる人々は、さとりのゐんと、おぼしめしたまふべし。
（『たなばた』）

この草子を見ることがさとりの縁となるというのである。

されば、女と生れん人は、このさうじを讀むならば、たとひみめさまわろくとも、必ずさいわいあるべきなり。疑ふ事なかれ、あなかしこ。
（『あめ若みこ忍び物語』）

たとえ容貌が醜い女性でも、この草子を読むことによって幸せを得ることができるというのである。

さるによつて、このさうしを、一たび讀めば、縁なき人は、縁を結び、縁ある人は因み深く、めでたかりける、ためしなり。
（『うら嶋太郎物語』）

この草子を読むことによって、仏に縁を結ぶことができ、またその縁が益々深くなるというのである。

此えんぎ、見る人は、現世安穩に、後生善處にて、かならず〳〵、疑ふ事、あるべからず候ものなり。

この草子を見ることによって、現世は穏やかに暮らすことができ、死後は往生できるというのである。

（『つきみつのさうし』）

毎日一度此さうしを讀みて、人に聞かせん人は、財寶に飽き満ちて、幸い心にまかすべしとの御誓ひなり。めでたき事なか〳〵申すもおろかなり。

（『物くさ太郎』）

この草子を読んで人にも聞かせる人は、仏のご利益によってこの世において裕福で幸せに暮らせるというのであるが、面白いのは、ただ読むだけでは駄目で、人にも聞かせなくてはならないという条件が加わっていることである。

此物かたりよまむずるところには、十方の諸佛あまくだらせ給ひ、まもり給ふとなり。多念なく、一心不亂に信ぜば、すなはち佛道なるべし。かならずその願成就せずといふ事なし。ゆめ〳〵うたがひの心あるべからず。

（『おもかげ物語』）

この草子を読む人は十方の諸仏が擁護したまうというのである。

此草紙見給ふて、親孝行に候はゞ、かくの如くに富み榮へて、現當二世の願、たちどころにかなふべし。まづ現世にては、七難卽滅し、障りもなく、衆人愛敬ありて、末繁盛成るべし。後の世にては必ず佛果を得べき事疑なし。偏に親孝行にして、此草紙を人にも御讀み聞かせあるべし〳〵。

（『蛤の草紙』）

この草子を見て親孝行であれば、現世では幸せに暮らし、来世では仏果を得るというのであるが、やはり読むだけでは駄目で親孝行であるということに加えて、他の人々にも読み聞かせよという二つの条件がついている。

此さうしを、一くはんづゝ、家の内に、おくならば、權現の、御利生あるべし。ゆめ〳〵これをうたがはん人、みな〳〵無間に墮つべし。うたがふ事、まさしくなかれ〳〵　南無冨士淺間大菩薩。

（『ふじの人穴』）

これは読むこともさりながら、草子を家の内に置いておくことによって権現のご利益を得るというのである。

さる程に、御本地御縁をば、われと讀まん人は、一月に三度づゝよむべし。讀み得ぬ人は、人に讀ませて、一月に一度成とも聴聞あるべし。一度聴聞する人は七度禪定する心なり。ゆめ〳〵うたがふべからず。もしうたがひをなす人は、今生にて、思ふ事かなはず、未來にては悪道に入る也。（『浅間御本地御由来記』）

この草子を読んだり聞いたりする人は禅定することができるというのである。

我と讀まん人は壹ケ月に三度、讀むべし。われと讀まざる人は、壹ケ月に壹度、讀ませて聞くべし。しかれば、禪定と申にあたりて、諸願成じゆして、よろづ心のまゝに、おもふことかない、やまいも、つゝがなくまもらんと、ちかい給ふ、是をゆめ〳〵うたがい給ふまじき也。もしうたがいあらば、御ばちをふかくあたる所、うたがいなしと、ちかいたもふ事也。よく〳〵、信じ申さん人は、かならず、現世後生ともに、御利せう有べき也。うたがいなし。（『源蔵人物語』）

これも、この草子を読んだり聞いたりする人は思いのままに暮らし、仏も擁護してくださるというのであるが、直前の引用共々、自分で読めない人は他人に読んでもらって聞けとか、読める場合は一箇月に三度、他人に読んでもらう場合には一箇月に一度と、回数を設定し、しかもその回数が両者一致しているところが面白い。

さて、仏の利益を蒙ることには違いないが、御伽草子を受容することが積善功徳の代わりになるという考え方も多くみられる。

・このさうし、一たび見たてまつらん人は、諏訪へ三度參らんに、あたるべし。よくよく御しんかうあるべし。（『諏訪縁起物語』）

・そも〳〵この御えんぎを三度よみたてまつれば、三度參詣にあたるなり。（『いつくしまの御ほん地』）

・この物語は、熊野權現の御本地なり。一度讀み參らせ候へば、一度參りたるうちなり。この本地を用い參らせざる者は、現世にては天狗の法を受け、後生にては惡道におち、無間の底に沈むべし。御ほんくゐの理よく〳〵うけ給はりて信心をいたし申すべし。信なき人は佛神の御加護なし。御加護なければ、後生にては苦しみを深く受け給ふべし。この子細、善惡をおぼしめし分くべし。南無證誠一所大菩薩、兩所權現、若王子、一萬の眷屬、十萬の金剛童子、公卿、十五所の飛行夜叉、東西南北の部類眷屬、現世安穩に守らせ給ひ、後生善處にあらはし給ふべし。南無熊野三所權現、來世にては必ず〳〵導き給ふべし。王子御納受を垂れ給へ。南無阿彌陀佛〳〵。

（『熊野の御本地のさうし』）

・此物語を聞く人、まして讀まん人は、すなはち觀音の、三十三體をつくり、供養したるにも等しきなり。小町は、如意輪觀音の化身なり。又業平は、十一面觀音の化身なり。あだにもこれを思ふべからず。南無大慈觀音菩薩と、回向あるべし。

（『小町草紙』）

すなわち、草子を読んだり聞いたりすることが、それぞれ諏訪大社への三度の参詣、厳島神社への三度の参詣、熊野権現への一度の参詣、観音を三十三体作り供養したことなどと同じことになるというのである。

このように、御伽草子の受容についてその効用を語るのであるが、わざわざそのようなことを語るところに、御伽草子は狂言綺語であると意識されていたことを確認できるのである。

八

わが世の春を謳歌していた貴族階級の人々は、平安末期から中世にかけての動乱期を経験し、疑いだにしなかった自分たちの基盤が崩壊していくという現実に直面した。政治・経済の実権を武士階級に奪われ、否、それ以上にみずからの存在さえ危うくなった時、彼らはおのずから世の無常を切実なものとして受け止めざるをえなかった。そして常なる世界、極楽への往生を真剣に願った。

すべてを失っていく中、彼らに残されたものは唯一、文化の方面、なかんずく和歌の世界のみであったが、しかし、それは「狂言綺語の戯れ」であり、不妄語戒を破ることであり堕地獄に直結する。彼らは苦悩した。仏教への帰依心が強ければ強いほどその苦悩は深刻である。だが、彼らにとって最後の砦ともいうべき和歌を捨て去ることもまた、到底できることではなかった。

そもそも人間には表現への欲求というものが本来的にある。誰しもみずからの思いを表現し、語りたいという欲求を持っている。この欲求は、何かの都合で簡単に放棄できるというものではない。「考える葦」である人間の必然的欲求であるといってよい。かの道元は、不立文字、以心伝心、教外別伝という宗風に則り、

示云、無常迅速也、生死事大也。暫存命ノ間、業ヲ修シ、學ヲ好ニハ、只佛道ヲ行ジ、佛法ヲ學スベキ也。文筆詩歌等、其詮ナキ也。捨ベキ道理左右ニ及バズ、佛法ヲ學シ佛道ヲ修スルニモ、尚多般ヲ兼學スベカラズ。（『正法眼蔵随聞記』二ノ八）

語言文章ハイカニモアレ、思フマヽノ理ヲ、ツブ〳〵ト書キタラバ、後來モ文章ワロシト思フトモ理ダニモキコヘ《(エ)》タラバ、道ノ爲ニハ大切也。餘ノオモ如是。（同・三ノ九）

という。しかし、その道元も、つとに有名な「春は花夏ほとゝぎす秋は月冬雪さえて涼しかりけり」をはじめ多くの和歌を詠み、『傘松道詠』には道元真作の和歌も見られる。

無常が切実なものとして受け止められ仏教にすがるしかない現実、一方で到底捨て去ることのできない和歌の世界。この両者の狭間で彼らは苦悩し、何とかこの両者を共に存立させる手立てを探った。そこに出てきたのが、如

上考察してきたような狂言綺語観である。

その狂言綺語観には様々なとらえ方があった。『白氏文集』や『法華経』・『涅槃経』に説くところをそのまま用いいわば未消化のままのもの、狂言綺語たる和歌も心を澄ますものであるゆえに仏道帰入の手立てとなるとするもの、さらに進んで和歌は仏道修行に代わるもの、もしくは仏道修行そのものとする考え方等である。また、詠歌そのものが造仏のような積善功徳になるのだとまで断言するものもあった。そして御伽草子にいたると、それを読むことによって仏の利益を蒙ることができるとまでいうものが、非常に多くみられるようになる。

このような狂言綺語観は和歌だけでなく、先に引用した『宝物集』における紫式部の『源氏物語』や御伽草子といった物語や多くの漢詩もその対象としている。これは、「狂言綺語とは詩歌文章のような文学を指すのが普通であ」(日本文学古典大系『平家物語　下』補注)ったからで何ら問題はないが、それだけにとどまらず、冒頭に引いた『平家物語』における敦盛の笛、これも先述したが『発心集』における琵琶なども含んだ数奇、さらに世阿弥は、申楽成立に至る歴史を述べたのに続けて、

一、(申楽は)先、神代・佛在所の始まり、月氏・辰旦・日域に傳はる狂言綺語をもて、讃佛轉法輪の因縁を守り、魔縁を退け、福祐を招く。申樂舞を奏すれば、國おだやかに、民静かに、壽命長遠なりと、太子の御筆あらたなるによて、村上天皇、申樂をもて、天下の御祈禱たるべしとて、その頃、彼河勝、この申樂の藝を傳ふる子孫、秦氏安なり。六十六番申樂を、紫宸殿にて仕る。　(『風姿花伝』)

と述べ、申楽も狂言綺語観の対象としている。つまり狂言綺語は詩歌文章にとどまらず広くとらえられ、それらが破戒行為ではないということを懸命に説く。特に芸能についても狂言綺語観の対象とする記述は説話集を中心に多くみられ、狂言綺語観の対象が広く考えられていたことを物語っているといえよう。

こうして和歌をはじめとする「狂言綺語」は、仏教の教えに背反することなく生き延びたのである。

註

引用文の出典は次の通り。

平家物語（日本古典文学大系）
宝物集（新日本古典文学大系）
白氏文集（日本古典文学大系『和漢朗詠集　梁塵秘抄』）
十訓抄（岩波文庫）
私聚百因縁集（大日本仏教全書）
沙石集（日本古典文学大系）
西行上人談抄（日本歌学大系）
古来風躰抄（同上）
袋草子（同上）
発心集（校註鴨長明全集）
撰集抄（岩波文庫）
三五記（日本歌学大系）
梅尾明恵上人伝記（国文東方仏教叢書）
正徹物語（日本古典文学大系『歌論集　能楽論集』）
慈鎮和尚自歌合（新編国歌大観）
御伽草子（室町時代物語大成）
正法眼蔵随聞記（日本古典文学大系）
風姿花伝（日本古典文学大系『歌論集　能楽論集』）

初出一覧

序章

第一節　中世文学を底流するもの

「中世文学についての覚書――中世文学を底流するもの――」、『同朋学園仏教文化研究所紀要』第三号、昭和五十六（一九八一）年三月。

第二節　仏教文学の定義をめぐって

「仏教文学試論――その定義をめぐって――」、『同朋大学論叢』第七七号、平成十（一九九八）年三月。

第一章　『撰集抄』の研究

第一節　中世仏教説話の特異性――『撰集抄』を中心に――

「『撰集抄』の信仰態度について――発心を中心に――」、『文藝論叢』第四号、昭和五十（一九七五）年三月。

「中世仏教説話の特異性」、『東海仏教』第二三輯、昭和五十三（一九七八）年五月。

第二節　『撰集抄』における清僧意識

「『撰集抄』における清僧意識」、『同朋国文』第九号、昭和五十（一九七五）年六月。

第三節　「配所の月」をめぐって――『撰集抄』巻四第五話を中心に――

「「配所の月」私見――『撰集抄』巻四第五話を中心に――」、『同朋学園仏教文化研究所紀要』創刊号、昭和五十四（一九七九）年三月。

第四節　西行像試論――『撰集抄』と『西行物語』における異質性――
「西行像試論――『撰集抄』と『西行物語』における異質性――」、『同朋大学論叢』第三八号、昭和五十三（一九七八）年六月。
第五節　『撰集抄』の説話配列――巻一を中心に――
「『撰集抄』における説話配列について――巻一を中心に――」、『同朋国文』第一三号、昭和五十五（一九八〇）年三月。

第二章　中世仏教説話集の研究

第一節　隠遁の思想的背景――中世仏教説話集成立の一基盤――
「隠遁の思想的背景――中世仏教説話集成立の一基盤――」、『同朋大学論叢』第三五号、昭和五十一（一九七六）年十二月。
第二節　中世仏教説話と摩訶止観――「第一節　隠遁の思想的背景」補説――
「中世仏教説話と摩訶止観――「隠遁の思想的背景」補説――」、『同朋国文』第一一号、昭和五十三（一九七八）年三月。
第三節　民衆の中へ――聖たちの世界――
「民衆の中へ――聖たちの世界――」、『仏教説話　研究と資料』、昭和五十二（一九七七）年四月。
第四節　行基と空也――中世仏教説話集の一側面――
「行基と空也――中世仏教説話集の一側面――」、『同朋国文』第二二号、平成二（一九九〇）年三月。

第三章　仏教説話の研究

第一節　仏教説話の成立

「仏教説話の成立について――中世仏教説話を中心に――」、『同朋国文』第一四号、昭和五十六（一九八一）年三月。

第二節　仏教説話における因果応報――『今昔物語集』本朝仏法部にみる――
「仏教説話における因果応報――『今昔物語集』本朝仏法部にみる――」、『同朋国文』第一六号、昭和五十八（一九八三）年三月。

第三節　親を殺す話――因果応報譚の一つについて――
「親を殺す話――因果応報譚の一つについて――」、『同朋国文』第一五号、昭和五十七（一九八二）年三月。

第四章　覚一本『平家物語』の研究

第一節　『平家物語』の世界――男性群像をめぐって――
「『平家物語』の世界――男性群像をめぐって――」、『同朋大学論叢』第四七号、昭和五十七（一九八二）年十二月。

第二節　「死」への思い――『平家物語』の語るもの――
「「死」への想い――『平家物語』の語るもの――」、『同朋大学論叢』第六二号、平成二（一九九〇）年六月。

第三節　「とぞ見えし」考――『平家物語』における無常観の一表現――
「「とぞ見えし」考――覚一本『平家物語』における無常観の一表現――」、『同朋国文』第二四号、平成五（一九九三）年三月。

第四節　『平家物語』の性格――「あはれ」の語の考察を通して――
「覚一本『平家物語』の性格――「あはれ」の語の考察を通して――」、『同朋国文』第一七号、昭和五十九（一九八四）年三月。

第五節　貴族の眼・武士の眼――『平家物語』における二つの価値観――

「貴族の眼・武士の眼――覚一本『平家物語』における二つの価値観――」、『同朋文学』第二七号、平成八（一九九六）年三月。

第六節　『平家物語』における「罪」と「悪」㈠――「罪」について――

「『平家物語』における「罪」と「悪」㈠――「罪」について――」、『同朋文化』第五号、平成二十二（二〇一〇）年三月。

第七節　『平家物語』における「罪」と「悪」㈡――「悪」について――

「『平家物語』における「罪」と「悪」㈡――「悪」について――」、『同朋大学論叢』第九五号、平成二十三（二〇一一）年三月。

第八節　覚一本『平家物語』の展開

「覚一本『平家物語』の展開㈠」、『同朋国文』第二五号、平成六（一九九四）年三月。

第九節　「諸行無常」・「盛者必衰」と経論――『平家物語』序章をめぐって――

「「諸行無常」・「盛者必衰」と経論――『平家物語』序章をめぐって――」、『閲蔵（同朋大学大学院文学研究科紀要）』第五号、平成二十一（二〇〇九）年十二月。

第十節　「祇園精舎の鐘の声」――『平家物語』冒頭の理解をめぐって――

「「祇園精舎の鐘の声」――『平家物語』冒頭の理解をめぐって――」、『文藝論叢』第七八号、平成二十四（二〇一二）年三月。

第五章　隠者文学の研究

第一節　西行における遁世――『山家集』より――

「西行における遁世――『山家集』より――」、『同朋大学論叢』第六四・六五合併号、平成三（一九九一）年六月。

第二節　「不請の阿弥陀仏」考
「「不請の阿弥陀仏」私考」、『同朋仏教』第二〇・二一合併号、昭和六十一（一九八六）年五月。
第三節　『方丈記』終章にみる長明の意図
「『方丈記』末尾にみる長明の意図」、『同朋大学論叢』第九〇号、平成十七（二〇〇五）年三月。
第四節　『徒然草』にみる人生観——『徒然草』第四十段の解釈をめぐって——
「「栗を食ふ娘」の話——『徒然草』第四十段の解釈をめぐって——」、『同朋大学論叢』第四四・四五合併号、昭和五十六（一九八一）年六月。
第五節　三つの自己——『徒然草』序段の謙辞をめぐって——
「三つの自己——文学における作者と作品——」、『同朋大学論叢』第五五号、昭和六十一（一九八六）年十二月。

附篇　中世仏教文学の周縁

第一章　中世文学にみる人間観

第一節　『宇治拾遺物語』にみる人間観
「中世文学にみる人間観(一)——『宇治拾遺物語』について——」、『同朋文学』第二八号、平成十（一九九八）年四月。
第二節　中世女流日記にみる人間観——『建礼門院右京大夫集』・『とはずがたり』を中心に——
「中世女流日記にみる人間観——『右京大夫集』・『とはずがたり』について——」、『同朋大学論叢』第八五・八六合併号、平成十四（二〇〇二）年六月。

第二章　「雅び」の崩壊と継承

第一節　平安王朝期における「雅び」

「「雅び」の崩壊と継承――日本中世精神文化論㈠――」、『同朋文学』第三一号、平成十五（二〇〇三）年三月。

第二節　中世女流日記にみる「雅び」

「中世女流日記にみる「雅び」――「雅び」の崩壊と継承（承前）――」、『同朋文学』第三二号、平成十六（二〇〇四）年三月。

第三章　狂言綺語観の展開

「狂言綺語観の展開」、『同朋大学論叢』第八一・八二合併号、平成十二（二〇〇〇）年六月。

あとがき（結びにかえて）

そもそも私に中世文学研究への道を開いてくださったのは、何もわからなかった大学時代に、刊行されたばかりの『撰集抄』（岩波文庫）を示してくださった黒部通善先生である。そうして、大学院時代は『撰集抄』を中心として仏教説話の研究らしきものをしてきたわけであるが、修士課程時代の指導教授であった多屋頼俊先生からは、研究への厳しさを教えていただいた。特に先生には、作品の文章を先入観なしで素直に読むことの大切さを教えていただいた。先生には、「ゑ」という仮名の最後は上に撥ねてはいけないことなど、事細かにご指導をいただいた。また先生は常々、一つのことだけをしていてはだめで、出来る限り研究領域を拡げていきなさい、もっといろいろなものを相手にしなければいけないと、あの朴訥な語り口調でおっしゃってくださった。博士課程時代の指導教授であった山本唯一先生には、作品の前では謙虚になることと、こつこつと研究を積み上げていくことの大切さを教えていただいた。また、直接ご講義を受けたわけではなかったが、お会いするたびに示唆に富むご指導をいただいた渡辺貞麿先生のご恩も忘れられない。先生からはいつも私に『平家物語』をやれと声をかけていただいたが、『平家物語』研究の大家である先生を前にしてはとてもうなずけるものではなかった。そして先生は、仏教説話もいいけれど『平家物語』も『方丈記』も『徒然草』も相手にしなければだめだ、君のするべき研究領域は仏教文学だと、「アー、ウー」とあの照れの入った口調で導いてくださった。

今日まで私がまがりなりにも国文学を研究して来られたと言えるならば、それは、上述した黒部通善先生、多屋頼俊先生、山本唯一先生、渡辺貞麿先生という恩師の方々のおかげである。その学恩はどれだけ言葉を尽くしても言い尽せない。

おかげで、『撰集抄』に始まった私の国文学研究は、中世の仏教説話、『平家物語』、隠者文学といった仏教文学、さらには中世女流文学へと、研究のレベルはさておいて、拡がっていったのである。そして、今般、その四十数年の研究をまとめた次第である。

私は、文学は人間の精神的営為の表出であるということを大切にしたいと思っている。つまり、作者はどう考えたのか、登場人物はどのように考え、行動したと語られているか、そこを探ることによって、人間の心というものを見つめたいという思いである。この思いが私の文学研究の基本である。特に中世という時代は仏教の文学への影響が著しい時代であったと思うが、人々が心を見つめた基盤にあったのが仏教思想、なかんづく、無常観である。そしてそれが表われているのが中世文学であり、中世仏教文学である。この視点が、私の文学研究のすべてである。だから、それは、いつも人間の心へと向かっていくのである。

序章第一節でもふれたように、平安末期から中世初頭にかけての一大変革期は、文学の主体的担い手であった貴族階級の人々の心に大きな動揺を与え、彼らは必然的に、人間とはいかなる存在であるのか、自分とはいかなる存在であるのか、と考え、わが身とわが心を見つめざるをえなくなったのである。この人間への凝視、自己への凝視、わが心への凝視こそが、中世文学の底を流れるものであると考えるのである。

また、序章第二節でもふれたように、私は、仏教思想を根底に持った人間の精神的営為が表われており、その仏教思想を根底に持った精神的営為が享受者に感動を与えるもの、それが仏教文学であると考える。つまり、作品中に見られる人間の精神的営為が仏教思想に立ったものであり、それが享受者に感動を与える時、その作品を仏教文学であると考えるのであるが、そうであれば、中世仏教文学とは、作者もしくは登場人物の精神的営為の根底に無常観があり、それが具体的には人間への凝視、自己への凝視、心への凝視として表われたものであると言えよう。

そこで、本書では、中世仏教文学の大きな峰である中世仏教説話集、『平家物語』、隠者文学の三を柱に立てて、根底に無常観を持つ精神的営為の表われを中世仏教文学の「思想」と位置づけ、具体的には、人間への凝視、自己への凝視、心への凝視として表われていることを、それぞれについて考察した。

第一章では『撰集抄』を、第二章では中世仏教説話集を、それぞれ考究したが、切り込む角度は様々ながら、言わんとするところは、ひじりと呼ばれた人々が、俗に在りながらも清廉な身を希求したところに隠遁があり、その表出が中世仏教説話集であるということである。またその思想的背景にも言及したことである。第三章では仏教説話の成立の裏にはたらく人間の心理を見、何事も因果応報でとらえようとする人間の心の奥底にあるものを考察した。第四章では仏教文学の傑作と言いうる『平家物語』を、これまた様々な角度から考察したが、そこで明らかにしたかったのは、無常の波に逆らいながら懸命に生きながらも結局は滅んでいく人間に対して、同じ人間として限りないいとおしさを感じ、暖かい眼差しを注ぐすがたである。第五章の隠者文学の考察では、隠者の代表的人物である西行・長明・兼好について考察した。すなわち、三人共に無常観の上に立って、西行・長明はわが心をみつめて苦悩し、兼好は人間性を肯定し生を充実して生きることを主張したのである。

そして、附篇として、一般には仏教文学の範疇には入らないとされる中世文学を対象に、第一章では、人間への眼差しをその人間観に探り、第二章では中世的人間の生き方を「雅び」の継承と崩壊において、第三章では文学の担い手の苦悩を狂言綺語観において、それぞれ考察した。しかし、これらも、無常観を中心とした仏教思想の影響をそこに見るのであり、仏教文学が仏教の上に立って心を見つめるものである以上、結局は仏教文学の範疇に入れてよいものであると私は考える

ただ、人間の精神面、心というものをどこまでも見つめていきたいという視点に立った考察であるために、最終的には同じようなところへと辿り着くのであり、そのために重なり合う部分が多いことも事実である。よって、論旨の展開上、やむを得ず、章や節をまたがって再三再四繰り返したところがあることは否めない。

このように、どこまでも人間の心、すなわち精神的営為に焦点を当てて考察してきたつもりである。よって書名を「中世仏教文学の思想」とした所以である。実際に「思想」というほどまで深まった考究であるかと自問するとき、そこには忸怩たる思いがあるが、多屋頼俊先生・渡辺貞麿先生の学恩の深さを思うとき、せめて書名だけでも倣いたいという強い思いもあってのことであるので、大仰な書名ではあるがどうかお許しいただきたい。

私は人間が好きである。どうしようもない人間ではあるが、しかしそれだからこそ、と言うと語弊が生じるかもしれないが、人間はいい。喜怒哀楽を性懲りもなく繰り返しながら懸命に生きようとする、そういう人間がかわいいと思うと同時に、暖かく見守りたいし、同じ人間である自分自身も含めて、人間を肯定的にとらえていきたいと思うのである。そして、それが僧籍にある私の生きる道でもあると思うのである。

本書をなすにあたって、出版を快くお許しくださった法藏館、ならびに、出版の実務に多大のご尽力をいただいた法藏館編集部の上山靖子氏に対して、記して甚深の御礼を申し上げる次第である。

そして最後に、今は亡き私の両親、私を支えてくれた私の家族の者たちに、ひとこと、ありがとう。

二〇一七年六月

沼波政保

沼波　政保（ぬなみ　まさやす）
1946（昭和21）年岐阜県大垣市に生まれる。同朋大学文学部卒業。大谷大学文学研究科仏教文化専攻博士課程修了。同朋大学教授。同大学院教授。この間、1999年から2009年まで同朋大学学長。現在、同朋大学名誉教授。博士（文学）。専攻分野は仏教文学・中世文学・説話文学。
編著に『閑居の友　影印と校異』（文栄堂）。論文に「『撰集抄』における漢詩文の受容」、「日記文学の成立—その心理的背景」他。

中世仏教文学の思想
二〇一七年七月十七日　初版第一刷発行
著　者　沼波政保
発行者　西村明高
発行所　株式会社　法藏館
京都市下京区正面通烏丸東入
郵便番号　六〇〇-八一五三
電話　〇七五-三四三-〇〇三〇（編集）
〇七五-三四三-五六五六（営業）
印刷・製本　中村印刷株式会社

ISBN 978-4-8318-7715-4 C3095